JAYNE SWIFT

CELLE QUI GUÉRIT

DU MÊME AUTEUR

Aux éditions Robert Laffont

Le Sang du renard, 2004.
La Disparue de Colliton Park, 2005.
Les Démons de Barton House, 2006.
L'Ombre du caméléon, 2008.
Dans la cave, 2018.
Les Dernières Heures, 2019.
Au tournant de minuit, 2021

MINETTE WALTERS

JAYNE SWIFT CELLE QUI GUÉRIT

Traduit de l'anglais par Odile Demange

Robert Laffont

Titre original : THE SWIFT AND THE HARRIER

ISBN 978-2-221-26437-9
(édition originale : 978 1 83895 452 9, Allen & Unwin, London)
Dépôt légal : juin 2025
Éditions Robert Laffont – 92, avenue de France 75013 Paris
Info@lisez.com

Pour Hermione

Et mes trois plus proches amis
pendant le confinement du Covid :
Lambert, Butler et M. Rooster

Note de l'auteure

La première phase de la guerre civile qui s'est déroulée en Angleterre et au pays de Galles entre 1642 et 1646 a été déclenchée par le conflit entre le Parlement et le roi Charles Ier, lequel estimait que, son autorité lui ayant été conférée par Dieu, il n'avait à rendre de comptes à aucune puissance terrestre. Cette doctrine, appelée monarchie de droit divin, a été à l'origine d'une division politique aussi bien que religieuse. Les adeptes de l'Église protestante d'Angleterre, dont le chef était le roi, étaient généralement favorables à la cause royaliste, alors que les non-conformistes – puritains, presbytériens et indépendants, qui reprochaient à l'Église d'Angleterre de suivre trop servilement le modèle de l'Église catholique alors qu'elle aurait dû poursuivre sa réforme et s'affranchir de l'emprise des évêques et des prêtres – étaient enclins à prendre le parti du Parlement.

Ce dernier avait pour objectif de contraindre Charles à renoncer au pouvoir absolu en faveur d'un partage du pouvoir et, dans ce dessein, on mena plusieurs tentatives de négociation afin de définir les conditions auxquelles le monarque pourrait conserver son trône. Il les refusa toutes, même celles qu'on lui présenta alors qu'il avait fait reddition face à une armée écossaise en juin 1646. Sachant qu'il conservait des soutiens dans le pays, il conclut avec le Parlement écossais un traité imposant le presbytérianisme en Angleterre, en échange de la restitution de tous ses pouvoirs grâce à une armée écossaise. Cette entreprise conduisit à une courte guerre entre l'Écosse et l'Angleterre en 1648, qui s'acheva par la victoire de la New Model Army, l'« armée nouveau modèle » d'Angleterre. La trahison du roi envers ses propres sujets lui valut d'être exécuté le 30 janvier 1649.

Suivirent dix années agitées de régime républicain, à la tête duquel Oliver Cromwell s'imposa sous le titre de Lord Protecteur. Cependant, après sa mort précoce, en 1658, la question de sa succession divisa le Parlement, lequel se résolut à inviter Charles II à monter sur le trône de son père. Surnommé le « joyeux monarque », le nouveau roi régna avec sagesse pendant vingt-cinq ans et fut très aimé de ses sujets. Néanmoins, les victoires du Parlement durant la guerre civile anglaise avaient créé un précédent : un monarque ne pouvait plus régner sans le consentement de son peuple représenté par cette institution, ce qui mit le pays sur la voie du suffrage universel et d'un régime démocratique.

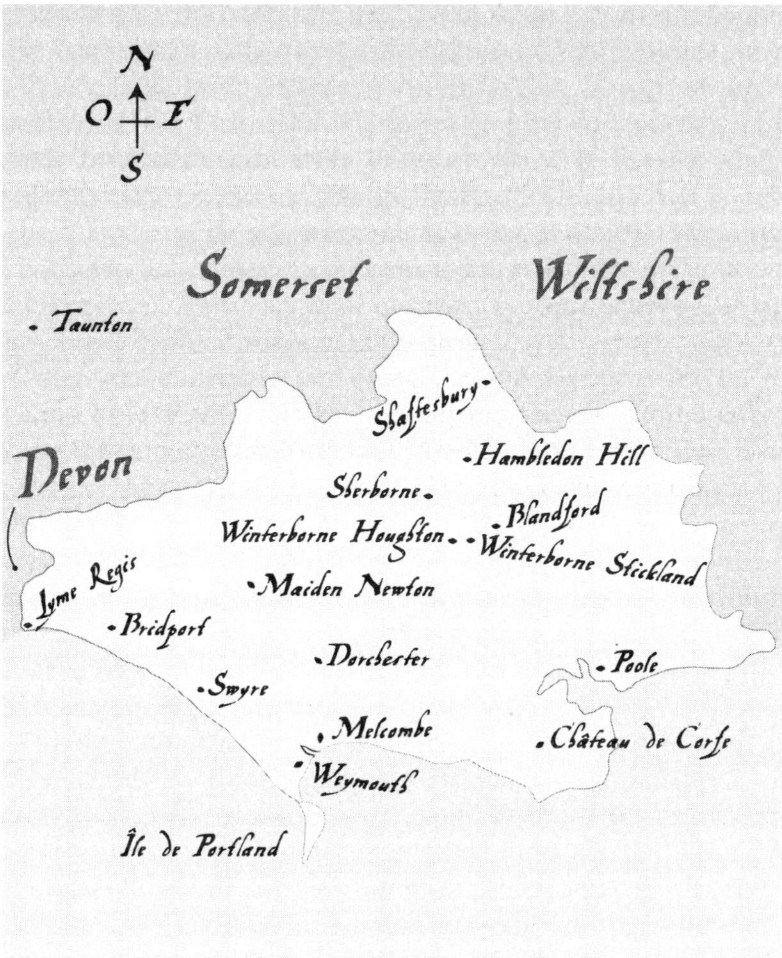

Le comté du Dorsetshire (1642-1649)

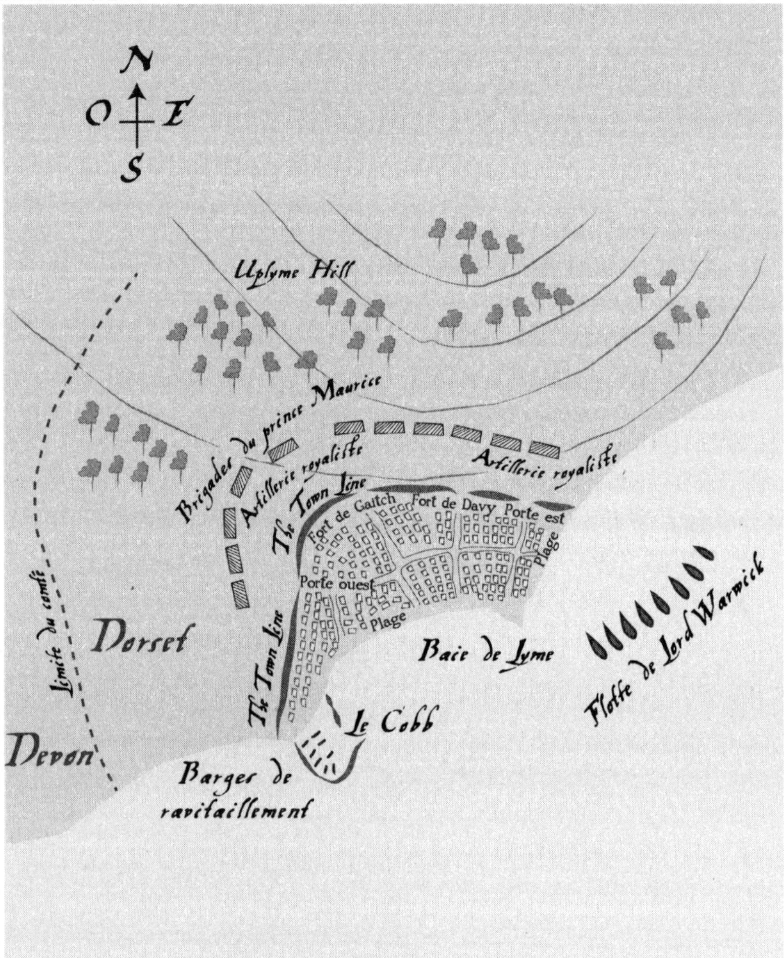

Le siège de Lyme Regis (1644)

Martinet : oiseau brun de taille moyenne à gorge blanche et à queue fourchue, dont le vol est si rapide qu'il lui permet de distancer la plupart des rapaces.

Les Anglais l'appellent *swift*.

Busard : grand rapace doté d'une excellente vue, qui chasse silencieusement en planant à faible altitude au-dessus d'un terrain découvert ; ses ailes dessinent un V.

Les Anglais l'appellent *harrier*.

« Nul oiseau ne vole trop haut s'il vole de ses propres ailes. »

William Blake

1642

La guerre civile anglaise commence le 22 août,
quand le roi Charles lève son étendard à Nottingham.
Trois jours plus tôt, un prêtre catholique a été exécuté
pour trahison dans le Dorset.

1.

Dorchester, Dorset, 19 août 1642

Lorsque approcha l'heure de l'exécution du prêtre, la foule qui se dirigeait vers la colline du Gibet se fit plus dense et plus impatiente. Jayne Swift avait beau se douter qu'il y aurait du monde, elle ne s'attendait pas à pareille multitude. Tous les puritains du Dorset semblaient être venus se repaître du spectacle de catholiques pendus et écartelés : il ne restait pas une route ni une rue de Dorchester qui ne fût envahie d'hommes et de femmes au visage dur, les yeux brillant d'impatience à l'idée de voir couler le sang papiste.

Pour avancer, Jayne rasait les maisons, cherchant à s'engouffrer dans la moindre brèche, ce qui attirait malheureusement sur elle une attention importune. Un homme s'en étant pris rageusement à elle parce qu'elle l'avait heurté, elle décida de se réfugier dans l'encadrement d'une porte pour attendre que la cohue décroisse. Elle avait levé les mains dans un geste d'excuse tout en s'inquiétant du regard soupçonneux qu'il avait porté sur sa robe. Elle avait baissé la tête modestement pour éviter de le provoquer et avait poussé un soupir de soulagement quand sa femme et le flot humain l'avaient entraîné en direction du lieu du supplice.

Son abri était assez profond pour qu'elle puisse se tapir derrière les gonds, se soustrayant ainsi à la curiosité qu'elle aurait provoquée en remontant la foule. Tous ces gens portaient l'uniforme terne des puritains – des vêtements sombres et sobres aux cols blancs unis, complétés, pour les femmes, de bonnets qui leur encadraient étroitement le visage et de tabliers amidonnés – et Jayne se demanda s'ils assistaient aux exécutions par crainte qu'on les croie moins vertueux que leurs voisins ou par sincère conviction de la perversité du catholicisme. Elle espérait que c'était la peur, car elle se refusait à admettre que la tolérance à l'égard des autres religions ait disparu du Dorset.

Les deux prêtres destinés à être éviscérés ce jour-là avaient été arrêtés par un agent des douanes cinq mois auparavant, alors qu'ils embarquaient pour la France dans le port de Lyme. Depuis, ils avaient croupi dans la prison de Dorchester en attendant leur procès et leur inévitable condamnation. Ce n'était pourtant pas leur catholicisme qu'on leur reprochait : ils avaient été condamnés pour trahison car ils avaient cherché à prendre un bateau après le 10 avril, en infraction avec l'édit royal imposant à tous les prêtres de quitter le pays avant cette date. Peu importait qu'ils n'aient jamais posé les yeux sur ce décret ni connu la date de départ prescrite.

Si Jayne avait éprouvé la moindre aigreur à l'égard de Ruth, elle aurait maudit sa cousine de l'avoir fait venir à un moment aussi inopportun, mais comme elle n'avait qu'amitié pour elle, elle s'enfonça plus profondément dans l'embrasure, décidée à attendre que la foule commence à se disperser. Tout aurait pu se passer sans anicroche si la porte ne s'était ouverte derrière elle sur une matrone d'une soixantaine d'années aux lèvres minces, implacablement vêtue de noir et manifestement offusquée de découvrir sur son seuil une jeune femme, surtout d'aussi haute taille que Jayne, qui la dominait d'une bonne dizaine de centimètres.

Elle parcourut d'un regard désapprobateur la tenue de l'intruse, s'attardant sur la dentelle qui bordait son bonnet et son tablier, et sur les crevés de ses manches révélant une soie vert pâle sous le bleu foncé de sa robe ajustée. La prenait-elle pour une catin ou pour une sympathisante de la cause royaliste ? Après un examen attentif, aucun des effets de Jayne n'aurait pu être qualifié de sobre et sans ornement, selon la mode puritaine ; cependant, vus de loin dans les rues de Dorchester, ils n'attiraient pas l'attention. Avec un sourire contrit, elle ajusta la lanière de la lourde sacoche de cuir qu'elle portait en bandoulière et s'apprêta à se remettre en chemin.

Une main étonnamment ferme l'en empêcha en se refermant sur son poignet droit.

« Je vois des armes estampées sur le rabat de votre sacoche. Donnez-m'en le nom, je vous prie.

— Swift, Madame. Je suis la fille de Sir Henry et de Lady Margaret Swift de Swyre.

— Qu'est-ce qui vous a conduite à ma porte ?

— Rien, Madame. Une affaire urgente m'appelle dans High East Street et je me suis abritée dans cette embrasure quand la presse m'a empêchée d'avancer.

— Dans quelle demeure de High East Street vous rendez-vous ?

— Celle de Samuel Morecott.

— Je connais Samuel. Quelle affaire avez-vous avec lui ? »

Jayne esquissa un léger sourire.

« Avec tout le respect que je vous dois, Madame, cela ne vous regarde pas. » Elle chercha à se dégager. « Puis-je partir à présent ? Je ne voudrais pas vous valoir d'autres désagréments.

— Vous m'en vaudrez bien davantage si l'on vous soupçonne de sympathie avec des prêtres. J'étais assise à ma fenêtre et la colère qui a déformé le visage de l'homme que vous avez bousculé ne m'a pas échappé. » Elle entraîna Jayne à l'intérieur et referma derrière elle. « Ne comptez pas poursuivre votre route en toute sécurité avant une bonne heure. Une fois que les exécutions auront commencé, on ne trouvera plus dans les rues que des serviteurs vaquant à leurs occupations. » Elle la conduisit dans une pièce qui s'ouvrait sur la gauche. « Vous pouvez attendre ici. »

Jayne la suivit tout en s'interrogeant sur cette femme. L'austérité de sa mise suggérait une allégeance aux formes les plus extrêmes du protestantisme, que confirmaient ses relations avec Samuel Morecott. Aussi pouvait-elle difficilement se convaincre de la bienveillance des motifs qui l'avaient poussée à mettre une inconnue à l'abri. Peut-être était-ce l'effet de la solitude. Contrastant avec le brouhaha de la rue, un silence de mort semblait en effet régner dans la bâtisse, et rien ne suggérait que quelqu'un d'autre y vivait. Pas même des domestiques.

Elle fit une révérence respectueuse.

« Je vous remercie très sincèrement de votre bonté, Madame, mais c'est en toute bonne foi que j'ai dit mes affaires urgentes. Si vous aviez à l'arrière de votre maison une porte donnant sur une rue moins fréquentée, cela me conviendrait fort bien.

— Rien ne presse. J'ai vu Samuel et ses disciples passer sous cette fenêtre il y a une trentaine de minutes. Si vous aviez rendez-vous avec lui, l'excitation des exécutions le lui aura fait oublier. »

« Disciples » ? Quel curieux mot, songea Jayne, soulagée cependant d'apprendre que Samuel avait déjà quitté son domicile.

« Vous m'avez demandé dans quelle demeure je voulais me rendre, et non quelle personne je désirais voir.

— Je crois me rappeler que l'épouse de Samuel était une Swift avant son mariage. Auriez-vous un lien de parenté avec elle ?

— Ruth est ma cousine, Madame.

— Par alliance ou de sang ?

— De sang. » Indisposée par la curiosité de son interlocutrice, Jayne secoua la tête sans lui laisser le temps de poser une nouvelle question. « L'heure tourne, Madame. Puis-je me permettre de vous redemander si votre maison dispose d'une autre sortie ?

— En effet, mais vous rencontrerez la même cohue de ce côté. Toutes les rues aboutissent à la colline du Gibet. » Avec une légère grimace, son hôtesse prit place dans un fauteuil et désigna du menton un siège juste à côté du sien. « Asseyez-vous et bavardons un peu. Ai-je raison de supposer que vous êtes Jayne Swift, la femme médecin, et que votre cousine vous a fait venir pour soigner son fils ? »

La question déconcerta Jayne car Ruth avait beaucoup insisté pour qu'elle garde le secret sur les raisons de sa visite. Comment une personne qu'elle n'avait jamais rencontrée pouvait-elle deviner aussi aisément son nom et sa profession ? Si elle jouissait d'une petite notoriété à la campagne, elle n'en avait aucune à Dorchester, où l'exercice de la médecine était réservé aux hommes.

« Nulle femme ne pourrait revendiquer ce titre, Madame. Ce serait frauduleux, car aucune université ni école de médecine ne sauraient lui accorder de certificat.

— Peu d'hommes sont aussi honnêtes que vous. La ville regorge de charlatans qui prétendent détenir une science et des certificats qu'ils n'ont pas. Mon frère ne tarit pas d'éloges à votre sujet. Vous avez soigné sa goutte il y a six mois, et il n'a pas rechuté depuis. » Elle inclina la tête sur le côté et observa Jayne attentivement. « Il vous a fort bien décrite. Il m'a dit que vous étiez d'une taille exceptionnelle pour une femme, que vous n'aviez pas encore vingt-sept ans et que vous vous conduisiez avec assurance. »

Cet aplomb de façade, Jayne l'avait acquis auprès de son maître, le docteur Theale de Bridport. « Tu n'obtiendras jamais la confiance d'un patient si tu parais inquiète, lui disait-il. Entraîne-toi à afficher le calme à tout moment, regarde les gens dans les yeux quand tu leur parles et ne t'agite pas, quelles que soient les circonstances. » Après cinq longues années de formation, cette posture était devenue une seconde nature pour elle.

« Puis-je connaître le nom de votre frère, Madame ?

— John Bankes de Corfe. »

Jayne affecta de soulever la lourde sacoche pour la retirer de son épaule afin d'avoir un prétexte pour baisser la tête et éviter le regard par trop pénétrant de son interlocutrice. Elle pouvait difficilement accuser une matrone de mensonge mais l'incrédulité qu'exprimaient ses traits aurait suffi à trahir son scepticisme. Sir John était le juge en chef du roi, propriétaire du château de Corfe et royaliste jusqu'à la moelle. Souvent, de sa voix tonitruante, il accusait le Parlement d'attiser le mécontentement. Aussitôt la guerre devenue inévitable, il avait engagé son château et toute sa maisonnée au côté du roi. Comment pouvait-il être le frère de cette pâle puritaine dont aucune viande faisandée ni aucun alcool grisant ne semblaient avoir jamais franchi les lèvres ?

Il avait suffi à Jayne d'observer l'imposant tour de taille de Sir John ainsi que les vaisseaux violacés de son nez bulbeux et de ses joues rebondies pour connaître la cause de sa goutte, et son patient avait fort mal réagi lorsqu'elle lui avait retiré la chope de brandy qu'il serrait contre sa poitrine. Des éloges, elle n'en avait point entendu. Sir John n'avait eu qu'insultes à la bouche tout le temps qu'elle l'avait soigné. Quand il ne la traitait pas de

« despote autoritaire » parce qu'elle l'obligeait à boire de l'eau en quantités « abominables » et de « vile tortionnaire » parce qu'elle lui avait plongé le pied, pris de douleurs lancinantes, dans un seau de glace importé à grands frais, il la qualifiait de « mégère hypocrite » parce qu'elle avait appris à son épouse à prolonger ses tourments. Tous les autres médecins avaient pratiqué des saignées par application de sangsues. Où étaient les siennes ? Et comment son ami Richard Theale pouvait-il avoir l'audace de lui envoyer une femme au lieu de se déplacer lui-même ?

La première chose que celui-ci avait apprise à Jayne quand il l'avait acceptée pour élève était de ne jamais trahir la confiance d'un patient. Si elle était incapable de se faire une réputation grâce au succès de ses traitements, elle n'y parviendrait pas en donnant le nom de ses malades et en révélant les maux dont ils souffraient. « Laisse cela aux charlatans », lui disait-il. Les hommes de peu de compétence ne pouvaient que dresser la liste des représentants de la noblesse qu'ils avaient soignés pour en attirer de nouveaux.

« Pardonnez-moi, Madame, mais je pense que votre frère ne serait pas ravi que vous parliez de lui avec une étrangère. Je sais que le mien ne le serait pas. » Pour détourner l'attention de son interlocutrice, elle tendit la main vers le portrait d'un bel homme suspendu au mur derrière les fauteuils. « Est-ce votre époux ? »

La bouche de la matrone se pinça.

« Mon mari louchait et ne m'aurait jamais permis de le peindre. Non. C'est John à l'époque où il n'était qu'un jeune juriste qui tirait le diable par la queue. Il était fort beau avant que la protection du roi le rende rubicond et empâté. Je l'ai dessiné plusieurs fois au cours de sa vie. »

Jayne distingua une certaine ressemblance à présent qu'elle connaissait l'identité du modèle. Contrairement à la forme du visage, les yeux n'avaient pas changé.

« Vous êtes une remarquable artiste, Madame.

— Certains le disent. »

Se rapprochant, elle distingua une signature dans l'angle inférieur droit du tableau. Elle déchiffra les mots « Gilbert Jackson », un nom de quelque réputation, et se demanda si la femme avait menti en prétendant avoir réalisé ce travail ou si elle avait contrefait la signature du peintre pour prêter à son œuvre une valeur usurpée. Quoi qu'il en fût, elle jugea plus raisonnable de tenter sa chance dans la rue plutôt que de rester dans cette demeure. Ni la solitude ni la ferveur religieuse n'étaient salubres, et c'était bien curieuse folie que d'adopter les mœurs et l'habit du puritanisme tout en se targuant de liens étroits avec des artistes et des royalistes en vue.

Elle ramassa sa sacoche.

« Pardonnez-moi, Madame, mais il faut vraiment que je parte. Ma cousine m'a priée de me presser et j'ai fait promesse de répondre à son vœu. »

La matrone hocha la tête.

« Sans doute vous aura-t-elle demandé de venir durant les exécutions, sachant que Samuel serait absent ? » Comme Jayne ne répondait pas, elle poursuivit : « Cela ne servira à rien. Ruth n'aura pas plus autorité pour vous admettre chez elle en l'absence de son mari qu'en sa présence. Vous devrez donc exiger l'entrée avec détermination. » Se hissant sur ses pieds, elle grimaça sous l'effort. « Souffrez que je vous accompagne avec mon valet de pied. Trois personnes avanceront plus aisément qu'une seule, et William a la force nécessaire pour pousser la porte s'il en est besoin. »

N'étant pas femme à admettre un refus, elle fit passer Jayne par une pièce adjacente magnifiquement meublée dont les murs s'ornaient d'autres portraits, puis dans un couloir menant à la cuisine. Surprises, plusieurs servantes leur adressèrent de profondes révérences et un valet assis devant une table se leva pour incliner respectueusement la tête.

« Vous auriez dû sonner, Milady.

— J'essaie de gagner du temps, William. Ma jeune amie est pressée de gagner High East Street, et il me semble que ses chances seront meilleures si elle emprunte cette issue plutôt que l'entrée principale.

— Souhaitez-vous que je l'accompagne, Madame ?

— Nous nous en chargerons tous les deux. La demeure qu'elle cherche est celle de Samuel Morecott et je serais surprise qu'elle en obtienne l'entrée sans appui car j'ai entendu dire qu'on en éconduisait tous les visiteurs. » Elle se tourna vers la plus âgée des servantes, une femme d'une cinquantaine d'années. « Il faut que Dame Swift couvre sa robe, Molly. Pourriez-vous lui fournir une houppelande et m'en apporter une par la même occasion ? Peut-être également un bonnet sans garniture ? Le sien présente beaucoup trop de dentelle et dissimule fort mal ses boucles. »

Comme la servante s'éloignait à grands pas, le valet enfila une veste ordinaire de couleur sombre et donna un coup de brosse à un chapeau pointu pour en retirer une poussière imaginaire.

« Je préférerais que vous restiez ici, Milady, dit-il avec une fermeté peu commune. Le shérif redoute une émeute si les exécutions tournent mal et le cas échéant, je ne saurais assurer la protection de deux dames. Mon devoir m'oblige à veiller sur vous, ce qui contraindrait Dame Swift à se défendre seule. Désirez-vous vraiment lui faire courir pareil danger ?

— Vous êtes un être fort pénible, William. »

Un sourire affectueux plissa les yeux du serviteur.

« C'est que la foule est puissante au-dehors, Milady. Vous aurez du mal à rester debout si ces gens nous bousculent. Faites-moi plaisir je vous prie, restez chez vous. »

Elle soupira.

« Je vous fais plaisir tous les jours alors que votre unique objectif est de m'empêcher de m'amuser. Je ne veux qu'observer, non participer.

— Vous n'observerez rien si vous tombez, Milady. La fenêtre qui donne sur la rue ne remplit-elle pas cette fonction ? » Il tendit le bras derrière lui. « Nous voyons très distinctement les visages par celle-ci.

— Mais ressentez-vous ce que ces gens ressentent, William ?

— Par bonheur non, Milady, car leur soif de sang catholique m'est étrangère. Des difficultés ne manqueront pas de surgir si les prêtres abjurent leur foi. Privée de son assouvissement, la foule sera impossible à contenir. »

La servante réapparut avec des houppelandes et un bonnet.

« Puis-je vous aider à vous habiller, Milady ?

— Pas cette fois, Molly. William refuse que je les accompagne. »

La femme adressa au valet un hochement de tête approbateur.

« Il a bien raison, Milady. Votre jambe ne s'est jamais remise de la dernière fois que vous avez été prise dans une presse. Risquer à nouveau pareille bousculade serait folie. » Elle se tourna vers Jayne. « Si vous voulez bien donner votre sac à William, Madame, je veillerai à ce que vos cheveux et votre robe soient correctement couverts. »

Jayne obtempéra, car elle doutait d'avoir plus de chances de tenir tête à la servante au visage austère qu'à sa maîtresse. Elle tendit sa sacoche au valet avant de laisser Molly glisser ses boucles châtain foncé sous un second bonnet et l'envelopper étroitement dans une houppelande de laine brune à grand renfort d'épingles. Lorsqu'elle fut décemment vêtue, Jayne se tourna vers sa sauveuse avec un sourire reconnaissant.

« Vous avez été d'une grande bonté, Milady. Rappelez-moi, je vous prie, au souvenir de votre frère.

— Je n'y manquerai pas, lui assura la matrone. Si ce qu'il me dit de vous est exact, vous êtes plus qualifiée pour soulager le fils de Ruth que l'âne bâté auquel Samuel a fait appel.

— Puis-je vous demander le nom de ce médecin, Madame ?

— Robert Spencer. Le connaissez-vous ?

— Seulement de nom et de réputation. J'ai entendu dire que son remède contre la goutte consiste à plonger le pied du patient dans de l'eau presque bouillante tout lui faisant boire du vinaigre. »

Les yeux de la matrone pétillèrent d'amusement, ce qui ne l'empêcha pas d'ajouter une mise en garde.

« C'est tout de même un aîné de l'église de Samuel et il est fort respecté en ville. Ruth vous a certainement appelée à l'insu de son époux, car je ne l'imagine guère permettre à un autre médecin de contester les compétences de Robert Spencer. Samuel est trop désireux d'accroître son prestige pour se faire des ennemis inutilement. »

Jayne y vit une description perspicace de Samuel, lequel avait préféré prendre ses distances avec sa famille plutôt que d'admettre ses humbles origines.

« Ruth affirme que son fils est mourant. N'importe quel père ne souhaiterait-il pas prendre un deuxième avis en pareilles circonstances ?

— On pourrait l'espérer.

— Mais ce n'est pas le cas de Samuel ?

— Je crains que non. » La matrone conduisit Jayne vers la porte. « Avec l'aide de William, vous aurez plus de chances de forcer son entrée. Je vous souhaite de sauver la vie de ce petit garçon, mais sachez que si vous y parvenez, Samuel réservera ses louanges à Robert Spencer. Il ménage trop ses perspectives pour reconnaître le mérite d'une femme. »

Suivant les instructions de William, Jayne lui emboîta le pas tout en se cramponnant à la lanière de la sacoche qu'il portait en bandoulière. Cet homme d'une trentaine d'années, robuste et de grande taille, semblait n'avoir guère de mal à se faufiler entre la foule qui venait à leur rencontre et les maisons bordant la rue. Plusieurs fois, il adressa un signe de tête à des passants qui lui rendirent son salut, mais personne ne lui demanda pourquoi il se dirigeait à contre-courant. Lorsqu'ils atteignirent High East Street, il tourna à gauche au lieu de chercher à traverser la foule qui se bousculait sur leur droite, et entraîna Jayne dans la niche que formait la légère saillie du porche d'une boulangerie. Les portes étaient fermées, mais l'espace était suffisant pour les protéger de la masse grouillante qui encombrait la voie.

« Ils attendent qu'on amène les prêtres depuis la prison, murmura-t-il. Comme la charrette devrait arriver dans peu de temps, il me semble que nous ferions mieux de les imiter. L'assistance suivra les condamnés ou se dispersera dès qu'elle aura fini de lancer ses insultes.

— Je suis navrée de vous avoir entraîné dans cette cohue, William. J'aurais dû accepter l'invitation de votre maîtresse et rester une heure de plus auprès d'elle.

— Pourquoi ne l'avez-vous pas fait ? »

Jayne lui adressa un sourire en coin.

« Je l'ai trouvée vaguement inquiétante. Elle semblait croire que je savais qui elle était, ce qui n'est pas le cas.

— Lady Alice Stickland, veuve de Sir Francis Stickland. Elle est venue s'installer à Dorchester il y a deux ans, quand son fils a hérité des domaines et du titre de son père. Le jeune Sir Francis tolère encore moins son entêtement que son père avant lui. »

Jayne aurait volontiers demandé quelle forme prenait cet entêtement, mais préféra ne pas manifester la même curiosité irrévérencieuse que la maîtresse du domestique.

« Son frère est-il aussi peu tolérant ?

— Quand il se trouve dans le Dorset, non. Il ne l'approuverait pas aussi volontiers si elle vivait à Londres.

— Pour quelle raison ? »

La question parut l'amuser.

« Il perdrait la protection du roi s'il reconnaissait avoir une sœur aussi libre de propos que Lady Alice. Elle ne fait pas mystère de son soutien au Parlement. »

Jayne veilla à parler bas.

« Elle s'est pourtant montrée critique à l'égard de Samuel Morecott, or il n'est pas plus ardent partisan du Parlement que lui.

— C'est la seule conviction qu'ils partagent. Rien d'autre en lui ne la séduit. » Il tendit le cou pour regarder par-dessus la tête des badauds qui se trouvaient devant eux. « Les prêtres approchent. Vous feriez mieux de vous détourner si vous ne souhaitez pas être témoin de leur angoisse. »

Jayne se demanderait plus tard si c'était l'obstination qui l'avait poussée à négliger ce conseil. Cet homme était d'une familiarité peu commune pour un domestique, tant à l'égard de sa maîtresse que d'elle-même, et elle avait forte envie de lui réciter son propre arbre généalogique pour le remettre en place ; mais l'occasion ne se présenta pas, car sa voix aurait été noyée par les vociférations de la foule. Celle-ci n'avait pas d'insultes trop abjectes à lancer aux deux hommes minces et d'apparence fragile qui se tenaient, les mains liées devant eux, à l'arrière d'une charrette tirée par un cheval. Des enfants scandaient : « Cochons de papistes » et leur jetaient des bouses de vache, tandis que les adultes préféraient « Espions », « Traîtres », « Engeance du diable » tout en s'avançant pour leur cracher dessus.

Un des prêtres, le plus jeune, avait tellement peur qu'il tremblait de tous ses membres ; l'autre prit ses mains liées entre les siennes pour lui donner de la force. Jayne estima que le plus vieux avait une petite soixantaine d'années et se demanda si c'était l'âge ou la foi qui lui permettait d'affronter son exécution avec autant de calme. Elle vit ses lèvres remuer et imagina qu'il exhortait son ami à avoir confiance dans l'amour et la clémence de Dieu mais si tel était le sens de ses paroles, celles-ci tombèrent dans l'oreille d'un sourd. Son cadet secoua la tête et se mit à sangloter.

William lui parla à l'oreille.

« Il abjurera au pied du gibet. Sans doute le shérif espère-t-il que Hugh Green restera inébranlable, faute de quoi, la foule deviendra ingérable.

— Est-ce le nom de l'aîné ?

— Oui. Il était le confesseur de Lady Arundell avant son arrestation. Elle a écrit à ma maîtresse pour lui demander de se rendre à la prison et d'assurer le père Green de ses prières et de sa dévotion éternelles, car elle-même n'avait pas la force de faire le voyage. Lady Alice lui a rendu visite plusieurs fois durant ses mois de détention. »

Songeant à la virulence du sentiment anticatholique dans le pays depuis l'accession des puritains au Parlement, Jayne s'étonna que Lady Alice fût aussi bien disposée à l'égard d'un prêtre.

« Ce geste lui a-t-il attiré des critiques ?

— Si tel est le cas, elle n'y aura pas prêté attention. Elle ne se préoccupe guère de ce que pensent les autres, pourvu qu'elle soit convaincue d'agir justement. »

Jayne suivit des yeux la charrette qui s'engageait sur High East Street et se dirigeait vers Icen Way.

« Combattra-t-elle son frère si la guerre éclate ?

— Dans la mesure où ils rallieront des camps opposés.

— Et son fils ?

— Pareillement. Il est du côté du roi, lui aussi.

— Quelle tristesse !

— Votre propre famille ne vit-elle pas le même dilemme, Dame Swift ? Le mari de votre cousine défend le Parlement, mais il paraît que votre père, Sir Henry, est favorable au roi. »

Il avait eu raison de prédire que la foule s'éclaircirait dès que les prêtres seraient hors de vue. Certains regagnèrent leur maison ou leur boutique, mais la plupart suivirent la charrette, l'écho de leurs huées résonnant jusqu'à eux depuis Icen Way alors que Jayne disait : « Votre maîtresse et vous semblez fort bien informés à mon sujet. Comment cela se fait-il ?

— Sir John a longuement parlé de vous. Ce sujet a piqué la curiosité de Lady Alice qui m'a demandé d'apprendre tout ce que je pourrais sur vous. » Il rit tout bas. « Je pense qu'elle ne s'attendait pourtant pas à faire aussi facilement votre connaissance. Une de mes missions était d'essayer d'arranger une rencontre entre vous.

— À quelle fin ?

— Vous avez refusé d'épouser les vues de Sir John et la cause royaliste et vous soignez les pauvres gratuitement. Milady vous espère donc du côté du Parlement et du peuple. »

Jayne laissa échapper un rire surpris.

« Dans ce cas, je la décevrai autant que j'ai déçu son frère. Je soutiens tous ceux, hommes et femmes, qui s'efforcent de mettre fin à la division, et non ceux qui aspirent à l'aggraver.

— Pareilles personnes existent-elles ?

— J'en connais une : le docteur qui m'a formée. Il fait peu de cas des croyances politiques ou religieuses et exige de tous ses disciples qu'ils s'engagent à soigner les malades au mieux de leurs compétences, quelles que soient les circonstances, le rang ou les convictions de chacun. Si le roi et le Parlement se montraient aussi tolérants, personne n'évoquerait l'éventualité d'une guerre.

— Vous rêvez, Dame Swift, observa William en la dévisageant d'un air cynique. La guerre viendra, que vous le vouliez ou non, et aucun camp ne recevra vos arguments de neutralité pour vous laisser passer. Même pour atteindre la demeure de votre cousine aujourd'hui, vous avez dû accepter mon aide et vous vêtir en puritaine. Qu'auriez-vous fait si quelqu'un vous avait interrogée ?

— Ce que j'ai dit à votre maîtresse : qu'une affaire urgente m'appelle chez Samuel Morecott. » Elle tendit le bras pour reprendre sa sacoche. « Je suis de taille à obtenir qu'on me laisse entrer sans votre assistance, William, et vous servirez mieux Lady Alice en suivant la charrette et en étant témoin du martyre de Hugh Green. Elle doit éprouver quelque compassion pour lui, autrement elle ne lui aurait pas rendu plusieurs visites. Il mourra dignement, je pense, et elle voudra l'entendre de la bouche de quelqu'un en qui elle a confiance. »

Il lui tendit son sac.

« En effet. Quand vous aurez achevé ce qui vous appelle chez maître Morecott – et quand l'enfant aura, je l'espère, recouvré la santé –, aurez-vous la bonté de rendre à Milady sa houppelande et son bonnet ? Son fils la prive d'argent et elle n'est pas riche au point de pouvoir se permettre de les remplacer.

— Je puis vous les donner tout de suite. Il n'y a presque plus personne dans la rue et il ne me faudra qu'une demi-minute pour arriver chez Samuel. »

Mais il s'était déjà éloigné de quelques pas, résolument sourd à son appel et apparemment résolu à l'obliger à revenir chez sa redoutable maîtresse.

En s'approchant de la demeure de Morecott, Jayne constata que tous les volets étaient clos, même ceux de l'étage. Tout autre jour, elle en aurait conclu qu'il n'y avait personne à la maison, mais elle savait par la lettre de Ruth qu'il n'en était rien. Sa cousine ne l'aurait pas suppliée sur un papier taché de larmes de se rendre en toute hâte High East Street si son fils et elle n'y étaient pas.

Jayne s'arrêta devant la porte, indécise. Cela faisait deux mois que Samuel l'avait définitivement bannie de sa demeure après qu'elle eut relevé l'insigne stupidité d'une de ses interprétations d'un texte biblique, et ce seul interdit suffisait pour que les serviteurs lui refusent l'entrée, avec ou sans ordre d'éconduire l'ensemble des visiteurs. Préférant la ruse à la force, elle s'arrêta trois maisons plus bas et frappa.

« Le docteur Spencer m'a demandé d'apporter des remèdes pour le fils de maître Morecott, expliqua-t-elle au valet qui lui ouvrit. Il m'a donné instruction de passer par-derrière et de remettre ses médications à un domestique afin que le petit maître ne soit pas dérangé par le bruit. Pourriez-vous me dire où se trouve l'entrée des cuisines ? »

L'homme désigna une ruelle à une cinquantaine de mètres.

« Allez jusqu'à la fourche, tournez à gauche et comptez six portes, lui dit-il. Remettez ces objets à la cuisinière. Elle sera la seule à oser les faire passer à Dame Morecott. Les autres redoutent trop leur maître pour agir sans consigne de sa part.

— Accepteriez-vous de m'accompagner ? tenta Jayne avec un sourire timide. Je suis sûre que cette femme vous répondra plus volontiers qu'à une inconnue. Le docteur Spencer a bien insisté pour que l'enfant prenne son traitement dès ce matin. Sans les exécutions, il serait venu lui-même. »

Le valet la dévisagea un moment, se demandant peut-être s'il pouvait lui faire confiance puis, sur un brusque signe de tête, il referma derrière lui et la conduisit dans la venelle. L'évocation des événements lui avait délié la langue et il accabla Jayne de doléances, regrettant que le service d'autrui l'ait empêché d'y assister. Était-ce juste, alors que les fêtes religieuses et les jours fériés étaient si rares que tous les hommes devraient être en droit d'en profiter ?

Jayne fut soulagée qu'il n'attende pour toute réponse que des murmures de sympathie et que ses pas impatients les conduisent rapidement à la demeure qu'ils recherchaient. Il frappa énergiquement, donna son nom et le battant s'entrouvrit de quelques dizaines de centimètres pour laisser apparaître une servante inquiète, l'index posé sur ses lèvres. Les volets de la fenêtre étant clos, la cuisine était plongée dans l'obscurité bien que la lumière qui pénétrait par le seuil se reflétât sur les tabliers et les bonnets blancs des autres femmes qui se tenaient dans la pièce. Toutes marmottaient « chut » comme si leurs vies en dépendaient.

Après avoir murmuré un merci au valet, Jayne le contourna et s'introduisit à l'intérieur avant que la domestique ait eu le temps de refermer.

« Ne vous effrayez pas, dit-elle en identifiant des visages dans la pénombre. Je suis déjà venue et certaines d'entre vous me connaissent. Mon nom est Jayne Swift, cousine de votre maîtresse, et me voici ici à sa demande. Si quelqu'un doit être blâmé de ma présence, ce sera seulement elle et moi.

— Le maître vous a interdit sa porte, Madame.

— C'est exact, acquiesça Jayne en chassant devant elle les femmes qu'elle voyait à peine et en s'avançant résolument vers la porte qui ouvrait sur le reste de la maison. À son retour, vous pourrez lui dire que j'ai usé de ruse pour m'introduire ici.

— Êtes-vous venue aider le petit Isaac, Madame ? interrogea une voix.

— Oui.

— Alors, vous aurez besoin de nos prières, Madame. »

Jayne ouvrit la porte du couloir.

« J'ai plus grand besoin de votre assistance que de vos prières, répondit-elle. L'une d'entre vous accepterait-elle de me conduire jusqu'à sa chambre ? »

Aucune n'étant manifestement prête à lui donner satisfaction, sa requête ne rencontra que le silence, comme si la maisonnée estimait avoir déjà suffisamment transgressé les ordres du maître.

2.

Arrivé à la colline du Gibet, William, que sa sympathie pour Hugh Green retenait d'assister à sa mort de plus près, préféra rester derrière les badauds. Ayant fini par bien connaître cet homme à force d'escorter Lady Alice lors de ses visites en prison, il était peiné que les puritains de Dorchester aient ordonné son exécution pour prouver leur haine de la monarchie. Chaque clameur dénonçant les « traîtres papistes » rencontrait des huées plus sonores encore qui traitaient le roi de « traître ».

L'échafaud avait été dressé sur une éminence de manière que tous les spectateurs, où qu'ils se tiennent, voient parfaitement la scène. Le châtiment des coupables devait servir d'avertissement et inciter la population à ne pas quitter le chemin de la vertu. Les deux prêtres avaient déjà été traînés à bas de la charrette lorsque William arriva, et il vit le plus jeune abjurer sa foi près d'une table où l'on avait disposé les couteaux de boucher pour l'éviscération et le démembrement. Pâle comme un mort, il reconnut sa faute, désavoua le pape et demanda pardon à la foule ; sa terreur était telle qu'il tremblait de la tête aux pieds et que son urine ruisselait le long de ses jambes pour se répandre sur le sol poussiéreux.

Tandis que la foule, dont les badauds du premier rang attisaient la colère, huait sa lâcheté, la main solide de Hugh Green, posée sous son coude, l'empêcha de tomber. Craignant peut-être que le malheureux soit écartelé à mains nues, le shérif ordonna à cinq gardes de l'emmener ; la dernière image qu'en conserva William fut celle d'un homme à demi évanoui porté dans une rue latérale avant d'être reconduit à la prison de Dorchester.

Comme l'avait prédit Dame Swift, la fidélité de Hugh Green à sa foi ne vacilla pas un instant. Il traça le signe de croix sur le front du jeune prêtre au moment où le pauvre homme, terrifié, fut arraché à son étreinte puis, avec un sang-froid admirable eu égard à sa situation, il se mit à genoux à côté de l'échafaud et inclina la tête pour prier. Rien ne dérangea ni ne troubla sa méditation. Il aurait pu être seul dans son église tant il semblait sourd aux huées qui montaient derrière lui.

L'agitateur le plus déterminé était Samuel Morecott. William le repéra sans peine car il était plus grand que ses voisins et avait pris place sur la pente menant au gibet. À intervalles réguliers, il se retournait en levant les bras pour exhorter à crier une foule qui se laissait aisément convaincre. « Ordure de papiste ! » « Pourriture papiste ! » Pourtant, Morecott lui-même garda le silence quand le shérif adressa un signe de tête à quatre femmes et à un homme âgé qui se tenaient à côté de lui. Manifestant la même indifférence à la foule que le prêtre, ils s'avancèrent pour s'agenouiller autour de lui et s'associer à ses prières, reconnaissant courageusement qu'ils partageaient sa foi.

Après un temps que William estima à un quart d'heure, Hugh Green bénit ses compagnons et se releva, annonçant qu'il était prêt. Assisté du bourreau, il gravit l'échelle menant à l'estrade où se dressait le gibet puis, comme le permettait la coutume, il harangua la foule. D'une voix forte et claire afin que tous puissent l'entendre, il commença par une profession de foi vibrante de sincérité avant de confesser sa tristesse à voir son pays aussi profondément perturbé par des désaccords entre le roi et ses sujets. Il priait quotidiennement pour que des solutions soient trouvées et demanda à ses auditeurs d'en faire autant, leur assurant que Dieu les entendrait.

Samuel Morecott s'avança pour le défier.

« Suffit ! cria-t-il. Les idées d'un traître catholique n'ont pas leur place ici. »

Ne lui prêtant aucune attention, Green enchaîna sur l'amour de Dieu pour tous les hommes.

« Si la guerre devait éclater, priez pour vos opposants aussi sincèrement que vous priez pour vos amis. Que les paroles de Notre Seigneur vous servent de guide. “Aimez vos ennemis, faites du bien à ceux qui vous haïssent et priez pour ceux qui vous persécutent.” »

Morecott se tourna vers la foule avec un rire méprisant.

« Ce blasphémateur se fait l'égal du Christ. N'est-ce pas là l'hérésie que nous combattons ? Que les prêtres se croient plus proches de Dieu que tous les hommes vertueux qui lisent leur Bible ? »

Le bourreau intervint.

« Tous les condamnés ont le droit de parler, maître Morecott. Laissez-le poursuivre.

— Certainement pas, rétorqua Morecott, se retournant pour faire face au prêtre. Il nous a obligés à endurer ses interminables prières et voilà qu'il s'efforce d'obtenir un nouveau délai en prêchant la tromperie. Que répondez-vous à cela, maître Green ? Mis à l'épreuve, vous avez prouvé votre insuffisance, et voilà que vous avez encore l'arrogance de prétendre lire dans l'esprit de votre Créateur.

— Vous avez choisi un moment fort inopportun pour engager le dialogue avec moi sur pareil sujet, mon fils, protesta doucement le prêtre. Pourquoi n'êtes-vous pas venu me voir pendant les cinq mois que j'ai passés en prison ? J'avais plus de loisir alors et aurais volontiers répondu à vos questions. Je crains de n'avoir plus le temps de m'y pencher à présent. »

Des rires étouffés s'élevèrent derrière Morecott, comme si certains spectateurs cherchaient à applaudir le trait d'humour du condamné. Son observation témoignait à tout le moins de son courage devant les tourments qui l'attendaient.

« Je n'ai point besoin de prêtre. Dieu répond à mes questions, répliqua Morecott avec colère.

— Alors je vous envie, mon fils. Je souhaiterais que tous les hommes, y compris moi-même, l'entendent aussi aisément que vous. Nous n'aurions pas à craindre la guerre si ses appels à nous aimer les uns les autres résonnaient clairement à nos oreilles. »

Morecott le regarda fixement un moment avant de tendre le doigt vers l'exécuteur.

« Fais ton office, bourreau. Cet homme est un traître et un blasphémateur. Fais-le taire. Passe-lui la corde autour du cou et fais-le choir de l'échelle. »

Ceux qui l'entouraient poussèrent des cris d'approbation et, par ennui ou par adhésion, nombreux furent ceux qui joignirent leurs hurlements aux leurs. Hugh Green leva ses mains liées et continua à parler, mais ses mots étaient désormais inaudibles, noyés par la clameur qui s'élevait contre lui. William vit un sourire de résignation retrousser ses lèvres puis, sans la moindre trace de crainte, il s'inclina devant le bourreau, offrant son cou au nœud. Il levait encore les mains pour tracer le signe de croix sur sa poitrine lorsqu'il fut poussé de l'estrade et William détourna le regard pour ne pas voir les mouvements frénétiques de ses jambes et ses efforts désespérés pour s'agripper à la corde. Quelle coutume stupide, songea-t-il, que de lier les mains d'un condamné devant lui afin qu'il puisse prier pour son âme, alors que les plus courageux eux-mêmes s'efforçaient toujours de se dégager quand le nœud commençait à leur mordre la chair. Mais peut-être était-ce à dessein, pour montrer que tous les hommes, même les prêtres, finissaient par céder à la peur.

William aurait pu s'éloigner en cet instant. Il lui arriverait d'ailleurs de regretter de ne l'avoir pas fait, car jamais il ne pourrait effacer de sa mémoire les souffrances qu'endura encore Hugh Green. Le malheureux aurait dû être inconscient lorsqu'on le descendit de l'échafaud au bout de la corde mais – avait-il été détaché trop tôt ou le bourreau était-il incompétent ? – le nœud se desserra autour de sa gorge et il réussit à s'asseoir, parfaitement droit devant la foule. Chacun put constater qu'il avait tous ses esprits. Peut-être crut-il qu'on lui avait accordé une grâce, car une expression de surprise envahit ses traits, se transformant bientôt en gratitude quand son bourreau descendit de l'échelle pour s'accroupir dans la poussière à côté de lui. Mais le rustre lui murmura quelques paroles à l'oreille – des excuses ? – et le sourire s'évanouit. Green ferma les yeux.

Un tel tumulte éclata alors que William eut du mal à comprendre ce qui se passait. Alors que le prêtre était toujours assis par terre, une querelle opposa Samuel Morecott à un homme près de lui. Leur échange fut si houleux qu'ils en vinrent aux mains. Lorsque l'autre essaya de s'échapper, William reconnut Matthew Barfoot, un barbier. Les compagnons de Morecott s'emparèrent de Barfoot et lui plaquèrent les bras le long du corps, ce qui ne l'empêcha pas de se débattre comme un beau diable.

« Qu'est-ce qui le contrarie ? demanda William à son voisin.

— On lui avait dit que le prêtre serait mort quand il accomplirait sa tâche barbare, répondit l'homme avec un petit rire rauque, et le voilà conscient et sur son séant.

— Le démembrement a donc été confié au barbier ?

— Oui. Et il a demandé à être payé d'avance pour pouvoir rembourser ses dettes. On le traitera de voleur s'il n'accomplit pas sa besogne. »

William vit Samuel Morecott enfoncer son poing dans le ventre de Barfoot.

« Peut-être préférerait-il être un voleur qu'un assassin, murmura-t-il.

— Sans doute, mais il n'aurait pas dû dépenser l'argent s'il n'était pas prêt à s'exécuter. Résister ne lui rendra la tâche que plus difficile. » L'homme posa les yeux sur Hugh Green. « S'il ne s'y emploie pas avec quelque hâte, le prêtre se remettra sur pied et recommencera à prêcher, l'obligeant à enfoncer sa lame dans le corps d'une victime debout. »

La même idée avait dû traverser l'esprit de Samuel Morecott car il chargea quatre de ses compagnons de renverser Green sur le dos, dans la poussière. Ramassant un couteau sur la table, l'homme trancha les liens qui entravaient les mains du prêtre avant de le faire rouler sur le ventre et d'ordonner à ses compagnons de le dévêtir. Ses effets étaient si élimés qu'ils tombèrent en lambeaux et, une fois le ministre de Dieu nu, Morecott le retourna à nouveau sur le dos du bout de sa botte, riant de voir que Green cherchait instinctivement à couvrir ses parties intimes. Faisant remarquer que le traître n'avait rien à cacher tant son membre s'était rabougri faute d'utilisation, il fourra le couteau entre les mains de Barfoot et l'obligea à s'accroupir à côté du supplicié.

« Mets-toi à l'ouvrage, ordonna-t-il, ou subis le même sort. »

Des promesses mensongères contre trente pièces d'argent n'étaient pas moins grande trahison, déclara-t-il au barbier, que l'affirmation d'être papiste.

Barfoot commença avec une assez belle énergie, entaillant le ventre avant d'écarter les rabats de peau de part et d'autre de l'incision et de répandre les entrailles sur le sol, mais la peur et la fébrilité l'emportèrent quand Green, toujours en pleine possession de ses esprits, fit le signe de croix sur sa poitrine. Dès cet instant, une sauvagerie inhumaine s'empara du barbier. Comme Morecott lui enjoignait d'arracher le cœur du traître, l'ignorant entreprit de charcuter à tout va, tranchant chaque fragment qu'il prenait pour cet organe, s'évanouissant presque de terreur dès qu'il extirpait un morceau de chair sanguinolente tandis que sa victime, fort loin de pousser son dernier soupir, suppliait Jésus d'avoir pitié de lui.

Si un seul élément réconfortant pouvait émaner de cette scène effroyable, ce fut le courage et le dévouement que manifesta une femme qui, défiant Morecott, s'agenouilla dans la poussière à côté de la tête du père Green. Elle faisait partie des cinq personnes qui avaient prié avec lui au pied de l'échafaud et William savait, pour l'avoir rencontrée en prison avec Lady Stickland, qu'elle s'appelait Elizabeth Willoughby. Durant tout le temps de son supplice, elle tint tendrement le visage du prêtre entre ses mains, lui prodiguant amour et bonté par des prières et de doux sourires, mais sa force d'âme finit par vaciller quand Barfoot, convaincu d'avoir enfin trouvé le cœur de Green, découpa un morceau de son foie et le brandit en direction la foule.

Elle releva la tête pour se tourner vers le shérif : « Monsieur, vous avez le pouvoir de mettre fin à cette barbarie. Je vous en prie, faites-en usage. Le père Green a souffert plus qu'assez pour assouvir la soif de sang de cette assemblée. »

L'autre n'avait guère besoin d'être persuadé. Il fit signe au bourreau de s'approcher et lui ordonna de mettre fin aux souffrances du malheureux en l'égorgeant. Le bourreau obtempéra, mais le temps qu'il saisisse un deuxième couteau sur la table,

Hugh Green leva la main une dernière fois pour esquisser en l'air une croix tremblante. Aux yeux de William, sa bénédiction était générale. Pour d'autres, parmi lesquels Samuel Morecott, elle semblait s'adresser à ses tortionnaires, ce qui le mit dans une telle fureur qu'il se tourna pour haranguer les spectateurs.

« Avez-vous besoin de plus grande preuve du blasphème de ce traitre qu'il prenne sur lui de pardonner à ceux qui ont accompli son juste et vertueux châtiment ? » hurla-t-il.

Peut-être la frénésie qui s'empara alors de Morecott résultait-elle des cris d'approbation qui s'élevèrent de la foule, mais William jugea que sa cause la plus probable était le geste de Dame Willoughby qui posa doucement sa houppelande sur le corps du prêtre. Les traits déformés par la colère, Morecott arracha brutalement la pèlerine et hissa la femme sur ses pieds, chiffonnant le vêtement taché de sang pour le lui fourrer entre les mains.

« Partez, ordonna-t-il, en la poussant brutalement vers le shérif avant d'arracher le couteau des mains de Barfoot. Notre travail ici commence à peine. »

Travail ? Quel terme spécieux pour désigner la profanation et l'atrocité qui suivirent ! « Divertissement » ou « amusement » auraient été plus exacts, car Morecott était incapable de dissimuler son plaisir tandis qu'il hachait et déchirait les côtes du prêtre pour exposer son cœur. Il rit tout haut lorsqu'il le prit dans sa main et trancha les tendons qui le maintenaient en place avant de le jeter à la foule. Au moment où quelqu'un l'attrapa pour le lancer à un autre témoin, Morecott sciait le cou du supplicié. Ses mains étaient à présent tellement couvertes de sang que le manche glissant du couteau leur échappait constamment, alors il arracha le foulard que Barfoot avait au cou pour en envelopper la poignée et améliorer ainsi sa prise.

Lorsque le col fut tranché, il laissa le barbier démembrer le corps et bondit sur ses pieds pour brandir la tête, ricanant et sautillant comme un singe, les mains, les vêtements et le visage souillés du sang du condamné. Encouragé par ses compagnons, il laissa tomber le crâne sanglant à ses pieds et se mit à lui donner des coups de pied comme dans un ballon. Pourtant, tous les spectateurs ne partageaient pas son mépris pour la victime car des murmures de dégoût commencèrent à s'élever à l'arrière de la foule. Une femme cria qu'il était honteux de traiter de la sorte un homme courageux ; une autre, que les papistes méritaient le respect et la dignité dans la mort. Ces cris furent repris par une partie de l'assemblée et le shérif, soulagé peut-être d'avoir une excuse pour mettre un terme à ces agissements morbides, envoya ses acolytes chercher la tête et le torse démembré pour les placer dans un sac en toile de jute. Morecott déclara que le chef devait être enfoncé sur une pique et exposé aux portes de la ville, mais comme les voix de ses compagnons furent les seules à appuyer cette idée, le shérif ne lui prêta pas attention. Se tournant vers la venelle par laquelle on avait emmené le jeune prêtre, il donna ordre qu'on fasse venir le condamné suivant.

« Les autres sont des femmes, murmura le voisin de William, et Morecott les insultera aussi ignoblement que le prêtre.

— Pour quelle raison ?

— Green les a ramenées à la foi catholique le temps qu'il a passé en prison avec elles, puis il a allégué de son autorité de prêtre pour les absoudre de leurs péchés. Ce genre de chose ne convient guère aux individus comme Samuel Morecott.

— Quels crimes ces femmes ont-elles commis ?

— Rien que d'ordinaire. »

William resta assez longtemps sur place pour voir la première atteindre le pied de l'échafaud. D'une quarantaine d'années, elle était si maigre qu'on lui voyait les os à travers la peau. « Rien que d'ordinaire » désignait le vol d'aliments pour nourrir une famille qui mourait de faim, plus fréquemment en raison de l'ivrognerie ou de l'absence du mari que par suite du comportement immoral de la mère. La mort de celle-ci ne pouvait qu'aggraver les souffrances de ses enfants, mais de telles considérations n'étaient jamais prises en compte dans les jugements, car le larcin était considéré comme un crime aussi grave que le meurtre, méritant le même châtiment.

William remarqua l'expression paisible qui envahit le visage de la condamnée et le signe de croix qu'elle traça sur sa poitrine quand on la conduisit devant la parcelle de terre tachée de sang sur laquelle Hugh Green avait été massacré, et il se prit à espérer qu'elle conserverait sa fermeté jusqu'au bout. Quand les événements de la journée seraient consignés, le pardon plein d'amour du prêtre serait bien plus digne de rester dans les mémoires que la vengeance haineuse de Morecott.

3.

Jayne aurait eu du mal à trouver l'escalier dans l'obscurité qui enténébrait la demeure de Samuel si ses précédentes visites ne lui avaient appris où il était. Elle se demanda quelle logique absurde avait poussé le propriétaire à ordonner qu'on fermât tous les volets. Pensait-il que le petit malade de deux ans trouverait quelque réconfort dans une nuit éternelle ?

Tout en gravissant à tâtons les marches de bois, elle regretta pour la millième fois que Ruth ait un jour posé les yeux sur Samuel Morecott et inversement. Les motifs pour lesquels l'un et l'autre avaient souhaité le mariage n'étaient pas un mystère. À vingt-six ans, la jeune femme désespérait de trouver un mari et avait eu peine à croire à sa chance quand le séduisant Samuel avait trouvé quelques raisons de se rendre dans la maison de son père et de la surprendre dans le jardin. De trois ans son cadet, il l'avait flattée sans vergogne, admirant la « beauté » de ses traits pourtant fort ordinaires et le « lustre » de ses cheveux ternes. À tous ceux qui appréciaient Ruth pour sa douceur et sa bonté, ses compliments avaient paru faux et hypocrites et peu doutaient qu'il n'avait d'yeux que pour sa fortune. Pour un homme d'origine modeste, il n'existait pas moyen plus rapide d'améliorer sa position que d'épouser la fille unique d'un riche propriétaire foncier.

Arrivée sur le palier, Jayne tendit l'oreille, à l'affût de bruits qui lui indiqueraient dans quelle chambre entrer. Ruth était certainement en train de parler à son fils, songea-t-elle. Comme elle n'entendait rien, elle dut pousser deux ou trois portes avant de trouver celle qu'elle cherchait. Sans prendre la peine de s'annoncer, elle s'approcha de la fenêtre et ouvrit tout grands les volets pour laisser pénétrer l'air et la lumière, puis elle se tourna vers le berceau de bois posé au sol. Ruth était agenouillée, raide, à côté de lui, les mains jointes, les lèvres remuant en une supplique silencieuse. Le seul signe révélant qu'elle avait perçu la présence de Jayne fut une mise en garde chuchotée contre la colère de Samuel s'il trouvait les volets ouverts à son retour.

Jayne retira les épingles de sa houppelande et la laissa tomber par terre.

« Est-il indifférent à la détresse de son fils au point de préférer ne pas la voir ?

— Le docteur Spencer l'a persuadé que l'obscurité contribuerait à la guérison. »

Incrédule, Jayne secoua la tête en se penchant pour examiner l'enfant.

« Quels autres remèdes a-t-il préconisés ? »

Ruth désigna d'un mouvement de tête un flacon bouché contenant un liquide trouble, sur la table à côté du berceau.

« Une infusion de vin blanc et de cloportes pilés. Isaac vomit chaque fois que j'essaie de lui en donner. »

Jayne n'en fut pas surprise. Les adultes eux-mêmes étaient pris de nausée quand ils absorbaient l'infâme concoction si prisée des médicastres pour soigner les problèmes pulmonaires. Ruth lui avait écrit que le médecin de la ville avait diagnostiqué la coqueluche – une maladie redoutée qui pouvait entraîner le trépas par défaillance respiratoire – mais, comme aucun des soins qu'il recommandait n'avait été efficace, elle avait, en désespoir de cause, fait appel à sa cousine.

Constatant l'état de faiblesse extrême du petit garçon, cette dernière craignit qu'il ne fût déjà trop tard. Si la fièvre n'avait pas rougi ses joues, elle aurait pu le croire mort car son berceau ressemblait à s'y méprendre à un cercueil dont on aurait retiré le couvercle. Isaac était allongé sur une mince paillasse posée sur une planche affreusement dure, sans couverture pour réchauffer son corps ni oreillers pour soutenir sa tête. Réprimant un soupir d'impatience, elle le prit dans ses bras et s'approcha de la fenêtre, le berçant tout en le tenant contre elle, le buste relevé. L'air frais et le changement de position provoquèrent une quinte de toux, et Ruth la supplia de le recoucher dans son berceau.

« Le médecin a déconseillé de le porter. Il nous a dit qu'Isaac aurait moins de spasmes s'il restait allongé sur le dos. »

Jayne l'ignora pour se concentrer sur la toux du petit. Pour son oreille expérimentée, elle tenait davantage des aboiements rauques dus au croup que des sifflements aigus de la coqueluche, mais dans un cas comme dans l'autre, il fallait l'aider à respirer. Avec des sourires rassurants, elle lui caressa les joues et lui chanta une berceuse pour le calmer et quand les convulsions s'apaisèrent, elle se tourna vers Ruth.

« Si vous souhaitez mon aide, appelez la cuisinière et dites-lui d'obéir à toutes mes directives. Le valet de vos voisins m'a appris qu'elle n'hésite pas à braver les ordres de Samuel.

— Isaac vivra-t-il si je le fais ?

— Dieu seul le sait, Ruth. Les méthodes du docteur Spencer ont-elles apporté quelque soulagement ?

— Non.

— Dans ce cas, vous ne risquez rien à me permettre d'essayer autre chose. Les exécutions devraient retenir Samuel pendant deux ou trois heures, ce qui nous suffira pour voir si d'autres traitements soulagent un peu Isaac. Tout ce que vous avez à faire, c'est aller chercher la cuisinière. »

Un sourire las glissa sur le visage de Ruth qui se releva.

« Si seulement c'était aussi simple », murmura-t-elle.

La cuisinière, qui se présenta sous le nom de Mary, écouta attentivement la liste de tout ce dont Jayne avait besoin – une chaise de nourrice, des bouilloires d'eau chaude, un pichet d'eau glacée tirée du puits, des jattes, des serviettes et de la crème anglaise tiède et sucrée pour Isaac – mais elle secoua la tête quand cette dernière demanda si les servantes et elle pouvaient lui apporter cela immédiatement. Il n'y avait pas de chaises dans la maison, uniquement des tabourets en bois ; le feu n'avait plus été allumé dans la cuisine depuis mercredi, faute de bûches ; de plus, elle n'avait ni œufs, ni sucre, ni lait pour préparer de la crème anglaise car le garde-manger était vide. La maladie de son fils, associée aux préparatifs de l'exécution des prêtres, avait fait oublier à son maître la nécessité de s'approvisionner en nourriture et en bois.

« Vous n'avez pas mangé depuis deux jours ?

— En effet, Madame ; quant au petit Isaac et à Dame Morecott, ils se passent de repas depuis plus longtemps déjà. Le maître me remet trois shillings tous les lundis pour acheter le nécessaire, mais cette semaine, je n'ai rien reçu. »

Jayne posa la paume autour de la tête de l'enfant qui reposait contre son épaule.

« Je ne m'étonne plus qu'il soit souffrant. Comment voulez-vous combattre la maladie quand le corps est affaibli par le manque de nourriture ? »

Elle pointa le menton vers sa sacoche posée par terre à côté du berceau.

« Vous trouverez une bourse dans la poche de devant, Mary. Prenez cinq shillings et courez chez l'épicier et le marchand de bois. Pour nous, les femmes, il faut de la viande, du fromage et du pain, et pour ce petit bonhomme – elle posa un doigt sur le nez d'Isaac –, autant de bon bouillon et de crème sucrée qu'il en pourra avaler. »

Mary se tourna vers Ruth.

« Ai-je la permission d'obéir, Madame ? »

Ruth acquiesça d'un signe de tête avant d'ajouter : « Si à son retour, le maître présente quelque objection, explique-lui que ces instructions sont les miennes. Je ne veux pas que tu subisses les conséquences de mes propres actes.

— Dites-lui la vérité Mary, protesta Jayne en secouant la tête : que c'est Jayne Swift qui en a donné l'ordre. N'occupant aucune position dans cette demeure, je n'ai rien à perdre à encourir l'inimitié de maître Morecott. Néanmoins, ajouta-t-elle avec un petit rire, puisque la maisonnée mangera à mes frais, j'exige que vous travailliez dur en contrepartie. Prenez deux servantes pour vous aider dans vos achats et demandez à d'autres de m'apporter le pichet d'eau froide, des tabourets, des jattes et des serviettes. Que la première bouilloire soit dans cette chambre dans moins d'une heure. Est-ce possible ? »

Mary fit la révérence.

« Oui, Madame, mais il faudra ouvrir les volets de la cuisine et ceux de la fenêtre en haut de l'escalier si nous voulons transporter de l'eau bouillante en toute sécurité. En prendrez-vous également la responsabilité ?

— Volontiers. »

Mary trouva la bourse et y préleva deux demi-couronnes avant de gagner la porte à grands pas.

« Que Dieu vous bénisse pour votre générosité, et qu'il bénisse Dame Morecott de vous avoir fait venir », lança-t-elle par-dessus son épaule.

Jayne tendit Isaac à Ruth afin d'avoir les mains libres pour sortir de sa sacoche ce dont elle avait besoin, mais Ruth refusa de le prendre.

« J'ai déjà violé trop de promesses, expliqua-t-elle. Laissez-moi retourner à mes prières. Je supporterai mieux la colère de Samuel si je puis au moins avoir la conscience tranquille sur ce point. »

Après quoi, elle garda le silence et Jayne dut s'adresser aux petites servantes pour obtenir ce qu'elle voulait. Trois d'entre elles arrivèrent avec des tabourets, des jattes d'eau froide et des serviettes, et elle demanda à la plus âgée de rester un moment pour répondre à quelques questions. La fille, qui déclara s'appeler Sarah, secoua la tête, terrifiée.

« Il n'est pas permis de parler du jeune maître, Madame.

— Votre maîtresse t'en donne la permission. Ruth, je vous en prie, confirmez-lui que je dis la vérité, car je ne puis aider Isaac sans connaître ses symptômes. »

Ruth hocha la tête assez vigoureusement pour délier la langue de Sarah et, une fois en train, celle-ci répondit avec intelligence. Jayne apprit ainsi qu'Isaac avait souffert d'un petit rhume avec des éternuements quelques jours avant que la toux se manifeste. Sarah compara celle-ci aux aboiements d'un chien et ajouta que le docteur Spencer avait pensé que c'était le croup, mais que ses remèdes avaient prouvé leur inefficacité. Il avait fini par se convaincre qu'il s'agissait de la coqueluche car les aboiements duraient depuis deux semaines déjà. Quand Jayne demanda quels remèdes avaient été essayés, Sarah tendit le doigt vers plusieurs flacons posés sur la table, dont deux contenaient du petit-lait sur et de la teinture de pulmonaire. Le maître avait également ordonné que toute la maisonnée se répande en prières, et les servantes lui avaient donné satisfaction avec une grande diligence, s'agenouillant entre leurs tâches, tandis que Dame Morecott avait passé cinq jours sans bouger à côté du berceau de son fils.

Tout en l'écoutant, Jayne prit de l'eau du pichet pour humecter les lèvres d'Isaac du bout du doigt. Assise sur un tabouret, elle le soutenait verticalement sur ses genoux et rafraîchissait son front brûlant avec une serviette humide et froide. Sarah se tordit les mains et la supplia de cesser de lui mouiller les lèvres.

« Vous devriez utiliser une des infusions, Madame. Le docteur Spencer nous a bien fait comprendre que l'eau affaiblirait l'efficacité de ses traitements. »

Jayne sourit.

« Mais tu viens de me convaincre de leur *inefficacité*, murmura-t-elle. Et si nous faisions plutôt confiance à de l'eau de source pure ? Isaac doit avoir bien soif si on ne lui a donné que du petit-lait tourné, du vin âcre et des cloportes. Sois gentille, ouvre ma sacoche et apporte-moi une des petites cuillers qui se trouvent dans la boîte en hêtre que tu y trouveras. »

Sarah s'étonna de l'avidité avec laquelle l'enfant aspira l'eau à la cuiller et du bien-être qu'il semblait éprouver, assis, la joue contre l'épaule de Dame Swift.

Quand la bouilloire arriva, Jayne confia le petit à Sarah pour préparer son propre remède. Elle sortit de son sac des bocaux d'huile de menthe et de romarin et versa quelques gouttes de chacun dans un bol d'eau fumante avant de choisir la plus grande des serviettes et d'en draper son bras. Une fois prête, elle prit Isaac contre elle, s'assit sur le tabouret et maintint le bol sous le menton du petit garçon. Pour lui montrer qu'il n'avait rien à craindre, elle posa sa joue contre la sienne et demanda à Sarah de couvrir leurs deux têtes avec la serviette pour leur permettre de respirer ensemble la vapeur odorante.

L'enfant se laissa facilement persuader d'imiter ses longues inhalations profondes à la place des inspirations superficielles et hésitantes qui lui étaient devenues habituelles. La vapeur semblait pourtant aggraver sa toux, et son maigre thorax se soulevait à chaque spasme. Sans s'alarmer, Jayne lui caressait le dos et lui chuchotait des encouragements ; son calme se communiqua à Isaac car, les minutes s'écoulant, ses quintes s'espacèrent. Lorsque l'eau commença à refroidir, elle le porta jusqu'à la fenêtre ouverte et lui fit respirer l'air frais et sec du dehors.

« Je ne vois là aucun symptôme de coqueluche, dit-elle à la mère. La vapeur fluidifie les mucosités et Isaac aurait expectoré des glaires verdâtres s'il avait été atteint de ce mal. Je pense que le premier diagnostic du docteur Spencer était exact et qu'Isaac est atteint du croup. »

Elle n'attendait pas de réponse et s'étonna d'en recevoir une. Peut-être n'avait-il fallu à Ruth qu'un diagnostic de croup, un mal infiniment moins grave que la coqueluche, pour renoncer à toutes les promesses faites à son tyran de mari.

« Mais pourquoi les remèdes n'ont-ils pas eu de résultat ? Pourquoi la maladie a-t-elle ainsi perduré ?

— Parce que Isaac est trop affaibli et trop angoissé pour lutter. Nous devons le persuader d'absorber autant d'eau et de nourriture liquide que possible tout en apaisant ses craintes. Il a besoin de voir votre visage et d'apprécier le réconfort de vos bras, Ruth, au lieu de n'avoir que les ténèbres à regarder et des prières à écouter.

— Vous me demandez de faire l'exact contraire de ce que le docteur Spencer a recommandé.

— En effet.

— On ne peut y voir qu'une critique de ses méthodes.

— Elles méritent d'être critiquées.

— Voilà qui ne fera pas le bonheur de Samuel. »

Jayne laissa échapper un rire involontaire.

« Cela ne changera rien, ma cousine. Samuel et le bonheur ont toujours été étrangers l'un à l'autre. »

À la cuisine, les femmes se montrèrent assoiffées de nouvelles quand Sarah descendit leur réclamer une deuxième bouilloire, davantage d'eau froide et un bol de crème anglaise tiède. Le petit maître allait-il mieux ? Comment était-ce possible ? Que faisait Dame Swift ? Sarah leva les yeux au ciel.

« Elle va nous attirer des ennuis, pour sûr, s'écria-t-elle. Elle a ouvert la fenêtre en grand, elle laisse le petit boire autant d'eau qu'il en veut et a persuadé Dame Morecott de le prendre dans ses bras, de lui couvrir la tête de baisers et de lui chanter des berceuses pour le distraire. »

Mary, la cuisinière, gloussa en versant du lait chaud sur des jaunes d'œufs sucrés avant de remuer le mélange jusqu'à ce qu'il épaississe.

« Enfin une personne raisonnable, que Dieu en soit loué, déclara-t-elle.

— Maître Morecott nous en voudra de l'avoir laissée entrer, les mit en garde une autre servante. Nous passerons demain huit heures à genoux à écouter un sermon sur le péché de désobéissance.

— Dans ce cas, il s'expliquera avec Dame Swift, rétorqua Mary en tournant sa cuiller une dernière fois dans la crème avant de remettre la jatte à Sarah. Elle m'a donné sa parole qu'elle était prête à attirer sur elle la défaveur du maître afin de nous en préserver. »

Le soleil était déjà très bas à l'ouest lorsque Samuel revint. Jayne fut prévenue de son approche par la plus jeune des servantes, qu'elle avait chargée de faire le guet à une fenêtre de l'étage. La fille parcourut le couloir ventre à terre pour annoncer que maître Morecott était à cent pas de la porte et que Dame Swift ferait bien de se hâter si elle voulait le retenir dans le vestibule. À ce moment-là, les remèdes tout simples de Jayne – dix minutes de fumigations suivies d'une période plus longue de respiration d'air sec à la fenêtre, de l'eau froide, du bouillon chaud et de la crème anglaise – avaient suffisamment soulagé Isaac pour qu'il cède à un profond sommeil réparateur dans les bras de sa mère.

En adressant un sourire d'encouragement à Ruth, à qui elle promit tout bas qu'elle ne laisserait pas Samuel les déranger, elle demanda à la servante de rester au côté de Dame Morecott et descendit l'escalier.

La lumière qui entrait à flots par la fenêtre aux volets ouverts du palier et par la porte de la cuisine béante au fond du couloir du rez-de-chaussée attira le regard de Samuel dès qu'il franchit le seuil et, prenant à contre-jour la silhouette de Jayne pour celle de son épouse, il la réprimanda vertement.

« Pourquoi t'entêtes-tu à me désobéir, femme ? N'ai-je pas ordonné que les volets restent clos ? Il est écrit dans Timothée qu'une épouse ne saurait usurper l'autorité de son mari et doit se soumettre à sa volonté sans se plaindre. Qu'y a-t-il dans cette instruction qui dépasse ton entendement ?

— Je suis certaine que Ruth la comprend parfaitement, Samuel, répondit Jayne. Elle a cependant plus de difficulté à l'accepter. Elle préfère les versets des Proverbes trente et un qui exhortent les maris à apprécier leurs femmes. J'ai entendu son père les lui réciter maintes fois avant son mariage, et celui qui la décrit le mieux est le vingt-sixième : “Elle a ouvert sa bouche à la sagesse, et la loi de la clémence est sur sa langue.” Vous vous trouveriez mieux de vous les rappeler de temps en temps. »

La voix de la jeune femme déclencha sa fureur.

« Dehors ! rugit-il en ouvrant la porte d'un coup de pied, le bras tendu vers la rue. J'ai ordonné votre bannissement il y a huit semaines, et cet ordre n'a point été révoqué. »

Jayne ne bougea pas, consciente qu'elle ne pourrait pas protéger Ruth et Isaac si Samuel se croyait en mesure de l'intimider. Elle n'en dut pas moins mobiliser tout le sang-froid que lui conférait son expérience pour opposer un visage indifférent à sa vive agitation et au sang qui lui souillait les mains.

« J'ai été appelée par Ruth, répondit-elle calmement, et, cette demeure appartenant à son père, elle a autant de droits que vous à en autoriser l'accès à qui elle veut. »

Il serra le poing.

« Les droits d'un mari passent avant tous les autres. Vous le découvrirez par vous-même si vous parvenez un jour à convaincre un homme de vous faire sa demande.

— Je n'en ai pas encore rencontré qui fût digne d'être persuadé, rétorqua-t-elle en haussant les épaules. Je n'ai pas l'ambition d'épouser un coureur de dot désireux de prendre son essor aux dépens de ma famille. Mon oncle sait-il que, pour nourrir huit personnes, vous ne dépensez que trois shillings par semaine de la rente qu'il accorde à Ruth ? Que faites-vous du reste de cet argent ? Vous sert-il à acheter de l'influence auprès de gens tels que Robert Spencer ? »

Les yeux de Samuel se plissèrent de colère.

« Mes affaires ne vous concernent pas.

— Elles me concernent quand je constate que votre personnel est affamé. J'ai été contrainte de remettre à votre cuisinière cinq shillings pour acheter du bois et de la nourriture, car personne ici n'a mangé depuis mercredi. »

L'accusation parut l'ébranler.

« Cessez de me chercher chicane, dit-il avec mauvaise humeur. C'était un oubli. Pourquoi n'a-t-elle pas de réserves dans sa cuisine ?

— Vous lui donnez trop peu d'argent pour qu'elle remplisse son cellier.

— L'administration de la maison relève de Ruth. Elle aurait dû me rappeler que le versement avait été oublié.

— Elle a voulu le faire, mais vous lui avez ordonné de se taire.

— J'avais d'autres soucis en tête.

— Elle aussi, murmura Jayne, mais ce ne sont pas les mêmes que les vôtres, sans doute. Quel frisson un homme peut-il éprouver à attendre l'exécution de prêtres quand son fils unique se meurt ? Leur trépas a-t-il été aussi douloureux que vous l'espériez, Samuel ? Sans doute y avez-vous assisté de très près, car il me semble que vous avez leur sang sur les mains… ainsi que sur le visage et les souliers. Voulez-vous que j'apporte de l'eau afin que vous puissiez vous nettoyer ? »

Il se dirigea vers une pièce à sa gauche.

« Faites venir une servante.

— Si vous voulez, acquiesça-t-elle en s'approchant de la porte d'entrée pour la refermer. Mais ce sera la cuisinière. Les quatre jeunes domestiques ont déjà si grande peur de vous qu'elles risquent de se pâmer si elles vous découvrent en pareil état.

— Faites venir Ruth, commanda-t-il depuis l'intérieur de la pièce.

— Elle soigne Isaac. Il vous faudra choisir entre Mary et moi. »

Elle entendit le bruit mat d'un poing contre le mur.

« *Vous,* dans ce cas, mais ne dites plus un mot. Vos affreuses jérémiades me vrillent les oreilles. »

Quel enfant, songea Jayne, il passe de la colère à la bouderie d'un instant à l'autre. Elle se demanda comment Ruth avait jamais pu le supporter, car son indéniable beauté ne pouvait en aucun cas compenser l'égoïsme de sa nature ni l'insuffisance de son intelligence.

Jayne n'avait pas été étonnée qu'il se déclare puritain six mois après son mariage, ni qu'il ferme sa porte au pasteur de la paroisse. Les hommes faibles trouvaient toujours avantage à tenir leur maisonnée à l'abri de toute influence cléricale ou, de fait, de toute influence masculine, car ce n'était pas sans raison que Samuel, persuadé de pouvoir plus aisément les intimider, n'employait que des domestiques du sexe faible. Il avait expliqué à Ruth que sa conversion avait pour motif de favoriser son accession au Parlement car, selon lui, un homme devait gagner la confiance du peuple pour obtenir ses voix. Ruth, qui ne voulait que le bien de son mari, avait accepté d'embrasser elle aussi le puritanisme, loin de se douter que dès qu'il serait libre d'imposer sa propre interprétation de la Bible à sa maisonnée, sa tyrannie domestique ne tolérerait ni critique ni doléances. Jayne savait que sa méthode préférée pour s'assurer la docilité de son épouse consistait à l'éloigner de son fils chaque fois qu'elle osait lui tenir tête, et que la dernière de ces séparations avait duré une semaine, au terme de laquelle Ruth, poussée au désespoir par les plaintes d'Isaac, était allée trouver Samuel et avait mis un genou à terre pour implorer son pardon. Maintenant qu'elle avait violé toutes ses promesses, elle redoutait qu'il la chasse de la demeure, lui interdisant de revoir son enfant.

Quand Jayne revint avec un linge et une jatte d'eau chaude, Samuel lui demanda ce qu'elle avait voulu dire en affirmant que Ruth soignait Isaac. Comme toutes les autres, la pièce où ils se trouvaient était plongée dans l'obscurité, mais la fenêtre du palier laissait filtrer suffisamment de lumière pour que Jayne distingue sa haute silhouette à côté de la cheminée. Sans parler, elle posa la jatte à ses pieds et s'éloigna. Il lui ordonna de répondre et comme elle n'en tenait aucun compte, il la suivit dans le vestibule et la retint par la manche.

« Il lui est interdit de prendre l'enfant dans ses bras.

— Dix minutes seulement se sont écoulées depuis que vous m'avez ordonné le silence, Monsieur, et je me suis promis de vous obéir. » Elle se dégagea en lui jetant un regard rempli d'un mépris cinglant. « Dorénavant, il n'y aura plus aucune conversation entre nous. »

Sarah et la plus jeune des servantes redescendirent furtivement à la cuisine un quart d'heure plus tard et demandèrent aux deux autres domestiques de monter à Isaac toute la nourriture que Dame Swift avait achetée, ainsi qu'un briquet à amadou et autant de chandelles qu'elles en pourraient trouver. Elles devraient se déplacer le plus silencieusement possible afin de ne pas déranger maître Morecott et, une fois les vivres apportés, revenir aider Sarah et Rose pour remplir au puits des seaux qu'il fallait également porter à l'étage.

« Et ensuite ? demanda Mary. Souhaite-t-elle que nous restions dans la chambre avec elle ?

— Je crois, acquiesça Sarah, mais elle ne veut pas que maître Morecott le sache. Elle a beaucoup insisté pour que nous restions discrètes.

— Nous le serons, répondit Mary en les mettant au travail. Pour ma part, je préfère être en haut avec les deux maîtresses qu'à la merci du maître en bas. Il est rentré à la maison avec du sang sur les mains et je lui ai trouvé l'air d'un fou. »

Les servantes furent encore plus convaincues de la démence de Morecott quand il se mit à tambouriner contre la porte d'Isaac en exigeant qu'on lui ouvre. Sur l'ordre de Dame Swift, elles restèrent muettes, laissant le maître vociférer dans le vide. Comme elles avaient pris la précaution de glisser devant la porte un lourd bahut de chêne dans lequel on rangeait des vêtements, ses tentatives pour pousser le battant d'un coup d'épaule furent vaines. Exaspéré, il asséna à sa femme une kyrielle d'injonctions suivies, comme elle ne répondait pas, de menaces d'expulsion. Sa colère se dirigea ensuite contre Dame Swift, qu'il traita de toutes sortes de noms abominables, mais Jayne se contenta de sourire et de poser le doigt sur ses lèvres pour rappeler à toutes les femmes présentes de garder le silence.

Elles possédaient force et pouvoir quand elles agissaient collectivement, expliqua-t-elle aux servantes, mais elles en manquaient singulièrement quand il leur fallait affronter seules leurs oppresseurs. Elles ne l'ignoraient pas, car elles avaient pu constater les maux que leur maîtresse avait subis chaque fois qu'elle avait cherché à prendre leur défense ou celle de son fils. En ce jour, elle avait désobéi à son mari dans l'espoir de sauver Isaac, n'ignorant pas qu'elle risquait de ne pas revoir son fils bien-aimé. Chaque servante était libre de décider si elle souhaitait soutenir sa maîtresse ou son maître, mais Jayne promit à celles qui perdraient leur place pour avoir pris le parti de la première qu'elles trouveraient un emploi chez son propre père, à Swyre.

Mary, qui maintenait une bouilloire au-dessus de cinq bougies allumées, secoua la tête.

« Il est inutile de nous acheter, Madame. Nous nous serions portées depuis longtemps à son secours si elle nous y avait autorisées. Elle n'était pas la seule à s'affliger chaque fois que le petit Isaac lui était retiré et restait à pleurer dans son berceau.

— Nous n'avons jamais eu le droit de le consoler, ajouta Sarah. Le maître est convaincu que le câliner et l'embrasser fera de lui un être faible et immoral.

— Nous connaissons par cœur ce verset des Proverbes, renchérit Rose, car nous l'avons entendu à satiété. "Celui qui épargne la verge hait son fils, mais celui qui l'aime s'applique à le corriger." » Elle jeta un regard timide à Ruth. « Notre pauvre maîtresse a refusé de gifler Isaac parce qu'il avait ri, et il lui a été retiré sept jours durant. »

Mary dévisagea Jayne avec curiosité.

« Vous semblez tenir le silence pour une arme, Dame Swift. En avez-vous déjà éprouvé l'efficacité ?

— Uniquement contre mon père lorsqu'il m'a refusé l'autorisation de suivre une formation de médecin. Ma mère s'est jointe à moi et, en refusant l'une et l'autre de lui adresser la parole, nous avons réussi sans peine à le faire changer d'avis.

— Ce moyen rencontrera-t-il pareil succès avec maître Morecott ?

— À condition de ne pas nous laisser effrayer au point de lui ouvrir la porte. Plus longtemps nous le tiendrons à l'écart, meilleures seront les chances de guérison d'Isaac. »

Un homme plus sage aurait pu se demander comment sept femmes enfermées dans une chambre réagiraient à ses menaces et à ses insultes outrancières, mais Samuel semblait convaincu qu'elles ne pouvaient que le craindre. Il ne s'attendait certainement pas à provoquer leur amusement. Enhardies par le rire intérieur qui plissa les yeux de Jayne lorsqu'il les qualifia, Ruth et elle, de « païennes » et de « putains », les servantes se laissèrent aller à sourire aussi, car elles savaient que ces deux termes n'étaient que sottes descriptions de Dame Morecott. Aucune ne rompit la règle du silence. Elles l'observèrent même encore plus résolument, comprenant pour la première fois avec quelle rapidité un homme cédait au ridicule dès que son autorité était contestée.

Avant de dévaler l'escalier, Samuel menaça enfin de faire venir des aînés de son Église pour forcer la porte et administrer le fouet à chacune des femmes qui se trouvaient à l'intérieur en vue de les punir de leur insoumission. Jayne secoua la tête quand Rose demanda si cela pouvait arriver.

« Il ne cherche qu'à vous inquiéter, la rassura-t-elle. Les puritains prennent leurs instructions dans la Bible et je n'ai pas souvenir du moindre verset parlant de fouetter l'épouse et les servantes d'un autre homme.

— Il ira chercher le docteur Spencer, intervint Ruth. Cet homme terriblement persuasif ne manquera pas d'arguments pour faire valoir la nécessité d'examiner Isaac. » Elle posa un baiser sur la tête de l'enfant. « Il a l'esprit aussi vif que vous, Jayne, et il ne vous sera pas facile de lui tenir tête. D'une manière ou d'une autre, Samuel parviendra à franchir cette porte.

— Pas avant qu'Isaac ait repris des forces, cependant, rétorqua fermement Jayne, et cela prendra encore vingt-quatre heures. » Elle se munit d'un linge pour soulever le couvercle de la bouilloire et voir si l'eau frémissait. « Encore quelques minutes, je pense, Mary. Si votre bras fatigue, demandez à Sarah de vous relayer.

— Elle n'est lourde que quand elle est pleine, Madame. » Mary jeta un regard en direction de Ruth. « Ne conviendrait-il pas que notre maîtresse mange quelque chose ? Cela fait plusieurs jours qu'elle se passe de nourriture et je crains qu'elle tombe de son tabouret si elle s'en abstient encore longtemps. »

Rendant grâce au bon sens de la cuisinière, Jayne les encouragea toutes à s'alimenter. Quant à elle, elle s'agenouilla à côté de sa cousine avec un plateau de pain, de fromage et de ragoût de mouton dont elle lui tendit des bouchées, ne s'interrompant que pour grignoter elle-même. Jayne songea qu'en vérité, Ruth aurait volontiers jeûné éternellement à condition de pouvoir rester assise comme elle l'était en cet instant, Isaac endormi dans ses bras, les voies respiratoires plus dégagées. Son cœur se durcit encore contre Samuel et contre sa cruauté. Son maître, Richard Theale, lui aurait conseillé de ne pas laisser ses sentiments personnels peser sur son jugement, mais dans ce cas précis elle lui aurait donné tort. Elle avait besoin de brûler de colère pour assurer la sécurité de cet enfant, de sa mère et de leurs servantes.

4.

Ainsi que l'avait prédit Ruth, la voix de Robert Spencer ne tarda pas à se faire entendre de l'autre côté du battant. Il commença par tempêter, exigeant de voir son petit patient, avant que l'absence de réaction ne le pousse à adopter un ton mielleux et enjôleur.

« Permettez-moi de me présenter, Dame Swift. Je suis le médecin, le docteur Spencer. Vous n'avez aucune raison de me battre froid, car ce n'est pas moi qui vous ai ordonné le silence. Je n'ai entendu que louanges de vos compétences thérapeutiques et je suis fort désireux de savoir ce que vous pensez de la maladie du jeune Isaac. »

Jayne avait déjà annoncé à ses compagnes qu'elle serait obligée de répondre au médecin s'il lui posait des questions d'ordre médical.

« Je serai ravie de vous en informer, Monsieur, car comme vous le dites, ma promesse de me taire ne concerne que maître Morecott. J'ai traité le petit contre le croup et, en lui faisant respirer alternativement de la vapeur et de l'air frais de l'extérieur, j'ai réussi à lui dégager suffisamment les poumons pour qu'il puisse avaler du bouillon, de la crème anglaise et toute l'eau qu'il voulait. Les symptômes les plus préoccupants se sont déjà atténués et je pense qu'il aura recouvré la santé d'ici à demain soir. Sans doute ces nouvelles vous tranquilliseront-elles.

— Loin de là, Dame Swift. Cet enfant souffre de la coqueluche et les méthodes que vous employez atténueront les symptômes sans les soigner pour autant. Vous devez en revenir immédiatement aux remèdes que j'ai recommandés.

— Malgré tout le respect que je vous dois, Monsieur, s'il était atteint de ce mal, ses glaires seraient épaisses et vertes, ses quintes de toux, moins fréquentes mais plus longues, et les sifflements se feraient entendre à l'inspiration et non à l'expiration. Dame Morecott m'a appris que vous n'êtes revenu sur votre diagnostic, passant du croup à la coqueluche, que parce que Isaac ne s'est pas rétabli aussi rapidement que vous l'espériez. Puis-je me permettre de vous suggérer que vous auriez mieux fait de remettre en question vos méthodes plutôt que de pencher pour une autre maladie ? »

Les femmes présentes dans la pièce surprirent une brève discussion derrière la porte avant que Robert Spencer reprenne la parole.

« Laissez-moi entrer afin que je puisse examiner l'enfant moi-même, Dame Swift. J'en ai le droit car je suis son médecin.

— Vous avez joui de ce droit deux semaines durant, Monsieur, et Dame Morecott m'apprend pourtant que vous n'êtes venu dans sa chambre que deux fois durant tout ce temps. Qu'espérez-vous constater ce soir que vous n'auriez pu observer lors de vos précédentes visites ?

— Je veux m'assurer que vous dites la vérité, Dame Swift.

— Soyez certain que c'est le cas, Monsieur. Si vous mettez mon discours en doute, je veux bien autoriser une femme à entrer dans cette pièce pour vérifier mes propos. Eu égard aux menaces de fouet que maître Morecott a proférées contre son épouse et ses servantes il y a une heure, je suis peu disposée à admettre un homme parmi nous. Je vous suggère de faire venir Lady Alice Stickland de Church Street. J'ai fait sa connaissance par hasard ce matin et suis certaine que nous la tiendrons, vous et moi, pour un juge impartial. »

Jayne n'avait pas pensé un instant que Spencer ou Samuel accepteraient cette proposition et leur assentiment l'inquiéta. De toute évidence, ils n'étaient conscients ni l'un ni l'autre du mépris dans lequel la matrone les tenait, et elle craignit de s'être laissée emporter par son second jugement sur cette femme au lieu de s'en tenir au premier, à savoir que la vérité était étrangère à Lady Alice. Elle n'en dissimula pas moins son inquiétude durant l'attente qui suivit, car elle n'avait rien à gagner à communiquer ses craintes à ses compagnes.

Les récriminations de Lady Alice résonnèrent à leurs oreilles tout le temps qu'elle mit à gravir l'escalier et à longer le couloir. Pourquoi la maison était-elle plongée dans l'obscurité ? Où étaient les domestiques ? Pourquoi n'avaient-elles pas allumé les bougies des candélabres ? Que voulait dire Samuel en affirmant qu'« elles étaient toutes dans la chambre de son fils » ? Elle frappa sèchement à la porte d'Isaac.

« M'entendez-vous, Dame Morecott ? Je suis Lady Stickland, qu'on a tirée du lit sous prétexte de vérifier que Dame Swift dit vrai à propos de votre fils. M'autorisez-vous à entrer ? »

Ruth prit Isaac dans ses bras d'un geste protecteur et jeta à Jayne un regard angoissé.

« Je ne puis m'y opposer, car elle est ici à votre demande, lui chuchota-t-elle.

— C'est vrai, mais vous avez le droit d'exiger qu'elle entre seule. »

Ruth se passa la langue sur les lèvres.

« Je vous entends, Milady. Pouvez-vous me faire serment qu'aucun homme ne vous accompagnera à l'intérieur ? Nous sommes sept femmes effrayées qui soignent un enfant malade, et nous sommes lasses des menaces proférées contre nous.

— Vous avez ma parole, Dame Morecott. Mon valet William est avec moi, et il gardera la porte aussi longtemps que nécessaire. »

Jayne fit signe à Mary et Sarah de l'aider à écarter une extrémité du coffre, puis elle leva le loquet pour permettre à Lady Alice de se glisser par l'entrebâillement. Attrapant la matrone par le bras, elle l'entraîna sans grande douceur dans la pièce.

« Pardonnez-moi, Milady, dit-elle en calant son épaule contre le meuble pour le remettre en place avec l'aide des domestiques, mais je fais plus grande confiance à ce bahut qu'à William. »

Lady Alice parcourut du regard les lieux chichement meublés, prenant note du berceau, des flacons emplis d'un liquide trouble que Jayne avait posés par terre, de la table occupée par des bougies allumées et par des plateaux de nourriture, du nombre de servantes qui, tour à tour, tenaient une bouilloire au-dessus des flammes, et enfin de la présence de Ruth, assise sur un tabouret près de la fenêtre, adossée au mur, Isaac éveillé sur ses genoux.

« Vous avez l'air fatiguée, Dame Morecott, observa-t-elle gentiment. Ne seriez-vous pas mieux sur une chaise ?

— En effet Milady, mais il n'y en a pas dans cette demeure. Mon mari préfère les tabourets.

— Des oreillers de plume posés sur le sol rempliraient la même fonction. Maître Morecott les désapprouve-t-il également ? »

Ruth hocha la tête.

« Nous vivons fort simplement, Milady.

— C'est ce que je vois. » La matrone se pencha pour observer Isaac, qui la dévisagea solennellement tout en aspirant du bouillon dans une cuiller. « J'ai eu peur que vos volets clos signifient que ce beau petit garçon n'allait pas tarder à quitter ce monde. Les remèdes de Dame Swift le soulagent-ils ?

— Oui, Milady. Ce matin, Isaac pouvait à peine soulever sa tête du matelas pour tousser alors qu'à présent, il se tient seul sur mes genoux pour manger et pour boire. Pourriez-vous en persuader mon mari et le docteur Spencer ? Il serait insensé de lui imposer de revenir au régime précédent alors qu'il se rétablit si bien grâce aux soins de ma cousine.

— En quoi consistait le précédent régime ?

— Rester allongé au fond de son berceau dans le noir avec une simple teinture de vin blanc pour calmer sa toux. L'eau lui était interdite, tout comme le réconfort physique et les paroles apaisantes. Il faiblissait de jour en jour. »

Lady Alice renifla avec mépris.

« On profère plus d'absurdités au nom de la médecine qu'au nom de la religion, remarqua-t-elle avant de se tourner vers Jayne. « Qu'espérez-vous gagner en vous enfermant ici et en attirant sur vous l'hostilité de Samuel ?

— Du temps, Milady. Plus longtemps nous pourrons l'empêcher de séparer Isaac de sa mère, plus le rétablissement de cet enfant sera prompt. » Elle pointa le menton vers la porte. « En vérité, l'inimitié vient de ce couloir. Son père semble trouver notre silence exaspérant alors que cela fait à peine deux heures qu'il m'a ordonné de tenir ma langue. J'estimerai la récompense suffisante si, en gagnant encore douze heures, le bon sens parvenait à l'emporter. »

Lady Alice déboutonna sa houppelande.

« Dans ce cas, permettez-moi de rester et de me faire votre porte-parole. Ma présence servira deux desseins. Premièrement, vous serez protégées contre toute tentative de forcer la porte car William montera la garde aussi longtemps que je serai à l'intérieur de cette pièce ; deuxièmement, Samuel et Robert Spencer se verront contraints de présenter des arguments raisonnés pour justifier leur conduite. » Elle se retourna vers Ruth. « Cela vous convient-il, Dame Morecott ? Croyez bien, je vous en prie, que mon seul désir est de vous aider. »

Des larmes brillèrent entre les cils de Ruth.

« Vous êtes très bonne, Milady.

— Vous changerez peut-être d'avis quand vous m'entendrez attribuer le rétablissement d'Isaac à Robert Spencer. » Elle plia sa houppelande et la déposa dans le berceau pour former un deuxième matelas, plus moelleux, avant de désigner celle dont Jayne s'était débarrassée. « Je propose d'utiliser ce vêtement comme oreiller quand le petit sera assez profondément endormi pour être recouché. Vous êtes trop lasse pour le porter toute la nuit dans vos bras sur un tabouret, ma chère enfant, et le contact de la laine le réconfortera.

— Merci, Milady, dit Ruth, mais puis-je savoir pourquoi vous estimez judicieux d'attribuer à Robert Spencer le crédit de ce qui s'est passé aujourd'hui ? »

Lady Alice étouffa un rire.

« Il ne le mérite pas, mais sans pareille flatterie je n'obtiendrai pas son accord à propos des nouveaux soins à administrer à Isaac. Il en va de même pour Samuel, j'en ai peur. Vous feriez mieux de vous boucher les oreilles si m'entendre caresser ces deux hommes dans le sens du poil vous offusque.

— J'en serai certainement heurtée, Milady, car c'est ma cousine qui mérite vos éloges. Elle s'est évertuée à nous aider avec plus grande énergie que quiconque.

— Sans nul doute et je chanterai ses vertus le moment venu. Mais pas ce soir. Ce soir, je ferai en sorte que vous puissiez rester ensemble, Isaac et vous. Vous comprenez cela, Jayne, n'est-ce pas ?

— Oui, Milady, et aussi extravagants que puissent être vos arguments, je ne m'en offusquerai pas. »

Jayne eut moins de peine à tenir cette promesse qu'elle ne l'avait cru, car chacune des louanges de la matrone contenait une flèche du Parthe.

Après avoir passé plusieurs minutes à louer la réputation de guérisseur non usurpée du docteur Spencer et lui avoir affirmé que ses remèdes paraissaient efficaces, Lady Alice lui demanda conseil sur la procédure à suivre.

« Dame Swift conseille de le sortir de son berceau et de lui permettre de s'asseoir sur les genoux de sa mère pour prendre du bouillon et de l'eau. Êtes-vous également de cet avis, Monsieur ?

— Non, Milady, et je lui ai déjà donné instruction d'en revenir à l'infusion de vin. Diluer un remède par l'ingestion d'autres liquides en réduit l'efficacité. L'enfant devrait rester encore sans manger ni boire pendant au moins deux jours.

— Vos propos sont fort sages », approuva-t-elle en se baissant pour prendre le flacon d'infusion posé par terre. Elle adressa un clin d'œil à ses compagnes en en retirant le bouchon avant de renverser le liquide par la fenêtre. Les servantes se couvrirent la bouche de la main pour étouffer leurs rires. « Vous pouvez être assuré que Dame Swift a suivi vos instructions, mais elle se demande s'il est indispensable de laisser le malade dans son berceau. Serait-ce lui porter tort que de l'asseoir sur les genoux de sa mère ?

— Je le déconseille vivement, Milady. Il n'est jamais bon de dorloter les enfants.

— Qu'en dit maître Morecott ? »

La voix de Samuel lui répondit.

« La même chose, Milady. La Bible nous apprend à être stricts avec nos fils si nous voulons qu'ils suivent le chemin de la vertu.

— Parlez-vous d'expérience, Monsieur ? Avez-vous été un chérubin si choyé que vous ayez peine à distinguer le vrai du faux ?

— Non, Milady. Mon père était un maître sévère, ce qui me permet de n'avoir aucune hésitation sur la voie à suivre.

— Je vous envie cette certitude, Monsieur. Mes propres parents étaient si aimants que je suis rarement capable de décider s'il est préférable de châtier ou de pardonner. » Lady Alice adressa un sourire à Ruth et Isaac. « Soyez pourtant assuré qu'aucune promesse n'a été violée et que votre fils est dans son berceau. »

Le mensonge était si flagrant que les servantes pouffèrent à nouveau avant d'écarquiller les yeux d'effroi en entendant la réponse de Samuel.

« Avec tout le respect que je vous dois Milady, je préférerais m'en assurer moi-même. Donnez, je vous prie, ordre à votre valet de s'écarter et demandez à Dame Swift de retirer sa barricade.

— Je doute que cela soit raisonnable, maître Morecott. Les femmes et les enfants sont aisément effarouchés et il ne fait pas sombre ici au point que les taches qui souillent vos vêtements et vos souliers ne soient pas visibles. Je les ai moi-même observées distinctement quand vous m'avez accueillie sur le seuil. »

Après un instant d'hésitation, Samuel reprit la parole.

« Les événements de ce jour ont été sanglants, Milady.

— En effet, et William m'a confié que la part active que vous avez prise à leur déroulement vous a valu les éloges de la foule. Il vous reste à espérer que ceux qui en entendront le récit vous applaudiront aussi énergiquement. J'ai déjà constaté que la distance a tendance à jeter une lumière différente sur les événements.

— Ils sauront que nous avons fait ce qu'il fallait, Milady.

— J'espère, dans votre intérêt, que vous avez raison, maître Morecott. Je vous invite cependant à consulter le docteur Spencer avant d'imposer votre présence à des êtres dotés de consciences plus tendres. Tout le monde ne partage pas votre goût du sang. »

Les femmes perçurent une conversation assourdie puis un bruit de pas s'éloignant dans le couloir suivi, quelques minutes plus tard, par le claquement de la porte d'entrée. William tapota doucement le panneau de bois.

« Le médecin a persuadé maître Morecott de passer la nuit sous son toit, Milady. Il partage, me semble-t-il, votre émoi devant la mise de son ami, et puisque maître Morecott prétend que son coffre à vêtements barre la porte de cette chambre, il lui faudra emprunter une tenue à son hôte.

— Il a raison, confirma Jayne en soulevant le couvercle du meuble. Samuel se réserve les meilleures et les plus lourdes pièces de mobilier. Il a fallu le concours de toutes les servantes pour le déplacer dans le couloir. »

Lady Alice s'inclina pour en examiner le contenu.

« En vérité, il ne se prive pas de luxueux atours, remarqua-t-elle d'un ton acerbe. Pouvons-nous compter qu'il restera chez le médecin, William ?

— Je n'en jurerais pas, Milady. Je n'ai jamais vu d'homme aussi frémissant d'émotion, ni aussi incapable de se tenir tranquille. À mon avis, il sera de retour avant minuit, ne serait-ce que pour imposer ici le même respect que celui qu'il a su inspirer sur la colline du Gibet. »

Lady Alice réfléchit un instant avant de se tourner vers Jayne.

« Il serait préférable de quitter les lieux, lui dit-elle vivement. Pour les servantes également. Le rétablissement d'Isaac sera-t-il compromis si sa mère l'enveloppe chaudement et le porte jusqu'à ma demeure ?

— Je ne le pense pas, Milady, car le trajet est court. Mais êtes-vous certaine que cela est nécessaire ?

— Je n'en sais rien, mon enfant, mais je n'ai nulle envie de voir s'exercer à l'intérieur de ces murs ne serait-ce qu'une once de la brutalité que l'on a pu observer sur la colline du Gibet. »

5.

La conversation que Jayne entretint avec William durant les heures d'obscurité lui permit de comprendre ce qu'entendait Lady Alice par « brutalité ». Ils étaient, lui et elle, les seuls à veiller, car Ruth elle-même avait fini par s'assoupir, bercée par la douceur des oreillers qui la soutenaient avec Isaac sur le lit de plumes d'une chambre à l'étage de la demeure de Lady Alice. Aidée de Mary et Sarah, Jayne avait humidifié et parfumé l'air de la pièce avec de la vapeur, mais lorsqu'il fut évident que l'enfant était aussi profondément endormi que sa mère, elle avait pressé les servantes épuisées de rejoindre la chambre qui leur était attribuée et était allée s'asseoir avec William à la cuisine. La mission du valet était de garder les portes de devant et de derrière dans l'éventualité où Samuel aurait la stupidité de venir y tambouriner ; la sienne était de monter l'escalier sur la pointe des pieds toutes les heures pour voir comment se portait son petit patient. Dans l'intervalle, ils conversèrent.

Jayne le trouva de bonne compagnie et nettement plus assuré que les domestiques, plus jeunes et plus timides, de son père. Elle l'interrogea d'abord sur les difficultés qu'avait Lady Alice à marcher. La matrone s'était retirée dans sa chambre quelques minutes après leur arrivée dans sa demeure, alléguant son grand âge ; mais Jayne avait bien vu qu'elle avait eu du mal à revenir de High East Street, qu'elle s'était appuyée lourdement sur William et que son visage était marqué par une profonde douleur au moment où elle avait atteint sa porte. Elle en devinait la raison car elle en avait entendu suffisamment dans la matinée pour la deviner mais elle aurait voulu connaître les détails de la chute de Lady Alice et savoir quel médecin elle avait consulté.

William lui confia que Milady avait perdu l'équilibre au milieu d'une foule turbulente la veille de l'Épiphanie. Elle avait chuté contre un muret, se fracturant le fémur. Il s'en voulait d'avoir laissé un groupe de jeunes gens les bousculer, ce qui l'avait séparé d'elle, et se reprochait davantage encore de l'avoir laissée à la merci de Robert Spencer. Il aurait dû demander de l'aide pour la raccompagner chez elle puis se mettre en quête du rebouteux le plus compétent de Dorchester ; au lieu de quoi, constatant qu'ils étaient tout près de la maison du médecin, il l'avait portée sur les cinquante mètres qui les séparaient de son hôpital.

« C'était une erreur. Spencer a fait venir un collègue pour l'assister ; la fracture étant située très haut sur la cuisse de Milady, ils n'étaient pas à l'aise à l'idée de la soigner. Elle a retroussé ses jupes en leur reprochant leur stupidité mais ils étaient trop gênés pour travailler correctement. »

Il avait raison, Jayne n'en doutait pas. Réduire une fracture du fémur exigeait une grande force pour lutter contre les muscles et remettre l'os dans sa position naturelle ; s'agissant d'une femme, cette intervention ne pouvait guère laisser place à l'imagination.

« La souffrance aura été très vive, remarqua-t-elle. Peut-être ont-ils autant rechigné à être témoins de la douleur de Milady qu'à apercevoir ce que Milady garde caché.

— Elle aurait enduré le martyre sur-le-champ plus volontiers qu'à présent. Elle est restée alitée près de trois mois avant qu'on constate que l'os s'était consolidé de travers. Sa jambe s'était atrophiée faute d'avoir été utilisée, et elle n'a cessé de souffrir depuis.

— Quels autres traitements le docteur Spencer a-t-il recommandés ?

— Appliquer des cataplasmes chauds et garder encore le lit, c'est tout. » William laissa échapper un rire rauque. « Il aurait aussi bien pu ordonner au soleil de cesser de briller. Milady avait eu le plus grand mal à supporter sa première période d'immobilisation ; elle n'en aurait jamais enduré une seconde. Elle dit qu'elle préfère vivre dans la douleur avec l'usage de ses jambes plutôt que de rester prisonnière de sa propre chambre. »

Jayne sourit.

« Elle a raison d'obéir à son instinct. Il faut qu'elle se serve de sa jambe pour que celle-ci retrouve de la force. Vous l'aiderez grandement en la soutenant avec une servante pendant qu'elle fait reposer son poids sur son membre blessé. Cet exercice devra être répété quotidiennement pendant un nombre croissant de minutes, et quand elle aura pris suffisamment d'assurance, encouragez-la à plier le genou puis à le tendre. Mon maître, le docteur Theale de Bridport, a eu recours à de telles méthodes pour soigner des soldats revenus des guerres européennes avec des jambes si tordues que l'on pouvait voir distinctement leur fracture.

— Est-ce efficace ? interrogea William, visiblement sceptique.

— Bien plus que rester au fond de son lit en laissant ses membres s'atrophier. »

Jayne revint ensuite à la colline du Gibet. Elle voulait savoir ce qui s'y était passé et pourquoi Lady Alice avait autant insisté pour éloigner les femmes de la demeure de Samuel. Elle assura à William que rien de ce qu'il dirait ne la heurterait mais lorsqu'il eut achevé son récit, il ne put que constater qu'elle s'était trompée. Quelle qu'ait pu être l'aversion que lui avait déjà inspirée cet homme, elle n'était rien par rapport à la répulsion qu'elle éprouvait pour lui à présent.

Samuel Morecott se présenta à la porte d'entrée peu avant minuit, exigeant de savoir où se trouvaient sa famille et ses servantes. Il se montra d'abord assez calme, mais comme William lui refusait l'accès de la maison, son ton se fit véhément et brutal. Poussée par la curiosité, Jayne se glissa jusqu'au salon en passant par la pièce adjacente et l'observa, dissimulée dans l'ombre de la fenêtre. Il se tenait sur le seuil de Lady Anne dans des vêtements d'emprunt, une main serrée autour de la poignée d'une lanterne, et houspillait le valet qu'il tenait pour son inférieur.

William ignora les insultes.

« Vous feriez mieux de baisser le ton si vous ne voulez pas que toute la rue soit informée de vos tracas, maître Morecott.

— Vous permettez-vous de me sermonner ? rétorqua Samuel d'un ton menaçant.

— Je ne fais que vous donner un conseil, maître Morecott. Vous ne pourrez éviter les ragots si vous réveillez la ville en cherchant votre femme.

— Dans ce cas, laissez-moi entrer.

— Je ne le peux. La porte de Milady vous est close. Je vous suggère de regagner votre lit. »

Jayne vit la lueur d'une bougie vaciller à la fenêtre d'une maison en face. Peut-être d'autres s'allumaient-elles du côté de Milady, car Samuel se fit soudain prudent.

« Faites venir Jayne Swift à la porte, murmura-t-il. J'écouterai ce qu'elle a à dire.

— Je n'en ai pas le pouvoir, Monsieur, et même si je l'avais, le docteur Spencer a laissé entendre que Dame Swift s'est engagée à garder le silence en votre présence. Elle me semble fort déterminée et je vois mal pour quelle raison elle déciderait de vous parler maintenant. »

Samuel brandit le poing au visage du valet.

« Votre maîtresse sera informée de votre insolence.

— Pas avant que le jour soit bien avancé, maître Morecott. Milady ne reçoit jamais de visiteurs avant midi. Je vous souhaite une bonne nuit. »

La porte se referma puis Jayne entendit les pas feutrés de William sur le plancher tandis qu'il la rejoignait à la fenêtre. Côte à côte, ils virent Samuel demeurer d'abord dans la rue, indécis, se demandant manifestement s'il valait mieux recommencer à frapper à l'huis ou rentrer chez lui, la queue entre les jambes. Au bout de quelques instants, il s'éloigna, conscient peut-être que le tapage qu'il provoquerait attiserait encore la curiosité des voisins de Lady Stickland.

William fit passer son hôtesse dans le vestibule, prenant une bougie dans un des candélabres pour les éclairer.

« Pourquoi le père de votre cousine l'a-t-il autorisée à épouser cet homme ? demanda-t-il, intrigué. Ce n'est pas le mari que j'aurais choisi pour elle. Cette dame est bien trop douce pour un être aussi grossier et ignorant. »

Jayne eut l'impression d'entendre son propre père lui chuchoter à l'oreille qu'il n'était pas convenable de parler d'affaires de famille avec les domestiques, mais William et elle avaient déjà partagé de si nombreuses réflexions qu'elle jugea absurde de ne pas lui répondre. Il lui était au demeurant difficile de résister à son abord facile.

« Les seuls autres prétendants de Ruth étaient des veufs âgés qui avaient déjà des enfants adultes. Elle souhaitait un mari plus jeune et est tombée amoureuse de Samuel dès la première fois qu'il a mis les pieds chez son père. Il venait lui proposer ses services de comptable et son physique et ses manières l'ont subjuguée, tant et si bien qu'elle a persuadé mon oncle de lui accorder une situation.

— Puis sa main ? »

Jayne hocha la tête.

« Samuel sait fort bien se présenter sous un jour favorable lorsqu'il y voit son intérêt.

— Et votre oncle ? Que pense-t-il aujourd'hui de lui ?

— La même chose qu'auparavant. À en croire Ruth, Samuel ne se comporte jamais mieux que lors des visites semestrielles de ma tante et de mon oncle. Ce sont les seules occasions où elle est autorisée à prendre la parole sans s'en remettre à son époux.

— Sans doute pas pour se plaindre de son sort, néanmoins.

— En effet. »

William accompagna Jayne jusqu'à la cuisine et lui proposa une chaise.

« Son père accepterait-il de la reprendre s'il savait comment Morecott les traite, elle et son enfant ?

— Vous voulez dire dans l'éventualité où Ruth déciderait de s'éloigner de lui ? demanda Jayne en s'asseyant.

— Oui, acquiesça le valet qui planta la bougie dans un bougeoir sur la table.

— Cela n'arrivera pas. Samuel ne laissera jamais sa femme partir avec Isaac, et elle ne s'en ira pas sans son fils. Elle m'a confié cet après-midi être prête à tout endurer pourvu qu'elle ne perde pas son enfant. »

Le lendemain à midi, Jayne était à la fenêtre de la chambre de Ruth et Isaac quand Samuel arriva. Il plastronnait, si gonflé d'importance qu'elle s'attendait à le voir surgir sur leur seuil en quelques minutes pour leur ordonner de retourner au bercail. Il n'en fit rien, à son grand étonnement. Sa surprise fut à son comble quand elle le vit s'éloigner une petite demi-heure plus tard, tête basse et épaules voûtées. Peu après, Molly, la servante, apporta dans la chambre une toupie pour Isaac et demanda à Jayne si elle accepterait de descendre parler à William.

Debout dans le vestibule, celui-ci s'inclina légèrement à son approche.

« Maître Morecott a donné à sa femme et à son fils l'autorisation de résider chez le père de Dame Morecott à Weymouth, Madame. À ses servantes également, si elles désirent l'accompagner. J'espère que cette solution rencontre votre approbation. »

Jayne dut faire un effort pour ne pas rester bouche bée.

« Elle provoque plutôt ma stupéfaction, reconnut-elle. Comment pareil miracle s'est-il accompli ?

— Maître Morecott est, semble-t-il, plus ouvert à la raison que nous ne le pensions, Madame », murmura le domestique en se frottant la jointure des doigts.

Jayne ne put s'empêcher de rire :

« L'avez-vous frappé ?

— Non par choix, Madame. Je n'ai fait que riposter au coup qu'il m'a porté. » Des rides charmantes se formèrent autour de ses yeux. « Je ne saurais dire combien de temps il tolérera cette séparation, mais je suis convaincu que Dame Morecott redoutera moins de l'affronter à Weymouth qu'ici.

— C'est certain, approuva Jayne. Mais comment les y conduire ? Milady autorisera-t-elle ma cousine à rester une nuit de plus chez elle pendant que je me rends à cheval à Weymouth prier mon oncle de nous accorder l'usage de sa voiture ?

— Où trouverez-vous une monture, Madame ?

— Ma jument est à l'écurie de l'auberge du King's Head sur la route de Bridport. Je l'y ai laissée hier matin et suis venue en ville à pied. Il me faudra une heure pour retourner la chercher et deux de plus pour gagner Weymouth, ce qui ne laissera pas le temps à la voiture de faire l'aller-retour avant la nuit. »

Pour le valet, elle péchait par optimisme en estimant à deux heures le trajet jusqu'à Weymouth.

« Vous devez être une cavalière accomplie, Madame. Un homme pourrait emprunter cette route au galop, mais pas une dame chevauchant en amazone.

— Cela fait bien longtemps que je ne suis pas montée en amazone, William, reconnut-elle avec franchise. Je laisse ma jument au King's Head pour éviter que les puritains de Dorchester n'aperçoivent mon haut-de-chausses sous ma robe. L'aubergiste et sa femme font appel à mes services de temps à autre et ne s'offusquent pas de voir leur médecin à califourchon. »

Manifestement, William ne s'en émouvait pas davantage.

« Vous êtes pleine de ressources, Madame, mais il serait sans doute plus simple de conduire Dame Morecott dans la voiture de Milady. J'aurai besoin de moins d'une heure pour l'installer si vous pensez avoir le temps, dans ce délai, de vous concerter avec ses servantes et de préparer Isaac pour le voyage.

— Est-elle suffisamment vaste pour tout ce monde ?

— Peut-être serait-il bon que vous alliez chercher votre jument et que vous nous accompagniez à cheval, Madame. Il y a au sud du King's Head un carrefour qui vous conduira à la route de Weymouth où nous pourrons vous attendre. Les servantes devront marcher tour à tour derrière l'attelage, mais nous n'irons pas si grand train qu'elles ne puissent suivre. »

Jayne réfléchit un instant.

« Il serait sans doute plus sage que je vous devance à cheval afin d'avertir ma tante et mon oncle de l'arrivée de Ruth, suggéra-t-elle. Ils prendront plus facilement son parti s'ils sont informés de la vérité avant de voir leur fille.

— Craignez-vous qu'ils refusent de la recevoir ?

— Quelque peu, avoua-t-elle. Ils sont très attachés aux traditions et jugent déjà indigne que leur nièce prétende être médecin. Je ne peux imaginer sans effroi leur réaction lorsqu'ils apprendront que leur fille quitte son mari.

— Personne n'exerce la moindre contrainte sur elle, Madame, observa William. Si elle préfère rester avec lui, rien ne l'en empêche.

— Si elle le fait, les conséquences seront plus terribles encore.

— Sans doute, mais la décision lui revient. » Il tourna la tête en direction de l'escalier. « Souhaitez-vous la consulter à ce sujet ? J'attendrai à la cuisine de savoir si elle souhaite que je prépare la voiture. »

Jayne regagna l'étage. La porte de la première chambre donnant sur le palier s'ouvrit sur son passage et une servante sortit, un broc à la main. Derrière cette dernière, elle aperçut fugacement Lady Alice, toujours en tenue de nuit, assise devant un miroir. Molly se tenait dans son dos, brossant et enroulant ses longs cheveux gris en un chignon à la base de sa nuque et si Jayne avait pu envisager la présence de Milady lorsque William avait ramené Samuel à la raison, elle renonça aussitôt à cette idée. Aussi rebelle qu'ait pu être Lady Alice, elle ne se serait jamais présentée à un visiteur masculin sans être décemment vêtue.

Tout cela était pour le moins déconcertant. Si Jayne n'avait aucun mal à imaginer que Samuel ait pu frapper un valet – il était dans la nature des faibles de maltraiter leurs inférieurs –, elle avait bien du mal à concevoir qu'un valet ait eu l'audace de rendre le coup. Elle ne pouvait s'empêcher de s'interroger sur la position véritable de William, car seul un homme de rang identique ou supérieur à celui de Samuel aurait pu s'en débarrasser aussi aisément.

Quoi qu'il en fût, le soulagement de Ruth lorsqu'elle apprit qu'elle n'était pas obligée de regagner le domicile conjugal lui inspira une profonde gratitude. Ne doutant pas un instant qu'elles devaient leur salut à Lady Alice, Ruth et ses servantes se répandirent en révérences et bénirent la matrone pour ses nombreuses bontés en prenant congé d'elle. Les deux plus jeunes domestiques s'assirent sur les genoux de Mary et de Sarah ; ainsi, tout le monde trouva place dans la voiture et, avec quatre chevaux pour la tirer, William était assuré d'atteindre Weymouth avant la fin de l'après-midi.

Lady Alice et Jayne suivirent des yeux le convoi qui s'éloignait, mais quand Jayne fit mine de faire la révérence avant de partir chercher sa jument, Lady Alice l'en empêcha.

« Nous avons, vous et moi, un trop grand esprit de contradiction pour céder à de simples conventions, lui dit-elle en lui prenant la main avec un sourire. Hâtez-vous afin d'arriver chez le père de Ruth avant elle, de crainte qu'elle se voie reprocher l'échec de ce mariage. Elle a été soumise trop longtemps à la volonté de Samuel pour être capable de plaider sa cause avec l'énergie nécessaire. »

Jayne acquiesça car elle partageait cette crainte. Elle passa sa sacoche à son épaule.

« Portez-vous bien, Milady. Si vous avez un jour besoin de mes services, je suis à votre disposition. »

Lady Alice lui lâcha la main.

« Je n'y manquerai pas. Bonne route, mon enfant. »

Jayne prit deux heures d'avance sur la voiture en empruntant un chemin de traverse pour rejoindre le domaine de son oncle en bordure de Weymouth. Habituellement, lorsqu'elle arrivait, elle remontait l'allée au galop, ses jupes repliées en travers de ses cuisses, mais cette fois, elle mit pied à terre hors de vue des fenêtres et veilla à ce que son haut-de-chausses et ses bottes soient correctement dissimulés sous sa robe avant de diriger sa jument vers la cour de devant. Ce n'était pas le moment d'agacer sa tante et son oncle par son anticonformisme opiniâtre ; il fallait au contraire les convaincre qu'elle était venue en médiatrice entre eux et Ruth.

La tâche se révéla plus facile qu'elle l'aurait cru, car ils avaient apparemment eu vent de la maladie d'Isaac par des amis de Dorchester et étaient impatients d'avoir des nouvelles. Son oncle annonça à Jayne qu'il avait écrit deux fois en vain à Samuel au cours de la semaine écoulée et que ses lettres adressées à Ruth étaient elles aussi demeurées sans réponse. Quand il apprit que sa fille ne pouvait écrire en privé à personne et avait préféré se réfugier dans le silence plutôt que de voir ses propos corrigés par son mari, il se montra tout à la fois scandalisé et indigné – moins cependant que de découvrir qu'elle n'avait pu appeler Jayne à son secours que grâce à la générosité de Mary, laquelle n'avait pas hésité à puiser dans ses maigres économies pour payer un chemineau qui avait accepté de porter son message à Swyre.

Son épouse, pourtant fort placide, fut révoltée quand Jayne décrivit l'état dans lequel elle avait trouvé Ruth et Isaac. Jayne leur expliqua que Samuel affectait trois shillings hebdomadaires de la rente de leur fille à l'alimentation d'une maisonnée comprenant lui-même, sa femme, son fils et cinq servantes, et reconnut qu'elle ne pouvait que le soupçonner d'employer le reste pour soudoyer les parlementaires. Son oncle étant royaliste, point n'était besoin de décrier davantage Samuel en relatant la mort du prêtre, ce qu'elle fit néanmoins. Connaissant le droit de Samuel de se présenter personnellement en ces lieux à tout moment pour exiger le retour de sa famille, elle tenait à ce que les parents de sa cousine entrevoient quelle nature cruelle la langue enjôleuse et le physique avantageux de Samuel dissimulaient.

La voiture apparut dans l'allée peu après cinq heures et Jayne, qui l'avait guettée depuis une fenêtre, sortit dans la cour pour l'accueillir. William la salua respectueusement d'une inclinaison du buste sans descendre du siège du cocher et retint les chevaux pendant que deux palefreniers se précipitaient pour aider Ruth et ses servantes à descendre.

« J'espère que tout va bien, Madame », dit-il.

Jayne s'empara de la bride du cheval.

« Oui, le rassura-t-elle. Mon oncle vous sait gré de l'aide que vous avez apportée à sa fille. Voulez-vous entrer un instant afin qu'il puisse vous remercier personnellement ? »

Le valet suivit des yeux des domestiques qui s'éloignaient rapidement de la porte pour escorter Ruth, visiblement épuisée, son enfant endormi et ses servantes tout aussi lasses à l'intérieur.

« Ce ne sera pas nécessaire, Madame. Son épouse et lui ont l'esprit occupé à des affaires plus pressantes et j'ai promis à Milady de pas m'attarder.

— Dans ce cas, permettez-nous au moins de vous faire porter un rafraîchissement. Vous avez si bien veillé sur moi ces deux derniers jours que je serais heureuse de répondre ainsi à votre sollicitude. »

Ses yeux se plissèrent dans un sourire.

« Ne vous donnez pas cette peine, Dame Swift. J'ai été heureux de vous rendre service. » Il rassembla les rênes. « Vous serez fort demandée quand la guerre éclatera, Madame. Si nous devions nous trouver dans des camps opposés, sachez que je ne vous en souhaite pas moins bonne chance. »

Elle lui rendit son sourire.

« Merci, William, mais j'ai dit vrai en déclarant que je resterais neutre. Vous pouvez être certain que je me rendrai à Dorchester pour soigner vos blessés avec autant d'empressement qu'au château de Corfe si Sir John Bankes m'adresse la même requête.

— Dans ce cas Madame, vous vous ferez arrêter comme espionne. Traverser les lignes ennemies inspire rarement confiance.

— Vous me semblez fort instruit des affaires de la guerre. Comment cela se fait-il ? Auriez-vous été soldat avant d'être valet ? »

Il marqua une infime hésitation avant de répondre.

« Rien d'aussi noble, Madame. Cela fait trois générations que les hommes de ma famille prennent soin des chiens et des faucons du domaine de Stickland et j'ai exercé ces talents avant d'accompagner Milady à Dorchester. » Devant l'incrédulité manifeste de Jayne, il poursuivit : « Vous ne devriez pas douter de moi, Dame Swift. Je m'appelle Harrier, un nom qui désigne aussi bien le chien de chasse que l'oiseau de proie. »

Le sourire de Jayne s'élargit.

« Je n'ai pas douté de vous un instant, William. J'ai simplement du mal à imaginer le meneur de meute de mon père abandonner ses protégés pour mener une existence de valet de pied.

— Je n'ai pas eu le choix, Dame Swift. L'actuel Sir Francis m'a congédié quand il a appris que je soutenais le Parlement. Milady a alors eu la bonté de me prendre à son service. » Il désigna de la tête les doigts de Jayne, toujours serrés autour de la bride. Je dois vous demander de bien vouloir libérer ma monture si je veux être arrivé avant la nuit. »

Jayne ignora sa requête, levant au contraire l'autre paume pour flatter le museau du cheval.

« Mon oncle a eu affaire à Sir Francis Stickland il y a trois mois, dit-elle négligemment. Il me l'a présenté comme “un petit bonhomme timide qui ne ferait pas de mal à une mouche”. Je me demande comment il a eu le courage d'expulser de son domaine une mère aussi volontaire que la sienne et un serviteur aussi puissamment bâti que vous. »

Le sourire revint voltiger autour des yeux de William.

« Nous vivons des temps déroutants, Madame. »

Jayne rit en retirant ses mains et en reculant d'un pas.

« Voici au moins un point sur lequel nous sommes du même avis. Au revoir, William. Vous me trouverez à Swyre à tout moment si vous préférez mes compétences à celles des charlatans et des bouchers de Dorchester. » Une étincelle espiègle dansait dans ses yeux. « Pourvu que le message soit signé “Harrier”, je saurai qu'il vient de vous. Un martinet n'oublie jamais une rencontre avec un busard. »

Il dissimula son propre amusement derrière une nouvelle inclinaison respectueuse.

« Je vous souhaite une bonne journée, Madame, dit-il, claquant de la langue pour mettre ses chevaux en mouvement. Votre rencontre aura été édifiante pour moi. »

1643

Au terme d'une année de guerre,
les royalistes prennent le dessus dans toute l'Angleterre.
Le Dorset, jusque-là sous contrôle parlementaire,
se rend au comte de Carnarvon et au prince Maurice
du Palatinat dans la première semaine d'août.

6.

Dorchester, Dorset, 1er septembre 1643

Jayne n'empruntait plus les grand-routes. Son face-à-face avec une dizaine de soldats parlementaires sur celle qui menait de Bridport à Weymouth dans les premiers jours de la guerre lui avait appris combien il était dangereux pour une femme de chevaucher seule, et elle rendait encore grâce à la chance qui avait voulu qu'un des hommes reconnaisse en elle le médecin qui avait soigné sa mère. Elle ne doutait guère du sort qu'elle aurait subi s'il n'était pas intervenu à coups de botte et de poing après que ses compagnons l'avaient fait tomber de sa monture et jetée au sol. Il n'en avait pas moins dû tirer son épée pour les tenir à distance pendant qu'elle remontait en selle, et elle n'avait pas oublié l'avertissement furieux qu'il lui avait lancé en lui ordonnant de regagner au plus vite la demeure de son père. Les femmes qui s'affichaient étaient des proies légitimes en temps de guerre.

Par la suite, elle avait emprunté des chemins de traverse, restant toujours à bonne distance des voies fréquentées et mettant pied à terre pour parcourir les derniers tronçons. Une femme qui menait un cheval par le licol n'attirait guère l'attention, surtout vêtue, ainsi que Jayne prenait soin de l'être, comme l'épouse d'un simple fermier. Les soldats parlementaires semblaient éprouver plus de compassion que de désir pour une humble créature dont la pauvreté transparaissait dans son corsage brunâtre rapiécé et ravaudé, sa jupe grise élimée, ses gros souliers éculés et sa coiffe sale, rassemblée en nœud sur sa nuque pour couvrir ses cheveux étroitement tressés. Elle gardait toujours la tête basse pour éviter de croiser les regards, aidée en cela par sa sacoche de médecin qu'elle dissimulait à l'intérieur d'un grossier sac de jute porté en bandoulière, ce qui l'obligeait à marcher voûtée.

Elle n'avait parlé de l'incident de la grand-route à personne, certainement pas à sa famille, mais il l'avait profondément ébranlée. La nuit, elle revoyait l'instant terrifiant où des mains avaient déchiré ses vêtements ; le jour, elle restait paralysée de peur si un homme l'approchait trop. Elle ne cessait de se reprocher d'avoir imaginé qu'une colonne de soldats en marche n'éprouverait aucun intérêt pour elle et, pire, de s'être arrêtée pour les laisser passer au lieu d'éperonner sa monture et de la mettre au galop. Elle n'avait jamais douté que c'était sa propre sottise qui lui avait valu ces ennuis, ni que son père la tiendrait enfermée s'il en était informé. Elle avait justifié son goût soudain pour les tenues de paysanne et les pistes cavalières par le nombre accru de vagabonds qui arpentaient les routes, et dont n'importe lequel pouvait être suffisamment désespéré pour faire main basse sur son cheval et ses remèdes. Sir Henry, qui n'avait jamais eu motif de se défier de la parole de sa fille et avait depuis longtemps renoncé à l'empêcher de chevaucher seule, avait accepté l'explication, ayant appris par des amis vivant dans d'autres comtés que la guerre portait à la rapine jusqu'au plus honnête.

Si Jayne avait retrouvé suffisamment d'assurance pour chevaucher sans escorte, elle conservait une vive crainte des groupes d'hommes, quel que fût leur camp. C'est pourquoi l'angoisse lui serra immédiatement le cœur quand, arrivée en vue du King's Head, elle aperçut plus de vingt soldats en armes qui traînaient près de la porte, visiblement ivres. Elle reconnut des royalistes aux écharpes rouges qui leur barraient le torse, ce qui ne fit qu'accroître sa peur. Le Dorset bruissait en effet de rumeurs sur des cas d'indiscipline dans l'armée du roi depuis que les garnisons parlementaires de Dorchester, Weymouth et Portland s'étaient rendues au comte de Carnarvon un mois auparavant et, aux yeux de Jayne, le comportement de cette vingtaine d'individus semblait prouver la véracité de ces récits. Il était à peine neuf heures du matin et certains étaient déjà tellement saouls qu'ils titubaient dans la cour de l'auberge tandis que d'autres renversaient des chopes de bière sur deux de leurs compagnons qui s'empoignaient à terre.

Elle aurait fait demi-tour si l'hôtelier n'avait surgi d'une grange de bois flanquant le bâtiment principal et ne s'était précipité à sa rencontre. Peut-être remarqua-t-il que ses mains tremblaient car il prit la longe de la jument et s'interposa entre les hommes et elle.

« Ne faites pas attention, Dame Swift, murmura-t-il. Ils sont tellement gris qu'ils ne savent pas quel jour nous sommes. Marchez entre le cheval et moi, vous ne risquez rien. »

Jayne se força à sourire.

« Merci, Timothy. Je dois avouer que je les trouve inquiétants.

— Ils m'ont alarmé moi aussi quand ils sont arrivés. Maintenant, je n'ai plus que mépris pour eux. » Il la guida vers la grange qui servait d'écurie aux chevaux des clients. « Ils sont pires voleurs que les parlementaires, et je n'aurais pas cru être conduit à dire cela un jour.

— Depuis combien de temps sont-ils ici ?

— Quatre jours. Ils sont arrivés de l'Ouest. Leur capitaine a réquisitionné l'auberge sans même demander la permission puis il nous a ordonné, à mon épouse et moi, de lui céder notre lit. Je l'ai envoyée avec nos enfants chez ses parents, à Frampton, et je couche ici avec les bêtes. » Il la fit entrer et lui désigna avec dépit les nombreux destriers attachés par le licol à des barres le long des murs. « Je suis censé nourrir tout le monde gratuitement, montures comprises. »

Jayne le suivit jusqu'au fond du bâtiment où il installa sa jument à la même entrave que son propre cheval.

« Avez-vous tenté de refuser ? »

Timothy lui répondit par un rire amer.

« Oui, et j'y ai gagné un nez en compote. Ce sont les hommes du prince Maurice et ils n'ont cure des promesses de Carnarvon. C'est un sale jour que celui où Dorchester a capitulé sans combattre. »

Jayne avait entendu parler de la reddition en des termes plus désobligeants. « Lâcheté abjecte » et « capitulation honteuse » faisaient partie des expressions de son père et, quand on avait appris que Weymouth et Portland s'étaient rendus de la même manière, Sir Henry s'était si bien persuadé que la guerre était quasi gagnée qu'il avait pris l'habitude de nouer une écharpe rouge autour de son cou pour montrer son attachement au roi. Il aimait à établir des comparaisons entre la couardise des troupes du Parlement – on disait qu'à Dorchester, six cents mousquetaires avaient pris leurs jambes à leur cou plutôt que d'affronter l'ennemi – et les remarquables qualités de l'armée royaliste de Carnarvon. Ce dernier, homme d'honneur et d'excellente moralité, avait promis qu'il n'y aurait ni arrestations, ni châtiments, ni pillages si les parlementaires déposaient les armes et ses soldats et lui avaient tenu parole cinq jours pleins, jusqu'à ce que le prince Maurice arrive avec des renforts.

Le prince Maurice, quatrième fils du défunt souverain de Bohême et neveu de Charles d'Angleterre, ne se souciait guère des engagements chevaleresques et laissa ses hommes dévaster et rapiner à leur guise. Ayant appris l'art de la guerre en Allemagne où l'on considérait le butin de guerre comme le salaire légitime des combattants, il ne voyait aucune raison d'épargner un comté scélérat ayant accordé son soutien à l'ennemi pendant plus d'un an. Moutons et gros bétail étaient aussi prisés que l'or et l'argent, et peu de propriétaires fonciers avaient pu éviter de se faire dérober leurs troupeaux pour nourrir les régiments pillards du prince. Sir Henry lui-même, malgré son allégeance notoire au monarque, avait reçu l'ordre d'envoyer vingt têtes de bétail au campement royaliste établi à proximité de Weymouth sans le moindre dédommagement, un officier parlant anglais avec un fort accent l'ayant avisé qu'un refus d'obtempérer pourrait lui valoir la confiscation de sa demeure et de son domaine. Dans un petit geste de rébellion, il avait alors retiré son écharpe rouge pour la nouer aux cornes d'une de ses vaches au moment où ses ouvriers agricoles avaient rassemblé le troupeau, déclarant que les couleurs de Sa Majesté avaient aussi bonne allure sur une bête que sur un homme.

« Savez-vous quand ces soldats partiront ? » demanda Jayne à Timothy.

Il secoua la tête.

« Lorsqu'ils recevront l'ordre de se remettre en marche, j'imagine. Je prie tous les matins pour que ce jour advienne, mais je crains qu'ils n'incendient l'auberge avant de lever le camp. Ils sont assez méchants pour cela. Le capitaine me tient pour un traître parce que j'ai servi les troupes parlementaires quand elles dominaient Dorchester.

— Bien que vous n'ayez pas eu davantage le choix alors qu'aujourd'hui ? »

Timothy approuva d'un signe de tête.

« Le prince Maurice est parfaitement capable de justifier ses rapines en accusant tous les habitants du Dorset d'être des ennemis. Le capitaine m'a annoncé avec délectation qu'il ne me laisserait aucune réserve en partant.

— Comment vous nourrirez-vous ? »

Un sourire étira brièvement les lèvres de Timothy.

« Je rachèterai ce dont j'ai besoin. Notre argent est bien dissimulé. Je l'ai enterré au plus profond des bois il y a cinq mois. Nous avons travaillé trop dur et trop longtemps pour laisser des mercenaires faire main basse dessus… quel que soit le camp qu'ils soutiennent. »

Jayne éclata de rirc.

« Mon père et ses voisins en ont fait autant. Je suis certaine qu'il y a plus de pièces d'argent enterrées sous l'herbe du Dorset que le trésor du roi n'en a jamais compté. » Elle dénoua le sac de jute du pommeau de sa selle et le hissa sur son épaule, désignant de la tête la petite porte percée dans le mur du fond. « Croiserai-je des soldats si je sors par ici ? Je préférerais passer à travers champs et éviter que les hommes qui se tiennent devant l'auberge me voient m'engager seule sur la route.

— Puis-je vous demander qui vous a appelée, Dame Swift ?

— Lady Alice Stickland de Church Street. »

Timothy hocha la tête de soulagement.

« Son homme vous attend près du ruisseau. Il m'a dit que Lady Alice l'avait envoyé, mais je crois aujourd'hui si peu de gens sur parole que j'ai hésité à lui faire confiance. » Il ouvrit la porte. « Je vais vous mener jusqu'à lui immédiatement.

— C'est inutile, protesta Jayne. Je le trouverai bien moi-même.

— Inutile ? Certainement pas, répliqua sévèrement l'aubergiste. Cet individu ne ressemble au serviteur de personne et je ne vous laisserai pas en sa compagnie avant de m'être assuré qu'il est celui qu'il prétend. »

La dernière fois que Jayne avait vu William, il était vêtu en cocher, cheveux courts et visage rasé de près. À présent, ses cheveux bruns avaient poussé, une moustache ornait sa lèvre supérieure et il portait une tenue de marchand aisé – manteau de cuir chamoisé, haut-de-chausses aux genoux, bas blancs et souliers noirs. Il inclina la tête en voyant approcher Jayne et Timothy.

« J'espère que vous vous portez bien, Dame Swift. »

Elle s'attendait à éprouver son inquiétude coutumière en présence d'un inconnu, mais ce qu'elle reconnut en lui était plus que suffisant pour dissiper toute crainte.

« En effet, William. Merci de votre sollicitude. Vous semblez avoir fait votre chemin dans le monde depuis notre dernière rencontre.

— Lady Alice a pensé que je serais plus à même de vous protéger des soldats royalistes si je revêtais les habits de son défunt mari, Madame. »

Se rappelant que d'après son oncle, le fils de Lady Alice ressemblait à son père – petit et mince –, Jayne douta que William, grand et solidement bâti, ait pu entrer dans le costume d'un tel homme.

« Ils paraissent faits pour vous, remarqua-t-elle néanmoins sans s'appesantir. Mais nous sommes mal assortis pour voyager ensemble. Vous êtes trop élégamment vêtu pour escorter une simple campagnarde.

— Je pensais vous trouver aussi gracieusement mise que l'année dernière, Dame Swift.

— Les temps ont changé, répondit-elle en haussant les épaules. J'ai appris quelques jours après le début de la guerre que les pauvres qui se déplacent sur les routes sont plus en sécurité que les riches.

— C'est exact, approuva-t-il en hochant gravement la tête. Mais nous ne croiserons personne avant d'arriver en ville et une fois sur place, je marcherai quelques pas derrière vous. » Il tendit la main. « Laissez-moi porter votre sac jusque-là. »

Jayne le lui remit et se tourna vers Timothy.

« Je serai en sécurité avec William, assura-t-elle. Vous avez été très bon de vous en soucier, mais cet individu est effectivement au service de Lady Alice. »

Au visage de Timothy, elle comprit qu'il n'en pensait pas un mot ; avec une petite courbette et la promesse de veiller sur sa jument jusqu'à son retour, il reprit néanmoins le chemin de l'auberge.

William attendit d'être hors de portée de vue et d'oreille pour demander : « Combien d'hommes du prince Maurice logent à l'auberge ?

— Je ne puis vous le dire.

— Vous ne pouvez pas, ou vous ne voulez pas ? »

Jayne sourit légèrement.

« Les deux. Je ne pose jamais pareilles questions et n'y réponds pas davantage, de crainte d'être prise pour une espionne. De toute manière, vous les avez certainement comptés vous-même quand vous êtes allé annoncer à Timothy que vous m'attendiez. »

Il rit avant de tendre le bras vers le sentier qui longeait le ruisseau.

« Y allons-nous, Madame ? Milady est impatiente de vous revoir. »

La lettre de Milady avait été brève puisqu'elle s'était bornée à demander que le docteur Swift passe chez elle ce matin-là. C'était le premier message que Jayne recevait d'elle depuis qu'elle avait quitté sa demeure l'année précédente, et cette convocation l'intriguait. William refusa pourtant de lui donner le moindre éclaircissement, se montrant aussi discret au sujet de sa maîtresse que Jayne l'avait été sur le nombre de soldats présents à l'auberge. Elle traversa le gué précautionneusement pour rejoindre un sentier sur l'autre rive du ruisseau.

« La vie était plus agréable avant que la guerre transforme des amis en ennemis, lança-t-elle par-dessus son épaule. Désormais, les seules personnes avec lesquelles je m'entretiens dans une relative sérénité sont mes patients. Les malades ne s'intéressent ni à la politique, ni aux combats.

— Partagez-vous vos réflexions avec votre père ?

— Pas souvent. Comme vous, il me juge naïve de préférer la réconciliation au conflit. Il affirme que le mauvais sang du pays ne sera purgé que par la victoire d'un camp sur l'autre, quel que soit le nombre de morts. »

William la rejoignit sur le sentier.

« Certains diraient que le trépas est un prix qui vaut d'être payé lorsque la cause est juste.

— Ce n'est pas ce que pensent les défenseurs de Dorchester, répliqua-t-elle sèchement. Il paraît qu'ils ont perdu tout appétit pour le combat quand ils ont aperçu l'armée de Carnarvon.

— Vous ne devriez pas croire tous les récits, observa-t-il en réglant son pas sur le sien. En temps de guerre, on conte plus de mensonges que de vérités. Si les soldats de Dorchester se sont rendus, ce n'est pas parce qu'ils avaient peur de Carnarvon, mais qu'ils étaient furieux qu'on ne leur ait pas versé leur solde. Ils auraient combattu très volontiers en sachant leur bravoure récompensée. »

Jayne se demanda s'il s'agissait là d'une vérité ou d'un mensonge.

« Il faut qu'une cause soit bien faible pour que le courage des hommes d'armes soit acheté par un salaire », lança-t-elle.

Il ne prit pas ombrage de la remarque.

« Comment, selon vous, sont-ils censés nourrir leurs familles ? Sans argent, il ne leur reste qu'à s'emparer par la force de ce qui leur fait envie, comme les troupes du prince Maurice, ce qui les fait grandement détester par la population. Quelle méthode préconisez-vous ?

— La solde, convint-elle. Depuis combien de temps n'ont-ils pas été payés ?

— Plusieurs semaines. »

Il resta silencieux un moment, se demandant visiblement ce qu'il pouvait lui révéler, mais la contrariété que lui inspiraient les gens de Dorchester l'emporta sur sa méfiance à l'égard de Jayne. La guerre se déroulait si loin, lui dit-il, que la ville avait eu tendance à se reposer sur ses lauriers. Au bout de six mois sans attaque, les habitants avaient commencé à se demander s'il était bien nécessaire de verser une taxe pour l'entretien de la garnison. Les riches avaient été les premiers à refuser de régler leur part, promptement suivis par d'autres. Certains, comme Milady, continuaient à s'en acquitter, mais au début du mois de juillet, la caisse était si peu remplie qu'aucune solde n'avait été réglée.

On avait appris peu après que la place forte de Bristol, tenue jusque-là par les parlementaires, était tombée aux mains du prince Rupert, frère du prince Maurice, et que la ville avait été pillée. Ce dernier, qui avait obtenu le commandement de l'armée de l'Ouest royaliste, avait envoyé le comte de Carnarvon soumettre le Dorset avec deux mille cavaliers. Une telle nouvelle aurait dû inciter des hommes raisonnables à rétablir la taxe – et, mieux encore, à l'augmenter pour attirer davantage de recrues –, mais les riches de Dorchester avaient préféré quitter la cité avec leur épargne. Les soldats de la garnison l'avaient fort mal pris. N'espérant plus guère toucher leurs arriérés de solde si les riches prenaient la fuite, ils avaient décidé de déposer les armes au lieu de sacrifier leur vie.

« Leur en tenez-vous grief ? demanda Jayne quand William eut fini.

— Pas le moins du monde. J'en veux à ceux qui ont plaidé contre la taxe et qui ont décampé dès que Carnarvon a montré le bout de son nez. Le mari de votre cousine, Samuel Morecott, était du nombre. J'ai entendu dire la semaine dernière qu'il est à présent à Londres.

— *À Londres ?* s'étonna Jayne. Qu'irait-il y faire ?

— Servir ses ambitions, j'imagine. Il paraît qu'il loge chez Denzil Holles, qui a été l'un des premiers à déguerpir.

— Denzil Holles ? Le représentant de Dorchester au Parlement ?

— Celui-là même. Morecott a cherché activement son amitié au cours des derniers mois.

— Comment ?

— En modérant ses opinions religieuses et en disant à Holles ce que celui-ci souhaitait entendre. Votre description de Morecott était fidèle : il a l'art de se présenter sous son meilleur jour quand la situation le réclame. Il prêche désormais un presbytérianisme modéré et plaide pour une paix négociée dans laquelle chaque camp ferait des concessions. »

Jayne reconnut là les idées de Denzil Holles car son père avait souvent évoqué le goût du député pour le compromis, mais on avait appris récemment à Swyre que celui-ci avait été menacé d'arrestation pour avoir encouragé le dialogue avec le roi.

« Samuel aurait-il pu manquer de sagesse en choisissant son protecteur ? demanda-t-elle. Il paraît que le Parlement accuse Holles de trahison en raison de ses positions sur les négociations de paix.

— Pour le moment, peut-être, mais on rencontre à la Chambre autant d'opinions adverses qu'à travers le pays. Les puritains militants ont beau l'emporter aujourd'hui, ils perdront toute crédibilité si le prince Rupert et le prince Maurice réussissent à s'emparer de ports de la côte sud. Le temps de Holles reviendra, et c'est pour cette raison que Morecott s'est rangé derrière lui. »

Jayne donna un coup de pied exaspéré dans une touffe d'herbe.

« Voilà qui ne me plaît pas du tout. Cela fait douze mois que je ne souhaite que malheur à Samuel. Ruth n'a pas eu de ses nouvelles depuis octobre. Dans les temps qui ont suivi leur séparation, il l'a assaillie de lettres, menaçant de déclarer qu'Isaac était illégitime si elle ne revenait pas, mais une fois que mon oncle a accepté de continuer à lui verser la rente de Ruth, toute communication s'est interrompue. Il ne saurait y avoir meilleure preuve qu'il l'a épousée pour son argent et non par amour.

— Quelqu'un en a-t-il douté un instant ?

— Ruth, oui, et s'il lui avait présenté des excuses au lieu de menaces, elle lui serait revenue. Elle aura le cœur brisé d'apprendre qu'il est à Londres, indifférent à l'épouse et à l'enfant qu'il a dans le Dorset.

— Ne le lui révélez pas.

— J'y serai contrainte. Si je me dérobe, elle le saura par quelqu'un d'autre. Êtes-vous certain de la véracité de cette nouvelle ? »

William confirma d'un signe de tête.

« Dans ce cas, mon oncle devrait également en être informé, car une des conditions pour que Samuel continue à toucher cette rente était qu'il entretienne la demeure de Dorchester. Savez-vous si elle est occupée ?

— Carnarvon a réquisitionné toutes les propriétés vacantes à son arrivée. Plus d'une vingtaine de soldats royalistes sont cantonnés chez Morecott et ils se comportent aussi mal que ceux que vous avez vus à l'auberge. »

Jayne secoua la tête, incrédule.

« Je ne puis annoncer cela à mon oncle. Il en mourrait d'apoplexie.

— Peut-être pourrez-vous le persuader que c'est un privilège, murmura William. Il accorde un soutien si ferme au roi qu'il devrait être heureux de prêter sa demeure à des soldats ivres. » Il s'interrompit un instant avant de poursuivre : « À moins, bien sûr, que votre père l'ait fait changer d'avis. Il paraît que Sir Henry n'a pas apprécié de voir vingt têtes de son bétail confisquées par des Allemands. »

Jayne le dévisagea attentivement, se demandant qui le lui avait appris.

« On conte plus de mensonges que de vérités pendant une guerre, observa-t-elle, allongeant le pas pour passer devant lui. C'est ce que m'a enseigné un certain valet de pied qui prétend descendre d'une longue lignée de busards. »

Dorchester était singulièrement inchangée malgré la présence de soldats royalistes sur ses murailles. Nul obstacle n'empêchait les gens d'entrer ou de sortir par ses portes, et les affaires se poursuivaient comme à l'accoutumée. Des chariots chargés de céréales et des toucheurs de bestiaux menant leurs troupeaux se dirigeaient lentement vers le marché ; les échoppes et les tavernes étaient ouvertes, exposant leurs marchandises tandis que les habitants vaquaient à leurs occupations quotidiennes sans sembler inquiets que leur ville soit passée sous le commandement du roi. Leurs sentiments auraient peut-être été différents si le prince Maurice n'avait pas respecté la promesse de Carnarvon de n'arrêter ni châtier aucun d'entre eux, mais comme il l'avait tenue, Jayne se laissa aller à penser que le petit peuple avait plus de bon sens que ses maîtres politiques, préférant poursuivre sa vie au lieu de se soucier d'affaires qui échappaient à son contrôle.

Avant d'entrer dans la cité, William lui rendit son sac et lui promit de marcher dix pas derrière elle pour assurer sa sécurité. Une ou deux fois, elle aperçut devant elle des groupes d'hommes en uniforme qui traînaient à des carrefours, et elle traversa la chaussée pour les éviter. Ce faisant, elle agissait comme tout le monde, car nul ne semblait vouloir contester le droit des soldats à s'approprier les trottoirs. D'arrogants Cavaliers, ainsi que les parlementaires surnommaient les royalistes, marchaient de front, obligeant les femmes à descendre dans le ruisseau ; assis sur des tabourets devant leurs cantonnements, des fantassins nettoyaient leurs mousquets, observant avec un sourire narquois les passants faire un grand détour pour les contourner, eux et leurs armes. Pour Jayne, ils étaient de la même étoffe que ses agresseurs de la grand-route et elle se fit de l'armée du roi une opinion tout aussi mauvaise que celle qu'elle s'était faite des hommes du Parlement.

En raison de son costume, William lui avait conseillé d'entrer chez Milady par les cuisines, à l'arrière, et elle quitta donc l'artère principale pour prendre la rue latérale qui l'y mènerait. Arrivée, elle se retourna, pensant le voir surgir sur ses talons, mais il resta invisible. Elle attendit un moment pour lui donner le temps de passer l'angle puis, heurtant le battant, elle s'annonça sous le nom de Dame Swift quand une voix de femme demanda qui était là. La porte s'ouvrit sur Molly, flanquée d'un soldat royaliste élégamment vêtu d'une veste et d'un haut-de-chausses sombres, la taille ceinte d'une écharpe rouge et la main posée sur la poignée d'une épée, dont la pointe reposait sur le sol.

L'apparence de Molly, bien moins soignée que la dernière fois qu'elle l'avait vue, révéla à Jayne l'effroi et le trouble de la servante. Des mèches grisonnantes s'étaient échappées de son bonnet, son col reposait de travers sur son corsage et les rubans de son tablier traînaient par terre. Pourtant, l'inquiétude de Jayne devant cet épuisement manifeste n'était rien par rapport à l'angoisse qu'elle lut dans les yeux de la domestique lorsqu'elle remarqua la tenue de la jeune femme.

Le dragon leva la pointe de son épée d'une trentaine de centimètres.

« A-t-elle dit qu'elle s'appelle Swift ? » demanda-t-il avec un accent allemand.

Molly passa la langue sur ses lèvres.

« Non, Monsieur, balbutia-t-elle. C'est Dame Smith, la lingère de Milady. Elle vient tous les mardis chercher nos effets les plus souillés. »

Le regard de l'homme se posa sur la coiffe sale de Jayne et sur son corsage rapiécé.

« Elle adopte des airs en se faisant appeler dame. Quel nom te donne-t-on, femme ? »

Jayne trouva son inspiration dans la réplique de Molly.

« J'm'appelle Peg, M'sieur, dit-elle avec un fort accent du Dorset tout en esquissant une révérence. J'suis v'nue quéri' les chiffons des filles qu'elles ont leurs ours. »

Il fronça les sourcils.

« Je ne la comprends pas. Que raconte-t-elle ?

— Elle parle des linges que les filles utilisent pour leurs saignements mensuels, Monsieur. Milady préfère les faire nettoyer hors de la maison de crainte qu'il ne reste des caillots au fond des cuvettes. » Molly désigna le sac de Jayne d'un signe de tête. « Peg fait le tour de toutes les maisons du quartier pour les rassembler. »

Jayne inclina l'épaule pour retirer son sac.

« V'voulez voir ? » proposa-t-elle en se baissant pour défaire la corde qui le nouait.

Cette fois, le dragon n'eut pas de mal à la comprendre.

« Dieu m'en garde, s'écria-t-il avec dégoût en reculant d'un pas. Va ton chemin, femme. »

Molly intervint.

« Avec tout le respect que je vous dois, Monsieur, il vaudrait mieux que je lui apporte le linge de cette semaine. Quatre filles saignent en ce moment, et il n'est pas sage de garder leurs serviettes dans la maison. La puanteur devient déplaisante, et certains pensent que le sang est maudit. »

L'officier lui jeta un regard inquiet.

« Où les conserve-t-on ?

— À l'étage, Monsieur. Il ne me faudra qu'un moment pour les prendre, mais peut-être préférerez-vous quitter cette pièce avant que Peg n'ouvre son sac pour les y mettre. » Elle tendit le bras vers le couloir. « Vous pouvez surveiller aussi bien ces quartiers de l'autre côté de la porte que de celui-ci, et Peg sait qu'elle n'a pas la permission de franchir le seuil. »

Aussi effarouché et ignorant des saignements féminins que tous les hommes, l'officier n'avait pas besoin d'autre invitation. Il se signa à la hâte, espérant sans doute éloigner quelque mauvais sort qui aurait pu jaillir du sac de Jayne, puis il s'esquiva dans le couloir devant Molly. La servante jeta un regard appuyé à Jayne en articulant : « Attendez mon retour », avant de refermer derrière eux.

Jayne retint son souffle quelques instants, tendant l'oreille dans l'espoir de surprendre des propos qui lui apprendraient ce que faisait un soldat royaliste dans la cuisine de Lady Alice. Y en avait-il d'autres ? se demanda-t-elle. Et pourquoi William n'en avait-il pas parlé ? Profondément perplexe et luttant contre ses propres appréhensions, elle resta immobile devant la porte ouverte, tête basse, mains jointes devant elle.

Cinq bonnes minutes s'écoulèrent avant que Molly revienne, chargée d'un sac à linge en lin.

« La plus jeune des servantes a souillé sa chemise de nuit et ses draps, annonça-t-elle avec colère en entrant. Si vous n'avez plus la place dans votre sac, il vous faudra porter celui-ci en plus. » Elle fit barrière entre le dragon et Jayne, mais secoua la tête pour la dissuader de parler. « Milady vous donnera trois pence de supplément pour le surcroît de travail, poursuivit-elle tout haut, sortant un morceau de papier de sa poche et le tendant à Jayne, mais prenez soin de rapporter le sac en même temps que le linge. »

Jayne lut le message écrit sur le billet. *William vous attend devant la boulangerie de High East Street.* Elle leva la tête.

« Milady va bien ? » chuchota-t-elle.

Molly secoua à nouveau la tête. « Faites vite », articula-t-elle silencieusement en lui tendant le sac de lin et en la poussant dans la rue avant de refermer le loquet de la porte extérieure.

7.

Ne comprenant rien à la scène qui venait de se dérouler, Jayne fut prise d'une colère grandissante contre William tandis qu'elle se dirigeait vers High East Street. Pourquoi ne l'avait-il pas avertie qu'elle serait accueillie par un officier armé ? Et pourquoi l'avait-il abandonnée ? Elle aurait pu être tentée d'ignorer la requête de Molly et de ne pas le rejoindre si l'inquiétude que lui inspirait Lady Alice ne l'en avait dissuadée. Elle le trouva devant la boulangerie où ils s'étaient tenus le jour de l'exécution du prêtre, mais il manifestait davantage d'intérêt pour une très jeune fille que pour la foule au milieu de laquelle il aurait dû chercher Jayne. Obligé de se baisser pour entendre ses propos, il ne s'aperçut de la présence de la jeune femme que lorsqu'elle laissa tomber le sac de linge à ses pieds.

Il renvoya aussitôt la fille.

« Je ne vous attendais pas, Dame Swift.

— J'ai cru le constater. » Elle l'examina un instant. « Il n'aurait pas été inutile de profiter de notre trajet depuis l'auberge pour me donner une brève explication. J'aurais sans doute mieux joué mon rôle de lingère si j'avais su à quoi m'attendre. »

William dissimula sa réaction en s'inclinant pour ramasser le sac de linge.

« Il y a à l'étage une chambre privée où nous pourrons parler plus librement, dit-il en tendant le bras vers l'intérieur de la boulangerie. Me permettrez-vous de vous y conduire ? »

Elle se tourna vers la boutique, remplie de servantes venues acheter du pain.

« Est-ce nécessaire ?

— Oui, afin que je puisse vous expliquer pour quelle raison Lady Alice vous a fait venir, Madame. Vous lui rendriez grand service en acceptant de m'écouter. »

Jayne esquissa un geste d'assentiment réticent.

« Comment rejoint-on cette chambre ?

— Par la porte située à l'arrière de la boutique », répondit le valet en lui faisant contourner le mur intérieur. Il souleva le loquet et s'écarta pour laisser passer Jayne, qui découvrit un étroit couloir menant à un escalier. « C'est la première chambre en haut à droite, Madame », précisa-t-il en prenant le sac de jute de son épaule et en lui faisant signe de le devancer. Il la sentit se raidir lorsque sa main effleura son bras et, comme elle ne faisait pas mine de bouger, il passa devant elle et entreprit de gravir les marches. « Les degrés sont inégaux. Vous vous sentirez plus en sécurité si vous prenez votre temps et ne lâchez pas la rampe. »

Elle s'adossa à la porte le temps de retrouver son calme. Ces crises soudaines de paralysie ne répondaient à aucune logique. Elles s'étaient faites heureusement plus rares ces quatre derniers mois, mais son père lui-même pouvait lui inspirer un sentiment de panique lorsqu'il s'approchait excessivement d'elle dans un espace confiné. Pourtant, William n'était pas plus susceptible de l'agresser que Sir Henry. S'il avait été animé de mauvaises intentions, il aurait abusé d'elle après leur départ de l'auberge et n'aurait pas attendu qu'ils soient dans un bâtiment très fréquenté. Malgré tout, il lui fallut une minute ou deux avant de se sentir suffisamment forte pour monter l'escalier.

La chambre était plus vaste qu'elle ne l'aurait cru, car elle couvrait toute la surface de la boutique et du fournil du rez-de-chaussée. Elle présentait l'aspect d'un réfectoire ou d'une salle à boire, une longue table en occupant le centre et des étagères chargées de chopes d'étain couvrant une de ses cloisons lambrissées. Trois fenêtres régulièrement percées dans le mur qui donnait sur High East Street laissaient pénétrer l'air et la lumière ; la pièce était si ouverte et si claire que l'angoisse de Jayne commença à se dissiper. Elle s'avança d'un pas à l'intérieur et remarqua que William avait posé sa sacoche de remèdes et le sac de linge sur le sol, à côté de l'entrée.

Il s'était approché de la fenêtre centrale, d'où il observait les allées et venues dans la rue en contrebas.

« J'ai eu tort de ne pas attendre Molly, dit-il tranquillement. Accepterez-vous mes excuses ? Il était tout à fait déplacé de vous faire entrer ici sans chaperon.

— Molly doit venir ? »

Il observait toujours la foule.

« Je le pense. Elle m'a demandé de la retrouver ici.

— Où lui avez-vous parlé ? Étiez-vous dans la maison au moment où j'étais à la porte de derrière ? »

Il secoua la tête.

« On ne me laisse entrer ni d'un côté ni de l'autre. La fille que vous avez vue me parler est notre femme de chambre. Elle est venue me transmettre un message de Molly.

— Que vous a-t-elle dit ? »

William se retourna avec un soupir.

« Fort peu de choses. Tout ce que je sais, c'est que six dragons du prince Maurice sont dans la maison, cinq en bonne santé, le dernier souffrant. Ils refusent l'assistance des docteurs de Dorchester car ils ne leur font pas confiance. C'est pourquoi Milady vous a fait chercher.

— En quoi cela la concerne-t-il ?

— Elle est apparentée à l'unique Anglais du groupe. Il est venu lui demander de l'aide hier, et elle n'a pas eu le cœur de la lui refuser. Le malade a été conduit chez elle la nuit dernière alors que tout le monde dormait, et un messager est parti pour Swyre dès le point du jour. »

Jayne le regarda, perplexe.

« Dans ce cas, pourquoi Molly m'a-t-elle renvoyée ? Pourquoi ne m'a-t-elle pas fait entrer pour que je soigne ce dragon ?

— Je crains que vous ne correspondiez pas à la personne qu'attendent les royalistes, Madame. Si j'ai bien compris, Milady leur a promis le médecin de son frère, et ils auront supposé que c'était un homme. » Il s'interrompit un instant. « Comme j'étais absent hier et la nuit dernière, je n'ai été informé de cette affaire qu'à mon retour ce matin. Le messager était déjà parti pour Swyre. Autrement, j'aurais vivement conseillé à Lady Alice de refuser la requête de son parent ; si j'avais pu m'en charger, nous ne serions pas dans cette malheureuse situation.

— Dont vous êtes seul responsable, fit vertement remarquer Jayne à William. Si vous m'aviez transmis cette information à l'auberge, j'aurais pu me rendre à Bridport pour chercher mon maître, le docteur Theale. Il a soigné Sir John bien avant moi et n'aurait pas refusé de rendre service à Lady Alice. »

Entendant un bruit de pas dans l'escalier, elle se retourna et vit Molly, rougie par l'effort, gravir les marches péniblement.

« Il ne faut pas en vouloir à William, Dame Swift, plaida-t-elle, tout essoufflée, s'avançant doucement devant Jayne pour poser une corbeille de pain couverte d'un linge sur la table. Le seul message que j'ai pu lui donner ce matin était une requête écrite identique à celle que je vous ai transmise. Elle lui demandait d'abord de vous retenir et de vous envoyer aux cuisines, puis de m'attendre à la boulangerie. Tout est sens dessus dessous. Milady est confinée dans sa chambre, les servantes, dans l'arrière-cuisine et c'est à moi de prendre les décisions. » Elle reporta son attention sur William. « Jenny vous a-t-elle trouvé ? Elle est si menue que j'espérais qu'elle parviendrait à se faufiler par la fenêtre de l'arrière-cuisine. Je l'ai prévenue qu'elle vous trouverait ici si elle réussissait à s'échapper.

— Elle m'a rejoint, confirma-t-il avec douceur. Maintenant, reprenez votre souffle et calmez-vous. Dame Swift est aussi impatiente que moi de savoir ce que vous avez à nous dire. »

Il fallut un moment à Molly pour reprendre ses esprits, et elle leur fit ensuite son récit en brèves phrases heurtées. Lady Alice avait accepté d'accorder un lit pour la nuit à Sir Walter Hoare, le fils de son cousin. Il avait prétendu avoir à faire en ville et s'était absenté deux heures. À son retour, la nuit était tombée et tous dormaient sauf Molly. Quand elle avait ouvert la porte pour le laisser entrer, il l'avait attrapée par la taille et avait plaqué la main sur sa bouche. D'autres hommes s'étaient engouffrés à sa suite, dont l'un tenait à peine debout.

Tirée du lit en tenue de nuit, Lady Alice avait dû essuyer menaces et intimidations. Ses sympathies parlementaires n'étaient un secret pour personne, pas plus que l'allégeance de son frère au roi. Elle devait, lui avait-on ordonné, faire venir le médecin de

Sir John Bankes, dont la compétence et la loyauté étaient incontestables. La discrétion serait son maître mot. Si la présence du malade sous son toit venait à s'ébruiter, elle pourrait dire adieu à tous ses biens.

Jayne leva la main pour l'interrompre.

« Qui est cet homme, et de quel mal souffre-t-il ?

— Je l'ignore, Madame. Nous avons reçu ordre de lui préparer un lit au salon, dont l'accès nous a été interdit depuis. Milady elle-même ne lui a pas parlé. Elle vous a écrit sur instruction de Sir Walter puis a été renvoyée dans sa chambre. Personne n'est autorisé à entrer, et elle-même ne peut sortir.

— Pourquoi m'a-t-elle appelée docteur Swift et non Dame Swift dans sa lettre ? Avec pareil titre, Sir Walter ne pouvait qu'imaginer que j'étais un homme.

— C'est lui qui lui a donné votre nom, Madame, ou du moins un nom approchant. "Envoyez chercher le docteur James Swift, dont Lady Bankes dit tant de bien", a-t-il commandé. Il s'est fâché quand Milady a prétendu lui signaler son erreur, et je crains même qu'il l'ait frappée, car quelqu'un a vivement refermé la porte du petit salon. Il a insisté pour que son ami soit soigné par un médecin compétent et non par un boucher de l'armée ignorant ou par un charlatan puritain de Dorchester. »

Elle raconta ensuite qu'avant d'être renvoyée dans sa chambre, Lady Alice avait chuchoté à Molly que William devait empêcher Dame Swift de venir. Elle serait en danger si elle se présentait comme médecin. Mais les instructions de Milady étaient plus faciles à formuler qu'à respecter. Après qu'un garde avait été posté dans la cuisine pour empêcher quiconque d'entrer par l'arrière de la demeure, Molly avait été obligée de renvoyer tout le monde – William compris.

« J'ai dit au dragon qu'il était l'orfèvre de Milady venu chercher une bonbonnière à refondre, expliqua-t-elle. Je lui ai remis le message en même temps que l'objet. »

William intervint.

« Pourquoi ne m'avez-vous pas écrit d'empêcher Dame Swift de venir ? s'étonna-t-il.

— J'avais peur pour Milady. Sir Walter a très mauvais caractère et tient absolument à ce que son ami soit soigné. Il m'a semblé qu'une femme médecin valait mieux que pas de médecin du tout. » Elle se tourna vers Jayne, l'air contrit. « C'est du moins ce que je pensais avant de voir comment vous étiez vêtue, Madame. J'ai douté que Sir William soit prêt à croire qu'une pauvre campagnarde puisse être le docteur de Sir John, malgré tous les efforts que j'aurais pu faire pour l'en convaincre. Vous étiez si jolie la dernière fois que je vous ai vue que je m'étais persuadée que vous n'auriez pas de peine à charmer cette affreuse créature. »

Jayne jeta à Molly un regard affligé.

« Je n'ai pas l'habitude de vendre mes compétences en usant de mon charme, Molly, se défendit-elle, et encore moins à des hommes aussi déplaisants, à vous entendre, que Sir Walter Hoare. Et je ne souhaite pas non plus mettre les pieds dans une demeure remplie de soldats. En tout état de cause, ce sont les seuls vêtements que je possède et il nous est donc à peu près impossible de rétablir la vérité. »

Molly désigna le sac de linge posé à côté du sac de jute de Jayne.

« Une des robes de Milady est dissimulée sous les draps, Dame Swift. Il lui reste si peu de chair sur les os ces derniers temps qu'elle ne peut plus la mettre, mais je pense qu'elle vous ira parfaitement. M'autorisez-vous à vous la montrer ? »

Sans attendre sa réponse, elle ouvrit le sac et en tira un vêtement soigneusement plié sous un drap froissé, se retournant pour le poser sur la table et le déployer sur le plateau. La robe était de soie vert pâle et la coupe – manches évasées, corsage à encolure carrée et jupe ample –, encore à la mode. Molly sortit un autre effet, d'une nuance de vert plus foncé.

« Milady portait toujours cette cape de fine laine au-dessus de la robe, dit-elle en la tenant à bout de bras afin que l'étoffe tombe jusqu'à terre. Elle a un col montant qui se fixe à la robe par des agrafes aux épaules. Le drapé du dos dissimulera les endroits où les lacets du corsage ne pourront pas le fermer entièrement.

— Et il y en aura, c'est certain, commenta Jayne. Même quand elle était plus pulpeuse, Lady Alice était indéniablement plus mince que moi. » Elle tendit le doigt vers ses gros souliers. « Et ceux-ci ? Je mesure bien dix centimètres de plus que votre maîtresse, on les verra forcément. »

Molly repoussa le tissu qui couvrait la corbeille de pain tressée pour révéler des brosses à cheveux et une paire de mules de soie verte assorties à la robe.

« Vos talons dépasseront peut-être un peu Madame, mais je pense que ces souliers devraient faire l'affaire. Je vous implore sincèrement d'essayer. Milady est trop fragile pour supporter de nouvelles menaces. »

William secoua la tête.

« Vous exagérez, Molly. Quelle que soit la situation, nous ne pouvons pas mettre Dame Swift en danger. Il faut trouver un moyen pour que je m'introduise dans la place. Il me semble qu'il n'y a qu'un dragon de faction à la porte des cuisines. Ai-je raison ? »

La servante acquiesça.

« Mais il ne remet jamais son épée au fourreau et il vous a vu tout à l'heure. Il vous reconnaîtra inévitablement. Vous aurez bien du mal à éviter qu'il vous arrête. En admettant que vous y parveniez, quatre autres soldats gardent le couloir, l'escalier et le salon.

— Que savez-vous du malade ?

— Rien... sinon que ses compagnons redoutent sa mort. Ils font une mine effrayée à chaque cri qu'il pousse et Sir Walter n'est jamais aussi furieux que quand il sort du salon pour demander si le médecin est arrivé. »

William réfléchit un moment.

« Vous auriez dû faire croire au dragon que j'étais le docteur Swift, déclara-t-il. C'est encore possible si Dame Swift accepte de me prêter sa sacoche. Il suffit que je réussisse à entrer. »

Jayne rejoignit Molly devant la table et caressa la robe de la main.

« Vous ne rendrez pas service à Lady Alice en tuant ces hommes, William. La ville est aux mains des royalistes et si l'on trouve chez elle six cadavres de soldats, elle devra en répondre autant que vous. » Elle pinça la soie. « Si je suis vêtue en dame, Sir Walter s'attendra à me voir chaperonnée par un gentilhomme. Pouvez-vous vous faire passer pour un membre de la famille Swift ? Cela nous permettrait d'entrer dans la demeure tous les deux.

— Êtes-vous certaine de vouloir faire cela, Dame Swift ? Aucune obligation ne vous lie à l'un ou l'autre d'entre nous.

— J'en suis parfaitement consciente, acquiesça-t-elle, et je vous demande de m'octroyer la même protection que celle que vous assurez à Lady Alice. »

Un sourire éclaira son regard.

« Je vous l'accorde. De combien de temps puis-je disposer, Molly ?

— Trente minutes tout au plus, répondit la servante. Je dois être de retour une heure avant midi avec du pain et de la viande. »

William fit le tour de la table.

« Le moment venu, il faudra m'accueillir comme un inconnu.

— Sir Walter connaît votre visage, William.

— C'est peut-être ce qu'il croit », murmura-t-il avant de s'engager dans l'escalier.

Molly entraîna Jayne dans l'angle le plus reculé de la salle, où l'on ne risquait pas de la voir par les fenêtres, et lui demanda si elle avait besoin d'aide pour dégrafer son corsage et sa jupe. Jayne secoua la tête.

« La tâche n'est pas ardue, car de tels vêtements sont portés par des femmes qui n'ont pas de servantes. »

Molly la regarda défaire les agrafes sur le devant de son corsage.

« Pourquoi avez-vous jugé nécessaire de vous travestir ainsi, Dame Swift ?

— Les pauvres en voyage risquent moins que les riches.

— Votre père n'était-il pas prêt à payer un garçon d'écurie pour vous accompagner ?

— Il en aurait payé deux ou trois si je le lui avais demandé, mais les récits que celui-ci lui aurait rapportés auraient nourri de trop nombreux sermons. Je préfère m'habiller en paysanne et chevaucher seule. » Jayne fit glisser le corsage de ses bras et le tendit à Molly. « Prenez-en soin. J'en aurai besoin à mon retour.

— Quel genre de sermons ?

— Des sermons courroucés à propos d'affaires comme celle-ci. » Elle dénoua les liens qui fermaient sa jupe sur le côté et la laissa tomber au sol avant de lisser les plis de sa chemise. « Sir Henry n'approuverait pas que sa fille se déshabille dans une salle à boire de Dorchester. »

Molly sourit en ramassant la jupe et porta les deux vêtements jusqu'à la table.

« Le mari de Lady Alice était pareil. Ils se sont querellés plus souvent à propos de la manière dont elle s'habillait qu'en raison de ses convictions religieuses. »

Elle revint avec la robe qu'elle fit passer au-dessus de la tête de Jayne, l'aidant à glisser les bras dans les manches.

« Que désapprouvait-il ? demanda la jeune femme pendant que Molly relevait le corsage serré pour l'ajuster au-dessus de ses hanches.

— Que Milady s'habille en homme, Madame. Sir Francis jugeait cela immoral et la réprimandait constamment à ce sujet. Il jugeait inconvenant de feindre d'être ce qu'on n'est pas. J'étais chargée de la vêtir, et je peux vous dire qu'elle faisait toujours illusion. »

Elle passa derrière Jayne pour serrer les lacets dans son dos.

« Est-ce ce qu'elle voulait être prise pour un homme ?

— En effet, mais pas pour quelqu'un qui parlait ou avait une position d'autorité. Le plus souvent, elle jouait un rôle de porteur.

— Dans quel dessein ?

— Je ne devrais pas vous le dire, Dame Swift. C'est un secret bien gardé, et depuis longtemps.

— Il le faudra bien pourtant, si vous voulez que je charme Sir Walter Hoare, insista Jayne. Je ne vois aucune raison de vous donner satisfaction si vous n'en faites pas autant. »

Molly lui fit donc son récit, tout en laçant le corset aussi serré que Jayne pouvait le supporter. Si Lady Alice avait été un homme, elle aurait gagné sa vie en peignant des portraits mais, femme, elle avait été obligée de se marier. Au début, Sir Francis avait été un époux attentionné bien qu'absent, et Milady, supportant mal la monotonie des devoirs de sa condition, avait consacré son temps à peindre ses domestiques. Certains visiteurs s'étaient extasiés sur la qualité de ses œuvres, alors que Sir Francis s'était contenté de la féliciter d'avoir trouvé un moyen amusant de se divertir.

Il avait eu tort de la rabaisser ainsi car elle fut plus résolue que jamais à prouver qu'elle était digne de faire payer son talent. Sans le vouloir, Sir Francis lui en donna la possibilité. Il prisait beaucoup les théâtres londoniens, ce qui expliquait ses nombreuses absences, et faisait la charité à un acteur qu'il appréciait tout particulièrement mais qui connaissait des déboires en raison de son incapacité à mémoriser son texte. Ce comédien, un homme séduisant mais paresseux, avait accepté un modeste salaire et la jouissance d'un cottage dans le domaine de Stickland en échange de la lecture occasionnelle à haute voix d'une pièce de Shakespeare chaque fois que Sir Francis était chez lui.

« Le maître s'en est lassé en moins de six mois et lui a demandé de regagner Londres, poursuivit Molly en drapant les épaules de Jayne de la cape et en l'agrafant aux épaules de la robe, mais Milady lui avait trouvé une autre fonction et elle s'est opposée obstinément à son départ. Elle a augmenté ses émoluments et lui a accordé la jouissance à vie du cottage.

— Où est-il à présent ?

— Il est mort de fièvre quelques jours après Sir Francis. Quelle tristesse ! Milady n'avait aucune raison de rester à Winterborne Stickland après cette double disparition.

— Comment s'appelait-il ?

— Gilbert Jackson. » Molly recula d'un pas. « La robe vous va très bien, Dame Swift. Vous avez la gorge plus pleine que Lady Alice et je n'ai pas pu serrer entièrement les lacets sur la partie supérieure du corset, mais si vous ne retirez pas la cape, personne ne le verra. » Elle écarta une chaise de la table et invita la jeune femme à s'y asseoir avant de retirer sa coiffe sale, faisant la moue devant les tresses étroitement enroulées que la servante de Jayne avait nattées le matin même. « Permettez-moi de les détacher, Madame. Elles n'ont rien de flatteur.

— Elles ne cherchent pas à l'être », rétorqua cette dernière. Elle laissa cependant Molly retirer les épingles et séparer les tresses. « Ai-je raison de penser que Gilbert Jackson se faisait passer pour un artiste et Lady Alice, pour son porteur de peinture et de pinceaux ? »

Molly hocha la tête.

« C'était un médiocre acteur shakespearien, mais il était tout à fait convaincant devant son chevalet. Il avait le don d'attirer les regards sur lui en racontant des anecdotes amusantes, de sorte que personne ne prêtait attention à ce que faisait son serviteur. »

Elle lui décrivit l'habileté avec laquelle maître Jackson se plaçait et disposait ses modèles de telle manière qu'ils soient dans la lumière et lui-même, dans l'ombre. De plus, il ne les laissait jamais poser plus d'une heure et ne les autorisait pas à suivre les progrès de son travail pendant ce temps. Cela permettait à Milady de s'asseoir discrètement derrière lui, d'apparier les couleurs et de faire des esquisses personnelles qu'elle pouvait reporter sur la toile quand ils étaient seuls. Cette association avait duré trente ans et, le renom de Gilbert Jackson grandissant, ils avaient voyagé tous les deux au-delà des limites du Dorset. À la demande de son mari, Milady n'avait jamais accepté d'invitations à Londres, Sir Francis craignant que l'on y découvre la supercherie plus aisément qu'en province. Duper la petite noblesse rurale crédule était une chose, prétendre en faire autant avec les esprits éclairés de la capitale en était une autre. Dans cette entreprise, Sir Francis avait bénéficié du soutien de son beau-frère, Sir John Bankes, inquiet que la cour vienne à être informée des idées rebelles de sa sœur.

« Mais il ne voyait rien à redire à ce qu'elle signe son portrait du nom de Gilbert Jackson, remarqua Jayne.

— Cela valait mieux qu'Alice Stickland, répliqua Molly tout en enroulant les cheveux du bout des doigts pour former de gracieuses anglaises. Elle l'a peint à plusieurs reprises et l'un de ses premiers portraits orne son bureau de Londres. Il lui dit que cette toile est fort admirée, mais à ceux qui manifestaient le désir de se faire représenter à leur tour, il a toujours raconté que Gilbert Jackson était mort.

— Elle a dû en être contrariée.

— Pas plus que vous de ne pas pouvoir prendre le titre de docteur, Dame Swift. »

Jayne rit tout bas.

« Ne pas avoir ce droit me rend folle, Molly, et je comprends fort bien Lady Alice. »

Molly repartit faire des emplettes. Restée seule, Jayne eut tout loisir de méditer sur la folie de ce qu'ils s'apprêtaient à entreprendre. Leur plan présentait trop de failles, dont sa propre réticence à faire la coquette avec Sir Walter Hoare n'était pas la moindre. Elle se prit à regretter que Molly ne l'eût pas déguisée en homme, car elle était certaine de pouvoir plus aisément contrefaire sa voix que minauder et faire la moue comme une écervelée. Et si Sir Walter répondait de bonne grâce à cette affectation ? Molly avait dressé de lui une description fort peu flatteuse et l'idée qu'un tel individu pût se presser contre elle révulsait Jayne.

On frappa à la porte avant qu'elle ait eu le temps de s'alarmer davantage. Elle demanda qui était là et quand William donna son nom, elle passa derrière la table et répondit : « Entrez. »

Il était méconnaissable sous une longue perruque brune, vêtu d'un pourpoint noir brodé avec une pèlerine jetée sur une épaule, un haut-de-chausses foncé serré aux genoux, des souliers de cuir fin et une épée à garde dorée au côté. Elle se demanda comment il s'était procuré de tels atours, puisque la demeure de Lady Alice lui était fermée.

« Vous êtes fort élégante, Dame Swift.

— Vous aussi, William. Laquelle de nos deux mises est la plus fallacieuse ? Je ne saurais le dire. »

Il sourit.

« Votre apparence n'a rien de fallacieux, Madame. Sir Henry serait fier de vous présenter comme sa fille. Quant à moi, j'ai pensé qu'il vous serait plus agréable d'être chaperonnée par votre frère. Réussirai-je à me faire passer pour Andrew qui, me semble-t-il, s'habille à la dernière mode ? »

Me semble-t-il... Où avait-il déniché ces détails à propos de sa famille ?

« Pas aux yeux de ceux qui le connaissent », répondit-elle, tandis que la silhouette plus courte et plus corpulente de son frère aîné se dessinait dans son esprit.

« Espérons donc que Sir Walter et lui ne se soient jamais rencontrés. » Il sortit de son pourpoint une feuille de papier pliée qu'il fit glisser de l'autre côté de la table. « Étant conscient qu'il nous faudra tout d'abord persuader Sir Walter que vous êtes qualifiée pour soigner son ami, j'ai pris la liberté de vous écrire une lettre de recommandation de la part de Sir John Bankes. Sir Walter entretient avec lui la même relation qu'avec Lady Alice, mais il n'est assez proche ni de l'un, ni de l'autre pour être en communication régulière avec eux et connaître leur style d'écriture. Je ne me suis pas étendu et j'ai adopté la sobriété d'expression qui pourrait convenir à un juriste. »

Jayne déplia le billet et lut les mots qui y étaient écrits.

Très honorée Dame Swift,

Je vous prie d'agréer l'expression de ma gratitude. Vos services m'ont été extrêmement profitables. Soyez certaine que je confirmerai vos compétences médicales à tous ceux qui me le demanderont. Vous pouvez user de cette lettre comme recommandation.

Votre très dévoué serviteur,

Bankes (Lord juge en chef)

Elle releva la tête.

« Je doute qu'il soit dans la nature de Sir John de se montrer aussi généreux, observa-t-elle. Il n'a jamais manifesté la moindre reconnaissance quand je l'ai soigné. »

William se baissa pour sortir sa sacoche du sac de jute.

« Il vous a pourtant grandement louée devant Lady Alice, de sorte que les sentiments sont véridiques, même si les mots sont les miens. » Il reprit la lettre et la posa au-dessus de ses remèdes. « Vous devrez insister pour voir Milady à votre arrivée. C'est elle qui vous a fait appeler, et c'est donc elle que vous vous attendez à soigner.

— Sir Walter répondra-t-il favorablement à pareille requête ? »

William passa la lanière au-dessus de sa tête et cala la sacoche sur sa hanche.

« Peu importe. Oubliez tout ce que Molly vous a dit et feignez d'ignorer la présence de Sir Walter comme de tout autre dans la maison. Il vous faudra manifester la même surprise en le voyant que lui en vous voyant. Y parviendrez-vous ?

— Plus aisément sans doute que si je devais chercher à le séduire », répondit-elle sèchement.

William jugea plus avisé de frapper lui-même à la porte et de donner le nom du docteur Swift. Le prenant pour le médecin, les gardes le firent immédiatement entrer et, grâce à un simple soulier glissé contre le battant, il réussit à faire passer Jayne devant lui. Elle ne put cependant aller plus loin, car les dragons levèrent leurs épées pour l'en empêcher. Poussant un juron de colère, le valet dégaina son arme et s'avança.

« Quelle effronterie est-ce là ? Comment vous permettez-vous ? lança-t-il. Ma sœur est ici à l'invitation de Lady Alice. Par quelle impudence osez-vous la menacer ?

— Qui êtes-vous, Monsieur ?

— Capitaine Andrew Swift du régiment de cavalerie du roi, fils de Sir Henry Swift de Swyre et frère de Dame Jayne Swift, médecin. Rangez vos épées et expliquez-vous. Donnez-moi d'abord le nom de votre commandant. »

Un homme apparut à la porte du petit salon.

« Ces messieurs sont des Allemands du régiment du prince Maurice, dit-il. Vous parlez trop vite pour qu'ils vous comprennent. Exposez-moi l'affaire qui vous amène ici. »

Jayne ne douta pas d'être en présence de Sir Walter Hoare, bien qu'il eût été nettement plus jeune qu'elle l'avait pensé. Sa peau était grêlée de petite vérole et il continua à mâchonner un morceau de pain pendant que William répétait sa présentation. Un frisson d'inquiétude la parcourut quand il passa devant les dragons pour étudier son compagnon attentivement.

« Nous nous sommes déjà vus, remarqua-t-il. Je me souviens de vos traits.

— Et moi, des vôtres, Monsieur, bien que j'aie oublié votre nom. Faisiez-vous partie de l'armée de Hopton à Roundway Down ? Ou peut-être nous sommes-nous rencontrés durant le siège de Bristol ?

— Je n'étais pas à Roundway Down, malheureusement, mais Bristol, certainement. De glorieuses victoires, dans les deux cas. » Il tendit la main. « Sir Walter Hoare, aide de camp du prince Maurice du Palatinat. »

William rengaina son épée et serra chaleureusement la main tendue.

« Très honoré, Monsieur. Permettez-moi de vous présenter ma sœur, Jayne Swift. Lady Alice lui a fait savoir ce matin qu'elle avait grand besoin d'elle. »

Sir Walter fronça les sourcils.

« À quelle fin ?

— Soulager ses douleurs, intervint Jayne. Lady Alice fait appel à mes services quand sa hanche et sa tête la font trop souffrir. » Elle se tourna vers William. « Ma sacoche, mon frère, je vous prie. Je peux monter seule.

— Je crains qu'il n'y ait erreur, Madame, objecta Sir Walter en lui barrant le passage. Une infirmière ne nous sera d'aucune utilité. Lady Alice m'a assuré qu'elle avait fait appeler le médecin de son frère.

— En effet. Je suis le médecin de Sir John Bankes et de Lady Alice depuis presque dix-huit mois. » Elle prit la sacoche. « Et maintenant, donnez ordre à vos hommes de baisser leurs armes et de me laisser entrer. Je ne prétends pas comprendre votre présence ici, mais c'est à Lady Alice que j'ai affaire.

— Vous vous trompez, Madame. Laissez-moi voir le contenu de votre sac. »

Jayne le lui tendit avec un haussement d'épaules.

« Vous n'y trouverez que des remèdes et des instruments, Monsieur. »

Il en souleva le rabat.

« Qu'est-ce là ? demanda-t-il en s'emparant du papier plié.

— Lisez-le si cela vous chante. » Elle l'observa pendant qu'il parcourait le feuillet du regard. « Si cette preuve de ma science ne vous suffit pas, vous trouverez un autre document au fond de ma besace. J'ai été formée par le docteur Theale d'Oxford et de Bridport qui a dressé et signé une liste de mes connaissances équivalentes aux siennes. » Elle tapa du pied avec impatience pendant qu'il fouillait sa musette. Vous faites preuve d'une maladresse criminelle, Monsieur. Je vous réclamerai un dédommagement si vous avez renversé un seul de mes remèdes. »

Sir Walter la regarda un moment d'un air revêche, puis il se détourna et ordonna aux dragons de garder leurs épées dégainées avant de disparaître par la porte donnant sur le petit salon, tenant toujours la sacoche de Jayne.

Sans hâte, William tira une paire de gants de cuir de son pourpoint et les enfila.

« *Es ist nicht höflich eine Dame zu bedrohen,* murmura-t-il à l'adresse des dragons.

— *Wir haben unsere Bestellungen.* »

William sourit.

« Ne venez pas dire que vous n'avez pas été prévenus, reprit-il d'une voix douce. Il n'est pas dans mes habitudes de tolérer que l'on menace une femme. »

Son sourire désarmant et son retour à la langue anglaise les firent hésiter car ils n'avaient pas très bien compris ses propos. Mais aucun, sans nul doute, ne s'attendait à ce qu'il se glisse entre eux et frappe leurs têtes l'une contre l'autre. Le premier lâcha son épée de son plein gré, l'autre se la fit arracher, puis ils furent tous deux attrapés par le col, précipités dans la rue et jetés à terre.

William regagna l'intérieur de la maison et referma la porte.

« Dépêchez-vous de rejoindre la chambre de Milady et restez-y jusqu'à ce qu'on vous fasse chercher, dit-il tout bas, prenant le bras de Jayne et la conduisant sans ménagement vers l'escalier. Laissez-moi régler les choses ici pendant ce temps. »

8.

Assise devant son miroir, une boîte de peignes et d'épingles sur les genoux, Lady Alice s'efforçait d'enrouler ses cheveux en torsade. Le dos de sa robe délacée béait, tandis que deux rubans gisaient au sol, abandonnés. Elle baissa les mains en voyant la porte s'ouvrir derrière elle et Jayne, persuadée à son regard qu'elle ne la reconnaissait pas, mit le doigt sur ses lèvres en se glissant dans l'entrebâillement. Elle posa sur le lit les mules de Milady qu'elle tenait à la main et alla s'accroupir à son côté.

« Je suis Jayne Swift, Madame. Vous m'avez écrit sur instructions de Sir Walter.

— Je sais fort bien qui vous êtes, mon enfant. C'est ce que vous faites ici qui me préoccupe. William ne vous a-t-il donc pas dissuadée de venir ?

— Si, Madame, et il m'a accompagnée ici en se faisant passer pour mon frère, le capitaine Andrew Swift de Swyre. Nous espérons mettre fin à votre réclusion plus rapidement si Sir Walter admet que je suis le médecin de Sir John et m'autorise à traiter son ami. » Elle lui fit un compte rendu aussi succinct que possible des événements de la matinée, sans omettre l'explication qu'avait donnée William quand Sir Walter l'avait reconnu, ni la manière expéditive dont il avait expulsé les deux dragons de la maison. « Sans doute voulait-il me permettre de rejoindre l'escalier en toute sécurité, mais il me semble qu'il n'aurait pas dû user de cette méthode. Sir Walter le prenait déjà pour un royaliste, et il aurait sans doute été plus avisé d'encourager son amitié que de faire naître un antagonisme superflu.

— Walter ne l'en admirera que davantage, remarqua Lady Alice. Il est toujours impressionné par les hommes qui cherchent à obtenir réparation d'outrages réels ou imaginaires.

— William le sait-il ?

— Certainement, autrement il n'aurait pas agi ainsi, bien que je doute qu'il ait été sage de prétendre avoir assisté à la bataille de Bristol.

— Sir Walter le connaît pour l'avoir déjà vu ici, Madame. Il fallait bien qu'il trouve une justification.

— Sans doute, mais une unique erreur, et Walter se posera des questions. Sa mémoire peut tout aussi bien faire surgir l'image d'un valet que celle d'un soldat. »

Jayne se releva.

« Les deux dragons jureront que c'est un soldat, dit-elle en passant derrière Lady Alice. Il les a désarmés trop aisément pour être un valet. » Elle adressa un sourire au reflet de son interlocutrice. « Si on me demandait mon avis, je dirais que sa connaissance de la langue allemande révèle qu'il a combattu comme mercenaire dans la guerre qui a ravagé l'Europe ces trente dernières années. »

L'expression de Lady Alice demeura indéchiffrable.

« Vous avez beaucoup d'imagination, Jayne.

— Je me le suis déjà entendu dire… généralement par des patients dont le diagnostic personnel se distinguait du mien. » Elle s'inclina pour lacer la robe de la matrone. « Permettez-moi de vous aider. Je ne saurais prétendre être aussi capable que Molly, mais je possède des compétences passables en matière de nœuds et d'épingles à cheveux.

— Merci, mon enfant. Je me suis trouvée fort désavantagée la nuit dernière lorsque j'ai dû parler à Walter en chemise de nuit. Il a eu le sentiment d'être en position de supériorité et cette impression se renforcera si je suis contrainte de me présenter à lui, les cheveux en désordre et la robe défaite. Par quelle absurdité les vêtements féminins se ferment-ils dans le dos alors que ceux des hommes se boutonnent devant ? Je me suis débattue toute la matinée avec ces maudites toilettes. »

Jayne hocha la tête gravement.

« La vie serait infiniment plus facile pour nous si nous étions autorisées à porter la culotte », remarqua-t-elle tout en rassemblant les boucles de Lady Alice entre ses mains pour les enrouler en chignon.

Molly arriva flanquée d'un garde pour prier Dame Swift de redescendre au rez-de-chaussée. Elle fit la révérence devant Lady Alice avant de s'adresser à Jayne : « Votre présence est requise au salon, Madame. »

Celle-ci recula pour laisser Lady Alice la précéder, mais le garde secoua la tête.

« Pas vous, Milady. »

Il aurait aussi bien pu se taire au vu du peu de cas que Lady Alice fit de lui. Adressant un sourire à Molly, elle prit la main de Jayne et, ensemble, elles passèrent sur le palier pour s'engager dans l'escalier. Sir Walter et William attendaient au pied des marches, l'un renfrogné, l'autre impassible. Derrière eux se tenaient les deux dragons qui avaient repris position de part et d'autre de la porte d'entrée.

« Vous avez l'air contrarié, Walter, remarqua Lady Alice en atteignant le dernier degré. Pour quel motif ?

— Je vous ai donné ordre de rester dans votre chambre.

— En effet. » Elle porta son attention sur William. « Êtes-vous le capitaine Swift, Monsieur ? Si tel est le cas, croyez que c'est un plaisir de faire votre connaissance. Mon frère et moi prisons grandement les talents de votre sœur. »

William inclina la tête.

« Tout le plaisir est pour moi, Madame. »

Sir Walter posa sur le bras de Lady Alice une main autoritaire qui lui valut un regard noir.

« Auriez-vous l'intention d'user de violence à mon endroit devant témoin, Walter ? Soyez assuré que je ne pardonnerai ni n'oublierai notre échange de ce matin à trois heures.

— Vous n'aviez aucune raison de repousser ma requête, Alice.

— Vous avez perdu le droit de m'appeler par mon prénom, Monsieur, protesta-t-elle en dégageant son bras. Le peu d'affection que j'ai pu avoir pour vous appartient au passé et, lorsque ce regrettable épisode sera clos, croyez bien que je n'entretiendrai plus aucune relation avec vous. Votre stupidité et votre grossièreté m'offensent, car c'est parce que j'ai tenté de rectifier votre supposition que le médecin de Sir John était un homme que vous vous êtes mis en colère. » Elle s'écarta de l'escalier et attira Jayne en bas, à côté d'elle. « Depuis son arrivée, vous n'avez montré à Dame Swift qu'épées tirées et discourtoisie. Aussi aura-t-elle tout mon soutien si elle préfère vous refuser ses services de crainte de faire l'objet de nouvelles menaces. Je demanderai au capitaine Swift de l'escorter hors de cette demeure, avec mes servantes et moi-même, et vous pourrez régler votre problème tout seul.

— Il n'y aura plus de menaces. Nous approuvons la présence de Dame Swift.

— Je crains qu'il n'en faille davantage pour convaincre Lady Alice et ma sœur, Monsieur, intervint William. C'est beaucoup leur demander que d'espérer qu'elles vous croient sur parole.

— Quel autre gage puis-je leur donner ?

— La promesse de libérer les domestiques de Milady et de quitter sa demeure dès que ma sœur aura fait ce qu'elle peut pour votre ami. » Il se tourna vers Jayne. « Sir Walter m'a décrit les symptômes de cet homme, et il me semble qu'il a un urgent besoin de soins, Jayne. Si Lady Alice et vous décidez de partir dès maintenant, il risque de rendre l'âme avant qu'on ne trouve un nouveau médecin.

— De quoi souffre-t-il ? demanda Jayne en se tournant vers Sir Walter. Est-il fiévreux ?

— Il a reçu un coup d'épée à la poitrine il y a deux jours et la blessure semble refuser de guérir. Il a la respiration précipitée et son front est chaud. »

Jayne lâcha la main de Lady Alice et lui fit signe de se diriger vers les cuisines.

« Préparez vos servantes à un dur labeur, Madame. Si la description de l'état de cet homme est exacte, il a en effet grand besoin d'être soigné de toute urgence. »

Le terme d'« homme » convenait mal pour décrire le jeune garçon en sueur, le souffle court, qui était allongé, torse nu, sur un lit de fortune dressé dans le salon. De fait, sans les poils follets qui parsemaient son torse et la moustache fine comme un trait de crayon qui ornait sa lèvre supérieure, Jayne ne lui aurait pas même donné l'âge de se raser. Un dragon, assis à son chevet, tamponnait sa plaie avec un chiffon souillé de pus. Elle lui ordonna de s'écarter et d'emporter son linge crasseux avant de se pencher pour examiner la plaie d'environ cinq centimètres de large qui s'ouvrait dans la partie charnue sous l'épaule gauche du blessé.

« Quel âge avez-vous ? lui demanda-t-elle.

— *Zweiundzwanzig.*

— En anglais, je vous prie.

— Vingt-deux ans.

— Vous ne les faites pas. »

Elle écarta de son visage ses cheveux bruns collés par la sueur et posa la main sur son front avant de lui soulever le poignet pour lui prendre le pouls.

« Vous avez de la fièvre et votre cœur bat trop vite. Mais votre teint n'a rien d'inquiétant et vous avez l'avantage de la jeunesse, lui dit-elle. Avec une plaie aussi suppurante que la vôtre, un homme plus âgé que vous aurait du souci à se faire. Par bonheur, elle n'est pas gangréneuse. Comment vous appelez-vous ?

— Cela ne vous regarde pas. »

Jayne sourit.

« Dans ce cas, je vous donnerai le nom du roi car bien que vous n'ayez pas sa barbe, vous avez les mêmes cheveux longs et la même moustache que lui. » Elle s'assit sur le lit à côté de lui. « Comme il faut que je vérifie si l'épée vous a transpercé, Charles, je vais devoir vous hisser en position assise.

— Elle n'a pas traversé.

— Je préfère m'en assurer. » Elle glissa son bras sous celui du jeune homme et se pencha en arrière, faisant contrepoids de son corps. « Gardez cette position pendant que je vous examine. Je n'en ai que pour un instant. »

Elle se leva pour effleurer la peau enflammée mais intacte autour de l'épaule, qui était manifestement sensible au toucher car il tressaillit quand elle appuya un peu.

« Êtes-vous convaincue ? »

Elle l'aida à se recoucher.

« Je suis convaincue que vous souffrez beaucoup, Charles. Votre sang est empoisonné autour de la blessure, ce qui explique que vous ayez de la fièvre. Si on ne fait rien, le poison va se répandre. Je pense pouvoir vous aider, mais le remède ne sera pas plaisant.

— Vous voulez me couvrir de sangsues ? »

Elle secoua la tête.

« Pire, je le crains. De sel. »

C'était un traitement que Richard Theale avait appliqué avec succès sur un ouvrier agricole qui s'était entaillé le mollet avec sa faux. Son épouse avait pansé la plaie mais le lendemain la fièvre le dévorait et la déchirure suppurait vilainement. Un autre médecin aurait cautérisé la chair ulcérée, mais c'était une méthode radicale qui empêchait rarement l'infection de se propager. Richard avait préféré faire baisser la température du malheureux et nettoyer la plaie purulente en l'immergeant dans un baquet d'eau froide et salée pendant quinze minutes toutes les heures. Les vertus curatives du sel étaient connues depuis Hippocrate, tout comme l'utilité de l'eau froide pour réduire l'inflammation et la fièvre ; en associant ces deux remèdes, il avait obtenu une guérison plus rapide qu'il n'aurait pu l'espérer. Il lui avait tout de même fallu deux jours et deux nuits pour vaincre l'hyperthermie et nettoyer la plaie. À dater de ce jour, il avait toujours donné instruction à ses élèves d'introduire le plus tôt possible de l'eau salée dans une blessure ouverte. Mieux valait éliminer le poison avant qu'il se répande au lieu de lui permettre de s'installer.

Lady Alice possédait une baignoire en teck qui se trouvait dans une petite pièce, au deuxième étage et sur l'arrière de la maison. Jayne demanda à Sir Walter et à ses hommes de la descendre jusqu'à la cuisine, plus proche du puits public situé dans la rue, mais il refusa. Il n'était pas convenable que « Charles » soit soigné dans les quartiers des domestiques, ni que des femmes de basse extraction le voient nu.

Jayne haussa les épaules.

« Dans ce cas, vous devrez aider les servantes à remplir et vider la baignoire, déclara-t-elle. Puiser l'eau et monter les seaux sans répit est une tâche trop dure pour des femmes. Quant à la nudité de votre ami, ne croyez-vous pas qu'il est trop malade pour s'inquiéter du rang de ceux qui le soignent ?

— Si des étrangers se présentent à la porte, ils le verront. Il sera impossible de l'éviter si des servantes vont et viennent avec des seaux.

— Postez un de vos hommes à l'extérieur.

— Les langues iront bon train si l'on voit des dragons porter de l'eau.

— Nul ne saura que ce sont des soldats s'ils retirent leurs vestes et travaillent en chemise. » Comme il ne répondait pas, elle haussa encore les épaules. « Il y a d'autres médecins à Dorchester, remarqua-t-elle. Vous feriez peut-être mieux de consulter l'un d'eux. »

William rompit le silence qui suivit.

« Je vous suggère de demander à Charles d'en décider lui-même, dit-il à Sir Walter. J'aurais tendance à penser qu'il préférera être soigné à la cuisine que de ne pas l'être du tout. »

Il avait raison. Quelle que fût la véritable identité de Charles, son unique souci était d'être soulagé de la douleur qui le torturait et il semblait préférer les douces voix des femmes aux timbres grossiers des soldats. Les plus jeunes des servantes se pâmèrent devant son physique séduisant tandis que les plus âgées mouraient d'envie de le dorloter. Lady Alice elle-même n'était pas insensible à ses charmes, le qualifiant, *sotto voce,* de « bourreau des cœurs ». Quant à Jayne, elle ne voyait en lui qu'un patient auquel elle administrait quinze minutes de bain d'eau salée toutes les heures, suivies de quarante-cinq minutes de séchage devant le feu de la cuisine, durée pendant laquelle elle lui permettait de masquer sa nudité d'une couverture posée sur ses genoux. Durant tout ce temps, elle l'exhortait à boire autant qu'il le pouvait, lui préparant une infusion de fleurs de sureau et de teinture d'écorce de saule pour alléger ses souffrances.

Elle n'autorisait que deux immersions dans la même eau, avant de faire vider et remplir la baignoire d'eau propre et froide dans laquelle elle versait une nouvelle dose de sel. Mais comme celui-ci coûtait cher, elle envoya Sir Walter en acheter. Molly l'accompagnait toujours, le conduisant en différents lieux de la ville afin qu'il ne fasse pas appel deux fois au même marchand. À son retour, Sir Walter tançait invariablement Jayne pour quelque prétendue faute, lui reprochant le plus souvent de refuser de laisser Charles porter une couverture autour de ses épaules. Il n'était pas convenable qu'un jeune homme restât dévêtu devant des femmes.

Une blessure causée par une épée étant bien moins étendue que si elle avait été causée par la lame incurvée d'une faux, Jayne espérait que le poison serait vaincu plus rapidement. Elle était convaincue que si elle n'y parvenait pas, Sir Walter interromprait le traitement et l'accuserait de charlatanerie. Tout en elle semblait l'exaspérer, notamment l'insistance avec laquelle elle lui demandait d'exprimer ses griefs loin des oreilles de son ami.

« Pourquoi cherchez-vous constamment à lui imposer vos opinions ? lui demanda-t-elle. Il est jeune, sans doute, mais il n'est pas sot. Si mes méthodes ne sont pas efficaces, il me le dira lui-même.

— Cherchez-vous à obtenir des faveurs en l'accaparant ainsi ? » rétorqua-t-il en la dévisageant avec aversion.

Elle crut déceler une note de jalousie dans sa voix.

« Si par faveurs vous entendez paiement, en effet, je m'attends à être rémunérée pour mes services. Est-ce à vous ou à Charles que je dois présenter ma note ?

— Vous ne présenterez rien à personne tant qu'il ne sera pas guéri.

— Félicitez-vous que je sois un médecin honnête, Sir Walter, lança-t-elle après l'avoir observé un instant. Un charlatan indélicat vous réclamerait le double pour une guérison. » Elle se détourna. « Et maintenant, cessez de nous tourmenter. Charles se remettra plus vite s'il n'a pas à supporter votre présence importune toutes les demi-heures. »

À minuit, elle donna instruction aux servantes d'aller chercher le matelas au salon et de l'étendre au sol devant l'âtre, avec des coussins. Puis elle les envoya se coucher, Molly avec elles. Cette dernière était si fatiguée qu'elle tenait à peine debout. Lady Alice s'était retirée dans sa chambre environ deux heures plus tôt, et Molly exprima l'intention de dormir par terre, au pied de son lit. Si Dame Swift avait besoin d'elle, elle l'y trouverait.

La cuisine était éclairée par la lumière des bougies. Constatant avec satisfaction que la plaie avait séché et que l'enflure qui l'entourait avait diminué exactement comme Richard l'avait prédit, Jayne aida Charles à sortir de la baignoire et à s'étendre sur le matelas.

« Vous êtes un patient idéal, le complimenta-t-elle avec un sourire, s'agenouillant pour lui installer la tête sur les coussins et tirer la couverture sur ses jambes et son ventre. « Vous prenez vos remèdes sans protester, vous réagissez parfaitement aux traitements qu'on vous administre et ne contestez jamais l'avis de votre docteur. »

Son souffle court et haletant s'était stabilisé depuis longtemps et il parlait désormais sans peine.

« Pourquoi le ferais-je ? Être allongé dans une baignoire, même remplie d'eau froide, est un plaisir. Vous autres, Anglais, devriez le faire plus souvent.

— Vous avez de la chance d'être issu d'une famille fortunée, Charles. Dans ce pays, peu de gens sont assez riches pour posséder une baignoire. » Elle appuya sur la chair précédemment enflammée entourant l'entaille. « Vous avez mal ? »

Il secoua la tête.

« Dans ce cas, je pense que nous pouvons vous laisser dormir sans risque. » Elle se releva et prépara une tasse de tisane de camomille, à laquelle elle ajouta quelques gouttes d'un flacon d'infusion de racine de valériane. « Voilà qui vous aidera, lui dit-elle, s'agenouillant à nouveau pour approcher la tasse de ses lèvres. Un repos serein est le meilleur des remèdes. Il faut que je laisse une bougie allumée, mais souhaitez-vous que je souffle les autres ?

— Vous comptez rester ici ? »

Son ton était abrupt.

« Il le faut. Si votre sommeil est agité, je saurai que le poison doit encore être vaincu, et nous devrons recommencer le traitement. »

Il ferma les yeux.

« Alors laissez les bougies brûler pour vous. La lumière ne me dérange pas. »

Jayne s'assit sur une chaise devant la table, prenant note des remèdes qu'elle avait appliqués et des réactions de son patient. Elle consigna la proportion de sel par rapport à l'eau qu'elle avait utilisée, le nombre d'immersions nécessaires avant qu'elle commence à observer une diminution de la tuméfaction, ajoutant qu'elle était convaincue que laisser la plaie sécher à l'air au lieu de la panser et de la couvrir avait permis des résultats plus rapides. Dans ce registre, elle avait l'habitude de ne mentionner ses patients que par leur prénom et leur profession afin de préserver leur anonymat si d'aventure quelqu'un posait les yeux sur ses notes. En acceptant un nom d'emprunt, Charles s'était lui-même entouré de secret, bien que Jayne eût découvert tardivement que lui donner celui du roi avait été particulièrement pertinent.

Lady Alice l'avait en effet reconnu dès qu'elle l'avait vu, tout comme William, car ils avaient assisté à son arrivée triomphale à Dorchester environ trois semaines plus tôt. Le garçon souffrant n'était autre que le prince Maurice du Palatinat, commandant de l'armée de l'Ouest et neveu du roi Charles d'Angleterre. Jayne aurait préféré l'ignorer, car cela n'avait fait qu'ajouter à ses tracas, mais Lady Alice l'avait entraînée hors de la cuisine pour l'avertir du danger qu'ils courraient si quelqu'un apprenait que Sa Majesté se trouvait sous son toit, gravement malade. Les parlementaires seraient furieux qu'une des leurs lui ait accordé un lit et trouvé un médecin, tandis que les royalistes se demanderaient si l'on pouvait compter sur un docteur appelé par une sympathisante des parlementaires pour le guérir. Il allait sans dire que, de surcroît, parlementaires et royalistes rejetteraient tous une femme médecin.

Jayne demanda si les servantes connaissaient l'identité du jeune homme et, ayant obtenu l'assurance du contraire, elle implora Milady de la taire. Personnellement, elle continuerait à l'appeler Charles et à lui parler avec la même simplicité, et elle exhorta Lady Alice à l'imiter. Sir Walter estimerait n'avoir rien à craindre d'elles, à présent ou à l'avenir, tant qu'il les croirait ignorantes de l'identité du visiteur.

William avait rendu service à Jayne cinq heures plus tôt en lui répétant les propos de Sir Walter à propos de Charles. Il était au salon où il jouait au brag à trois cartes avec deux des dragons et avait secoué la tête quand elle était entrée pour lui demander si Sir Walter et Molly étaient revenus avec du sel.

« Pas encore, sœurette, avait-il répondu en levant la tête et en la regardant droit dans les yeux. Êtes-vous satisfaite de l'évolution de l'état de Charles ? »

Ne sachant comment répondre, elle avait dit la vérité.

« Je relève quelques signes d'amélioration. La blessure sèche et la fièvre commence à tomber.

— Je suis heureux de l'apprendre, avait réagi William avec un signe de tête approbateur. Je me suis engagé à rester ici jusqu'à ce qu'il puisse repartir et je crains que ces beaux messieurs ne me tondent si l'attente se prolonge. J'ai cru comprendre que notre protégé avait quitté sa caserne sans permission, et Sir Walter m'a demandé de l'aider à la regagner parce que je connais bien les ruelles et les chemins détournés. »

Jayne avait deviné qu'il attendait d'elle la question qui s'imposait.

« Sera-t-il puni s'il se fait prendre ?

— À n'en pas douter. Il perdra son commandement si le prince Maurice est informé de son absence. » William avait soulevé l'angle d'une de ses cartes, posée sur la table figure vers le bas, pour se la remettre en mémoire avant d'égaler l'annonce du précédent joueur. « Le prince n'a guère de temps à perdre avec les têtes brûlées et Charles mérite certainement ce nom.

— Qu'a-t-il fait ? »

Le dragon assis à droite de William avait agité l'index.

« *Es ist besser, dass sie das nicht weiss,* murmura-t-il.

— C'est ma sœur – *meine Schwester,* avait répondu William. Elle finira bien par me tirer les vers du nez. »

L'autre avait peut-être des sœurs car il avait hoché la tête et était revenu à sa partie.

« Charles a été blessé dans un duel avec un officier et il sera en fâcheuse posture si le prince Maurice apprend que deux de ses subalternes se sont dérobés à leur devoir pour une question d'honneur. Ce genre de choses ne plaît guère quand votre plus grand ennemi est le Parlement. Vous rendrez un fier service à Charles si vous arrivez à le remettre sur pied avant que son absence ne soit découverte. »

Jayne s'était demandé si elle était censée accepter cette fable sans discuter et avait estimé que non. Les dragons s'attendraient à ce qu'elle se montre curieuse.

« Et l'autre ? Peut-on compter sur sa discrétion ? »

William avait esquissé un léger sourire.

« Charles a gagné, sœurette. Son adversaire est mort et son corps a été trouvé peu après par des soldats. Comme sa bourse avait disparu, ils ont rapporté qu'il s'était fait agresser par des voleurs de Dorchester. L'affaire aurait été close si la plaie de Charles n'avait commencé à suppurer. Incapable de présenter une justification innocente de cette blessure, il n'a pas pu consulter le médecin du camp de crainte de devoir répondre à des questions. »

Jayne avait secoué la tête.

« Vous entamez ma compassion à son endroit. S'il avait été vaincu, il m'inspirerait davantage de bienveillance.

— Ne soyez pas trop dure avec lui, chaton. C'est un jeune homme amoureux qui s'est battu pour défendre l'honneur d'une dame. »

Chaton ? Elle lui aurait tapé sur les doigts s'il avait réellement été son frère.

« Dans ce cas, je ne m'étonne pas que le prince Maurice cherche à interdire ce genre de pratiques, avait-elle répliqué sèchement. On a déjà versé suffisamment de sang sans que de jeunes fous en rajoutent. » Elle s'était dirigée vers la porte, prenant conscience qu'elle ne se sentait en sécurité dans cette maison remplie de soldats que parce que c'était William et non Andrew qui assurait sa protection. Mais tout de même… *chaton* ?

« Je ne puis promettre que Charles soit suffisamment rétabli pour partir avant l'aube, mon frère, aussi vous suggérerais-je de limiter vos pertes au jeu. Père ne sera pas heureux d'apprendre que vous avez dilapidé vos subsides une fois de plus. »

Un des dragons avait éclaté de rire.

« Ne l'écoutez pas, avait-il dit à William, levant une main et remuant les doigts et le pouce pour imiter un canard qui cancane. Toutes les sœurs sont les mêmes. »

Jayne interrompait de temps en temps sa rédaction pour vérifier le teint de Charles et le mouvement régulier de son torse qui s'élevait et s'abaissait. Endormi, il paraissait encore plus jeune et elle avait peine à croire qu'il pût exercer la moindre autorité, et plus encore assurer le commandement d'une armée. Elle repensa aux soldats ivres du King's Head et aux cavaliers grossiers des rues de Dorchester et se demanda s'ils se conduisaient aussi mal parce que le prince Maurice pardonnait leur indiscipline ou parce qu'il était incapable de la brider. En tout état de cause, le roi avait fait preuve d'une irresponsabilité criminelle en lui confiant la charge d'un aussi grand nombre d'hommes.

Vers trois heures du matin, elle leva les yeux pour constater qu'il était éveillé et l'observait.

« Savez-vous qui je suis ? demanda-t-il.

— Je ne connais pas votre nom, répondit-elle, mais mon frère m'a appris dans quelles circonstances vous avez été blessé. Il paraît que le prince Maurice vous punira s'il est informé de votre sottise.

— Quelle histoire votre frère vous a-t-il racontée ?

— Celle que lui ont confiée vos amis. Étant un homme, il admire plus que moi l'idée de se battre pour l'honneur d'une dame. Les femmes ont suffisamment de cervelle pour ne pas s'entre-tuer à la moindre parole malveillante. »

Une lueur d'amusement éclaira ses yeux d'un brun profond, mais elle n'aurait su si c'était à cause de son récit ou de la réprimande qu'elle s'était permis de lui infliger.

« Peut-être changeriez-vous d'avis si c'était votre honneur qui était en jeu, remarqua-t-il.

— Comment le saurais-je ? Les mensonges qu'échangent les officiers jaloux à l'intérieur de leurs quartiers n'arrivent jamais aux oreilles de la dame. » Elle se leva pour aller s'agenouiller à nouveau à son chevet et prendre son poignet dans sa main. « Vous avez l'air d'aller beaucoup mieux. Votre cœur bat régulièrement et votre blessure est suffisamment sèche à présent pour pouvoir être recousue.

— Qu'entendez-vous par “recousue” ?

— Rapprocher les lèvres de la plaie avec une aiguille et du fil en boyau. Hippocrate, le père de la médecine, utilisait cette méthode pour soigner les blessures avant même la naissance du Christ. Avez-vous encore mal à la tête ?

— Non, mais je meurs de faim. Pourriez-vous appeler une servante afin qu'elle me prépare un repas ?

— Certainement pas. La maisonnée a travaillé pour vous hier sans répit et tout le monde dort à présent. Vous devrez accepter ce que je vous servirai ou demander à un de vos amis de s'en occuper. Que préférez-vous ?

— Savez-vous cuisiner ?

— Pas du tout, mais je crois qu'il y a du pain et du fromage à l'office. » Elle se leva et se dirigea vers une porte, sur le côté de l'âtre. « Et même du mouton froid, annonça-t-elle en revenant avec deux plats qu'elle posa sur la table. Êtes-vous assez solide pour vous asseoir sur un tabouret ou préférez-vous vous adosser aux coussins ?

— Si je dois m'asseoir sur un tabouret, il me faut mes vêtements. »

Jayne secoua la tête.

« Vous pouvez porter votre haut-de-chausses, mais pas votre chemise ni votre veste. Elles sont encore souillées du sang et du pus qui se sont écoulés de votre plaie ; il faudra les laver soigneusement. Si vous êtes disposé à porter la tenue d'un domestique, l'arrière-cuisine est juste à côté et j'y ai vu des chemises et des tuniques propres.

— Apportez ce que vous voudrez. J'ai trop faim pour m'en soucier. » Mais il changea apparemment d'avis car il leva la main pour la retenir. « Sortez doucement et revenez seule, ordonna-t-il. Je ne veux pas d'autre compagnie que la vôtre pendant que je me restaure. »

Avant de l'autoriser à enfiler la tunique, elle lui annonça qu'il lui fallait suturer la plaie. Tout en enfilant un fil de boyau dans le chas de l'aiguille, elle l'avertit que la procédure serait douloureuse ; peut-être tenait-il à prouver son courage car il ne proféra pas une plainte, regardant au-delà de Jayne, les yeux grands ouverts et la mâchoire serrée.

« Je vous ai fait trois points séparés, lui expliqua-t-elle, et j'ai fermé chacun par un nœud. Dans une semaine, vous demanderez à votre ami Sir Walter de couper les fils et de les ôter en les tirant par le nœud, faute de quoi, la décomposition du boyau provoquerait une infection d'un autre genre. Comprenez-vous ?

— Je vous ferai chercher pour que vous le fassiez.

— Vous pouvez essayer, Charles, mais j'ai d'autres patients à soigner. Sir Walter pourra accomplir cette tâche aussi bien que moi moyennant quelques explications. »

Il demanda à lire ses notes et elle le regarda feuilleter son registre en mâchant mouton et fromage. Sachant qu'il avait pour mère la sœur du roi, elle ne doutait pas qu'il fût tout aussi versé en anglais qu'en allemand et qu'il comprît chacun des mots qu'elle avait écrits. Il parut fort intéressé par les montants facturés qu'elle avait consignés à côté de certaines notices, et par le nombre d'heures qu'elle avait enregistré.

Il posa le doigt sur ses annotations à propos d'un charron.

« Les heures représentent le temps que vous avez consacré à cet homme, et les livres, shillings et pence, la somme que vous lui avez facturée ? demanda-t-il.

— Oui. »

Il s'arrêta aux indications concernant George Lansdowne, un voisin de son père.

« C'est pareil ici ?

— Oui.

— Tous deux ont payé la même somme pour une heure de votre temps, pourtant vous présentez Peter comme un charron et George, comme un propriétaire foncier. Pourquoi ne réclamez-vous pas davantage au riche ?

— Ce ne serait pas juste. Le service que j'ai rendu à George n'était pas plus grand que celui que j'ai rendu à Peter.

— À certains, vous ne réclamez rien. » Il tourna les pages. « Je vois ici une femme appelée Marianne que vous avez soignée pendant sept jours sans paiement. Pour quelle raison ? »

Jayne lui reprit le registre des mains pour relire ses notes.

« Elle avait six enfants en vie, quatre étaient morts à la naissance, et son mari était un ivrogne. La famille survivait grâce à l'argent qu'elle gagnait comme couturière. Si je lui avais réclamé des émoluments, ses petits auraient eu faim.

— Vous écrivez qu'elle avait de l'hydropisie aux jambes et que vous lui avez ordonné de rester allongée plusieurs jours les pieds plus hauts que le bassin pour réduire l'œdème. Qui s'est occupé des enfants pendant ce temps ?

— L'aîné. »

Charles secoua la tête.

« Non, c'est vous, car vous rapportez être restée sept jours auprès d'elle. Avez-vous tancé son époux aussi vertement que moi ?

— Cent fois plus. C'était un bon à rien, un fainéant qui lui volait tout ce qu'elle gagnait pour s'acheter de la bière et qui la poursuivait de ses assiduités chaque fois que l'humeur l'en prenait.

— Vos sermons l'ont-ils guéri de son ivrognerie ?

— Non, reconnut Jayne en riant, mais ils l'ont persuadé de quitter une maison où il n'était plus le bienvenu. Cette affaire remonte à trois ans et Marianne m'en bénit tous les jours depuis. Elle n'est plus contrainte de mettre au monde un enfant par an, économise pour la nourriture et ses revenus ont augmenté car elle a appris son métier à ses deux filles. Il lui arrive encore occasionnellement de souffrir d'hydropisie, mais jamais aussi douloureusement que quand elle avait à supporter la présence d'un mari ivrogne et voleur. »

Il referma le registre et posa le menton sur ses mains pour la dévisager.

« Vous semblez trouver plus de motifs à critique chez les hommes que chez les femmes. »

Le regard était peu amène et si la question avait été posée par le prince Maurice, peut-être Jayne s'y serait-elle dérobée. Était-ce la clé de son autorité ? se demanda-t-elle. Savoir que le neveu d'un roi avait le pouvoir de détruire les espoirs et les ambitions de quiconque le contrariait ?

« Seulement chez les hommes irresponsables, répondit-elle d'un ton léger. Je ne saurais admirer un porc hargneux qui fait le malheur de sa famille par sa rapacité égoïste.

— Pas plus qu'un homme qui se bat pour l'honneur d'une dame ? »

Jayne hocha la tête.

« Aucune offense, aussi grave soit-elle, ne vaut la mort d'un frère officier quand le pays est en guerre. Vos amis affirment que le prince Maurice est de cet avis, raison pour laquelle ils vous ont conduit ici au lieu de demander secours à un médecin de l'armée. C'est également pourquoi ils espèrent pouvoir vous raccompagner à votre casernement à l'insu des gardes. Ils craignent qu'on ne vous pose des questions sur les circonstances de votre blessure et qu'on ne vous demande de justifier de cette absence sans permission.

— Les croyez-vous ?

— Si vous voulez savoir si je crois que le prince Maurice vous châtiera pour votre désobéissance, alors oui, je le crois, et vos amis seront également sanctionnés, car il saura qu'ils vous ont prêté assistance. Vous devriez le craindre autant qu'eux, Charles. Il ne vous traitera pas mieux qu'il ne traite le peuple du Dorset s'il vous considère comme son ennemi. »

Un éclair de colère brilla dans ses yeux.

« On m'avait dit que vous étiez royaliste. Je ne vous aurais pas fait confiance si j'avais su que vous étiez parlementaire.

— Soyez heureux que je ne sois ni l'une ni l'autre, répliqua Jayne en reprenant son registre et en le rangeant dans sa sacoche. Les meilleurs médecins sont indifférents aux convictions de leurs patients ; tout ce qui compte pour eux est leur rétablissement – et à en juger par votre appétit et votre irascibilité retrouvée, j'ai accompli ma tâche. » Elle se leva. « En tant que femme, je ne suis pas autorisée à utiliser le titre de "docteur", mais vous pouvez vous fier à ma discrétion aussi sûrement qu'à celle de tout médecin de sexe masculin. Rien de ce qui s'est passé entre nous ne sera répété.

— Où allez-vous ?

— Chercher Sir Walter. Le soleil ne se lèvera pas avant deux bonnes heures, ce qui lui laisse le temps de vous reconduire à vos quartiers avant le jour.

— Je vous interdis de partir, s'écria-t-il avec une soudaine impatience. Vous n'avez pas encore pansé ma plaie ni précisé le montant de vos émoluments. »

Jayne prit une bougie sur la table et se dirigea vers la porte.

« Mes émoluments ? Vous pouvez les calculer vous-même car le montant horaire sera le même que pour George et Peter. Quant au pansement, je le ferai en présence de Sir Walter une fois que je lui aurai expliqué comment retirer les points de suture. Il conviendra de remplacer les bandages chaque jour pour vérifier que la plaie reste propre et sèche, et il faut qu'il observe mes gestes afin de les reproduire.

— Abandonnez-vous tous vos patients aussi aisément ? »

Elle soutint son regard un moment.

« Soyez déjà heureux que je sois venue, Charles », dit-elle en soulevant le loquet et en quittant la pièce.

Sir Walter eut du mal à dissimuler son plaisir en entendant les reproches acerbes dont Charles accabla Jayne pendant qu'elle pansait sa plaie avec des bandes de lin propres, formant un huit serré autour de son épaule et ajoutant une sangle de maintien autour du dos et du torse pour maintenir le bandage en place. Il fut moins heureux d'apprendre que ce serait à lui d'assurer ces soins pendant les jours à venir et qu'il devrait, au terme d'une semaine, couper le fil de boyau et retirer les points. Jayne lui donna l'instruction expresse de n'appliquer sur l'entaille que des linges propres, et annonça à Charles qu'il lui faudrait garder le bras gauche immobile pendant au moins deux semaines, car tout mouvement ferait tomber la croûte et retarderait la cicatrisation.

Charles eut l'air de tenir William en plus grande estime que Jayne, acceptant le conseil du capitaine Swift qui lui faisait remarquer qu'il passerait plus facilement inaperçu dans les rues de Dorchester s'il endossait la tenue que Jayne lui avait apportée. Vêtu d'une tunique, d'une chemise et d'un haut-de-chausses, il pourrait jouer le rôle du serviteur du capitaine à condition de marcher quelques pas devant Sir Walter et ses dragons. L'idée parut séduire le jeune homme et, sans remercier Jayne ni mentionner le moindre règlement financier, il ouvrit la porte de derrière et fit signe à William de passer devant lui, laissant ainsi à Sir Walter le soin de prendre congé, ce qu'il fit à contrecœur.

« Vous vous êtes montrée meilleur médecin que je ne l'aurais pensé, Dame Swift.

— Dois-je y voir un compliment ?

— Comme il vous plaira. » Il inclina légèrement la tête. « Mes compliments à Lady Alice. »

Jayne leva un sourcil amusé.

« Vous gaspillez votre salive, Monsieur. Lady Alice a donné ordre que votre nom ne soit jamais plus mentionné en sa présence. Elle éprouve une vive aversion pour les brutes et les voleurs, quelle que soit l'armée dans laquelle ils servent.

— Peu m'importe, rétorqua-t-il avec un haussement d'épaules indifférent alors qu'il franchissait le seuil. Si j'ai à nouveau besoin de vos services, j'enverrai un messager à Swyre. Votre frère me dit que je vous y trouverais toujours. »

Jayne s'avança pour refermer derrière lui.

« Faites-le si cela vous chante, Monsieur, mais ma réponse ne vous plaira guère. J'offre mes services aux patients qui le méritent et non aux têtes brûlées revêches qui ne s'attirent que des ennuis.

— Ne vous en prenez qu'à vous-même si vous n'avez pas été dédommagée, Dame Swift. Charles favorise ceux qu'il admire et non ceux qui le flattent. »

Jayne rit.

« Moi aussi, Sir Walter. » Elle posa la main sur la porte. « Votre ami ne prisant guère les refus, je vous suggère de consulter un autre médecin si sa plaie ne guérit pas. Je vous souhaite le bonjour. »

9.

Le soleil était levé depuis trois heures quand William revint, à nouveau vêtu du manteau de cuir chamoisé, des culottes aux genoux, des bas blancs et des souliers noirs qu'il portait la veille au matin. Il s'étonna de trouver les portes de devant et de derrière verrouillées de l'intérieur et dut frapper à plusieurs reprises avant que Molly réagisse, sans tirer pour autant le battant de la cuisine. Elle resta méfiante même après qu'il eut donné son nom, exigeant de savoir s'il était seul et n'ouvrant que lorsqu'il lui eut juré que c'était le cas.

« Lady Alice était convaincue que Sir Walter se servirait de vous pour pouvoir entrer ici, lui expliqua-t-elle, repoussant les lourds verrous de fer.

— Pourquoi diable ?

— Parce que vous lui avez dit que vous êtes le frère de Dame Swift et qu'il imagine que vous avez une certaine influence sur elle. » Elle connaissait tous ses secrets et était parfaitement habituée à ses changements de costume et d'apparence, ce qui ne l'empêcha pas de le sermonner. « Votre absence a été trop longue. Sir Walter et deux dragons sont venus tambouriner à la porte il y a une heure et demie, réclamant que Dame Swift les accompagne. Elle a refusé et a verrouillé les issues pour les empêcher d'entrer.

— Que lui voulaient-ils ? »

Molly leva les yeux au ciel.

« Si Sir Walter dit vrai, le prince Maurice a entendu parler des services qu'elle a rendus à Charles et lui offre le poste de médecin privé de sa personne et de son entourage. En échange de quoi il est prêt à user de sa prérogative royale pour lui accorder le rang de docteur.

— Et elle a refusé ?

— Très fermement. Elle a déclaré à Sir Walter que seule une université a le pouvoir de la déclarer docteur et qu'elle n'a pas choisi d'accorder la préférence aux princes sur les pauvres pour acquérir un titre illégitime. »

William poussa un grognement amusé.

« Qu'a-t-il répondu ?

— Qu'elle était insensée de s'attirer l'hostilité d'un homme aussi puissant que le prince Maurice – ce qui est probablement exact, mais n'a rien changé pour Dame Swift. Elle a renvoyé Sir Walter sans autre forme de procès, lui rappelant de bien panser la plaie de Charles selon les instructions qu'elle lui avait données. »

William chercha des yeux la sacoche de Jayne sur la table, mais elle en avait été retirée, tout comme le matelas devant l'âtre et les nombreuses bougies qui avaient éclairé la pièce durant la nuit. Seule la baignoire était encore là.

« Dame Swift est-elle en compagnie de Lady Alice ? »

Molly secoua la tête.

« Elle est partie aussitôt que Sir Walter est sorti. Milady l'a priée de vous attendre afin que vous l'escortiez, mais elle a rétorqué qu'elle attirerait moins l'attention toute seule. Si Sir Walter a donné des ordres pour l'empêcher de quitter la ville, les gardes rechercheront une dame élégamment vêtue accompagnée de son frère, et non une pauvre paysanne chargée d'un sac.

— Elle a raison », approuva William.

Molly lui jeta un regard réprobateur.

« Peut-être, mais c'est une bien grossière manière de traiter une dame qui s'est précipitée à votre secours et n'a pas dormi de la nuit. Si vous n'étiez pas aussi dénué de cœur, vous seriez revenu plus tôt et vous lui auriez offert votre assistance. Qui vous dit que Sir Walter ne l'attendra pas à Swyre ? Elle affirme que vous ne lui avez pas caché qu'il pourrait l'y trouver. »

William se caressa pensivement la mâchoire.

« Cela ne l'aiderait guère, il est vrai, acquiesça-t-il. Si son frère y est, elle aura du mal à expliquer qu'il ait ainsi changé d'apparence.

— Elle n'aurait pas dû y être contrainte, car je devine que l'idée de vous faire passer pour le capitaine Swift vient de vous, remarqua sèchement Molly. N'avez-vous donc nul souci de sa sécurité ? Si des hommes sont postés à la grille de son père pour l'intercepter, ils pourraient l'arrêter avant qu'elle s'y présente.

— Ils ne la reconnaîtront pas plus aisément que les gardes de Dorchester, observa-t-il raisonnablement. Elle passera devant à cheval sans s'arrêter et trouvera un autre accès.

— Vous aviez promis de la protéger. »

William l'admit d'un hochement de tête.

« Je parlerai à Milady. Si elle est certaine que ces verrous suffiront à éviter les visiteurs indésirables, je suivrai Dame Swift. »

Comme il laissait son propre cheval, une jument brune parfaitement ordinaire de huit ans, dans une écurie de Dorchester, il la fit seller et mettre en chemin moins de quinze minutes après que Lady Alice lui eut donné congé. Ses allées et venues étaient si nombreuses que ses traits étaient devenus familiers aux gardes postés aux portes de la ville. Ayant fureté dans ses sacoches plusieurs fois aux premiers jours de l'occupation et les ayant trouvées immanquablement remplies de lés de soie et de satin aux couleurs vives, ils le prenaient pour un marchand d'étoffes faisant négoce de tissus exotiques venus d'Orient, et ne l'importunaient plus que rarement. Ils ne firent pas exception ce jour-là. Lorsqu'il arrêta sa jument pour leur permettre de le fouiller, ils lui firent signe de passer, l'accompagnant de hochements de tête et de sourires.

Estimant que le trajet de Jayne à travers champs, le harnachement de son cheval et l'indispensable conversation avec l'aubergiste lui prendraient plus d'une heure, il parcourut au grand galop la route menant au King's Head, espérant y arriver avant son départ.

Il fut déçu. Sa jument et elle n'y étaient plus et le tenancier refusa de lui révéler quelle route elle avait prise, et même combien de temps s'était écoulé depuis son départ.

« Si je ne vous avais pas reconnu pour vous avoir vu hier, j'aurais nié qu'elle était passée ici, conclut Timothy. Quand les soldats ont levé le camp ce matin à l'aube, la boisson leur avait fait perdre tout souvenir d'elle, et personne d'autre n'a été témoin de ses allées et venues. Je me suis engagé à ce qu'il en demeure ainsi.

— Dame Swift vous a-t-elle confié pourquoi elle souhaitait pareil engagement ?

— Si elle s'en est expliquée, ce n'est pas votre affaire.

— Vous avez raison. » William fit reculer sa jument. « Tous mes respects, Monsieur. Soyez assuré que je dirai à Dame Swift que vous avez tenu parole. »

Timothy lui adressa un sourire narquois, comme s'il doutait que William en ait l'occasion.

« Je vous en prie, fit-il en se détournant. Elle sera heureuse de savoir qu'il y a au moins un homme auquel elle peut se fier. »

William médita ces mots en s'engageant sur la grand-route qui menait à Bridport, se rappelant combien il avait effrayé Jayne dans la boulangerie. Leurs chemins n'avaient failli se croiser qu'une fois au cours de l'année qui avait suivi leur première rencontre à Dorchester. Comme le Dorset était sous contrôle des parlementaires, les sympathisants royalistes avaient le choix entre quitter le comté et accepter leur gouvernement. La plupart, étant propriétaires terriens, avaient préféré rester.

Deux de ces individus étaient le père de Jayne, Sir Henry Swift de Swyre, et son oncle, Joseph Swift de Littlemore, qui étaient l'un comme l'autre de remarquables épistoliers. Ils ne se privaient pas d'exprimer leurs griefs, ni de confier des informations détaillées à leurs amis et connaissances royalistes à l'extérieur du Dorset, et l'insouciance avec laquelle ils couchaient leurs pensées sur le papier faisait de leurs missives une lecture fort intéressante. Sir Henry leur ajoutait invariablement des *post-scriptum* faisant état du refus obstiné de sa fille d'accepter l'un ou l'autre des prétendants qu'il lui trouvait, mais il écrivait ces mots sans rancœur, comme s'il avait admis depuis longtemps qu'elle avait le droit de les rejeter. Il était rare qu'un père fasse preuve de pareille tolérance et William l'appréciait pour cela.

Le système de distribution publique du courrier avait été mis en place par le roi Charles les premières années de son règne. Des cavaliers rémunérés le transportaient sur des routes dédiées, jalonnées de « postes » séparées de huit lieues environ – souvent situées dans des tavernes, dont l'aubergiste faisait fonction de maître de poste. Cela prenait évidemment plus longtemps que de payer un messager pour apporter une unique lettre, car les maîtres de poste étaient chargés de trier les lettres pour veiller à ce qu'elles soient acheminées dans la bonne direction, mais c'était un système bon marché, ce qui en faisait tout l'attrait. En contrepartie, il se prêtait au vol, aux erreurs et aux méprises, et un monarque plus sage l'aurait supprimé le jour même où il aurait levé son étendard à Nottingham.

Peut-être le souverain avait-il espéré que la fuite d'informations se ferait en faveur des royalistes. Le cas échéant, il avait eu tort. Dans le Dorset, où la plupart des maîtres de poste étaient favorables au Parlement et savaient que William était un officier parlementaire de haut rang, ils le laissaient volontiers prendre connaissance des lettres de royalistes notoires. Les sceaux avaient tendance à se briser ou à se détacher à force de frotter les uns contre les autres dans les sacs de courrier, mais William préférait s'adresser aux orfèvres dont les lames affûtées et les mains fermes étaient capables de les décoller du papier avant de les remettre en place avec de la cire fraîchement fondue pour dissimuler les accidents. Il en connaissait cinq dans différentes régions du comté, en qui il avait toute confiance, dont aucun n'était à plus de deux heures de cheval d'une poste, et il était bien rare qu'une lettre prenne plus de huit heures de retard.

Les missives que Sir Henry et Joseph recevaient étaient aussi intéressantes que celles qu'ils envoyaient. Ils avaient des sœurs établies à Oxford, site du quartier général royaliste, et les femmes étaient plus généreuses que de raison en indications sur la position des régiments de leurs maris et de leurs fils, et sur leurs mouvements. La tendance à confier au papier des informations compromettantes semblait être un travers familial, car dans leurs comptes rendus, les deux plus jeunes fils de Sir Henry, Philip et Benjamin, se répandaient également en détails sur les mouvements royalistes dans le Sud-Ouest et le Nord.

Les lettres de Sir Henry étaient généralement apportées à la poste par un domestique, mais par un jour de novembre de l'automne précédent, Jayne s'était chargée de la livraison. La poste la plus proche de Swyre était la Saddlers' Inn, sur la grand-route de Bridport à Dorchester, et William occupait la chambre du fond quand elle était entrée par-devant. L'entendant appeler, l'aubergiste avait chuchoté un avertissement à William avant de se précipiter pour éviter à la jeune femme d'avoir à traverser le sol taché de bière à sa recherche. Cela avait donné à William le temps de se retirer dans les cuisines, d'où il avait assisté à son départ depuis une fenêtre sans vitre. Il ne l'aurait pas reconnue si l'aubergiste ne lui avait dit qui elle était. Vêtue comme une pauvre paysanne, elle ne ressemblait en rien à la femme séduisante qu'il avait rencontrée à Dorchester et il aurait bien voulu savoir ce qui l'avait poussée à se déguiser ainsi.

Si leur hôte n'en savait rien, il soupçonnait que son père n'y était pas étranger. Elle avait déjà fait le désespoir de Sir Henry en chevauchant sans compagnie avant la guerre, alors que seuls les habitants du coin pouvaient la voir, et l'hôtelier doutait qu'il la laisse se comporter ainsi devant des étrangers. Les routes étaient encombrées de trop de troupes parlementaires issues de différents comtés et les langues iraient bon train s'il se savait que la fille de Sir Henry portait des hauts-de-chausses sous sa robe pour chevaucher à califourchon. Anodine pour une paysanne, pareille conduite était jugée inconvenante pour une dame.

Sur le moment, William avait été plus amusé que convaincu par cette explication, car il doutait que des soldats étrangers au Dorset puissent savoir que la « dame inconvenante » était Dame Swift. Se rappelant qu'elle avait dit la veille que les pauvres voyageaient plus en sécurité que les riches, il subodora qu'elle avait une autre raison de s'habiller comme elle le faisait et se demanda ce qui avait bien pu lui inspirer pareille crainte. Il aurait pensé à un larcin si elle avait fourni moins d'efforts pour se rendre ordinaire et peu séduisante, ce qui le conduisait à attribuer plus volontiers ses terreurs à une plus sinistre cause.

À Winterborne Abbas, il avisa une matrone debout devant sa porte ouverte et s'arrêta pour lui demander si elle avait vu passer une paysanne.

« Peut-être oui, peut-être non, répondit-elle. Qui êtes-vous ? »

Qui, en vérité ? William inclina la tête respectueusement.

« Sir Francis Stickland, Madame. Ma mère, Lady Alice, connaît la sage-femme et voudrait qu'elle lui accorde quelques instants de son temps. Il paraît qu'elle est passée par ici.

— Sous quel nom Lady Alice la connaît-elle ? »

William opta pour la franchise.

« Dame Jayne Swift.

— Votre mère a-t-elle besoin d'un médecin ?

— Oui.

— Elle n'en trouvera pas de meilleur que Dame Swift.

— C'est ce qu'on m'a dit. » Il parcourut la route du regard. « L'avez-vous vue ? Le temps presse et j'aimerais lui parler avant son arrivée à Swyre. »

La matrone secoua la tête.

« Elle n'emprunte jamais les routes. Si vous avez raison de penser qu'elle est devant vous, elle aura pris le sentier cavalier qui contourne Abbotsbury Common. Vous trouverez dans un kilomètre et demi une piste au sud qui vous permettra de le rejoindre. »

William la remercia et éperonna sa jument pour la remettre au galop. Les chaleureux éloges de la matrone l'incitèrent à se demander pourquoi le prince Maurice s'était montré aussi discourtois avec Jayne quand elle lui avait annoncé qu'il était suffisamment rétabli pour quitter la demeure de Milady. Que s'était-il passé entre eux pour qu'elle ait pu lui inspirer pareille hostilité alors qu'un instant plus tard, il quémandait ses services ? Avait-il pris conscience tardivement qu'elle lui avait peut-être sauvé la vie ?

Sa propre conversation avec le prince s'était limitée à des bavardages et à des exhortations à ralentir le pas chaque fois qu'ils s'approchaient de l'extrémité d'une rue obscure. Ils rejoignaient une grande maison située au nord-ouest de la ville, que Denzil Holles avait évacuée à l'annonce de la chute de Bristol, et la mission de William consistait à y conduire le groupe par les voies les moins fréquentées. Il était parfaitement conscient que l'unique souci de Sir Walter était d'éviter que les gens de Dorchester reconnaissent le prince mais il y avait si peu de monde dans les rues que leur trajet s'était déroulé sans incident, ce qui lui avait laissé le loisir de goûter l'ironie de la situation qui lui faisait conduire le neveu du roi dans la demeure d'un membre du Parlement. Ignorant si le prince Maurice connaissait l'identité du précédent occupant, c'est avec un certain amusement qu'il l'avait entendu exprimer son aversion pour ce lieu et faire savoir qu'il préférait l'élégance et le confort de la maison de Lady Alice.

« Remerciez-la de ma part, capitaine Swift », lui avait-il ordonné alors que William s'apprêtait à prendre congé.

Il s'était exprimé en prince, mais William avait adressé sa réponse à Charles.

« Je le ferai si elle se lève tôt, avait-il acquiescé en réprimant un bâillement, autrement je prierai une servante de lui transmettre le message. Connaissant ma sœur, nous serons sur la route longtemps avant que Lady Alice quitte son lit.

— Faites-vous toujours ce que veut votre sœur ? »

William avait esquissé un sourire charmeur.

« Vous-même n'avez pas agi autrement, Charles, alors pourquoi devrais-je être différent ? » Il avait soulevé son chapeau. « Adieu, mon ami, et évitez les ennuis à l'avenir. Vous n'aurez pas toujours la chance d'être soigné par Jayne. »

Il s'était retourné avant que le prince ait pu répondre.

« Votre serviteur, avait-il dit à Sir Walter. Si Dieu le veut, nous nous reverrons. »

En s'éloignant, il avait entendu le prince Maurice marmonner en allemand que les Swift avaient la fâcheuse habitude de lui tourner le dos, tandis que Sir Walter répondait dans la même langue qu'ils ne le feraient pas s'ils connaissaient son rang. Il s'était alors demandé si c'était pour cette raison que Sa Majesté souhaitait engager Jayne comme médecin personnel – le désir puéril de lui faire savoir qu'il lui était supérieur –, car William portait sur lui le même jugement que Jayne : le commandant de l'armée royale de l'Ouest était plus enfant qu'homme.

La piste du Sud le conduisit à Broom's Barrow, qui était suffisamment élevé pour lui offrir une vue dégagée sur les terres cultivées vallonnées qui s'étendaient vers Dorchester à l'est et Abbotsbury Common à l'ouest. Il plissa les yeux pour fouiller le paysage dans les deux directions, mais ne vit que des moutons et des vaches paissant sur les communaux et deux ou trois voyageurs parcourant à pied les sentes qui les traversaient. Il était sur le point de repartir en songeant que la matrone l'avait induit en erreur quand, jetant un dernier regard à l'est, il aperçut la silhouette d'un cheval qui se déplaçait lentement à moins de cinq cents mètres. L'animal contournait les meulons de paille d'un champ de blé moissonné, son cavalier affalé sur son encolure. À cette distance, il était incapable de dire s'il s'agissait de Dame Swift, mais le fait que cette personne eût cédé au sommeil plaidait en ce sens.

Il se porta à sa rencontre au lieu de l'attendre sur la piste, s'arrêtant au moment où la jument de Jayne pointa les oreilles et hennit à son approche. Le bruit réveilla la jeune femme qui se redressa en sursaut, tirant sur les rênes et portant un regard inquiet vers la figure qui se trouvait une trentaine de mètres devant elle. William leva la main pour la saluer.

« Je suis William, Dame Swift, la héla-t-il. Lady Alice m'a envoyé pour vous escorter et veiller sur vous. »

Il crut entendre un léger soupir de soulagement et espéra que cela signifiait qu'elle estimait pouvoir lui faire confiance. Ses paroles ne furent pourtant pas très engageantes.

« Je suis arrivée jusqu'ici sans vous. Pourquoi aurais-je besoin de vous à présent ? »

William talonna son cheval pour le faire avancer.

« Milady craint que Sir Walter ait envoyé des soldats à Swyre et qu'ils vous y attendent. »

Elle répondit d'un ton irrité.

« De quelle aide me serez-vous si elle a raison ? Vous pouvez difficilement vous faire passer pour mon frère, car les hommes de Sir Walter l'ont déjà rencontré. Et qu'est-ce qui vous fait penser qu'il sera suffisant de m'escorter *une fois* ? Si Sir Walter a l'intention de satisfaire son maître, ses hommes reviendront aussi souvent que nécessaire – ou pire, ils établiront leur camp à Swyre. Je serai alors prisonnière dans la demeure de mon père.

— Je suis navré, Madame, répondit William avec un geste contrit. Je n'aurais jamais dû vous mettre dans pareille situation. »

Elle le dévisagea un moment.

« Ce n'est pas votre faute. Cette décision a été mienne autant que vôtre et nous ne pouvions pas imaginer que j'aurais à soigner un enfant irascible qui croit pouvoir obtenir tout ce qu'il veut.

— Il s'est montré extrêmement grossier envers vous avant son départ.

— Tous les hommes le sont quand ils ne trouvent pas satisfaction. » Elle signala son intention de mettre fin à la conversation en resserrant ses rênes et en glissant les pieds dans les étriers. « Je vous remercie d'être venu, William, mais je n'ai pas besoin de vous. Cela fait bien longtemps que je ne m'introduis plus chez mon père par l'entrée principale. Sir Henry n'aime pas que ses visiteurs voient sa fille vêtue en paysanne, et je doute que les soldats de Sir Walter aident l'idée de faire le guet à la porte des cuisines. »

Il s'inclina légèrement.

« Comme vous voudrez, Madame, mais me permettrez-vous de vous donner un conseil avant que nos routes se séparent ? En admettant que les hommes de Sir Walter se trouvent chez votre père, demandez à l'un d'eux de porter au prince Maurice une lettre expliquant pourquoi vous repoussez sa requête. Il ordonnera aux dragons de s'éloigner si votre excuse est convaincante.

— De quel nom dois-je l'appeler ? demanda-t-elle d'un ton sarcastique. Charles, ou Votre Altesse royale ?

— Votre Altesse royale, Madame, car pour vous, ce sont deux personnes différentes.

— Et quelle raison pourrais-je avancer sinon que je ne souhaite pas lui donner satisfaction ? » Elle secoua la tête de contrariété. « Je n'ai pas passé cinq années à étudier la médecine pour gâcher mon temps à amuser un prince. J'ai d'autres patients qui ont plus grand besoin de moi, comme il a pu le constater lui-même en consultant mon registre. Il agit par dépit parce qu'il aurait préféré poursuivre notre conversation à la cuisine au lieu de regagner ses quartiers. »

William hocha la tête gravement.

« Cela devrait faire l'affaire si vous présentez votre argument en des termes moins accusateurs, Madame. Un homme a moins de mal à recevoir le refus d'une femme quand elle fait appel à ce qu'il y a de meilleur en lui ; lui rappeler que beaucoup de gens dépendent de vos compétences lui permettrait de se croire magnanime. »

Elle sourit à contrecœur.

« Il ne voudrait pas de moi de toute manière. Mon seul attrait est de lui avoir parlé d'égale à égal. Il se lassera très vite si je suis tenue de faire la révérence chaque fois que je me trouve en sa présence. » Elle claqua la langue pour mettre sa jument au pas. « Adieu, William. Si nous nous rencontrons à nouveau, ce sera, je l'espère, dans des circonstances moins pénibles.

— Je l'espère aussi, Madame. »

Elle lui jeta un regard malicieux en passant devant lui.

« Vous devriez peut-être recommencer à m'appeler chaton. Vous êtes un valet d'une médiocrité scandaleuse William, mais dans le rôle de frère, vous avez été tout à fait convaincant. »

Il la suivit des yeux tandis qu'elle se mettait au trot, puis dirigea sa monture dans le sens d'où elle était venue, l'éperonnant pour passer au galop afin de persuader Jayne qu'il regagnait Rochester. Elle aurait de bonnes raisons de lui retirer sa confiance s'il semblait faire fi de ses désirs, mais il était curieux de connaître la suite des événements. De plus, il constata qu'il s'était pris d'une violente aversion pour le prince Maurice qui avait la fatuité de se croire en mesure de posséder pareille femme.

Dès que Jayne fut hors de vue, il dessina une boucle pour regagner Broom's Barrow, d'où un sentier pédestre se dirigeait vers l'est parallèlement à la piste cavalière en longeant Abbotsbury

Common. En surplomb des communaux et bordé d'arbres, il était suffisamment large pour qu'il se mette au petit galop, ce qui lui permit de la dépasser sans être vu. De temps en temps, il s'arrêtait pour suivre sa progression entre les branches mais elle était le seul cavalier visible dans un sens comme dans l'autre.

Il la perdit de vue quand il mit pied à terre pour progresser à travers une forêt touffue au nord de Swyre, qui le conduisit en bordure du domaine de Sir Henry, mais il l'aperçut brièvement avant qu'elle disparaisse dans la superbe demeure dominant un parc ouvert. Au-delà, à cinq cents mètres environ, la mer dessinait une tache bleue étincelante, et il se demanda pourquoi une femme née au milieu de tant de beauté et de richesse avait choisi de travailler comme médecin payé à la tâche au lieu de profiter des possibilités d'ascension sociale que lui offrait sa famille. Lady Alice elle-même, faite de la même étoffe rebelle, avait accepté un mari pour obtenir un titre et une situation.

William chercha une allée et la trouva à quatre cents mètres plus loin sur sa droite. Il entrava son cheval dans une clairière herbeuse et s'avança silencieusement à travers les arbres, suivant une route de terre qui contournait le domaine. À proximité de l'entrée flanquée de piliers, il se retira plus profondément dans les bois et prit position derrière le large tronc d'un chêne.

L'intuition de Molly ne l'avait pas trompée. Quatre dragons, dont il avait vu l'un chez Lady Alice, étaient adossés nonchalamment contre les piliers. Fouillant du regard la route du nord, de temps en temps, ils se tournaient vers la maison, comme s'ils espéraient être bientôt délivrés d'une fastidieuse corvée.

C'est rempli d'une vague compassion à leur égard que William s'allongea par terre et s'apprêta à une longue attente. Il n'avait pas d'autre plan à l'esprit qu'observer les événements au fur et à mesure qu'ils se dérouleraient et, au besoin, intercéder pour Jayne si son père se montrait suffisamment imprudent pour la faire partir en compagnie de Sir Walter.

10.

Jayne conduisit sa jument aux écuries où elle la confia à un palefrenier avant de s'introduire dans la maison par les quartiers des domestiques. La cuisine était très animée et son arrivée fut accueillie par les révérences et courbettes habituelles des servantes et des valets. Elle apprit par le valet de chambre de Sir Henry que des visiteurs appartenant à l'état-major du prince Maurice étaient arrivés une demi-heure auparavant. Le maître et Andrew les recevaient au salon, mais Steven se demandait ce qu'ils y faisaient car les visiteurs restaient fort silencieux et avaient refusé de dire ce qui les amenait. Jayne s'informa de leurs noms et son cœur se serra quand elle apprit que l'un d'eux était Sir Walter Hoare.

Elle emprunta l'escalier de service pour rejoindre ses appartements et retira promptement sa tenue de paysanne, priant sa femme de chambre de la transformer en dame au plus vite. Pendant ce temps, elle se plongea dans ses réflexions, cherchant à imaginer pour quelle raison plausible un étranger aurait pu l'accompagner chez Lady Alice et se faire passer pour le capitaine Andrew Swift. La voyant troublée, sa servante lui demanda si elle pouvait lui être d'un quelconque secours.

« Seulement si tu étais en mesure d'imaginer un moyen de détourner la colère de mon père, Kitty, répondit Jayne en soupirant. Il doit savoir à présent que j'ai permis à un homme de m'escorter chez Lady Stickland et que je l'ai présenté comme mon frère. »

Kitty claqua la langue en ajustant le corsage d'une robe de soie bleue à la taille de Jayne.

« Vous prenez trop de risques, Madame, lui reprocha-t-elle. Connaissez-vous cet individu ?

— Je l'avais déjà rencontré, mais de là à dire que je le *connais*... » Elle secoua la tête. « Lady Stickland prétend que c'est son valet de pied, toutefois je doute que ce soit sa véritable position. »

Kitty commença à attacher les agrafes.

« Un serviteur peut constituer un chaperon tout à fait acceptable, Madame, surtout s'il est employé par la sœur de Sir John Bankes. J'ai entendu Sir Henry se vanter maintes fois que sa fille était le médecin du Lord juge en chef.

— Il n'est pas question de mêler Lady Alice à cette mascarade, Kitty. Sir Walter Hoare ignore qu'elle connaissait déjà William, et il ne serait pas convenable de la présenter comme une menteuse. » Elle se baissa pour que Kitty puisse défaire les tresses que Molly avait refaites le matin même. « En tout état de cause, il ne s'est pas comporté comme un domestique pendant tout le temps où il a été en compagnie de Sir Walter. Si je ne l'avais pas mieux connu, je l'aurais moi-même pris pour un capitaine royaliste. Il a l'allure séduisante d'un Cavalier.

— Dans ce cas, présentez-le comme tel, dit Kitty simplement. La campagne regorge de royalistes, et il doit bien s'en trouver un de suffisamment courtois pour escorter une dame. Peut-être auriez-vous pu le rencontrer quand vous avez soigné Sir John ? »

Sir Walter bondit sur ses pieds à l'instant où Jayne entra au salon.

« Dame Swift, dit-il en inclinant la tête, je suis surpris de vous voir. »

Elle afficha son expression la plus posée, ne révélant rien de l'émotion qui lui contractait le ventre.

« Voilà qui est étrange, Sir Walter, car je suis ici chez moi.

— Votre père et votre frère vous croyaient absente. »

Elle sourit à son frère qui se prélassait dans un fauteuil et serra avec affection la main de Sir Henry.

« Hier et la nuit dernière seulement, Monsieur. Puis-je vous demander le motif de votre présence ? J'ai peine à croire que Charles ait rechuté en aussi peu de temps. »

Sir Walter la dévisagea, sourcils froncés.

« Comment êtes-vous arrivée ici avant nous ? Et pourquoi votre père ignorait-il votre présence ? »

Jayne ne répondit qu'à la dernière des deux questions.

« Je n'en ai aucune idée, Sir Walter. Peut-être est-ce lui que vous devriez interroger sur ce point.

— Vous êtes diablement insolent, Monsieur, intervint alors Sir Henry. Vous entrez chez moi sans y être invité, vous annoncez votre intention d'attendre ma fille sans exposer vos motifs puis vous la questionnez comme une servante parce que j'ai refusé de vous introduire en sa présence. Expliquez-vous, et désormais, traitez-la avec le respect qui lui est dû, car son rang est égal au vôtre.

— Pardonnez-moi, Sir Henry. Ma curiosité m'a fait oublier mes bonnes manières. La dernière fois que j'ai vu Dame Swift, c'était chez Lady Stickland, à Dorchester. Il était alors neuf heures et même une voiture lancée au grand galop n'aurait pu la conduire ici avant moi.

— Vous faites erreur, Monsieur, objecta Jayne. Vous m'avez aperçue pour la dernière fois une heure avant l'aube quand vous avez quitté la demeure de Milady pour raccompagner Charles à ses quartiers. Nous n'avons pas communiqué depuis.

— Vous m'avez parlé à travers la porte d'entrée trois heures après le lever du soleil.

— Ce n'était pas moi, Monsieur, car je suis partie dès qu'il a fait jour. Sans doute Lady Alice vous aura-t-elle répondu. Elle m'a assuré qu'elle laisserait tous les verrous tirés pour vous empêcher de lui imposer votre présence une nouvelle fois.

— C'était votre voix, Dame Swift.

— Voilà qui est impossible, répliqua-t-elle sans ménagement, le dévisageant avec une feinte surprise. Que prétendez-vous m'avoir dit et que prétendez-vous que j'ai répondu ? Si cela concerne mes émoluments, je serai plus qu'heureuse de vous présenter ma note à présent. »

Il lui jeta un regard noir.

« Où est l'homme qui vous accompagnait ? Et pourquoi s'est-il présenté comme le capitaine Swift alors que je découvre à présent que c'était un imposteur ? » Il tendit le bras vers Andrew. « Ce gentleman me dit lui-même être votre frère. »

Andrew sourit aigrement.

« Je n'apprécie guère que des bons à rien usurpent mon nom, ma sœur.

— On ne peut certainement pas le traiter de bon à rien, mon frère. Il a le même rang que vous et appartient à la garnison de Sir John Bankes au château de Corfe. » Jayne se tourna vers son père. « Le nom de celui qui m'a escorté est Harrier, Papa, le capitaine Harrier. Je le connais depuis le temps où j'étais le médecin de Sir John. Nous nous sommes croisés par hasard dans les faubourgs de Dorchester et la ville étant pleine de fantassins ivres, il a offert de m'accompagner jusqu'à la maison de Lady Stickland. » Elle esquissa un sourire tremblant. « Je dois avouer que j'ai trouvé les bandes de soldats indisciplinés fort inquiétantes, aussi lui ai-je été très reconnaissante de sa bonté. »

Sir Henry l'observa un moment.

« Pourquoi a-t-il pris le nom de votre frère ?

— Parce que je le lui ai demandé, Papa. J'y voyais un subterfuge fort innocent, car je m'inquiétais que Lady Alice ne désapprouve que je sois chaperonnée par un homme n'appartenant pas à ma famille. Nous avions prévu qu'il me mène jusqu'à sa porte et reparte dès qu'il me saurait en sécurité. Nous étions loin d'imaginer, lui comme moi, que des soldats étaient cantonnés dans sa demeure. Le capitaine Harrier s'est vu obligé de me défendre contre les dragons de Sir Walter quand ils ont tiré leurs épées contre moi, et il a préféré rester pour nous assurer sa protection, à Milady et moi. »

Elle aurait eu peine à dire ce qu'en pensa Sir Henry car c'était une bien piètre explication, mais son expression impassible incita Sir Walter à supposer que ces informations ne le troublaient aucunement. Aussi fut-il fort surpris quand son hôte se leva et s'avança vers lui.

« Est-ce exact, Monsieur ? demanda-t-il en se tenant tout contre Sir Walter. Avez-vous ordonné à des hommes armés de menacer ma fille ? »

L'autre recula d'un pas.

« La description de Dame Swift est exagérée, Monsieur. Elle n'a jamais été en danger. Son protecteur a tiré sa propre épée tout aussi promptement.

— Dans ce cas, il a droit à toute ma reconnaissance. Je ne saurais, cependant, en dire autant de vous. Vous semblez prendre plaisir à vous imposer à des gens qui préféreraient se voir épargner votre compagnie, Sir Walter. Ayez l'obligeance de vous retirer avant que nous en venions aux mains, vous et moi. »

Cette fois, Sir Walter campa sur ses positions.

« Je suis ici sur ordre du prince Maurice, Monsieur. Je dois discuter avec votre fille d'affaires privées liées à ses compétences de médecin, qui doivent être conclues avant mon départ.

— Il n'y a rien de privé lorsqu'il s'agit de ma fille. Parlez, Monsieur. »

Manifestement trop conscient de l'interprétation qu'un père risquait de donner à sa proposition, Sir Walter ferma les yeux un bref instant.

« Son Altesse le prince Maurice du Palatinat demande que Dame Swift le serve en tant que médecin personnel. En gratification de ses services, il usera de sa prérogative royale pour lui accorder le titre de docteur. Il m'a chargé de regagner Dorchester avec elle aussitôt que possible. »

Sir Henry regarda Jayne en plissant le front.

« Comprenez-vous cette requête ? Si le prince est malade, pourquoi vous réclame-t-il ? N'a-t-il donc pas de médecins compétents attachés à son régiment ?

— Je ne sais pas Papa, répondit-elle en secouant la tête, car je n'ai jamais été en relation avec Sa Majesté. » Elle se tourna vers Sir Walter. « Est-ce vous qui lui avez donné mon nom, Monsieur ? Si tel est le cas, j'ai peine à comprendre pourquoi, car mes compétences ne vous ont inspiré que réticences avant que vous quittiez la maison de Milady avec Charles. » Elle le dévisagea attentivement. « De quoi souffre votre maître ? Si le mal est bénin, je vous saurais gré de chercher un autre médecin. Je n'ai pas pris de repos depuis un jour et une nuit, et ma servante m'apprend qu'un messager est arrivé à l'aube pour m'annoncer que Marianne Prewitt souffre d'une nouvelle crise d'hydropisie.

— Son Altesse verrait quelque avantage à vous engager comme médecin personnel dans l'éventualité où lui-même ou un membre de son état-major serait blessé au combat, Madame. Votre nom lui a été suggéré. »

Jayne émit un rire surpris.

« Un avantage pour qui ? Certainement pas pour moi ni pour mes nombreux patients. Le prince souhaite-t-il les laisser mourir tandis que j'attendrai dans l'oisiveté que quelque accident lui arrive ?

— La plupart des hommes tiendraient cette offre pour un honneur, Madame.

— Je n'en doute pas, Monsieur, mais la réputation d'un civil de sexe masculin ne serait pas ternie s'il acceptait de suivre une armée pour assurer pareil service. Quant à moi, il n'est même pas utile d'en discuter car mon père refusera en mon nom. Il tolère que j'aide les pauvres et les indigents du Dorset mais ne souffrirait jamais que je flétrisse le nom de notre famille en risquant de passer pour la courtisane d'un prince. N'ai-je pas raison, Papa ?

— Si, ma fille. Sa Majesté a de curieuses idées s'il se figure que l'on peut réquisitionner les dames du Dorset aussi aisément que du bétail. » Il jeta un regard hostile à Sir Walter. « Ayez l'obligeance de dire à Son Altesse royale que Dame Swift n'est pas à monnayer. Et surtout que son père est fort offensé par l'effronterie qui l'a poussé à faire pareille proposition.

— L'effronterie n'était pas délibérée, Monsieur. Il cherchait à élever votre fille en lui conférant le titre de docteur. » Sir Walter se retourna vers Jayne. « Cette offre ne vous tente-t-elle pas, Dame Swift ?

— Point du tout s'il me faut pour cela abandonner les pauvres femmes qui dépendent de mon savoir, Sir Walter. » Elle tendit les mains dans un geste de supplication. « Expliquerez-vous cela au prince Maurice en le priant très sincèrement de me permettre de continuer à soigner des femmes comme Marianne, dont les six enfants dépendent de son travail ? Je suis certaine que s'il la connaissait, il admettrait que je dois faire passer les intérêts de cette mère avant les siens. J'ai parlé longuement d'elle à Charles, qui s'est montré profondément ému par son sort. »

Sir Walter échangea un regard avec son compagnon, lui aussi aide de camp du prince Maurice et, sur son signe d'assentiment, il sortit une bourse de l'intérieur de sa veste.

« Vous regretterez peut-être de n'avoir pas pris une autre décision quand la guerre sera finie et le roi, rétabli sur son trône, Dame Swift. Les amis bien placés auront alors grande valeur. » Il lui tendit la bourse. « Charles m'a demandé de vous remettre ceci en paiement de vos émoluments si vous refusiez l'invitation du prince Maurice. Il a fait son calcul en fonction du montant horaire que vous réclamez à vos autres patients et espère qu'il vous satisfera. »

Jayne la prit en souriant.

« Oui, Monsieur. Remerciez, je vous prie, Charles de ma part et veillez à soigner sa plaie comme je vous l'ai montré. Si elle se referme proprement, elle ne devrait plus le tracasser. »

Elle lui tendit son autre main qu'il porta à ses lèvres.

« Adieu, Dame Swift. Si mes pas devaient me conduire au château de Corfe pour rendre visite à mes cousins Sir John et Lady Bankes, souhaitez-vous que j'aille trouver le capitaine Harrier pour lui transmettre vos respects ?

— Certainement, Monsieur, répondit-elle paisiblement. Il ne vous aura pas oublié. »

Curieux de savoir ce qui poussait les dragons à éclater continuellement d'un rire paillard, William s'était rapproché de l'entrée flanquée de piliers. Leur mission de surveillance les ennuyant à périr et toute leur attention se concentrant désormais sur la maison, ils ne remarquèrent pas qu'il s'avançait sans bruit dans le bois derrière eux. Leur conversation se partageait entre une avalanche de questions des trois qui n'avaient pas mis les pieds chez Lady Alice et les réponses de celui qui y était entré, dont les commentaires sur le prince Maurice étaient éclairants.

Leur dialecte allemand était en partie inintelligible, mais William n'avait aucun mal à comprendre l'homme avec qui il avait joué au brag pendant plusieurs heures. Échauffé par la curiosité de ses amis, il se répandit en descriptions grivoises des actes auxquels, prétendait-il, ses compagnons et lui s'étaient livrés avec les servantes de Lady Alice, réservant ses commentaires les plus lubriques à Dame Swift. Il ne fallait pas s'étonner que le prince Maurice soit tombé sous son charme, car elle l'avait contraint à rester nu quinze heures d'affilée et avait usé de regards aguicheurs et de sorcellerie pour le séduire.

Comme les autres l'interrogeaient sur le mal dont souffrait le jeune homme, le joueur de brag répéta l'histoire du duel. Apparemment, les dragons allemands avaient moins de mal à prendre une femme médecin pour une sorcière qu'à imaginer que le prince Maurice ait pu être blessé par un autre officier. Qui aurait eu l'audace de le défier ? Un imbécile de colonel anglais nommé Burleigh, leur répondit-il. Alors qu'il n'avait qu'un poignard pour se défendre, il avait reproché à Son Altesse d'avoir renié les engagements de Carnarvon de s'abstenir de tout pillage. Alors le prince, l'esprit embrumé par la boisson, l'avait transpercé.

Peu après, William entendit Sir Walter ordonner à ses soldats d'aller chercher leurs chevaux dans la pâture de l'autre côté des piliers, avant de s'adresser à l'un d'eux : « Avez-vous cru son récit concernant le capitaine Harrier qui servirait, prétend-elle, dans la garnison de Corfe ? Elle n'a pas eu l'air inquiète quand j'ai parlé de lui rendre visite.

— Le ferez-vous ?

— Non, sauf si je ne puis l'éviter. Lady Bankes prononce plus de sermons que le roi sur la manière dont il faudrait mener cette guerre. »

Cette réponse fut accueillie par un éclat de rire.

« Le récit était assez crédible mais je parie qu'il était destiné à son père. Je serais surpris que Sir Henry ferme les yeux sur un amant secret, mais peut-être pardonnerait-il à un membre de l'état-major de Sir John. Je vous conseillerais de vous inquiéter plutôt de Lady Alice. Si elle croit avantager la cause parlementaire en racontant ce qui s'est passé, la mort de Burleigh risque fort de susciter quelques interrogations.

— Si elle parle, elle le regrettera », répondit l'autre sombrement. Un bruit de sabots résonna alors sur la route de terre, annonçant le départ de la colonne.

William rejoignit sa jument et la conduisit à travers bois jusqu'au point où il avait vu Jayne s'engager à travers champs sur un sentier qui conduisait à l'arrière de la maison. Elle lui avait confié qu'elle n'était plus entrée par la porte principale depuis longtemps et, espérant qu'il en allait de même lorsqu'elle partait, il se prépara à une nouvelle longue attente.

Ses pensées tournaient autour de Burleigh dont le corps avait été envoyé à sa famille deux jours auparavant. William ne savait pas grand-chose de lui, sinon que, colonel dans le régiment du prince Maurice, il était aimé et admiré de ses hommes, qui s'étaient tous tenus tête baissée lorsque le chariot transportant son cercueil avait quitté Dorchester par la porte est. William n'avait eu aucune raison de douter du motif de sa mort – « malaise subit », avait-on indiqué – car on disait Burleigh d'âge mûr et extrêmement fatigué par les efforts qu'avait coûtés la prise de Bristol. William avait consigné une « mort naturelle », mais il était encore temps de rectifier cette conclusion en indiquant : « assassinat de la main du prince Maurice du Palatinat ».

Le sort des armes étant défavorable au Parlement, il savait que toutes les informations préjudiciables à la cause royaliste avaient de l'importance. Dans des circonstances ordinaires, il n'aurait guère eu de scrupules à exploiter ce qu'il avait appris, mais les choses étant ce qu'elles étaient, ses réserves étaient nombreuses, au premier rang desquelles la dette de reconnaissance qui le liait à Lady Alice. Il était certain que Sir Walter la tiendrait pour responsable si le neveu du roi était accusé d'assassinat, et pour la première fois de la guerre, il affrontait le même dilemme que bien d'autres avant lui : trahir la cause ou trahir une amie ?

De l'endroit où il se trouvait, sur un versant situé à l'est de Swyre House, il pouvait distinguer le port de Lyme Regis de l'autre côté de la baie de Lyme. À la différence de Weymouth et de Dorchester, Lyme avait refusé de se rendre à Carnarvon, rejetant avec mépris ses promesses de conquête pacifique. Poole, à l'est, avait partagé cette méfiance et ces possessions étaient, avec

Lyme, les seules subsistantes du Parlement dans le Dorset. Sans doute n'y avait-il jamais eu moment plus opportun pour porter un coup contre le roi.

Son attention fut attirée par l'apparition de deux personnages à cheval, qui s'avançaient tranquillement vers lui depuis l'arrière de la maison. L'une des silhouettes était indéniablement celle de Dame Swift, montant en amazone, tandis que l'autre était un individu élégamment vêtu d'une cinquantaine d'années qui devait être, songea William, son père. Constatant l'impossibilité de parler à Jayne, William attrapa la muserolle de sa jument et s'enfonça au plus profond des bois. S'il ne pouvait reprocher à Sir Henry de vouloir assurer la protection de sa fille après la visite de Sir Walter, il ne l'en maudit pas moins.

Les seules lettres de Jayne que William avait eu l'occasion d'intercepter étaient adressées à son maître, le docteur Richard Theale de Bridport. Ces missives portaient invariablement sur des sujets médicaux, partage de traitements efficaces ou demande de conseils, alors que celles de Theale tenaient surtout de recommandations, assorties de fréquents compliments sur la clarté de ses notes. La fermeté de son écriture avait fait croire à William que le médecin était d'un âge voisin de celui de Henry Swift, et il fut fort surpris de se trouver en présence d'un homme qui semblait proche des quatre-vingts ans.

Il n'avait pas eu de mal à trouver le docteur Theale, bien connu à Bridport et, en échange d'un penny, un garnement l'avait conduit directement à sa porte et avait promis de tenir sa jument le temps de sa visite. Lorsqu'il avait frappé, une servante était venue lui ouvrir et l'avait introduit dans le cabinet du médecin, l'annonçant sous l'identité du capitaine Harrier du château de Corfe.

Le vieillard dévisagea William avec curiosité avant de lui désigner une chaise sur le côté de son bureau.

« Vous venez de fort loin, Monsieur. Que puis-je faire pour vous ? »

William s'assit. Il n'avait pas sérieusement envisagé d'inventer un mensonge, mais si tel avait été le cas, il y aurait renoncé devant le regard intelligent fixé sur lui.

« Me permettre d'écrire une lettre à votre élève, Dame Jayne Swift de Swyre, et de la glisser dans une des vôtres, Monsieur. C'est une question pressante et je suis disposé à payer un messager pour la porter. Les choses seront cependant moins embarrassantes pour Dame Swift si son père croit que cette correspondance vient de vous.

— Je n'en doute pas, acquiesça Theale, visiblement amusé. Mais pour quelle raison devrais-je me prêter à pareille supercherie ? Si vous désirez faire appel à ses services de médecin, Sir Henry vous autorisera à vous présenter en personne. S'il s'agit d'une affaire de cœur, vous devrez trouver le moyen de la régler vous-même. Je ne permettrai pas que mon nom soit utilisé dans le but de faciliter des rendez-vous galants dans le dos de son père. »

William secoua la tête.

« Il ne s'agit ni de l'un, ni de l'autre, Monsieur, et pour vous en assurer, vous pourrez lire la lettre quand je l'aurai écrite. Si vous voulez bien me donner du papier et me prêter une plume, je le ferai sur-le-champ.

— Pas avant que vous m'ayez donné une explication orale, capitaine Harrier.

— Il n'est pas en mon pouvoir de le faire, Monsieur, car cette affaire concerne Dame Swift et un de ses patients. Elle décidera peut-être de vous en éclairer plus tard, mais je ne puis manquer à ma parole en vous satisfaisant sur-le-champ. Permettez-moi d'écrire, et vous pourrez constater que ma communication a pour seul but de lui être profitable. »

William fut soumis à un regard scrutateur puis, avec un haussement d'épaules, Theale sortit une feuille de papier d'un tiroir de son bureau et la plaça devant son visiteur avec une plume et un encrier. Il acquiesça d'un signe de tête quand William demanda s'il pouvait approcher sa chaise, puis reprit la lecture d'un livre ouvert devant lui, laissant l'autre rédiger son message en silence. Il ne s'attendait pas à ce qu'il ait fini aussi rapidement, car il plissa le front d'étonnement lorsque la page lui fut rendue en moins de cinq minutes.

« Écrivez-vous toujours aussi vite, capitaine ?
— Quand l'affaire est urgente, oui, Monsieur. »
Le vieil homme lut ce qu'il avait écrit.

Chère Madame,

Soyez assurée que je n'aurais pas mêlé le docteur Theale à ce subterfuge si je ne le croyais pas nécessaire. Par des moyens qu'il me serait trop long de vous exposer ici, j'ai appris que vous aviez présenté l'homme qui vous a escorté hier sous l'identité du capitaine Harrier de la garnison du château de Corfe. Sachant que cette fable ne résistera pas à l'examen si votre père ou votre frère désire en avoir le cœur net, me permettrez-vous de vous rendre visite afin de prêter quelque substance au capitaine Harrier ?

Je n'ai aucun droit de prétendre à votre confiance, Dame Swift, mais je vous prie de croire que je ne cherche qu'à vous préserver, vous et Milady, de nouvelles intrusions importunes dans votre vie. Pour le moment, le cousin de Milady, Sir Walter, ne manifeste nulle intention d'aller trouver ses parents du château de Corfe pour vérifier votre récit ; cela pourrait cependant changer si votre père décidait de venir me trouver. Sir Henry ne pourra que faire état des circonstances dans lesquelles il a appris mon nom, et Lady Bankes demandera des explications à Sir Walter et à Milady.

Je reconnais que j'ai eu tort de ne pas vous offrir de raison moins embarrassante pour expliquer que nous nous connaissions, et je vous demande pardon de vous imposer ce tracas supplémentaire. Je pense néanmoins pouvoir réparer ma faute si vous autorisez votre père à me recevoir.

Si nous voulons nous assurer que Sir Henry ne soupçonne aucune collusion, il faut impérativement que vous accueilliez votre visiteur avec étonnement.

J'attendrai votre réponse au domicile du docteur Theale.

Votre dévoué serviteur,

William Harrier

Theale leva les yeux.

« Vous me faites l'effet, mon élève et vous, d'avoir tissé une véritable toile de supercheries, capitaine. Est-ce pour une digne cause ?

— Tout dépend de votre définition de la dignité, Monsieur. Un homme a retrouvé la santé grâce aux compétences de Dame Swift, mais la vie de celle-ci en a été considérablement dérangée.

— Et vous cherchez à la remettre en ordre ?

— Si je le puis. Le mensonge était innocent et n'aurait jamais dû parvenir aux oreilles de son père.

— Pourquoi a-t-il été employé, alors ? »

William répondit franchement.

« Pour protéger une maisonnée de femmes, Monsieur. En acceptant ce mensonge, Dame Swift leur a apporté autant de secours qu'à son patient. »

Trois heures s'écoulèrent avant que le messager revienne, porteur d'une note d'une ligne, soigneusement cachetée et destinée au docteur Theale, par laquelle Jayne autorisait William à se rendre chez son père. Entre-temps, le garnement avait gagné deux pennies supplémentaires en nourrissant et en abreuvant la jument de William dans l'écurie du docteur, tandis que le vieil homme partageait un repas avec son visiteur, le régalant d'anecdotes d'une vie consacrée aux domaines de la science, de la philosophie et de la médecine. William trouva en lui un compagnon divertissant malgré les nombreuses reparties subtiles destinées à susciter quelques révélations sur lui-même et sur ses relations avec les personnes mentionnées dans sa lettre à Mme Swift.

Après le départ du messager, William se leva pour prendre congé.

« Je vous remercie de tout cœur pour votre hospitalité et votre bonté, Monsieur. Faire votre connaissance a été un grand plaisir.

— C'est à moi de vous remercier, capitaine Harrier, gloussa Theale. Rares sont les journées qui m'apportent quelque distraction. Me permettrez-vous de vous donner un conseil avant que vous rencontriez Sir Henry ?

— J'en serais ravi, Monsieur, acquiesça William en souriant.

— Sir Henry se présente comme un homme direct et jovial, ce qui ne doit pas vous inciter à sous-estimer son intelligence. Sa femme et sa fille ont l'esprit plus vif, mais lui-même n'est pas un imbécile. Le château de Corfe n'est pas aussi précieux pour la cause royaliste que Sir John et Lady Mary voudraient le croire. Historiquement, il devait éviter une invasion par la mer, mais à présent, il n'est plus qu'un symbole de pouvoir. Je ne veux pas dire que le roi assisterait à sa perte avec indifférence, mais plutôt qu'il n'enverrait sans doute pas ses meilleurs officiers pour le défendre. Aussi est-il gardé par des hommes de la région dont aucun ne possède votre assurance ni vos compétences. Sir Henry vous soupçonnera d'imposture si vous ne donnez pas une explication satisfaisante de votre affectation en ce lieu.

— Que suggéreriez-vous, Monsieur ?

— Quelque affection invalidante exigeant une période de convalescence qui aurait attiré sur vous l'attention de Dame Swift. Une fièvre, contractée à l'étranger, peut-être… ou une blessure à la jambe qui vous aurait empêché de rejoindre un régiment de cavalerie.

— Une claudication servirait-elle cette cause ? »

Theale émit un nouveau rire de gorge.

« Si vous êtes capable de la conserver. Les simulateurs glissent un caillou dans leur chaussure pour ne pas oublier de quelle jambe ils doivent boiter. Peut-être feriez-vous bien de suivre leur exemple. »

Arrivé à proximité de Swyre, William échangea son costume de commerçant pour le pourpoint, la culotte et la perruque qu'il avait portés en présence de Sir Walter, car un marchand d'étoffes aurait paru encore plus déplacé dans la garnison de Corfe qu'un cavalier plein d'assurance. Si ses sacoches de selle ne contenaient à première vue que soieries exotiques, ses déguisements les plus habituels étaient enfouis dessous. Il lui fut facile de regagner le bois où il s'était dissimulé le matin même et de changer d'aspect pour revêtir une apparence plus conforme au rôle de capitaine. Lady Alice aimait à le comparer à un caméléon et il ne manquait jamais de lui répondre qu'il avait appris l'art de la transformation auprès d'elle et de Gilbert Jackson.

Un palefrenier se porta à sa rencontre lorsqu'il atteignit la cour de la demeure et il s'inclina sur sa selle pour demander si Sir Henry était là. Après avoir reçu une réponse affirmative, il donna son nom et chargea le domestique d'aller voir si son maître était disposé à le recevoir. Pendant qu'il attendait, il fit tourner sa jument sur la vaste surface de gravier, la menant d'abord par une rêne puis par l'autre.

« Votre monture serait-elle mal dressée ? » demanda-t-on depuis l'entrée.

William se tourna dans la direction de la voix et devina, à l'âge de l'homme et à sa tenue extravagante, qu'il s'agissait du frère aîné. Il s'approcha sans descendre de cheval, comprenant mieux pourquoi Jayne avait ri à l'idée que William ait pu se faire passer pour lui, car il était nettement plus grand et plus mince que celui dont il s'était approprié le nom.

« Elle n'est pas vraiment mal dressée, mais elle a une certaine tendance à tirer vers la gauche », répondit-il aimablement, mettant pied à terre et tendant les brides au palefrenier qui sortit précipitamment. « Je vis dans l'espoir de l'en guérir. À qui ai-je l'honneur ?

— Capitaine Andrew Swift, répondit l'autre sèchement. C'est un nom que vous connaissez bien puisque vous l'avez utilisé hier à la demande de ma sœur. »

William réduisit la distance qui les séparait, s'avançant d'un pas inégal.

« C'est un beau nom, Monsieur, dit-il en tendant la main. Je suis certain de n'avoir rien fait qui ait pu le déshonorer. » Il sourit légèrement en constatant que son geste d'amitié était repoussé. « Recevez mes excuses les plus sincères pour l'avoir emprunté si vous en êtes offensé, capitaine Swift. »

Andrew le fusilla du regard.

« *Volé*, plutôt. Avez-vous l'intention d'en faire encore usage ?

— Plus depuis que je vous ai rencontré, Monsieur. Je doute fort de pouvoir me faire passer pour vous, même dans le noir. »

Un rire cordial résonna dans le vestibule et William vit la silhouette de Sir Henry approcher.

« Votre serviteur, dit-il en ployant le genou. Je suis le capitaine William Harrier, récemment encore attaché à la garnison du château de Corfe. Je viens de recevoir l'ordre de rejoindre le régiment de cavalerie du roi à Oxford. M'autorisez-vous à entrer ?

— Je vous y autorise, acquiesça Sir Henry en s'avançant. Écartez-vous, Andrew. Le capitaine mérite nos remerciements et non notre réprobation. » Il lui tendit la main. « Ma fille m'a appris que vous l'aviez défendue contre des hommes en armes dans la demeure de Lady Stickland, capitaine. »

William lui serra la main chaleureusement.

« Je n'ai fait que ce que son frère aurait fait à ma place, Monsieur. Ce fut un accueil pour le moins inattendu et extrêmement déplaisant pour Dame Swift. »

Sir Henry le fit entrer au salon où il le présenta à une jolie femme assise devant un métier à broder.

« Mon épouse, Lady Margaret. Voici le sauveur de Jayne, ma chère. Capitaine Harrier. »

Lady Margaret tendit sa main et, en s'inclinant, William reconnut dans l'éclat de ses yeux l'intelligence de sa fille.

« Êtes-vous venu voir Jayne ? demanda-t-elle.

— Uniquement pour m'assurer qu'elle est en sécurité, Madame. Mon intention était de l'escorter jusque chez elle, mais j'avais une affaire à régler avec le commandant de la garnison et elle était déjà partie à mon retour chez Lady Stickland. » Il se tourna vers Sir Henry. « Milady, qui m'a confié éprouver une profonde affection pour votre fille et une vive aversion pour Sir Walter, m'a demandé de la suivre. Je prie pour que ses inquiétudes touchant la sécurité de Dame Swift aient été infondées et qu'elle soit arrivée chez vous sans encombre. »

Sir Henry le rassura sur ce point avant de lui faire le récit des événements de la matinée en des termes bien sentis et colorés. Sir Walter n'était qu'une abjecte charogne d'avoir eu l'audace d'inviter Jayne en présence de son père à jouer les bibelots pour une tête couronnée. Il ne tarissait pas de récriminations contre l'« effronterie éhontée » de la proposition du prince Maurice quand Jayne entra dans la pièce et le supplia de cesser.

« Vous mettez le capitaine Harrier mal à l'aise, Papa. Il doit la même allégeance au prince Maurice qu'au roi, et dénigrer l'un revient à dénigrer l'autre. » Elle adressa un sourire contrit à William. « Vous avez été très bon de venir, Monsieur. Je crains pourtant que votre voyage ait été inutile. Je vous ai entendu dire que Lady Stickland était inquiète mais je suis revenue ici sans encombre et une fois arrivée, j'ai bénéficié de la protection de mon père. Je vous remercie de tout cœur pour la sollicitude que vous m'avez manifestée à Dorchester. »

William s'inclina.

« C'était un faible dédommagement pour les soins que vous m'avez prodigués, Madame. Je n'aurais pas pu remonter à cheval aussi rapidement si vous n'aviez aidé ma jambe brisée à retrouver sa force. »

Cette mystification fit briller une lueur d'humour dans les yeux de Jayne.

« Remerciez Sir John de m'avoir permis de soigner tous les maux de la garnison, Monsieur. Faites-vous toujours les exercices que je vous ai enseignés ?

— Oui, Madame. Ils sont extrêmement bénéfiques. »

Andrew, grossièrement affalé sur un sofa, dévisagea William en fronçant les sourcils.

« Nous n'étions pas en guerre quand ma sœur a soigné Sir John. Comment avez-vous été blessé ? »

William se tourna vers lui, se demandant s'il était hostile à tous les visiteurs ou seulement à ceux qui étaient liés à sa sœur. Il répondit par un demi-mensonge.

« Je me suis battu en Europe pendant huit ans, Monsieur. Ma dernière affectation a été auprès de l'armée du comte de Guiche durant l'hiver 41 et le printemps 42, quand il a été chargé d'arrêter l'avance espagnole dans le nord de la France, à Honnecourt. Un tir d'artillerie a touché mon cheval et je me suis brisé l'os de la cuisse en tombant.

— Avez-vous remporté la bataille ? »

William secoua la tête.

« Malheureusement non. Nous avons subi de si lourdes pertes que j'ai eu de la chance de rester en vie. J'ai appris plus tard que quelque sept mille hommes de l'armée du comte avaient été tués, blessés ou faits prisonniers.

— Une défaite peu glorieuse, donc.

— Les morts ont péri assez glorieusement, répliqua William avec un léger sourire. Il faut du courage pour s'élancer au grand galop contre une artillerie d'une force supérieure... comme vous l'a certainement appris votre propre expérience de la guerre, capitaine Swift. »

La pique était intentionnelle, car il savait par les lettres de Sir Henry que seuls ses fils cadets avaient quitté Swyre pour combattre dans le camp du roi. L'aîné était resté chez lui, prenant le titre de capitaine et se chargeant du commandement des valets et des travailleurs agricoles qui constituaient la milice irrégulière du domaine. Sir Henry l'appelait « l'héritier », mais nul n'aurait su dire si c'était par raillerie ou par respect.

Andrew écarta le commentaire d'un revers de main.

« Ma sœur et vous semblez excessivement enclins à vanter votre bravoure, Monsieur. Mais dites-moi une chose : pourquoi les hommes de Sir Walter ont-ils tiré l'épée contre elle ? Ce chapitre de son récit me paraît peu vraisemblable s'ils étaient simplement cantonnés dans la demeure de Lady Stickland. Pourriez-vous m'expliquer pourquoi il a été nécessaire de la défendre ? »

Bien que Richard Theale eût conseillé à William de ne pas sous-estimer l'intelligence de Sir Henry, il ne l'avait pas mis en garde contre celle d'Andrew. Il s'attendait aux soupçons du père, mais pas à ceux du frère et ne sut que répondre car il ignorait s'il avait posé la même question à Jayne.

« Avec tout le respect que je vous dois, Monsieur, je ne saurais vous donner d'explication sans l'autorisation de votre sœur. » Il se tourna vers elle. « Me la donnez-vous, Dame Swift ? »

Elle soutint son regard un très court instant.

« Je vous en prie, capitaine Harrier. Mes parents seront aussi intéressés qu'Andrew d'en connaître la raison, car la lassitude m'a inspiré sur ce sujet un silence qui a dû les laisser sur leur faim. »

William la remercia de sa réponse par un signe de tête et se retourna vers son interlocuteur.

« Le costume de votre sœur interdisait de penser qu'elle était une dame instruite, Monsieur, et Sir Walter a supposé que Lady Stickland l'avait trahi en lui déclarant qu'elle avait fait appeler le médecin de son frère. Il a réagi par la colère, car il s'inquiétait pour le soldat blessé qu'il avait conduit chez Milady et qui avait besoin d'un docteur et non d'une blanchisseuse.

— Qui pourrait l'en blâmer ? intervint Andrew avec un rire abrupt. Jayne nous fait honte à tous par ses tenues. » Il étudia attentivement William. « Pourquoi Sir Walter tenait-il autant à faire soigner ce soldat ?

— Pour la même raison que vous vous empressez d'obéir aux ordres d'un supérieur, capitaine Swift. Sir Walter ne voulait pas décevoir le prince Maurice. J'ai cru comprendre que Son Altesse royale éprouve une affection particulière pour ce jeune subalterne qu'il connaît depuis l'enfance. On m'a dit qu'ils s'exerçaient ensemble au maniement de l'épée. »

Sir Henry bondit sur la conclusion que William voulait lui faire tirer.

« Ils le font toujours, sans doute ? Ai-je raison de penser que c'est le prince qui l'a blessé ?

— La volonté de discrétion de Sir Walter me l'a fait supposer, Monsieur. Les puritains de Dorchester s'empareraient de n'importe quel incident s'ils pensaient pouvoir nuire ainsi à la cause du roi.

— Certes, certes ! Quelle vilenie ! »

Andrew, moins facile à convaincre, jeta un coup d'œil à Jayne.

« Est-ce votre opinion, ma sœur ?

— Vous savez bien qu'il ne faut pas m'interroger, répondit-elle, admirant l'habileté avec laquelle William avait travesti la vérité. J'ai fait serment de silence envers mes patients et je ne l'ai jamais rompu.

— Vous devriez apprendre au capitaine Harrier à agir de même. Il a la langue bien pendue. »

William le dévisagea longuement avant de se retourner pour s'incliner devant Sir Henry.

« Votre serviteur, Monsieur. J'ai eu grand plaisir à faire votre connaissance.

— Faut-il que vous nous quittiez aussi vite, capitaine Harrier ? N'accepterez-vous pas un petit rafraîchissement avant de reprendre la route ?

— J'ai bien peur que cela soit impossible, Sir Henry. J'ai encore fort à faire avant de partir pour Oxford demain à l'aube. » Il s'inclina devant la mère de Jayne puis devant Andrew. « Milady, capitaine Swift. » Et enfin devant Jayne. « Que Dieu vous protège, Dame Swift.

— Vous aussi, capitaine Harrier. » Elle lui tendit la main et il s'inclina pour la baiser. « Et n'oubliez pas de faire vos exercices », ajouta-t-elle alors qu'il pivotait en prenant lourdement appui sur sa jambe gauche avant de s'éloigner. « La poursuite de vos progrès en dépend. »

Elle crut surprendre un rire étouffé lorsqu'il traversa le vestibule en boitant, mais peut-être n'était-ce que le frottement de la porte d'entrée sur les dalles de pierre lorsque le valet de pied l'ouvrit. En tout état de cause, elle fut la seule à l'entendre, car son père et son frère s'étripaient à nouveau, l'un faisant l'éloge de leur visiteur, l'autre l'écrasant de son mépris. Si leurs sempiternelles querelles avaient pu inspirer une once d'amusement, Jayne aurait souri de les entendre accepter l'un comme l'autre le capitaine Harrier pour l'homme qu'il avait prétendu être, mais comme toujours, elle préféra prendre ses distances. Avec une rapide révérence à l'adresse de son père, elle s'apprêta à quitter la pièce.

« Vous seriez plus avisée de ne pas lui courir après, lança Andrew. Vous ne ferez que vous ridiculiser. C'est votre dot qui l'intéresse. »

Jayne n'aurait pas répondu si la lassitude n'avait eu raison de sa patience. Après le départ de Sir Walter, elle avait été obligée, pour satisfaire son père, de feindre que Marianne Prewitt avait effectivement besoin de ses services et à son retour, elle avait trouvé le messager de William qui attendait une réponse. Alors qu'elle avait pour seule envie de se laisser tomber dans son lit pour dormir, elle devait bien admettre que c'était elle et non William qui avait commis une erreur en affirmant qu'il était attaché à la garnison de Corfe et elle était donc restée éveillée, surveillant son arrivée. Et voilà qu'elle devait affronter la jalousie d'Andrew.

Elle n'avait jamais pris conscience avant la guerre de cet aspect de son caractère et regrettait vivement que l'affection paisible qui les avait toujours liés se soit ainsi aigrie. Il contrariait toute la maisonnée par ses piques grincheuses, et la seule justification que Jayne trouvait à son changement de comportement était celle qu'elle présenta alors.

« N'est-il pas temps que vous usiez d'un peu de bon sens pour lutter contre vos sentiments d'infériorité, mon frère ? lui demanda-t-elle froidement. En vous attifant comme un prétentieux et en écrasant de votre mépris tout ce que font et disent les autres, vous ne dévoilez que vos propres failles. C'est vous qui avez fait le choix de rester ici, mais je regrette profondément que Sir Henry vous en ait laissé libre, car votre comportement empire à chaque lettre de nos frères, prouvant combien ils vous devancent à présent en compétences et en maturité. Nous avons été malheureusement privés de la compagnie de Philip et de Benjamin depuis le début de la guerre, et devons tolérer la vôtre, que nous le voulions ou non. »

Andrew manifesta son indifférence d'un haussement d'épaules.

« Cessez vos sermons, ma sœur. Je n'accorde nul poids à votre opinion. »

Leur père accueillit leur querelle par un petit bruit de désapprobation mais Jayne l'ignora.

« Je le sais fort bien, reprit-elle. La seule voix que vous écoutez est celle du benêt hargneux logé dans votre tête qui reproche son infortune à tous sauf à lui. Vous n'avez dénigré le capitaine Harrier que pour paraître meilleur, mais n'avez réussi qu'à donner de vous l'image d'une buse mal élevée.

— L'opinion d'un coureur de dot me laisse froid.

— Je doute que telles soient ses intentions, intervint Lady Margaret en levant le nez de sa broderie. Il serait resté plus longtemps et aurait cherché à gagner les bonnes grâces de Sir Henry si c'était la fortune de Jayne qui l'intéressait. Tout coureur de dot s'efforce d'avoir accès au père, et le capitaine Harrier n'aurait pas laissé passer cette chance si tel avait été son dessein.

— Qui sait si ce n'est pas moi qui l'ai fait fuir ? répliqua Andrew d'un ton renfrogné. Vous devriez peut-être me remercier au lieu de me blâmer. »

Lady Margaret secoua la tête.

« Rien ici ne l'a impressionné, Andrew, et vous moins encore que le reste. Si vous l'avez fait fuir, vous aurez porté préjudice à votre sœur. » Elle se tourna vers Jayne. « Je crains que le rang du capitaine Harrier ne soit supérieur au nôtre, ma chérie, et ne puis donc qu'espérer que les sentiments qu'il t'inspire ne dépassent effectivement pas ceux d'un médecin pour son patient. »

Jayne lui prit la main.

« Ne vous inquiétez pas, Mama. Nos conversations ont été fort peu nombreuses. » Elle dévisagea sa mère avec curiosité. « Mais pourquoi pensez-vous que son refus de s'attarder témoigne d'un rang élevé plutôt que d'une raison urgente de regagner Dorchester ?

— Seul un homme suffisamment riche pour acheter, équiper et entretenir des destriers en pays étranger aurait pu être attaché à la cavalerie du comte de Guiche. Un roturier aurait combattu à pied. »

1644

Le Parlement remportant des succès dans le nord de l'Angleterre, les royalistes tentent de consolider leur mainmise sur le Sud-Ouest en assiégeant Lyme Regis.

11.

Lyme Regis, 20 avril 1644

La nouvelle que le prince Maurice faisait défiler son armée au pied des remparts de la ville de Lyme atteignit Jayne au moment où elle perçait un furoncle de plus dans le cou d'un nouveau soldat de la garnison parlementaire. Elle pensait que cette épidémie était due à un régime alimentaire médiocre et à un manque général de propreté, mais ne pouvait pas faire grand-chose d'autre qu'inciser les clous douloureux, nettoyer les plaies à la saumure et exhorter les hommes à prendre régulièrement des bains de mer.

Ce conseil était accueilli par des rires forcés, car personne n'avait le temps de se baigner. Quand les soldats ne montaient pas la garde sur les fortifications – une butte de terre de près de deux mètres de haut derrière une profonde tranchée que les habitants avaient construite au cours des douze mois précédents –, ils dormaient ou se mettaient en quête de nourriture. La cité parlementaire, aux penchants puritains affirmés, avait vécu sous la menace d'un siège depuis qu'elle avait refusé de se rendre à Lord Carnarvon l'année précédente. Un millier d'hommes étaient nécessaires pour défendre cette levée de terre de quinze cents mètres de long, et la plupart dormaient aux pieds de leurs remplaçants, changeant rarement de vêtements et mangeant tout aussi rarement autre chose que du pain et de la soupe claire. Avant la guerre, la population n'atteignait pas mille habitants mais désormais, gonflés par les puritains venus y chercher refuge depuis les bourgs désormais sous contrôle royaliste, leurs rangs dépassaient les trois mille, ce qui les obligeait à s'entasser dans l'espace exigu entre la fortification et la mer.

La tranchée et le rempart avaient été construits sous la houlette du colonel Robert Blake, le commandant de la garnison, dont Jayne avait attiré l'attention le jour où un de ses aides de camp, John Metcalfe, avait demandé à faire venir Dame Swift en ville pour soigner son épouse. Celle-ci souffrait d'une fièvre récidivante que nul médecin n'avait jamais été capable de soulager. L'officier avait accordé une permission à Metcalfe pour qu'il accompagne Jayne depuis chez elle, lui faisant savoir qu'elle devrait repartir avec la nuit. Toutefois, informé de ses compétences, il avait décidé de la garder deux jours de plus. Les médecins étaient trop peu nombreux dans la ville pour faire face à l'épidémie de furoncles qui sévissait dans la garnison et il avait promis au médecin de justes émoluments si elle perçait les plus graves.

On lui avait attribué une pièce dans une maison dominant le port, et elle s'était mise au travail le vendredi matin, après avoir demandé à John Metcalfe d'avertir Sir Henry que son retour serait retardé. Elle avait pour assistantes deux vaillantes matrones qui lui apprirent que la maison était jadis un hôpital, mais n'avait pas servi depuis plus d'un an. Malgré les limites de leurs compétences d'infirmières, Jayne se félicita de leur présence en prenant acte du nombre d'hommes qui sollicitaient ses services. Sans doute n'aurait-elle pas eu les nerfs assez solides pour tenir tête seule à pareille foule. Le premier jour, elle soigna plus de cent hommes et recommença le lendemain dès l'aube, alors qu'une longue file se formait déjà dans la rue.

Au cours des semaines précédentes, les seules nouvelles que Swyre avait reçues concernaient le nord et l'est du Dorset, les rumeurs d'escarmouches entre royalistes et parlementaires se répandant de Shaftesbury à Poole. Lyme étant très à l'ouest du comté, Sir Henry avait laissé partir sa fille sans inquiétude, mais avait adressé à Metcalfe un message lui demandant de la raccompagner à Swyre au plus tard quatre heures après midi le troisième jour de son séjour à Lyme.

Ce fut en tremblant que le pauvre homme annonça à Jayne que le prince Maurice et six mille soldats royalistes étaient rassemblés devant la ville.

« Votre père ne me pardonnera jamais, Madame. Il réclamera ma tête pour vous avoir mise en danger.

— Ce n'est pas un sauvage », observa-t-elle calmement, pressant le pus d'un furoncle putride dans un chiffon. Désignant du menton une pile de linges posée sur une table voisine, elle donna ses instructions à une des matrones. « Prenez un chiffon propre et trempez-le dans le bol avant de me le passer, je vous prie », dit-elle, tout en se demandant pourquoi ces femmes étaient apparemment incapables de retenir ces simples gestes qu'elles pratiquaient pourtant tous les jours. Elle jeta l'étoffe souillée dans un coffre de bois afin qu'elle soit brûlée puis posa le linge imbibé de saumure sur la plaie du cou de son patient. « Prenez un tabouret dans l'autre pièce et maintenez ce tampon en place jusqu'à ce que je vous rappelle pour poser un pansement sur l'incision, reprit-elle avant de lui demander combien de patients attendaient.

— Cinq seulement, Madame. Vous en avez soigné déjà plus de cent vingt car je les ai comptés lorsqu'ils sont repartis.

— Pouvez-vous leur faire savoir que je souhaite disposer de quelques instants avec le capitaine Metcalfe ? demanda-t-elle en souriant. Nous n'en avons pas pour longtemps. » Elle pria les matrones de sortir et se tourna vers Metcalfe. « La ville se rendra-t-elle ?

— Non. Le colonel Blake s'est engagé à se battre. Peut-être pourrai-je persuader un pêcheur de vous faire sortir par la mer, mais son prix sera élevé.

— Je n'ai que cinq shillings sur moi. Quelqu'un acceptera-t-il de me transporter contre la promesse que mon père le dédommagera ? »

Metcalfe secoua la tête.

« Il faudra payer d'avance, Madame, et en tout état de cause, je doute que nous en trouvions un qui soit prêt à abandonner la ville. Nos pêcheurs sont aussi décidés à défendre Lyme que tous les volontaires qui gardent les remparts. »

Jayne se rappela la conversation qu'elle avait eue avec William au mois de septembre précédent sur les causes de la reddition des défenseurs de Dorchester qui n'avaient pas été payés.

« Tous sont volontaires ?

— Oui, Madame. La ville est à court d'argent depuis que nous avons résisté à Carnarvon. Le Parlement nous ravitaille par bateau mais quand le temps est mauvais, il nous arrive de nous passer de nourriture pendant plusieurs jours. Les femmes accomplissent des prodiges pour faire durer les rations, mais ce n'est pas facile. »

Jayne hocha la tête. Son père avait déclaré plusieurs fois que Lyme aurait déjà été réduite par la famine si le roi n'avait pas perdu le contrôle de sa flotte de guerre. Metcalfe reprit la parole, craignant que le silence de son interlocutrice ne trahisse son désespoir.

« Voulez-vous que je demande à mon père de payer pour vous, Madame ? Je ne suis pas certain qu'il ait les fonds nécessaires car les échanges commerciaux sont au plus bas depuis six mois, mais je suis convaincu qu'il ne demandera qu'à vous aider s'il le peut.

— C'est très gentil de votre part, John, sourit Jayne, mais il préférera sûrement garder ce qu'il a pour assurer la subsistance de sa famille et de sa maisonnée. » Elle réfléchit un instant. « Qui est responsable de l'hôpital ?

— Personne, Madame. Le dernier titulaire était le docteur Chaffin, mais son cœur était acquis au roi et il est parti avec aigreur après que nous avons refusé les conditions de Carnarvon. Les deux autres médecins préfèrent travailler chez eux, et le chirurgien barbier opère là où sont ses patients.

— Ne m'avez-vous pas dit qu'il y avait plus d'une dizaine de médecins à Lyme la première fois que vous m'avez appelée pour soigner votre femme ? » s'étonna Jayne.

Il acquiesça.

« La plupart sont partis – trois ou quatre par sympathie pour Sa Majesté, les autres parce qu'ils ont bien compris qu'il n'y a pas d'argent à gagner dans une ville assiégée. La perte n'est sans doute pas très grande pour nous car ils recherchaient surtout la clientèle des navires étrangers qui avaient l'habitude de mouiller ici. Aussi longtemps qu'ils apportaient des sangsues et du mercure, les marins crédules étaient persuadés de la qualité de leurs soins. »

Sans doute avait-il raison, songea Jayne, mais deux docteurs et un chirurgien barbier n'étaient guère suffisants pour une population de trois mille âmes. Il suffisait d'une épidémie de flux de ventre pour que tous soient infectés. Prise d'une résolution soudaine, elle retroussa ses manches au-dessus de ses coudes et se pencha pour poser les mains sur la table qui occupait le centre de la pièce.

« Pourriez-vous demander au commandant Blake s'il accepterait de me confier la responsabilité de cet hôpital ? demanda-t-elle. Je préférerais me rendre utile au lieu de ne rien faire. Si certaines femmes ont quelques connaissances en matière de soins et de maladies, je serai heureuse de les avoir à mes côtés, et n'ayant aucun désir de me poser en rivale des médecins et du chirurgien barbier, j'apprécierais fort que nous puissions nous rencontrer tous les quatre. Pensez-vous que le colonel Blake accédera à ces requêtes ? »

Metcalfe s'inclina.

« J'en suis convaincu, Madame. Il sait fort bien combien notre situation risque de devenir désespérée. Je reviendrai vous voir dès que je lui aurai parlé. »

Une demi-heure plus tard, le dernier furoncle ayant été incisé et Jayne ayant eu le temps de remettre de l'ordre dans ses pensées, le capitaine Metcalfe l'accompagna au fort de Gaitch, un des fortins centraux de la Town Line, la ligne de remparts, et lui fit gravir les cinq marches de bois qui s'élevaient à l'intérieur. Quatre édifices similaires jalonnaient la levée de terre, à moins de cinq cents mètres les uns des autres, et leurs plates-formes étaient uniformément équipées de canons. De là, la vue sur les collines entourant Lyme était dégagée et quand elle atteignit le dernier degré, Jayne aperçut l'armée du prince Maurice par une fissure du mur. Le spectacle était impressionnant – six mille fantassins et cavaliers, rassemblés en rangs serrés sur Uplyme Hill, un escarpement herbeux qui dominait la ville – et la peur lui serra la gorge. C'était une chose de jouer les braves à l'abri d'une maison donnant sur le port, conserver son courage devant pareille concentration de soldats en était une autre.

Elle avait la bouche si sèche qu'elle fut heureuse de pouvoir garder le silence plusieurs minutes, profitant de ce que le colonel Blake se faisait tancer par deux hommes âgés en tenue de puritains pour essayer de produire un peu de salive en promenant sa langue dans sa cavité buccale. Metcalfe lui chuchota que c'étaient les médecins. Plus jeune et moins ostensiblement puritain à en juger par sa tunique et son haut-de-chausses, le chirurgien barbier se tenait à l'écart. Sans surprise, les médecins désapprouvèrent l'idée de confier l'hôpital à une femme et leurs protestations se firent plus véhémentes lorsqu'ils aperçurent Jayne. Elle était beaucoup trop jeune pour assumer une telle responsabilité. Le colonel Blake avait tort de croire qu'une femme pouvait être docteur, et plus encore d'imaginer qu'une personne de moins de trente ans était dotée de la moindre expérience.

Chose surprenante, le chirurgien barbier prit pourtant sa défense. Elle lui donnait environ quarante-cinq ans, soit une quinzaine d'années de moins que ses deux compagnons, et il semblait bien connaître Richard Theale. S'étant maintes fois rendu à Bridport à la demande de celui-ci pour l'aider à réduire des fractures, il l'avait entendu affirmer que Dame Swift était la meilleure et la plus appliquée de tous les élèves qui lui étaient passés entre les mains. Selon lui, Lyme avait de la chance de l'avoir et le colonel Blake avait parfaitement raison de vouloir lui confier la direction de l'hôpital.

Il inclina la tête devant Jayne.

« Je suis Alexander Hulme, Madame, et je vous assisterai de mon mieux. »

Elle sourit, reconnaissant immédiatement le nom du maître chirurgien barbier que Richard employait régulièrement.

« Vous êtes fort aimable, Monsieur, dit-elle. Sachez que le docteur Theale vous tient en haute estime. Je crois que vous lui avez remis l'épaule après une chute de cheval il y a trois ans. Il prétend que vos méthodes sont douloureuses, mais efficaces. »

Le visage affable de Hulme se plissa de contentement.

« Il m'a fallu tirer sans compter pour obliger le bras à reprendre sa place, Madame, mais il en aurait perdu l'usage si je n'avais pas fait le nécessaire. Le capitaine Metcalfe me dit que vous êtes à la recherche de femmes compétentes en soins infirmiers. Mon épouse, Susan, est très versée dans ce domaine et elle a plusieurs amies fort habiles. Voulez-vous que je lui demande de venir vous voir ?

— Je vous en prie, Monsieur.

— Et faites vite, murmura le colonel Blake en regardant par une meurtrière. Le prince fait avancer son artillerie. » Il se tourna vers les médecins. « Êtes-vous prêts, Messieurs, à accepter la recommandation de maître Hulme en faveur de Dame Swift, ou tenez-vous à poursuivre cette discussion ? Faut-il que je vous rappelle que l'armée de l'Ouest compte cinq mille hommes de plus que notre garnison, et que ce sera à vous de panser les blessures si vous refusez le concours de Mme Swift ? Que décidez-vous ? »

Le prince Maurice donna l'assaut le lendemain matin. À ce moment-là, Jayne et Susan Hulme, aidées des deux matrones, de plusieurs femmes et de trois jeunes servantes, avaient balayé l'intégralité de l'hôpital, lessivé et récuré les sols, les tabourets et les tables, et mendié ou emprunté quinze matelas qu'elles avaient installés dans les chambres situées à l'étage et sur l'arrière du bâtiment. Jayne réserva aux soins la salle du rez-de-chaussée donnant sur la rue, disposant des tabourets le long des murs et une solide table de chêne au milieu. Alors qu'une des servantes demandait si ce meuble était destiné au rangement des remèdes, Jayne secoua la tête et répondit qu'elle devait permettre d'allonger un blessé sur le dos.

À cette fin, elle pria Susan de persuader son mari de se joindre à elles et de faire savoir qu'il fallait conduire les hommes blessés à l'hôpital.

« Nous obtiendrons de meilleurs résultats en travaillant ensemble plutôt que séparément, lui expliqua-t-elle. Je pourrai l'assister pour remettre des os en place et il pourra m'aider à nettoyer et à suturer les plaies. J'ai du fil de boyau et des aiguilles dans ma sacoche, mais s'il a du matériel lui aussi, qu'il l'apporte. Pensez-vous qu'il acceptera ? »

Susan s'étrangla de rire.

« Je serais surprise de pouvoir l'en empêcher, Madame. Cela fait des mois qu'il dit que c'est une honte que l'hôpital ne soit plus ouvert.

— Qui l'a fermé ?

— Le docteur Chaffin, à qui il appartient. Il a juré de revenir une fois la guerre gagnée et d'aller en justice réclamer un dédommagement à la ville s'il apprend que son hôpital a servi. Il fonde de grands espoirs sur une victoire royaliste. » Elle s'interrompit pour écouter des tirs de mousquet au loin. « Laquelle risque d'arriver plus tôt qu'il croit », conclut-elle d'un ton désabusé en se dirigeant vers la porte.

Le premier jour de l'attaque n'apporta que des blessures bénignes, souvent dues aux patients eux-mêmes, victimes de leur propre négligence – comme deux orteils cassés par un baril de poudre qu'avait lâché un maladroit – et Jayne commençait à se demander si elle ne s'était pas fait de la guerre un tableau plus sombre que la réalité. Les blessés leur avaient appris que les royalistes avaient cherché à s'emparer de quelques maisons vides de l'autre côté du rempart, mais que les défenseurs de Lyme avaient alors incendié les bâtiments à l'aide de flèches enflammées. La fumée était si dense qu'elle avait permis à une bande de fantassins royalistes de ramper dans le fossé situé au pied de la levée de terre et de creuser à la base pour provoquer un éboulement. Leurs efforts s'étaient révélés vains, non seulement parce que la butte était trop bien construite, mais aussi parce que les mousquetaires royalistes postés sur les pentes escarpées d'Uplyme Hill et qui tiraient à l'aveuglette blessaient un plus grand nombre de leurs propres hommes descendus dans le fossé que de défenseurs de la garnison.

Les jours suivants furent plus ou moins identiques, ponctués par un tir de canon de part et d'autre du rempart. Les blessures demeuraient bénignes du côté de Lyme malgré la sortie audacieuse de deux cents parlementaires en territoire ennemi où ils s'étaient emparés d'une batterie et avaient fait près de trente-cinq prisonniers. L'interrogatoire auquel le colonel Blake soumit ces hommes lui donna à penser que les troupes du prince Maurice essuyaient des pertes supérieures aux siennes, car un grand nombre de ses membres avaient été appelés sous les drapeaux contre leur volonté et manifestaient peu de goût pour les combats. Pour leur faire passer leur couardise et les obliger à avancer, des dragons à cheval les suivaient en leur donnant de grands coups du plat de leur épée. Par compassion peut-être, Blake laissa les prisonniers déserter dans la nuit ; ils longèrent discrètement le rivage et disparurent en direction du Devon.

L'assaut proprement dit fut donné le dimanche et Jayne prit conscience qu'au cours de la première semaine, les royalistes n'avaient fait qu'évaluer les défenses de Lyme. Durant les dix jours qui suivirent, les batteries du prince Maurice soumirent la ville à un bombardement incessant ; un millier de tirs lourds s'abattirent sur celle-ci dès le premier jour, et d'innombrables autres les suivants. Le bruit était incessant car les canons des forts répondaient implacablement, et Jayne se demanda si elle s'habituerait au fracas des explosions et au craquement des poutres qui volaient en éclats lorsque les gros boulets de fer transperçaient toits et murs.

Pendant tout ce temps, Alexander Hulme et elle accueillirent un flot régulier de blessés. Les défenseurs des remparts souffraient de blessures de balles à la tête, aux bras et aux épaules, car les tirs de mousquet des royalistes étaient aussi nombreux que les tirs de batterie. Les plus chanceux n'étaient qu'effleurés par les balles de plomb qui leur laissaient sur la peau des traînées calcinées et sanglantes ; quant aux malchanceux, il fallait extraire de leur chair des projectiles d'un demi-pouce de diamètre. Dans un cas comme dans l'autre, à moins qu'une fracture ne rendît nécessaire la pose d'une attelle, les soldats regagnaient leur poste aussitôt leurs plaies nettoyées et bandées ; tout comme le faisaient les femmes, les enfants et les vieillards qui arrivaient avec des blessures dues à la chute de boulets.

De nombreuses femmes habillées en hommes se tenaient avec leurs maris et leurs frères sur les marches, derrière le remblai de terre, pour faire croire au prince Maurice que la garnison était plus importante, et Jayne regrettait que son père ne fût pas là pour les voir. Rien n'était plus éloigné des bigots intolérants que décrivait Sir Henry lorsqu'il parlait des puritains que ces hommes et femmes ouverts d'esprit qui se serraient les coudes pour défendre leurs foyers.

Elle trouvait dans leur courage une source d'inspiration et enviait à ces femmes leurs tuniques et leurs hauts-de-chausses. Pour sa part, à l'exemple de toutes les autres, elle ne quitta pas la robe ordinaire de laine sombre qu'elle portait à son arrivée durant les huit semaines du siège, car l'eau était précieuse et toute lessive, impossible. Susan Hulme lui trouva un tablier de rechange qu'elle pouvait utiliser en alternance avec le sien, ce qui lui permettait d'obtenir un semblant de propreté en les lavant à tour de rôle dans la mer à la fin de la journée.

Les combats les plus féroces eurent lieu dans la soirée du 6 mai. Toute la journée, la ville était restée enveloppée d'un épais brouillard et le colonel Blake, craignant que les royalistes en profitent pour marcher sur la Town Line, avait demandé à ses hommes de se préparer à une attaque. Celle-ci n'eut pourtant pas lieu et, lorsque le jour commença à décliner, il autorisa une moitié de ses troupes à se mettre en quête de nourriture, faisant ainsi le jeu des royalistes. Car, comme l'avait pressenti le colonel, le prince Maurice, tirant parti du brouillard, avait envoyé ses fantassins se cacher dans les haies derrière la tranchée, où ils devaient attendre le commandement pour prendre la fortification d'assaut. L'ordre fut donné à sept heures du soir, et la fureur de l'attaque fut telle que de sauvages corps-à-corps s'ensuivirent et que, par endroits, les soldats royalistes dépassèrent la butte de terre ; une centaine d'entre eux purent ainsi s'introduire dans la ville.

Lorsqu'elle repenserait à cette nuit, Jayne se rappellerait toujours les feulements des femmes qui cherchaient à affoler l'ennemi. Ses propres nerfs étaient ébranlés par ces cris hideux et elle aurait juré que les combats s'étaient prolongés jusqu'à l'aube si on ne lui avait pas dit qu'ils n'avaient duré que deux heures à partir du moment où les soldats qui soupaient avaient été informés de l'échauffourée. Ils avaient abandonné leur repas dans leur hâte de rejoindre leurs positions, doublant les effectifs derrière le rempart, et l'assaut royaliste avait été repoussé. Les blessures étaient cependant nombreuses, et l'hôpital dut rapidement faire face à des estafilades et des plaies au couteau exigeant tourniquets et sutures pour endiguer les épanchements de sang.

Dans le courant de la nuit, Susan Hulme attira l'attention de Jayne sur les deux vieux médecins qui se tenaient sur le seuil, regardant les femmes s'affairer à l'intérieur. Ils parurent surpris qu'elles soient aussi nombreuses à s'escrimer pour venir à bout de la file de blessés. La semaine précédente, Susan avait recruté trois assistantes d'âge mûr prêtes à apprendre à nettoyer les plaies à la saumure puis à les panser. Dix autres s'activaient à la cuisine pour préparer des bandages à partir de vieux vêtements qu'on leur avait donnés, les frottant d'abord énergiquement pour les décrasser avant de les plonger dans des chaudrons d'eau de mer bouillante afin de les désinfecter. Toutes travaillaient sous les yeux des médecins qui purent aussi observer Jayne et Alexander suturer les blessures les plus graves tandis que des vieillards immobilisaient les patients sur les tables et que des enfants leur chuchotaient à l'oreille des paroles de réconfort.

« Si vous voulez nous rejoindre, nous vous accueillerons avec plaisir, lança Jayne en nouant le dernier point d'une suture, refermant une estafilade de quinze centimètres sur la jambe d'un homme et en détachant précautionneusement le tourniquet. Votre aide sera grandement appréciée si vous pouvez nous apporter du fil de boyau supplémentaire et si vous savez l'utiliser. » Elle s'écarta de la table, laissant Susan panser la plaie avec un morceau d'étoffe propre. « Mais peut-être venez-vous pour un autre motif ? » suggéra-t-elle comme ils ne répondaient pas.

L'un d'eux, qu'elle connaissait sous le nom de docteur Fisher, fit un pas à l'intérieur de la pièce.

« Monnayez-vous vos services, Dame Swift ? »

Jayne secoua la tête.

« Ce n'est le cas de personne ici, Monsieur. Nous travaillons comme bénévoles à l'image de tous les hommes et femmes de Lyme. N'en faites-vous pas autant ?

— Voilà une semaine que nous sommes sans patients.

— Dans ce cas, rejoignez-nous, insista-t-elle. Certains de ces braves hommes attendent depuis un long moment que leurs plaies soient nettoyées et pansées. Nous avons soigné en priorité les cas les plus graves, mais ceux dont les blessures sont plus légères n'en ont pas moins besoin de soins, eux aussi. »

Le docteur Fisher s'adressa aux patients assis sur des tabourets. « Certains d'entre vous préféreraient-ils que ce soit moi qui les soigne, plutôt que Dame Swift ? »

Un silence gêné lui répondit.

« Que fait-elle différemment de moi ? »

Comme cette question demeurait, elle aussi, sans réponse, Alexander Hume prit la parole : « Elle travaille vite et efficacement, Monsieur, et utilise de la saumure et des pansements bouillis pour éviter que les plaies s'infectent. Si vous voulez une preuve de l'efficacité de ses méthodes, observez les hommes dont elle a traité les furoncles ; rares sont ceux qui n'ont pas guéri.

— Je peux en témoigner, intervint un soldat grisonnant, berçant sa main blessée dans son giron et désignant de l'autre une plage de peau visiblement saine sur son cou. J'ai déjà eu des clous, mais aucun n'a disparu aussi vite que celui-ci, et c'est ce que je dis à tous ceux qui m'interrogent. »

L'autre médecin, le docteur Whiteway, s'adressa alors à Jayne. « Et les quatre humeurs, Dame Swift ? Si vous travaillez vite, comment pouvez-vous estimer l'origine de leur déséquilibre ? »

Jayne poussa intérieurement un soupir, peu disposée à se laisser entraîner dans un débat au sujet d'une pratique dont Richard Theale lui avait appris qu'elle était dépassée. La théorie des quatre humeurs voulait que quatre fluides – le sang, le phlegme, la bile jaune et la bile noire – occupent une importance égale dans le corps et que leur moindre déséquilibre fût cause de maladie ; depuis déjà vingt ans pourtant, William Harvey avait démontré que le sang était prédominant, car il circulait dans le corps tout entier grâce à l'action de pompe du cœur. Elle répondit avec délicatesse : « Les humeurs ne se rapportent qu'à la maladie, Monsieur, et non aux plaies reçues au combat.

— Mais les furoncles et les clous relèvent de la maladie, n'est-ce pas ? Je me suis laissé dire que vous êtes aussi prompte dans vos incisions que dans vos sutures, ce dont je conclus que vous n'accordez aucune réflexion à la responsabilité de la bile dans ces éruptions.

— Et que conseilleriez-vous pour corriger un déséquilibre de la bile jaune qui serait cause du mal, Monsieur ?

— Diminuer la chaleur et la sécheresse du corps grâce à des immersions régulières dans l'eau froide. »

Jayne fit avancer le soldat et lui demanda de poser la main sur la table.

« Pouvez-vous dire au docteur quel conseil je vous ai donné après avoir incisé votre furoncle, Monsieur ?

— De prendre chaque jour des bains d'eau de mer à des fins de propreté, Madame. » Il jeta un regard pensif au médecin. « Et afin de refroidir la bile jaune, évidemment. »

Jayne réprima un sourire en s'inclinant pour examiner la paume de l'homme, qui présentait une estafilade sur toute la largeur, conséquence du geste qu'il avait fait pour parer un coup d'épée avant de plonger son arme dans le ventre de l'ennemi. Comme il avait gardé la main à demi serrée, les lèvres de la plaie avaient commencé à se souder sous la croûte qui s'était formée, et elle hésita à la rouvrir. Elle demanda au blessé s'il croyait l'entaille profonde, et il lui répondit qu'il en doutait car ce gredin de royaliste n'avait apparemment pas jugé bon d'affûter sa lame.

« Dans ce cas, je préfère ne pas y toucher, mon ami, mais vous devrez garder la main fermée jusqu'à ce que la croûte se détache. » Elle sortit des bandages d'une corbeille rangée sous la table et les roula en boule. « Tenez ceci fermement, lui ordonna-t-elle en enfonçant la boule dans sa paume recroquevillée avant de prendre une nouvelle bande dont elle forma huit tours autour de son poignet et de ses doigts. Vous pouvez utiliser votre main droite autant que vous voulez, mais il ne faudra pas ouvrir la gauche avant que je vous y autorise. Si vous avez l'impression d'être fiévreux, revenez immédiatement ; sinon, je vous attends dans quatre jours. La guérison complète sera un peu plus longue, mais je veux m'assurer que la croûte est saine. Vous comprenez ? »

Il acquiesça.

« Si j'ai de la fièvre, cela voudra dire que la plaie est infectée, alors qu'une croûte saine et intègre signifiera qu'elle est en train de guérir toute seule. Vous n'avez pas assez de fil de boyau pour la suturer, Madame ?

— En avoir davantage ne nous nuirait certainement pas, observa Jayne ironiquement, mais même si votre plaie était suturée, vous devriez garder la main fermée pendant deux semaines. L'ouvrir déchirerait la peau autour des sutures, ce qui créerait encore plus de dégâts. »

Il hocha à nouveau la tête.

« Mon frère est le quartier-maître de la ville, Madame, et il est chargé de commander les fournitures qui arrivent par bateau. Avec votre permission, je lui demanderai d'ajouter du fil de boyau à la liste. Il n'arrivera sans doute pas avant une bonne semaine mais en attendant, vous pourrez utiliser ce que vous avez, maître Hulme et vous. »

Jayne le remercia en souriant, ajoutant que quelques fûts de sel lui seraient également utiles car l'eau de mer n'était pas aussi pure que la saumure. Alors qu'il s'éloignait, elle porta son attention sur le patient suivant.

« Si vous voulez bien rester, dit-elle aux médecins, vous nous seriez d'une grande aide en examinant les blessés et en faisant passer les plus grièvement atteints devant. Si nous arrivons à mettre un peu d'ordre dans la queue, nos infirmières pourront nettoyer et panser les coupures superficielles pendant que nous suturerons les plaies. »

Elle ne croyait pas qu'ils accepteraient son invitation, mais peut-être éprouvaient-ils le besoin de rétablir leur réputation aux yeux de la ville. Quoi qu'il en fût, ils se défirent de leurs manteaux et travaillèrent aussi dur que tous durant les trois heures qui suivirent, s'attirant ainsi le respect de ceux qu'ils aidaient. Lorsque le bout de la file fut atteint, tous les lits de l'hôpital, réservés à ceux dont les blessures étaient si graves qu'ils étaient hors d'état de se tenir debout ou de marcher, étaient occupés. Susan Hulme estima qu'au cours des cinq heures qui s'étaient écoulées depuis le début des combats, trois médecins, un chirurgien et une dizaine d'infirmières avaient soigné plus de cent cinquante hommes ; aucun patient n'était mort.

Jayne, accablée de lassitude, venait de dérouler son matelas dans la cuisine et de s'y allonger quand une des infirmières de nuit arriva en courant et la secoua énergiquement.

« Le colonel Blake est à la porte et demande que vous l'accompagniez, Madame. Je lui ai dit que vous étiez trop fatiguée, mais il refuse de m'écouter. »

Jayne s'assit et se frotta les yeux.

« Vous a-t-il dit ce qu'il veut ?

— Non, Madame, seulement qu'il fallait emporter des remèdes et des pansements. »

Jayne étouffa un gémissement.

« Vous feriez mieux de le faire venir jusqu'ici, Bridey. Je suis aussi décente que possible, puisque je n'ai rien d'autre à porter que cette robe. » Elle tendit la main pour attraper la chope d'eau fraîche qu'elle avait posée à côté de son matelas, buvant une longue gorgée avant de mouiller un linge qu'elle se passa sur le visage. Elle entendit un bruit de bottes dans la pièce de devant. « Vous avez d'autres blessés pour moi, colonel ? demanda-t-elle, se penchant pour presser l'étoffe fraîche sur ses yeux.

— J'en ai bien peur, Dame Swift.

— Dans ce cas, nous devrons faire chercher maître Hulme et les docteurs Fisher et Whiteway. Je suis trop harassée pour m'en occuper toute seule. » Elle essuya son visage une dernière fois puis replia l'étoffe pour le regarder attentivement. C'était un homme d'âge moyen aux traits agréables, mais elle était toujours surprise par sa taille. Il était plus petit qu'elle, et pourtant, sa force de caractère en faisait un chef convaincant. « Vous avez l'air fatigué vous aussi, colonel.

— Je le suis, en effet, Madame. » Il s'interrompit un instant avant de poursuivre. « John Metcalfe m'assure que vous n'avez de préférence pour aucun camp dans cette guerre et n'avez d'autre but que de secourir ceux qui en ont besoin. Est-ce exact ? »

Elle hocha la tête.

« On ne saurait en dire autant des médecins et du chirurgien, qui ont tous trois prêté allégeance au Parlement.

— Quelle importance puisque nous sommes dans une ville parlementaire ?

— L'homme que je veux vous confier est un jeune capitaine royaliste, Dame Swift. Il s'appelle Francis Blewett et il est grièvement blessé. Il a mené sa troupe dans la ville avec une grande bravoure afin de s'emparer du port pour le prince Maurice.

— Nous avons entendu dire qu'ils avaient été faits prisonniers.

— Vingt seulement, Madame. Les autres sont morts. Le capitaine Blewett est soigné par Ann Metcalfe dans la maison de son mari. Elle réclame votre assistance car elle est affaiblie par la fièvre et ne peut s'occuper des blessures de l'officier. »

Jayne se hissa sur ses pieds et resta étourdie un instant.

« Ai-je raison de croire que vous connaissez Francis Blewett, Monsieur ? Vous semblez vous soucier de lui plus que ne pourrait le justifier l'admiration pour le courage d'un jeune homme.

— Je suis son parrain, Madame. Sa mère est ma cousine, et je l'ai porté sur les fonts baptismaux. Sa vie et son âme sont de ma responsabilité. »

Dès qu'elle vit la pâleur de Francis et sentit le pouls rapide de son poignet, Jayne sut qu'elle ne pourrait pas le sauver. Ses yeux grands ouverts exprimaient à parts égales peur et douleur. Ann Metcalfe avait fait de son mieux pour étancher le sang qui suintait de la plaie ouverte sous ses côtes, mais Jayne avait la conviction que l'hémorragie était principalement interne. Elle avait observé les mêmes symptômes – peau grise et moite, battements de cœur précipités et sang séché sur les lèvres – chez un patient de Richard qui avait été poignardé à la poitrine au cours d'un combat acharné dans la période qui avait précédé la guerre, et les seuls soins que Richard avait pu lui prodiguer avaient été de soulager sa douleur.

Alors que le patient de Richard était mort en moins d'une heure, Francis traînait déjà depuis plus de quatre, et Jayne ne pouvait que supposer que l'organe interne perforé saignait plus lentement que chez le patient de Richard. Ann lui avait soutenu le dos avec des coussins, affirmant qu'il respirait ainsi plus librement, mais le gonflement visible de son abdomen donnait à penser que c'était là que le sang s'accumulait. Le gémissement de douleur qu'il laissa échapper par le nez quand elle posa délicatement le doigt sur la peau au bas de ses côtes sembla corroborer cette hypothèse sans que Jayne croie cependant qu'un changement de position améliorerait son confort. En définitive, elle savait ne pouvoir faire que ce que Richard avait fait et faciliter le trépas du malheureux ; la plus grande tristesse pour tout médecin était de devoir reconnaître les limites de ses compétences.

Elle demanda à Ann de lui apporter un petit verre d'eau très sucrée puis elle s'inclina pour sourire à Francis en le regardant dans les yeux.

« Voici un remède qui vous soulagera de la douleur et vous aidera à dormir, Francis. Il faut l'avaler. Êtes-vous capable d'ouvrir la bouche ? »

Il s'y efforça mais ses lèvres étaient collées par une croûte de sang.

Jayne sortit alors un baume de sa sacoche et en enduisit doucement sa bouche pour ramollir les croûtes avant de plonger une spatule d'argent dans un bol d'eau posé à côté de lui et de la glisser doucement entre ses lèvres. Puis elle en imbiba le coin d'un linge et pressa quelques gouttelettes qu'elle fit couler le long de la spatule pour humecter sa langue.

« Est-ce mieux ? »

Il acquiesça.

« Qui êtes-vous ? parvint-il à articuler.

— Jayne Swift, répondit-elle en reprenant le linge et en remplissant d'eau une petite cuiller en argent. Votre parrain m'a demandé de vous aider, Francis. »

Elle fit couler lentement l'eau de la cuiller dans sa bouche.

« Il est ici ?

— Oui, et je vais l'appeler pour qu'il vous parle dès que le remède aura apaisé vos souffrances. » Elle fit signe à Ann de poser le verre d'eau sucrée sur la table. « Vous trouverez cela un peu amer, Francis, mais les pouvoirs curatifs de cette médication sont proprement merveilleux. On l'appelle laudanum. »

Elle parlait pour parler, mais en vérité, les vertus analgésiques du laudanum étaient étonnantes. Elle en possédait un unique petit flacon et avait pu constater le soulagement qu'il avait apporté au patient de Richard deux ans auparavant. De la souffrance, le mourant était passé à un état d'euphorie et quand le sommeil était venu, il avait été paisible. Elle déboucha le flacon et versa une petite cuillerée de la teinture brune dans une plus grande cuiller, y ajoutant un peu d'eau sucrée, avant de l'approcher des lèvres de Francis et de l'encourager à en avaler le contenu. Il obéit, grimaçant en sentant l'amertume mais quelques minutes plus tard déjà, son regard était moins effrayé et son corps crispé commençait à se détendre.

Jayne se releva et gagna la porte de la chambre où attendait le colonel Blake.

« Restez à son chevet jusqu'à ce qu'il s'endorme et dites tout ce que vous avez envie de dire, chuchota-t-elle. Votre présence lui sera d'un grand réconfort. »

Elle vit à l'expression de Blake qu'il avait compris que le pauvre garçon était mourant ; il avait trop fréquenté les champs de bataille pour imaginer qu'un homme aussi pâle pût survivre. Il n'en laissa toutefois rien paraître en remplaçant Jayne au chevet de son filleul qu'il félicita pour son courage et son sens de l'honneur. La scène, éclairée par la lueur des bougies, était d'une douloureuse intimité et les yeux de Jayne s'emplirent de larmes devant l'affection manifeste qui unissait ces deux êtres. Que des divergences idéologiques aient dressé de tendres amis l'un contre l'autre était sans nul doute la pire tragédie de cette guerre hideuse.

Ann et elle s'éloignèrent de la porte pour ne pas s'immiscer dans les derniers instants que ces hommes passeraient ensemble. La fièvre et les frissons d'Ann s'étaient apaisés grâce aux infusions de cannelle et de camomille que Jayne avait apportées à son arrivée, mais elle était manifestement épuisée par les événements de la journée et Jayne l'envoya se coucher. Quant à elle, elle s'assit sur un tabouret dans un angle de l'antichambre, écoutant les murmures qui sortaient de la chambre voisine et évaluant le passage du temps grâce à une horloge à feu faite d'une chandelle marquée posée sur un buffet. Malgré la tristesse que lui inspirait l'état de Francis, elle restait suffisamment détachée pour constater que le laudanum était fort efficace pour assurer une mort paisible.

Richard Theale avait appris l'existence de ce remède en lisant les ouvrages de Paracelse, un médecin suisse du siècle précédent, et ses tentatives pour reproduire la recette de son prédécesseur l'avaient mis sur la voie d'un jeune étudiant du nom de Thomas Sydenham. Thomas habitait Wynford Eagle, à une douzaine de kilomètres au nord-est de Bridport, et les deux hommes s'étaient rencontrés par hasard chez le seul marchand de cette ville capable de se procurer un ingrédient indispensable à la préparation du laudanum : des graines de pavot à opium d'Asie. Quelques minutes de conversation avaient suffi à leur révéler leur intérêt commun pour Paracelse.

Richard avait présenté Thomas à Jayne environ trois mois avant le début de la guerre et elle avait admiré son approche pratique de la science et de la médecine. Il admettait ce que ses expériences lui apprenaient, rejetant tout ce qui ne pouvait être prouvé par des résultats. Comme Richard suivait la même méthode, elle n'avait pas été surprise qu'une solide amitié se soit nouée entre son maître âgé et ce parlementaire fougueux de dix-neuf ans. En opérant différentes permutations d'ingrédients de Paracelse, Thomas avait isolé l'opium comme la substance permettant de soulager la douleur et, sur le conseil de Richard, il en avait pilé des grains pour en faire une fine poudre qu'il avait dissoute dans de l'alcool, produisant ainsi une infusion, amère, certes, que l'on pouvait administrer à la cuiller.

La bougie montrait que près d'une demi-heure s'était écoulée quand le colonel vint annoncer à Jayne que Francis s'était éteint.

« Nous avons bien parlé, dit-il d'un ton bourru. La mort ne lui inspirait aucune terreur. Il a eu l'esprit clair et exempt de toute angoisse jusqu'à la fin.

— Puis-je vérifier ? demanda Jayne. Je pensais qu'il dormirait un moment avant d'expirer. »

Il semblait que ce n'était pas le cas. Francis avait vécu et confié ses pensées à son parrain jusqu'au moment où son cœur avait cessé de battre et son visage serein était de toute beauté. Il avait les yeux clos et un léger sourire incurvait ses lèvres. Jayne ne put que relever le contraste avec l'effroi qu'elle avait lu précédemment sur ses traits.

« Je suis profondément navrée, murmura-t-elle.

— Il ne faut pas, Madame. Vous lui avez offert une mort plus douce que ne l'auraient fait la plupart des médecins. » Le colonel Blake pointa le menton vers le flacon de laudanum. « Quel genre de remède est-ce là ?

— Une substance qui apaise la douleur, répondit-elle en se penchant pour tirer une courtepointe sur le corps et le visage de Francis. Je regrette de ne pas en avoir cent flacons de plus. Il y avait aujourd'hui à l'hôpital bien des hommes qui en auraient tiré avantage.

— Passez la commande et les navires vous l'apporteront.

— Si seulement, soupira-t-elle, mais il n'y a que trois personnes, dont moi, qui savent préparer ce remède et en temps de guerre, l'ingrédient indispensable est impossible à obtenir. Le Parlement préfère importer des armes d'Europe que des graines de pavot d'Asie. » Elle rangea dans sa sacoche le flacon et ses cuillers en argent. « Vous disiez que vingt compagnons de Francis ont été faits prisonniers, colonel. Certains sont-ils blessés ?

— Ils ne vous concernent pas, Dame Swift. »

Elle secoua la tête pour s'excuser.

« Si, parce que j'en décide ainsi, Monsieur. Ils étaient les hommes de votre filleul et s'il avait vécu, je pense qu'il m'aurait priée de leur venir en aide. Je regrette profondément son trépas et suis prête à secourir ses amis, si je le puis. »

Blake esquissa un léger sourire

« Vous êtes une femme agaçante, Madame. Soigner des royalistes ne nous fera apprécier de personne. » Il tendit le bras vers la porte. « Ils sont dans la prison de la ville. Je vous y accompagnerai puis je demanderai à maître Hulme et à son épouse de vous assister. »

12.

Jayne pensait n'avoir jamais vu groupe d'allure aussi pitoyable. La prison était éclairée par une profusion de chandeliers dont les bougies dégageaient chaleur, fumée et lumière à parts égales et elle remarqua sans surprise la respiration oppressée des prisonniers. Nombre d'entre eux présentaient des lacérations comparables à celles qu'elle avait déjà soignées à l'hôpital et ils étaient tous couverts d'ecchymoses et de contusions, conséquence des coups de poing et de pied qu'on leur avait infligés après les avoir désarmés. Ils étaient entassés dans une cellule à peine assez grande pour sept ou huit détenus, raison pour laquelle seuls les plus grièvement blessés avaient la possibilité de s'asseoir.

Constatant l'exiguïté du local dans lequel elle était censée travailler, Jayne eut grande envie de demander au colonel Blake de conduire les blessés jusqu'à l'hôpital où elle pourrait les soigner plus facilement et dans de meilleures conditions. Cela risquait toutefois de provoquer la colère des habitants de Lyme, et elle doutait que Blake ou ses prisonniers soient disposés à l'affronter. Le geôlier, un géant en costume puritain, avait à l'évidence largement contribué aux mauvais traitements des prisonniers, car même lorsque le colonel Blake ordonna d'ouvrir la porte de la cellule, aucun détenu ne manifesta la moindre intention de rejoindre l'antichambre où se trouvait le gardien de prison.

Elle demanda à l'officier si on pouvait prier le cerbère d'aller s'asseoir à l'extérieur, dans la rue, afin qu'elle ait davantage de place pour examiner et traiter les prisonniers.

« Il n'aura qu'à laisser la porte ouverte pour vérifier ce qui se passe à l'intérieur, ajouta-t-elle. En vérité, j'en serais même heureuse. L'air frais contribuera à dissiper les odeurs malsaines de ce bâtiment.

— Je ne puis autoriser que vous risquiez d'être prise en otage, Dame Swift.

— Dans ce cas, demandez à ces hommes de vous donner leur parole qu'ils n'en feront rien. » Elle se tourna vers les prisonniers. « Je suis médecin et je suis ici pour soigner vos blessures, leur expliqua-t-elle. Vous n'êtes pas obligés d'accepter mon aide, mais je vous la propose en toute bonne foi car je ne prends parti pour aucun camp dans cette guerre. Je m'engage à soigner tous ceux qui ont besoin de moi, quelles que soient leurs croyances ou leur allégeance.

— Soignez-vous les soldats de la garnison ? demanda l'un d'eux.

— Oui. Aujourd'hui, j'ai recousu et pansé plus de blessés que je n'en pourrais compter. » La méfiance qui se peignit aussitôt sur le visage de son interlocuteur la fit sourire. « Auriez-vous préféré que je les éconduise alors qu'ils saignent et souffrent exactement comme vous, Monsieur ? Mon travail de médecin consiste à guérir mes patients et non à prononcer un jugement sur leurs opinions. » Elle désigna un tout jeune homme à côté de celui qui lui avait adressé la parole. « Votre ami est sur le point de s'évanouir. Vous lui feriez une bonté en m'autorisant à examiner pourquoi.

— Il n'arrive pas à respirer.

— Raison de plus pour me l'envoyer »

Avec un haussement d'épaules, l'homme s'apprêta à pousser l'autre en avant, mais le colonel Blake retint son geste.

« J'exige d'abord votre parole, dit-il. J'ordonnerai au gardien de se retirer dans la rue si chacun de vous prête serment. »

Les promesses furent accordées de si bon gré que Jayne devina que ces malheureux désiraient respirer un peu d'air pur et frais autant que se faire soigner. La chaleur et la puanteur qui régnaient dans la cellule étaient franchement abominables et elle conseilla aux prisonniers de retirer leurs vestes lorsqu'ils commencèrent à faire la queue dans le vestibule.

« Rafraîchissez-vous autant que vous pouvez, leur recommanda-t-elle avant de se tourner vers Blake. Ils ont besoin d'eau potable, et aussi de seaux pour uriner, colonel. Mes narines me disent que le geôlier oblige ses prisonniers à se soulager sur place, et il n'est pas moyen plus rapide de propager la maladie que de laisser des immondices se décomposer. Si vous souhaitez préserver la santé des habitants de Lyme, il convient de respecter un tant soit peu la dignité de ces royalistes. »

Blake ferma les yeux brièvement.

« Je parie qu'avant l'aube, vous me prierez de les libérer et de les rendre au prince Maurice.

— Je ne vous en prierai pas, Monsieur. Je vous ferai simplement remarquer qu'une ville assiégée ne peut se permettre de nourrir vingt bouches de plus. Lyme éveillera plus d'admiration pour sa clémence qu'en laissant ces individus mourir de faim dans des conditions sordides… ou pire encore, en les exécutant pour avoir eu l'audace de percer vos défenses. »

Il se tourna vers la porte.

« Vous vous faites de bien curieuses idées de la guerre, Madame. Ce sont les vainqueurs que l'on respecte, et non ceux qui traitent leurs ennemis avec bonté. »

La porte ouverte et le mécontentement manifeste du gardien contraint d'attendre au-dehors avaient attiré des voisins et des passants qui s'arrêtèrent pour observer la scène. La lumière qui régnait dans le bâtiment se répandait dans la rue et la colère des badauds était flagrante. La foule grossissait, suscitant l'inquiétude des prisonniers, tout en rassurant Jayne. Malgré ce qu'elle avait pu dire à Blake, elle savait qu'elle n'aurait pas pu, à elle seule, tenir tête à un groupe de vingt soldats.

Avec l'aide de celui dont l'ami avait été tout près de s'évanouir, elle dégagea un peu d'espace dans un angle de l'antichambre et demanda qu'on lui amène en premier les deux hommes qu'elle avait sorti de la cellule. Leurs bras présentaient de profondes estafilades qui saignaient abondamment malgré les chiffons enroulés autour des blessures, et elle releva avec émoi la crasse et les excréments qui maculaient les linges et la peau de ces prisonniers. Elle mit en place des tourniquets pour endiguer l'hémorragie puis demanda au geôlier d'aller chercher un seau d'eau claire au puits. Il refusa, alléguant l'interdiction qui lui était faite de quitter son poste.

Jayne repéra une femme âgée parmi les spectateurs.

« Accepteriez-vous de m'aider, Madame ?

— Non. Plutôt mourir plutôt que secourir des royalistes. Vous ne devriez pas les soigner. »

Un mouvement se fit au moment où Alexander Hulme s'avança en jouant des coudes.

« Vous êtes bigrement mesquine, Maggie, dit-il à la femme. Est-ce ainsi que vous remerciez Dame Swift de l'aide qu'elle a accordée à la garnison cette nuit et au cours des dernières semaines ? Elle n'est pas de Lyme et n'est donc pas plus tenue de nous aider que de secourir ces royalistes, pourtant, elle le fait gratis. Puissent d'autres se montrer aussi généreux.

— Voulez-vous dire que je ne suis *pas* généreuse ? se rebiffa la femme.

— Vous devez le savoir mieux que moi, fit Alexander en passant devant elle. Un des patients que Dame Swift a soignés ce soir était votre mari, et un seau d'eau aurait été un modeste prix pour la bonté qu'elle lui a manifestée. » Il posa un sac de sel aux pieds de Jayne. « Susan me suit avec le fil de boyau et les pansements, Madame. Si vous voulez bien me passer les seaux qui sont à l'intérieur, j'irai les remplir pour vous.

— Il n'y en a pas, même pour les excréments. Ces hommes n'ont rien eu à boire depuis leur arrivée ici et ils sont couverts de leurs propres immondices. Il nous faudra utiliser les cruches et les seaux de l'hôpital, avant que vous ne puissiez en trouver plus près, Alexander. »

Hulme s'adressa à nouveau à la foule.

« Alors ? demanda-t-il. Y a-t-il un chrétien parmi vous ? Il est écrit dans Matthieu que Jésus a dit : “Aimez vos ennemis et priez pour ceux qui vous persécutent”.

— Assez de sermons, Hulme, grommela le gardien de prison. Tous ceux qui sont ici connaissent mieux la Bible que vous.

— Il n'empêche qu'il dit vrai, déclara une voix d'homme. Nous défendons notre ville pour Dieu et pour le Parlement, et ils exigent l'un comme l'autre que nous le fassions en respectant l'Évangile. Nous n'avons aucune raison de haïr ces gens, parce qu'ils se battent vaillamment. La bataille qu'ils ont menée dans nos rues a laissé tous nos hommes indemnes, alors qu'ils en ont perdu quatre-vingts. Pour ma part, j'éprouve quelque compassion pour eux. »

Il n'était visiblement pas le seul car moins de cinq minutes plus tard, un assortiment de pichets et de seaux, débordants d'eau propre, fut apporté jusqu'à la prison.

Jayne chargea l'homme qui l'avait aidée à dégager un coin de l'antichambre de veiller à ce que chacun puisse boire. Il s'appelait Peter Tucker, avait trente-deux ans et était originaire du comté de Cornouailles. Étant le plus âgé, il exerçait un certain ascendant sur les autres dont certains n'avaient pas plus de seize ans mais, lui expliqua-t-il, son rang n'était pas supérieur au leur. Ils étaient tous de simples fantassins, réquisitionnés par les dragons allemands du prince Maurice contre la promesse de pouvoir piller toutes les bourgades qu'ils prendraient.

Elle demanda au geôlier la permission de laisser les prisonniers attendre dans la rue pendant qu'elle lavait à grande eau la cellule et l'antichambre. Il la lui accorda volontiers, amusé qu'une femme de sa condition soit obligée de nettoyer urine et étrons, mais il n'avait pas prévu qu'Alexander et Susan aideraient Jayne ni qu'ils le feraient reculer pour balayer et repousser les eaux usées jusqu'à une fosse d'aisances communale, à une cinquantaine de mètres du seuil de la prison. Lorsque l'eau polluée s'ajouta aux immondices qui s'y trouvaient déjà, une telle puanteur s'éleva par la grille métallique qui la couvrait que les badauds se hâtèrent de faire quelques pas en arrière pour lui échapper. Ce faisant, ils libérèrent un vaste cercle devant la prison, permettant ainsi aux prisonniers de respirer l'air frais de la nuit.

Jugeant préférable de les examiner là plutôt que dans l'exiguïté de la geôle, Jayne pria Alexander et Susan de nettoyer et de suturer les plaies des deux hommes auxquels elle avait posé un tourniquet, puis circula parmi les autres pour évaluer la gravité de leurs blessures. Peter Tucker, qui l'assistait dans cette tâche, avait posé ses propres diagnostics durant les heures où il avait été enfermé dans la cellule. Il avait utilisé des chiffons arrachés à des chemises pour panser les entailles et les estafilades les plus graves, et appela les blessés en question à s'avancer les premiers. La plupart étaient torse nu, car leurs propres vêtements avaient servi de bandages, et leurs contusions et ecchymoses sanglantes étaient très visibles dans le vacillement des lampes.

Jayne se demanda si c'étaient leurs blessures, leurs douces intonations du Sud-Ouest ou leur jeunesse qui bouleversaient le plus les spectateurs, car la foule s'éclaircissait chaque fois qu'elle retirait un chiffon maculé pour inspecter les lacérations qu'il couvrait. Elle remercia silencieusement Dieu qu'aucun mercenaire allemand du prince Maurice ne se trouvât dans le groupe, car un accent teuton guttural aurait désigné un ennemi plus distinctement que le parler chantant des Cornouailles et du Devonshire. Peter lui demanda ensuite si les curieux s'étaient dispersés de honte en voyant leurs compatriotes aussi gravement maltraités.

« Je l'ignore, répondit-elle honnêtement. Et vous, éprouvez-vous quelque honte quand vous volez à une famille ses économies durement gagnées ?

— Nous parlons de "butin", et non de vol. Les choses sont différentes en temps de guerre.

— Autrement dit, pourvu que vous puissiez masquer vos rapines sous un nom plus élégant, vous vous y livrez sans vergogne ?

— Il faut bien que le combat nous rapporte quelque chose, Madame. Faute de quoi, aucun de nous ne s'engagerait. Le garçon que vous voyez là rentrerait chez lui dès demain s'il le pouvait. »

Il tenait un bol de saumure pendant que Jayne nettoyait une large surface de peau écorchée sur le dos d'un jeune homme qui avait été traîné par les pieds sur les pavés.

« Les braves gens de Lyme s'en féliciteraient, remarqua-t-elle. La guerre n'est-elle pas absurde quand les soldats des deux camps rêvent de vivre paisiblement chez eux mais sont contraints de se battre parce que leurs chefs refusent de s'écouter mutuellement ?

— Voulez-vous parler du prince Maurice et du colonel Blake ?

— Non, fit-elle avec un sourire amusé. Encore que si ces deux personnages négociaient une trêve, rien ne me satisferait davantage car j'aspire, moi aussi, à rentrer chez moi. » Elle appliqua une pommade à l'huile de consoude sur l'éraflure avant de prendre un long bandage qu'elle enroula plusieurs fois autour du torse du blessé. « Cela protégera la plaie jusqu'à ce qu'elle guérisse, lui expliqua-t-elle, mais veillez à ne pas vous pencher ni vous étirer. La guérison sera plus lente si vous déchirez ou fendez les croûtes. »

Le malheureux lui jeta un regard amer.

« Quelle importance ? lui demanda-t-il. Ce sont des hommes morts que vous remettez sur pied. Nous serons pendus demain. »

Jayne noua le bandage.

« Et qui remercierez-vous si tel n'est pas le cas ? demanda-t-elle.

— Dieu. Nous lui avons adressé mille prières depuis que nous avons été faits prisonniers.

— Il doit être fort occupé alors, répondit-elle doucement. Je puis vous assurer que tous les habitants de Lyme prononcent autant de prières chaque fois que votre artillerie ouvre le feu. » Elle regarda Peter. « S'il me fallait deviner pourquoi la foule s'est dispersée, je dirais que c'était par réticence à éprouver pour vous la même compassion que celle que leur inspirent leurs fils et leurs voisins.

— Vous voulez dire qu'il leur faut continuer à haïr les royalistes pour défendre leur ville ? »

Jayne acquiesça.

« Pourquoi ne nous haïssez-vous pas, Dame Swift ?

— Pour la même raison que je ne hais pas les gens de Lyme. Vous n'êtes pas plus responsables qu'eux de cette guerre. » Elle passa au jeune blessé suivant. « La faute en incombe au roi et au Parlement. »

Dans le courant de la nuit, Peter chuchota à Jayne qu'un homme l'observait, tapi dans l'ombre qui s'étendait au-delà du halo des bougies. Il était là depuis un quart d'heure, épiant chacune de ses paroles, et Peter craignait qu'il n'ait de mauvaises intentions à l'égard de Dame Swift. Il pointa le menton pour lui indiquer où elle devait porter le regard mais lorsqu'elle se tourna, elle ne distingua qu'une vague silhouette qui s'évanouit dans une rue latérale. L'idée absurde qu'il s'agissait de William Harrier lui traversa brièvement l'esprit, et elle serait allée jusqu'à le héler si le bon sens ne l'avait emporté. Où que pût être William, il ne se trouvait pas à Lyme. Autrement, elle l'aurait déjà vu.

Le jour se levait quand Jayne regagna enfin son lit et elle dormit comme une souche durant les sept heures suivantes. Rien ne put troubler son sommeil, pas même les infirmières qui s'affairaient autour des quinze patients allongés sur leurs matelas à l'étage et dans la pièce de derrière.

« Et les boulets ? Et l'artillerie ? demanda-t-elle. Pourquoi ne m'ont-ils pas réveillée ? »

Parce qu'il n'y en avait pas eu, lui répondit-on. Aucun coup de canon n'avait été tiré depuis le lever du soleil. Ces réponses lui furent données par Susan Hulme, qui la réveilla peu avant midi.

« Il faut vous lever, Madame. La trêve a pris fin et les combats ne vont pas tarder à reprendre. »

Jayne roula sur le dos.

« Quelle trêve ? »

Une bien étrange trêve, semblait-il. Des envoyés du prince Maurice étaient arrivés à cheval, brandissant un drapeau blanc, pour demander la libération du capitaine Francis Blewett. Lorsqu'on leur avait appris qu'il était mort, ils avaient réclamé sa dépouille afin que ses compagnons royalistes puissent l'inhumer décemment. Pendant tout ce temps, les canons s'étaient tus tandis que les voix du colonel Blake et des envoyés avaient résonné haut et clair dans l'air immobile.

Le colonel Blake avait crié que les parlementaires n'avaient jamais manqué de respect à l'égard d'un mort. Le capitaine Blewett avait été lavé, enveloppé d'un linceul et couché dans un cercueil dont le coût avait été pris en charge par le colonel lui-même. Le prince Maurice avait-il l'intention de le rembourser ? Quand la réponse, négative, lui fut donnée, Blake déclara n'être pas surpris, car le commandant de l'armée de l'Ouest était plus connu pour prendre que pour donner. Néanmoins, Lyme n'était pas pauvre au point de retenir en otage la dépouille d'un homme courageux, faute de dédommagement.

Il était allé plus loin encore, déclarant que si Maurice faisait serment de respecter la paix jusqu'à la livraison de la bière, il libérerait les vingt prisonniers royalistes qui avaient combattu aux côtés du capitaine Blewett. Ils franchiraient les portes à midi, portant le cercueil sur leurs épaules, et nul à Lyme ne chercherait à entraver leur progression ou à la mettre en péril. La guerre pourrait reprendre ensuite, bien que Blake eût défié le prince de combattre sa garnison face à face. À cette fin, il était disposé à ménager une brèche dans le rempart de terre pour permettre à l'ennemi d'envoyer son armée, dix hommes de front, dans l'espoir qu'une force aussi puissante pourrait écraser les vaillants défenseurs de Lyme.

Jayne regarda Susan, atterrée.

« A-t-il perdu l'esprit ? Et si le prince Maurice accepte ?

— Il l'a déjà fait, Madame. Ses commandants ont consacré les deux dernières heures à former leurs régiments en colonnes de dix. Ils n'attendent que la sortie des prisonniers avec le cercueil. » Elle secoua la tête. « Je suis passée devant ces pauvres hommes en venant ici alors qu'on les conduisait vers la porte et ils n'avaient pas l'air heureux. Si on leur avait donné le choix, je pense qu'ils auraient préféré déserter plutôt que de continuer à se battre. »

Jayne s'assit, passant les doigts dans ses cheveux pour leur rendre un semblant d'ordre.

« Il y aura plus de blessés que nous n'en pourrons soigner. Quelle idée a eue le colonel pour agir avec pareille imprudence ? »

Susan passa derrière elle pour lisser les boucles à l'arrière de sa tête.

« Alexander pense que l'imprudence n'est pas si grande. Le colonel Blake veut prouver l'impossibilité d'une attaque frontale. Il est certain que nos hommes sont capables de tenir une brèche si les ennemis ne se présentent qu'en rangées de dix et que les mousquetaires tirent sur ceux qui les suivent. Alexander est convaincu que les royalistes déploreront beaucoup plus de blessés que nous. »

Il ne se trompait pas. Les royalistes se retirèrent au bout de deux heures, emportant leurs morts et leurs blessés. Leurs victimes, essentiellement atteintes par des tirs de mousquet, se chiffraient, disait-on, par centaines, alors que trois soldats parlementaires seulement avaient péri et que ceux qu'on avait conduits à l'hôpital n'étaient pas gravement atteints. Cet épisode fit renaître l'espoir que Lyme serait capable de résister indéfiniment au siège, pourvu que la marine continue à ravitailler la ville, et cet espoir prit plus d'éclat encore quand une semaine s'écoula sans attaque des troupes du prince Maurice.

Un curieux événement survint vers la fin de cette paix précaire. Jayne fut appelée depuis l'hôpital pour parler au colonel Blake au fort de Gaitch et, cette fois encore, on la conduisit par l'escalier de bois, d'où l'on pouvait apercevoir l'armée royaliste par une fissure du mur. La vision n'était pas moins menaçante que lors de sa précédente visite, car les batteries d'artillerie étaient fort visibles désormais, concentrées à l'ouest de Lyme. Blake attira son attention sur trois silhouettes, à une cinquantaine de mètres de la tranchée. Deux étaient vêtues de l'élégant uniforme des dragons du prince Maurice ; la troisième portait une veste et un haut-de-chausses de fantassin. Elle se tenait légèrement en avant de ses compagnons, brandissant un drapeau blanc, et Jayne reconnut immédiatement Peter Tucker.

« Connaissez-vous cet homme ? lui demanda Blake. Il le prétend en tout cas. »

Elle acquiesça d'un hochement de tête.

« C'est le chef des prisonniers que vous avez renvoyés dans leur camp avec le corps de votre filleul, Monsieur. Que veut-il ?

— Nous l'ignorons. Il dit être porteur d'un message pour Dame Swift et insiste pour vous le remettre en personne. Il est disposé à s'approcher davantage et à vous le transmettre oralement si vous voulez bien vous montrer sur le rempart de terre. Acceptez-vous ?

— Si vous estimez que je le dois, oui, colonel, mais la requête est singulière, ne vous semble-t-il pas ?

— Très singulière, dans la mesure où ce message doit émaner du prince Maurice. Le connaissez-vous également, Madame ?

— Ce serait fort improbable, Monsieur. »

L'expression de Blake était indéchiffrable et Jayne n'aurait su dire comment il interprétait sa réponse évasive.

« Je me suis demandé si ce n'était pas une ruse pour détourner notre attention d'une attaque en un autre point, mais aucun mouvement n'a été observé le long de la Town Line. » Il sembla prendre une décision. « Je serais curieux de savoir ce qu'il a à vous dire, mais je suis parfaitement conscient que ses paroles seront entendues par les hommes de ce fort, sur cinquante mètres de part et d'autre. Je respecterai donc votre choix si vous avez des secrets que vous préférez garder celés.

— Il n'y en a point de mon côté, Monsieur », répondit Jayne honnêtement. Les seuls secrets qu'elle connaissait étaient, après tout, ceux de Charles et si le prince Maurice souhaitait les révéler, elle était parfaitement capable de manifester la même surprise que les autres en apprenant qu'elle avait soigné un jour le neveu du roi.

Avec une légère courbette de remerciement, Blake ouvrit une porte étroite qui conduisait à une plate-forme de bois surplombant le rempart de terre, et il poussa doucement Jayne devant lui. Il donna ordre aux soldats les plus proches de rejoindre leur poste et de se tenir prêts à toute éventualité, puis il cria aux messagers d'approcher : « Vous pouvez constater que Dame Swift est ici. Dites-lui à présent ce qui vous amène. »

Peter tremblait visiblement quand il s'arrêta au bord de la profonde tranchée et Jayne s'interrogea sur le motif de sa terreur : les dragons qui semblaient le protéger ou les mousquets pointés sur son cœur ? Comme il paraissait avoir la bouche trop sèche pour parler, elle s'adressa directement à lui.

« Vous n'avez rien à craindre, Peter. Le colonel Blake est un homme d'honneur et il ne donnera pas l'ordre de tirer sur vous. »

Il fixa sur elle un regard exténué.

« Il y a tout à craindre si vous donnez la mauvaise réponse, Madame. On m'a chargé de vous présenter cette requête parce que j'ai affirmé que vous étiez prête à soigner tous les blessés, quelle que soit leur allégeance. Je serai fouetté si on me convainc de mensonge.

— Vous n'avez pas menti, Peter. Tout ce que vous avez dit est vrai. Souhaitez-vous que je le crie haut et clair ? Je ne peux vous promettre que ma voix portera aussi loin que celle du colonel Blake, mais je veux bien essayer. »

Peter secoua la tête.

« Je suis chargé de vous prier de m'accompagner jusqu'à notre camp pour soigner les royalistes blessés, Madame. Mes propos ont été rapportés au prince Maurice et il m'a fait venir dans sa tente pour que je lui confie ce que je sais de vous. J'ai grandement vanté votre bonté, et il veut à présent s'assurer que vous êtes sincère lorsque vous vous prétendez disposée à soigner tous ceux qui ont besoin de votre savoir. Nous avons de nombreux blessés, et aucun de nos chirurgiens n'est aussi compétent que vous. »

Jayne se tourna vers Blake.

« Que dois-je lui répondre ?

— Je ne saurais vous le dire, Dame Swift. Vous êtes en visite à Lyme et n'êtes donc pas soumise à mon commandement, mais en deux années de guerre, je n'ai jamais entendu parler d'un médecin qui ait franchi les lignes pour traiter les représentants des deux camps. »

Jayne réfléchit un instant. Elle ne se faisait aucune illusion sur les raisons de la requête du prince Maurice, car rien ne lui aurait plu davantage que d'exploiter sa neutralité déclarée pour lui faire quitter la garnison. Elle se retourna vers Peter.

« Transmettez mes respects au prince Maurice, je vous prie, et dites-lui que je ne demande qu'à faire bénéficier les troupes royalistes de mes services. Le souci qu'il a de ses hommes est tout à son honneur, bien que je craigne que vous ne l'ayez conduit à faire trop grand cas de mes compétences s'il me croit capable de soigner à moi seule vos nombreux blessés. Le colonel Blake me dit qu'ils se chiffrent par centaines, mais peut-être disposez-vous de données plus exactes ? »

Un dragon fit un pas en avant pour empêcher Peter de répondre.

« Le colonel Blake exagère, dit-il dans un anglais fortement teinté d'accent germanique. Seule une poignée d'hommes exige des soins attentifs. »

Jayne lui sourit.

« Je suis heureuse de l'apprendre, Monsieur, car il serait tragique que des centaines des vôtres soient soignés par des barbiers incompétents dans la sordidité d'un camp de l'armée. Dans pareilles conditions, ils sont plus nombreux à mourir d'empoisonnement du sang et de fièvre du camp que de blessures. » Elle tendit le bras derrière elle. « L'hôpital de Lyme peut facilement en admettre une poignée, et je suis certaine que le colonel Blake sera assez généreux pour leur permettre de franchir les portes avec un drapeau blanc. »

Le dragon secoua la tête.

« Tels ne sont pas les souhaits de Son Altesse, Madame. Le prince demande que vous rejoigniez notre camp. »

Une étincelle d'humour fit briller les yeux de Jayne.

« Dans ce cas, qu'il présente sa requête lui-même, Monsieur. Je suis directrice d'un hôpital qui domine le port. Si Son Altesse a le courage d'entrer seule et à pied dans Lyme pour me trouver, j'égalerai sa bravoure en marchant, sans chaperon ni protecteur, parmi ses hommes.

— Il ne peut faire cela, Madame.

— Figurez-vous que la fille de Sir Henry de Swyre ne peut pas davantage s'exhiber devant une armée, Monsieur. Si vous avez l'oreille du prince, persuadez-le d'envoyer ses hommes les plus grièvement blessés à la porte et qu'il soit assuré que je ferai de mon mieux pour les sauver. Peter Tucker a parlé sincèrement quand il a dit que je ne tiens aucun compte des allégeances lorsque des gens ont besoin d'aide. »

Le capitaine Blake fut plus étonné que Jayne quand le dragon revint un quart d'heure plus tard pour annoncer que son invitation avait été déclinée. Si les rôles avaient été inversés, lui dit-il, il aurait envoyé au camp royaliste autant de blessés qu'il pensait pouvoir se le permettre. Il n'existait pas meilleure méthode pour évaluer la force d'un ennemi que d'introduire des espions dans son camp et, comme elle avait fait savoir que l'hôpital était situé sur le port, le prince aurait pu observer de près le déchargement des navires.

Jayne suivit des yeux le dragon qui se retirait vers le sommet de la colline.

« Peut-être le prince Maurice craint-il de les perdre définitivement, Monsieur. Peter et ses compagnons ne m'ont pas caché qu'ils préféreraient être en Cornouailles qu'ici. Ils se battent par obligation et non par désir. » Elle joignit les mains dans un geste d'excuse. « Il n'en est pas moins vrai que mon offre était précipitée et fort irréfléchie... bien qu'en vérité, je ne trouve pas ce que j'aurais pu dire de mieux.

— Vous auriez pu refuser.

— J'aurais fait passer Peter pour un menteur.

— Vous-même également ? »

Elle en convint d'un hochement de tête.

« Je me suis fait un principe de rester neutre. Je serais fort marrie d'y renoncer à la première difficulté. »

Blake se tourna pour observer toutes les tentes massées sur Uplyme Hill.

« Peut-être le prince espérait-il que vous lui livreriez des informations. Il doit s'interroger sur notre situation au terme de plusieurs semaines de bombardement. N'êtes-vous pas de cet avis, Dame Swift ? »

Elle rit, sincèrement amusée.

« Je n'en ai aucune idée, colonel. Vous me posez des questions auxquelles Dieu seul est capable de répondre. Puis-je regagner l'hôpital maintenant ? Je pense que mes talents y seront mieux employés qu'à essayer de déchiffrer les pensées de votre ennemi. »

En se dirigeant vers le front de mer, Jayne remarqua qu'un nouveau navire était ancré devant le Cobb, un mur de rochers érigé de la main de l'homme qui s'incurvait en direction de la mer et protégeait le port des caprices du vent et de la marée. Comme tout le monde, elle surveillait avec attention les arrivées, car les bateaux étaient leur unique source d'approvisionnement.

Une fois sur deux, on déchargeait un plus grand nombre de barils de poudre que de viande salée, de céréales et de haricots, mais les femmes de Lyme s'évertuaient à faire durer les tonnelets d'aliments le plus longtemps possible. Elles cuisinaient dans de grands chaudrons qu'on avait portés dans un entrepôt proche des quais, et les habitants se rassemblaient pour manger dans la vaste salle jadis bourrée de tissus. Le rationnement était pris fort au sérieux et ceux qui s'appropriaient la part d'autrui étaient condamnés publiquement comme des voleurs ; il est vrai que les seuls à s'y hasarder étaient des enfants. Les puritains adultes considéraient leur régime frugal comme une mise à l'épreuve de leur dévouement à leur cause, et remerciaient Dieu de tout leur cœur pour leur portion de pain et leur bol de bouillie insipide quotidiens.

Taillée dans une étoffe plus fragile, Jayne rêvait de regagner Swyre et humer la suave odeur du bœuf, du mouton ou du porc rôtis qui embaumait la cuisine. Son foyer lui inspirait une violente nostalgie car, malgré la reconnaissance empressée que lui témoignaient les habitants de Lyme, sa famille lui manquait terriblement.

John Metcalfe vint la trouver à l'hôpital à la tombée de la nuit. Susan et elle étaient en train de retirer les bandages d'un patient dont Alexander avait dû amputer la jambe au-dessus du genou la semaine précédente, et elle demanda à John d'attendre qu'elle ait fini d'examiner le moignon. Elle avait été obligée de cautériser les chairs pour arrêter l'hémorragie mais, grâce à des applications régulières d'huile de calendula, les cloques s'étaient réduites et les croûtes paraissaient saines. Elle s'inquiétait en revanche pour le moral de son patient. Il parlait très peu et quand il lui arrivait de prendre la parole, c'était pour dire qu'il aurait préféré mourir. Elle laissa Susan refaire ses pansements et quitta son chevet pour accompagner John dans la pièce de devant.

Supposant qu'il était venu lui demander de l'aide pour sa femme, Jayne prit sa sacoche sous la table et entreprit d'en trier le contenu.

« Ann travaille trop, lui dit-elle. Je l'ai prévenue hier qu'elle risquait la rechute si elle s'épuisait à l'excès, mais elle ne m'a pas écoutée et a continué à porter des bûches pour les feux de l'entrepôt.

— Elle ne m'écoute pas non plus, Madame, répondit-il en souriant, mais ce n'est pas pour elle que je suis venu vous trouver. Je vous amène un visiteur arrivé par bateau ce midi. Il attend dehors la permission d'entrer. »

Jayne fronça les sourcils.

« Qui est-ce ?

— Samuel Morecott, Madame, inspecteur parlementaire des ports de l'Ouest. Il prétend être le mari de votre cousine. »

13.

Samuel était si élégant que Jayne eut honte de sa robe sale et mouillée, de ses cheveux dépeignés et de son tablier lavé à l'eau de mer. Il s'inclina avec grâce et la gratifia d'un sourire, bien qu'elle ne doutât pas que ces amabilités aient été destinées à Metcalfe. Il sembla juger opportun de faire un discours mentionnant nommément les nombreux dignitaires qui l'avaient aidé à gravir les échelons de la hiérarchie parlementaire et Jayne devina qu'il cherchait à impressionner Metcalfe, car elle connaissait peu des noms qu'il citait.

Elle en profita pour examiner son visage, se demandant comment un homme aussi abject avait pu devenir encore plus séduisant depuis la dernière fois qu'elle l'avait vu. Le soleil avait hâlé sa peau et il semblait en meilleure santé que jamais. Heureusement que Ruth n'était pas là. Depuis presque deux ans qu'ils s'étaient séparés, sa cousine en était venue à considérer sa fuite comme une bénédiction, mais la beauté de Samuel aurait risqué de raviver sa flamme. Un sourire de lui aurait achevé de la désarmer, et elle lui aurait pardonné sur-le-champ ses nombreuses cruautés.

Pour conclure sa pompeuse déclaration, Samuel annonça à Jayne qu'il venait de passer deux heures en compagnie du colonel Blake qui lui avait fait son rapport sur le maintien de la capacité de défense de Lyme.

« Il a évoqué votre présence ici, ma cousine, et la nouvelle m'a surpris. L'allégeance de votre famille au roi étant connue, je m'interroge sur la profondeur de votre engagement au service de la garnison. »

Jayne attendit une ou deux secondes avant de répondre.

« Il est aussi profond que le jour où j'ai sauvé votre fils, Samuel. Vous ne le reconnaîtriez pas si vous le voyiez aujourd'hui. Il a grandi de huit bons centimètres depuis qu'il a quitté votre toit, et il est aussi heureux et solide que doit l'être un petit garçon de quatre ans.

— Le colonel m'a appris que vous aviez soigné quelques prisonniers royalistes, poursuivit-il, ignorant la pique. En conséquence de quoi, le prince Maurice s'est cru en droit de vous demander de vous occuper des blessés de son camp. Auriez-vous l'amabilité de vous expliquer à ce sujet ? »

Elle lui jeta un regard amusé.

« Quel sujet ? Les plaies pansées dans la prison ou l'invitation du prince Maurice ?

— Les deux.

— Les royalistes saignent aussi abondamment que les parlementaires et le prince Maurice est un insolent. Quelle autre explication pourrait-il y avoir ?

— Que vous profitez de la confiance du colonel Blake pour transmettre des informations à l'ennemi. »

Elle le dévisagea, bouche bée.

« Comment ? protesta-t-elle. Je n'ai eu aucune communication avec qui que ce soit à l'extérieur de Lyme depuis mon arrivée.

— Vous êtes allée voir les prisonniers royalistes, vous avez passé la moitié de la nuit en leur compagnie puis vous avez demandé au colonel de les renvoyer au prince dès le lendemain. Il a été assez sot pour vous donner satisfaction sans avoir percé les secrets que vous leur aviez confiés. »

Jayne se tourna vers Metcalfe avec inquiétude.

« Il n'y a eu aucun secret, John. Le geôlier ainsi qu'Alexander et Susan Hulme ont été témoins de toutes mes conversations avec les prisonniers. Si le colonel partage les soupçons de maître Morecott, qu'il les interroge, et ils diront que je n'ai parlé que de mon aversion pour la guerre et de mon désir que nous puissions vivre en paix les uns avec les autres.

— Ne vous tracassez pas, Madame, la rassura Metcalfe. C'est exactement ce qu'a fait le colonel avant de renvoyer les prisonniers dans leur camp, et il en a informé ce monsieur il y a moins d'une demi-heure. » Son regard se porta sur Samuel. « Maître Morecott ne l'en a pas moins averti que l'allégeance de votre père au roi le préoccupe suffisamment pour qu'il fasse état de ses doutes à votre sujet dans son rapport. »

Jayne fut tellement soulagée de ne pas avoir perdu la confiance du colonel que peu lui importait ce que son cousin pouvait écrire.

« Quelle importance ? Le pire qui puisse advenir serait que le colonel Blake reçoive instruction de se passer de mes services.

— Il préférerait l'éviter, Madame. Les hommes de la garnison vous estiment trop pour cela. Ils préfèrent être soignés par vous plutôt que par les autres médecins. »

Jayne vit une ombre de contrariété traverser le visage de Samuel.

« Dans ce cas, peut-être le colonel serait-il bien avisé de rédiger un rapport, lui aussi, suggéra-t-elle. Je suis prête à expliquer les raisons de l'animosité de maître Morecott à mon endroit. Lors de notre dernière entrevue, il m'a menacée du fouet parce que j'avais administré de nouveaux remèdes à son fils pour empêcher ce pauvre enfant de mourir. »

Elle eut la satisfaction de constater que son intelligence ne s'était pas accrue en proportion de sa beauté. Au lieu d'écarter la remarque d'un rire et de feindre de n'y voir qu'une boutade, il rejeta tous les torts sur elle.

« Vous vous êtes mal conduite, ma cousine. J'étais dans mon droit en prétendant vous corriger. » Il pointa un doigt vers le visage de Metcalfe. « Mon fils a été guéri par les prières et par les infusions de son précédent médecin, et non par ce qu'a pu faire cette femme.

— Je ne suis pas en position d'en juger, Monsieur, lança Metcalfe en reculant d'un pas. Je ne puis parler que de mon expérience personnelle des compétences de Dame Swift, qui a soulagé mon épouse et tous les patients de cet hôpital. » Il s'interrompit, se demandant visiblement combien il pouvait en dire. « Votre navire prend la mer dans une heure, Monsieur, et je suis surpris que vous perdiez votre temps avec nos affaires médicales. Les précédents inspecteurs du port vérifiaient nos défenses et faisaient le bilan de nos provisions, or vous n'avez encore fait ni l'un ni l'autre.

— Je pense avoir de mon rôle meilleure connaissance que vous, capitaine Metcalfe.

— Je l'espère, Monsieur, car le souci le plus pressant de Lyme est l'artillerie que le prince Maurice a pointée sur le port. Le colonel Blake a attiré votre attention sur ce sujet à maintes reprises, mais il me semble que le motif des agissements du prince vous échappe. »

Les lèvres de Samuel se pincèrent d'irritation.

« Prétendez-vous me faire la morale ?

— Je ne prétends que vous suggérer que le Parlement préférerait sans doute être informé de la perte imminente d'un de ses ports plutôt que de votre inimitié pour Dame Swift, Monsieur. L'intention manifeste du prince est de tirer sur les navires qui entrent dans le bassin afin d'empêcher le ravitaillement de la ville. S'il parvient à ses fins, la cité tombera. Nous ne pouvons pas tenir la Town Line sans munitions ni nourriture, car des hommes affamés font de piètres soldats.

— J'ai supposé que le colonel Blake avait évoqué ces questions dans ses rapports.

— Nous sommes en guerre, maître Morecott. Le colonel a rarement le temps de dicter plus de quelques lignes avant d'être appelé sur l'un des forts pour repousser une attaque. Il compte sur les inspecteurs du port pour procéder à des estimations détaillées des dangers que nous affrontons. »

Jayne bénit John de chercher à détourner d'elle l'attention de Samuel, mais elle aurait préféré que cela ne l'oblige pas à mentir. Le colonel avait envoyé une lettre avec chaque navire qui partait, généralement apportée à bord par John lui-même, qui lui avait demandé plusieurs fois si elle souhaitait ajouter une missive personnelle. Elle avait toujours refusé, car seul le colonel Blake était autorisé à sceller ses propres écrits. Tout un chacun devait accepter que ses lignes soient lues par autrui pour éviter une éventuelle transmission de secrets, et Jayne n'avait même pas été en mesure de commencer une lettre à son père sans que de sottes larmes inondent la page. Elle espérait qu'il suffisait que Blake ait demandé qu'un message fût adressé à Sir Henry pour l'informer que sa fille était saine et sauve, mais elle doutait que ses parents aient tiré grand réconfort de pareille nouvelle communiquée par le Parlement.

En écoutant John se répandre en balivernes sur les insuffisances imaginaires des provisions de Lyme, elle avait envie de hurler. John et le colonel Blake n'avaient pas plus de points communs avec Samuel que son père avec Sir Walter Hoare ou avec le prince Maurice, et pourtant, une conviction obstinée les conduisait à se ranger du côté d'individus qu'ils auraient évités en temps normal.

Avec un soupir, elle intervint dans leur conversation.

« Vous êtes un excellent ami, John, et je vous remercie très sincèrement de votre bienveillance, mais je serais navrée que maître Morecott fasse figurer votre nom au côté du mien dans son rapport. Il y a deux ans, il a tranché la tête d'un prêtre mourant pour en faire un ballon et il détruira votre réputation avec aussi peu de scrupules s'il estime pouvoir en tirer avantage. » Elle se tourna vers son cousin. « Écrivez sur moi ce que vous voulez, Samuel, car je ne saurais être plus indifférente à l'opinion de Londoniens intéressés. Mais si vous décidez de vous répandre en mensonges au sujet du colonel Blake ou du capitaine Metcalfe, je prierai Lady Stickland et tous les parlementaires que je soigne de dire ce qu'ils savent de vous. Soyez assuré que votre cruauté à l'égard de ce prêtre, l'abandon de votre épouse et de votre enfant et la lâcheté de votre départ de Dorchester en une heure de détresse n'ont pas été oubliés. »

Samuel serra les poings.

« Taisez-vous, femme ! lança-t-il. Quelle que soit votre position ici, elle n'est rien au regard de celle de l'inspecteur des ports de l'Ouest.

— En effet. Le vol de la rente de votre épouse et votre servilité éhontée envers Denzil Holles ne vous auront pas été inutiles, Samuel. »

Metcalfe s'interposa avant que l'autre ne la frappe.

« Contrôlez-vous, Monsieur, dit-il sèchement. J'ignore comment vous vous conduisez ailleurs, mais sachez qu'à Lyme, vous

vous comporterez en gentilhomme. » Il posa la main sous le coude de Jayne et la fit pivoter en direction de la pièce attenante. « Vous feriez mieux de rejoindre Susan et votre patient, Dame Swift. Je suis certain qu'ils ont plus grand besoin de vous que maître Morecott. »

Elle lui adressa un petit signe de tête reconnaissant et s'éloigna, entendant avec amusement le juron blasphématoire de Samuel lorsque Metcalfe le reconduisit dans la rue sans ménagement. Elle n'en était pas moins consciente d'une occasion manquée. Si son visiteur avait été un autre, elle l'aurait prié de transmettre à son père un message de sa part.

Le prince Maurice ordonna le bombardement du port trois jours plus tard. Comme l'hôpital dominait le Cobb, il était à portée de ses canons mais, par chance ou par intervention divine, le bâtiment ne fut pas touché. De nombreuses maisons de part et d'autre n'eurent pas cette chance et Jayne, Alexander et les infirmières furent fort occupés à accueillir le flot de blessés qui se présentaient à leur porte. On dénombrait plus de tibias brisés qu'auparavant, les patients parlant de boulets tombant sur les pavés et rebondissant selon des trajectoires imprévisibles. Les plus âgés, étant aussi les moins agiles, étaient incapables de les éviter d'un bond et il fallut trouver à les loger au centre de la ville, une fois leurs os remis en place et éclissés. Jayne n'oublierait jamais la générosité des femmes de Lyme durant cette période. Les files de celles qui venaient proposer une chambre, le couvert et des soins à des gens qu'elles connaissaient à peine étaient aussi longues que les queues de patients en attente de traitement. Le mode de transport favori des vieillards incapables de marcher était la brouette. Elle finit par comprendre que quand tous partageaient épreuves et adversité, la bonté triomphait invariablement de l'égoïsme.

Elle en eut la preuve en la personne des docteurs Fisher et Whiteway, qui avaient décidé de transformer leurs maisons en hôpitaux ; ils acceptèrent de se faire aider d'infirmières formées par Jayne sans réclamer aucun paiement pour leurs services.

Cela permit à Alexander et elle d'envoyer des patients dans des quartiers plus sûrs et, quand le bombardement du Cobb devenait intolérable, de rejoindre les deux autres médecins pour travailler avec eux dans leurs demeures. Elle ne savait pas s'ils la tenaient pour leur égale, car ils ne s'en remettaient jamais à elle, mais elle appréciait qu'ils aient adopté l'un comme l'autre ses habitudes de propreté lors de leurs interventions chirurgicales, ainsi que l'utilisation de la saumure pour traiter les blessures.

Le 22 mai, un ravitailleur transportant une cargaison de malt et de haricots qu'apportait un navire ancré devant le Cobb fut coulé, et les tentatives pour sauver son contenu multiplièrent le nombre de patients. La plupart d'entre eux étaient victimes des tirs des mousquetaires royalistes alignés sur la colline à l'ouest de la ville, et si l'on ne déplora la perte d'aucun homme, tous contestèrent l'intérêt d'essayer de sauver des aliments destinés à sombrer quoi qu'on fît.

Le prince Maurice tira visiblement une autre leçon de cet incident. Constatant qu'il était bien plus facile d'attaquer les petits bateaux à l'intérieur du Cobb que les navires à l'ancre hors de portée de son artillerie, il ordonna à ses mousquetaires de projeter une grêle de boules de feu et de flèches embrasées sur les barges d'approvisionnement mouillées à quai. Conscient du danger, le colonel Blake chargea une centaine de soldats de la garnison de repousser l'ennemi, mais si les défenseurs parvinrent dans un premier temps à disperser ses rangs, la cavalerie du prince Maurice les obligea ensuite à se replier de l'autre côté de la Town Line. Les tirs de mousquet reprirent et à la nuit, toutes les barges étaient en feu. Les flammes étaient si vives qu'elles éclairaient la cité entière.

Le soleil levant révéla l'étendue des dégâts dus aux incendies. Seule une poignée des barges d'approvisionnement demeuraient intactes, et peu pensaient qu'elles le seraient encore en fin de journée, car le prince n'avait aucune raison de renoncer à son attaque. Pour la première fois, Jayne sentit le désespoir sourdre dans les rues et, comme tout le monde, elle se prit à prier pour un miracle.

Celui-ci se produisit en fin d'après-midi, quand les guetteurs postés à l'extrémité est du port se mirent à crier qu'une flotte approchait. L'appel fut relayé à travers la ville et les habitants se rassemblèrent sur la rive pour s'en assurer par eux-mêmes. Huit navires, dont un bâtiment de guerre de quatre-vingt-dix canons arborant les couleurs de l'amiral de la flotte, le comte de Warwick, s'amarraient à quelque quatre cents mètres de la digue de rochers du Cobb et tous les spectateurs accueillirent leur arrivée comme une bénédiction divine, jusqu'à ce que l'artillerie royaliste déclenche le bombardement le plus violent qu'on eût vu jusqu'alors.

Le comte de Warwick réagit en faisant tirer ses propres canons, et le nuage de fumée qui recouvrit la ville, associé au bruit assourdissant des explosions de poudre, plongea la plupart des habitants dans la confusion et l'ignorance de ce qui se passait. La tombée de la nuit apporta un répit bienvenu, mais le déluge de feu reprit dès l'aube. Le prince Maurice pointa alors ses canons sur les maisons aussi bien que sur la flotte, décidé, semblait-il, à détruire les deux à la fois.

Les victimes étaient si nombreuses que Jayne et Alexander refusèrent tous ceux dont les plaies ne nécessitaient pas de suture ou dont il ne fallait pas réduire les fractures ; malgré tout, le sol fut bientôt jonché de patients incapables de se tenir assis ou debout. En milieu de matinée, plus d'une trentaine étaient morts, la plupart à la suite d'effroyables hémorragies. Des équipes de femmes emportèrent leurs corps pour qu'ils soient inhumés dans les cimetières de leurs églises, où des prédicateurs puritains évoquèrent en termes émouvants la sainteté de leur existence et leur place prédestinée au paradis. Chaque fois qu'une dépouille était enlevée, Jayne avait l'impression de perdre une partie d'elle-même, car elle avait appris au fil des dernières semaines à connaître nombre de ces visages et de ces noms.

Elle administra le reste de sa provision de laudanum à Maggie, la femme qui avait refusé d'apporter un seau d'eau aux prisonniers royalistes et dont le ventre avait été transpercé par un gros éclat de bois, long d'un pied. Elle souffrait tant que les yeux lui sortaient de la tête, et elle suppliait inlassablement Jayne de lui pardonner, se croyant apparemment punie pour lui avoir refusé son aide. Jayne l'assura de son pardon à maintes reprises, jusqu'à ce que le remède atténue ses souffrances et lui permette de mourir en paix. Mais le trépas de la pauvre femme ne la laissa pas indemne.

Était-ce la tristesse due à la mort de Maggie ou la prise de conscience qu'elle n'avait plus aucun remède pour soulager la souffrance des autres ? Toujours est-il qu'elle se sentit soudain privée de toute force, de toute envie de s'acharner. Elle avait colporté un mensonge en persuadant les habitants de Lyme que l'hôpital était un lieu de guérison, tant ses compétences étaient dérisoires face aux dégâts que l'artillerie infligeait au corps humain. Des larmes de désespoir lui montèrent aux yeux et ruisselèrent sur son visage et, si Susan n'avait pas remarqué sa détresse et ne lui avait pas tendu la main pour l'aider à se relever, elle serait restée agenouillée à côté du corps de Maggie, n'ayant plus la force de bouger. Pourtant, au moment même où Jayne se redressait, Susan faisait signe qu'on enlève le cadavre, apparemment indifférente à la tragédie qu'il personnifiait.

Alexander leva les yeux de la table où il installait le bras d'un enfant dans une attelle.

« Il faut qu'elle mange et qu'elle se repose, elle en a grand besoin, fit-il observer à sa femme en lui désignant le visage livide de Jayne.

— Nous en avons tous besoin, rétorqua Susan sans ménagement, attrapant leur amie par les épaules et la secouant énergiquement. Reprenez-vous, Madame, reconnaissez que tous les blessés de cette salle ont le droit de s'apitoyer sur eux-mêmes. Beaucoup ont encore besoin de votre aide et nous ne pouvons pas nous passer de vous. »

Jayne contempla le plancher un moment, puis elle s'essuya les yeux avec l'ourlet de son tablier.

« C'est de vous que nous ne pouvons pas nous passer, dit-elle d'une voix rauque. Votre force me fait honte, Susan. Qui voulez-vous que je voie maintenant ?

— Le colonel Blake, Madame. John Metcalfe nous a fait savoir qu'il est blessé et refuse de quitter le fort de Gaith de crainte que nos troupes ne perdent courage s'ils le voient partir. John demande que vous veniez le soigner aussitôt que possible. » Elle tira la sacoche de Jayne de sous la table et la lui posa dans les bras. « Le moment me paraît bien choisi : la marche et l'air frais vous revigoreront. » Elle souleva le rabat de la besace et ajouta à son contenu des pansements neufs et une bouteille de saumure. « Veillez à éviter le bord des rues, conseilla-t-elle à Jayne en l'accompagnant jusqu'à la porte. Les murs qui s'effondrent et les chaumes enflammés représentent un plus grand risque que les boulets de canon. »

Jayne put le constater en se dirigeant vers le fort. Le sol était jonché de débris et de paille fumante, tandis que les façades et les toits présentaient des trous béants. Elle avait peine à croire qu'autant de dégâts aient pu être commis en deux jours et se demanda ce qu'apporteraient les deux suivants, car le prince Maurice semblait résolu à réduire Lyme en gravats et en cendres. Toutefois, les habitants supportaient sans broncher la menace d'anéantissement et semblaient plus décidés que jamais à se serrer les coudes face à l'adversité. Des tables avaient été disposées au milieu de toutes les rues, permettant aux personnes âgées ou blessées ainsi qu'aux enfants de s'asseoir ou de s'allonger sous leurs épais plateaux de chêne pendant que les femmes combattaient les feux inévitables provoqués par les chaumes tombés des toits, étouffant les flammes sous des couvertures et écrasant les braises sous leurs souliers. D'autres encore faisaient passer des seaux de main en main jusqu'à leurs compagnes qui étaient à l'avant et entraient dans les bâtiments touchés pour éteindre des débuts de brasier. Elles empêchaient ainsi le feu de se répandre de maison en maison, retardant la destruction de leur ville souhaitée par le prince Maurice.

Combien le désespoir soudain qui avait accablé Jayne à l'hôpital lui paraissait désormais insignifiant ! Ce n'était plus seulement la force de Susan qui lui faisait honte, mais celle de toutes les habitantes. Pendant que leurs hommes se tenaient sur les remparts, prêts à repousser une nouvelle attaque, les mères, les épouses, les sœurs et les filles se battaient à l'arrière pour préserver les seuls foyers qu'elles avaient. Jayne devina que c'était cette image que Susan voulait lui montrer. Si quelque chose pouvait ranimer son courage, c'était sans nul doute la vision de femmes prouvant qu'elles étaient les égales des hommes.

L'intérieur du fort de Gaitch était souillé par la poussière que projetait chaque tir de boulet à l'étage supérieur. Pour le moment, les canons étaient silencieux – faute de poudre, expliqua à Jayne un jeune soldat qui l'accompagna à l'intérieur. Les navires amarrés de l'autre côté du Cobb en transportaient de nouvelles cargaisons, mais le port étant soumis aux attaques constantes de l'artillerie ennemie et la plupart des barges étant détruites, il n'y avait aucun moyen de transporter les barils à terre. Le soldat semblait résigné à donner raison au colonel Blake : le prince Maurice ordonnerait d'attaquer frontalement les remparts dès qu'il prendrait conscience que les défenseurs manquaient de munitions pour leurs canons et leurs mousquets. Le prince avait lancé plusieurs escarmouches dans la journée pour mesurer la force de la garnison, mais pour le moment, il n'avait pas lancé d'attaque unifiée contre la Town Line.

« C'est pour cela que le colonel ne peut pas quitter le fort, reprit le soldat en prenant la sacoche de Jayne et en lui faisant signe de gravir les marches de bois. Pour qu'ils se battent bien, il faut qu'ils le voient. »

Jayne douta du bien-fondé de cette opinion en découvrant le colonel assis par terre, adossé contre un mur. Résister avec ses hommes était une ambition louable, mais peu réaliste si sa blessure ne le lui permettait pas. John Metcalfe, accroupi à côté de Blake, cherchait à lui remettre sa botte. « Espèce d'empoté » était la plus aimable des imprécations qui s'abattaient sur la tête du capitaine. Celui-ci accueillit Jayne avec soulagement.

« Je craignais que vous ne veniez pas, Dame Swift. Le pied du colonel est trop enflé pour qu'il puisse enfiler sa botte. »

Blake lui jeta un regard noir.

« Vous n'auriez jamais dû me la retirer, lança-t-il. Je vous avais dit de ne pas y toucher.

— Que s'est-il passé ? demanda Jayne, reprenant sa sacoche des mains du soldat et s'agenouillant à côté de Metcalfe.

— Cinquante royalistes ont cherché à escalader les remparts il y a deux heures, et le colonel a conduit des hommes dans la tranchée pour les en empêcher. » Metcalfe désigna du doigt un trou irrégulier dans le cuir de la botte. « Un dragon lui a tiré dessus d'en haut, et sa bravoure lui a valu une balle dans le pied. J'espérais qu'elle l'aurait traversé et se serait logée dans la semelle, mais ce n'est pas le cas. »

Jayne se pencha pour examiner la plaie d'entrée brûlée et noircie.

« Si seul votre pied a été touché, colonel, vous avez eu de la chance. Combien avez-vous perdu d'hommes ?

— Aucun. Trois ont attaqué le dragon avant qu'il ait eu le temps de recharger et les autres ont repoussé l'attaque des royalistes, mais ces derniers ne tarderont certainement pas à lancer une nouvelle offensive. »

Jayne se tourna vers le jeune soldat et lui demanda de retirer sa veste afin qu'elle puisse en faire un coussin pour soutenir le pied du colonel.

« Êtes-vous certain de vouloir que je vous soigne sur ce sol sordide ? demanda-t-elle à Blake. L'hôpital a le mérite d'être propre et de disposer de plusieurs infirmières dévouées pour adoucir votre inconfort quand j'extrairai la balle de mousquet.

— Mon inconfort est déjà grand, fit remarquer Blake avec un rire rauque.

— C'est ce que vous croyez, dit-elle en pliant la veste et en la disposant sous le talon de l'officier. Si vous avez de la chance, la balle est nichée entre deux des vingt-six os de votre pied. Si vous n'en avez pas, elle est logée à l'intérieur d'un de ces os et son extraction exigera un grand nombre d'incisions et de tractions.

— Dans ce cas, administrez-moi un peu de votre laudanum, Dame Swift. Mes hommes doivent me voir debout sur le rempart et non recroquevillé par terre.

— Je ne peux pas, Monsieur, répliqua Jayne en secouant la tête, car je l'ai fini il y a une heure.

— Je suis sûr que vous en avez fait bon usage.

— Oui. Il y a à l'hôpital bien des gens atteints de blessures infiniment plus graves que la vôtre. »

Blake sourit.

« Vous êtes une femme cruelle, Dame Swift, mais je ne doute pas que vous disiez la vérité. Faites de votre mieux et je tâcherai de supporter vos fourgonnements avec courage. »

Ayant beaucoup appris au cours des dernières semaines sur l'extraction de corps étrangers de la chair humaine enflée, Jayne savait ainsi qu'un « fourgonnement » aveugle – même avec la paire de pinces la plus fine – était infiniment plus douloureux qu'une incision rapide et précise qui lui aurait permis de voir ce qu'elle recherchait. Mais il fallait tout d'abord qu'elle sente la balle, car ces objets se déplaçaient souvent loin de la plaie d'entrée après avoir heurté un os. Non sans avoir averti Blake qu'elle risquait de lui faire mal, elle changea de position pour pouvoir saisir son pied entre ses mains et exercer une forte pression autour de la blessure avec les pouces.

Elle laissa échapper un murmure de satisfaction quand elle repéra le projectile au-dessus de l'interstice séparant les phalanges proximales du premier et deuxième orteil.

« Votre botte a dû amortir une grande partie du choc, observa-t-elle en relâchant la pression. La pénétration n'est pas aussi profonde et le trajet de la balle pas aussi erratique que je le redoutais. » Elle sortit de sa sacoche son scalpel le plus aiguisé et une paire de pinces en argent. « John, ayez l'obligeance de tenir le talon du colonel entre vos paumes et d'empêcher son pied de bouger. Et vous, colonel, inspirez profondément, s'il vous plaît, comptez les secondes dans votre tête pendant que vous retenez votre souffle.

— Pourquoi ?

— Parce que je pense pouvoir mener cette intervention à bien avant que vous ayez atteint soixante, répondit-elle en souriant. Vous me direz ensuite si j'avais raison. »

Ce stratagème échouait rarement, surtout auprès des patients de sexe masculin. Retenir leur respiration leur évitait de bouger, et la plupart étaient si désireux de lui donner tort qu'ils se concentraient sur les secondes qui s'égrenaient au lieu de se crisper dans l'attente de la souffrance. Le colonel Blake ne fit pas exception. Même s'il sentit l'incision preste et nette que Jayne pratiqua pour élargir la plaie ou la pression des pinces qu'elle refermait autour de la balle de mousquet d'un bon centimètre de diamètre avant de l'extraire, il s'était si bien préparé à une minute de douleur que la brièveté de l'intervention fut un soulagement.

Elle lava ensuite la plaie consciencieusement à la saumure et serra autour du membre un bandage pour contenir les saignements aussi bien que l'œdème. Elle demanda à son patient de remuer les orteils et bien que l'amplitude de ses mouvements fût réduite par la contusion et le déchirement musculaires, elle put constater que les os étaient intacts.

« Il faudra que je fasse des pansements plus épais et plus solides si vous voulez vous tenir debout rapidement, Monsieur. Votre voûte plantaire et votre cheville ont besoin de soutien, et vous ne pourrez pas marcher si nous ne vous trouvons pas une botte solide d'au moins trois tailles de plus que la vôtre. »

Blake lâcha un nouveau rire sans joie.

« Vous demandez l'impossible, Dame Swift. Si nous avions des chaussures en excédent, je les aurais données aux deux cents hommes de la garnison qui vont pieds nus depuis des semaines. Tous les souliers tombent en lambeaux quand vous vous tenez nuit après nuit et jour après jour sur les marches d'un talus de terre humide. » Il désigna sa sacoche d'un mouvement de tête. « Faites de votre mieux avec les bandages que vous avez. Si mes hommes peuvent combattre pieds nus, je le peux, moi aussi.

— Pas encore, cependant, objecta Jayne en se remettant debout. Je veux être sûre que la plaie se referme correctement avant d'ajouter des bandages. Restez assis jusqu'à mon retour.

— Où allez-vous ?

— Mendier une botte à un patient dont il a fallu amputer la jambe. Il la garde près de son matelas à l'hôpital pour qu'elle lui rappelle qu'il en a eu besoin un jour.

— Envoyez ce jeune soldat la chercher. »

Jayne secoua la tête.

« Le blessé dont je parle ne la remettra jamais à un inconnu. Je ne peux même pas vous promettre qu'il me la confiera. »

Elle s'introduisit dans l'hôpital par la cuisine pour éviter la cohue de l'entrée principale et porta l'index à ses lèvres pour empêcher les femmes qui faisaient bouillir des bandages d'attirer l'attention sur elle.

« Je préfère que personne ne me sache ici, chuchota-t-elle. Je dois être de retour au fort de Gaitch dans cinq minutes.

— De quoi avez-vous besoin, Madame ? » demanda une matrone.

Jayne indiqua la porte de la salle de derrière.

« D'une chose que Jack Young est le seul à pouvoir me donner, Faith, bien que je craigne que cette requête ne le contrarie. »

La matrone pouffa.

« Dans ce cas, attendez-vous à une surprise, Madame, dit-elle, car je ne l'ai jamais vu aussi gai. Un monsieur est venu vous chercher il y a environ une demi-heure et il a préféré attendre avec les patients alités plutôt qu'encombrer la pièce de devant. Il est reparti il y a cinq minutes, non sans avoir gagné le cœur de Jack.

— Qui était-ce ? »

La femme haussa les épaules.

« Il faudra poser la question à Jack car nous n'avions jamais entendu son nom et ne l'avons pas reconnu non plus, mais il a prétendu que vous êtes son amie, Dame Swift. »

Lady Margaret disait toujours à sa fille que si les désirs étaient des chevaux, tous les mendiants auraient des montures, mais le cœur de Jayne n'en palpitait pas moins au moment où elle entra dans la salle du fond. Il y avait, après tout, très peu de parlementaires susceptibles de se réclamer de son amitié.

« Faith me dit que vous avez eu de la visite », fit-elle en s'accroupissant près du matelas de Jack.

Pour la première fois, elle le vit sourire.

« En effet, Madame, et celle de quelqu'un de bien. Il nous a remonté le moral à tous. »

Son voisin acquiesça.

« Il nous a félicités pour notre courage et a dit que le pays tout entier est informé de la bataille de Lyme. Il semblerait que personne ne puisse croire qu'une aussi petite garnison ait retenu l'armée de l'Ouest aussi longtemps. »

Cette remarque donnant à Jayne l'occasion de plaider la cause de Robert Blake, elle fit passer les besoins du colonel avant sa propre curiosité.

« Plus pour bien longtemps néanmoins, si je ne peux pas aider le colonel à se tenir debout, glissa-t-elle. Il a été blessé au pied gauche et a besoin d'une botte plus grande que la sienne pour y glisser ses bandages. Je me demandais si vous accepteriez de me prêter la vôtre, Jack. »

Le soldat baissa les yeux vers le sol à côté de son matelas, où se trouvaient ses deux bottes. Avec leur tige plus courte et leur confection plus robuste qu'une botte de gentilhomme, elles présentaient le mérite supplémentaire d'avoir des lacets pour rassembler les languettes sur le dessus du pied et de la cheville. Il hésita un instant.

« Le capitaine est-il un homme de parole, Dame Swift ? Je lui ai dit que vous aviez essayé de mettre la main sur un tourneur pour me fabriquer une jambe, mais que tous les artisans expérimentés étaient sur les remparts. Il m'a répondu qu'il ne manquait pas de gens compétents à Londres et a promis de faire envoyer une jambe de bois par le premier navire à destination de Lyme. Dois-je le croire ?

— Je ne saurais vous répondre tant que vous ne m'aurez pas donné son nom, Jack.

— Harrier, Madame. Il est arrivé ce matin avec le navire du comte de Warwick.

— Oh, mon Dieu ! » Elle lui prit la main et la serra joyeusement. « J'espérais que c'était lui. Vous pouvez avoir toute confiance en sa parole. S'il dit qu'il vous enverra une nouvelle jambe, il le fera, soyez-en certain. »

Timidement, Jack répondit à la pression de ses doigts.

« Dans ce cas, vous pouvez donner ma botte au colonel Blake avec ma bénédiction, Madame, et l'assurer que toutes mes prières sont pour lui. Lyme aurait été prise depuis longtemps sans son commandement. »

14.

Agenouillée, Jayne laçait la botte de Jack Young sur le pied du colonel quand elle entendit un bruit de pas dans l'escalier de bois derrière elle.

« Warwick vous adresse ses respects, Robert, dit la voix familière de William. Il a bon espoir de boire un cognac avec vous quand cette bataille sera finie. »

Blake leva la tête avec un rire étonné.

« Est-ce vous, William ? Par Dieu, je suis heureux de vous voir, Monsieur. Je commençais à craindre que personne ne puisse plus débarquer. »

William s'avança pour serrer la main de Blake entre les siennes.

« Le prince ne nous facilite certes pas les choses. Je suis venu en esquif deux heures avant l'aube et j'ai retrouvé Jeremiah Fullerton afin d'inspecter ce qui reste des barges de ravitaillement. L'idée de demander aux femmes de tirer celles qui n'ont pas été coulées pour les mettre à l'abri du mur est du Cobb est-elle de lui ou de vous ?

— De lui. C'est un excellent capitaine de port et il a jugé bon de profiter de l'obscurité pour les placer hors de portée, mais il m'a dit que c'était son épouse qui avait rassemblé les femmes. Elles en auraient sauvé davantage si le bombardement n'avait pas repris à l'aube. Avez-vous vu que nous avons retiré quelques hommes des remparts pour réparer les cinq embarcations les moins endommagées ?

— Elles sont presque terminées, acquiesça William. Si tout va bien, nous serons en mesure de commencer à débarquer hommes et munitions dès cette nuit. » Tout en parlant, il tendit le bras pour aider Jayne à se relever. « Permettez-moi de saluer Dame Swift, Robert. Nous sommes de vieilles connaissances, elle et moi. » Il porta les doigts de Jayne à ses lèvres, ses yeux se plissant dans un sourire avenant. « J'espère que vous vous portez bien, Jayne. Lord Warwick a été informé de votre présence et m'a prié de vous remercier du travail que vous accomplissez pour Lyme. »

Il retint sa main plus longtemps que nécessaire, et Jayne sentit une rougeur importune colorer ses joues. Elle avait espéré que cette rencontre se ferait en un lieu plus intime, car elle ne savait comment s'adresser à lui en présence de Blake. Tant de supercheries émaillaient leur histoire – particulièrement celles qui concernaient le prince Maurice – qu'elle craignait de commettre un impair et d'éveiller ainsi la curiosité du colonel. L'emploi qu'avait fait William de son prénom donnait à penser qu'elle pouvait lui répondre de même, mais elle avait du mal à comprendre pour quelle raison il entretenait des relations familières avec l'amiral de la flotte aussi bien qu'avec le commandant de la garnison de Lyme.

Elle retira ses doigts et lissa longuement son tablier, taché du sang séché de Maggie.

« Merci, William, dit-elle enfin. Je me porte à merveille et suis extrêmement flattée de l'intérêt de Lord Warwick, bien que je m'étonne qu'il soit aussi bien instruit de mes mouvements.

— Il a reçu des rapports contradictoires à votre sujet – l'un de l'inspecteur des ports de l'Ouest, l'autre du colonel Blake. Il m'a demandé mon avis sur la question et je me suis fait un plaisir de confirmer le jugement de Robert.

— Morecott est un satané imbécile, lança Blake avec mépris. Il semble croire que les médecins compétents courent les rues dans une ville assiégée. » Il s'inclina devant Jayne. « Vous avez toute ma reconnaissance, Madame. Si j'avais fait venir Fisher ou Whiteway à votre place, ils seraient encore en train de délibérer pour arrêter si la balle de mousquet s'était logée dans mon pied à cause d'un excès de bile noire ou de bile jaune. Permettez à John de vous raccompagner à l'hôpital. Je serais fâché qu'on me reproche de vous retenir loin de votre travail. »

Le congé était clair et Jayne l'accepta sans objection, tout en regrettant la brièveté de sa conversation avait William. Elle avait espéré qu'il aurait des nouvelles de sa famille ou qu'il accepterait de transmettre des informations à ses parents, mais selon toute apparence, cette rencontre était destinée à s'achever, comme toutes les précédentes, sur plus de choses tues que dites.

Au cours des deux nuits suivantes et sans lanterne susceptible de trahir leurs positions, les barges de ravitaillement transportèrent trente-six barils de poudre à canon, de munitions, de nourriture et, articles les plus prisés de tous, trente paires de bottes et cent paires de chaussures offertes par les marins des navires pour ceux qui tenaient les remparts. La troisième nuit, à la suite d'une nouvelle journée de bombardements royalistes incessants et de plusieurs attaques frontales contre la Town Line qui ne furent pas loin de réussir, Lord Warwick renforça la garnison en envoyant trois cents marins de sa flotte.

Jayne, en compagnie d'Alexander et de Susan, les regarda débarquer et, en dépit de l'obscurité, fut convaincue de voir William les rassembler avant de les faire avancer à quatre de front jusqu'à la Town Line. L'image de tous ces hommes se portant au secours de la garnison rendit courage aux Hulme, mais Jayne fut secrètement atterrée à l'idée de devoir soigner un nombre accru de patients. Les hommes blessés lors des intenses combats rapprochés sur les remparts arrivaient en un flot incessant, alors que la pénurie de matériel nécessaire pour les soigner prenait une tournure catastrophique. Il n'y avait pas de fil de boyau pour suturer, très peu de sel pour préparer de la saumure et un tel manque de vieux vêtements à déchirer pour en faire de la charpie que Jayne avait demandé aux infirmières de récupérer les pansements des patients guéris. Les lessiver et les faire bouillir était une corvée redoutable, car elle insistait pour qu'il ne reste aucune trace de sang, mais les matrones chargées de cette tâche ne se plaignaient jamais.

Malgré tout, Jayne doutait que l'hôpital de Lyme fût en mesure de poursuivre un tel effort plus de deux ou trois jours. Elle était certaine qu'elle-même en serait incapable. Elle était tellement épuisée physiquement et mentalement par le manque de nourriture et de sommeil que par moments, elle tenait à peine debout.

Le lendemain, l'artillerie demeura étrangement silencieuse et l'attaque prévue contre la Town Line commença. Pourtant, cette matinée se caractérisa par la rareté des patients. Alexander en tira une sombre conclusion, laissant entendre que les combats étaient d'une telle férocité que les hommes se battaient jusqu'à la mort et rendaient l'âme à l'endroit où ils tombaient.

« Dans ce cas, nous ne sommes pas là où il faudrait, fit remarquer Jayne. Nous devrions nous rapprocher de la Ligne. » Elle se tourna vers Susan. « Êtes-vous de mon avis ?

— Oui, approuva celle-ci. Nous serons beaucoup plus utiles là-bas qu'ici. » Elle demanda aux infirmières d'empaqueter autant de pansements propres qu'elles pourraient en trouver et d'apporter tous les pichets d'eau dont elles seraient capables de se charger. « Je propose qu'Alexander et moi emmenions la moitié des infirmières au fort de Davy et que vous conduisiez les autres à celui de Gaitch, Madame. Les femmes nous amèneront les blessés dès que l'on saura où nous sommes. »

Depuis les deux forts centraux, chaque groupe était en mesure de couvrir une moitié de la Town Line. Jayne décida de travailler à l'extérieur, où l'air était plus pur, et fut grandement aidée par les mères, les épouses et les sœurs qui s'étaient massées au pied de la construction, désireuses d'apporter leur concours. Elle les chargea d'abord d'aller chercher des tabourets et des tables, puis les envoya le long de la Ligne du côté ouest pour soutenir ou porter jusqu'à l'infirmerie de fortune les hommes qui avaient besoin de soins. Elle constata très rapidement que dans la plupart des cas, le seul traitement possible consistait à appliquer un tourniquet pour endiguer le flot de sang qui s'échappait d'un bras, avant de confectionner un épais pansement serré pour absorber tout épanchement ultérieur. Bien qu'il fût impossible de tenir une épée ou une pique avec des mains poisseuses de sang, peu jugeaient leurs blessures assez graves pour les empêcher de rejoindre leur poste aussitôt pansés. Les femmes travaillaient sans relâche ; elles rassemblaient de la corde et de solides baguettes de bois pour fabriquer les tourniquets, ravitaillaient régulièrement Jayne et ses infirmières en eau fraîche et confectionnaient des civières pour porter les blessés les plus grièvement touchés à Fisher et Whiteway.

Environ deux heures après midi, Jayne fut appelée au fort pour soigner l'officier commandant. Il ne voyait plus d'un œil en raison du sang qui jaillissait d'une entaille lui barrant le front en diagonale, mais à l'image de ses hommes, il refusait de quitter son poste. Elle retira son tablier et l'étendit sur le sol sale, lui demandant de s'allonger en prenant soin de poser la tête sur l'étoffe. Puis elle lui tourna le visage sur le côté afin que le sang s'écoule sur le tissu, avant d'utiliser un pichet d'eau pour laver les croûtes et les débris qui lui encombraient l'œil. Faute de fil de boyau pour suturer la plaie, elle dut se contenter de la couvrir d'un épais tampon pour absorber le sang, qu'elle maintint en place en croisant des pansements sur sa tête. Tout en aidant l'officier à se relever, elle l'avertit que sa vue resterait brouillée pendant plus d'une heure et qu'il ne serait pas en mesure d'évaluer les distances avant qu'elle soit redevenue nette. Il s'avança pour porter le regard sur le talus de terre.

« Je vois très distinctement les rangs de royalistes qui s'apprêtent à prendre la ligne d'assaut, remarqua-t-il sombrement.

— Mais vous ne distinguerez pas la pointe de l'épée qui se tiendra à quelques centimètres de votre cœur, rétorqua Jayne en renouant son tablier imbibé de sang. Soyez raisonnable et évitez les combats rapprochés tant que vous n'y voyez pas parfaitement.

— Je crains que cela ne soit pas possible, murmura-t-il en lui faisant signe d'avancer. Nous ne pourrons pas résister à cela pendant une heure de plus. »

Jayne regretta par la suite de n'avoir pas trouvé un prétexte pour s'éloigner, car elle n'oublierait jamais la férocité du spectacle, ni la terreur qui s'empara d'elle lorsqu'elle vit les royalistes s'avancer par vagues vers le rempart. Leurs effectifs étaient largement supérieurs à ceux de la garnison, et elle comprit soudain combien elle avait été protégée dans son hôpital, à soigner les blessures au fur et à mesure de leur arrivée sans jamais voir comment elles avaient été infligées.

Par endroits, la terre du talus se désagrégeait sous la pression des bottes, des mains et des corps et, afin d'empêcher les royalistes d'escalader le rempart par les brèches, les parlementaires sautaient dans la tranchée pour s'y battre. Aussi loin que portait le regard de Jayne, des soldats se tailladaient et se transperçaient, indifférents aux cadavres qui gisaient à leurs pieds. Tous étaient éclaboussés de sang – le leur ou celui d'un autre –, et Jayne ne pouvait distinguer un parlementaire d'un royaliste. Si leurs costumes avaient porté un jour des emblèmes permettant de différencier chaque côté, des mois de vie à la dure les avaient arrachés.

Derrière chaque royaliste, un compagnon était prêt à prendre sa place, alors que les hommes de la garnison n'avaient que des femmes pour les soutenir. Pour la première fois, Jayne choisit son camp. Il n'y avait de justice ni sur terre, ni dans les cieux si la bravoure des habitants de Lyme restait vaine. Elle se rappela avec quel acharnement ils s'étaient battus pour défendre leurs foyers, et ses yeux s'emplirent de larmes à la pensée qu'ils risquaient de les perdre à présent. Peut-être l'officier pensa-t-il qu'elle s'inquiétait pour elle-même car il esquissa un geste contrit.

« Pardonnez-moi, Madame. Je n'aurais pas dû vous montrer cela.

— Au contraire, Monsieur, vous avez bien fait, répondit-elle, s'essuyant les yeux à la manche de sa robe. Il est plus que temps que je voie l'atrocité de la guerre dans toute sa vérité. Le courage de nos gens à l'hôpital n'est rien par rapport à celui que je vois ici. »

Comme pour démentir ses propos, des cris s'élevèrent à une cinquantaine de mètres du fort, où une poignée d'hommes postés sur le rempart de terre du côté de Lyme commençait à battre en retraite et à se disperser. Bientôt, ce fut la débandade et, jurant grossièrement, l'officier ordonna à un subalterne de prévenir le colonel Blake qu'une brèche était ouverte dans la ligne.

« Ce sont ces poltrons de marins, grommela-t-il en tirant son épée et en donnant instruction à un sous-officier de l'accompagner. Je savais qu'ils fileraient. » Il se tourna vers Jayne avant de s'engager dans l'escalier. « Regagnez l'hôpital tant que vous le pouvez encore, Dame Swift. Vous n'êtes pas en sécurité ici. »

Mais elle ne bougea pas. Elle chercha à se persuader qu'elle s'inquiétait du sort de l'officier alors qu'en vérité, son attention était fixée sur les marins. Elle cherchait des yeux une silhouette connue, mais il était impossible de distinguer les individus dans la mêlée. Dans leur impatience à prendre le large, les hommes en fuite semblaient se battre contre leurs camarades, et la confusion empira lorsque les royalistes se précipitèrent vers la brèche pour en escalader le bord. De part et d'autre de l'édifice qui s'effondrait rapidement, les soldats de la garnison, épuisés, faisaient de leur mieux pour endiguer le flot ennemi, mais leurs efforts demeurèrent infructueux. La peur des hommes qui occupaient le centre de la brèche était si contagieuse que ceux qui se tenaient à la marge commencèrent à reculer aussi, offrant une ouverture de plus en plus large aux royalistes.

Jayne apprit par la suite que ces marins n'avaient jamais pris part à un tel combat rapproché et étaient plus habitués à pointer leurs canons de loin qu'à regarder l'ennemi dans les yeux au moment de le tuer. Toutefois, en les voyant se disperser, elle maudit leur lâcheté aussi vertement que l'officier. Manquaient-ils de courage au point de ne pas pouvoir résister une heure, alors que les hommes de la garnison, mal nourris et pieds nus, tenaient bon depuis presque deux mois ? Elle aurait dû avertir ses infirmières et les femmes qui se tenaient à l'extérieur du danger qu'elles couraient, mais elle ne pouvait se résoudre à s'éloigner. Plus que de la peur, elle éprouvait une désolation extrême à la perspective de la défaite imminente de Lyme, car elle ne doutait guère que le prince Maurice pillerait la ville avant de l'incendier. Que deviendraient alors ses habitants ?

Ses yeux s'emplissaient à nouveau de larmes devant cette situation désespérée quand un marin s'avança seul vers le lieu où avait commencé la déroute. Sa main gauche brandissait les couleurs du comte de Warwick, la droite une épée qu'il pointa vers les royalistes qui forçaient le passage sur le talus. Ses rugissements résonnèrent le long de la ligne et en quelques secondes, la débandade prit fin et une nouvelle unité se forma. Une haute silhouette, dans laquelle elle reconnut sans peine William, s'enfonça sur le côté est de la brèche, suivie de vingt marins en uniforme, tandis qu'une douzaine de défenseurs de Lyme, conduits par l'officier à demi aveugle, se précipitaient depuis l'ouest.

Des rumeurs de garnison prétendraient par la suite que jamais les royalistes n'avaient battu en retraite plus vite qu'au moment où les renforts avaient rejoint les marins pour se battre à leurs côtés, mais Jayne ne put en attester car elle s'éloigna avant le début de l'affrontement. Trop effrayée pour suivre des yeux la suite des événements, elle doutait que son cœur résistât à l'image de William en train de trépasser.

Elle raccompagna ses infirmières à l'hôpital dès qu'il fut manifeste que le sort avait tourné à l'avantage de Lyme. Elle laissa au fort un message demandant à tous les hommes dont les blessures saignaient encore de se présenter au plus vite pour être soignés, mais elle n'avait pas imaginé que son premier patient serait Edward Moizer, le courageux marin qui avait remobilisé ses camarades en brandissant les couleurs de Lord Warwick. Il tenait sa main gauche à l'intérieur de sa veste et les deux amis qui l'accompagnaient refusèrent de le laisser examiner par tout autre que Dame Swift.

Ce solide gaillard d'âge moyen au visage buriné et aux yeux très bleus restait remarquablement enjoué malgré la perte de deux doigts. Les mousquetaires royalistes avaient, semble-t-il, ouvert le feu depuis Uplyme Hill alors que Maurice constatait que ses troupes étaient repoussées hors de la brèche, et une balle avait atteint la main d'Edward serrée autour du drapeau.

« Le prince ne craignait-il pas de tuer ses propres hommes ? demanda Jayne en nettoyant les moignons pour mieux examiner les dégâts.

— Disons les choses ainsi, répondit Edward avec un sourire : je n'aimerais pas me battre pour lui. Il est plus indifférent à la vie de ses propres troupes qu'à celle des nôtres. »

Un de ses compagnons intervint.

« Sir William prétend que c'est parce que la nécessité de gagner le rend imprudent. »

Sir William ? Jayne demanda à Edward de plonger la main dans un bol de saumure pendant qu'elle disposait des bandages sur la table.

« Vous avez de la chance que les doigts touchés aient été les derniers, et qu'ils aient été coupés à l'articulation de la première phalange, observa-t-elle. Votre prise ne sera pas aussi ferme, mais vous devriez pouvoir encore brandir les couleurs de Lord Warwick en cas de besoin. » Elle lui sourit. « Est-ce Sir William qui vous envoie ?

— Oui, Madame. Il dit que vous êtes le meilleur médecin du Dorset.

— Il m'a semblé qu'il se portait à votre secours dans la brèche. Est-il indemne ?

— Il serait venu ici s'il ne l'avait pas été, Madame. Il ne tarit pas d'éloges sur vos compétences. »

Jayne appuya sur sa main pour la maintenir immergée.

« Nous nous sommes rencontrés une ou deux fois par le passé, mais au milieu de l'agitation de la journée, j'ai oublié son nom.

— Harrier, Madame.

— Il me semble que sa demeure familiale se trouve à Winterborne Stickland, dans le nord du Dorset, c'est bien cela ? »

Edward Moizer secoua la tête pour exprimer son ignorance.

« J'ai entendu dire que son père a grevé le domaine de dettes, raison pour laquelle Sir William est allé combattre dans les guerres européennes, mais j'ignore si ce récit comporte quelque vérité. Tout ce que je sais, c'est que c'est un remarquable commandant.

— En effet. » Jayne sécha la main du marin puis appliqua sur les moignons une pommade au calendula et aux fleurs de millepertuis avant de les panser séparément puis de les bander solidement en une diagonale qui se croisait dans la paume et s'enroulait autour du poignet. « Pour éviter l'infection, gardez ce pansement une semaine, lui recommanda-t-elle en nouant les extrémités. Essayer de vous servir le moins possible de cette main et ne la mouillez pas tant que les moignons ne sont pas guéris. Avez-vous ordre de regagner votre navire ou resterez-vous à Lyme ? Le cas échéant, revenez me voir dans trois jours pour que je surveille les progrès de la cicatrisation. »

Le compagnon d'Edward prit la parole.

« Sir William assure que nous resterons jusqu'à la fin du siège si les royalistes continuent à attaquer la Town Line.

— Le feront-ils ? »

L'inconnu haussa les épaules.

« Si le roi envoie une force de secours, peut-être, Madame. Le prince Maurice a perdu beaucoup plus d'hommes que nous aujourd'hui. Nous avons dénombré plus d'une centaine de cadavres dans le fossé au-dessus de notre petit secteur.

— Quelqu'un viendra-t-il les enlever ?

— Le colonel Blake a proposé une trêve d'une heure à cet effet ce soir, répondit-il en hochant la tête. Comme le vent vient de la mer, le prince ne peut qu'accepter. L'assurance de ses soldats fléchira encore si l'odeur de la mort parvient à leurs narines. »

Les jours suivants virent plus de harcèlements que d'attaques à proprement parler. Les parlementaires prisaient les injures à connotations sexuelles telles que « couilles molles » pour désigner les fantassins royalistes, « freluquets efféminés » pour les cavaliers ou encore « bougre allemand » pour le prince Maurice. En retour, les royalistes évoquaient le rang inférieur et la religion pernicieuse de leurs adversaires. Quand ils n'étaient pas traités de « pelleteurs de crottin » ou de « ramasseurs d'entrailles de poisson », les défenseurs de Lyme étaient de « misérables puritains » ou des « païens impies ».

Si cette forme de guerre était préférable aux bombardements incessants et aux attaques frontales, Jayne finit tout de même par s'en lasser.

« Pourquoi se donnent-ils autant de mal ? demanda-t-elle à Alexander.

— Un persiflage est comme un cri de ralliement, Madame. Chaque camp s'efforce d'intimider l'autre.

— Cela paraît tellement inutile.

— Presque autant que ce siège, ne croyez-vous pas, Madame ? »

Elle sourit.

« Vous aurais-je converti à la neutralité, Alexander ?

— Vous n'êtes pas loin de dire vrai, Dame Swift. Quels mérites trouver à deux mois de combats qui ont causé une multitude de morts sans qu'aucun camp gagne un mètre de terrain ? »

Le 3 juin, les royalistes lancèrent une nouvelle tentative d'incendie à l'aide de flèches enflammées. Le temps avait été inhabituellement chaud pendant plus d'une semaine et le chaume sec prenait facilement feu. Ce furent une fois de plus les femmes qui luttèrent contre les brasiers et, si elles réussirent à empêcher la ville entière de flamber, plus de trente maisons furent détruites. Le comte de Warwick envoya des messages encourageants pour soutenir le moral des défenseurs, annonçant que des renforts parlementaires étaient en marche, mais on entendait pareilles promesses depuis le début du siège sans qu'elles se réalisent jamais.

La cité trouva plus grand motif d'espoir dans les aveux de deux fantassins royalistes qui, ayant déserté les rangs du prince dans la nuit du 10 juin, s'approchèrent de la porte ouest en brandissant un drapeau blanc en signe de reddition et exprimèrent le désir de changer de camp. En présence du colonel Blake, ils révélèrent nombre d'informations sur l'armée du prince Maurice. Celle-ci était en pleine désorganisation, le siège ayant fait plus de morts que la bataille de Bristol, et les rumeurs de refus des demandes de renforts du prince se multipliaient.

Jayne apprit tout cela de la bouche de John Metcalfe alors qu'elle rendait à son épouse une de ses visites régulières, l'après-midi suivant. Étant d'âge et de milieu comparables, les deux femmes étaient devenues très amies au cours des deux derniers mois. La demeure des Metcalfe était le seul lieu où Jayne pouvait retirer ses gros souliers, délacer son corsage et s'allonger pour espérer jouir d'une heure de paix et de bien-être. John étant présent, c'était évidemment impossible, mais elle constata que ses paroles lui étaient aussi bénéfiques que le repos.

À en croire les deux déserteurs, les royalistes n'étaient pas loin de lever le siège. Non contents d'avoir enregistré un nombre considérable de victimes, ils avaient appris que le comte d'Essex conduisait une importante force parlementaire dans le Dorset, depuis le Nord. Si c'était exact, le prince Maurice serait pris en tenaille entre la flotte de Warwick et la garnison de Lyme au sud, et une armée en maraude au nord.

Le colonel Blake s'était demandé si le prince n'avait pas envoyé les déserteurs répandre de fausses informations contre une promesse d'argent, mais Sir William Harrier avait dissipé ses craintes en interrogeant les deux soldats sur les raisons pour lesquelles ils s'étaient enrôlés. Ils lui répondirent qu'ils n'en avaient pas : ils ignoraient tout de la guerre avant d'être recrutés de force et obligés de quitter leur foyer de Sidford, dans le Devon, lorsque l'armée de l'Ouest avait marché vers Lyme. Ils n'étaient, ni l'un ni l'autre, des engagés volontaires. Ils se reconnaissaient alléchés par les perspectives de pillage, mais la résistance de la cité leur avait montré que leur salaire de travailleurs agricoles était plus désirable que de vaines promesses. Leur ambition (avouée au milieu de sanglots) était de rentrer chez eux à Sidford dès le départ des royalistes et de ne plus jamais se laisser mobiliser dans une armée ou dans l'autre.

« Nul d'entre nous n'a douté qu'ils disaient vrai, commenta John. Sir William est un homme intelligent et il les aurait piégés s'ils avaient été des espions. Mais je ne vous apprends certainement rien, Dame Swift. J'ai cru comprendre que vous vous connaissez bien.

— Suffisamment pour savoir qu'il est intelligent, approuva Jayne, mais pas au point de pouvoir prétendre être bien informée à son sujet. Nous nous sommes rencontrés il y a deux ans chez Lady Stickland, à Dorchester, et nos chemins se sont croisés une ou deux fois depuis, mais je n'ai jamais conversé avec lui assez longtemps pour être informée du moindre détail sur sa famille ni sur ses origines.

— Sa famille possédait des domaines aux environs de Blandford, jusqu'à ce que son père les perde pour non-paiement de dettes. Une sale affaire, en vérité. Il s'est pendu peu après, laissant son fils sans le sou. Je crois savoir que Sir William avait douze ans à l'époque.

— A-t-il des frères ou des sœurs ? »

John secoua la tête.

« Sa mère est morte le lendemain de sa naissance et son père ne s'est jamais remarié. »

Jayne se demanda ce qu'il fallait croire de tout cela. Cela pouvait sans doute expliquer pourquoi William possédait un titre mais aucune propriété pour le légitimer.

« Pauvre homme, murmura-t-elle. Il semble avoir eu plus que sa part de tragédies.

— Sa situation aurait été pire si Lady Stickland ne lui avait pas prêté assistance

— Comment cela ?

— Le domaine du père de Sir William jouxtait celui de l'époux de Lady Stickland et, apprenant la mort de Lady Harrier et l'absence de Sir Ralph, elle s'est chargée du bébé. On dit que Sir Ralph ne serait venu le chercher qu'au bout de trois mois et Lady Stickland n'aurait accepté de le lui rendre que si Sir Ralph acceptait de la nommer tutrice. Sans l'intérêt qu'elle lui a manifesté, Sir William aurait été affreusement négligé. »

Jayne le dévisagea pensivement.

« Comment en savez-vous aussi long sur lui, John ? Est-ce Sir William qui vous a confié tout cela ? »

Il secoua la tête.

« Mon père a pris la peine de s'enquérir du passé de la famille. Sir Ralph l'a escroqué de deux cents livres de marchandises et il n'a jamais pu toucher cette somme ni l'assigner en justice. Sir Ralph passait l'essentiel de son temps à Londres, occupé d'abord à dilapider la fortune de sa famille puis à user de son charme et de sa ruse pour dépouiller d'honnêtes commerçants du Dorset. Il préférait s'en prendre aux marchands de l'ouest du comté, sachant que les magistrats locaux renonceraient à le poursuivre dès qu'il serait hors de leurs juridictions.

— Que faisait-il des biens ?

— Il les vendait à des négociants de Londres, répondit John avec un sourire ironique. Voici déjà vingt ans qu'il s'est donné la mort, mais Père ne l'a pas oublié. Quand il a appris que Sir William était à Lyme, il m'a raconté cette histoire et m'a mis en garde contre cet homme. Il est friand de l'adage voulant que les chats ne fassent pas des chiens.

— Et vous pensez qu'il s'applique à Sir William ?

— Pas pour ce que j'ai vu de lui, Madame. Il a appris le métier des armes au cours des guerres européennes et, hormis le colonel Blake, il n'est pas d'homme que je préférais avoir à mon côté. Si nous étions plus intimes, je lui conseillerais de changer de nom. Il ne doit pas être facile de vivre avec les péchés de son père. »

Jayne fut tentée de lui apprendre que William changeait d'identité au gré des circonstances, et était, par-dessus le marché, aussi expert en mystification que son père, mais elle ne voulait pas instiller le doute dans l'esprit de John. Elle ramena donc la conversation sur les royalistes et sur le moment prévisible de leur départ, et puisa du courage dans l'optimisme de John et dans sa conviction qu'ils auraient levé le siège avant la fin de la semaine.

Ils partirent dans la nuit du 14 juin mais personne n'y crut avant le lever du soleil, moment auquel tous purent constater qu'Uplyme Hill était désert. Le siège avait été levé sans tambour ni trompette, et l'armée du prince avait disparu. Cette bonne fortune soudaine ne donna cependant pas lieu à de grandes réjouissances dans la ville. Beaucoup y voyaient un subterfuge : Maurice n'avait fait que déplacer ses hommes et son artillerie sur l'autre versant de la colline afin de persuader Lord Warwick et sa flotte de reprendre la mer, et Lyme serait la cible d'une attaque encore plus brutale dès que les marins auraient quitté la garnison.

Un jeune soldat se présenta à l'hôpital vers onze heures, porteur d'un message du colonel Blake pour Dame Swift. Il était bref et allait droit au but : « On me rappelle que vous n'êtes pas de Lyme, Dame Swift. Veuillez me faire savoir quand vous désirez partir. »

Les termes étaient si péremptoires que Jayne y vit un ordre plus qu'une invitation. Elle sourit pour dissimuler sa peine et montra la note à Alexander, le priant de bien vouloir porter sa réponse au fort.

« S'il vous plaît, dites au colonel que je serais heureuse de me mettre en route dès à présent, Alexander. Je désire vivement revoir ma famille et comme ma jument est en pension dans l'écurie de John Metcalfe, je peux être chez moi ce soir si je pars avant midi. »

Alexander avait fini par bien connaître Jayne au cours des huit dernières semaines.

« Ne lisez pas dans ces lignes plus qu'elles contiennent, Dame Swift, la rassura-t-il gentiment. Je suppose que John Metcalfe a rappelé au colonel que rien ne vous oblige à rester, et il vous libère sur le seul ton qu'il connaisse. Préférez-vous que je lui demande d'envoyer un message à votre père afin qu'il vienne vous chercher ?

— Certainement pas, protesta-t-elle avec un petit rire. J'ai le projet de convaincre Papa que je n'ai jamais couru le moindre risque, et il ne me croira jamais s'il a l'occasion d'observer les dégâts qu'a subis la ville. Mieux vaut que j'arrive à la maison avant qu'il apprenne que le siège a été levé. Pensez-vous que John Metcalfe accepterait de m'escorter ? »

Alexander tendit le bras pour attraper sa veste.

« J'en suis certain, Madame. »

Jayne profita de son absence pour trier avec Susan l'équipement de l'hôpital, les pommades et médicaments. Ses remèdes personnels avaient été épuisés dans les deux premières semaines qui avaient suivi son arrivée, et bien que de nouvelles fournitures soient arrivées régulièrement par la mer, les réserves n'étaient pas suffisantes pour qu'elle se sente en droit d'y puiser pour reconstituer les siennes. Après quelques instants de réflexion, elle fit don à l'hôpital de trois de ses meilleurs scalpels et d'une petite paire de pinces – les instruments les plus efficaces pour extraire de la chair balles et éclats de bois – en disant à Susan qu'elle en commanderait d'autres pour elle à son retour à Swyre.

« À un certain prix, forcément, Madame, lui fit remarquer Susan en soupirant. Votre séjour parmi nous vous aura coûté cher, me semble-t-il. La ville étant gravement insolvable, vous ne toucherez même pas la compensation que le colonel Blake vous a promise pour soigner les furoncles de la garnison.

— Cela n'a pas d'importance, sourit Jayne. J'ai renoncé à toute idée d'émoluments quand j'ai su que le prince Maurice était devant les remparts. Que nous soyons en vie et que l'hôpital soit encore debout est une récompense suffisante. Je sais qu'il sera entre de bonnes mains avec Alexander et vous. »

Susan s'essuya les yeux à l'ourlet de son tablier.

« Je suis une femme simple, Madame, et je n'ai pas l'habitude des beaux discours, mais je vous remercie très sincèrement de la confiance que vous témoignez à mon mari. Il est resté avec moi ces dix dernières années malgré ma stérilité, et mon cœur se réjouit que votre foi dans ses compétences lui ait donné une nouvelle assurance. »

Jayne l'attira à elle et l'étreignit. Elle avait toujours su que les Hulme n'avaient pas d'enfants car, à la différence des infirmières, ils n'avançaient jamais ce prétexte pour s'absenter de leur poste.

« C'est de vous avoir à son côté qui lui donne de l'assurance, dit-elle. À moi également. Nous ne nous en sommes aussi bien sortis que grâce au calme et à l'organisation avec lesquels vous avez assuré le fonctionnement de l'hôpital. Je songe avec effroi au chaos que nous aurions dû affronter si quelqu'un de moins remarquable que vous en avait été responsable. »

Susan lui rendit son étreinte pendant un bref moment avant de reculer d'un pas.

« Vous allez me faire pleurer », dit-elle d'un ton bourru avant de recommencer à trier les médicaments.

Alexander arriva quelques minutes plus tard et donna instruction à Jayne de se présenter à la porte ouest moins d'une demiheure plus tard. Cela ne lui laissait guère le temps de faire ses adieux si elle voulait aller chercher sa jument dans l'écurie de John Metcalfe, et elle quitta la maison qui lui avait tenu lieu de foyer huit semaines durant dans le silence et la discrétion. Cela lui convenait, car elle n'était pas plus à l'aise avec les au revoir que Susan. Ou qu'Alexander, visiblement. Il l'accompagna jusque chez les Metcalfe, où John l'attendait avec sa jument et son propre cheval, déjà sellés, puis prit congé d'une simple inclinaison du buste tout en lui souhaitant sincèrement que Dieu l'accompagne.

Alors qu'il s'éloignait, Jayne demanda à John de mener les deux chevaux jusqu'à la porte de la ville pendant qu'elle-même s'y rendait séparément à pied.

« S'ils me voient avec ma jument, les gens seront curieux, expliqua-t-elle, et franchement, je ne supporterai pas d'autres adieux. »

Metcalfe hésita un instant.

« Beaucoup voudront vous remercier de ce que vous avez fait pour eux, Dame Swift. Personne à Lyme n'ignore ce que nous vous devons.

— Peut-être, mais je déteste les effusions », conclut-elle en se dirigeant résolument vers une rue latérale.

15.

John se trouvait déjà à la porte quand Jayne arriva, et elle fut soulagée de constater que les seules personnes présentes étaient une poignée de gardes qui se tenaient dans l'embrasure, les yeux rivés sur la colline d'en face. Il prit sa sacoche et l'accrocha au pommeau de la selle de sa jument avant de lui demander si elle portait un haut-de-chausses sous sa robe. Dans le cas contraire, il enverrait un soldat en chercher un. Comme Jayne lui répondait par l'affirmative, il s'inclina et croisa les doigts de ses deux mains pour lui servir de montoir.

« Vous devrez chevaucher à califourchon dès le départ si nous voulons échapper à toute cavalerie susceptible de se trouver encore dans les parages, Madame. Des éclaireurs nous ont appris que le prince Maurice et son armée se replient vers l'ouest en direction d'Exeter, mais on ne saurait être trop prudent. » Il attendit qu'elle ait retroussé sa robe sur ses genoux et enfoncé les pieds dans les étriers avant de se hisser lui-même sur sa monture. « Nous partirons vers l'est, ce qui nous fera longer la Town Line, Madame. Les hommes de la garnison désirent vous dire au revoir. Ils vous estiment grandement et seront très heureux de vous saluer. »

Jayne lui jeta un regard inquiet.

« J'espérais m'éclipser discrètement, John.

— Je sais, Madame, mais le colonel Blake a estimé qu'il fallait vous rendre cet hommage. Au trot rapide, nous aurons dépassé la Ligne en quelques minutes. Il vous suffira d'agiter la main pour les satisfaire. »

Il coupa court à toute protestation en ordonnant aux gardes de s'écarter. Jayne fut obligée de le suivre, car sa jument prit le mors aux dents en voyant l'autre cheval se mettre en mouvement. Les gardes levèrent leur épée en signe de respect quand elle passa entre eux, ne manifestant nulle surprise à la vue de ses jambes couvertes d'un haut-de-chausses. Pourquoi auraient-ils été étonnés, au demeurant, alors que tant de leurs femmes s'étaient vêtues en hommes pour faire croire au prince Maurice que la garnison était plus importante que ce n'était le cas ?

Jayne fut soudain prise d'un immense regret de partir, car elle avait pris goût à l'égalité qui avait régné au cours de ces dernières semaines et elle doutait de la retrouver un jour. Une fois l'hôpital installé, ses compétences de médecin n'avaient plus été contestées, tandis que les docteurs Whiteway et Fisher avaient apprécié et adopté ses méthodes. Néanmoins, son aversion pour la guerre la rendait sensible à l'ironie qu'un conflit ait permis à ses talents d'être reconnus. En temps de paix, les femmes étaient tenues pour inférieures aux hommes ; en état de siège, on leur accordait le même statut et la même autorité qu'à ces derniers.

John se plaça à l'extérieur lorsqu'ils s'éloignèrent de la porte, obligeant Jayne à chevaucher entre lui et la Town Line, et comme il se tenait légèrement devant elle, il était en mesure de dicter leur allure – un trot désespérément lent –, permettant à sa compagne de reconnaître tous les soldats qui se tenaient sur le rempart. Il n'y avait guère de visage qu'elle ne pût identifier, et les acclamations étaient si bruyantes qu'elles ricochaient contre la pente escarpée d'Uplyme Hill. Jayne fut d'abord terriblement embarrassée par ces marques d'estime, mais il était impossible de ne pas répondre par des sourires à ceux qui lui étaient adressés. Elle lutta pour retenir ses larmes, car il était impensable de pleurer devant tous ces braves, mais elle rendit les armes quand John mit sa monture au pas devant le fort de Gaitch. Il tendit le bras vers la plate-forme située sur le flanc du fort, sur laquelle se trouvait le colonel Blake accompagné des docteurs Fisher et Whiteway, aux côtés d'Alexander et de Susan Hulme.

Le colonel leva son épée en guise de salut.

« Permettez-moi de vous rendre hommage, Dame Swift, s'écria-t-il. Lyme n'aurait pu espérer médecin meilleur ni plus courageux pour diriger son hôpital. Nous avons envers vous une dette de reconnaissance dont nous ne pourrons jamais nous acquitter. »

Quand Alexander et les vieux médecins soulevèrent leurs chapeaux et s'inclinèrent, tandis que Susan esquissait une révérence, l'émotion qui lui étreignit la gorge étouffa toute velléité de réponse de sa part. Elle ne put que s'incliner, elle aussi, et sourire à travers le torrent de larmes qui ruisselait sur ses joues. Elle aurait aimé exprimer verbalement à ces cinq personnes le respect et la gratitude qu'elles lui inspiraient, mais peut-être sa réaction si féminine les combla-t-elle davantage, car leurs sourires furent timides et pleins de compréhension. Elle parvint à murmurer à John qu'ils feraient mieux de forcer l'allure car elle était emportée par l'attendrissement, et il lui donna satisfaction en se remettant au trot.

Près de l'extrémité de la Town Line, une vingtaine d'hommes étaient regroupés à l'extérieur de la porte est. Tous avaient été si grièvement blessés qu'ils avaient passé plusieurs semaines à l'hôpital et Jayne en était venue à bien les connaître. Au milieu d'eux, soutenu par deux camarades qui avaient perdu chacun un bras, se tenait l'unijambiste Jack Young, qui avait fait don de sa botte à Robert Blake. Profondément émue par les efforts qu'ils avaient consentis pour assister à son départ, Jayne retint sa jument et, faisant fi de la bienséance, se laissa glisser de sa selle pour les étreindre tous.

Alors qu'ils l'entouraient, elle comprit ce que Lyme lui avait apporté. Deux mois plus tôt, elle n'aurait pu agir ainsi. Peu lui aurait importé qu'elle connût ces hommes et que John fût là pour la protéger : une peur irrationnelle l'aurait clouée sur sa selle et maintenue à bonne distance. Une fois de plus, selon toute apparence, elle devait rendre grâce au conflit de l'avoir guérie de ses terreurs. Les bombardements incessants et la pensée que la mort pouvait frapper à chaque instant lui avaient montré combien son aventure sur la grand-route n'était, en réalité, que d'une gravité relative. Elle avait laissé la peur de ce qui *aurait pu* lui arriver la hanter pendant deux ans. Que cela lui paraissait dérisoire à présent, au regard de la bravoure des femmes de Lyme à qui il avait fallu affronter la mort !

Lorsque chacun l'eut remerciée et lui eut souhaité bonne route, Jack Young lui offrit de l'aider à remonter en selle.

« Mes amis me tiennent bien, Madame, ne craignez pas que je vous lâche. Mon unique jambe a la force de deux depuis que vous m'avez persuadé de m'en servir, avec des béquilles il est vrai. »

Elle posa le pied dans le creux de ses paumes et lui sourit après qu'il l'eut hissée sans difficulté sur la croupe de sa jument.

« Merci, Jack. Que Dieu vous protège.

— Qu'il vous protège aussi, Madame. Il est rare que des hommes aussi humbles que nous soient traités avec bonté et courtoisie par une dame de votre rang. Nous ne l'oublierons jamais. Vous nous avez rendu l'espoir quand nous n'en avions plus, et vous figurez en bonne place dans nos prières quotidiennes. Que Dieu vous bénisse, Dame Swift. »

Par bonheur, John Metcalfe se remit en route avant qu'un nouveau flot de larmes n'embarrasse les hommes. Richard lui aurait dit qu'il était extrêmement inconvenant qu'un médecin sanglote en présence de ses patients, mais Jayne se demanda s'il aurait pu lui-même garder les yeux secs en entendant Jack confirmer avec autant de simplicité qu'elle avait respecté sa promesse de soigner les malades au mieux de ses possibilités, en quelque lieu que ce fût. En tout état de cause, son bouleversement était grand, car elle avait conscience de laisser derrière elle la meilleure part de sa vie.

John se mit au pas lorsqu'ils s'engagèrent dans les bois au-delà de la Town Line.

« Était-ce donc si terrible, Madame ? »

Jayne s'arrêta et inspira profondément pour reprendre ses esprits.

« Non, je n'ai rencontré que prévenance et bonté, mais je crains bien de m'être déshonorée. Les médecins ne devraient pas manifester de faiblesse.

— Vous ne l'avez jamais fait, Madame, répondit-il en souriant, et c'est la raison pour laquelle le colonel Blake et la garnison tenaient à vous rendre hommage. J'ai reçu instruction de vous faire connaître le nombre de morts dans les deux camps, afin que vous conceviez mieux la haute estime dans laquelle nous vous tenons. »

Elle remit sa jument au pas.

« En serai-je choquée ? »

Il remonta à son côté.

« Très probablement, car la disparité est atterrante. Nous déplorons cent vingt morts, alors que les pertes des royalistes dépassent les deux mille. Nous le savons grâce au dénombrement que nous avons fait des corps enlevés et aux chiffres des morts royalistes que nous ont communiqués les déserteurs. À en croire leurs descriptions, la plupart ont succombé à la fièvre et à des plaies infectées, et le colonel a l'intention de citer votre nom dans les rapports qu'il rédige pour le Parlement en vantant votre dévouement pour Lyme. Si vous aviez accepté l'invitation du prince à abandonner la garnison, la proportion de pertes aurait peut-être été inversée. »

Jayne le regarda, incrédule.

« Êtes-vous certain que les déserteurs n'ont pas exagéré les pertes royalistes ?

— Nous ne le pensons pas, Madame. Des éclaireurs ont fouillé leur camp en début de matinée et ont rapporté avoir vu plus d'une dizaine de vastes fosses à l'est d'Uplyme Hill. Ils sont revenus avec des descriptions d'immondices humaines un peu partout et de vermine qui s'en nourrit. Dans pareilles conditions, les infections et la fièvre ne pouvaient que sévir.

— Alors mon intervention n'y aurait rien changé, rétorqua Jayne sans ménagement. Le colonel aurait également dû écrire cela dans son rapport. C'est pure sottise d'obliger des hommes à vivre dans la saleté afin de livrer des batailles.

— Le colonel Blake m'assure que vous n'auriez pas manqué de le faire savoir au prince Maurice, Madame. Il affirme que vous pouvez être joliment convaincante quand vous le voulez et, comme il est persuadé que vous connaissez Sa Majesté, il est certain qu'elle vous aurait écoutée. »

Devant eux, les arbres s'éclaircissaient et elle distingua une silhouette à cheval dans la prairie qui s'étendait au-delà. Sa posture avait quelque chose de familier et Jayne songea qu'une coïncidence ne pouvait à elle seule expliquer que John ait évoqué le prince Maurice quand la seule personne capable de la convaincre de mensonge à son propos semblait les attendre. De là à croire que William avait déjà ébruité l'histoire et que, loin de soupçonner qu'elle connaissait le prince, Blake en avait la certitude, il n'y avait qu'un pas.

Lorsqu'ils sortirent du bois, William se porta à leur rencontre.

« Mes respects, Jayne, dit-il avec un sourire et une légère inclinaison du buste. J'espère que vous vous portez bien.

— Vous voyez que non, répondit-elle en adoptant le ton le plus léger possible, tirant les rênes de sa jument pour l'arrêter en face de lui. De toute ma vie, je n'ai jamais été aussi sale et aussi négligée, ni mince au point que ma robe en est informe. N'aurions-nous pas pu nous dire adieu à l'hôpital ?

— J'espérais que vous m'autoriseriez à vous accompagner jusqu'à Swyre. Le capitaine Metcalfe consent à ma présence, si vous n'y voyez pas d'objection. »

Elle en voyait beaucoup, dont un profond soupçon quant au motif pour lequel John et lui s'étaient entendus derrière son dos n'était pas la moindre.

« Ne devez-vous pas regagner votre navire ?

— Nous ne partons pas avant quelques jours. Warwick prévoit de descendre à terre demain pour féliciter la garnison. Pourvu que Metcalfe et moi soyons de retour avant minuit, tout ira bien.

— Dans ce cas, ne perdons pas de temps », dit-elle en enfonçant les talons dans les flancs de sa jument.

N'ayant plus été montée depuis longtemps, la bête se mit au petit galop après cinq pas, filant à travers la prairie à une allure qui tint vite de l'emballement. Jayne la dirigea vers la grand-route de Bridport où elle se grisa du fracas des sabots sur le sol dur de la chaussée. La vitesse lui offrait le même sentiment de liberté que l'impression d'être traitée en égale des hommes.

Elle retint sa jument en apercevant les faubourgs, le bon sens l'emportant sur la colère et le chagrin. À son avis, les éclaireurs s'étaient trompés en affirmant que les royalistes se retiraient vers Exeter, et ils étaient au contraire cantonnés à Bridport car, contrairement à Lyme, la ville avait soutenu le roi dès le début de la guerre.

« Peut-être ferions-nous mieux de prendre à travers champs à partir d'ici, suggéra-t-elle à John lorsqu'il la rejoignit. Un gué permet de franchir la rivière à un peu moins d'un kilomètre au nord. Il nous conduira à une piste cavalière vers le sud-est, en direction de la côte. Ce chemin ne sera pas aussi rapide, mais il pourrait être plus sûr. Je crains que des parlementaires ne soient pas bien accueillis à Bridport. »

John baissa les yeux sur sa veste déchirée et son haut-de-chausses élimé.

« Rien ne signale qui nous sommes, Madame. En réalité, on risque davantage de nous prendre pour des voleurs de chevaux que pour des soldats. » Il porta le regard vers la cité. « Nous ne rencontrerons pas les soldats du prince Maurice. Sir William faisait partie du groupe d'éclaireurs qui les a suivis sur deux lieues le long de la grand-route menant à Exeter et il a vu ce qu'ils ont laissé sur leur passage, parmi lesquels des hommes trop malades pour les suivre. N'est-ce pas, Sir William ?

— C'est exact, confirma celui-ci, bien que j'approuve Dame Swift, ne serait-ce que pour ma propre sécurité. » Une étincelle espiègle éclaira son regard. « Un train moins précipité serait le bienvenu, Jayne. La brute que j'ai empruntée semble décidée à me désarçonner, et je préférerais être projeté dans une haie que sur un sol dur.

— Vous changerez peut-être d'avis en voyant la piste, l'avertit-elle. Dans mon souvenir, elle est bordée de plus de ronces que de buissons.

— Je suis prêt à courir ce risque si cela nous permet de disposer de quelques minutes de conversation avant notre arrivée à Swyre. »

Jayne fut tentée de rétorquer qu'il était bien présomptueux de croire que ce désir était réciproque mais en vérité, la contrariété que William lui inspirait se dissipait déjà. Sa mise était aussi sale et usée que la sienne et celle de John, sa maigreur n'avait rien à leur envier, tandis que son visage et ses mains portaient tant d'ecchymoses et de croûtes qu'elle ne doutait pas qu'il s'était trouvé au cœur du combat. Pourtant…

« D'après John, le colonel Blake croit que je connais le prince Maurice. Savez-vous pourquoi ? »

La question étonna visiblement William.
« Le devrais-je ? demanda-t-il prudemment.
— Vous êtes l'ami du colonel. Je pensais qu'il avait pu se confier à vous comme il s'est confié à John.
— Pas sur des questions vous concernant. » Il se tourna vers Metcalfe. « Comment Robert a-t-il pu concevoir une idée aussi absurde ? »
John ne savait visiblement plus où se mettre.
« La requête du prince demandant que Dame Swift soigne les royalistes blessés était tellement inhabituelle que le colonel a pensé qu'il avait fait sa connaissance dans d'autres circonstances.
— Et vous n'avez pas cherché à le convaincre du contraire ?
— Ce n'était pas à moi de m'en charger.
— Bien sûr que si, répondit William d'un ton cinglant. Vous connaissez la situation de Dame Swift aussi bien que moi, et sans vouloir manquer de courtoisie à son égard, le modeste rang de propriétaire terrien de son père exclut toute possibilité de rencontre avec un prince. » Il se retourna vers elle. « Croyez bien, je vous prie, que je n'ai pas failli à mes engagements envers vous, Jayne. Si Robert avait évoqué cette idée inepte en ma présence, je l'aurais contestée aussi vivement que lorsque Samuel Morecott a prétendu vous faire passer pour une sympathisante royaliste. L'admettrez-vous ? »
Elle ne demandait pas mieux car la prière était sincère, mais John intervint sans lui laisser le temps de répondre. N'ayant pas compris que la question de Jayne portait sur sa confiance en William et non en Robert Blake, il prit avec fougue la défense de son commandant.
« Vous faites grandement erreur si vous croyez que le colonel Blake cherchait à critiquer Dame Swift, Sir William. Il ne voyait que compliment dans ses propos, et c'est la raison pour laquelle je les ai répétés. Il la tient en si haute estime qu'il était persuadé que le prince Maurice partageait son admiration et il craignait fort qu'elle n'accepte son invitation, ne fût-ce que pour prouver qu'elle était disposée à soigner les hommes des deux camps. C'est ce qui l'a conduit à imaginer l'existence d'un lien personnel entre eux, car il doutait que le prince ait pu mettre une

inconnue au défi dans pareille affaire. » Il adressa à Jayne un geste d'excuse. « Si mes paroles ont pu vous donner à penser que le colonel vous avait prise pour une sympathisante royaliste, Madame, je le regrette profondément, car il n'a jamais douté de votre neutralité et vous a été très reconnaissant des soins que vous avez prodigués à son filleul. Je vous en prie, pardonnez ma maladresse. Je ne cherchais qu'à faire votre éloge, et soyez assurée que je rectifierai l'erreur du colonel dès mon retour ce soir. »

Des larmes inattendues recommencèrent à picoter les paupières de Jayne.

« Je ne vous demande pas de rectifier quoi que ce soit, John. Je préférerais conserver l'estime du colonel plutôt que de l'obliger à entendre de votre bouche que je me suis froissée pour un malentendu idiot. Pourquoi ne pas décider d'oublier cet incident et rester amis ? »

Il s'inclina, soulagé.

« Très volontiers, Madame.

— Rien ne saurait m'être plus agréable, Jayne », renchérit William en imitant son geste.

Elle scruta attentivement leurs traits amaigris et tirés.

« C'est de la folie, soupira-t-elle. Vous êtes trop las l'un comme l'autre pour faire l'aller-retour de Swyre dans l'après-midi. Je doute par ailleurs de la sagesse de ce voyage, car William ne peut pas se présenter à mon père, tandis que John recevra une volée de bois vert pour m'avoir mise en danger. Je préférerais faire la route seule, mais Sir Henry doutera que j'aie jamais mis les pieds à Lyme si je n'ai pas d'escorte qui s'en porte garante. »

Si l'allusion à William intrigua John, il n'en manifesta rien.

« Ne vous inquiétez pas pour moi, Dame Swift. Il n'est pas question que je vous quitte.

— Vous avez besoin de repos, John, insista-t-elle. Nous en avons tous besoin. » Elle réfléchit un moment avant de poursuivre. « Si vous êtes certain que nous ne risquons rien à Bridport, je vous demanderais bien de me mener jusqu'à la demeure de Richard Theale. Son valet m'a déjà accompagnée en d'autres circonstances, et mon père acceptera sa parole s'il lui déclare que vous m'avez conduite saine et sauve au docteur Theale. » Elle se tourna vers William. « Il sera préférable de nous dire adieu ici, car votre présence déconcertera Richard autant que mon père, puisqu'ils vous prennent l'un comme l'autre pour un capitaine de la garnison du château de Corfe. »

William se caressa pensivement la mâchoire.

« Je ne crois pas que Richard ait jamais cru à cette fable, remarqua-t-il. Quant à Sir Henry, l'acuité de son esprit m'a toujours impressionné.

— Avez-vous eu une raison de lui rendre une nouvelle visite ? s'étonna Jayne en fronçant les sourcils.

— Nous nous sommes découvert un intérêt commun.

— Ah oui ? Lequel ?

— Son élève préférée, répondit-il avec un sourire. Il semblerait que Richard aime encore plus que moi parler de vous. »

Jayne accueillit cette information par une profonde inspiration.

« Vous êtes vraiment l'être le plus agaçant qui soit », conclut-elle en mettant sa jument au pas et en s'engageant sur la douce pente de la colline.

Richard les reçut avec le plus grand naturel, comme si des voyageurs poussiéreux et échevelés se présentaient quotidiennement sur son seuil. Il accueillit Jayne et William en vieux amis et serra la main de John avec chaleur, se disant fort heureux de faire sa connaissance. Certain qu'ils avaient grand besoin de se sustenter, il les conduisit dans sa salle à manger et demanda à sa cuisinière d'apporter toutes les viandes, tous les fromages et tous les pains de son garde-manger. Le résultat fut un véritable festin au regard des brouets clairs et insipides qui avaient fait leur ordinaire pendant des semaines, mais ce que Jayne apprécia le plus fut le gobelet de lait frais qu'on lui servit. Les vaches étaient un luxe qu'une ville assiégée ne pouvait se permettre.

La nouvelle de la retraite des royalistes les avait précédés à Bridport, mais Richard était curieux d'apprendre tous les détails des motifs qui avaient conduit le prince Maurice à lever le camp. À eux deux, John et William firent de leur mieux pour l'éclairer, dépeignant l'incapacité des royalistes à rompre les défenses de

Lyme et la rumeur de l'approche de l'armée parlementaire d'Essex. Il jugea pourtant leurs explications insuffisantes et se tourna vers Jayne : « Et vous, mon enfant, à quoi attribuez-vous le départ du prince ?

— À la même cause que vous, me semble-t-il, répondit-elle pensivement. La maladie. Deux déserteurs ont évoqué la fièvre et l'infection qui régnaient dans leur camp, faisant état de plus de deux mille morts, et il est inconcevable qu'autant d'hommes aient péri au combat alors que John m'apprend que la ville n'en a perdu que cent vingt. Je n'ai pas oublié vos leçons sur la guerre, Richard. Le pire meurtrier n'est ni l'épée, ni le canon, mais les conditions sordides dans lesquelles vivent les soldats.

— Et William m'a appris que vous avez imposé à l'hôpital de sévères mesures de propreté qui ont été adoptées par d'autres médecins.

— Je dois perdre l'ouïe, murmura Jayne en lui jetant un regard soupçonneux. J'aurais juré qu'il n'avait parlé que de la courageuse défense des remparts par la garnison. »

Richard s'étrangla de rire.

« Il me l'a rapporté il y a quatre semaines. Il a fait preuve d'une diligence extrême à me tenir informé de votre bien-être et de vos réalisations et je ne me suis pas privé d'en faire part à vos parents. Vos efforts vous ont valu de nombreux éloges, Jayne, et si Sir Henry continue à soutenir le roi, il est remarquablement fier de ce que vous avez accompli. »

Irrationnellement peut-être, Jayne en éprouva une certaine irritation envers Richard et William. Elle aurait voulu raconter à son père cette histoire à sa manière.

« Comment pouviez-vous savoir ce que je faisais il y a quatre semaines ? demanda-t-elle à William.

— Je me suis rendu à Lyme à trois reprises avant d'y revenir avec le navire de Lord Warwick.

— Par quels moyens ?

— De nuit, en barque depuis Charmouth. Lord Warwick m'emploie pour transmettre et recevoir des informations et il ne me tolérerait pas longtemps si je faillais à mes devoirs envers lui.

— Je ne vous y ai pourtant jamais vu. »

Une étincelle d'humour brilla dans ses yeux.

« Si, la nuit où vous avez soigné les soldats devant la prison. Je vous aurais volontiers parlé si je n'avais craint que les prisonniers rapportent notre rencontre au prince Maurice. Je venais sous le couvert de l'obscurité et repartais avant l'aube pour éviter que ma barque soit découverte. »

Jayne posa les coudes sur la table et nicha son menton entre ses mains pour le regarder fixement.

« N'avez-vous pas songé à m'offrir de partir avec vous ? Je suis certaine que mon père aurait préféré me voir au lieu de se contenter de rapports sur ma bonne santé.

— C'est au colonel Blake que vous devez en faire reproche, Madame, intervint John Metcalfe. Sir William a proposé de vous emmener à chacune de ses visites, mais le colonel s'y est opposé, alléguant que Lyme avait trop grand besoin de vous. »

Comme elle ne répondait pas, Richard prit la parole.

« Auriez-vous accepté cette offre si elle vous avait été faite, mon enfant ? demanda-t-il. Personnellement, je suis convaincu que non, car vous n'aurez peut-être jamais d'autre occasion de diriger un hôpital, encore moins avec l'assistance d'un chirurgien aussi compétent qu'Alexander Hulme… et c'est ce que j'ai fait savoir à William. »

Jayne retint la réplique acerbe qui lui montait aux lèvres. Elle devait sa formation et sa profession à Richard et ne pourrait jamais s'acquitter de sa dette, mais elle lui en voulait de s'arroger le droit de parler à sa place. Néanmoins, elle répondit avec franchise : « Je n'aurais pas accepté, en effet, mais j'aurais été heureuse de pouvoir faire parvenir à ma mère une lettre personnelle et, peut-être, d'en recevoir une en réponse.

— Le colonel Blake ne l'aurait pas permis non plus, Madame, s'entremit à nouveau John. Aucun courrier ne pouvait quitter Lyme sans avoir été lu au préalable. »

Prenant une pomme dans une jatte, William commença à l'éplucher.

« Que lui auriez-vous écrit ? demanda-t-il.

— Je lui aurais dépeint la bravoure des habitantes, car Mama aurait été heureuse d'être informée de leur intelligence et de leur courage. » Posant les mains sur la table, elle se tourna vers le docteur Theale. « Vous avez raison de dire qu'Alexander est un excellent chirurgien, Richard, mais ni lui ni moi n'aurions obtenu d'aussi bons résultats sans son épouse, Susan, qui s'est chargée de l'organisation de l'hôpital. Avec son assistance, j'ai rédigé des rapports sur tous les patients que nous avons traités, Alexander et moi, et je vous en enverrai une copie aussitôt que j'aurai eu le temps d'en faire une. Vous découvrirez que des femmes sont présentes d'un bout à l'autre de ce document. Non contentes d'avoir subi les mêmes blessures effroyables que les hommes – en luttant contre les incendies aussi bien qu'en repoussant les attaques sur la Town Line –, elles sont mortes avec le même courage, ont travaillé avec la même énergie et, par de multiples décisions, ont aidé Lyme à résister aussi longtemps au siège. J'aimerais qu'on leur accorde le même respect qu'à leurs maris, leurs pères et leurs fils ; malheureusement, du fait de l'infériorité de leur sexe, j'en doute fort. »

Richard sembla intrigué par ces remarques.

« Comment aurais-je pu vous manifester plus grand respect qu'en vous disant que vous relèveriez tous les défis que vous affronteriez, mon enfant ? Ce que vous avez fait, en vérité. »

Jayne réprima un soupir, se demandant s'il s'était mépris sur ses propos ou s'il pensait vraiment qu'elle cherchait seulement des éloges personnels.

« Ma vie serait plus calme si ce n'avait pas été le cas, répondit-elle sèchement. Il faudra longtemps pour que le fracas de l'artillerie cesse de retentir à mes oreilles. »

William lui tendit une tranche de pomme sur la pointe de son couteau et elle vit, à son regard taquin, que lui au moins l'avait parfaitement comprise.

« Le calme ne vous convient pas, observa-t-il. Si c'était le cas, vous passeriez vos journées devant un cadre, à confectionner de jolies tapisseries.

— Il n'est jamais trop tard pour s'y mettre », dit-elle en prenant le morceau de pomme.

Il éclata de rire.

« Vous perdriez votre temps. Vos aptitudes vous portent vers le fil de boyau, et non vers celui de soie. » Il lui tendit une nouvelle tranche de fruit. « Quant à maîtresse Hulme et aux femmes de Lyme, le colonel Blake a fait leur éloge dans tous les rapports qu'il a écrits. On dit que circule à Londres une chanson à leur sujet dont voici le refrain : "Comme chacun sait, c'est dans les récipients les plus fragiles que poussent les plantes les plus robustes." Ce respect ne vous suffit-il pas, alors que nous, pauvres hommes, simple chair à canon, ne sommes pas mentionnés du tout ?

— Non, répondit-elle en s'inclinant vers lui, car je suis prête à parier cinq shillings que le jour où l'histoire de la glorieuse victoire de Lyme sur le prince Maurice sera écrite, les seuls noms consignés seront ceux des hommes. »

Malgré sa grande envie de rentrer chez elle, Jayne fut prise d'une mélancolie croissante lorsqu'elle approcha de Swyre avec le valet de Richard à son côté. Elle s'attendait à des heures – des jours, même – d'interrogations de la part de sa famille et n'était pas très sûre de souhaiter décrire ses expériences à des gens qui ne s'étaient pas trouvés derrière les remparts. Elle ne devait s'attendre à aucune concordance entre son récit et la compréhension qu'ils en auraient et elle parvint à la triste conclusion que mieux valait se contenter des récits de son administration de l'hôpital qu'avait faits Richard. Son père croirait qu'elle était restée enfermée entre quatre murs pendant deux mois, parce qu'il n'avait pas l'imagination nécessaire pour concevoir qu'une femme ait pu assister aux combats.

À mi-chemin de l'allée conduisant à Swyre House, elle retint sa jument. Quatre chevaux qu'elle ne reconnaissait pas étaient entravés dans l'herbe à proximité de la cour et elle se refusait à rencontrer des visiteurs, sale et dépenaillée comme elle l'était.

« Mon père a des invités, annonça-t-elle au valet de Richard. Il nous faut regagner la route et prendre le chemin des cuisines.

— Je crains qu'il ne soit trop tard, Madame, murmura-t-il, en désignant du menton l'entrée voûtée. Votre arrivée a déjà été remarquée. »

Jayne vit la femme de chambre de sa mère regarder longuement dans sa direction avant de disparaître dans le vestibule.

« La seule personne qu'elle avertira sera Mama, dit-elle en passant la jambe au-dessus de sa selle avant de se laisser glisser au sol. Mieux vaudrait continuer à pied sur le bas-côté herbeux afin de n'alerter personne. »

Ils avaient presque atteint la cour quand Lady Margaret apparut sur le seuil, avec une expression plus inquiète qu'accueillante. Elle inclina la tête en arrière pour signaler une présence derrière elle et posa la main droite sur sa hanche gauche, esquissant le geste de tirer une épée. Jayne devina qu'elle cherchait à lui faire comprendre que des soldats se trouvaient dans la maison, mais ignorait ce qu'elle était censée faire. Se retirer ? Rester où elle était ? Feindre d'être elle-même une visiteuse ?

C'est alors qu'un dragon vêtu des couleurs du prince Maurice surgit au côté de sa mère, coupant court à ses hésitations. Elle reconnut immédiatement un des deux hommes qui avaient accompagné Peter Tucker jusqu'aux remparts et renonça à toute velléité de jouer le rôle de l'épouse d'un pauvre fermier quand elle prit conscience que lui aussi l'avait identifiée. Sa mère lui raconterait par la suite qu'elle n'avait pas paru surprise par la présence de l'importun alors qu'en vérité, sa panique était telle qu'elle en avait eu le souffle coupé. Sa première pensée fut qu'elle serait mise en état d'arrestation pour avoir aidé des parlementaires, la seconde, que le prince Maurice en personne se trouvait dans la demeure. En tout état de cause, son instinct lui commandait de faire demi-tour et de prendre ses jambes à son cou.

Elle en fut empêchée par Andrew, qui passa devant le dragon et s'approcha d'elle.

« Sir Walter Hoare vous attend à l'intérieur, ma sœur, dit-il tout haut, avant de baisser la voix pour lui chuchoter : Cela fait trois heures qu'il est là et il refuse de partir avant de vous avoir parlé. Il était certain que vous quitteriez Lyme aussitôt le siège levé, mais ne pensait pas avoir à vous attendre aussi longtemps. »

Jayne avait la bouche si sèche qu'elle ne put émettre qu'une sorte de coassement : « Que me veut-il ?

— Il est porteur d'un message du prince Maurice. » Les yeux d'Andrew s'éclairèrent d'une lueur d'humour inattendue. « Vous n'avez pas à vous alarmer, ma sœur. L'apparence et l'odeur de Sir Walter sont pires que les vôtres, et la défaite de Sa Majesté l'a profondément accablé.

— Ne l'êtes-vous pas pareillement, Père et vous ? »

Il lui prit les rênes des mains et lui offrit son bras.

« Moi non, répondit-il gaiement, mais je ne saurais parler pour Sir Henry. Il est bigrement fâché, c'est un fait, néanmoins je pense que cela tient davantage à l'aversion que lui inspire Sir Walter qu'aux succès du Parlement. »

Alors qu'elle entrait au salon, Jayne jouait encore avec l'idée surprenante qu'Andrew était peut-être un parlementaire caché. Cela aurait expliqué bien des choses, dont son refus de rejoindre l'armée du roi comme ses frères. La tension manifeste qui régnait dans la pièce chassa ces pensées de son esprit. Sir Henry et Sir Walter, empourprés et furieux, se faisaient face au milieu, tandis que deux dragons, visiblement mal à l'aise, tripotaient la garde de leur épée près de la fenêtre.

« Messieurs, Messieurs ! s'écria Lady Margaret d'une voix stridente en entrant derrière Jayne et en entourant la taille de sa fille d'un bras protecteur. Il y a des dames ici. Si vous n'êtes pas capables de vous conduire en hommes bien élevés, j'emmène Jayne immédiatement et vous ne nous reverrez pas avant demain. »

La menace fut suffisante pour faire reculer Sir Walter.

« Pardonnez-moi, Lady Margaret. Je me suis trouvé dans l'incapacité d'approuver le jugement de votre mari sur notre récente bataille. » Il inclina la tête devant Jayne. « Madame. »

Elle n'eut pas le temps de répondre que, déjà, Sir Henry l'arrachait à sa mère et l'enveloppait d'une étreinte chaleureuse.

« Le différend est de mon fait, grommela-t-il à son oreille. J'ai contesté l'exactitude du récit de Sir Walter, car les royalistes n'auraient eu aucune raison de se retirer s'ils avaient combattu aussi valeureusement qu'il le prétend. »

Jayne lui planta un baiser sur la joue avant de se dégager pour tendre la main à Sir Walter.

« Vous avez l'air fatigué, Monsieur, et vos hommes aussi. Avez-vous mangé depuis que vous êtes arrivé ici ? »

Il hocha la tête et s'inclina pour lui baiser les doigts.

« Votre mère a eu la bonté de nous offrir des rafraîchissements.

— J'en suis heureuse, Monsieur, car le docteur Theale de Bridport a fait de même pour moi. Si vous aviez été informé de mon intention d'y faire halte avant de me rendre à Swyre, vous auriez pu vous éviter un voyage. Mon escorte de Lyme m'a confiée à lui et le valet du docteur m'a accompagnée sur la fin de mon trajet. »

Ces paroles étaient en réalité adressées à son père, mais Sir Walter répondit tandis qu'elle dégageait sa main.

« J'ignorais qu'il y eût une autre adresse où vous trouver, Madame. Et pourquoi votre escorte n'a-t-elle pas craint l'accueil qui pourrait lui être fait ? Ai-je tort de croire que Bridport soutient le roi ?

— Elle ressemblait aussi peu à un parlementaire que vous à un royaliste, Monsieur. Deux mois sans changer de vêtements ont laissé des traces sur l'apparence de chacun. C'était John Metcalfe, Papa. Il vous envoie ses respects et vous demande pardon de ne pas m'avoir accompagnée jusqu'ici, mais ni Richard ni moi ne l'y avons autorisé. Il était si las que c'est à peine s'il tenait encore à cheval à notre arrivée à Bridport. »

Sir Walter esquissa un sourire acerbe.

« Vous semblez pourtant avoir assez bien supporté le voyage, Dame Swift.

— Il est moins épuisant de recoudre des plaies d'épée que de les faire, Sir Walter, dit-elle calmement. Mais vous le savez fort bien. Le combat rapproché est féroce et âpre, et tous les hommes que j'ai soignés en étaient affaiblis. »

Il la regarda fixement un moment puis fit signe à l'un des dragons, qui s'approcha avec une petite boîte de bois.

« Le prince Maurice m'a demandé de vous remettre ceci, Dame Swift. Il craint que Lyme ne vous ait pas indemnisée pour vos services, mais tient à payer les soins que vous avez prodigués à nos fantassins. Son Altesse a calculé le montant en fonction de vos émoluments horaires et demande que vous comptiez les pièces tout haut pour vous assurer qu'il ne vous a pas dupée. »

Jayne souleva le couvercle.

« Cela ne paraît pas nécessaire, Sir Walter, car il en a noté le montant sur un papier. » Elle lut les mots tout haut. « *Trente pièces d'argent.*

— Comprenez-vous l'allusion, Madame ?

— Mieux que le prince Maurice, sans doute. S'il cherche le Judas qui a condamné tant de ses hommes à mort, je lui suggère de se regarder dans un miroir. Ce n'est pas moi qui les ai obligés à vivre dans une saleté sordide pendant deux mois, encourageant la fièvre de camp à sévir et les plaies à s'envenimer.

— Telle est la nature de la guerre, Madame. Si vous aviez accepté l'une des invitations de Sa Majesté, vous auriez pu soulager bien des souffrances. Il est convaincu aujourd'hui que vos allégations de neutralité sont mensongères. »

Elle referma le coffret et le lui rendit.

« Dans ce cas, je vous prierai de le remercier de son offre, mais de lui dire que je ne puis accepter. Je ne me fais payer que par des gens qui ont confiance en mon honnêteté.

— Il souhaitera une réponse plus développée, Madame. »

Elle recula de quelques pas pour mettre un peu de distance entre eux.

« Si vous avez le courage de le critiquer, répétez-lui ceci, Sir Walter : la bataille a été perdue dès l'instant où il a dressé son camp. S'il avait imposé une propreté rigoureuse en faisant creuser des latrines, en assurant un approvisionnement régulier en eau pour la toilette et en ménageant davantage d'espace entre les tentes, moins d'hommes seraient morts. Le meilleur stratagème est d'empêcher l'infection, et non de la traiter lorsqu'elle est là.

— Vous avez des idées simplistes sur ce qu'il est possible de faire à la guerre, Dame Swift.

— Peut-être, mais sans doute Charles et vous aurez-vous persuadé le prince Maurice des vertus purifiantes de la saumure ? Il aurait dû envoyer ses soldats blessés se baigner dans la mer, qui n'était qu'à quelques centaines de mètres de votre camp. »

Les yeux de Sir Walter se plissèrent de contrariété mais Jayne n'aurait su dire si c'était parce qu'il la soupçonnait de se moquer de lui ou parce que ni le prince, ni lui n'avaient pensé à une solution aussi évidente.

« Seul un sot réduirait la force de son armée pour un bain, Madame. »

Jayne résista à l'envie de rétorquer qu'en perdre deux mille de maladie était sottise plus grande encore.

« Il nous faut accepter de n'être pas du même avis, Monsieur. » Elle se tourna vers son père. « Puis-je prendre congé, Papa ? Je suis plus qu'épuisée.

— Bien sûr, ma fille. »

Elle lui prit la main.

« Admettrez-vous qu'il en va de même de Sir Walter et de ses hommes ? Il n'est pas besoin du regard d'un médecin pour constater qu'ils sont privés de toute énergie. Je vous en prie, offrez-leur l'hospitalité pour la nuit. Vous avez ma parole, ils se sont battus pour la victoire avec autant d'acharnement que les défenseurs de Lyme. »

Une lettre l'attendait quand elle descendit l'escalier le lendemain matin. Elle l'ouvrit sous les yeux amusés d'Andrew, qui lui annonça qu'elle avait été laissée par Sir Walter Hoare.

« Il est parti avec ses hommes il y a trois heures, l'air bien plus vaillant qu'hier. Mère leur a envoyé des servantes pour les raser et nettoyer leurs uniformes. Je lui ai dit qu'elle les gâtait, mais elle m'a fait remarquer que c'était pour une bonne cause si cela hâtait leur départ. »

Jayne lut le message.

Chère Dame Swift,

Je vous remercie très sincèrement de la générosité qui vous a poussée à demander à votre père de nous héberger la nuit dernière et de la bonté que vous nous avez faite en vantant notre ardeur au combat pendant la bataille de Lyme. Je me rends aujourd'hui à Oxford pour donner à Sa Majesté des détails sur le siège, et je pars le cœur plus léger, sachant que vous, qui avez partagé notre expérience des deux derniers mois, avez reconnu de la bravoure dans les deux camps.

Très honorée dame, j'aurais préféré que nous nous rencontrions dans d'autres circonstances car je regrette profondément mon comportement fort peu civil à votre égard et à celui de Lady Stickland en septembre dernier. Ce serait piètre excuse que de faire valoir que ma grossièreté était due au poids de la responsabilité importune qui m'était imposée, mais je n'en espère pas moins que vous voudrez bien y croire.

Les pièces d'argent que je vous ai remises hier constituaient un poids tout aussi importun, mais je vous prie de comprendre que mon allégeance à mon roi exige que j'obéisse aux ordres, même si je les désapprouve.

Votre humble serviteur

Walter Hoare

« Que dit-il ? demanda Andrew.

— Qu'il est désolé de sa grossièreté à mon égard. »

La lecture du feuillet fit sourire Andrew.

« Je n'ai pas cette impression, ma sœur. Voici qui ressemble davantage à une lettre d'amour. Ce ridicule petit bonhomme vous désire ardemment... Pire, il semble se figurer que ses sentiments pourraient être payés de retour. Vous n'auriez pas dû retenir sa main aussi longtemps, et vous n'auriez *certainement* pas dû louer sa bravoure devant Père. »

Elle reprit la lettre et la déchira, se demandant si c'était la victoire de Lyme qui avait rendu sa bonne humeur à Andrew. Quoi qu'il en fût, elle se félicitait du retour des taquineries qui avaient toujours marqué leurs relations d'autrefois.

« Il parle avec honnêteté, fit-elle remarquer. Nous avons effectivement partagé une expérience et mon éloge du courage royaliste était mérité. » Elle chiffonna les morceaux de papier dans sa paume et replia les doigts dessus avant de prendre affectueusement la main de son frère entre les siennes. « Mais il faut avoir été sur place pour savoir à quel point était mince la limite entre victoire et défaite. »

1645

Après trois années d'épreuves ininterrompues,
la résistance contre la guerre grandit dans le Dorset.
Le sort des armes est contraire au roi dans le nord de l'Angleterre,
tandis que Sir Thomas Fairfax et Oliver Cromwell
prennent la tête de la New Model Army qui se bat pour le Parlement.

16.

Swyre, Dorset, 9 mars 1645

La bataille de Weymouth dura dix-huit jours, et l'annonce d'un nouveau triomphe du Parlement atteignit Swyre dans la première semaine de mars. Peu de membres de la maisonnée de Sir Henry y crurent, cependant, car les rumeurs d'une victoire royaliste étaient allées bon train depuis le début des combats. C'est avec un détachement teinté d'amusement que Jayne observait la passion avec laquelle sa famille se jetait sur la moindre bribe d'information, car l'expérience qu'elle avait acquise à Lyme lui avait appris combien les impressions et le bouche-à-oreille pouvaient être éloignés de la réalité. Mais elle prenait soin de réprimer ses sourires maintenant que la demeure était déchirée par des allégeances et des sentiments contraires.

À la fin du mois de janvier, son oncle avait été informé d'une conspiration des royalistes de Weymouth pour livrer la ville à Sir Lewis Dyve, un des généraux du roi. Craignant que le complot ne fût éventé, ce qui aurait mis en péril tous les sympathisants royalistes, Joseph avait envoyé à Swyre Ruth, avec Isaac et toutes ses domestiques, y compris celles que Ruth avait fait venir de Dorchester, pour qu'ils soient en sécurité. Seule son épouse avait refusé de partir, faisant valoir qu'elle ne connaissait qu'un parlementaire – son boucher – et qu'il attachait trop de prix à sa clientèle pour la chasser de sa maison.

La conjuration avait réussi et Sir Lewis Dyve avait pris Weymouth pour le roi. Mais cette victoire avait été vaine, car neuf cents parlementaires, conduits par le colonel William Sydenham de Wynford Eagle, s'étaient retirés de l'autre côté de la Wey et avaient établi leur propre garnison à Melcombe, sur la rive est de l'estuaire. Les deux commandants voulaient s'emparer du port situé à l'embouchure de la rivière, un objectif qui avait donné lieu à dix-huit jours de combats acharnés et sanglants ; la situation des parlementaires était devenue encore plus désespérée lorsqu'un autre général du roi, Lord Goring, était arrivé avec son armée pour renforcer celle de Dyve, créant une force royaliste conjointe de six mille cinq cents hommes.

Ruth se réjouissait de toutes les rumeurs de victoires royalistes, car elles signifiaient que ses parents échapperaient aux représailles, mais les sourires de ses hôtes masquaient des sentiments plus mêlés. Comme Jayne l'avait prévu, son père l'avait harcelée de questions sur Lyme et elle avait été incapable de dissimuler son admiration pour les habitants de la ville. La situation s'était envenimée au début du mois de juillet 1644, lorsqu'ils avaient appris que le colonel Blake et une brigade d'hommes avaient quitté les lieux pour reprendre possession de Taunton, une cinquantaine de kilomètres au nord. Sir Henry avait prétendu que cette tentative était vouée à l'échec, car Taunton se trouvait trop à l'intérieur des terres pour que Lord Warwick et la flotte se portent au secours de Blake, mais Jayne avait soutenu énergiquement la manœuvre du colonel. C'était un commandant intelligent, avait-elle répliqué à Sir Henry, qui ne s'engagerait pas dans un combat qu'il ne pouvait pas gagner. Non seulement il réussirait à prendre Taunton pour le Parlement, mais il tiendrait la ville aussi longtemps qu'on lui en donnerait l'ordre.

Andrew était parti en tapinois cette nuit-là, ne laissant qu'une lettre de quelques lignes pour expliquer sa décision.

Cher Sir Henry,

Comprenez bien, je vous prie, que par amour pour vous, j'ai cherché avec force à voir du mérite dans la cause du roi. Malheureusement, cet effort n'a pas été couronné de succès car ma raison et mon cœur ont toujours penché du côté du Parlement.

J'ai l'intention de proposer mes services à la garnison de Weymouth, où je rejoindrai mes amis, William et Francis Sydenham de Wynford Eagle.

Je suis conscient de la désunion que ce choix provoquera entre nous, et du risque de me mettre en conflit avec mes frères, mais je ne puis vivre plus longtemps dans le mensonge. Si j'ai refusé de m'engager dans un régiment du roi, cela n'a jamais été par paresse ni par lâcheté, mais en raison de ma profonde conviction que le pouvoir devrait revenir au Parlement et au peuple.

Votre fils,

Andrew

Sir Henry reprocha à Jayne la « stupidité » de son fils, affirmant qu'elle lui avait farci la tête d'extravagants récits d'héroïsme, mais Lady Margaret reconnut qu'elle avait compris depuis un certain temps qu'Andrew débattait avec sa conscience.

« Regardez-vous, Henry, avant de critiquer notre fille. Si vous aviez modéré vos propos à l'égard d'Andrew ces deux dernières années, peut-être n'aurait-il pas éprouvé le besoin de faire ses preuves. Vous est-il arrivé d'envisager qu'il n'avait peut-être pas les mêmes opinions que vous ? »

Jayne vit la colère empourprer les joues de son père et intervint pour défendre sa mère.

« Je suis partiellement responsable, Mama, reconnut-elle. Je crois bien que c'est par mon intermédiaire qu'Andrew a fait la connaissance de la famille Sydenham. »

Elle évoqua un jour d'avril 1642 où Andrew l'avait accompagnée à Bridport. Il avait des affaires à traiter avec un marchand mais, n'étant pas pressé, l'avait accompagnée chez Richard Theale. Ce dernier avait invité Andrew à entrer dans sa maison, où il avait rencontré Thomas Sydenham, un jeune étudiant en médecine.

« Thomas est le frère de William et de Francis, poursuivit-elle, et ils sont tous les trois aussi ardemment engagés en faveur de la cause parlementaire que vous l'êtes pour celle du roi, Papa. J'ignore comment Andrew en est venu à les connaître suffisamment pour les dire ses amis, mais je suppose qu'ayant été présenté à Thomas, il en a profité pour se rendre à Wynford Eagle.

— Ce sont des puritains, lança Sir Henry d'une voix rageuse. Ils s'en prennent aux garçons naïfs comme Andrew. »

Jayne songea que les préjugés de son père contre cette secte avaient acquis une extrême virulence, et ce pour la simple raison que les puritains soutenaient le Parlement.

« Je suis certaine pourtant que vous apprécieriez leur compagnie si vous acceptiez de faire leur connaissance, Papa. Peut-être suivent-ils la voie puritaine, mais ils possèdent tous les attributs que vous admirez chez les hommes : l'intelligence, la force de caractère, la constance et l'honneur. La seule chose qui vous oppose est votre différence d'allégeance.

— La question que je me pose est pourquoi *vous* les connaissez aussi bien, ma fille, répliqua sèchement Sir Henry.

— L'essentiel de ce que je sais d'eux, répondit Jayne avec franchise, m'a été rapporté par Richard un jour où il m'a accompagnée à Wynford Eagle pour voir Thomas préparer du laudanum, mais j'ai passé ensuite une heure fort agréable à converser avec Dame Sydenham et ses fils. »

Elle s'interrompit, se demandant jusqu'à quel degré de cruauté elle pouvait aller en contestant ses préventions.

« J'ai trouvé leur conversation vivante, variée et stimulante, bien différente des monologues de notre demeure. Andrew se sera senti à l'aise là-bas pour peu qu'il ait tendu vers le Parlement avant de faire leur connaissance. »

Le teint de son père passa au violacé.

« Respirez, mon ami, faute de quoi, vous allez éclater, intervint calmement Lady Margaret. Rien de ce qu'a dit Jayne n'est extravagant au point que vous risquiez une attaque d'apoplexie. Vous prenez plaisir à traiter Andrew de garçon, mais il a plus de trente ans. Imaginez-vous sérieusement qu'un homme fait soit incapable de décider par lui-même de quelle manière ce pays devrait être gouverné ?

— S'il écoute les puritains, oui, répliqua Sir Henry d'un ton provocant. Ces gens-là sont les plus abjects scélérats, comme le prouve l'ignoble créature que notre nièce a épousée. »

Jayne se pencha vers lui avec une lueur taquine dans les yeux.

« Samuel Morecott est un bien mauvais exemple, Papa. Prenez plutôt ceux du colonel Blake, et d'Alexander et Susan Hulme, des gens honorables et charmants. »

Il agita le doigt dans sa direction.

« Je commence à mieux comprendre pourquoi le prince Maurice vous a envoyé trente pièces d'argent. »

Elle sourit.

« Il aurait agi pareillement, que j'accepte son invitation ou non. Je suis certaine qu'il reproche sa défaite à tout le monde, hormis à lui-même. »

Sir Henry émit un grognement amusé. Sa plus grande qualité était sa faculté de renoncer à une querelle aussi facilement qu'il s'y engageait.

« Le roi ne lui prêtera pas une oreille bienveillante s'il s'y essaie avec lui. On a peine à croire qu'une armée de six mille hommes, en position élevée et bénéficiant de tous les points de vue privilégiés, ait été impuissante à envahir une misérable enclave comme Lyme. »

La justesse de ses propos fut confirmée quelques jours plus tard par une lettre de son plus jeune fils, Benjamin, évoquant la disgrâce du prince Maurice à qui le commandement de l'armée de l'Ouest avait été retiré. Le roi n'avait pu dissimuler la déception que lui inspirait son neveu, non seulement à cause de la tentative piteusement menée du prince pour s'emparer de Lyme, mais aussi en raison de sa retraite précipitée dans le Devon, qui avait laissé au Parlement le contrôle du sud du Dorset. Lady Margaret reçut peu après une lettre d'Andrew, lui demandant pardon d'être parti sans lui avoir laissé de message d'adieu, et l'assurant qu'il se félicitait de sa décision de rejoindre la garnison nouvellement constituée de Weymouth.

Et puis la guerre s'éloigna à nouveau. En septembre, Swyre apprit que mille hommes sans armes et affamés de l'armée parlementaire du comte d'Essex étaient arrivés à Poole depuis Lostwithiel dans les Cornouailles. Apparemment, Essex avait poursuivi le prince Maurice jusque-là, mais avait été alors pris en tenaille entre l'armée du prince au sud et celle du roi au nord. Le comte avait échappé à la capture, mais pas ses troupes ; lorsqu'ils s'étaient rendus, tous les hommes, officiers compris, avaient été dépouillés de leurs armes et avaient reçu l'ordre de marcher jusqu'à Poole avant de tenter de reprendre le combat contre les royalistes.

Pour survivre, ils avaient volé en chemin de la nourriture aux fermiers et aux propriétaires fonciers, et les récits de pillage foisonnaient. Leur route les avait conduits au nord de Swyre, mais Sir Henry reçut des lettres d'amis royalistes condamnant l'immoralité des soldats parlementaires défaits d'Essex, prétendant qu'ils étaient aussi prompts à voler sa vertu à une demoiselle qu'une vache ou un sac de céréales à un paysan. Aussi son père avait-il ordonné à Jayne de ne pas sortir avant qu'ils soient certains que le danger était passé, mais elle lui rappela qu'il avait appris que les hommes étaient arrivés à Poole avant même d'entendre parler des vols et des viols qu'ils auraient commis. Elle n'en fut pas moins deux fois plus vigilante lorsqu'elle allait voir un patient à cheval toute seule, car les rumeurs touchant les parlementaires n'étaient rien au regard des récits sur les soldats royalistes de Lord Goring.

Les amis de Sir Henry eux-mêmes n'avaient rien à en dire d'élogieux, pas plus que de leur commandant. Ils affirmaient que Goring avait adopté le titre de lord pour servir ses ambitions et refusait tout ordre d'assiéger une ville lorsqu'il estimait les chances de s'enrichir trop minces pour en justifier l'effort. Son armée préférait rôder à la frontière entre le Dorset et le Somerset, tuant et pillant à sa guise, et nulle jeune fille ni femme faite n'était à l'abri de la lubricité des soldats. Jayne n'aurait pas prêté plus de crédit à ces allégations qu'à toute autre si les sœurs de Sir Henry à Oxford n'y avaient ajouté leurs mises en garde personnelles. Dans des lettres distinctes, elles avaient exhorté leur frère à se méfier de Goring, l'une le disant « méchant » et l'autre, « dissolu ».

Jayne avait senti un désespoir croissant gagner le comté chaque fois qu'elle s'aventurait hors de la demeure, car tous ceux qu'elle rencontrait, quelle que fût leur allégeance, exprimaient le désir de voir la guerre s'achever enfin. Les gens étaient las que des soldats soient cantonnés dans leurs maisons et que leurs réserves alimentaires soient réquisitionnées. Ils souffraient eux-mêmes de la faim, et les compensations qu'on pouvait leur proposer n'y changeaient rien, car l'argent était sans valeur quand les denrées étaient rares. Une rumeur qui parvint aux oreilles de Sir Henry affirmait qu'une poignée de propriétaires fonciers du nord du Dorset avaient proclamé leur neutralité et avaient armé leurs ouvriers agricoles de gourdins afin qu'ils puissent repousser les soldats en maraude, quel que fût leur camp. Ils avaient pris le nom de « Clubmen » et alors que la nouvelle de leur résistance se répandait, on les disait de plus en plus nombreux à acheter des gourdins et à rejoindre le mouvement.

En octobre 1644, Benjamin, le frère de Jayne, arriva à l'improviste, affirmant avoir obtenu une permission pour passer une nuit en compagnie de sa famille avant de rejoindre son régiment au matin. Il était hirsute, sale et terriblement fatigué, mais visiblement heureux de revoir les siens. Il les embrassa et les étreignit tous, puis avala toute une côte de bœuf avant de se dire enfin rassasié. Jayne lui trouva l'air beaucoup plus âgé que ses vingt-quatre ans, et elle se demanda ce qu'il avait vu et fait pour vieillir aussi rapidement.

Il manifesta plus grande envie d'avoir de leurs nouvelles que de leur faire le récit de ses aventures, alors qu'il savait déjà presque tout par les lettres que son père lui avait envoyées. Il insista auprès de sa sœur pour qu'elle lui parle du colonel Blake, qui mettait le roi en difficulté à Taunton. Selon Benjamin, Blake avait rassemblé sa garnison pour empêcher les troupes royalistes d'encercler la ville et malgré le manque de nourriture et de poudre à canon, il avait tenu bon jusqu'à ce qu'une force parlementaire le relève. Toutes les questions de Benjamin avaient le même objet que celles qu'avait posées Sir Henry – quelle sorte d'homme Blake était-il ? – mais, à la différence de son père, il accepta sans broncher les commentaires élogieux de Jayne. Peut-être la défaite était-elle plus supportable si l'ennemi était digne d'admiration.

La seule information que Sir Henry avait omise de sa correspondance était la décision qu'avait prise Andrew de rejoindre la garnison de Weymouth, et ce fut à Lady Margaret d'en donner l'explication. Benjamin avait confié à sa mère tout ce qu'il savait sur Philip, son second fils, stationné à Oxford, et insista ensuite pour avoir des nouvelles d'Andrew. Sa mère et Jayne furent agréablement surprises qu'il accueille d'aussi bon gré la nouvelle que son frère aîné s'était engagé dans les rangs du Parlement. Presque tous les hommes qu'il connaissait avaient des amis ou des parents qui se battaient dans l'autre camp, leur apprit-il, et la réticence d'Andrew à prendre le parti du roi avait toujours été manifeste. La conversation se serait arrêtée là si Benjamin n'avait pas poussé son père à bout, tout à fait involontairement, en demandant pourquoi son frère avait mis si longtemps à abattre son jeu. Sir Henry poussa un grognement railleur.

« Il craignait de se faire renier.

— Il n'aurait jamais parlé si tel avait été le cas », objecta Lady Margaret.

Benjamin se tourna vers Jayne.

« Et vous, ma sœur, qu'en dites-vous ?

— Le moins possible, répondit-elle en riant. Ce sujet est mauvais pour la santé de Père. »

Le teint de Sir Henry s'assombrit aussitôt.

« Répondez, ma fille ! Votre frère a le droit d'être informé de vos sympathies parlementaires.

— À condition que vous l'autorisiez à écouter ce que j'ai à lui dire, Papa. Faute de quoi il sera assourdi par vos rugissements. » Elle attendit un instant avant de se tourner vers Benjamin. « À mon avis, Andrew pensait que la guerre s'achèverait promptement et que le roi l'emporterait, dit-elle enfin. Philip et vous étiez du même avis au moment où vous vous êtes enrôlés, car je me rappelle vous avoir entendu dire que je vous reverrais bientôt. »

Benjamin hocha la tête.

« C'est ce que nous espérions.

— Et si vos espoirs s'étaient réalisés, Andrew aurait tenu sa langue par respect pour Papa et aurait apaisé sa conscience parlementaire en endurant toutes les insultes dont il était accablé. » Elle porta le regard sur Sir Henry. « Mais le conflit s'éternise sans qu'on en voie le bout, et il a suffi de la victoire de Lyme pour persuader Andrew de suivre son cœur. Ce que j'ai pu dire à propos du siège n'a pas pesé sur son choix, sinon en lui faisant mieux comprendre comment la victoire peut sourire à ceux qui sont sincèrement convaincus de la justice de leur cause. »

Sir Henry lui jeta un regard noir.

« Suggéreriez-vous que les partisans du roi ne croient *pas* que leur cause soit juste ?

— Je suis certaine que les officiers en sont convaincus, répondit-elle prudemment, mais je doute que leur engagement soit partagé par les fantassins. Les hommes que j'ai soignés étaient des recrues réticentes qui ne restaient dans l'armée que pour la promesse de pillages et par peur d'être rossés s'ils cherchaient à déserter.

— Dit-elle vrai, mon garçon ? demanda Sir Henry à Benjamin.

— Je le crains, Monsieur. Quelques-uns s'engagent volontairement, heureux de toucher des rations quotidiennes et avides de butin, mais la plupart ont été recrutés de force. Les gens du commun n'ont guère le goût d'abandonner leur foyer pour aller tuer leurs compatriotes. En va-t-il autrement dans le camp du Parlement, ma sœur ?

— Je ne saurais parler que de Lyme, et la situation n'y était pas la même. Tous les hommes, femmes et enfants étaient prêts à prendre les armes parce qu'ils se battaient pour protéger leurs foyers. » Elle s'interrompit un instant. « N'aspirez-vous pas à rentrer à la maison, Benjamin ?

— Plus que vous ne croyez, murmura-t-il sombrement, jetant à son père un regard maussade. J'ai eu l'occasion de voir le roi de près, Monsieur – et les princes également –, et ils sont tous loin de m'inspirer les éloges que Jayne a faits du colonel Blake. Je perçois en eux plus d'irascibilité et d'arrogance que d'honneur ou de moralité. »

Lady Margaret saisit la main de son mari avant qu'il pût serrer le poing.

« Allons, Monsieur ! le tança-t-elle sèchement. Vous n'avez pas plus haute opinion du prince Maurice que Benjamin. Avez-vous oublié combien vous avez vitupéré contre l'impertinence éhontée avec laquelle il a cherché à s'approprier Jayne comme médecin personnel ?

— Le roi n'est pas responsable du comportement de son neveu, grommela Sir Henry. Que voyez-vous de critiquable dans votre souverain, mon garçon ?

— Je m'en voudrais de vous tourmenter, Monsieur.

— Parlez ! »

Benjamin haussa les épaules.

« Fort bien. Ses troupes ne lui vouent pas la même loyauté que celle qu'inspire manifestement le colonel aux siennes. L'un se tient délibérément à l'écart du commun des hommes ; l'autre, à en croire la description de Jayne, se promène parmi eux. Comme je doute que Blake galvaude son autorité en saluant ses inférieurs avec chaleur et amitié, je ne peux que regretter que le roi et ses neveux ne fassent pas de même.

— On ne saurait comparer un monarque et un officier.

— Si fait, Monsieur : les deux attendent de leurs soldats qu'ils soient prêts à mourir pour eux en cas de besoin. » Benjamin se tut un instant. « J'ai perdu plus d'amis ces derniers jours que je n'en saurais compter. Et pour quelle raison ? Parce que Sa Majesté préfère gouverner seule plutôt qu'avec le consentement de son peuple. »

Sir Henry abattit la main sur la table.

« C'est la faction puritaine du Parlement qui a monté le peuple contre elle. Vous le savez, mon garçon, car je vous ai montré les discours de leur chef, John Pym, avant que vous vous engagiez. Qu'avez-vous donc lu depuis, qui vous fasse penser que des puritains fanatiques gouverneraient mieux que votre souverain ? »

Benjamin tourna vers Jayne un regard implorant, la suppliant de se porter à son secours. Elle retrouvait là une attitude qui remontait à l'enfance de Philip et lui, car ses jeunes frères avaient toujours compté sur elle pour les protéger de la colère de leur père.

Elle posa le menton sur ses mains.

« Benjamin aura lu en décembre dernier la même brochure que vous, annonçant la mort de John Pym, Papa. Je me rappelle vous avoir vu faire tournoyer Mama dans vos bras le jour de la Noël et vous avoir entendu crier de joie à l'idée que Dieu avait frappé ce malfaisant sectaire dont la haine du roi était cause de cette terrible guerre. Vous avez poursuivi en déclarant que l'influence des fanatiques diminuerait à présent qu'ils avaient perdu leur chef.

— Pensez-vous que les presbytériens vaillent mieux que les puritains ? demanda Sir Henry. Ils n'ont pas plus envie que Pym et ses fanatiques d'avoir des évêques et des pasteurs dans leurs églises, et il paraît que c'est la faction qui exerce aujourd'hui son emprise sur le Parlement.

— J'ai peine à croire que les évêques et les pasteurs soient le seul motif de cette guerre, Papa. Benjamin a certainement raison, ne croyez-vous pas ? On a souvent dit à Lyme qu'il n'y aurait pas eu de conflit si le roi avait accepté de gouverner avec l'aide et le conseil du Parlement. Et qu'est-ce d'autre que le consentement du peuple ?

— Bien des hommes de mon régiment disent la même chose, Monsieur, intervint alors Benjamin, et les murmures se font plus audibles depuis la défaite du prince Rupert à Marston Moor en juillet. Nous avons maintenant perdu tout le nord et nombreux sont ceux qui estiment que le roi devrait rechercher la paix aux conditions dont a parlé Jayne. »

Ces propos pessimistes heurtèrent Sir Henry.

« N'avez-vous pas été réconforté par votre victoire sur Essex à Lostwithiel le mois dernier ?

— La victoire comporte peu de gloire quand vous affrontez l'hostilité partout où vous allez, répondit Benjamin. L'armée du roi compte plus de dix mille hommes, et il nous est impossible de nous nourrir sans voler ce dont nous avons besoin en chemin. Il paraît que l'armée défaite d'Essex en fait autant, de sorte que la haine monte contre les deux camps. Avez-vous entendu parler des Clubmen ? Nous les avons rencontrés pour la première fois dans le Somerset, mais on dit qu'ils sont encore mieux organisés dans le Dorset. »

Devant le silence de Sir Henry, Jayne prit la parole.

« S'agit-il des hommes qui ont choisi la neutralité plutôt que le conflit ? Des rumeurs nous sont parvenues à ce sujet, mais nous ignorions si elles étaient vraies.

— Vous pouvez les croire, ma sœur. La résistance monte dans tout le Sud-Ouest, mais le roi refuse de la prendre au sérieux. Les Clubmen du Somerset l'ont imploré de négocier une paix, et il a feint d'accepter, mais il a ordonné ensuite la confiscation du bétail et l'enrôlement forcé des hommes. Je crains qu'il n'en fasse autant dans le Dorset, ajouta-t-il avec un sourire narquois, encore que j'aie peine à croire que ses mensonges y soient acceptés aussi facilement. »

Ce fut au tour de Jayne d'être ébranlée.

« Est-il ici ? demanda-t-elle.

— C'est la seule raison pour laquelle j'ai obtenu la permission de venir vous voir, confirma Benjamin. Le roi et le prince Rupert passent la nuit à Maiden Newton. Ils ne se sont pas rencontrés depuis la défaite du prince à Marston Moor, et je suis certain que la colère de son oncle contre lui ne sera pas moindre que celle que lui a inspirée le prince Maurice en raison de la perte de Lyme. »

Il regretta immédiatement ses paroles et pria sa famille de jurer de taire la présence de Sa Majesté à Maiden Newton. Les parlementaires avaient des espions partout, et la tête du capitaine Swift se retrouverait promptement sur le billot si l'on savait qu'il avait révélé où se trouvait le souverain. Ils jurèrent volontiers, ne fût-ce que pour apaiser ses inquiétudes, mais Jayne demanda avec curiosité où l'armée était cantonnée, dix mille hommes pouvant difficilement passer inaperçus. À Kingcombe, lui répondit Benjamin, à environ deux lieues de Maiden Newton, Sa Majesté et le prince Rupert n'ayant gardé pour toute protection qu'une poignée d'aides de camp. Tout parlementaire assez rusé pour s'introduire dans la maison où ils logeaient pouvait mettre fin à la guerre en supprimant les deux. Sir Henry doutait qu'il existât un parlementaire de cette trempe, mais Jayne se prit à se demander où était William.

Benjamin obtint une seconde permission durant les quinze jours que le roi passa dans le Dorset. Il en profita pour engager vivement son père à ordonner à Andrew de rentrer à la maison, car il pensait que le monarque avait l'intention de faire le siège de Weymouth. On disait que Sa Majesté avait signé un traité d'amitié avec les Français et qu'une armée étrangère se massait de l'autre côté de la Manche. Il lui fallait, pour faire débarquer un aussi grand nombre d'hommes, un port sûr, et le plus adapté était Portland, défendu pour le moment par la garnison parlementaire de Weymouth.

Ayant parfaitement compris l'inquiétude de Benjamin à l'affreuse perspective de devoir se battre contre son frère, Jayne s'étonna de la réaction de son père. Sir Henry refusa d'intervenir, déclarant préférer que Benjamin déserte plutôt qu'Andrew, car jamais le roi ne serait pardonné s'il remportait la victoire avec le concours de troupes françaises. Il affirma plus tard à Jayne que Benjamin ne faisait que répéter des fables de caserne, car Sa Majesté était trop avisée pour provoquer une invasion étrangère de l'Angleterre, un jugement qui parut confirmé lorsque 1645 succéda à 1644 sans que personne ait fait état de combats à Weymouth.

Sir Henry fut cependant contraint de revenir sur ses certitudes à la fin du mois de janvier, quand Ruth arriva avec vingt servantes et que l'on entendit dire deux semaines plus tard que la bataille pour le port de Portland était commencée. Swyre retint ensuite son souffle, partagé entre inquiétude pour Andrew et inquiétude pour les parents de Ruth, tandis que circulait une foule de rumeurs contradictoires sur les événements. Les rares lueurs à percer ces épaisses ténèbres étaient les lettres de Philip et de Benjamin, qui eurent l'heureuse idée d'informer leur père qu'aucun de leurs régiments n'était engagé à Weymouth, et Lady Margaret versa secrètement des larmes de soulagement en songeant que ses fils ne seraient pas obligés de s'entre-tuer.

La confirmation que la victoire avait été remportée par le Parlement leur parvint dans une lettre de Joseph datée du 9 mars. Il priait Sir Henry de faire savoir à Ruth que sa mère et lui-même étaient sains et saufs, ajoutant en post-scriptum que l'armée indisciplinée de Lord Goring avait subi infiniment plus de pertes que la garnison parlementaire. Sir Henry lut ces mots à haute voix dans le salon et, si les sentiments que lui inspirait cette nouvelle défaite royaliste n'étaient pas parfaitement limpides, le bonheur de Lady Margaret était manifeste.

Une heure plus tard, Ruth demanda à Jayne pourquoi sa tante avait souri en apprenant que le succès de la garnison était assuré. « Aurait-elle une allégeance différente de celle de votre père, ma cousine ? Serait-elle satisfaite que le Parlement remporte cette guerre ? »

Assises sur un banc à l'arrière de la maison, elles regardaient un palefrenier utiliser un long licol pour apprendre à Isaac à conduire son poney en rond autour de lui. Devant eux, une étendue de prairie courait entre des collines basses en direction de la mer. Si l'élévation de part et d'autre n'avait pas masqué la vue, elles auraient pu distinguer l'île de Portland sur leur gauche et Lyme Regis sur leur droite. Sir Henry avait avoué à Jayne qu'il avait gravi le tertre de l'ouest plusieurs fois pendant qu'elle se trouvait à Lyme, cherchant un indice de la tournure que prenait le siège et elle savait qu'il en avait fait autant ces dernières semaines, portant le regard vers Portland et Weymouth.

Avec un soupir, elle prit Ruth par la taille et lui expliqua que, venant s'ajouter au post-scriptum de Joseph, une victoire parlementaire signifierait qu'Andrew devait être indemne, lui aussi.

« Il s'est engagé dans la garnison de Weymouth en juillet dernier, mais Papa a jugé préférable de vous laisser dans l'ignorance du divorce de nos loyautés.

— Je le savais déjà, répondit Ruth. Votre frère est venu nous voir dès son arrivée à Weymouth. Il a jugé bon d'informer personnellement Papa qu'il avait rejoint le camp du Parlement.

— Pourquoi ne nous l'avez-vous pas dit ? s'étonna Jayne.

— Parce que Sir Henry n'en faisait pas mention dans ses lettres. Papa a supposé qu'il avait renié Andrew et m'a conseillé de garder le silence à ce sujet. » Ruth suivit Isaac des yeux. « Lady Margaret serait-elle heureuse de savoir qu'Andrew nous a rendu visite toutes les semaines en compagnie de ses amis William et Francis Sydenham, et qu'un solide respect s'est établi entre eux et Papa ? Il m'arrive de me demander s'ils ne l'ont pas persuadé du bien-fondé de la cause parlementaire, car il n'est plus aussi favorable au roi que par le passé. »

Jayne songea aux critiques de plus en plus vives de Sir Henry sur la conduite de la guerre. « Et vous, ma cousine ? Êtes-vous toujours attirée par le puritanisme et par le Parlement ? » Ruth rit tout bas.

« Si cela peut servir la paix, je suis prête à jouer tous les rôles qu'on voudra.

— Mais dans votre cœur ?

— Je voudrais ce que veut ma douce Mary – un monde où chaque voix puisse se faire entendre. Elle a été extrêmement flattée que vous vous souveniez d'elle, Jayne. Tout comme l'ont été, de fait, Sarah et Rose. Elles parlent souvent de vous parce que votre apparition dans leur vie a été fort surprenante, mais elles n'auraient jamais cru que vous garderiez la mémoire de leur nom et de leur image. »

Jayne s'apprêtait à répondre que les servantes de Ruth avaient fait sur elle une aussi vive impression que l'inverse quand des cris de colère s'élevèrent dans la prairie à leur gauche. Se retournant pour découvrir l'objet de cette querelle, les deux jeunes femmes se levèrent d'un même bond à la vue de cavaliers en uniforme qui s'en prenaient à Sir Henry et à ses travailleurs agricoles à coups de cravache. Bouleversée, Jayne conseilla à Ruth de faire rentrer Isaac dans la maison puis, sans prendre le temps de s'interroger sur son discernement, elle releva ses jupes et se précipita vers la mêlée, hurlant à pleins poumons.

Elle affirmerait plus tard à Sir Henry n'avoir fait que ce que les femmes de Lyme auraient fait en pareilles circonstances. Être une femme ne vous condamnait pas à vous tenir en retrait quand vos hommes et vos biens étaient attaqués et elle avait constaté par elle-même combien des miaulements stridents pouvaient être efficaces. Ces hurlements aigus et assourdissants déconcentraient les hommes, et le stratagème fit son effet sur le cavalier qui brandissait son fouet vers le visage de son père. Comme l'intrus se retournait pour voir l'origine de ce tapage, Sir Henry, furieux, s'empara de l'objet et le lui arracha de la main.

« Gredin de voleur ! » rugit-il, tandis que la cravache dessinait une ample courbe vers l'arrière avant de cingler les naseaux du cheval. Effrayée par la morsure soudaine du cuir, la bête se cabra, jetant son cavalier à terre, avant de filer vers la route. Avec un torrent d'insultes, Sir Henry posa le pied sur l'aine de l'intrus avant de se retourner pour cravacher une autre bête.

Les trépignements et les feulements persistants de Jayne attirèrent sa mère à la fenêtre de la cuisine, à l'extrémité est de la demeure. Ne s'arrêtant que le temps de voir si sa fille courait pour échapper à un danger ou pour aller à sa rencontre, Lady Margaret ouvrit la porte toute grande, releva elle aussi ses jupes et partit promptement, les cuisinières, les servantes et les valets sur ses talons. En peu de temps, les treize royalistes qui s'étaient introduits dans la propriété de Sir Henry dans l'intention de lui voler son bétail furent assaillis par des cultivateurs d'un côté et par des femmes et des valets glapissants de l'autre. Incapables de maîtriser leurs montures au milieu d'une telle confusion, certains battirent hâtivement en retraite vers la route tandis que d'autres étaient tirés à bas de leur selle et jetés à terre sans cérémonie. Lady Margaret ordonna à ses domestiques de s'asseoir sur leur poitrine et sur leurs jambes pour les empêcher de se relever, tandis que Sir Henry et ses ouvriers agricoles encerclaient les chevaux. Pendant ce temps, la visée des cavaliers, un troupeau de vaches rubis rouge du Devonshire, continuait à ruminer à une vingtaine de mètres dans une paisible indifférence.

Jayne releva sur le visage de son père quand il désarma et dénombra ses prisonniers – six – la même expression d'euphorie que sur ceux des défenseurs de Lyme chaque fois qu'ils avaient repoussé un assaut. Elle ne se sentit pas moins obligée de gâcher son plaisir en lui faisant remarquer que les camarades des captifs n'avaient reculé que jusqu'à la route. « Nous n'arriverons pas à les chasser s'ils reviennent, épées au clair, Papa. »

Sir Henry suivit son regard. « Damnés païens, marmonna-t-il avant de donner instruction aux travailleurs agricoles de conduire les chevaux aux écuries en emportant les armes. Montez la garde devant les portes et armez-vous de fourches. Que personne n'entre sans ma permission. Je vous ferai savoir si je décide de leur rendre leurs montures et leurs épées, et à quel moment. » Il se tourna vers Lady Margaret. « Avons-nous de la corde à la maison, Madame ? Ces hommes nous blesseront sûrement si nous les menons à la demeure sans les avoir ligotés. »

Lady Margaret secoua la tête.

« Les objets de ce genre sont rangés dans les écuries, Monsieur. » Elle regarda sa servante, assise à califourchon sur un cavalier tombé à terre, avec une autre domestique et un valet de treize ans. « Y a-t-il autre chose que nous pourrions utiliser, Agnes ? Même avec l'aide de Sir Henry, une dizaine de femmes et deux jeunes gars ne sauraient maîtriser six hommes robustes.

— Nous avons de vieux draps, Milady, mais il faudra aller les chercher et les déchirer en bandes. » Agnes regarda autour d'elle si une servante était disponible, mais elles étaient toutes assises sur les prisonniers. « Peut-être Miss Jayne pourrait-elle s'en charger.

— Je crains de ne pas avoir le temps, objecta cette dernière, qui observait la route. Ne serait-il pas plus simple de leur retirer leurs bottes et leurs hauts-de-chausses, et d'utiliser leurs culottes pour les attacher ? Je serais surprise que les soldats royalistes cachent dans leurs chausses quelque chose que toutes ces dames n'ont pas déjà vu. »

Mary, l'ancienne cuisinière de Samuel Morecott, était solidement posée sur les cuisses du premier homme à être tombé.

« Je n'en serais pas si sûre, Madame, lança-t-elle en riant. Ce que celui-ci a entre les jambes s'est si bien rétréci qu'il est réduit à néant. Sans les poils qu'il a au menton, je le prendrais pour une fille.

— Nous en aurons bientôt le cœur net », dit Jayne en se penchant pour attraper le talon de sa botte gauche.

L'homme chercha à lui échapper à grands coups de pied, mais Mary enfonça le côté de son poing dans son aine tandis que la corpulente cuisinière de Lady Margaret, assise à califourchon sur son torse, lui maintenait les bras de ses genoux.

« Suffit ! fit-il sèchement. Accepterez-vous de nous libérer sur parole ? demanda-t-il à Sir Henry. Nous ne résisterons pas et ne chercherons pas à fuir si vous nous autorisez à nous relever. J'en fais le serment.

— Est-ce vous qui commandez ces hommes ?

— Oui.

— Votre nom et votre brigade.

— Sir Edward Hamway, du régiment de cavalerie de Lord Goring. »

Sir Henry poussa un grognement de désapprobation.

« Lord Goring est un homme sans moralité. On m'a dit qu'il a déjà ravagé et pillé une grande partie du West Country. Pourquoi devrais-je accorder la moindre valeur à votre parole ?

— Parce que je vous le jure devant Dieu, en qualité de gentilhomme de haut rang, Monsieur. Nous faisons ce qu'il faut pour soutenir la cause du roi, mais la malhonnêteté est aussi étrangère à notre nature qu'à la vôtre. Je vous conjure de le croire. »

Devant cette requête mielleuse, Jayne vit son propre scepticisme se refléter sur le visage de toutes les femmes présentes, dont celui de sa mère, mais Sir Henry sembla s'en satisfaire. Il donna ordre aux servantes de se relever puis fit signe à Sir Edward et à ses compagnons de le suivre dans la maison. La confiance de Jayne dans le jugement de son père – il s'obstinait à croire que la parole d'un gentilhomme avait valeur d'Évangile – n'avait jamais été très ferme, mais elle s'affaiblit encore quand elle vit Sir Edward faire signe aux individus qui se trouvaient sur la route. Il écarta largement les mains puis les rassembla en formant un cercle de ses bras. Pour Jayne, le message était clair : « Écartez-vous et prenez position autour de la maison. »

Sir Henry empêcha Jayne et sa mère d'entrer au salon et les envoya chercher des rafraîchissements pour leurs hôtes. Elles l'entendirent les inviter à s'asseoir, avant que Sir Edward entonne de chaleureuses louanges de Swyre House et de la magnificence de son ameublement. Lady Margaret secoua la tête d'agacement pendant qu'elles traversaient le vestibule.

« Des *gentilshommes de haut rang*, en vérité ! Ce personnage est une canaille patentée. Il lui faudra moins de deux minutes pour que votre père lui mange dans la main, et ses soldats et lui auront disparu avec l'argenterie avant que nous soyons revenues.

— Je doute que ce soit l'argenterie qui l'intéresse, Mama, remarqua Jayne. Les soldats de Lord Goring ont besoin de nourriture, et je parierais qu'il cherche à charmer papa pour le convaincre de lui céder ses vaches rubis.

— Sir Henry n'est pas stupide à ce point. Nous n'aurons plus à manger si on nous prend notre bétail.

— Dans ce cas, Sir Edward manquera à sa parole et s'emparera de force ce qu'il désire. N'oubliez pas qu'il a encore sept hommes à l'extérieur, toujours armés de leurs épées. Nous n'aurons pas une chance de leur résister s'il les fait entrer. Ils n'auront qu'à pointer une lame sur la gorge de Papa pour que vous leur donniez tout ce qu'ils veulent, Mama. Nous aurions dû nous armer de gourdins, comme les Clubmen. »

Lady Margaret marqua une pause devant la porte de la cuisine. « Que pouvons-nous faire pour les empêcher d'agir ? »

Jayne tourna les yeux vers sa sacoche, posée sur une table à droite de la porte d'entrée. « Utiliser un autre type de gourdin. Seriez-vous prête à retourner au salon et à demander à Sir Edward si ses compagnons et lui-même apprécieraient une chope de bière pendant que les cuisinières préparent leur dîner ? Ils doivent avoir soif après leur chevauchée et je doute fort qu'ils commettent un acte imprudent avant de l'avoir bue. »

Le regard de Lady Margaret suivit le sien. « Et qu'allez-vous faire ? »

Les yeux de Jayne étincelèrent de malice. « Préparer les chopes. »

Elle choisit des récipients de terre d'une demi-pinte qu'elle disposa sur le pourtour d'un grand plateau rond, plaçant au centre une chope d'argent repoussé. Puis elle donna instruction à une des cuisinières d'aller remplir à un tonnelet un cruchon de la bière la plus mousseuse et demanda à Agnes, la servante de sa mère, de l'accompagner. « Il faudra porter le plateau et offrir une chope à chacun des hommes qui sont au salon, lui dit-elle. Je marcherai à côté de toi et je les remplirai une par une. Celle d'argent est pour Sir Henry et il convient que tu le serves en dernier. As-tu compris ? »

Agnes scruta le centimètre de liquide qui occupait le fond de chacun des récipients de terre.

« Je pense, mademoiselle Jayne, mais j'espère que vous ne me rendrez pas complice de meurtres.

— Rien d'aussi terrible, la rassura la jeune femme en riant. Je me contenterai de les faire dormir. »

Elle se répandit en excuses quand la maladresse avec laquelle elle maniait le cruchon remplit la chope de Sir Edward de plus de mousse que de liquide. Ses hommes et lui semblaient parfaitement à l'aise au salon, se prélassant dans leurs uniformes sales sur les canapés et dans les fauteuils chéris de sa mère. « Tolérerez-vous autant d'écume, Monsieur ? demanda-t-elle avec inquiétude. Permettez-moi de servir vos hommes et je m'efforcerai d'être plus habile à verser quand je reviendrai à vous. »

Il esquissa un gracieux mouvement de la main. « Une bonne mousse promet une bonne bière. »

Les autres cavaliers se montrèrent tout aussi aimables, soulignant leurs lèvres d'écume avec bonheur tandis qu'Agnes et elle passaient de l'un à l'autre. Elle prit plus de soin avec le récipient de son père, l'inclinant pour limiter la quantité de mousse et prenant le temps de lui poser des questions pendant qu'elle versait. Sir Edward avait-il satisfait la curiosité de Papa à propos de la bataille de Weymouth ? Comprenait-il à présent comment mille hommes avaient pu en vaincre dix mille ? Apparemment oui, car Sir Henry semblait moins mécontent des justifications de Sir Edward qu'il ne l'avait été de celles de Sir Walter Hoare après Lyme. Jayne resta poliment debout devant Sir Henry, écoutant patiemment des comptes rendus de mauvais temps et de traîtrise, et quand elle jugea que cinq bonnes minutes s'étaient écoulées, elle fit une seconde tournée pour remplir les chopes vides des cavaliers.

Elle avait ajouté cinq fois la dose de teinture de racine de valériane qu'elle utilisait d'ordinaire pour aider un patient à dormir, ignorant si le fait de la diluer dans de la bière la rendrait inefficace. Elle espérait qu'en administrant d'abord une faible dilution et en attendant quelques minutes, la teinture commencerait à faire son effet, car elle ignorait plus encore les effets d'une seconde préparation, plus forte. Sir Edward remarqua que la bière semblait moins amère à la deuxième dégustation. Sir Henry en rejeta la responsabilité sur la mousse.

« Votre mère aurait dû envoyer des servantes qui savent verser correctement, dit-il à Jayne.

— Elle craignait pour leur sécurité, Papa, répondit Jayne. Nous avons entendu tant d'histoires de viols et d'agressions du fait des troupes de Lord Goring qu'elle n'a pas voulu les exposer au danger.

— Ne vous inquiétez-vous pas pour vous-même, Dame Swift ? » demanda Sir Edward avec un grognement amusé.

Jayne se tourna vers un de ses compagnons, qui bâillait.

« Plus maintenant, Sir Edward.

— Les récits qu'on vous a faits sont des mensonges, inventés par les parlementaires pour noircir le nom de Lord Goring, intervint le Cavalier d'une voix pâteuse. Il ne faut pas y ajouter foi.

— Vous avez agressé mon père, Monsieur. Cela ne prouve-t-il pas la véracité de ces dires ? Sans doute avez-vous l'habitude de prendre ce que vous voulez sans en demander l'autorisation, car autrement vous n'auriez pas agi de la sorte. »

Sir Edward étouffa à son tour un bâillement.

« Je suis un militaire, Madame. Me reprochez-vous d'obéir aux ordres ?

— Oui, Monsieur, car vous vous retranchez derrière le même prétexte que tous les soldats qui commettent des crimes.

— Il n'y a pas de crime dans une guerre, seulement des victimes. »

Jayne esquissa un léger sourire. « Sans doute est-ce la philosophie de Lord Goring. Je me suis laissé dire qu'il voit dans la guerre un moyen de s'enrichir et ne se soucie pas des gens qu'il détruit ce faisant. N'avez-vous donc pas d'esprit à vous, Sir Edward, que vous deviez toujours singer vos supérieurs ? »

Sir Edward se rembrunit. « Vous prenez trop de libertés, femme. Votre père tolère peut-être votre audace, mais pas moi. » Alors qu'il faisait un effort pour se redresser, il retomba, ses jambes cédant sous son poids.

Jayne se pencha pour le regarder dans les yeux. « Vous êtes las, Monsieur. Vous devriez vous reposer. »

Il jeta un coup d'œil soudain alarmé vers ses hommes, dont deux étaient déjà endormis.

« Avons-nous été empoisonnés ?

— Profondément, répondit-elle, mais pas par moi. »

17.

Jayne posa l'index sur ses lèvres, exhortant son père au silence, puis s'approcha de la porte pour inviter sa mère et deux valets solidement charpentés à entrer au salon. Lady Margaret avait apporté de longues bandes d'étoffe arrachées à des draps usés qu'elle partagea entre Jayne, Agnes et elle-même, et chacune s'employa à retirer les bottes des cavaliers avant de leur entraver les pieds en les liant solidement en huit. Jayne leur avait conseillé d'être douces et lentes dans leurs mouvements, car elle ignorait le degré de profondeur du sommeil des hommes. En réalité, aucun d'eux ne broncha et une fois qu'ils furent ligotés, Lady Margaret demanda tout bas aux valets de les soulever de leurs fauteuils et de les allonger par terre sur le dos.

Agnes glissa des coussins sous leurs têtes pour leur assurer un semblant de confort, puis aida Jayne et Lady Margaret à joindre leurs mains sur leur bas-ventre pour leur garrotter les poignets. Si Jayne avait eu plus grande confiance dans sa teinture, elle aurait préféré les allonger sur le ventre et leur lier les mains derrière le dos, mais si un seul s'était réveillé, il aurait été difficile de le maîtriser. Elle tordit des bandes de draps pour former des cordes solides puis relia les poignets de chacun à ses pieds par des nœuds serrés. Pour finir, elle demanda aux valets de chercher des couvertures afin qu'ils n'aient pas froid, car plus longtemps ils dormiraient, moins ils leur causeraient de tracas.

Pendant tout ce temps, sa mère et elle avaient ignoré les bougonnements de Sir Henry, l'exhortant au silence en posant l'index sur leurs lèvres, mais elles l'accompagnèrent alors dans le vestibule et le firent asseoir dans un fauteuil de chêne sculpté. « Parlez bas, chuchota Lady Margaret en tendant le bras vers l'entrée. Trois des soldats de Sir Edward montent la garde devant cette porte, deux sont postés devant les cuisines et deux autres, à l'entrée de votre bureau. Sans doute attendent-ils qu'il les appelle pour s'introduire de force. »

Sir Henry réagit avec plus de calme que Jayne ne l'aurait pensé.

« Il fallait s'y attendre, remarqua-t-il. Ils ne pouvaient que venir voir ce qui se passait, mais j'espérais avoir pu persuader Sir Edward d'accepter une douzaine de vaches avant leur arrivée. » Il dévisagea sa femme et sa fille avec curiosité. « Dites-moi pourquoi vous avez estimé que les faire dormir était une meilleure solution. Nos embarras restent les mêmes. Il y a ici treize combattants aguerris désireux de nous soulager de notre bétail, et nous n'avons ni hommes entraînés, ni armes pour les en dissuader.

— Ils ne sont plus que sept, Papa, observa Jayne en s'accroupissant devant lui. Six des treize sont actuellement réduits à l'impuissance et ils le resteront jusqu'à ce que vous décidiez de les libérer. Mama et moi pensons pouvoir rendre les autres tout aussi inoffensifs, mais nous aurons besoin de votre concours pour cela.

— À quelle fin ? Nous ne pouvons pas les retenir indéfiniment.

— Par fierté ? suggéra Lady Margaret. Il paraît que les Clubmen luttent farouchement pour protéger leurs biens. N'en ferons-nous pas autant ? »

En fin de compte, il fut ridiculement facile d'inciter les individus postés autour de la maison à boire de la bière relevée de racine de valériane. Sir Henry commença par les deux qui étaient devant les cuisines, ouvrant la porte toute grande et les saluant avec une franche bonhomie en brandissant une chope dans chaque main afin de leur montrer qu'il n'était ni armé ni désireux de leur chercher querelle. S'abritant sous son bras droit, la plus jeune servante de Lady Margaret, une fille de dix-huit ans à l'esprit vif et aiguisé mais de stature si menue qu'on lui aurait plutôt donné dix ans, serrait le cruchon de bière sur sa poitrine. Leur apparition était si peu menaçante que, bien que les deux soldats aient eu à leur côté des épées dégainées, ni l'un ni l'autre ne les dressèrent.

Rayonnant, Sir Henry les informa que Sir Edward et lui étaient parvenus à un accord sur le bétail qu'ils pourraient emporter. Au moment même où il leur parlait, poursuivit-il, on rassemblait les bêtes tandis que leur chef et ses compagnons étaient allés chercher leurs chevaux aux écuries. « Il vous demande de vous regrouper dans la cour dans vingt minutes, Messieurs, mais vous conseille de vous désaltérer et de vous rassasier auparavant. Accepteriez-vous un peu de bière et une assiette de pain et de mouton chacun ? »

L'odeur alléchante de la viande grillée et l'indifférence que leur témoignèrent la dizaine de cuisinières qui s'affairaient à la cuisine derrière Sir Henry dissipèrent tous les doutes qu'ils auraient pu nourrir. La soif et la faim l'emportèrent sur la prudence – tout comme la compassion, car les deux hommes prièrent Sir Henry de ne pas réprimander la servante pour sa maladresse. Qu'importait qu'elle répande plus de bière sur le sol que dans les chopes et doive retourner à l'intérieur pour remplir à nouveau son cruchon ? Sir Henry désigna un banc appuyé contre le mur.

« Asseyez-vous, Messieurs, leur proposa-t-il, je vois bien que vous êtes las.

— En effet, Monsieur, répondit l'un tout en prenant place avec reconnaissance à côté de son compagnon. Le général Goring s'est replié sur Dorchester d'où nous sommes venus ce matin, mais la nourriture est rare à des lieues à la ronde. Cela fait des jours que nous n'avons pas mangé correctement.

— Vous vous sentirez mieux quand vous aurez le ventre plein de pain et de mouton.

— C'est certain, Monsieur », acquiescèrent-ils à l'unisson, les paupières lourdes.

Sir Henry se tourna vers la mer, murmurant des platitudes sur le bleu de l'eau, et quand il regarda derrière lui, ils étaient endormis. Il fit signe aux valets qui se tenaient dans l'ombre, au fond de la cuisine, de leur lier les mains et les pieds, puis emmena Mary et la servante jusqu'à son bureau, où ils interprétèrent une comédie du même tonneau au profit de la paire de soldats de faction devant cette pièce. Pendant ce temps, Lady Margaret avait attiré dans le vestibule les trois hommes qui étaient restés dans la cour.

« Sir Edward vous prie de le rejoindre, Messieurs, dit-elle en leur montrant la porte d'entrée ouverte. Nous avons préparé des rafraîchissements pour célébrer la plaisante conclusion de ses entretiens avec mon mari et tous sont invités à y participer. »

Ils jetèrent un coup d'œil soupçonneux à l'intérieur, mais ne virent que Jayne tenant un plateau de douceurs. « Où est Sir Edward ? » demanda l'un d'eux.

Jayne posa le plateau sur une table à côté d'un autre, couvert de pain et de viande froide, et d'un troisième sur lequel étaient disposées des chopes et un cruchon. Elle tendit le bras vers le salon.

« Encore avec mon père, Monsieur. Nous les attendons d'un instant à l'autre. Vos camarades aussi. » Elle compta les bocks. « Treize, et un pour papa, constata-t-elle avec satisfaction en versant de la bière dans les trois plus proches. Sir Edward pensait que vous auriez soif, et Sir Henry m'a demandé de servir à boire à chaque homme au fur et à mesure de son arrivée. » Elle souleva les chopes par leurs anses et les apporta aux soldats. « Je vous en prie, insista-t-elle avec un sourire, les voyant hésiter. Elles ne sont qu'à moitié pleines parce qu'il faut que j'en garde suffisamment pour Papa et pour vos compagnons, mais quand vous serez tous là, je retournerai en chercher à la cuisine. »

Ils n'eurent pas besoin d'autre invitation et prirent les récipients avec plaisir, n'élevant aucune objection quand Lady Margaret les pressa d'entrer et leur offrit de gros morceaux de pain.

« Asseyez-vous tant que vous le pouvez, leur conseilla-t-elle, car vous devrez rester debout à l'arrivée de Sir Henry et de Sir Edward. » Elle traversa le vestibule pour poser l'oreille contre la porte du salon. « Ils rient, dit-elle, mais je vous préviendrai quand j'entendrai leurs fauteuils racler le plancher. »

Une fois les treize soldats ligotés et allongés sur le sol du salon, Jayne commença à s'inquiéter : une quintuple dose de teinture, associée à la bière, ne risquait-elle pas d'être toxique ? Elle s'agenouilla auprès de chacun pour soulever son poignet et vérifier la vigueur et la régularité de son pouls, mais ne remarqua rien d'anormal. Sir Henry, en revanche, commençait à voir des problèmes partout. Cela ne surprit ni sa femme, ni sa fille, car sa nature le portait toujours à embrasser une idée avec enthousiasme et à ne s'inquiéter des embûches qu'ensuite. Il arpenta le vestibule en fulminant aussitôt que la porte du salon fut refermée.

« Je n'aurais jamais dû accepter cela. Que ferons-nous quand ils se réveilleront ? Les garder prisonniers ? Les libérer afin qu'ils persuadent Goring d'envoyer son armée nous assiéger ? Les *tuer* ? »

Lady Margaret se boucha les oreilles.

« Pour l'amour du ciel, cessez de *hurler*, Henry ! Nous allons toutes avoir la migraine. Quant à ce que nous devons en faire, je vous suggère de les traiter comme n'importe quel voleur violent : les conduire au magistrat de Bridport et les faire juger pour agression et tentative de vol. Nous devrions, du moins, être du côté de la justice, même s'ils ne le sont pas. »

Solution aussi simple n'était pas venue à l'esprit de Sir Henry qui dévisagea son épouse pensivement.

« Nous avons suffisamment d'hommes pour cela, approuva-t-il, à condition d'encorder les prisonniers et de les obliger à marcher. Je doute cependant que le juge Meredith leur fasse un procès. C'est un royaliste convaincu.

— Comme vous, Henry, c'est en tout cas ce que vous nous avez toujours dit. Mais peut-être s'agit-il d'une autre décision que vous en êtes venu à regretter ? »

Pour atténuer la causticité des propos de sa mère, Jayne tendit à son père le plateau de douceurs.

« Vous serez célèbre dans tout le Dorset si vous pouvez contraindre des soldats voleurs à rendre compte de leurs actes,

Papa. Les deux camps dépouillent les habitants de leur nourriture et les familles meurent de faim. Pourtant, les magistrats ne font rien. Ne voulez-vous pas au moins essayer ? »

Sir Henry laissa échapper un rire brusque.

« Je crois ne guère avoir le choix », dit-il, choisissant une sucrerie et la glissant dans sa bouche.

Sa résolution fut renforcée par les menaces proférées par Sir Edward dès que ses hommes et lui furent réveillés. Certains reprirent connaissance plus rapidement que d'autres, mais tous furent rétablis en moins de quatre heures. Chaque fois que l'un d'eux bougeait, Sir Henry ordonnait qu'on le remît sur ses pieds afin que ses mains pussent être liées derrière son dos, laissant trois mètres de longe pour former une boucle autour du cou de celui qui marcherait derrière lui. Il attendit que tous soient debout pour donner instruction à ses vingt ouvriers agricoles de couper les cordes qui entravaient leurs chevilles et de les aider à enfiler leurs bottes, avertissant les prisonniers que quiconque chercherait à donner des coups de pied à ses ravisseurs ferait pieds nus le trajet jusqu'à Bridport.

Lorsqu'il les informa de son intention de porter plainte contre eux devant le juge Meredith, Sir Edward le maudit, le traitant de canaille perfide. Il savait certainement, lui dit-il, que la trahison était passible de mort et que tous les membres de sa maisonnée seraient tenus pour complices de ses agissements. Sir Henry demeura impassible.

« Où est la trahison lorsqu'on réclame justice contre des voleurs ?

— Nous nous battons pour le roi.

— Peut-être le pensez-vous, Monsieur, mais je doute que Sa Majesté vous approuve. Si j'étais à votre place, je baisserais la tête de honte d'avoir été vaincu aussi facilement par une poignée de femmes. » Il se tourna vers ses travailleurs agricoles, leur ordonnant de mettre les prisonniers en rang et de les attacher par leur longe. « Faites les nœuds assez lâches pour qu'ils puissent respirer, leur dit-il, mais pas au point qu'ils puissent s'en échapper. »

Sir Edward chercha à résister quand on voulut le conduire en tête du cortège.

« J'ai le même rang que vous, implora-t-il Sir Henry. Permettez-moi de monter à cheval. »

Son interlocuteur porta le regard vers la porte où se tenaient sa femme et sa fille.

« Qu'en dites-vous, Mesdames ? »

Lady Margaret fut la première à répondre.

« C'est un être sans honneur, mon époux. Il éperonnera son cheval pour le mettre au galop à la première occasion et laissera ses soldats affronter le magistrat seuls.

— Jayne ?

— Mama dit vrai, Papa. Un commandant honorable préférera toujours rester avec ses hommes au lieu de chercher à s'en distinguer. »

Sir Edward lui jeta un regard hostile.

« Que sait une femme du commandement ?

— Suffisamment pour vous suggérer de demander au magistrat de ne juger que vous pour ce crime, Monsieur. Vos troupes n'ont aucune responsabilité dans cette affaire, si l'excuse que vous m'avez donnée tout à l'heure a la moindre valeur.

— Comment cela ? »

Elle regarda les autres prisonniers et constata que tous l'écoutaient.

« Vous êtes leur officier supérieur, Monsieur. Ils étaient tenus de suivre vos ordres, bon gré mal gré. »

Il n'était pas loin de minuit quand Sir Henry et les ouvriers revinrent. Lady Margaret et Jayne, qui avaient décidé de ne pas aller se coucher avant leur retour, les entendirent chanter en descendant l'allée et se précipitèrent à la porte pour les accueillir. Les hommes marchaient en groupe, avançant à la lueur de deux ou trois lanternes suspendues à des perches, et leur chanson était « The Wild Rover ». Au milieu d'eux, elles aperçurent

Sir Henry, les bras autour des épaules de deux de ses ouvriers, son timbre puissant couvrant le chœur.

« *Ant it's no, nay, never... No, nay, never, no more... And I'll play the wild rover... No, never, no more*[1]. »

« Ils ont bu de la bière, annonça Lady Margaret. Votre père ne chante que quand il est saoul. Ils ont de la chance d'être arrivés jusqu'à la maison. »

En vérité, aucune des deux femmes n'avait pensé que Sir Henry triompherait, car il hésitait encore avant son départ. Ne serait-il pas plus simple de remettre à Sir Edward une douzaine de bêtes en échange de la promesse qu'il ne reviendrait jamais ?

Chose surprenante, c'était Ruth qui avait raffermi son courage. Son propre père l'applaudirait d'avoir réclamé justice, lui avait-elle dit. Le prince Maurice leur avait dérobé leur argenterie quand Weymouth s'était rendu à Lord Carnarvon, et Joseph cherchait à obtenir réparation depuis. Il était particulièrement furieux d'avoir été dépouillé par des royalistes, alors qu'il avait prêté serment d'allégeance au roi.

Tirée du sommeil par l'interprétation de plus en plus tapageuse de « The Wild Rover », Ruth se glissa jusqu'au pied de l'escalier pour rejoindre Lady Margaret et Jayne à la porte.

« Ils ont dû obtenir gain de cause, observa-t-elle. Ils ne seraient pas d'aussi bonne humeur autrement. »

Lady Margaret prit un chandelier sur la table et le brandit assez haut pour que les hommes les voient debout sur le seuil. Des salutations leur parvinrent au-dessus des accents du chœur, la voix de Sir Henry l'emportant sur toutes les autres.

« Mesdames ! rugit-il. Nous venons fêter notre victoire. Apportez de la bière à mes bons amis.

— Il n'en est pas question, chuchota Lady Margaret à Jayne et Ruth. Par la grâce de Dieu, il tombera endormi dès l'instant où il s'assiéra. Je ne l'ai jamais vu aussi gris. »

Elle écarta les jeunes femmes pour permettre aux ouvriers agricoles de faire franchir le seuil à Sir Henry, leur demandant

1. « Non, non, jamais, ... Non, non, jamais, plus jamais... Je ne serai un vagabond... Non, jamais, plus jamais ! » « The Wild Rover » est une célèbre ballade irlandaise.

de l'allonger par terre quand leurs efforts pour le déposer dans le fauteuil de chêne sculpté se révélèrent vains. Le plus âgé, qui tenait mieux l'alcool que ses compagnons, expliqua l'état où se trouvait Sir Henry. Ils s'étaient apparemment arrêtés en chemin à toutes les tavernes pour trinquer à la gloire de la loi et au moment où ils étaient arrivés à la Saddlers'Inn, Sir Henry ne tenait plus en selle.

« Nous avons jugé plus sûr de laisser l'animal à l'auberge et de porter notre maître à tour de rôle, Milady. J'irai chercher son cheval demain, dès qu'il fera jour.

— Merci, Arthur. Et votre affaire ? Comment l'avez-vous remportée ? »

Arthur fit un sourire en coin.

« Grâce à Sir Edward qui a ignoré les conseils de Mlle Jayne, Milady. Il a exigé d'être traité différemment de ses soldats, qui se sont retournés contre lui.

— Ils ont dit que c'était lui qui leur avait donné ordre de voler ?

— Plus encore, Milady. Ils ont déclaré au magistrat qu'il avait dans sa sacoche de selle de l'argent qui devait servir de compensation, et qu'il leur avait promis une demi-couronne chacun s'ils réussissaient à s'emparer du bétail sans verser d'indemnité. Le juge Meredith a ordonné qu'on apporte la besace à la cour et il a pu constater qu'ils disaient vrai. Le sac de pièces contenait une note signée d'un quartier-maître, fixant une limite au montant que Sir Edward pouvait dépenser par tête de bétail. Je crois qu'il était de deux livres, ce qui revenait tout de même à du vol car une seule rubis rouge en vaut largement dix, mais le juge a ainsi eu la preuve que Sir Edward avait l'intention de commettre un forfait. » Il gloussa. « Vous avez bien fait de persuader Sir Henry de livrer les chevaux en même temps que les hommes pour éviter d'être accusé lui-même de larcin.

— Quelles peines le magistrat a-t-il prononcées ? demanda Lady Margaret en souriant.

— Deux nuits dans la prison municipale pour Sir Edward et la confiscation de ses biens et de ceux de ses soldats, y compris les bêtes et le sac de pièces. Ses hommes ont été libérés, mais aucun n'a voulu regagner son régiment. Ils ont préféré la désertion à l'obligation d'expliquer comment ils avaient perdu leur capitaine, leurs montures et leurs armes.

— Sir Edward a-t-il protesté contre ce jugement ? demanda Jayne.

— Oui, si l'on peut considérer comme des protestations les mêmes menaces que celles qu'il a proférées contre Sir Henry, mademoiselle Jayne. Il a maudit le magistrat en le traitant de traître et a dit qu'il porterait plainte contre lui pour trahison. »

Jayne pouffa.

« Et comment le juge Meredith a-t-il réagi ?

— Il a déclaré qu'il était un loyal royaliste et ne tolérerait pas qu'on prononce de fausses accusations contre lui, répondit Arthur en s'étranglant à nouveau de rire. Puis il a infligé trois heures de pilori à Sir Edward à sa libération de prison dans deux jours. Il sera, me semble-t-il, dans un état pitoyable au moment où il quittera Bridport. »

On apprit peu après que Lord Goring avait fait entrer son armée dans le Somerset. Sir Henry fut soulagé de savoir qu'ils avaient quitté Dorchester, mais expliqua à Jayne que cette décision signifiait que le roi avait renoncé à Weymouth pour reprendre Taunton. La ville se trouvait sur la seule grande route conduisant hors du Sud-Ouest, et quiconque la contrôlait, contrôlait également le mouvement de gens et de ravitaillement dans toutes les directions. Le colonel Blake avait résisté au premier siège six mois plus tôt, mais Sir Henry doutait qu'il pût renouveler cet exploit si les armées du roi se rassemblaient pour l'encercler.

Lors d'un dîner, début avril, il demanda à Jayne si elle était encore favorable à la neutralité.

« J'ai le sentiment que votre admiration pour le colonel Blake vous aurait peut-être persuadée de vous ranger du côté du Parlement, lui dit-il. Ai-je raison ? »

Jayne mit un moment à répondre.

« J'ai toujours soutenu le droit du peuple à faire entendre sa voix, Papa. Ce qui me heurte, c'est de recourir à la guerre pour obtenir ce résultat. Aussi, pour répondre à votre question, oui, la neutralité a toujours ma préférence et continuera à l'avoir, même après la fin du conflit. Je n'ai aucun désir de juger qui que ce soit pour ses convictions, ni aujourd'hui ni à l'avenir.

— Vous ne vous êtes pas montrée aussi généreuse envers Sir Edward Hamway. »

Elle sourit.

« Vous savez fort bien que j'ai jugé Sir Edward pour ses larcins et non pour ses idées, Papa. Pensez-vous que j'aurais agi différemment s'il avait été parlementaire ?

— Je ne sais pas, dit-il en la dévisageant attentivement. Laissez-moi vous poser une autre question. Pourquoi n'avez-vous jamais eu un mot critique à l'égard des parlementaires de Lyme ? Est-ce parce que vous les tenez pour des modèles de vertu ou parce que vous ne voudriez pas que je me fasse une mauvaise opinion d'eux ? »

La remarque était pertinente.

« Je n'étais pas consciente d'agir ainsi, Papa, mais si je l'ai fait, c'est parce que vous voyez bien des motifs à les blâmer. Vous supposez que tous les parlementaires sont des puritains, et votre intolérance à l'égard de cette secte vous inspire une grande intolérance à l'égard des ceux qui soutiennent le Parlement.

— Citez-moi un parlementaire qui ne soit pas puritain. »

Jayne chercha un autre nom que celui de William Harrier.

« Votre fils Andrew, répondit-elle, et plusieurs de vos ouvriers agricoles et de vos domestiques qui gardent leurs opinions pour eux de crainte d'être renvoyés.

— Lesquels ? »

Quand Jayne secoua la tête pour faire savoir qu'elle n'était pas prête à le dire, Lady Margaret répondit à sa place.

« Il sont plus nombreux que vous ne le croyez, Henry. Leurs familles sont aussi engagées dans cette pitoyable guerre que la nôtre et ils reprochent au roi de refuser les conditions de paix du Parlement. Vous dites qu'il a de bonnes raisons, parce que le Parlement cherche à lui lier les mains, mais tous ne sont pas de votre avis. La plupart pensent qu'une légère perte d'autorité est un faible prix à payer en échange de la vie de maris, de frères, de pères et de fils.

— Sa Majesté se bat pour un principe : son autorité est absolue et c'est Dieu qui la lui a conférée. Renoncer au *moindre* pouvoir reviendrait à admettre qu'il a tort de revendiquer le droit divin pour gouverner. »

Ruth, assise à côté de lui, posa la main sur la sienne.

« Mais n'est ce pas justement la question en jeu, mon oncle ? demanda-t-elle. Je ne trouve dans les Écritures que quelques versets qui soutiennent la prétention du monarque et elles se trouvent dans le seizième chapitre des Proverbes. Le verset onze dit : "Les lèvres du roi sont comme un oracle, mais c'est au Seigneur à conduire ses pas." Et au verset treize : "Ceux qui agissent injustement sont abominables au roi, parce que la justice est l'affermissement du trône."

— Et ces paroles ne suffisent pas à vous convaincre, ma nièce ? »

Ruth lui serra les doigts en guise d'excuse avant de les libérer.

« Malheureusement non, car elles me semblent contredites par le verset vingt et un de Daniel, deux : "C'est Dieu qui change les temps et les siècles, qui transfère et établit les royaumes." Et aussi par le verset vingt-quatre de Job, trente-quatre : "Il en exterminera une multitude innombrable, et il en établira d'autres en leur place." Souhaitez-vous que je poursuive ? Parmi les versets que j'ai trouvés, bien plus parlent de l'empressement de Dieu à déposer des rois que de leur conférer de l'autorité. »

Sir Henry bougonna. Il avait toujours le dessous dans ses joutes de connaissances bibliques avec Ruth.

« Affirmez-vous que Dieu utilise le Parlement pour se débarrasser de celui-ci ?

— Je n'affirme rien, Monsieur, mais je pense que les puritains voient effectivement le conflit sous cet angle. Tant qu'ils restent du côté de la vertu, ils triompheront de ceux qui ne le font pas. »

Sir Henry se tourna vers Jayne.

« A-t-elle raison ? Est-ce ainsi que les puritains considéraient leurs batailles avec le prince Maurice ?

— Vous m'avez demandé pourquoi je n'ai jamais dit quoi que ce soit contre eux, et c'est là la raison, acquiesça sa fille. Alors même que la nourriture était si rare que le vol aurait dû être courant, je n'ai jamais vu un adulte de Lyme violer un commandement aussi aisément que Sir Edward Hamway. » Elle s'interrompit. « C'est un sujet qui intéresse Richard Theale. Il s'est demandé pourquoi les soldats royalistes semblent plus corrompus par cette guerre que les parlementaires et il m'en donne la raison dans sa dernière lettre. »

Elle garda pour elle que cette raison avait été suggérée par William, qui s'était rendu à Bridport deux semaines auparavant alors qu'il allait à Taunton pour parler à Blake. Il s'était, semblait-il, battu aux côtés d'Andrew à Weymouth et avait demandé à Richard de faire savoir à Jayne que son frère était vivant et en bonne santé. Elle se félicitait qu'Andrew ait écrit à Lady Margaret le même jour, car elle était incapable de trouver une seule raison valable pour que son maître ait été informé de l'état d'Andrew avant sa mère.

« A-t-il donné pour cause les différences de religion ?

— Non, Papa, mais l'absence de salaire. Si un homme est rémunéré pour se battre, il se conduit mieux que celui qui ne combat que pour le butin. Le Parlement a été plus régulier à payer ses troupes car il peut continuer à lever des impôts, alors que le roi est tellement à court d'argent qu'il laisse la bride sur le cou à ses armées. Et la nature de l'homme étant ce qu'elle est, les soldats royalistes ont embrassé la malhonnêteté avec enthousiasme. Je suis certaine que Ruth pourra vous citer un texte biblique pour appuyer cette supposition.

— Matthieu quinze, verset dix-neuf. "Car c'est du cœur que partent les mauvaises pensées, les meurtres, les adultères, les fornications, les larcins, les faux témoignages, les blasphèmes et les médisances." Jésus enseignait à ses disciples à s'intéresser davantage à leur moi intérieur qu'au moi extérieur brillant qu'ils présentent aux autres. Jayne a peut-être raison d'affirmer qu'être payé suffit à brider les tendances pécheresses d'un homme, mais la plupart des puritains vous diront que la lutte pour le bien est la même pour le riche et pour le pauvre. »

Jayne regarda sa cousine avec tendresse.

« Le Parlement semble pourtant prendre plus de mesures concrètes pour maîtriser ses soldats. Richard dit que ses armées vont être rassemblées sous le commandement d'un seul chef,

Sir Thomas Fairfax, et que chaque soldat touchera une solde hebdomadaire. Cette force prendra le nom de New Model Army. »

Sir Henry fronça les sourcils.

« Est-ce une rumeur ou un fait ?

— Richard pense que c'est un fait, Papa. Il a entendu dire que Fairfax aurait pour commandant en second le colonel Oliver Cromwell qui est aussi respecté que Robert Blake et obtient autant de succès que lui. On raconte que le colonel Cromwell ne tolère pas l'indiscipline de ses hommes et exige qu'ils payent tout ce qu'ils utilisent, raison pour laquelle lui-même et ses troupes sont aimés du peuple.

— Cela paraît trop beau pour être vrai, observa Sir Henry avec aigreur. Pourquoi n'ai-je jamais entendu parler de lui ?

— C'est maintenant chose faite, Papa », rétorqua Jayne en riant.

18.

Un cri perçant retentit dans le vestibule de Swyre House, prévenant la maisonnée de l'approche d'une armée. Un valet hurla qu'elle comptait une centaine d'hommes ; une servante glapit qu'elle était deux fois plus nombreuse. Sir Henry, réveillé d'un petit somme, se remit péniblement sur ses pieds, jurant la perte de tous ceux qui auraient l'audace d'envahir son domaine. Lady Margaret se précipita à la cuisine, appelant ses servantes à se rassembler autour d'elle et à se préparer à se défendre. Jayne, revenue depuis peu d'un accouchement nocturne épuisant, se laissa tomber dans un fauteuil du salon et ferma les yeux. On n'aurait qu'à la réveiller quand la maison serait en flammes, fit-elle savoir, en attendant, elle avait la ferme intention de ne pas bouger.

Le Dorset avait été le théâtre d'une telle agitation depuis que le Parlement avait repris Weymouth que Jayne n'avait aucune idée de l'identité des soldats qui s'avançaient. Le siège de Taunton avait occupé presque toutes les conversations, car personne ne comprenait comment Robert Blake et sa minuscule garnison avaient pu tenir aussi longtemps. Lord Goring avait fait jonction avec le général placé à la tête des régiments de Cornouailles pour encercler la ville, mais ils avaient été incapables de s'entendre, au point qu'ils avaient dû retirer leurs armées et confier le siège à d'autres commandants. Le général s'était retiré à l'ouest dans les Cornouailles, tandis que Goring se dirigeait à l'est, vers Shaftesbury. Cette division du camp royaliste aurait dû bénéficier à Blake, mais la décision qu'avait prise

Goring de recommencer à patrouiller sur la frontière entre le Somerset et le Dorset avait empêché la relève parlementaire d'arriver jusqu'à lui.

L'annonce officielle de la création d'une nouvelle armée parlementaire forte de vingt-deux mille membres était arrivée dans la deuxième semaine d'avril et dans les jours qui avaient suivi, des rumeurs avaient affirmé que Sir Thomas Fairfax conduisait cette immense force dans le Dorset, où il voulait affronter Lord Goring. Rien cependant ne venait étayer ces allégations. Les seuls récits vérifiables affirmaient que le comportement des soldats de Goring était devenu tellement abominable que de plus en plus d'hommes s'emparaient de gourdins pour défendre leurs foyers.

Dans le seul Dorset, le nombre de Clubmen s'élevait, disait-on, à plusieurs milliers, ce que Sir Henry confirma après avoir assisté à un rassemblement de quelque trois cents personnes sur un vaste terrain à l'ouest de Swyre. Il informa Jayne et Lady Margaret que ce qui n'avait été dans un premier temps qu'un regroupement de quelques individus cherchant à protéger leurs biens avait grossi pour se transformer en révolte de grande envergure contre la guerre. On préparait en faveur de la paix des pétitions qui, une fois signées, seraient envoyées au roi et au Parlement. Tous les habitants du Dorset se verraient demander d'y ajouter leur nom, et Sir Henry déclara avoir la ferme intention de le faire. Il avait constaté qu'il se sentait plus proche des gentilshommes campagnards, des pasteurs et des marchands ayant assisté au rassemblement – et dont il connaissait certains – que d'hommes comme Sir Edward Hamway ou Samuel Morecott.

Jayne voyait une petite victoire dans la conversion de Sir Henry aux mérites de la neutralité, mais Lady Margaret lui déconseilla le moindre commentaire. Dans deux ou trois semaines, il revendiquerait la paternité de cette idée, affirma-t-elle, et leur vie en serait grandement facilitée. Les frères de Jayne seraient accueillis avec une chaleur égale à leur retour, et les domestiques n'auraient plus à se mordre la langue en sa présence.

En cet instant, Sir Henry faisait si grand tapage en ordonnant à ses valets de le suivre à l'arrière de la maison pour rassembler les cultivateurs que Jayne abandonna son fauteuil pour s'approcher de la fenêtre. Elle fut rejointe par Ruth et Isaac, qui lisaient jusque-là paisiblement devant la cheminée.

« Que voyez-vous ? demanda Isaac.

— Des hommes à cheval, répondit Jayne en se penchant pour le prendre dans ses bras. Saurais-tu me dire s'ils sont pour le roi ? Tu m'as dit que tu connaissais les couleurs de ses différentes armées. »

Isaac se tortilla, gêné.

« Pas de *toutes*, avoua-t-il. Je sais que celle du prince Maurice porte des écharpes rouges. »

Les premiers chevaux étaient encore à environ deux cents mètres, et les larges rubans rouges qui barraient le torse de leurs cavaliers étaient parfaitement visibles. Jayne doutait pourtant qu'il s'agît des troupes du prince Maurice, car tous les hommes de la longue colonne qui s'étirait vers les grilles étaient vêtus d'une veste couleur chamois, d'un plastron de cuir sombre, de bottes jusqu'aux cuisses et d'un casque de fer à visière avec des protections au niveau du visage et du cou. Ils constituaient une unité homogène, fort différente des soldats disparates du prince, qui s'habillaient à leur guise. Soudain, Ruth se mit à rire.

« Je me trompe peut-être, dit-elle, car on distingue mal les visages derrière les barreaux des casques, mais n'est-ce pas Andrew qui les conduit ? Avez-vous vu qu'il tient les rênes d'une main, laissant le bras droit contre son flanc ? Andrew adoptait la même contenance chaque fois qu'il est venu nous voir. Papa trouvait cela ridiculement affecté et l'a défié de se mettre au galop. »

Jayne étudia attentivement l'homme aussi bien que sa monture. Celle d'Andrew était un cheval bai roux avec une unique balzane.

« Et l'a-t-il fait ? demanda-t-elle.

— Oui, et de façon fort impressionnante. Il a demandé à un palefrenier de poser une pomme sur un piquet et il l'a ramassée de sa main libre en passant. Alors qu'en pensez-vous ?

— Il s'agit indéniablement de son cheval, répondit Jayne en posant Isaac par terre et en le conduisant par la main jusque dans le vestibule. » Elle lui montra la porte du fond. « Va vite à la cuisine chercher Lady Margaret. Dis-lui qu'Andrew est là et que ta mère et moi sommes sorties l'accueillir. »

Le petit garçon fila ventre à terre, tandis que Jayne prenait Ruth par la taille pour la conduire promptement jusqu'à l'entrée. Sur sa gauche, elle vit son père et ses ouvriers qui surgissaient à l'angle de la maison. Sir Henry portait un gourdin qu'il avait acheté à Bridport, et les cultivateurs brandissaient leurs fourches comme des lances. La distance qui les séparait de la colonne ne dépassait pas cinquante mètres et elle vit avec inquiétude tous les cavaliers, Andrew compris, porter la main à leur épée.

« Oh, mon Dieu ! s'écria-t-elle en retroussant ses jupes. Il faut courir, ma cousine. Les regrets seront éternels dans les deux camps s'ils en viennent aux coups. »

Une femme pouvait s'habituer à feuler comme un chat, songea-t-elle. Ces cris irritaient un peu la gorge, mais leur effet sur les hommes était immuable. Sir Henry et Andrew se retournèrent pour découvrir la source de ces clameurs, accordant à Jayne quelques secondes supplémentaires pour atteindre l'espace qui les séparait. Cramoisie et hors d'haleine, elle se pencha en avant pour poser les mains sur ses genoux tandis que Ruth, peu habituée aux exercices physiques, se laissait tomber à terre à côté d'elle.

« Retirez-vous, femmes, rugit Sir Henry. C'est la demeure d'un Clubman et nous interdisons toute intrusion d'un camp comme de l'autre. »

Jayne leva la main.

« Laissez-moi reprendre souffle, Papa. Je vous expliquerai tout dans un instant. » Elle prit deux profondes inspirations, puis se redressa et se tourna vers la colonne. « Retirez votre casque, Andrew, cria-t-elle. Vous êtes tous vêtus de façon si semblable qu'on vous reconnaît à peine. »

Andrew avait tiré sur ses rênes si brusquement pour éviter de la heurter que ceux qui le suivaient s'étaient arrêtés, et il donna instruction au cavalier situé à son côté de leur ordonner de mettre pied à terre. Puis il retira son casque, l'accrocha au pommeau de sa selle et dirigea sa monture vers son père.

« Mes respects, Sir Henry, dit-il en se laissant tomber à terre et en s'inclinant profondément. Soyez assuré que nous venons sans mauvaise intention et serons repartis dans moins d'une heure. Je ne pouvais passer aussi près de la maison sans vouloir me rappeler les visages qui m'ont tant manqué. Vous portez-vous bien, Monsieur ? »

Sir Henry réagit sans hésitation. Il attrapa Andrew par les bras et le serra étroitement contre lui.

« Qui l'aurait cru ? s'écria-t-il. Qui l'aurait cru ? »

C'étaient des paroles que Jayne elle-même aurait pu prononcer, car Andrew paraissait tout différent du jeune homme corpulent aux vêtements tapageurs qu'ils avaient connu un an plus tôt. Maigre, les cheveux coupés court, il semblait plus grand et plus âgé – et, aux yeux de Jayne, considérablement plus assuré. La sobriété de son uniforme chamois était bien plus seyante que son pourpoint et sa culotte raffinés, et les rides qui entouraient ses yeux, gravées dans sa peau par les éléments, suggéraient qu'il avait appris à sourire plus fréquemment qu'à froncer les sourcils. Elle avait le sentiment très net que la guerre lui avait été bénéfique, mais ignorait si c'était parce qu'il avait trouvé la liberté en s'éloignant de son père ou parce qu'il croyait sincèrement à la cause pour laquelle il se battait. Les deux peut-être.

Il ne se dégagea de l'étreinte de Sir Henry que pour tomber dans les bras de sa mère qui arriva dans une bourrasque de jupes pour le dévorer de baisers. Quant à Jayne, elle se contenta de le débarrasser de son cheval afin qu'il puisse serrer les mains des ouvriers agricoles, qu'il connaissait tous bien. Alors qu'elle les regardait saluer Andrew, un soldat s'approcha et lui demanda si elle souhaitait qu'il reconduise le cheval jusqu'à la colonne. Son visage était dissimulé derrière les barreaux de son casque, mais sa voix et sa stature étaient parfaitement identifiables.

« Je serais encore plus heureux que vous le meniez vous-même, Jayne. J'ai aussi grande envie que votre frère de bénéficier de quelques minutes de conversation avec le bon docteur de Swyre. »

N'était-il pas absurde que sa première pensée ait été qu'elle devait avoir une apparence affreuse, car elle portait encore les gros souliers et la robe de paysanne enfilés pour l'accouchement de la nuit précédente ?

« Je doute que Papa approuve que je parle à un soldat ordinaire et que je m'éloigne avec lui, William. Il y a dix minutes encore, il était bien décidé à vous faire tous transpercer avec des fourches. » Elle lui tendit les rênes. « Vous avez néanmoins ma permission d'emmener ce cheval vous-même. »

Elle entendit un rire étouffé quand il lui prit la lanière des mains. « Une autre fois, alors. » Il s'inclina pour aider Ruth à se relever avant de conduire l'animal à l'écart. Ruth fronça les sourcils, perplexe, en le regardant rejoindre la colonne.

« N'est-ce pas le valet de Lady Stickland ? Je crois me rappeler qu'il s'appelait William. »

Jayne ne pouvait le nier, car sa cousine semblait se souvenir fort distinctement de lui.

« Si.

— Vous avez bien fait de l'éconduire. Sans doute croit-il que votre relation antérieure lui donne le droit de se montrer excessivement familier.

— Vous avez raison, acquiesça Jayne, prenant la main de Ruth pour la guider vers Andrew. Mais profitons de ce moment, nous aurons tout le temps de nous soucier de valets impertinents plus tard. »

Plus tard arriva plus tôt qu'elle ne l'aurait voulu. Pressé par Lady Margaret d'entrer prendre quelque rafraîchissement dans la maison, Andrew déclina l'invitation, déclarant qu'il ne pouvait pas prétendre être traité différemment de sa troupe ou des autres officiers qui voyageaient avec lui. Sir Henry regimba devant pareille sottise ; il demanda à son épouse de faire servir des douceurs et du sirop aux hommes dehors et autorisa Andrew à inviter ses frères officiers à l'intérieur.

« Les royalistes se sentent libres d'aller et venir ici à leur guise, le tança-t-il d'un ton bourru, et je ne voudrais pas que vous imaginiez que nous sommes ouverts à un camp et non à l'autre. »

Andrew posa les yeux sur le gourdin que son père tenait à la main.

« En vérité, je pensais le contraire, Monsieur, et me figurais qu'aucun soldat n'était le bienvenu ici. Nous rencontrons la même résistance partout, car les deux armées ont imposé une présence trop pesante à ceux qu'elles prétendent représenter. » Il fit un geste en direction de la colonne. « Comme nous espérons regagner la confiance en nous comportant autrement, je vous fais personnellement la promesse que ces gaillards ne feront rien qui contrevienne aux lois de l'hospitalité.

— Faites-vous partie de la nouvelle armée commandée par Sir Thomas Fairfax ?

— Oui, Monsieur. Tous les hommes ont suivi deux mois de formation à Lyme et nous avons reçu ordre de rejoindre à présent le reste de la cavalerie dans le Hampshire pour nous placer sous le commandement du colonel Cromwell. » Il se tourna alors vers Jayne. « John Metcalfe vous envoie ses respects, ma sœur, et vous rappelle à son bon souvenir, ainsi que l'ont fait bien d'autres en apprenant que je suis votre frère. » Un sourire éclaira ses yeux. « Votre nom est tenu en haute estime et j'étais fier de le partager. »

Jayne fut plus gênée qu'enchantée du compliment.

« Êtes-vous certain de ne pas être quelqu'un qui se fait passer pour Andrew ? demanda-t-elle. Nous avions l'habitude de nous insulter réciproquement plutôt que d'échanger des amabilités.

— J'avouerai que je suis moins fier de vous aujourd'hui, ma sœur, répondit-il avec un sourire narquois. Votre tenue ne cesse d'empirer à chacune de nos rencontres. Mes hommes vont me croire apparenté à une vagabonde. »

Elle lui rendit son sourire avant de se tourner vers Lady Margaret.

« Permettez-nous, à Ruth et moi, de nous occuper des rafraîchissements, Mama. Vous avez éprouvé un si vif désir de voir tous vos fils que vous ne devriez pas gâcher cette heure de présence d'Andrew en la passant à la cuisine. »

Elle attendit l'acquiescement de sa mère puis se précipita vers la porte d'entrée, Ruth courant à son côté tout en lui demandant plaintivement la raison d'une telle hâte. Jayne la justifia par le nombre de bouches à nourrir, mais la vérité était qu'elle ne voulait pas être au salon quand Andrew y ferait entrer les officiers. Elle était certaine que William se trouverait parmi eux ; si son frère pouvait aisément se laisser persuader qu'un capitaine de la garnison royaliste de Corfe avait tourné casaque, elle doutait qu'il en fût de même de Sir Henry et de Lady Margaret. S'occuper à la cuisine était une perspective infiniment plus attrayante que d'avoir à feindre la surprise en constatant que son ancien sauveur avait changé d'allégeance, ou à répondre à la perplexité de Ruth devant la mystérieuse métamorphose d'un valet en chevalier.

Lorsque les rafraîchissements furent prêts, Jayne se retira dans ses appartements et demanda à sa femme de chambre, Kitty, de défaire ses tresses et de l'aider à enfiler une robe. Elle avait l'intention de s'absenter jusqu'à ce qu'Andrew et ses compagnons fussent sur le départ, mais ses projets furent contrariés par Agnes qui entra dans sa chambre et se campa devant elle, poings sur les hanches.

« Votre père et votre mère insistent fort pour que vous vous présentiez au salon, mademoiselle Jayne. Sir Henry menace de venir vous chercher lui-même si je reviens sans vous.

— Demande-leur de m'accorder encore quelques minutes, Agnes. Kitty a à peine fini d'agrafer ma robe et elle doit encore me coiffer. Je promets de descendre avant le départ d'Andrew.

— Vous n'y songez pas, mademoiselle Jayne, protesta Agnes en tapant du pied. Je perdrai mon emploi si je reviens sans vous.

— Tu ne perdras jamais ton emploi, Agnes. Ma mère a trop d'estime pour toi. Raconte-moi plutôt ce qui se dit au salon.

— Vous pouvez certainement le deviner, mademoiselle Jayne, car Mlle Ruth m'a appris que le capitaine Harrier vous a parlé dans la cour. Votre mère a aussitôt reconnu en lui votre escorte d'il y a deux ans, et depuis, votre père ne cesse de l'accabler de questions. »

Ainsi donc, le capitaine Harrier, et non Sir William…

« As-tu entendu ses réponses ?

— Certainement pas, fit sèchement Agnes, chassant Kitty et tirant le corsage de Jayne au-dessus de ses hanches. Il n'y a plus rien que Kitty puisse faire pour vous. Vous êtes plus belle que jamais. Maintenant, venez. »

Avec un soupir, Jayne la suivit hors de la chambre.

« Tu ne m'aides pas beaucoup, lui reprocha-t-elle. Que puis-je dire qui n'aggrave pas les choses ?

— Rien, lui conseilla Agnes. Suivez l'exemple de votre mère et de Mlle Ruth. Prenez un ouvrage et laissez les hommes régler leurs différends entre eux. »

Jayne se remémora la dernière conversation qu'elle avait eue avec William chez Richard Theale. Rien ne le contrarierait davantage que de la voir s'asseoir gracieusement devant un cadre de tapisserie pour faire de minuscules points au fil de soie, songea-t-elle. Il était grand dommage qu'elle n'eût aucune aptitude pour cette tâche, ainsi qu'il l'avait justement deviné. Elle aurait bien voulu se glisser par la porte du salon dans l'espoir de passer inaperçue pendant une ou deux minutes, mais Agnes demanda tout bas à un valet de l'annoncer, et elle dut renoncer à toute possibilité de surprendre ce qui se disait. Les conversations s'interrompirent et les regards se tournèrent pour la regarder entrer.

« Ah ! Vous voilà ! tonna Sir Henry avec colère. Nous pensions que vous vous cachiez de nous. »

Jayne esquissa une révérence, cherchant à déchiffrer l'expression des différents membres de l'assistance. Lady Margaret et Ruth étaient assises sur un canapé, tête baissée, William et Andrew se tenaient, impassibles, à côté de Sir Henry qui paraissait échauffé, et deux jeunes officiers s'attardaient, mal à l'aise, près de la fenêtre.

« J'ai pris les propos d'Andrew à cœur, Papa, dit-elle avec désinvolture, et jugé discourtois envers lui et ses invités de me montrer faite comme une vagabonde. » Tout en se redressant, elle adressa à son frère un petit sourire. « M'approuvez-vous, mon frère ?

— Vous êtes un régal pour les yeux, dit-il en s'avançant pour la prendre dans ses bras. Soyez cruelle envers William, lui souffla-t-il à l'oreille avant de s'écarter et de reprendre d'une voix plus forte : Permettez-moi de vous présenter à mes camarades officiers. » Il fit signe aux hommes qui se tenaient près de la fenêtre.

« Lieutenant George Greenwood, mon commandant en second ; capitaine Abel Poulter, qui nous accompagne dans le Hampshire pour prendre en main sa propre troupe ; sans oublier votre ancienne escorte » – il adressa un signe de tête à William – « le capitaine William Harrier, qui nous quittera à Dorchester. »

Soyez cruelle… Jayne n'aurait su compter le nombre de fois où Andrew et elle avaient exhorté l'autre à se comporter de la sorte quand ils avaient besoin d'échapper à la colère de leur père. Le stratagème ne réussissait en aucun cas avec Lady Margaret, car sa colère ne se laissait pas détourner aussi aisément de son but, mais il n'échouait jamais avec Sir Henry, qui prenait invariablement le parti de l'enfant attaqué. Quant à savoir s'il le ferait pour un étranger, nul n'aurait pu cependant le prévoir. Elle s'avança vers les jeunes officiers.

« Je suis enchantée de faire votre connaissance, dit-elle en leur tendant la main. J'espère que vous avez apprécié les rafraîchissements.

— Certainement, Madame, acquiescèrent-ils à l'unisson, s'inclinant tour à tour au-dessus de ses doigts.

— Vous aussi, capitaine Harrier ? » demanda-t-elle en se tournant pour lui tendre la main.

Il la porta à ses lèvres.

« En effet, Madame. Je vous remercie de vous être donné tout ce mal pour nous. Votre mine transformée est aussi sublime que les mets qui nous ont été servis.

— J'aurais tendance à vous juger plus transformé que moi, Monsieur, rétorqua froidement Jayne. Lors de notre dernière rencontre, vous étiez un fringant royaliste, et vous voici en austère puritain. Comment est-ce possible ? Vos opinions changeraient-elles avec le vent ? »

Andrew répondit à sa place.

« Le capitaine Harrier a été contraint de servir sous le commandement de Lord Goring et il en est venu à détester cet homme. Il a déserté à Weymouth pour aider la garnison à défendre la ville contre le viol et le pillage des soldats les plus immoraux de l'armée du roi. Nous avons été fort heureux de l'avoir, car il nous a livré de précieux renseignements sur les plans et les positions de Goring. »

Jayne se demanda si Andrew croyait à ce qu'il disait ou s'il s'agissait d'une fable inventée par William et lui. L'aisance de leurs manières donnait à penser qu'ils étaient devenus amis malgré l'animosité qui avait entaché leur première entrevue à Swyre.

« Vous allez décevoir Sir Henry, capitaine Harrier, commenta-t-elle en retirant sa main. Il vous prenait pour un homme d'honneur lorsqu'il vous a parlé précédemment.

— En quoi mon honneur serait-il terni parce que j'ai tourné le dos à des violeurs et des voleurs, Madame ?

— Vous avez feint d'éprouver de la sympathie pour leur cause puis vous les avez trahis. Je n'aurais guère d'estime pour Andrew s'il avait vendu aussi facilement les plans de la garnison. Quelle que soit votre opinion de Lord Goring, vous aviez sûrement quelque sentiment pour ses hommes. Combien sont morts du fait de votre traîtrise ? »

Sir Henry la reprit vertement.

« Surveillez vos propos, ma fille. Le capitaine Harrier est notre invité et mérite d'être traité courtoisement. Nous nous faisons un point d'honneur, dans cette maison, à être polis avec tous, quelles que soient leurs convictions. »

Jayne fut à deux doigts de rétorquer que Sir Henry n'ayant jamais reçu sciemment de parlementaire, ses affirmations étaient exagérées. Elle se retint pourtant et dit : « Vous n'avez pas fait montre de la même indulgence pour Sir Edward Hamway, Papa. Vous l'avez traité de gredin et l'avez livré au magistrat de Bridport. J'ai peine à croire que vous estimiez qu'une tentative de vol est pire que de trahir le roi pour ses ennemis. »

Sir Henry lui jeta un regard noir.

« D'où vous vient cet amour soudain pour votre souverain ? Vous ne lui avez encore jamais manifesté pareil attachement.

— Je doute de l'honneur de tout homme qui trahit ses compagnons et les livre à l'ennemi, Papa. Un soldat, qu'il soit royaliste ou parlementaire, devrait poser son épée avant de devenir un espion au profit du camp adverse. »

Le mot « espion » était suffisamment désobligeant pour lui valoir une sévère remontrance.

« Cessez immédiatement ! Je suis las de vos leçons de morale. » Il se tourna vers William. « Pardonnez à ma fille, capitaine

Harrier. La suffisance que lui inspire sa propre neutralité la conduit à ignorer les luttes que d'autres peuvent avoir avec leur conscience. J'avoue que j'en ai mené moi-même quelques-unes depuis que j'ai appris que le roi avait l'intention de faire appel à une armée française pour réprimer son peuple. La victoire n'aura aucun sens si les dépouilles en reviennent à la France. »

William inclina la tête en signe d'approbation.

« Bien des gens dans les rangs royalistes sont de votre avis, Monsieur, parmi lesquels moi-même, du temps où j'en faisais partie. Il est cependant inutile que Dame Swift se répande en excuses. Je sais, par notre précédente bien que brève rencontre, qu'elle a des idées fort arrêtées sur l'absurdité de la guerre. Chacun de nous se débat avec les questions de bien ou de mal, et les Clubmen plus encore que la plupart, me semble-t-il. »

C'était une habile réplique, propre à conduire la conversation en terrain plus sûr. Les Clubmen incarnaient une neutralité que tous pouvaient embrasser, car ce mouvement attirait des membres des deux camps. Sir Henry évoqua le désespoir qu'inspirait le comportement des deux armées dans le Dorset, tandis qu'Andrew expliquait que c'était parce que le Parlement avait pris conscience de ce désespoir qu'il avait créé la New Model Army. Il énuméra les règles que les hommes étaient censés appliquer, ajoutant qu'une stricte adhésion à ces principes permettait à chacun de toucher un salaire et d'exercer le métier de soldat. Il se tourna vers Jayne, qui s'était discrètement retirée pour aller s'asseoir sur un repose-pieds à côté de Lady Margaret.

« M'approuvez-vous, ma sœur ? » lui demanda-t-il, reprenant l'expression qu'elle avait employée un peu plus tôt.

Elle fut tentée de lui conseiller de ne pas tenter le sort.

« Comment pourrais-je ne pas vous approuver ? murmura-t-elle. Il faudrait être bien insensible pour ne pas convenir que l'existence de règles améliore considérablement la guerre. »

L'ironie échappa à son père et à son frère, mais un petit sourire frémit à la commissure des lèvres de William.

« On espère que le conflit s'achèvera plus vite si le peuple comprend que le Parlement se bat *pour* lui et non *contre* lui, Dame Swift.

— Je n'en doute pas, capitaine Harrier, mais c'est une cause perdue d'avance. Trop de mes patients ont faim à l'heure qu'il est, et les seuls à comprendre leur situation ou à s'en soucier sont les Clubmen. La New Model Army ne les supplantera pas aisément dans le cœur des gens du Dorset.

— Ce qui s'entend parfaitement, tant que nous ne pourrons pas mettre fin au conflit, Madame. Je ne vois rien à redire au désir de paix des Clubmen – il n'est personne dans le pays qui ne partage ces sentiments –, mais les guerres ne se remportent pas par des déclarations de neutralité. Seules les batailles y peuvent parvenir.

— Et combien en faudra-t-il encore avant que le Parlement ou le roi ne capitule ? »

William secoua la tête.

« Je ne sais pas, Madame. Tout ce que je puis dire avec certitude est que l'armée du Parlement, sous le commandement du général Sir Thomas Fairfax et du colonel Oliver Cromwell, se conduira bien, sur le champ de bataille et à l'extérieur. Et que si cela la mène à une victoire ultime, la paix qui la suivra sera équitable et juste. »

Lady Margaret attendit d'entendre le crissement des bottes sur le gravier au moment où Sir Henry raccompagna Andrew et les autres officiers jusqu'à la colonne.

« Auriez-vous l'amabilité de m'expliquer cette petite mascarade, ma fille ? »

Jayne quitta son repose-pieds pour prendre place dans un fauteuil.

« Quelle partie réclame une explication, Mama ?

— Qui est cet homme ? »

Qui est-il, en vérité ?

« Si vous voulez parler du capitaine Harrier, vous devriez demander à Ruth, Mama. Vous aurez certainement plus grande confiance en son honnêteté qu'en la mienne. »

Lady Margaret regarda sa nièce avec étonnement.

« Connaissez-vous le capitaine Harrier, vous aussi ?

— À peine, Lady Margaret. Je l'ai rencontré une fois, du temps de la maladie d'Isaac. Il a eu la bonté de me soustraire à la colère de Samuel puis de me conduire à Weymouth avec toute ma maisonnée.

— Vous *conduire* ? Que voulez-vous dire ?

— Lady Stickland nous a prêté sa voiture et le capitaine Harrier l'a menée. Il s'est montré extrêmement attentionné, mais j'étais tellement absorbée par l'inquiétude que m'inspirait Isaac que notre conversation a été fort limitée.

— Pourquoi n'est-ce pas le cocher de Lady Stickland qui a conduit sa voiture ? »

Ruth contempla ses mains.

« Vous pouvez dire la vérité, intervint Jayne. Mama n'aura pas de repos tant que vous ne l'aurez pas fait. »

Ruth releva la tête en soupirant avant de reprendre : « Je le connaissais seulement sous le nom de William. Il était au service de Lady Stickland en tant que valet de pied et cocher, mais ses relations avec elle étaient inhabituelles. Elle lui demandait conseil plus souvent qu'il n'est normal entre une maîtresse et un domestique. C'est la première fois que je le revois aujourd'hui et si Jayne ne l'avait pas appelé William, je ne l'aurais pas reconnu. Il parle et se conduit très différemment du valet que j'ai rencontré il y a trois ans. »

Lady Margaret s'adressa à Jayne.

« Était-il valet quand il s'est fait passer pour votre frère, puis s'est présenté ici comme le capitaine Harrier de la garnison du château de Corfe ?

— Je doute qu'il ait jamais été valet, Mama. Ruth a dit vrai en faisant remarquer qu'il entretenait avec Lady Stickland une relation inhabituelle, et vous l'avez vous-même pris pour un homme important.

— Dans ce cas, pourquoi a-t-il prétendu être un domestique chez Lady Stickland ? »

Jayne se replongea en esprit dans le passé, se remémorant sa première rencontre avec l'indomptable matriarche. « Souffrez que je vous accompagne avec mon valet de pied », avait dit Lady Stickland quand Jayne avait déclaré son intention d'aller chez Samuel.

« Ce n'est pas lui qui l'a prétendu, Mama. C'est Lady Stickland qui l'a présenté comme tel, et Ruth et moi avons pris ses propos pour parole d'Évangile. »

Lady Margaret la dévisagea longuement.

« Il vous faudra trouver récit plus convaincant que cela si votre père décide de vous interroger, remarqua-t-elle. Le capitaine Harrier a été contraint d'entrer après qu'un des jeunes officiers a prononcé son nom en présence de Sir Henry. Il avait manifestement l'intention de rester avec la colonne, de même que vous auriez préféré demeurer dans votre chambre jusqu'au départ des visiteurs, mais Sir Henry ne l'a pas voulu. Il était curieux d'apprendre pour quelle raison le capitaine Harrier avait changé de camp.

— Ne l'étions-nous pas tous, Mama ?

— Pas vous, et votre frère non plus. Je crois que vous savez, l'un comme l'autre, qu'il a toujours été parlementaire. Ruth le sait aussi, vraisemblablement.

— Détrompez-vous, Lady Margaret, protesta Ruth d'un air inquiet. Ma connaissance du capitaine Harrier est encore plus limitée que la vôtre. »

Lady Margaret l'ignora.

« Vous avez manifesté trop de réticence à le voir, Jayne, et quand vous l'avez vu, vous avez été excessivement sévère dans vos critiques. Si vous avez de la chance, votre père imaginera que vous n'appréciez pas le capitaine Harrier. Dans le cas contraire, il se demandera qui vous cherchiez exactement à protéger, de vous-même ou du capitaine Harrier.

— Protéger de quoi, Mama ?

— De questions touchant la bienséance de votre conduite. » Lady Margaret agita le doigt dans sa direction. « Vous semblez éprouver l'un comme l'autre plus d'intérêt réciproque qu'il n'est habituel entre connaissances fortuites, ce qui suggère une relation plus étroite que celle que vous présentez.

— Moins étroite que vous ne le craignez, Mama, observa Jayne malicieusement. Qui et quoi que soit le capitaine Harrier, il est d'abord et avant tout un gentilhomme.

— Je l'espère pour lui, répliqua Lady Margaret vivement. Sinon, soyez sûre que Sir Henry le transpercera. »

En réalité, la seule réprimande que subit Jayne de la part son père fut d'avoir mis aussi longtemps à enfiler sa robe. Si elle était descendue plus tôt, Sir Henry aurait pu en apprendre davantage sur le plus récent rejet opposé par le roi aux conditions de paix du Parlement. Les choses étant ce qu'elles avaient été, il n'avait disposé que de deux ou trois minutes pour lire un rapport que le capitaine Harrier avait apporté dans sa sacoche de selle, indiquant que des négociations s'étaient tenues à Uxbridge dans le courant du mois de février. Les conditions étaient équitables pour les deux camps. En échange de la conservation de sa couronne, le roi devait accorder certains pouvoirs à son peuple par le biais de ses représentants élus au Parlement. Les discussions avaient duré trois semaines, mais une fois encore, le monarque avait refusé tout compromis, préférant le conflit à sa résolution. Aussi la New Model Army avait-elle été chargée de mettre fin à la guerre aussi rapidement et aussi décisivement que possible.

19.

La nouvelle que Lord Goring avait obtenu le commandement de l'armée royale de l'Ouest se répandit à travers le Dorset et le Somerset début mai. Elle fut accueillie avec inquiétude par les Clubmen parce qu'elle confirmait leur conviction que le roi était sourd à leurs appels à la paix. Il ne resterait rien du Sud-Ouest si Taunton tombait et si le commandant le plus impitoyable du souverain prenait le contrôle de la région.

Convaincu que le Parlement tenterait de venir en aide à la garnison de Taunton, Goring ordonna au général Berkeley et au général Hopton de soumettre la ville et ses habitants à un bombardement incessant pendant que son armée et lui-même continuaient de bloquer la frontière entre le Dorset et le Somerset. Le 10 mai, le tiers des maisons de Taunton était en ruine et la garnison ne conservait la maîtrise que du château, de l'église, d'un fortin appelé le Maiden's Fort et d'une profonde tranchée qui traversait la place du marché. La nourriture et les munitions se faisant rares, tout autre commandant se serait rendu, mais le refus de Robert Blake de déposer les armes eut sur ses hommes l'effet stimulant d'une sonnerie de clairon. Tous jurèrent de se battre et de mourir plutôt que d'accorder à ce Goring abhorré une victoire facile.

Cependant, comme les parlementaires étaient dans l'incapacité de sortir de la cité, Goring ne manifesta aucune envie de passer à l'action, préférant poursuivre les bombardements au lieu de donner l'assaut. Connu pour sa paresse autant que pour ses appétits irrépressibles, il déclara que ce n'était qu'une question de temps avant qu'un médiocre arriviste comme Blake reconnût sa défaite.

Dans la nuit du 11 mai, l'informateur de confiance de Goring, qui avait réussi à infiltrer les armées du Parlement, rejoignit le quartier général de son maître – une maison située à la limite entre le Dorset et le Somerset. Vêtu de noir et le visage masqué d'une écharpe, il passa sans se faire voir devant les gardes de faction et se faufila discrètement sur le côté du bâtiment pour s'y introduire par la porte des cuisines. Plus habitué que beaucoup à se mouvoir dans l'obscurité, il contourna furtivement les soldats endormis par terre et suivit les rires avinés.

Goring secoua la tête, n'en croyant pas ses yeux, en apercevant William Harrier sur le seuil. Ils avaient combattu ensemble en Europe et étaient liés par une longue amitié.

« Par Dieu, je jure que je ne comprendrai jamais comment vous arrivez à passer devant mes gardes, marmonna-t-il, d'une voix que le cognac rendait pâteuse. Venez-vous me féliciter de mon nouveau commandement ou me reprocher de ne pas donner l'assaut ? »

William déroula son écharpe avec un sourire, répondant d'un signe aux salutations des aides de camp qui se prélassaient à la table aux côtés de Goring, et qu'il connaissait tous bien.

« Les deux, mais permettez-moi de vous féliciter d'abord. Robert Blake lui-même reconnaît que la guerre est presque finie si le Sud-Ouest est sous votre contrôle. » Il s'avança pour serrer chaleureusement la main de Goring en évitant les bouteilles renversées qui jonchaient le plateau de chêne. « C'est bon de vous voir, George. Avez-vous bu toute la cave ou reste-t-il un peu de brandy pour moi ? »

Goring poussa vers lui une bouteille à moitié pleine. « Comment se porte mon nabot d'ennemi ? »

William porta la bouteille à ses lèvres.

« Il n'a plus que la peau sur les os, et il est en proie à la mélancolie depuis que je lui ai annoncé que Fairfax ne serait pas là avant cinq jours. »

Goring éclata de rire.

« Plus encore s'il doit m'affronter d'abord. Il n'est pas facile de contourner mon blocus.

— En effet, confirma William, reposant la bouteille sur la table et glissant la main dans son manteau pour en sortir une lettre. Mais Berkeley et Hopton préféreraient de ne pas compter là-dessus. Je leur ai parlé et ils brûlent de passer à l'attaque demain à midi, ou le lendemain. » Il tendit la lettre à Goring. « Berkeley a mis cette requête par écrit, et je lui ai promis de lui porter votre réponse. »

Goring laissa tomber la missive sur la table.

« Que me conseilleriez-vous ? »

William haussa les épaules.

« Tout dépend de votre impatience à affronter Fairfax. Il continuera d'avancer aussi longtemps qu'il restera une chance de conserver Taunton, mais se repliera sans doute si Berkeley et Hopton réussissent à la prendre avant. Sa New Model Army est très inexpérimentée et je serais surpris qu'il coure à l'épreuve de force contre la vôtre sans nécessité absolue.

— Raison de plus pour l'affronter, alors. Si nous mettons la New Model Army en déroute, la guerre sera gagnée. »

La nouvelle du triomphe du Parlement à Taunton se répandit à travers Dorchester le matin du 15 mai, tandis que Jayne cherchait à se frayer un passage au milieu de masses tapageuses pour se rendre chez Lady Alice. Elle repensa à sa première rencontre avec la matriarche. La foule qui se bousculait dans les rues ce jour-là était venue assister à l'exécution de prêtres, alors qu'aujourd'hui, on fêtait la victoire de Robert Blake.

Jayne en avait appris les détails au King's Head de la bouche de Timothy Ellis, qui les tenait lui-même d'un messager arrivé la veille au soir. Le cavalier s'était arrêté à la taverne pour boire une pinte de bière et son récit spectaculaire de la manière dont la New Model Army s'était portée au secours de Blake avait réjoui l'âme de tous ceux qui l'avaient entendu. Il semblait cependant que la victoire devait davantage à la ruse qu'au combat. Bien que Sir Thomas Fairfax ait fait avancer ses hommes de cent vingt-cinq kilomètres en neuf jours pour se porter au secours de la ville assiégée, ils étaient encore à quatre-vingts kilomètres quand ils avaient appris qu'elle était près de tomber. Pariant que Goring choisirait de le prendre en chasse, lui et son armée, Fairfax avait envoyé deux mille dragons montés pour couvrir au grand galop la route qui les séparait de Taunton pendant que lui-même feignait de se diriger vers le nord-ouest pour inciter Goring à se lancer à sa poursuite.

Le stratagème avait été efficace. On ne sait trop pourquoi, les royalistes qui assiégeaient les lieux avaient cru que ces soldats étaient dépêchés par Lord Goring pour leur prêter main-forte dans l'assaut du château, et ils avaient pris leurs jambes à leur cou dès qu'ils avaient compris leur erreur. Le lendemain, Goring, que l'on disait enragé par l'incompétence de Berkeley et de Hopton, avait renoncé à poursuivre Fairfax et avait fait la jonction entre son armée et les leurs dans l'espoir de remettre le blocus en place. Mais il était trop tard. La garnison ayant été renforcée et Fairfax arrivant sur ses arrières, il préféra la raison à la bravoure et abandonna le siège le 14 mai.

Timothy avait accordé à Jayne la jouissance d'une chambre pour qu'elle puisse retirer son costume de paysanne et remettre la tenue qu'elle portait le jour de l'exécution de Hugh Green. Les tendances puritaines de Dorchester se manifestaient de plus belle depuis que le Parlement avait repris le contrôle de la ville, et les robes foncées accompagnées de tabliers et de bonnets blancs étaient à nouveau recommandées pour les femmes. On avait raison de dire que rien ne change, songea Jayne, lorsqu'elle se dégagea de la foule pour franchir le seuil de Lady Alice. La seule vraie différence avec la matinée qu'elle avait vécue trois ans auparavant était qu'on lui avait demandé aujourd'hui de venir. Lorsqu'elle frappa à la porte, Molly lui répondit et sourit en la voyant jeter un regard méfiant dans le vestibule.

« Vous pouvez entrer en toute sécurité, Dame Swift. Il n'y a pas de soldats, cette fois.

— Tu me déçois, Molly, lança Jayne, taquine, tout en entrant. Ce serait ma première visite chez Lady Alice à se dérouler sans incident. » Elle laissa la servante lui retirer sa houppelande. « Sait-elle que tu m'as écrit ? »

Molly secoua la tête.

« Et je vous supplie de ne rien lui dire, Madame, faute de quoi elle ne me fera plus jamais confiance. Si elle m'y avait autorisée, je vous aurais fait venir plus tôt, mais elle refuse d'admettre qu'elle n'est pas au mieux de sa forme.

— Elle risque de deviner pourquoi je suis venue, fit remarquer Jayne. Il n'est pas dans mes habitudes de passer la voir sans invitation.

— J'espérais que ma lettre vous inciterait à imaginer un motif à votre présence, Madame. Un autre patient à voir à Dorchester, peut-être ? Milady comprendrait que quelqu'un ait souhaité bénéficier de vos services et que vous ayez souhaité faire un saut chez elle puisque vous étiez de passage.

— Tu sais très bien que cela ne la satisfera que si je lui indique un nom, un diagnostic et un traitement, répondit Jayne en posant sa sacoche par terre. Apporte-moi ceci quand je te le demanderai et, en attendant, je m'efforcerai de la convaincre que je ne suis pas un médecin qui prétend se mêler de tout. »

Jayne n'eut pas besoin de la description que lui avait adressée Molly des « tremblements de la main » et de la « rigidité du visage » pour constater que Lady Alice était atteinte de paralysie agitante. C'était une maladie incurable que l'on observait plus fréquemment chez les hommes que chez les femmes et qui était généralement liée au vieillissement. Alice faisait de son mieux pour en dissimuler les symptômes en gardant les mains serrées sur ses genoux et en se servant de ses yeux et de sa voix pour exprimer ses émotions, mais elle savait, Jayne n'en doutait pas, de quel mal elle était atteinte et préférait le déni à l'agitation et au tapage d'amis et de serviteurs bien intentionnés.

Assise près de la fenêtre de son petit salon, elle regardait la foule qui passait dans la rue mais, bien qu'elle eût probablement vu Jayne arriver, elle n'en dit rien. Elle invita cette dernière à approcher une chaise de la sienne et lui demanda de lui raconter tout ce qu'elle savait de la bataille de Taunton. La jeune femme répéta ce que Timothy lui avait confié, ajoutant sa propre description de Robert Blake, souvenir de son séjour à Lyme.

« Je n'ai jamais douté qu'il tiendrait bon jusqu'à l'arrivée d'une force de soutien, conclut-elle. Le mot "reddition" semble ne pas figurer dans son vocabulaire. Papa a entendu dire par un ami royaliste qui habite près de Taunton que lorsque, au cours du premier siège, on a demandé à Blake de déposer les armes et de commander à ses hommes d'en faire autant, il avait répondu – elle imita une voix grave : "J'ai quatre paires de bottes et j'en mangerai trois avant que nous cédions." »

La faculté de rire de Lady Alice n'était pas plus diminuée que son art du discours, bien que la rigidité de sa bouche rendît son élocution moins précise qu'auparavant.

« William le tient pour un aussi bon commandant que Fairfax et Cromwell, remarqua-t-elle, et le compliment n'est pas mince. Après Lyme, il ne tarissait pas d'éloges sur les qualités de Blake, ainsi que sur les vôtres, Jayne. Si j'ai bien compris, vous vous êtes chargée de l'administration de l'hôpital après avoir été prise au piège dans la ville.

— J'ai bénéficié de l'aide d'un chirurgien et de plusieurs infirmières remarquables, Milady. Je n'aurais jamais pu y arriver seule.

— Je préférerais que vous m'appeliez Alice, ma chère enfant. La déférence ne vous sied pas plus qu'à William du temps où il se faisait passer pour mon valet. Cette pauvre Molly a eu un mal de tous les diables à lui apprendre à jouer le rôle de serviteur. »

Jayne, qui avait eu l'intention d'aborder elle-même le sujet parce que la curiosité que cet homme lui inspirait était la seule excuse plausible qu'elle avait pu imaginer à sa visite, fut amusée que Lady Alice l'ait devancée, même si ce n'était que pour détourner son attention des symptômes de sa paralysie.

« C'est un individu remarquablement mystérieux, renchérit-elle. Tantôt il est valet de pied, tantôt il est mon frère, à l'instant suivant, il est l'aide de camp du comte de Warwick avant de devenir capitaine de la New Model Army. Telle était du moins son apparence il y a trois semaines quand il a accompagné mon frère et sa troupe de cavaliers chez mon père.

— Il appartient à un rang bien plus élevé que celui-ci, mon enfant, mais je suis convaincue qu'il avait une bonne raison de se déprécier de la sorte. Il s'inquiétait à l'idée de vous avoir causé des ennuis lors de cette visite. Avait-il raison ? »

Vu les circonstances, Jayne estima justifié de mentir.

« Je le crains, et c'est pour cette raison que je suis venue vous voir, Alice. Mama pense que j'en sais davantage sur William que ce n'est le cas, et mon impuissance à répondre à ses questions la rend soupçonneuse. Quand il s'est présenté comme capitaine de la garnison de Corfe, elle l'a pris pour un homme d'importance, mais depuis que Ruth lui a dit qu'il était votre valet, elle redoute qu'il ne soit qu'un coureur de dot puritain du même moule que Samuel Morecott. » Elle esquissa un sourire chagrin. « Elle s'enorgueillit de savoir juger les gens et est contrariée d'avoir tort. »

Alice rit encore.

« Eh bien, vous pouvez certainement apaiser ses craintes qu'il ne soit puritain. William a perdu foi en Dieu depuis longtemps et considère toute religion, quelle qu'elle soit, comme pure fourberie. Quant à être un coureur de dot, il renoncera à se marier s'il ne peut rembourser les dettes de son père par ses propres efforts. » Elle dévisagea Jayne avec curiosité. « Êtes-vous réellement ignorante de cette histoire ? »

La jeune femme hocha la tête et fit la réponse la plus honnête qu'elle pouvait.

« La seule chose qu'il m'ait dite est qu'il est issu d'une longue lignée de Harrier. »

Alice réfléchit un instant.

« Ce nom est bien connu dans certaines parties du Dorset, mais je ne pense pas trahir la confiance de William en vous expliquant pourquoi. Il ne cache jamais qui était son père. »

Elle se lança alors dans un récit similaire à celui de John Metcalfe, encore qu'un peu plus détaillé. Le père de William, Sir Ralph Harrier, était le fils unique du duc de Granville, mais ses mœurs dissolues l'avaient brouillé avec son père. Alice peignit Ralph comme l'homme à la fois le plus charmant et le plus déplaisant qu'elle eût jamais rencontré. Il était difficile de croire que deux caractères contraires puissent coexister dans le même être, mais elle avait eu l'occasion d'observer de près les deux faces de Ralph. Consumé par la manie du jeu, il avait sacrifié toutes ses relations en s'obstinant à gagner aux dés et aux cartes.

« Sa femme, qui l'adorait pourtant, fut elle-même impuissante à le changer. Quel malheur ! Son appétit du jeu était une faim dévorante qui le condamna à s'endetter de plus en plus. J'espérais qu'il chercherait à commencer une vie nouvelle lorsque la mort d'Estelle l'obligea à veiller sur William, mais il n'en a rien été.

— De quoi est-elle morte ?

— La sage-femme a parlé de fièvre puerpérale, mais la mélancolie me paraît plus probable. Estelle ne voyait d'avenir ni pour elle, ni pour son enfant depuis que Ralph s'était absenté vers la fin de sa grossesse. Il l'avait quittée sans explication ni adieu, et elle ne croyait pas qu'il reviendrait ni que, le cas échéant, il éprouverait la moindre affection pour leur fils. »

Lady Alice avait suggéré plusieurs fois à Estelle de venir s'installer à Winterborne Stickland, mais toutes ses invitations s'étaient heurtées à un refus. La frêle jeune femme préférait rester quelque part où son mari pourrait la trouver, au lieu de risquer qu'il vienne et reparte à son insu.

« J'aurais voulu la ramener à un peu de bon sens, conclut Alice. Qu'une femme pût aimer un homme qui se conduisait aussi mal que Ralph était un mystère pour moi, mais elle n'avait que vingt ans, et ses larmes étaient si sincères que je n'ai pu me résoudre à la brusquer. »

Jayne suivit du regard un homme qui poussait des roues de charrette sur les pavés, au-dehors.

« Ruth se comportait pareillement avec Samuel, murmura-t-elle. Elle l'aurait repris immédiatement s'il était venu à Weymouth lui présenter ses excuses… et il n'est pas exclu qu'elle le fasse encore si d'aventure elle le revoit. Il était plus séduisant que jamais quand il est venu à Lyme. En quoi résidait le charme de Ralph ? Son physique ? »

Alice fit un geste vers un secrétaire disposé dans un angle de la pièce.

« Voyez par vous-même. Vous trouverez dans le tiroir du bas quelques croquis au fusain que j'ai faits de lui l'été qui a précédé la naissance de William. J'avais l'intention de réaliser son portrait pour Estelle, mais je n'en ai plus vu l'intérêt après sa mort. »

Jayne quitta sa chaise pour s'agenouiller près du meuble. Le dernier tiroir contenait un unique rouleau qui, déroulé, mesurait deux pieds de long et présentait le même visage sous différents angles. La ressemblance avec William était indéniable, mais Ralph était nettement plus beau que son fils.

« Qu'est-il devenu ? »

Lady Alice joignit ses mains plus fermement encore, comme si les souvenirs aggravaient ses tremblements.

« Rien de bon. Quand il a appris qu'il était sur le point d'être emprisonné pour insolvabilité, il s'est pendu à une poutre du vestibule de sa maison. Il était seul chez lui et n'a été trouvé que par le bailli venu l'arrêter, une semaine plus tard. Son domaine, Winterborne Houghton, a été confisqué par le tribunal parce qu'il s'était donné la mort, et son corps a été enterré face contre terre dans une tombe anonyme quelque part le long de la route de Blandford. »

Jayne roula la feuille avant de la remettre dans le tiroir.

« Où était William ?

— À Oxford. J'avais obtenu sa tutelle partielle et payé son éducation loin de son père. Si je ne l'avais pas fait, il aurait été épouvantablement négligé.

— Qui vit aujourd'hui dans la demeure de Ralph ?

— Personne. Elle est inhabitée depuis vingt ans.

— Pourquoi ?

— Le père de Ralph a supplié le roi de la laisser tomber en ruine afin qu'il ne subsiste aucun souvenir de son fils. Certains pâturages ont été ajoutés aux communaux et sont utilisés par les fermiers locaux, mais le reste est à l'abandon. » Alice devança la question suivante d'un signe de la tête. « Je n'ai jamais été dans le secret des pensées du duc de Granville, mais j'ai quelques hypothèses à vous proposer. Ralph était son fils unique et il l'avait grandement déçu. Le duc lui avait offert Winterborne Houghton comme cadeau de mariage, dans l'espoir qu'il s'amende, et il a rompu tout lien avec lui quand il a appris que Ralph avait hypothéqué le domaine moins d'un mois après avoir reçu l'acte notarié. J'avoue éprouver une certaine compréhension pour la déconvenue du duc, car je l'ai partagée, mais je ne saurais approuver qu'on laisse une belle demeure se dégrader par pure amertume, et ne comprends pas le rejet cruel d'un petit-fils qu'il n'a jamais vu.

— Le duc est-il encore en vie ?

— Oui. »

Jayne fit quelques additions dans sa tête. John Metcalfe lui avait dit que William avait douze ans à la mort de son père et Alice avait affirmé que la maison était vide depuis vingt ans.

« Le duc doit être vieux comme Mathusalem pour avoir un petit-fils de plus de trente ans.

— Il a deux décennies de plus que moi, confirma Alice avec un grognement amusé, ce qui signifie qu'il a un peu plus de quatre-vingts ans et j'ai entendu dire qu'il était bien décidé à vivre jusqu'à la fin de la guerre. C'est un royaliste convaincu et il espère être récompensé de sa loyauté quand le roi l'aura emporté.

— Comment ?

— Il voudrait que le fils de sa fille obtienne le droit d'hériter de son titre. Il a déposé des requêtes en ce sens auprès du souverain depuis la mort de Ralph, afin qu'il autorise la transmission du duché à la bonne graine et non à la mauvaise. »

Jayne la regarda avec curiosité.

« Voilà qui doit contrarier William.

— Bien au contraire. Il a toujours affirmé espérer que cette requête serait acceptée. Il n'a aucune envie de se voir encombré d'un titre dont il ne veut pas.

— Est-ce pour cela qu'il a pris le parti du Parlement ? Pour se couper de sa famille ?

— Je doute qu'il lui accorde ne serait-ce qu'une pensée, Jayne. Il nous connaît mieux, vous et moi, qu'il ne connaît ses proches. » Alice s'interrompit pour mettre un peu d'ordre dans son esprit. « Ses idées sont le fruit de son éducation à Oxford et du temps qu'il a passé en Europe comme mercenaire. Vous aviez raison sur ce point. Il doit sa connaissance du français, de l'allemand et de l'espagnol à huit années brutales consacrées au métier des armes, et la leçon qu'il a tirée de cette expérience est que la vie d'un roturier est sans valeur pour les puissants. Voilà pourquoi il soutient le Parlement. »

Jayne se pencha pour regarder un jeune homme faire tourner une servante dans ses bras.

« Il utilise tout de même le titre de son père quand cela lui convient. À Lyme, tout le monde l'appelait Sir William.

— Uniquement parce que la flotte de Warwick compte de nombreux hommes qui se sont battus à ses côtés en Europe. Il a servi l'Union protestante sous le nom de Sir William Harrier pour bâtir sa fortune, or l'héritier d'un duché peut gagner beaucoup plus qu'un simple ouvrier agricole. S'est-il jamais présenté à vous sous le nom de Sir William Harrier ?

— Jamais, convint Jayne avec un sourire, mais s'il l'avait fait, cela aurait pu m'aider à tenir tête à ma mère. Sir William Harrier lui aurait indéniablement fait meilleure impression que le valet de Lady Stickland, d'autant que j'ignore encore entièrement pourquoi cette imposture était nécessaire. »

Le coin de la bouche de Lady Alice se releva très légèrement.

« Dans la vie de William, toutes les impostures sont nécessaires, Jayne. Il m'a dit que vous aviez deviné qu'il était un espion dès votre première rencontre. Se trompait-il ?

— J'ai su en effet qu'il n'était pas celui qu'il disait être, quant à sa mission d'espion » – elle haussa les épaules – « je ne suis arrivée à cette conclusion que lorsqu'il a joué le rôle de mon frère au profit de Sir Walter Hoare ». Elle marqua une pause avant de reprendre. « Être un espion n'est pas une position commune pour un homme. Comment en est-il arrivé là ?

— Le comte de Guiche avait pris conscience en Europe de son habileté à franchir les lignes et il l'a recommandé à Lord Warwick. Avant la guerre, il a été chargé d'évaluer l'importance des forces royalistes dans le Sud-Ouest ; à présent, il cherche à aider les villes assiégées en transmettant des informations.

— Dans les deux sens ? » interrogea Jayne, se rappelant le récit de Timothy Ellis sur la confusion des royalistes de Taunton, persuadés que les renforts de la garnison étaient les leurs.

Alice hocha la tête.

« Les rangs de l'Union protestante comptaient autant de royalistes que de parlementaires, et la plupart considèrent William comme un ami. La vie d'espion n'est pas facile, Jayne. Ils connaissent mieux la trahison que la loyauté. »

Jayne faillit répéter ce qu'avait dit John Metcalfe à propos des chats qui ne font pas de chiens, car la trahison semblait avoir déjà été un des points faibles de Ralph.

« Cela n'explique toujours pas qu'il se soit fait passer pour votre valet, Alice.

— Il n'a pas d'autre famille que moi, mon enfant. Quand il n'est pas en voyage, il préfère ma compagnie à la solitude. Comme valet, nul ne s'intéresse à lui, alors que nous aurions attiré sur nous une attention importune s'il avait cherché à se faire passer pour un invité occasionnel. Les veuves puritaines qui se respectent ne reçoivent pas de jeunes étrangers de sexe masculin qui préfèrent arriver à la faveur de la nuit. »

Jayne émit un rire involontaire.

« Avez-vous donc des idées puritaines, Alice ?

— Lorsque cela me convient. Mes principes ne sont pas assez solides pour que je sois incapable de feindre de partager la foi d'autrui si la cause en est digne.

— La cause étant William ? »

Alice acquiesça.

« Il est mon fils en tout sauf de nom, et il est indispensable à la cause du Parlement. Sans lui, des hommes comme Warwick, Blake, Fairfax et Cromwell ne seraient pas aussi bien informés des mouvements de leurs ennemis. » Elle s'interrompit. « William a le sentiment que vous commencez à tendre vers le Parlement. A-t-il raison ?

— Pas le moins du monde, car cela donnerait à penser que j'avais précédemment des inclinations royalistes. J'en suis exactement au même point qu'il y a trois ans, souhaitant qu'une peste s'abatte sur tous les bellicistes et que la guerre cesse enfin.

— Je n'omettrai pas de le lui dire à notre prochaine rencontre. »

Jayne tendit le bras pour poser la paume sur les mains tremblantes d'Alice.

« Pourriez-vous ajouter que je suis contrariée qu'il ne m'ait pas demandé de vous proposer mes services ? Il aurait pu me confier tout bas qu'il s'inquiétait pour vous il y a trois semaines, chez mon père. Or il n'en a rien fait. Fallait-il donc que je découvre par hasard que vous êtes atteinte de paralysie ? »

Alice soupira.

« Je ne tolère pas que l'on fasse des histoires et lui ai demandé de garder le secret sur ce point. Mon père souffrait du même mal, lequel est tout aussi incurable aujourd'hui qu'alors.

— C'est exact, admit Jayne, mais il existe des moyens d'en atténuer les effets et d'en ralentir la progression. Me permettrez-vous au moins d'essayer ? »

Elle resta trois jours auprès d'Alice, lui faisant absorber des infusions de jusquiame noire et de millepertuis, et apprenant à Molly à malaxer et faire pénétrer un onguent d'huile de lavande dans les muscles du visage, du cou, des épaules et des membres de sa maîtresse. C'étaient des méthodes que Richard avait employées avec succès pour soulager l'étrange tension soudaine qui s'emparait de certains patients, provoquant à la fois tremblements et rigidité, et elle put observer l'amorce du même bénéfice chez Alice dès la fin du deuxième jour. La matriarche n'avait pas encore atteint le stade où elle ne pourrait plus marcher qu'en traînant laborieusement les pieds, mais Jayne espérait que l'application précoce et régulière de remèdes retarderait l'aggravation de son état.

L'après-midi du troisième jour, Alice constata avec satisfaction que les tremblements de ses mains avaient suffisamment diminué pour qu'elle puisse tenir un morceau de fusain et elle demanda à son amie de poser pour elle.

« Voici trois mois que je n'ai ni peint ni dessiné et je serais heureuse de m'attaquer à votre portrait », dit-elle.

Elle demanda à Molly d'aller chercher son chevalet et du papier, puis fit asseoir Jayne de manière que la lumière de la fenêtre lui éclaire le visage. Une fois au travail, elle parla à peine, et Jayne put se faire une idée du déroulement de ce genre de séances quand Gilbert Jackson était en vie. Il était facile d'imaginer qu'un acteur séduisant et volubile pût retenir l'attention d'un sujet pendant qu'Alice travaillait discrètement derrière lui, car il était terriblement fastidieux de rester immobile sans aucune distraction.

Sa position face à la fenêtre lui permettait du moins d'observer les allées et venues dans la rue. Les célébrations de la victoire de Blake étaient passées, mais suffisamment de gens vaquaient à leurs occupations quotidiennes pour la divertir raisonnablement. À un moment, elle surprit une figure familière qui marchait sur le trottoir d'en face et sursauta en reconnaissant Samuel Morecott. Ignorant la sévère réprimande d'Alice, elle bondit sur ses pieds pour suivre des yeux sa haute silhouette qui s'enfonçait dans une rue latérale.

« Vous ne tenez pas en place au point que c'en est scandaleux, protesta Alice, agacée. Êtes-vous donc incapable de rester assise tranquillement ?

— Cela ne m'arrive pas souvent, reconnut Jayne en regagnant son siège. Pourquoi Samuel est-il à Dorchester ? L'année dernière, à cette époque-ci, il était inspecteur parlementaire dans le Sud-Ouest. A-t-il une autre fonction désormais ?

— Je préfère ne pas bavarder pendant que je dessine.

— Je remuerai moins si vous parlez.

— Que vous êtes contrariante, mon enfant ! Votre mère aurait dû vous enseigner la patience.

— Elle s'y est efforcée. » Jayne lissa sa jupe. « À présent, parlez-moi de Samuel.

— À condition que vous me promettiez de ne pas poser de questions avant que j'aie fini. Comment voulez-vous reproduire une bouche si elle est constamment en mouvement ?

— Je vous le promets. »

Le récit prit du temps, car Alice ne cessait de s'interrompre pour dévisager Jayne fixement avant de se pencher et de tracer quelques traits sur le papier. Samuel était revenu un mois auparavant, ayant perdu la protection de Denzil Holles, et il cherchait désormais à retrouver les grâces de ses anciens amis – sans succès. La nouvelle de ses indiscrétions était parvenue à Dorchester bien avant son arrivée, et il se trouva alors éconduit partout.

« Notre membre du Parlement est un épistolier prolifique, murmura Alice, tout en estompant une ombre du bout du doigt.

Je doute qu'un seul puritain haut placé n'ait pas été informé des méfaits de Samuel. Il paraît qu'il a commencé par s'adresser au commandant de la garnison de Dorchester dans l'espoir de s'engager dans la New Model Army, mais qu'il a été refusé sans autre forme de procès à cause de son mauvais caractère. »

Elle exprima ensuite une certaine compassion pour cet homme stupide. Londres était un lieu dangereux pour les jeunes campagnards sans expérience persuadés de savoir distinguer un tricheur professionnel d'un gentilhomme et une femme de petite vertu d'une dame. Malgré la pruderie de surface qui régnait dans la cité, ses dessous corrompus étaient plus vivants que jamais. Ralph avait cédé à la même séduction la première fois qu'il avait mis les pieds dans la capitale, préférant les tavernes et les maisons de débauche des ruelles aux salons guindés des notables.

« Si les idées de Samuel avaient été forgées par la conviction et non par l'ambition personnelle, peut-être aurait-il manifesté plus de force. Les choses étant ce qu'elles sont, il a dilapidé son argent avec les femmes et au jeu, puis s'est servi du nom de son protecteur pour en emprunter davantage. Holles m'affirme qu'il a accumulé pour près de cent livres de dettes sans perspective de remboursement. »

Samuel aurait mieux fait, poursuivit-elle, de se rendre dans une ville où il n'était pas connu. Denzil Holles avait beau passer son temps à Londres, il était toujours membre du Parlement et n'ignorait pas qu'il était important de rester proche de ses électeurs. Il les avait mis en garde avec la dernière véhémence contre toute tentation de prêter de l'argent à son ancien protégé, désormais en disgrâce. Elle inclina la tête sur le côté pour contempler à nouveau attentivement le visage de Jayne.

« Quels que soient les défauts de Holles, l'adultère n'est pas de leur nombre. Il a pris une nouvelle épouse il y a trois ans à peine et s'est grandement offusqué d'apprendre que son nom était cité dans les bordels. »

Un sourire involontaire effleura les lèvres de Jayne.

« Ne souriez pas ! Pensez à ce que votre pauvre cousine a dû endurer. Si les appétits de Samuel sont aussi indomptables qu'ils le paraissent, elle aura été contrainte de s'y soumettre plus souvent qu'elle ne l'aurait voulu. Le puritanisme offre aux hommes comme lui une excellente excuse pour exiger de leurs épouses docilité au lit. » Elle se redressa. « Je crois que c'est terminé.

— Puis-je voir ? »

Alice tourna le chevalet vers Jayne. Il n'y avait qu'une image, qui l'étonna. Elle s'attendait à la représentation d'un joli visage timide, dans l'esprit des portraits peints par sa mère, alors que ce qu'elle observait était bien moins flatteur. De fait, sans le haut de ses manches et de son corselet qu'Alice avait fait figurer sur son esquisse, elle aurait pu prendre la mâchoire puissante et les yeux inquisiteurs pour ceux d'un homme. Alice pouffa.

« Vous n'avez pas l'air satisfaite.

— J'espérais être plus jolie que Ralph, à tout le moins.

— Heureusement que non. Je n'ai que mépris pour la joliesse. Vous avez un visage qui respire la force, le caractère et l'honnêteté, mon enfant, et ce sont des qualités bien plus attrayantes. Quand je vous regarde, je vois quelqu'un que j'ai envie de connaître. Quand je regardais Ralph, je voyais un masque soigneusement fabriqué. Si j'avais pu le représenter fidèlement, je lui aurais dessiné des cornes de diable, mais Estelle ne voulait que l'apparence – un homme d'une grande beauté. Votre cousine Ruth est comme elle : le physique de Samuel la rend aveugle à la réalité de sa nature. »

Jayne tourna les yeux vers la fenêtre.

« Elle n'est pas la seule, Alice. Malgré tous les jugements que j'ai pu porter sur lui, je ne l'ai jamais pris pour un libertin. J'aurais plutôt cru le contraire, en réalité, et je pensais que le fait qu'il n'ait engendré qu'un enfant avec Ruth était signe que coucher avec sa femme ne l'intéressait guère. Êtes-vous sûre que ce que l'on dit de lui soit véridique ?

— Parfaitement. J'ai écrit à Denzil Holles pour en avoir le cœur net et les détails qu'il m'a confiés confirmaient le jugement de William sur Samuel lors de l'exécution du prêtre. Le pouvoir l'excite, surtout lorsqu'il s'exerce sur ceux qui sont trop faibles pour le défier. À en croire Holles, il a fort mal traité certaines des femmes qu'il a achetées à Londres, et je suis convaincue qu'il s'est montré brutal avec votre cousine. »

Jayne n'avait guère de mal à croire à cet aspect de son caractère. Tous les tyrans irrésolus usaient de cruauté pour imposer leur volonté.

« Où vit-il ? demanda-t-elle.

— À la même adresse qu'auparavant. La maison est restée inoccupée depuis le départ des royalistes. Votre oncle aurait dû trouver de nouveaux locataires, Jayne. Samuel n'a pas d'autre endroit où aller et ne se laissera pas déloger facilement. »

Elle prit congé d'Alice le lendemain matin, mais au lieu de regagner directement le King's Head, elle prit la direction de High East Street. Elle s'était persuadée que sa seule intention était de jeter un coup d'œil à l'extérieur de la demeure de son oncle afin de voir dans quel état elle était, mais la tentation de frapper à la porte grandit au fur et à mesure qu'elle s'approchait. Rien ne lui aurait fait plus plaisir que de découvrir que Samuel croupissait dans la misère ; savoir que tous les Swift seraient informés de sa déchéance lui infligerait une blessure d'orgueil dont il ne se remettrait pas.

Elle ne fut pas loin d'éprouver un peu de la compassion qu'avait manifestée Alice lorsqu'il ouvrit et qu'elle décela une lueur d'espoir dans ses yeux. Les visiteurs devaient être rares, pensa-t-elle, si un simple coup frappé au battant lui permettait de rêver à un soudain changement de fortune. Son teint cireux et ses joues creuses suggéraient qu'il n'avait pas mangé depuis plusieurs jours, et il avait perdu toute la beauté qui était la sienne à Lyme. Ses cheveux eux-mêmes commençaient à se clairsemer.

« Que voulez-vous ? demanda-t-il.

— M'assurer que vous habitez ici, Samuel. J'ai été surprise de l'apprendre et je suis certaine que mon oncle le sera tout autant.

— Vous vous mêlez d'affaires qui ne vous concernent pas, grommela-t-il.

— Ainsi que vous l'avez fait à Lyme. Je n'ai ni oublié ni pardonné votre tentative pour me perdre de réputation auprès du colonel Blake. Considérez mon ingérence comme une faible réponse à la malveillance que vous m'avez manifestée. »

Il parcourut la rue du regard dans les deux sens, comme pour s'assurer qu'elle était seule puis, brusquement, lui agrippa le poignet et la fit pivoter pour l'entraîner dans les profondeurs obscures du vestibule. Malgré sa faiblesse apparente, il était plus vigoureux qu'elle et n'eut aucun scrupule à la plaquer contre le mur en pressant son avant-bras contre sa gorge. Lorsque son souffle chaud et fétide envahit ses narines, Jayne repensa aux propos d'Alice : « Le pouvoir l'excite. »

20.

Debout dans la pénombre de l'entrée, le bras de Samuel Morecott contre son cou, Jayne fut envahie par les souvenirs des regards lubriques et des mains qui s'étaient agrippées à elle sur la route de Bridport. Mais cette fois, loin de la désarmer, ces images la poussèrent à riposter, car elle avait si souvent répété en esprit ce qu'elle aurait dû faire ce jour-là que sa réaction fut tout aussi naturelle que de respirer. Si Samuel s'était attendu à rencontrer une certaine résistance, il n'avait certainement pas anticipé les miaulements stridents, les crachats et les deux rangées d'ongles qui lui labourèrent les joues. Il chercha à attraper les poignets de Jayne, mais dut pour cela relâcher la pression sur sa gorge. Rien ne la maintenant plus contre le mur, elle se jeta sur lui, mobilisant toute sa rage contenue pour le repousser violemment.

Ses cris étaient aussi ininterrompus que ses coups de pied, ses gifles et ses postillons, et son comportement le pétrifia, le faisant reculer de lui-même. Lisant la crainte dans ses yeux, elle comprit que c'était pour cela qu'elle était venue. Pour se venger d'avoir eu peur sur la grand-route. Il leva la main pour protester, comme pour dire qu'il ne méritait pas pareil traitement, mais Jayne avait déjà dégagé la lame tranchante comme un rasoir qu'elle gardait, rangée dans un petit fourreau de cuir discret sur le côté de sa sacoche. Elle la leva à la hauteur de son cou.

« Vous saignerez à mort dans cinq minutes si je vous entaille ici, dit-elle en posant la pointe sur l'artère qui conduisait le sang à sa tête. C'était la blessure préférée des soldats de Lyme, car elle tue infailliblement. »

Ses cris avaient rendu sa voix rauque et Samuel sembla y voir un signe de fatigue, car il s'efforça à nouveau de lui prendre les poignets. Mais son intention était trop manifeste, et sa tentative maladroite pour s'emparer de la main qui tenait le couteau lui valut une estafilade en travers de la paume, puis une autre sur les jointures de la main droite qu'il avait tendue instinctivement afin de protéger la gauche blessée. Jayne inclina la pointe vers le milieu de son cou.

« Ou peut-être pourrais-je inciser votre trachée et vous priver ainsi d'air. Je ne vois pas meilleure vengeance pour votre fils que de laisser son père mourir lentement dans le noir, cherchant désespérément à reprendre son souffle. »

Il passa la langue sur ses lèvres sèches.

« Si je pensais que vous aviez le cœur à commettre un meurtre, je vous y inviterais.

— Ne me tentez pas, Samuel. »

Au moment même où elle parlait, elle entendit un bruit de pas derrière elle dans le couloir et vit les yeux de Samuel s'écarquiller de soulagement.

« M'aiderez-vous, Monsieur ? s'écria-t-il. Je vois que vous portez un insigne de colonel, vous avez donc le pouvoir d'arrêter cette femme. Elle n'a aucune raison de me menacer ainsi.

— J'en doute, maître Morecott, dit la voix de William. L'expérience m'a appris que Dame Swift n'agit jamais sans un solide motif. » Il s'approcha de Jayne. « Tout va bien, Madame ? »

Elle lui jeta un regard peu avenant. Il portait l'uniforme de la New Model Army, avec un chapeau de feutre mou au lieu d'un casque. La calotte arborait un insigne qui devait être, pensa-t-elle, celui que Samuel avait identifié.

« Très bien, je vous remercie, et je n'ai nul besoin d'assistance.

— C'est ce que je vois, acquiesça-t-il.

— Dans ce cas, que faites-vous en ce lieu ?

— Alice était certaine que vous viendriez ici. Aussi a-t-elle envoyé Molly me prier de vous suivre. Je vous ai vue disparaître soudainement à l'intérieur, puis j'ai entendu vos cris. Je me suis senti tenu d'intervenir, ne serait-ce que par égard pour Alice.

— Étiez-vous présent durant tout le temps de mon séjour chez elle ? »

Il secoua la tête.

« J'avais encore quelques affaires à régler à Taunton et je n'ai regagné Dorchester que la nuit dernière. » Il pointa le menton vers le couteau qu'elle tenait toujours. « Avez-vous l'intention d'épingler maître Morecott contre la porte d'entrée indéfiniment, ou m'autorisez-vous à vous escorter jusqu'à la sortie de la cuisine ? J'aurais tendance à lui donner raison et à penser que vous n'avez pas le cœur à commettre un meurtre.

— J'en ai pourtant grande envie, dit-elle, mais il a si peu d'amis que son corps ne sera pas retrouvé avant plusieurs jours et que la puanteur risque d'incommoder les voisins. »

Elle jeta un regard sévère à Samuel, mais comme il était adossé à la porte, son visage était plongé dans l'obscurité et elle ne le voyait pas distinctement. Avec un haussement d'épaules, elle remit la lame souillée de sang dans sa gaine et éleva William du rang de colonel à celui de chevalier pour achever d'intimider son adversaire. Par bonheur, bien que le visage de William fût visible sous son chapeau, l'autre ne reconnut manifestement pas le valet dont il avait fait la connaissance trois ans auparavant.

« Accordez-moi cinq minutes pour inspecter la maison, Sir William. Mon oncle souhaitera savoir dans quel état elle se trouve.

— Je vous en prie. Vous avez mon assurance que maître Morecott ne bougera pas d'ici avant que vous soyez prête à partir. »

Elle commença par la cuisine. La porte extérieure était ouverte, ce qui expliquait probablement l'arrivée de William, mais il n'y avait pas de porte intérieure donnant sur le couloir et la déformation des gonds suggérait qu'une force considérable avait été employée pour l'arracher. C'était la pièce où vivait Samuel, comme en témoignaient un petit feu qui couvait dans l'âtre et un matelas posé à même le sol juste à côté. Des croûtes de pain rassis jonchaient l'appui de la fenêtre, mais le garde-manger était aussi vide que trois ans plus tôt, quand Mary lui avait dit qu'elle n'avait pas d'argent pour acheter à manger. Samuel regrettait-il à présent sa ladrerie ? Il n'était assurément pas adage plus vrai que celui selon lequel « qui sème le vent récolte la tempête. »

Un bruit de bagarre s'éleva derrière elle, rapidement suivi d'un choc sourd et d'un gémissement de douleur. Jetant un coup d'œil dans le couloir, Jayne vit Samuel allongé sur le dos, la botte de William pressée sur sa gorge.

« Maître Morecott a oublié ses bonnes manières, lui annonça William. Il semble croire que toutes les femmes font de leur consentement un usage aussi prodigue que les putains de Londres.

— C'est son insulte préférée », remarqua Jayne en se remémorant les termes que Samuel avait employés à son égard et à celui de Ruth la dernière fois qu'elle était venue dans cette maison.

Elle regagna le vestibule et baissa les yeux vers le visage de son cousin. D'en haut, les ulcères qui entouraient son nez et sa bouche étaient plus visibles, ce qui la chagrina car elle n'avait nulle envie d'être prise de compassion pour lui.

« Il vaudrait mieux le laisser respirer, à moins que vous n'ayez l'intention de l'assassiner vous-même. »

William releva sa botte d'un centimètre.

« Êtes-vous prête à partir ?

— Pas encore. »

Jayne entra dans la pièce de devant privée de porte et prit note de l'absence de mobilier et des vestiges des lambris qui avaient été arrachés des murs. Par un porche voûté menant à une plus petite chambre, elle releva la même dégradation et ce qui ressemblait au pied brisé d'un tabouret gisant au sol. Avec un soupir, elle regagna l'entrée.

« Tout ce qui était en bois a disparu, sans doute parce qu'il est meilleur marché de brûler les portes et les meubles d'autrui que d'acheter des bûches. Est-ce votre œuvre, Samuel ?

— Répondez, ordonna William comme Samuel gardait le silence.

— Non, lâcha-t-il d'une voix rauque. C'est le fait des royalistes qui ont été cantonnés ici. »

Jayne s'endurcit le cœur en prenant conscience de la cause des cheveux clairsemés, des ulcères de la peau et des yeux fiévreux. Tous les hommes connaissaient les risques que l'on courait en couchant avec des prostituées.

« Mon oncle ne vous en tiendra pas moins pour responsable, Samuel. Une des conditions pour que vous continuiez à toucher la rente de Ruth était que vous entreteniez sa maison. Il voudra savoir comment vous envisagez de la réparer et de la remeubler.

— Je ne l'envisage pas, car je n'ai aucun fonds. J'ai en effet renoncé à cette rente quand je suis allé m'installer à Londres.

— Elle vous a été versée encore pendant plusieurs mois, lui rappela-t-elle. Joseph ignorait que vous étiez parti jusqu'au jour où vous l'avez informé que sa maison était remplie de soldats. Sans cela, vous seriez encore en train de lui voler son argent. Vous n'avez jamais eu l'intention de lui avouer que l'abandon de sa fille et de son petit-fils était définitif.

— Ce sont eux qui m'ont abandonné, et si je fais appel à la loi pour réaffirmer mes droits de mari, ils me seront restitués par la force. »

D'une poussée soudaine, il chercha à écarter la botte de William, mais les deux mains qu'il leva ne firent qu'attirer l'attention de Jayne sur l'estafilade rouge qui traversait sa paume droite. La botte ne bougea pas.

« Peut-être espérez-vous un tel résultat, mais votre attente est vaine. La seule récompense qu'ait obtenue Ruth en retour de son obéissance conjugale a été la naissance de son fils et rien ne la persuadera de mettre à nouveau sa vie en péril. Elle préférera se tenir cachée plutôt que de se soumettre une seconde fois à votre tyrannie.

— Je doute que vous la connaissiez aussi bien que vous le pensez. »

Jayne fit glisser sa sacoche de son épaule et la posa par terre.

« Peu importe. Mon oncle a déposé une demande de séparation légale devant le tribunal ecclésiastique. Il allègue au nom de Ruth que trois années d'abandon, succédant à de longs mois de mauvais traitements et de cruautés, méritent un décret de “divorce avec séparation de lit et de table”. Aussitôt que ce jugement aura été prononcé, vous ne reverrez plus ni Ruth ni Isaac. »

Elle ne précisa pas que cette demande n'avait été que rédigée et n'avait jamais été transmise au juge. Joseph et son avocat revenaient à la charge de temps en temps, mais une épouse étant censée accepter son sort, les requêtes faites au nom d'une femme étaient rarement prises en compte. Elle s'accroupit pour mieux examiner les ulcérations de son visage, puis tira sa sacoche sur ses genoux.

« Je dois avouer être venue ici pour me réjouir de votre disgrâce, Samuel, mais malgré l'agression que vous m'avez fait subir, ce que j'ai vu de votre situation me pousse à la charité. » Elle sortit sa bourse. « Permettez-moi de vous donner cinq shillings pour adoucir votre pauvreté. C'est la somme que j'avais remise à votre cuisinière pour nourrir votre ménage et elle devrait vous maintenir en vie pendant quelques jours de plus. »

Elle attendit une réponse, mais n'obtint qu'indifférence.

« Je suis prête à partir, à présent, annonça-t-elle à William, posant l'argent par terre avant de se redresser. Si maître Morecott est sage, il emploiera une partie de cette somme pour acheter au chirurgien barbier quelques pilules de mercure. Elles ne guériront pas sa maladie, mais ralentiront peut-être l'évolution de ses ulcères, surtout autour du nez et de la bouche. Il n'est pas de moyen plus sûr pour un homme d'avouer son immoralité que d'exhiber des chancres qui lui dévorent le visage. On sait depuis un siècle que cette infection ne peut se contracter que par un commerce charnel avec une personne déjà malade. »

Le calme généralement imperturbable de William fut ébranlé.

« Voulez-vous dire qu'il souffre de la vérole ? »

Jayne acquiesça.

« Richard l'appelle par son nom latin, "syphilis". Ce mal est courant chez les soldats qui reviennent des guerres européennes. »

William semblait hésiter entre libérer Samuel et le supprimer pour de bon.

« Il vous l'aurait transmise si vous ne vous étiez pas défendue.

— Très certainement.

— Et il cherche maintenant à infecter sa femme.

— Il ne sera pas autorisé à l'approcher, répondit fermement Jayne. Dès que mon oncle sera informé de son état, il demandera que le tribunal le fasse inspecter par un médecin. Ruth aussi, au besoin. Je puis jurer qu'elle est exempte de syphilis, de sorte que dans la mesure où Samuel manifeste des symptômes indubitables de ce mal, cela prouvera à la fois son adultère *et* son inaptitude à se prévaloir du titre de mari. » Elle vit un étrange petit sourire jouer sur les lèvres de Samuel. « Qu'ai-je dit de si drôle ? demanda-t-elle.

— Dieu doit m'aimer plus que je ne pensais pour vous avoir envoyée afin de me servir d'avocate, ma cousine. Vous m'avez toujours méprisé et je ne dis pas que cela ne m'aurait pas amusé de vous transmettre la vérole, mais ma seule intention en vous faisant entrer était de vous exhorter au silence et d'éviter que les passants entendent mes propos. » Il reporta son attention sur William. « Laissez-moi me relever. Cette femme créera plus de dégâts qu'elle ne croit si elle parle à tort et à travers. Vous avez ma parole que je ne créerai d'embarras à aucun de vous. »

William échangea un regard avec Jayne puis, devant son signe d'assentiment, il releva sa botte et recula. Il fallut tout de même plusieurs secondes à Samuel pour retrouver la force de se redresser en position assise, puis de se mettre à genoux et enfin debout. Prenant appui sur le mur du couloir, il adressa son discours à Jayne.

« Renonçons à tout faux-semblant. On m'a dit que cette phase de la maladie serait bientôt terminée et que je pourrais vivre quelques années encore avant que la cécité et la folie ne s'emparent de moi. Est-ce exact ? »

Jayne acquiesça.

« Et vous préféreriez que mon beau-père tire prétexte de mon état pour dissoudre mon mariage et assurer la sécurité de sa fille ? »

Elle hocha à nouveau la tête.

« N'y comptez pas. Rien ne ramènera Ruth plus vite auprès de moi que cette nouvelle. Quel que soit le malheur que je lui ai infligé, il ne comptera pour rien au regard de son serment conjugal de me chérir dans la maladie ou la bonne santé. Elle pourrait aller jusqu'à imaginer qu'en me rendant dépendant d'elle, mon mal serait susceptible de ranimer quelque affection mutuelle. Reconnaîtrez-vous qu'il s'agit d'une description exacte de sa nature ? »

Effroyablement exacte, songea Jayne. Le cœur de Ruth n'était jamais aussi tendre ni aussi généreux que lorsqu'elle se sentait indispensable.

« Tout dépend de sa disposition à pardonner la manière dont vous avez contracté la maladie, Samuel. Vous pouvez être certain que je l'en informerai.

— Vous auriez grand tort de le faire. Ruth pardonne tout et apprendre mes infidélités ne la guérira pas. » Il s'appuya plus fermement contre le mur et dévisagea Jayne de ses yeux fiévreux. « Si vous souhaitez réellement la protéger et protéger son enfant, vous devrez garder le silence sur ma présence ici. J'ai une proposition à faire à son père… mais vous devrez, là encore, ne pas en parler à ma femme car il n'en résultera rien si elle en est informée. »

L'intensité de son regard laissait croire à sa sincérité, mais Jayne se rappela avec quelle facilité il avait feint l'honnêteté pour impressionner ses beaux-parents.

« Pourquoi devrais-je me faire complice de vos tromperies, Samuel ? Vous aviez raison d'affirmer que je n'ai que mépris pour vous. »

Un tremblement d'émotion le parcourut.

« Pour l'amour de Ruth. » Il mit ses mains en coupe dans un geste de supplication. « Mon seul désir est que l'enfant et elle vivent en paix. »

Jayne sentit William frémir d'irritation devant ce qu'il considérait comme un mensonge flagrant, mais pour sa part, elle n'était pas aussi certaine qu'il y eût tromperie. L'insistance de Samuel à vouloir tenir son épouse dans l'ignorance tant de sa présence que de sa maladie avait quelque chose de très convaincant.

« Si tels sont vos sentiments, pourquoi être revenu à Dorchester ? Elle n'aurait pas manqué de recevoir des nouvelles de vous un jour ou l'autre.

— Je n'avais pas d'autre endroit où aller quand j'ai perdu… » Il s'interrompit brusquement en voyant bouger William. « Cela n'a pas d'importance. Je savais qu'il n'y avait qu'une issue. » Il reporta sur Jayne un regard insistant. « Transmettrez-vous ma proposition à Joseph ?

— Je ne puis vous répondre avant que vous m'en ayez confié la teneur.

— Informez-le que ma mort est à vendre au prix de cent livres. Je connais un pasteur corrompu à Southwark qui acceptera de me consigner dans son registre paroissial moyennant un petit dédommagement et informera ensuite mon épouse de mon décès. Je lui demanderai d'indiquer que j'ai succombé à la consomption. Cela permettra à Ruth de se remarier tandis que je serai libre d'agir à ma guise sous un autre nom. Faites comprendre à Joseph que c'est la meilleure solution pour tous. »

Cent livres – le montant de sa dette.

« Quelle garantie puis-je lui donner que vous ne reviendrez pas chaque fois que vous serez à court d'argent ?

— Vous en avez la preuve sous les yeux. Ai-je l'air assez solide pour renouveler pareille demande, ne serait-ce que dans un an ? »

Assurément non, mais Jayne savait, pour avoir lu les comptes rendus de Richard, que les malades pouvaient vivre plus de dix ans après avoir manifesté les mêmes symptômes que Samuel. Et pourtant...

« Je ferai ce que vous désirez, acquiesça-t-elle enfin. Si Joseph y consent, je demanderai à Sir William de vous remettre l'argent demain puis de vous accompagner jusqu'à la route de Londres. Si vous manquez à votre parole et ne respectez pas votre part du marché – une lettre adressée à Ruth avant la fin du mois prochain lui annonçant votre mort – j'enverrai les baillis à vos trousses. Sommes-nous bien d'accord ?

— Oui. »

Désapprouvant visiblement la naïveté avec laquelle Jayne acceptait la parole de Samuel, William intervint.

« Je suis témoin de cet arrangement, maître Morecott. » Il enfonça un de ses poings couverts d'un gantelet dans l'autre. « Et je vous conseille d'honorer votre serment, car c'est moi qui vous prendrai en chasse si vous abusez Dame Swift, et non des baillis effarouchés du Dorsetshire incapables de se repérer dans Londres. »

Peut-être fut-ce le choc du cuir contre le cuir qui rafraîchit la mémoire de Samuel, car ses yeux s'écarquillèrent.

« Je connais cet homme, dit-il à Jayne en dressant un doigt tremblant vers le visage de William. Il vous dupe en se faisant passer pour un gentilhomme. Il n'était que valet le jour où il m'a déjà menacé. »

Jayne passa la lanière de sa sacoche au-dessus de sa tête et cala le sac contre sa hanche.

« Vous faites erreur, Samuel – mais il est vrai que vous avez toujours été mauvais juge des hommes. Je vous conseille de vous en souvenir quand vous serez tenté de rompre notre accord, car j'ai une entière confiance en Sir William. S'il dit qu'il vous trouvera, il le fera. »

Elle s'écarta pour permettre à William d'ouvrir la porte d'entrée et sortit dans la rue. Lorsque le battant se fut refermé derrière eux, elle posa la main sur le bras de William pour prévenir toute velléité de sermon sur la confiance mal placée.

« Je suis *extrêmement* impressionnée d'apprendre que vous êtes colonel, lui dit-elle malicieusement. La dernière fois que je vous ai vu, vous n'étiez que capitaine. »

Il la dévisagea avec amusement.

« Votre frère ne pensait pas que votre père accepterait qu'un traître royaliste détienne un rang plus élevé. Mais fallait-il vraiment être aussi cruelle avec moi ? Si Sir Henry ne m'avait pas traité avec affection, je me serais senti privé de toute amitié de la part des Swift.

— Voyez-y la rétribution des nombreux mensonges que vous m'avez contés, répondit-elle d'un ton sévère. Après que Ruth a appris à ma mère que, loin d'être un capitaine de la garnison de Corfe, vous n'étiez qu'un domestique de la maisonnée d'Alice, Mama a décrété que vous étiez un coureur de dot de la pire espèce.

— Comme c'est embarrassant, murmura-t-il. Voulez-vous dire que mes efforts pour paraître indifférent à la valeur du mobilier de votre père ont été vains ? Il a un Corrège de toute beauté au-dessus de sa cheminée, mais j'ai pris grand soin d'en détourner le regard à chacune de mes visites. »

Elle lui pinça le bras.

« Si je répète ces propos à ma mère, vous serez banni de notre demeure à jamais.

— Vous n'aurez pas cette méchanceté, Jayne.

— N'en soyez pas si sûr. Je vous en veux de ne pas m'avoir informée de l'état d'Alice.

— C'est qu'elle craint de devenir un objet de pitié, expliqua-t-il en reprenant son sérieux. Je lui ai donné ma parole de n'en parler à personne.

— Molly aussi, mais elle s'est ravisée. » Jayne ralentit le pas lorsqu'ils quittèrent High East Street et lui aurait lâché le bras s'il n'avait pas emprisonné sa main sous la sienne. « Nos chemins doivent se séparer ici, remarqua-t-elle. Il faut que je me hâte si je veux parler à Joseph.

— Acceptera-t-il la proposition ?

— À supposer que oui, ce sera sous forme de souverains d'or, répondit-elle un peu évasivement. Puis-je vous retrouver demain chez Lady Alice pour vous les remettre ? »

William l'exhorta à poursuivre sa route.

« Les murs ont des oreilles, observa-t-il, et vous parlez trop librement. Avez-vous songé au poids de pareille somme en pièces de monnaie ? Je l'estimerais à près de dix livres, et vous devriez les porter depuis le King's Head, ce qui fait trois bons kilomètres.

— Je porte bien ma sacoche.

— Qui possède des poches de cuir pour séparer les bouteilles. Une besace pesante qui cliquette à chaque pas apprendra à tout voleur de passage que vous avez quelque chose à voler.

— Envisageriez-vous de me retrouver au King's Head ?

— Je préférerais vous accompagner à Weymouth et me charger moi-même de cet argent.

— Joseph ne vous fera pas confiance si je suis seule à me porter garante de vous.

— Le colonel Sydenham jurera de mon honnêteté. Il est gouverneur de Weymouth de fait sinon de nom, et votre oncle le connaît bien.

— Je préférerais ne mêler personne d'autre à cette affaire. »

Ils étaient parvenus à un carrefour et cette fois, ce fut William qui s'arrêta.

« Votre oncle compris, peut-être ? Avez-vous véritablement l'intention de vous rendre à Weymouth, Jayne ? » Comme elle ne répondait pas, il désigna de la tête une bâtisse située de l'autre côté de la rue qui partait sur la droite. « Nous pourrons y parler librement, si vous êtes prête à entrer par les cuisines et à vous passer de chaperon. »

Elle suivit son regard. La propriété était de belles proportions et se dressait, isolée, entre deux rangées d'habitations accolées.

« À qui est cette maison ?

— À moi, sous l'identité d'un marchand d'étoffes qui passe plus de temps en déplacement que chez lui. Le commerce me donne une excellente raison de voyager au loin sans qu'on m'interroge. Mes voisins sont habitués à me voir aller et venir par la porte principale, mais la porte de derrière est ma préférée quand je suis en uniforme et désire passer inaperçu. »

Jayne se dit que la description de William qu'elle avait faite à Lady Alice – « un individu remarquablement mystérieux » – n'aurait pu être plus exacte. Dès qu'elle croyait avoir percé à jour un compartiment de sa vie, il lui en présentait un autre afin de mieux la dérouter.

Se satisfaisant d'un hochement de tête approbateur, il lui fit traverser la rue et la conduisit dans une étroite venelle bordée de jardins clos de murs. Après avoir longé plus de dix propriétés, il souleva le loquet d'une porte de bois et fit pénétrer Jayne dans un jardinet ombragé d'un pommier à la vaste ramure chargée de fleurs. Ces enclos contenaient rarement autre chose qu'un puits et une banquette herbeuse et elle se demanda qui avait planté cet arbre et si William avait acheté cette maison pour l'intimité qu'elle assurait. Le lieu ajoutait indéniablement du poids à ses propos sur la discrétion de cette entrée dérobée.

Se rappelant peut-être la peur qui l'avait saisie dans la boulangerie, il lui fit signe de s'écarter pendant qu'il retirait de son cou une lanière de cuir et se penchait pour introduire la clé qui y était accrochée dans le cadenas dont la porte était munie. Puis il repoussa largement le battant et passa devant elle, la laissant libre de décider de le suivre ou non. Elle était trop curieuse pour hésiter. Elle n'avait jamais imaginé que William pût avoir une maison à lui à Dorchester, mais cela expliquait qu'il ait pu se métamorphoser aussi rapidement de marchand en cavalier pour affronter Sir Walter Hoare dans la demeure d'Alice.

L'intérieur était semblable à celui qu'on pouvait attendre d'un marchand d'étoffes. Dans la pièce située derrière la cuisine, des rouleaux de laine et de soie étaient entassés à la verticale contre les murs, alors que deux ou trois autres étaient disposés sur une table qui occupait le centre de l'espace, avec une paire de ciseaux et une longue règle de bois. Bien que le local n'ait été éclairé que par une fenêtre aux volets clos, Jayne remarqua que les instruments étaient aussi poussiéreux que le tissu qu'ils prétendaient mesurer et couper.

Elle suivit William dans le couloir menant au petit salon, qu'elle trouva aussi fonctionnel que la salle aux étoffes. Des étagères jonchées de ce qui avait tout l'air de reçus roulés et un pupitre couvert de registres, de plumes et d'encre lui donnaient l'apparence d'un bureau, encore que la fine couche de poussière qui couvrait tous les objets aurait pu apprendre à un esprit soupçonneux qu'on ne s'était livré ici à aucun commerce depuis fort longtemps.

« Vos voisins doivent avoir l'esprit émoussé, remarqua-t-elle. Ne se demandent-ils pas pourquoi vous ne vendez jamais rien ? »

Il secoua la tête.

« Ils me prennent pour un importateur plus que pour un boutiquier. À leur connaissance, je fais mes affaires dans les ports, où je prends réception des cargaisons qui arrivent par navire avant d'organiser leur livraison aux clients. »

Jayne tendit la main vers les rouleaux.

« Et ce sont les commandes et les reçus qui le prouvent ?

— Parfaitement.

— Sont-ils authentiques ?

— Dans la mesure où ils sont écrits de ma main et suffisamment convaincants pour résister à un examen, répondit-il en souriant.

— Est-ce déjà arrivé ? »

Il tira une chaise pour qu'elle puisse s'asseoir.

« Une seule fois, au moment où les royalistes ont pris Dorchester. Carnarvon a réclamé la preuve de ma profession de marchand avant de m'accorder l'autorisation de continuer à franchir sans entrave les portes de la ville. Ses aides de camp ont été si bien impressionnés par ce qu'ils ont vu ici qu'il m'a passé une commande. »

Jayne s'assit.

« De quoi ? »

Il laissa échapper un rire.

« D'étoffe pour des uniformes royalistes. J'ai été en mesure d'en acquérir vingt rouleaux auprès d'une société de tisserands de France qui approvisionne le comte de Guiche. Un navire a apporté la cargaison à Londres, d'où elle a été transportée par chariot jusqu'aux tailleurs d'Oxford. C'est la seule commande que j'aie jamais honorée. »

Jayne trouva l'ironie aussi amusante que lui.

« Avez-vous été payé pour ce service ? »

Il prit place sur la chaise disposée derrière le pupitre.

« Si l'on peut dire. Le trésorier du roi m'a envoyé une lettre de change du montant que j'avais demandé ; il est vrai que je n'ai pas encore trouvé de banquier disposé à l'accepter. Personne ne fait confiance au crédit du monarque, même dans des bastions royalistes comme Oxford ou les Cornouailles. »

Le visage éclairé par le jour qui tombait de la fenêtre, il ressemblait étonnamment à son père, bien que sa mâchoire carrée ne possédât pas la douceur de celle de Ralph.

« Et vous, avez-vous payé les tisserands français ? » demanda-t-elle.

La question frôlait la grossièreté mais William, qui en devinait peut-être la raison, ouvrit un tiroir du pupitre et en sortit une feuille de papier.

« Oui, et voici leur reçu. » Il le poussa vers elle. « J'ai pour principe de toujours rembourser mes dettes, Jayne. »

Elle lut les lignes qui y étaient écrites, mais le montant étant consigné en louis d'or français, elle n'avait aucune idée de ce que la somme représentait.

« Pouvez-vous vous permettre une perte aussi importante ?

— Je n'ai pas l'intention d'en faire une habitude. Je n'ai jamais eu l'ambition de gagner ma vie en faisant du commerce. Les fruits de mes activités de soldat sont étalés aux étages supérieurs et valent considérablement plus qu'une poignée de louis d'or. »

Jayne mourait d'envie de lui demander ce qu'étaient ces fruits, mais craignit d'avoir déjà frôlé les limites de l'impolitesse.

« Peut-être le Parlement honorera-t-il la lettre de change du roi lorsqu'il aura gagné la guerre ? » suggéra-t-elle en repoussant le reçu de l'autre côté du pupitre.

William rangea le document dans le tiroir.

« Mon cœur se réjouit de vous entendre dire que la victoire ira au Parlement, Jayne. L'idée que j'aurais pu gâcher trois ans pour une cause perdue me ferait horreur. »

Posant les bras sur son pupitre, il se pencha en avant pour la regarder attentivement.

« À présent, ayez la bonté, je vous prie, de répondre à mes questions aussi honnêtement que j'ai répondu aux vôtres. Comment envisagez-vous de faire sortir de terre les cent livres que réclame Samuel Morecott ?

— Cela m'est impossible. Le maximum que je puisse lui donner est quatre-vingt-dix livres.

— Que *vous* pouvez lui donner ?

— Peu importe d'où vient l'argent, William, l'essentiel est qu'il comprenne qu'il ne saurait y en avoir davantage. Vous êtes plus à même de l'en convaincre que moi, c'est pourquoi j'ai cherché à lui faire accepter que ce soit vous qui les lui remettiez. » Elle haussa les épaules en le voyant secouer la tête immédiatement. « Dans ce cas, je m'en chargerai. Je l'ai gagné légalement et puis en disposer à ma guise.

— Il y a une heure à peine, vous lui avez griffé le visage et pointé un couteau sur la gorge.

— Il n'aurait pas dû poser les mains sur moi.

— Je vous l'accorde, mais cela n'explique pas que vous vouliez l'en récompenser. »

Jayne le dévisagea un moment.

« Voyez-y plutôt une incitation à respecter sa promesse de rendre Ruth veuve avant la fin du mois. »

William secoua à nouveau la tête, d'agacement, cette fois.

« Vous êtes d'une incroyable naïveté, Jayne. Il a extorqué de l'argent à Joseph depuis qu'il a épousé votre cousine, et la caque sent toujours le hareng. Il vous prend pour une sotte, ne le comprenez-vous pas ? »

Elle sourit.

« Pas aussi clairement que vous, semble-t-il. » Elle tira sa chaise en avant pour poser, elle aussi, les bras sur le pupitre. « Selon Alice, cela fait un mois qu'il est revenu à Dorchester, mais à ma connaissance, personne dans ma famille ne le sait ici… et je doute que nous l'aurions appris si je ne l'avais pas aperçu dans Church Street.

— Ce qui veut dire ?

— Si son intention était de faire payer Joseph, pourquoi ne lui a-t-il pas rendu visite dès son arrivée, au lieu de se présenter à la garnison en demandant à être recruté dans la New Model Army ?

— J'ignorais qu'il l'avait fait.

— Alice m'a appris que c'était la première démarche qu'il avait entreprise, et lorsque le commandant l'a éconduit, il s'est réfugié dans la maison de High East Street, où il semble vivre de croûtes de pain rassis. Pourquoi se laisser mourir de faim, alors qu'il aurait pu se mettre en relation avec Joseph à tout moment au cours de ces quatre dernières semaines ? Il ne pouvait pas se douter que je viendrais, et même s'il l'avait imaginé, pourquoi ne demander que la somme qui lui permettra de régler ses dettes ?

— Comment savez-vous quel montant il doit ?

— Alice me l'a rapporté. » Jayne prit un moment pour se remémorer ce qu'elle avait pensé au moment où Samuel, qui savait que Joseph pouvait se permettre de lui verser une somme plus importante, s'était contenté de demander cent livres. « Richard dit qu'il y a trois manières de réagir quand on vous apprend que vous êtes atteint d'une maladie mortelle. La première est de fermer votre esprit à cette nouvelle et de continuer à vivre normalement, ce qui est le choix d'Alice ; la deuxième est de sombrer dans la mélancolie, ce qui est le choix de ceux, généralement les pauvres, qui n'ont jamais eu de raisons d'espérer ; et la troisième est de profiter du temps qui vous reste pour réparer les erreurs et les délits passés. Je crois que c'est ce qu'a choisi de faire Samuel. »

La commissure des lèvres de William se retroussa en un sourire cynique.

« Sur quelle preuve vous fondez-vous ?

— La raison qu'il a invoquée. Il veut que son épouse et son fils vivent en paix. » Jayne secoua la tête devant son expression. « Votre père s'est trouvé dans la même situation que lui, William, et Alice m'a confié que vous avez dû assumer les conséquences de son insolvabilité depuis. Je n'aimerais pas qu'il arrive la même chose à Isaac alors qu'il est en mon pouvoir de l'éviter. »

Il la scruta pensivement.

« Poursuivez.

— J'estimerai avoir bien dépensé mon argent si cela veut dire que Samuel réussit à éponger ses dettes et achète une mort honorable à un prêtre corrompu. Pourvu que le nom de Morecott reste sans tache, Ruth pourra prendre le deuil comme il sied à une veuve et Isaac sera libre de se forger les souvenirs qu'il désire d'un père qu'il a à peine connu. N'est-ce pas un digne objectif ? »

William joignit ses mains sous son menton.

« Seulement si vous avez raison d'imaginer que Samuel a l'intention de payer ses créanciers. Il n'a rien laissé entendre qui le suggère, et je ne puis donc partager votre conviction à ce sujet. Et si vous avez raison d'établir un parallèle entre mon père et lui, il aura dilapidé vos quatre-vingt-dix livres aux tables de jeu moins d'une heure après son retour à Londres. Est-ce ainsi que vous souhaitez que vos économies péniblement gagnées soient dépensées ? »

Jayne lui adressa un sourire chagrin.

« Peut-être ai-je tort à ce sujet, mais ne voyez-vous aucun mérite à mes autres arguments ? »

William lui rendit brièvement son sourire.

« Pas suffisamment pour vous laisser agir de la sorte, conclut-il en repoussant sa chaise et en se levant. Si vous m'autorisez à régler cette affaire pour vous, regagnez Swyre, ne dites rien de votre entrevue avec Samuel et je m'efforcerai d'obtenir le résultat que vous souhaitez sans vous faire perdre vos économies. » Il contourna le pupitre et lui tendit la main pour l'aider à se relever. « Me ferez-vous confiance sur ce point, Jayne ? »

Elle posa les doigts sur les siens en prenant pleinement conscience – avec quelque surprise – que, non contente de lui faire entièrement confiance, elle lui était reconnaissante de la décharger de la responsabilité de l'avenir de Samuel.

« Vous le savez bien », dit-elle.

Quelques jours plus tard, Jayne reçut une lettre de William, jointe à une missive de Richard Theale datée du 22 mai.

Chère Dame Swift,
Je vous écris à la hâte de Bridport avant de poursuivre ma route vers Taunton. Vous aviez entièrement raison de supposer que Samuel désire se racheter. Le choix qui a sa préférence est de se battre pour ses convictions et à cette fin, je l'ai recommandé pour un engagement dans un régiment d'infanterie actuellement stationné près de Leicester. Les pilules de mercure estompent ses chancres, et soyez assurée qu'il est aussi résolu que vous l'avez dit à honorer ses dettes.

Votre serviteur,

William Harrier

21.

Swyre, Dorset, 2 juillet 1645

Jayne songea que lorsqu'elle repenserait à cette guerre, elle se rappellerait toujours les cris d'avertissement dont les échos résonnaient dans toute la maison chaque fois que des soldats approchaient dans l'allée. Ce tapage était devenu de plus en plus fréquent depuis la défaite des royalistes à Taunton. Des fantassins déserteurs avaient écumé la campagne en quête de nourriture, avant de se faire expédier sans ménagement par les Clubmen du Dorset, désormais si bien organisés qu'ils se comportaient davantage comme une armée que comme des rebelles.

Lorsqu'elle entendait ces cris d'alarme, Jayne se précipitait habituellement à une fenêtre pour regarder Sir Henry et ses ouvriers agricoles chasser les maraudeurs à coups de fourche et de gourdin, mais ce jour-là, elle était occupée par une plaie gangreneuse sur la cuisse de son frère Philip. Il était arrivé deux semaines auparavant, à peine conscient, et avait été porté jusque dans la maison par Benjamin, en larmes, qui l'avait allongé sur un canapé du salon, suppliant Jayne de le sauver.

La réaction immédiate de celle-ci avait été de faire sortir sa mère, Ruth et Isaac de la pièce avant de prendre le poignet de Philip et de demander à Benjamin de quoi il souffrait. Celui-ci lui avait appris que le malheureux avait reçu un coup de pique dans le haut de la jambe quatre jours plus tôt, à Naseby. La bataille avait été perdue, mais les deux frères avaient pu éviter d'être faits prisonniers en se retirant avec la cavalerie du roi à

Leicester. Dès leur arrivée, Benjamin avait pansé lui-même la plaie après avoir vainement cherché un chirurgien susceptible de la recoudre puis, craignant une infection, il avait décidé de ramener le blessé chez lui. Ce trajet de plus de trois cents kilomètres leur avait pris trois jours et, pour la fin du voyage, Benjamin avait soutenu Philip, assis devant lui sur sa selle, menant le cheval de son frère par la bride. Il avait eu l'intention de consulter un médecin compétent dans une ville qu'ils avaient traversée, mais Philip s'y était opposé : sa sœur était le seul docteur en qui il eût confiance.

C'était une confiance mal placée, avait songé Jayne en lui retirant son haut-de-chausses et en découpant le pansement sale. La pointe de la pique avait dessiné une entaille irrégulière d'une quinzaine de centimètres sur le côté de sa cuisse droite ; sous l'effort de la chevauchée, la plaie s'était ouverte plus largement et avait commencé à se putréfier. Le moindre effleurement de la peau livide et boursouflée qui entourait la blessure provoquait des élancements douloureux dans tout le corps de Philip, et même sans l'odeur abominable qui envahissait la pièce, Jayne aurait diagnostiqué la gangrène.

L'unique motif d'espoir était que ses lèvres n'étaient pas bleues et qu'il ne frissonnait pas, ce qui aurait signalé que le poison avait envahi tout son organisme. Richard lui avait appris qu'une altération de la chair était préférable à celle du sang, car on pouvait la guérir par l'amputation. Elle doutait pourtant que son frère pût survivre au sectionnement indispensable et au sciage de la chair et de l'os aussi près de la hanche.

Elle envoya Benjamin dans le vestibule et demanda à Ruth de lui trouver de quoi manger. Elle donna ensuite instruction à son père d'envoyer un émissaire à Lyme chercher Alexander et Susan Hulme à l'hôpital sur le Cobb, pour leur demander de rejoindre en toute hâte Dame Swift à Swyre, et un autre à Bridport, chargé d'adresser la même requête au docteur Theale. Dans un cas comme dans l'autre, les messagers devaient ne pas ménager leur monture et bien expliquer que Dame Swift avait besoin d'aide de toute urgence pour soigner un patient atteint de la gangrène à une cuisse. Elle chargea Agnes d'organiser l'installation du lit de Philip et de la baignoire de son père dans le salon du rez-de-chaussée, demanda à sa propre servante de lui apporter sa sacoche et à sa mère de mettre de l'eau à chauffer et de préparer des linges propres. Enfin, elle leur ordonna à tous de faire bonne figure et de masquer leur anxiété afin que Philip soit heureux d'être rentré à la maison.

« Autrement, il regrettera de ne pas être resté au loin, leur dit-elle. Il aura envie d'entendre des bruits joyeux dans la demeure et non le silence lugubre d'une église. »

Le temps que Richard et les Hulme reçoivent ses appels et se mettent en route, Agnes et Kitty débarrassèrent Philip de ses vêtements tachés et souillés, le portèrent jusqu'à son lit et transformèrent le salon en hôpital en poussant les meubles contre les murs et en récurant le sol pour le débarrasser de la moindre trace de saleté et de poussière. Jayne demanda à des valets d'apporter la table du vestibule et d'aller chercher à la cuisine un tonnelet de sel, puis elle donna instruction à six servantes de remplir la baignoire de son père d'un tiers d'eau bouillante et de deux tiers d'eau froide.

Philip avait besoin d'une bonne toilette de la tête aux pieds – elle se demanda s'il avait pris un seul bain au cours des trois dernières années –, mais elle doutait qu'il fût assez solide pour supporter le choc de l'eau froide. Il était plus mince que jamais, ce qui était aussi, au demeurant, le cas de Benjamin, et pendant qu'Agnes et elle l'aidaient à entrer dans la baignoire, elle envoya Kitty demander aux cuisinières de préparer un bouillon nourrissant. Elle s'attendait à ce que Philip crie au moment où le sel brûlerait sa chair ulcérée mais, par courage ou parce qu'il avait perdu toute sensation à l'endroit de sa blessure, il se contenta de fermer les yeux et de pousser un léger soupir d'aise au contact de l'eau chaude.

Jayne reproduisit le traitement qu'elle avait administré au prince Maurice – quinze minutes d'immersion suivies de trois quarts d'heure de séchage naturel – et Philip allait entamer sa quatrième séance de baignoire quand elle entendit un bruit de sabots par la fenêtre. Elle se précipita au-dehors pour parler en privé au visiteur. Dire aux autres de dissimuler leur inquiétude était une chose, garder elle-même le sourire pendant trois heures en était une autre.

Constatant que le nouvel arrivant était Richard, elle lui serra les mains avec soulagement et lui confia ses soucis en chuchotant. Elle n'avait pas appris à Philip de quoi il souffrait, mais elle pensait qu'il avait dû deviner à l'odeur qu'il avait la gangrène. Son comportement mélancolique le donnait indéniablement à penser. Elle avait fait venir Alexander pour qu'il procède à l'amputation si Richard estimait que c'était la seule solution, mais elle supplia le médecin de tenter un autre traitement s'il en connaissait, car elle était convaincue que son frère préférerait la mort à la vie s'il devait renoncer à marcher ou à monter à cheval.

Son ami lui assura qu'il s'était préparé à cette éventualité et tendit la main vers un sac volumineux que son escorte à cheval était en train de remettre précautionneusement entre les mains d'un valet. Lui-même portait sa propre sacoche en bandoulière et, après avoir demandé au serviteur de le suivre avec le bagage, il pria son hôtesse de le conduire jusqu'au patient.

On dit à juste titre qu'un problème partagé est à demi résolu. Jayne sentit tout le poids du monde tomber de ses épaules lorsque Richard entreprit d'examiner Philip. Il donna raison à son élève qui estimait que le sang paraissait sain, et ce qu'il vit de la blessure confirma son diagnostic de gangrène. Il l'expliqua au patient sur un ton détaché, ajoutant qu'il ne pensait pas la putréfaction trop avancée pour ne pas pouvoir être arrêtée.

« Ce qui ne veut pas dire que le traitement sera de votre goût, mon jeune ami, conclut-il joyeusement. Je ne connais qu'un moyen de nettoyer une plaie gangréneuse comme la vôtre, c'est de l'infester d'asticots. Ces petites bêtes ont une prédilection pour la chair pourrie mais n'apprécient pas la chair saine. Vous serez donc à la merci de votre sœur pendant les prochaines semaines, car elle aura instruction de vous obliger à rester alité et immobile jusqu'à ce que le danger que la croûte se rouvre soit passé.

— Pourrai-je marcher de nouveau après cela ? »

Richard hocha la tête.

« Oui, mais vous boiterez. La blessure s'élargira et il sera impossible de la suturer. Comme la peau qui parviendra à se reconstituer pour la couvrir sera trop fine et trop fragile pour être fléchie, vous en conserverez une raideur permanente de la jambe. Quant à monter à cheval, je vous suggère de demander à votre père de charger son garçon d'écurie de dresser votre monture à suivre les instructions de votre genou et de votre pied gauches, car vous n'aurez que peu voire pas de contrôle du côté droit. »

Un sourire las releva les lèvres de Philip.

« Alors, je vous autorise à installer sur moi autant d'asticots que vous voudrez, docteur. Je me considérerai comme béni d'avoir une jambe raide si cela peut m'éviter l'amputation. »

Le sac de Richard Theale contenait une cloche de verre dont le fond était couvert d'une masse grouillante d'asticots. Le médecin expliqua à Jayne qu'il avait commencé à pratiquer des expériences avec ces créatures après avoir lu le rapport d'un chirurgien français du siècle passé qui avait remarqué que les soldats dont les blessures étaient infestées d'asticots semblaient se remettre de la gangrène sans autre traitement. Il n'en comprenait pas la logique, mais la première expérience menée sur un homme au pied gangreneux avait été concluante. N'ayant pas exclu d'avoir à amputer si cette tentative échouait, il avait été surpris par la guérison de son patient. Depuis, il avait employé cette méthode à trois reprises avec le même succès.

Il s'était procuré des vers auprès d'une fermière qui en élevait pour nourrir ses poules. Réticente à donner aux volailles du blé qu'elle pouvait vendre à profit, elle avait mis de la viande avariée dans des seaux et avait recueilli la multitude de larves qui étaient apparues. Elle était persuadée que les mouches créaient les asticots, car les mouches bleues étaient toujours les premières à se précipiter dans ses seaux. Richard ne pouvait que l'approuver, car il avait observé lui-même qu'un asticot se transformait en mouche quand on le laissait à l'intérieur d'une cloche de verre sans le déranger, bien qu'il n'ait pas encore compris comment ni pourquoi.

Si Jayne n'avait pas eu toute confiance en Richard, elle n'aurait jamais pu se résoudre à toucher ces créatures répugnantes, et moins encore à les insérer dans la blessure de Philip. Son esprit se révoltait à l'idée que des bestioles aussi dégoûtantes puissent avoir un effet bénéfique. Alexander et Susan Hulme exprimèrent la même incrédulité quand ils arrivèrent une heure plus tard, mais ils acceptèrent d'observer et d'attendre jusqu'au moment où tous estimeraient que l'amputation était le seul moyen de sauver la vie de Philip.

Jayne n'ayant pu dissimuler le plaisir qu'elle éprouvait à revoir les Hulme, Richard lui conseilla d'aller faire un tour dehors avec eux pour qu'ils lui donnent des nouvelles de Lyme. Philip n'avait besoin que d'un praticien auprès de lui et le vieil homme était tout disposé à exercer cette fonction pendant les quelques heures à venir. Ils trouvèrent Sir Henry et Lady Margaret debout, inquiets, dans le vestibule, et Jayne en profita pour les présenter à Alexander et Susan. En temps normal, un chirurgien barbier et sa femme, appartenant à la classe des artisans, n'auraient pas eu droit à cette introduction officielle, mais leur fille avait parlé d'eux si souvent qu'ils les accueillirent chaleureusement.

Les Hulme, touchés d'être traités avec pareille courtoisie, se comportèrent fort bien face à toutes les questions que leur posèrent leurs hôtes. Au point que Sir Henry n'exprimerait plus jamais le moindre doute quand il arriverait à Jayne d'évoquer l'engagement des hommes de Lyme à tenir la ville pour le Parlement ou la bravoure de ses femmes. Il fut plus difficile de le convaincre de l'efficacité des asticots contre la gangrène, mais Alexander lui promit qu'une amputation serait pratiquée le lendemain matin si aucune amélioration n'était constatée avant.

Cela ne l'empêcha pas de faire connaître son mécontentement quand le couple déclina l'invitation de Lady Margaret à rester pour la nuit, affirmant que des patients réclamaient leur attention à l'hôpital de Lyme. Ils s'engagèrent à revenir en toute hâte le lendemain si Dame Swift leur faisait savoir qu'une opération était nécessaire.

Comprenant que Sir Henry aurait préféré qu'ils restent, Alexander désigna Jayne.

« Votre fils est soigné par les deux meilleurs médecins du Dorset, Sir Henry. Mon talent consiste à réduire les hommes à la moitié de ce qu'ils étaient avant que la gangrène ne s'empare d'eux, et je vous supplie de ne pas souhaiter pareille misère à Philip. La douleur et le choc d'une amputation sont si violents que la moitié des patients ne survivent pas à l'opération et que ceux qui y résistent restent infirmes de corps et d'esprit. La vie présente peu d'agrément quand on vous retire une jambe et si votre fille est disposée à recommander un traitement susceptible de l'éviter, vous devriez l'approuver. »

Sir Henry fixa sur lui un regard perçant.

« Je n'ai pas l'habitude qu'on me sermonne avec pareille force, maître Hulme. Je ferai cependant ce que vous me conseillez et prie pour que vous ne soyez pas appelé à refaire ce voyage. »

Alexander s'inclina.

« J'espère ne vous avoir pas offensé.

— Point du tout, répondit Sir Henry en s'inclinant à son tour. Il est rare qu'un père apprenne d'un étranger que l'orgueil que lui inspire sa fille est justifié. »

Si Jayne avait été émue par l'éloge d'Alexander, elle craignait cependant qu'il n'ait donné à ses parents de faux espoirs quant à l'efficacité des asticots. Pour sa part, elle n'y croyait guère et se tenait prête à tout moment à rappeler Alexander pour qu'il emploie la méthode éprouvée et fiable de l'amputation. Pourtant, au cours des deux semaines qui s'étaient écoulées depuis l'introduction des répugnantes créatures dans la plaie, la gangrène avait peu à peu reflué et l'inquiétude de Jayne pour Philip s'apaisait de jour en jour. Convaincue à présent que l'infection battait définitivement en retraite, elle avait toute latitude pour s'inquiéter des cris qui résonnaient dans la maison.

Elle demanda à Benjamin, qui se prélassait dans un fauteuil près du lit de Philip, de s'approcher d'une fenêtre pour leur dire ce qu'il voyait. Pensant qu'il ferait état de la présence de fantassins déguenillés en quête de nourriture, elle fut très surprise qu'il lui décrive cinq officiers de cavalerie vêtus de l'uniforme de la New Model Army ; et plus surprise encore de voir une expression de soulagement éclairer le visage de Philip.

« Qu'est-ce que tu ne m'as pas dit ? lui demanda-t-elle en prélevant des asticots de sa plaie avec une pince pour les poser sur une assiette.

— Rien. »

Elle approcha une larve de la bouche de son frère.

« Dis-moi la vérité ou ce sera ton petit déjeuner. »

Benjamin intervint depuis l'embrasure de la fenêtre.

« Nous avons déserté, expliqua-t-il. Je n'ai pas demandé de permission pour ramener Philip ici, car je savais qu'elle nous serait refusée ; nos noms auront été signalés à présent. Si on nous trouve, le mieux qui puisse nous attendre est le fouet et une rétrogradation ; au pire, nous serons pendus afin de servir d'exemple. Nous avons déjà assisté à plusieurs exécutions de ce genre.

— Papa sait cela ? »

Philip secoua la tête.

« Nous n'avons pas le cœur de le lui dire. Il vante notre courage et ne comprendra pas que nous ne voulions retourner au combat ni l'un ni l'autre. Nous étions las de la guerre avant même Naseby… et le sommes plus encore maintenant que nous avons vécu deux semaines de paix. Cette jambe me donne un prétexte pour ne pas combattre, mais Benjamin n'a pas d'excuse et il n'est pas question que je le laisse repartir seul. »

Jayne posa l'assiette sur la table et prit une loupe.

« Ne craignez pas la réaction de Papa, dit-elle en se penchant sur la plaie. Il se débat avec sa propre conscience, ne sachant plus quel camp soutenir, et sa lutte sera encore plus cruelle s'il doit également assumer la responsabilité de votre décision. Il sait que vous ne vous êtes engagés que pour lui être agréable. »

Benjamin observa les cavaliers qui s'arrêtaient devant Sir Henry et ses travailleurs agricoles.

« Nous aurions dû faire comme Andrew et attendre, remarqua-t-il sombrement. Il a choisi la meilleure cause en se rangeant du côté du Parlement. Naseby a tourné à la déroute lorsque Cromwell a fait intervenir sa cavalerie. Nous les surnommons Ironsides, Flancs de fer, parce qu'ils sont invincibles et Papa ne va pas tarder à avoir l'occasion de s'en convaincre. Si ces cinq hommes exigent d'entrer, il ne pourra pas les en empêcher. »

Jayne retira un asticot des profondeurs de la plaie. Comme les autres, il avait engraissé en se nourrissant de chair nécrotique, et elle s'émerveilla une fois de plus de la rapidité avec laquelle ces petites bêtes se repaissaient de la gangrène. Richard lui avait conseillé de les remplacer tous les quatre jours, car ils cessaient de manger le cinquième et se couvraient d'une enveloppe brune. À cette fin, il envoyait un émissaire chargé d'une nouvelle colonie de larves chaque fois que Jayne en avait besoin, priant celle-ci de lui retourner les vers en sommeil afin qu'il puisse les étudier et les disséquer, et découvrir comment ils se transformaient en mouches.

La livraison du matin s'accompagnait d'un message. *J'ai cultivé ceux-ci moi-même à partir de mouches bleues écloses du premier lot que je vous ai envoyé. Une expérience du plus haut intérêt ! Croirez-vous que les mouches pondent de petits œufs blancs sur la viande pourrie ?*

Jayne avait écrit en réponse : *Philip fait de tels progrès que je suis prête à croire n'importe quoi.*

Elle entreprit de semer les nouveaux asticots sur les bords de la plaie, où s'attardaient des lambeaux de chair nécrotique.

« Vous n'auriez pas survécu une semaine si vous aviez choisi la même voie qu'Andrew, remarqua-t-elle doucement. La première fois que Papa vous aurait traités de lâches, vous vous seriez précipités pour vous enrôler, simplement pour lui donner tort. Notre frère a résisté à deux années d'insultes avant de se décider à partir.

— Père éprouve maintenant une grande admiration pour lui, dit Philip. Il vante son courage plus que le nôtre.

— Vous entendez ce que vous voulez entendre parce que vous avez le sentiment de l'avoir déçu, répliqua Jayne en secouant la tête, mais vous avez ma parole que Papa ne fait aucune distinction entre ses fils. »

Benjamin poussa un cri de surprise et s'écarta précipitamment de la fenêtre.

« Nous en aurons bientôt le cœur net, fit-il d'une voix tremblante. Père fait entrer ces hommes, et l'un d'eux est Andrew.

— Pourquoi en êtes-vous troublé ? s'étonna Jayne.

— L'homme qui est à son côté est Oliver Cromwell. Je connais ses traits, car il s'est présenté sans casque sur le champ de bataille de Naseby, pour bien montrer qu'il ne nous craignait pas. »

Quand Jayne fut appelée au salon pour se présenter aux visiteurs de son père, elle prit soin de refermer la porte avant de les saluer d'une révérence, tour à tour. Elle jugea fort intéressant de voir Cromwell en chair et en os, car il ne ressemblait en rien au portrait qu'elle s'était fait de lui. Elle s'attendait à découvrir un homme séduisant et imposant, or, malgré son bon mètre quatre-vingts, il avait des cheveux mous d'un blond sale, des verrues disgracieuses sur le front et un nez d'une excessive grosseur. Son trait le plus remarquable était ses yeux gris-vert brillants d'intelligence, qui la jaugèrent aussi rapidement qu'il jaugeait, disait-on, la disposition de l'ennemi sur un champ de bataille. Elle esquissa une révérence.

« Général Cromwell, murmura-t-elle, ayant appris son nouveau titre grâce aux présentations faites par Andrew. C'est un grand honneur pour nous. » Elle se tourna vers ceux qu'elle connaissait sans avoir besoin d'introduction, et leur tendit la main. « Colonel Harrier... Capitaine Metcalfe... Colonel Blake. » Elle sourit lorsque Blake lui baisa les doigts. « Quel plaisir de vous voir, Monsieur. Vous portez-vous bien ?

— Mieux que jamais, Dame Swift.

— Êtes-vous tout à fait remis d'avoir dû manger vos bottes à Taunton ? »

Il lui lâcha la main en riant.

« Grâce au ciel, la New Model Army s'est portée à notre secours avant que ce déplaisant repas ne me soit imposé. Sir William a chevauché toute la nuit pour m'avertir que les secours approchaient et votre frère, accompagné du capitaine Metcalfe, est arrivé quelques heures plus tard à la tête de deux mille dragons à cheval. Nous n'avons jamais été aussi heureux de voir des visages amicaux. Nous étions presque à bout de forces lorsqu'ils nous ont rejoints. »

Jayne remarqua une expression de surprise dans les yeux de sa mère en entendant le titre de William.

« Vous n'auriez pu demander de renforts plus accomplis, approuva-t-elle chaleureusement. Nous n'entendons que des compliments sur la New Model Army. N'est-ce pas, Papa ?

— En effet ! En effet ! tonna Sir Henry. La rumeur affirme que la guerre est presque gagnée depuis que vos Ironsides ont mis en déroute la cavalerie du roi à Naseby, général Cromwell. Pouvons-nous espérer la paix avant la fin de l'été ?

— Si Dieu est avec nous, rien n'est impossible, Sir Henry.

— Je prie pour que vous ayez raison, Monsieur.

— Je préférerais que vous priiez pour la victoire du Parlement, Monsieur. La guerre ne saurait cesser sans qu'un camp triomphe.

— C'est un fait », acquiesça Sir Henry en se tournant vers sa femme dans l'espoir qu'elle lui éviterait d'avoir à tomber à genoux et à prononcer cette prière *hic et nunc.* La réputation de dévotion de Cromwell ne le cédait qu'à son prestige de commandant.

Lady Margaret s'avança d'un pas.

« Ne voulez-vous pas profiter des rafraîchissements servis dans le petit salon, général Cromwell ? Nous avons de l'excellente bière, du pain et du fromage, et à l'instant où je vous parle, une cuisse de bœuf tourne sur la broche. »

Andrew s'interposa.

« Le salon conviendrait mieux à un homme du rang du général Cromwell, Mama. Il doutera de votre hospitalité si vous le reléguez dans une pièce plus modeste.

— J'ai des besoins fort simples, protesta Cromwell, et me contenterai parfaitement de pain et de fromage dans le petit salon, Lady Margaret. »

Remarquant la contrariété de sa mère, Jayne répondit à sa place.

« Vous ne seriez pas très bien au salon, Monsieur. Je l'ai transformé en hôpital pour soigner un jeune homme atteint d'une plaie gangreneuse à la cuisse, et le traitement aussi bien que l'odeur sont peu plaisants. C'est pour cette unique raison que Lady Margaret vous a proposé le petit salon.

— Je ne connais qu'un traitement de la gangrène, l'amputation. Vous empêchons-nous de pratiquer cette opération ?

— Non, Monsieur. J'introduis des asticots dans la chair nécrotique. Mon patient est bien obligé de prendre ses repas en leur présence, mais les autres, moi comprise, préfèrent se restaurer ailleurs.

— Des *asticots* ? répéta Cromwell, interloqué. Ces messieurs m'avaient fait croire que vous étiez un médecin de talent, Dame Swift, et non une adepte de la sorcellerie.

— On ne peut guère parler de sorcellerie, sourit Jayne. Mon maître, le docteur Richard Theale de Bridport, a employé cette méthode avec succès à quatre reprises, et depuis qu'il a communiqué sur ce sujet avec des confrères – aussi bien ici que sur le continent –, il a appris qu'elle était déjà connue en Italie il y a trois siècles. Pourquoi cette idée a été abandonnée, voilà le vrai mystère, car les résultats que j'observe sont extraordinaires. Mon patient suit ce traitement depuis deux semaines, et la menace d'amputation est levée.

— Croyez-vous que cela soit possible ? demanda Cromwell à William.

— Je suis sûr que Dame Swift vous autorisera à l'observer par vous-même si cela vous intéresse, Monsieur. J'avoue être moi-même curieux de découvrir un traitement qui évite l'amputation. »

Pensant que Cromwell serait plus soupçonneux si elle lui refusait l'entrée que si elle l'autorisait, Jayne ignora le froncement de sourcils d'avertissement de son père. Elle jugea également plus judicieux d'avouer honnêtement l'identité du blessé, car la surprise d'Andrew en découvrant Philip et Benjamin serait manifeste.

« Puis-je avertir le patient au préalable, Sir William ? Son frère et lui m'ont affirmé avoir vu le général Cromwell sur le champ de bataille à Naseby et l'idée de le recevoir ici risque de les inquiéter, surtout en compagnie de quatre officiers parlementaires » – elle jeta un regard en direction d'Andrew – « dont l'un leur est aussi étroitement apparenté que moi-même. »

Andrew écarquilla les yeux.

« Nos *frères* ? »

Jayne acquiesça d'un signe de tête.

« Qui est blessé ?

— Philip. Benjamin a voulu le faire soigner à Leicester, mais les conditions étaient si sordides qu'il a préféré le ramener à la maison. Ils ne représentent nul danger pour le général car aucun d'eux n'est armé, mais je leur demanderai d'en faire serment s'il l'exige. »

Cromwell posa la main sur son baudrier.

« Dois-je comprendre que les loyautés de votre famille sont divisées, Dame Swift ?

— Seulement touchant le camp que nous avons choisi au commencement de la guerre, Monsieur. À tous autres égards, notre loyauté réciproque est inflexible et nous sommes impatients d'enterrer nos divergences dès la paix revenue. »

Ses yeux pâles l'étudièrent attentivement.

« Et quel camp avez-vous choisi ?

— Aucun, Monsieur. Mon travail consiste à sauver des vies, et non à encourager ceux qui cherchent à les détruire. »

Il parut approuver sa réponse, car il déboucla son baudrier et ordonna à ses compagnons d'en faire autant.

« Les serments sont inutiles, déclara-t-il en posant son arme sur une chaise. Je vous en prie, assurez à vos frères que nous venons en amis, Dame Swift, et demandez-leur l'autorisation de nous laisser entrer. Je suis aussi impatient que Sir William d'observer votre traitement aux asticots. »

Suivirent deux heures étrangement cordiales intégralement passées au salon et durant lesquelles le général Cromwell parla aussi librement à Philip et Benjamin qu'à ses propres officiers. À tel point, même, que la crainte du second à son arrivée céda au plaisir de sa compagnie, car Cromwell était manifestement plus à l'aise avec des militaires qu'avec des civils.

Jayne se retira après avoir décrit l'amélioration due aux asticots et exposé la nécessité de tenir la plaie parfaitement propre, laissant Philip expliquer que des muscles affaiblis et une peau fine et rigide étaient préférables à la perte d'une jambe. Elle rejoignit sa mère et Ruth à la cuisine pour les aider à préparer les rafraîchissements, heureuse que la présence des cuisinières et des servantes empêche Lady Margaret de l'interroger sur l'élévation apparente de William au rang de chevalier. Les servantes ne parlaient que d'Oliver Cromwell. Des rumeurs selon lesquelles Sir Thomas Fairfax et la New Model Army avaient pris leurs quartiers à Dorchester depuis deux jours leur étaient parvenues, mais qui aurait pu croire que le général souhaiterait se rendre à Swyre ?

« C'est un mystère, en effet, déclara Lady Margaret en envoyant Agnes et Kitty porter des chopes de bière et se renseigner auprès de Sir Henry pour savoir si général serait heureux de rester au salon. Mais peut-être est-ce vous que nous devons en remercier, ma fille, car vous connaissez ses quatre aides de camp.

— Ce n'est pas une raison pour qu'il nous rende visite, Mama, s'étonna Jayne. Sans doute étaient-ils en route pour Lyme et Andrew a-t-il demandé à en profiter pour faire une halte à Swyre. Trois de ces quatre hommes se sont battus pour défendre la ville et ils auront parlé au général Cromwell de l'héroïsme de sa population. »

Elle comprit qu'elle en avait trop dit quand sa mère la gratifia d'un sourire ironique.

« *Trois* des quatre ? murmura Lady Margaret. Rappelez-moi qu'il faut que je vous écoute plus attentivement quand vous parlez, ma fille. J'aurais juré que les seuls noms que vous aviez cités en relation avec la garnison étaient ceux du colonel Blake et du capitaine Metcalfe. »

Ruth, occupée à disposer du fromage sur une assiette, se porta au secours de Jayne.

« J'en serais surprise, tante Margaret, la taquina-t-elle. J'ai perdu le compte des gens dont Jayne nous a parlé. Racontez-nous encore l'histoire des femmes qui se sont vêtues en hommes pour effrayer le prince Maurice en lui faisant croire que la ville était remplie de soldats, ma cousine. Les servantes et moi adorons ce récit, nous pourrions l'écouter tous les jours. »

Jayne n'avait jamais éprouvé plus grande admiration pour sa mère que lorsque Sir Henry lui imposait d'être aimable avec ses amis ivres. Elle avait vu Lady Margaret repousser les avances d'hommes rendus si confus par la bière et le cognac qu'ils ne savaient plus ce qu'ils faisaient, mais il était rare qu'elle les mette dans l'embarras au point qu'ils n'aient plus l'audace de venir. Elle semblait pourtant juger plus sévèrement ce qu'elle considérait comme les avances de William à Jayne, déjouant toute tentative de sa part pour lui parler. Lorsque cela se reproduisit pour la troisième fois, il demanda à Lady Margaret la permission de sortir avec Jayne et elle.

« Je suis porteur d'un message de Lady Stickland que je me suis engagé à remettre à votre fille, Madame. L'affaire est délicate, car il s'agit de sa maladie, mais pas au point qu'une autre dame ne la puisse entendre. »

C'était vraiment un maître de la ruse, songea Jayne lorsque Lady Margaret donna son assentiment à contrecœur. Seule la femme la plus insensible aurait repoussé pareille requête, mais elle se demanda si William était disposé à se laisser questionner à ce sujet.

« Comment Lady Stickland a-t-elle été informée que vous veniez à Swyre ? » demanda Lady Margaret lorsqu'ils sortirent dans la cour, refusant d'un signe de tête le bras qu'il lui offrait.

« C'était son idée, Madame. Je suis allé la voir hier en compagnie du général Cromwell, du colonel Blake, du capitaine Metcalfe et de votre fils, et elle a été d'avis que la présence dans son salon de cinq des six personnes qui ont de bonnes raisons d'être reconnaissantes envers votre fille ne pouvait être due au hasard. Elle nous a exhortés à interrompre notre voyage pour faire halte à Swyre quand le colonel Blake a persuadé le général qu'une visite à Lyme ne serait pas inutile. »

Lady Margaret le dévisagea sévèrement.

« Quelle raison avez-vous d'éprouver de la gratitude pour Jayne, Monsieur ? Avez-vous fait appel à ses services à Lyme ? »

Il fut soulagé qu'elle ajoute une seconde question, car il n'avait pas de réponse acceptable à la première.

« Non, Madame, mais d'autres l'ont fait, parmi lesquels le colonel Blake. Tous parlent d'elle en des termes extrêmement élogieux » – il adressa un sourire à Jayne – « mais personne autant que Jack Young, dont le genou a été fracassé par un boulet de canon. Votre fille a pris tant de soin à limiter la cicatrice de son moignon cautérisé que sa peau est lisse et qu'il n'éprouve aucune douleur quand il marche avec une jambe de bois. Il m'a demandé de l'en remercier la prochaine fois que je la verrais. »

Jayne applaudit de plaisir.

« Lui avez-vous apporté la jambe de bois vous-même ?

— Non. Je la lui ai expédiée. Il m'a écrit après en avoir fait l'essai pendant un mois et a inclus ses remerciements dans sa lettre. Je pense le voir ce soir, et lui dirai combien vous êtes satisfaite de ses progrès. »

Lady Margaret intervint sans laisser à Jayne le temps de répondre.

« Je crois me rappeler qu'Andrew nous a appris que vous étiez avec l'armée de Lord Goring avant de passer dans le camp du Parlement à Weymouth, Monsieur. Alors, pour qui vous battiez-vous neuf mois plus tôt, à Lyme ?

— Pour le Parlement, Lady Margaret. Le camp que j'ai soutenu depuis le commencement de la guerre. »

Son honnêteté la surprit.

« Dans ce cas, vous avez menti en vous présentant comme royaliste lors de votre premier passage dans cette demeure ?

— Pas entièrement, Madame. Mon allégeance au Parlement m'a obligé à me faire passer pour royaliste à plusieurs reprises au cours des trois dernières années. Lord Goring me tient pour l'un de ses meilleurs amis, ce qui m'a permis de l'induire en erreur quant à la stratégie du Parlement avant Weymouth et Taunton. Mais je vous prie très sincèrement de m'excuser si mes apparences changeantes vous ont outragés, vous ou votre mari.

— Si outrage il y a, c'est contre ma fille qu'il a été commis, Monsieur, répliqua Lady Margaret d'une voix cinglante. Depuis combien de temps lui demandez-vous de mentir pour vous ? »

Un sourire frémit au coin de la bouche de William.

« Je ne pense pas l'avoir jamais fait, Madame, mais je suis certain qu'elle me corrigera si je me trompe. »

Lady Margaret se tourna alors vers Jayne : « Alors ? »

La jeune femme savait la mémoire de sa mère infaillible et doutait qu'elle se contente de la réponse de William.

« La seule occasion dont je garde souvenance est celle où vous vous êtes fait passer pour mon frère, Monsieur, lui rappela-t-elle. Nous avons tous deux menti à Sir Walter à ce sujet, comme l'a fait, en réalité, Lady Stickland quand je vous ai présenté sous l'identité du capitaine Swift. Par bonheur, elle n'a pas manifesté qu'elle vous reconnaissait lorsqu'elle vous a vu, mais la circonstance n'en était pas moins dangereuse, car elle avait plus grand besoin de votre protection que moi-même.

— J'avais oublié », acquiesça William.

Lady Margaret aurait visiblement voulu qu'il en dise davantage et comme il se taisait, elle se tourna à nouveau vers sa fille.

« Vos explications ne me suffisent pas, Mademoiselle. L'histoire que vous avez inventée pour votre père alors ne ressemblait en rien à celle que vous venez de raconter.

— J'en suis consciente, Mama, mais vous n'auriez eu aucune histoire du tout si Sir Walter ne m'avait pas suivie jusqu'à Swyre et n'avait pas vu le vrai capitaine Swift. » Elle prit la main de sa mère. « Je vous aurais dit que j'avais traité un patient dans la demeure de Lady Stickland et l'affaire en serait restée là, car Papa et vous excellez à respecter mes promesses de discrétion envers ceux dont je m'occupe. »

Lady Margaret lui serra les doigts.

« Vous êtes une enfant insupportable. Expliquez-moi au moins pourquoi Lady Stickland doit être protégée de Sir Walter. »

Jayne réfléchit un moment.

« Je ne vois pas de mal à le faire, dit-elle en adressant à William un regard interrogateur. Et vous, Monsieur ? » Comme il répondait d'un hochement de tête, elle fit un récit plus proche de la vérité. « Il a fait venir des dragons armés dans sa demeure, l'a tenue prisonnière avec ses domestiques et n'a pas hésité à la frapper quand elle a voulu lui faire savoir que le docteur Swift qu'il lui avait ordonné de faire venir pour un patient nécessitant des soins était une femme. Afin de se protéger elle-même et de protéger sa maisonnée de pires brutalités, elle a rédigé la requête puis a demandé à sa servante d'informer Sir William de leur détresse. Il m'a interceptée avant mon arrivée chez Lady Stickland et nous avons élaboré ensemble un plan propre à assurer la sécurité de tous, moi comprise.

— Lady Stickland et vous n'aviez pas à mettre ma fille en danger, Monsieur, observa Lady Margaret en jetant un regard noir à William.

— La décision était mienne, intervint Jayne d'une voix douce. Auriez-vous voulu que je tourne le dos à Lady Alice et à ses servantes par crainte pour moi-même ? Je ne me rappelle pas vous avoir vu courir vous cacher quand Sir Edward Hamway menaçait papa.

— Mais cela n'a aucun sens, protesta Lady Margaret. Comment Sir Walter connaissait-il votre nom ?

— Il l'avait appris par Sir John et Lady Bankes et a insisté auprès de la sœur de Sir John pour qu'elle me fasse appeler.

— Pourquoi *vous* plutôt qu'un médecin de Dorchester ?

— Il me croyait royaliste. »

Un long silence se fit, finalement rompu par William.

« Suffisamment de temps s'est écoulé, me semble-t-il, pour que vous puissiez donner à votre mère le nom du patient, Dame Swift. Lady Margaret comprendra mieux les menaces de Sir Walter si elle sait de qui vous parlez.

— C'est impossible, Monsieur, car j'ai donné ma parole de ne jamais parler de cette affaire.

— Je n'ai, pour ma part, fait aucun serment de ce genre, dit-il doucement avant de se tourner vers Lady Margaret. Le patient en question était le prince Maurice, Madame, et ses aides de camp étaient très désireux de tenir secrète la raison de sa blessure. Aussi ont-ils cherché une personne discrète pour le soigner. Ils ont eu de la chance que le médecin conseillé par Lady Alice ait été votre fille, car il n'en est pas d'autre à Dorchester qui aurait été capable de retirer le poison de la plaie aussi efficacement. Mais Dame Swift a eu la *malchance* que ses soins prodigués à un prince gâté encouragent celui-ci à tomber amoureux d'elle. Craignant que Sir Walter ne l'ait suivie jusqu'à Swyre, Lady Alice m'a prié de prendre le même chemin afin de déjouer les desseins que le prince Maurice pouvait avoir à son sujet. »

Il fallut à Lady Margaret quelques instants pour assimiler cette profusion d'informations, après quoi elle posa la question que Jayne elle-même avait à l'esprit.

« Pourquoi ses aides de camp tenaient-ils à garder le secret sur la cause de sa blessure ? Était-elle honteuse ?

— Oui, Madame, et d'une certaine valeur pour le Parlement si l'affaire s'était ébruitée, bien que je sois d'avis que Sir Walter tenait tout autant à la taire au roi. Sa Majesté n'aurait sans doute pas apprécié que son neveu se soit enivré au point de tuer un de ses propres colonels parce qu'il avait osé contester qu'il fût sage de laisser ses troupes dépouiller la population du Dorset. »

La surprise de Jayne n'échappa pas à sa mère.

« Est-ce vrai ? demanda-t-elle.

— Oui, Madame. Le colonel n'avait qu'un poignard pour se défendre et la blessure qu'il a infligée au prince était anodine par rapport à son propre sort, puisqu'une épée l'a transpercé.

— Voilà qui a tout d'un meurtre, s'écria Lady Margaret, scandalisée.

— En effet, Milady, et c'est bien le cas. Le colonel Burleigh était un honnête homme, qui ne méritait pas de mourir ainsi.

— Mais alors pourquoi n'en avons-nous jamais entendu parler ? Le Parlement en a-t-il été informé ?

— Pas à ma connaissance. »

Elle parut encore plus outrée.

« Pourquoi, puisque vous le saviez ? Le soutien que vous apportez à cette cause varie-t-il aussi facilement que votre rang et votre titre, Monsieur ? »

William endura ces accusations avec patience.

« Uniquement lorsque votre fille et Lady Alice sont concernées, Madame. Elles ont jugé que la meilleure façon de se protéger de Sir Walter et de ses dragons était de feindre d'ignorer l'identité du patient. Cette ruse les a bien servies. Elles ont été libérées sans dommage et n'ont pas été inquiétées depuis, ce qui n'aurait sans doute pas été le cas si l'affaire s'était ébruitée. Le prince est connu pour être rancunier. »

Lady Margaret le dévisagea pensivement.

« Sur ce point, nous sommes du même avis. Je ne lui ai pas pardonné d'avoir envoyé Sir Walter reprocher à Jayne la défaite qu'il a essuyée à Lyme. » Elle sembla soudain prendre une décision. « Vous aviez un message de Lady Stickland pour ma fille, Sir William. Souhaitez-vous le lui communiquer en privé ?

— Cela ne sera pas nécessaire, Lady Margaret. J'ai la même confiance en votre discrétion qu'en celle de votre fille. » Il inclina la tête vers Jayne. « Lady Alice vous envoie ses respects, Dame Swift, et m'a prié de vous dire que les infusions de jusquiame noire et de millepertuis, associées au pétrissage énergique de ses muscles auquel se livre Molly, lui permettent à présent de tenir un pinceau sans trembler. Elle ne se fait aucune illusion sur la possible guérison de sa paralysie agitante, mais ses symptômes sont actuellement tellement insignifiants qu'elle a commencé deux nouveaux portraits, l'un de Sir Ralph, l'autre de vous. Elle dit que le vôtre sera le plus joli, et espère que ce message vous réconfortera. »

Jayne sourit.

« Vous pouvez lui répondre que oui, Sir William.

— Elle m'a également prié de présenter à votre famille ses condoléances pour la mort de maître Samuel Morecott à Naseby. Sans doute sa femme a-t-elle été informée de son trépas par l'aumônier militaire ?

— En effet, Monsieur, et apprendre qu'il a péri en brave lui a réchauffé le cœur.

— Il l'a fait sans conteste, Madame. Il faisait partie d'une brigade d'infanterie qui a résisté à la première charge du prince Rupert, et il a manifesté un tel courage en s'enfonçant dans une brèche et en ralliant ses camarades que son nom a été mentionné à Sir Thomas Fairfax. Il a sacrifié sa vie avec honneur, et son épouse et son fils ont toutes les raisons de se souvenir de lui avec fierté. »

Jayne lui tendit la main.

« Merci, Sir William. Pour Ruth et Isaac, je bénis celui qui a donné à Samuel la possibilité de faire ses preuves. Je pense sincèrement qu'une mort glorieuse serait celle qu'il aurait choisie s'il s'était su destiné à mourir jeune. »

Il porta ses doigts à ses lèvres.

« C'est ce que désirent tous les soldats, Dame Swift », murmura-t-il avant de s'incliner devant sa mère et de prendre congé.

22.

Sir Henry régala sa famille de commentaires sur le général Cromwell après le départ de leurs visiteurs. Il l'avait trouvé excessivement austère et se demandait pourquoi ses hommes l'appréciaient autant. Philip et Benjamin affirmèrent que c'était parce qu'il savait gagner. Les soldats étaient parfaitement indifférents au comportement de leurs chefs, pourvu qu'ils les conduisent à la victoire. Cela incita évidemment Sir Henry à leur demander ce qu'ils pensaient des leurs, et ils reconnurent l'un comme l'autre qu'ils en avaient une piètre opinion.

Benjamin alla jusqu'à dire qu'il n'était pas surpris que le colonel Blake ait battu le prince Maurice à Lyme et Lord Goring à Taunton. Jayne avait raison de l'admirer, car il était plus âgé, plus sage et plus expérimenté que ces deux commandants royalistes. Dans la phrase suivante, il avoua avoir raccompagné son frère chez lui sans autorisation, expliquant d'un air confus que Philip et lui avaient le sentiment de ne pas s'être engagés dans le bon camp. Philip intervint immédiatement.

« Je suis plus responsable que Benjamin, Père, insista-t-il. C'est moi qui l'ai persuadé de s'enrôler et c'est moi qui ai été le premier à parler de désertion. Il n'a rien à se reprocher, sauf si c'est péché que de vouloir aider son frère. »

Sir Henry s'approcha de la fenêtre et porta le regard au-delà de la cour.

« Que celui qui n'a jamais péché lui jette la première pierre, murmura-t-il. J'imagine que nous avons tous fait des choix que nous avons lieu de regretter aujourd'hui.

— Pas Andrew, rétorqua Benjamin. Je ne l'ai jamais vu en aussi bonne forme ni aussi sûr de lui.

— On pourrait en dire autant des autres officiers, renchérit Philip. Le général Cromwell est peut-être aussi austère que vous le pensez, Père, mais je puis affirmer, la main sur le cœur, qu'aucun général du roi n'aurait parlé à deux soldats de la Model Army avec autant de franchise et d'honnêteté que le général Cromwell à Benjamin et moi-même.

— Il pouvait difficilement être grossier en présence de la famille de votre frère. »

Lady Margaret leva la tête.

« Cessez donc d'ergoter, Henry. Dès que vous avez eu surmonté votre peur d'être contaminé par le puritanisme, vous avez été aussi impressionné que vos fils par le général et par ses compagnons. Le plaisir que vous a donné la compagnie du colonel Blake n'a échappé à personne. »

Comme il ne répondait pas, Benjamin reprit la parole.

« Le colonel Harrier m'a fait l'effet d'un homme extrêmement intéressant. Andrew dit qu'il a été présent à tous les grands sièges du sud-ouest de l'Angleterre. Est-ce à Lyme que vous l'avez connu, Jayne ? »

Une question d'apparence si innocente, mais qui contenait tant de pièges ! Il lui aurait suffi de secouer la tête, si Lady Margaret n'avait pas déjà été informée de la présence de William dans la ville.

« Je crois que j'ai fini par connaître tout le monde à Lyme, répondit-elle prudemment.

— Faisait-il partie de la garnison ?

— Pas au début. Il était aide de camp de Lord Warwick et est arrivé avec la flotte vers la fin mai. Il était chargé de conduire à terre trois cents marins pour renforcer les soldats de la Town Line à un moment où le colonel Blake craignait que la garnison ne soit pas capable de la tenir. »

Voyant un pli de perplexité se creuser sur le front de Sir Henry, Lady Margaret se leva et pria Ruth et Jayne de l'accompagner.

« J'ai besoin de vous à la cuisine si nous voulons quelque chose à manger ce soir, leur dit-elle. C'est bien joli d'avoir des visiteurs, mais ils ont mis mon organisation sens dessus dessous. »

Elle leur fit franchir le seuil et referma la porte fermement derrière elles.

« En haut, dans ma chambre, ordonna-t-elle à Jayne avant de se tourner vers Ruth qu'elle pria de surveiller la préparation du repas. Je voudrais disposer d'une heure tranquille en compagnie de votre cousine, ma chérie. Si Sir Henry vient nous chercher, voulez-vous bien lui dire que nous sommes sorties ? »

Ruth échangea un regard avec Jayne.

« Dois-je le faire ? lui demanda-t-elle.

— C'est sans doute préférable, répondit Jayne ironiquement. Papa ne mettra pas longtemps à se rappeler que Lyme a précédé Weymouth, et je ne suis pas sûre de survivre à un interrogatoire de mes deux parents en même temps. »

Une fois la porte de la chambre de Lady Margaret refermée, sa fille fut sommée de relater les détails de toutes ses entrevues avec William, sans omettre la dernière, en présence de Samuel. Elle fit en outre le récit complet de ce qu'Alice lui avait confié en mai – le nom du père de William et son absence de moralité, les activités militaires de William à l'étranger, son travail pour le Parlement et son déshéritement par le duc de Granville – mais Lady Margaret s'intéressait davantage à Samuel. Toute la famille s'était posé des questions à son sujet depuis que sa mort courageuse avait été notifiée à Ruth.

« À en juger par les remerciements que vous avez adressés à Sir William, je suppose que c'est lui qui a donné à Samuel l'occasion de faire ses preuves. Mais pourquoi ? Est-ce vous qui le lui avez demandé ? » Comme Jayne restait muette, sa mère brandit devant elle un index menaçant. « Sir Henry vous posera les mêmes questions, Mademoiselle, et il bannira Sir William de la maison si vous lui permettez de croire que votre amitié avec cet homme est assez étroite pour qu'il soit prêt à vous accorder des faveurs secrètes. »

Jayne chercha à faire diversion.

« Je doute qu'il revienne, Mama. Je pense qu'il restera avec Cromwell jusqu'à la fin de la guerre et que ses ambitions le conduiront ensuite à Londres.

— Ne soyez pas ridicule, mon enfant ; son inclination pour vous est trop vive. Si ses sentiments vous laissent froide, laissez votre père lui chercher querelle. Dans le cas contraire, parlez-moi de Samuel. »

Cette tentative flagrante pour l'obliger à avouer ses sentiments fit sourire Jayne.

« Chercheriez-vous à jouer les entremetteuses, Mama ? la taquina-t-elle.

— Je n'ai pas l'impression que vous en ayez besoin, ma fille, répondit sèchement Lady Margaret. La seule question porte sur la fin que vous poursuivez. Seriez-vous prête à choisir pour mari un pauvre au nom terni ? »

Jayne évita de lui répondre directement.

« Je laisserais bien William plaider sa cause auprès de Papa simplement pour voir à qui ira la victoire, mais ce ne serait pas juste à l'égard d'Andrew.

— Pourquoi ?

— Je le soupçonne de devoir à William sa position dans l'état-major de Cromwell. Ils semblent s'être liés d'amitié depuis qu'Andrew a déclaré son soutien au Parlement.

— Votre père n'appréciera pas cela non plus, l'avertit Lady Margaret. Il considérera l'amitié avec votre frère comme un moyen déloyal pour se rapprocher de vous. »

Jayne savait que sa mère ne renoncerait que lorsqu'elle aurait reçu l'explication qu'elle désirait.

« Fort bien, acquiesça-t-elle avec un soupir. Je vous dirai ce que vous voulez savoir, mais vous devez me promettre de ne pas le répéter à Papa. Oncle Joseph et lui n'ont jamais su tenir un secret, et Ruth serait grandement bouleversée d'apprendre la vérité. » Tenant le hochement de tête de sa mère pour une approbation, elle entreprit de relater tous les détails de sa rencontre avec Samuel et de la conversation qu'elle avait eue ensuite avec William. « Nous avions convenu que William reparlerait à Samuel et il avait promis de me faire savoir par Richard ce qui aurait été décidé. J'ai reçu une lettre de lui quelques jours plus tard.

— Pourquoi Richard ?

— Papa se serait posé des questions si j'avais reçu un courrier d'une écriture inconnue.

— Richard et Sir William se connaissent-ils ?

— Depuis un certain temps.

— Je ne puis croire que nous soyons restés dans l'ignorance de tant de choses, remarqua Lady Margaret en secouant la tête. Que disait la lettre ?

— Elle contenait fort peu d'informations. Vous pouvez la lire si vous voulez. William annonçait seulement que Samuel s'était engagé dans un régiment d'infanterie et que ses dettes seraient honorées. Une missive ultérieure de Richard a été plus éclairante. Il expliquait que le règlement de ces dettes se ferait grâce à la lettre de change que William avait reçue du trésor du roi. Richard avait réussi à la vendre pour la moitié de sa valeur à un de ses patients royalistes de Bridport puis à envoyer l'argent aux créanciers de Samuel à Londres. »

Lady Margaret fut plus secouée que reconnaissante.

« Et qu'attend Sir William de vous en échange de sa générosité ?

— Rien, car Richard n'était pas censé m'en parler et ne l'a fait que lorsque j'ai commencé à douter que les dettes de Samuel soient remboursées un jour. » L'incrédulité manifeste de sa mère lui arracha un sourire. « Je ne sais que vous dire d'autre pour vous convaincre, si ce n'est que William ne l'a fait pas fait pour moi, mais pour Isaac. Il sait mieux que quiconque combien il est difficile de vivre avec le souvenir d'un père indigne. »

Lady Margaret la dévisagea avec curiosité.

« Cela ne vous inquiète-t-il pas ? Il n'est pas de proverbe plus vrai que celui qui dit que les chiens ne font pas des chats. »

Jayne était lasse de cet adage.

« Je m'en inquiète à chaque instant, Mama. Je redoute le jour où je découvrirai à mon réveil que je suis devenue aussi pétrie de préjugés contre les puritains que Papa, et tellement férue de tapisserie que je ne demanderai qu'à rester assise à votre côté à débiter des platitudes avec des dames pendant des heures d'affilée. »

Lady Margaret lui donna une petite tape sur le poignet.

« Inutile d'être blessante. C'était une question légitime, et soyez certaine que votre père vous la posera quand j'entreprendrai de lui expliquer qui est William. Que dois-je lui dire ?

— La vérité, suggéra Jayne. Qu'il a toléré vos questions discourtoises avec une patience de gentilhomme. Je regrette que vous n'ayez jamais rencontré Lady Stickland. Vous le comprendriez mieux.

— Pourquoi cela ?

— Elle lui a servi de parent et de préceptrice depuis sa naissance. S'il tient de quelqu'un, c'est certainement d'Alice, me semble-t-il. Ils se ressemblent beaucoup.

— Voilà qui ne le recommandera pas à la bienveillance de Sir Henry. Il s'est pris d'aversion pour elle depuis que vous nous avez appris qu'elle est puritaine.

— Puritaine, sans doute, mais fort peu orthodoxe, Mama. Elle lit les pièces de Shakespeare plus souvent que la Bible. »

Jayne n'assista pas aux explications sur William que sa mère livra à son père, mais elle devina que la teneur générale devait en être : « Ne donnez pas de coup de pied dans la fourmilière si ce n'est pas indispensable. » Le pays était en guerre, le colonel Harrier ne reviendrait peut-être jamais et Sir Henry faisait sans nul doute suffisamment confiance à sa fille pour savoir qu'elle ne se conduirait jamais sottement avec un homme, surtout si elle l'avait pris pour un domestique jusqu'à une date récente. Si elle était encline à des comportements de ce genre – ainsi que Jayne l'avait souligné à Lady Margaret elle-même –, elle leur aurait donné matière à s'inquiéter depuis le jour où Sir Henry l'avait autorisée à se rendre seule à cheval pour visiter ses patients.

Quoi qu'il en fût, Jayne fut heureuse que Sir Henry gardât le silence à ce sujet. Son désir de la voir épouser un homme convenable avait été un sujet de discorde entre eux pendant des années. Depuis les seize ans de leur fille, il avait repoussé tous les partis qu'il tenait pour indignes d'elle, en l'exhibant ainsi qu'une vache primée devant les fils de ses amis. La déception qu'inspirait à Sir Henry l'indifférence de ces derniers ou de Jayne avait été le motif d'interminables sermons à propos de son comportement. Elle devait éviter toute conversation avec les jeunes gens assez avisés pour fuir les femmes savantes et manifester bonté et tolérance à l'égard de ceux dont l'instruction s'était limitée à l'apprentissage de la lecture et de l'écriture.

Par chance, la guerre avait mis fin à ces inepties, mais elle ne doutait pas que Sir Henry continuât à nourrir l'espoir qu'elle finirait par trouver un mari convenable. Comme l'avait dit Andrew lorsque Sir Walter Hoare avait laissé sa lettre pour elle, Jayne aurait dû tomber à genoux et rendre grâce à Dieu que Sir Henry se fût pris d'une telle aversion à son endroit, car un aide de camp du neveu du roi incarnait tout ce qu'il pouvait souhaiter chez un gendre – un titre, de la fortune et, surtout, des relations avec la couronne.

Environ deux semaines plus tard, Sir Henry apprit que Fairfax et Cromwell avaient défait l'armée de Lord Goring à Langport, dans le Somerset. Le message était contenu dans la lettre d'un ami royaliste qui décrivait cette bataille comme « la défaite la plus molle et la moins martiale qu'on ait jamais vue ». La cavalerie de Goring avait rompu face à deux impitoyables charges des Ironsides de Cromwell et, voyant cela, ses fantassins avaient pris leurs jambes à leur cou. Dans l'espoir d'éviter d'être poursuivi, Goring avait donné ordre d'incendier la ville de Langport, mais la tentative avait été infructueuse. Plus de deux mille royalistes avaient été faits prisonniers, et les autres avaient préféré déserter plutôt que de suivre leur commandant en disgrâce dans les Cornouailles.

Sir Henry reposa la lettre, affirmant n'être pas surpris. Les troupes indisciplinées de Goring n'étaient ni valeureuses ni capables de remporter une victoire contre une armée bien entraînée. Il demanda ensuite pardon à Philip et Benjamin de les avoir encouragés un jour à donner leur allégeance au roi. S'il avait appris quelque chose au cours des trois dernières années, c'était qu'un homme ne devrait pas s'accrocher à un ordre ancien par crainte du changement.

Ses fils répondirent qu'il n'avait rien à se faire pardonner. Ils étaient adultes et parfaitement capables de prendre leurs propres décisions, mais les propos favorables qu'il leur avait tenus sur une armée bien entraînée les encouragèrent à remettre sur le tapis le sujet du général Cromwell et de ses compagnons. D'autres tentatives comparables s'étaient heurtées au silence ou à des efforts pour détourner la conversation, réactions qui n'avaient fait qu'attiser leur intérêt car ils soupçonnaient que les réticences de Sir Henry à aborder la question tenaient aux relations de Jayne avec les défenseurs de Lyme. En privé, leur sœur avait cherché à tempérer leur intérêt en leur rappelant que Sir Henry avait été un fervent royaliste à l'époque du siège.

« Il s'est persuadé que j'étais tombée sous l'influence de puritains et que j'avais convaincu Andrew de les suivre. Il s'emportait chaque fois que Mama cherchait à le ramener à la raison.

— Je comprends mieux qu'elle ne cesse de changer de sujet, remarqua Benjamin, pensif.

— En effet, approuva Jayne. Puis-je vous suggérer de suivre son exemple ? »

Ils avaient accepté et avaient tenu parole jusqu'au moment où Sir Henry critiqua l'indiscipline des troupes de Lord Goring. Ils y virent une invitation à justifier encore davantage leur propre désertion, et demandèrent à leur père s'il estimait que le reste de l'armée du roi se distinguait de celle de Goring.

« Vous parlez comme si ses hommes étaient différents des autres, Père, lança Philip, mais nos propres brigades ne valaient pas mieux. Si nous ne chapardions pas, nous ne mangions pas et, bien souvent, nos soldats se volaient réciproquement leur nourriture. Ils se battaient entre eux plus fréquemment qu'ils ne ferraillaient contre l'ennemi. »

Benjamin hocha la tête.

« Même avant la New Model Army, nous devions les obliger à tenir bon à coups de fouet et du plat de nos épées, et la situation s'est encore aggravée lorsqu'ils ont su qu'ils allaient affronter les Ironsides de Cromwell. À Naseby, j'enviais sincèrement les officiers parlementaires, dont les subordonnés obéissaient aux ordres sans tergiverser.

— C'est parce qu'ils croient en leur cause, intervint Philip. Le colonel Harrier nous a dit que le général n'accepte dans ses rangs que des officiers dévoués aux idéaux protestants qui sont les siens. »

Sir Henry jeta un regard noir à sa femme et fronça les sourcils.

« Je savais bien que c'était un satané puritain.

— On peut être protestant sans être puritain, Henry. Vous l'êtes vous-même.

— Il y a une grande différence entre sa version du protestantisme et la mienne. L'une est arrogante, l'autre, modeste. »

Benjamin interrompit le silence qui suivit.

« Je n'ai vu aucune arrogance chez le général Cromwell, dit-il prudemment. Il a bavardé avec nos serviteurs avec autant d'aisance qu'avec nous.

— Les commentaires de Papa concernent le colonel Harrier, murmura Jayne devant le mutisme de ses parents. Il pense avoir des raisons de se méfier de lui.

— Et de bonnes, puisqu'il a ensorcelé deux de mes enfants ! aboya Sir Henry. Tu aimes à me citer les Sydenham, mais les véritables démons sont Harrier et celle qui lui a tenu lieu de mère. Mon père connaissait un peu la famille Grainger et ils ont maudit le jour où leur fille a épousé le fils du duc de Granville. S'il y a jamais eu monstre sur cette terre, c'est Ralph Harrier.

— S'ils en étaient conscients, pourquoi ont-ils consenti à cette union ? répliqua Jayne en regardant son père droit dans les yeux. Leur désir de s'élever les a-t-il poussés à faire passer un duché avant le bonheur d'Estelle ?

— Surveillez vos propos, ma fille.

— Non, mon père, car vous êtes extrêmement injuste. On ne peut guère tenir rigueur à Sir William d'être né d'un couple aussi infortuné, et Lady Stickland n'est pour rien si ni le duc de Granville, ni les Grainger n'ont voulu se charger de leur petit-fils resté orphelin. Si vous voulez des monstres, je vous suggère de regarder de leur côté au lieu de vous en prendre à la femme généreuse qui a offert un foyer à Sir William et lui a permis d'étudier à Oxford. »

Lady Margaret leva la main dans un geste d'apaisement, mais son époux l'ignora.

« *Généreuse !* gronda-t-il. Elle voulait un fils qu'elle pourrait éduquer à son image. Nierez-vous que son frère refuse toute relation avec elle depuis qu'elle a embrassé le puritanisme ?

— Je le nie, en effet. Il est venu la voir à Dorchester après que j'ai soigné sa goutte et il lui a parlé de moi. C'est ce qui l'a poussée à me protéger de la foule le jour où le prêtre a été exécuté. Elle a reconnu les armes des Swift sur ma sacoche et a deviné que j'étais le médecin de son frère.

— C'était avant le début de la guerre. Il ne lui a pas pardonné d'avoir aidé et encouragé les ennemis de son épouse. Lady Bankes assure seule la défense du château de Corfe pour le roi, sans secours ni soutien de sa belle-sœur.

— Détrompez-vous, Papa. Lady Stickland écrit chaque semaine à Lady Bankes pour lui dire toute la fierté que lui inspire son courage.

— Balivernes ! Elle est aussi fermement attachée que Harrier à la cause du Parlement. »

Jayne le reconnut d'un hochement de tête.

« C'est exact, mais cela ne retire rien à son affection pour Lady Bankes. Cela fait des années qu'elles défendent des opinions divergentes, et elles n'en sont jamais venues aux mains pour cela. Lady Stickland défendait le Parlement bien avant son veuvage, et Sir William s'y est rallié quand il a quitté Oxford pour aller se battre comme mercenaire en Europe. Quant à leurs tendances puritaines, je suis d'avis qu'ils jugent tous les deux raisonnable d'aller dans le sens du vent plutôt que contre lui. »

Lady Margaret, qui avait l'avantage de savoir qu'Alice lisait Shakespeare plus souvent que la Bible, comprit le fond des propos de Jayne plus rapidement que son mari.

« Ils endossent le manteau du puritanisme sans souscrire aux principes qui l'étayent ?

— Lady Stickland a affecté le puritanisme pour être admise dans la société de Dorchester, confirma Jayne, mais comme elle a été la seule non-catholique à avoir le courage de rendre visite à Hugh Green en prison avant son exécution, je soupçonne ses vraies inclinations d'être ailleurs. »

Sir Henry se hérissa de colère.

« Dois-je comprendre qu'elle se fait passer pour une chose, tout en en croyant une autre ?

— Pas davantage que vous, Papa. Vous vous êtes présenté comme royaliste à Sir Edward Hamway, avez exprimé de la sympathie pour le Parlement en présence du général Cromwell et vous prétendez neutre à chacune de vos rencontres avec les Clubmen du Dorset. Pour ma part, je vous reconnais une sagesse admirable de préférer la courtoisie à d'inutiles conflits, mais je vous en prie, ne vous prétendez pas moins hypocrite que Lady Stickland. »

Une fois de plus, Benjamin rompit le silence qui suivit : « Quelles sont les convictions du colonel Harrier ? »

Jayne décida d'être franche, devinant que son père continuerait à la mettre sur la sellette s'il la soupçonnait de mensonge.

« Il n'en a aucune. Les guerres européennes lui ont appris à considérer toute religion comme pure fourberie. Il est devenu cynique en constatant que Dieu était invoqué tant par les catholiques que par les protestants en préalable à des massacres réciproques.

— Quelle sorte d'homme faut-il être pour rejeter ainsi Dieu ? » s'écria Sir Henry, scandalisé.

Jayne pressa ses paumes l'une contre l'autre dans un geste d'excuse, car elle savait qu'elle était sur le point de le heurter encore davantage.

« Un homme tel que Richard Theale, Papa. Ce qui compte pour la science, c'est d'apprendre et de prouver la vérité par l'observation et l'expérience ; or Dieu est inaccessible à l'une comme à l'autre. Richard a davantage foi dans les asticots que dans une entité invisible qui ne peut pas ou ne veut pas se révéler. »

Sir Henry la regarda fixement.

« Partagez-vous ces vues ?

— J'en ai bien peur, Papa. Chaque homme étant en mesure d'interpréter la Bible à sa guise, Dieu se présente sous des formes si diverses que si je possédais autant de robes qu'il existe de dieux, cette maison ne pourrait les contenir. »

Sir Henry bondit sur ses pieds en agitant le poing.

« Je savais que je n'aurais jamais dû vous permettre d'étudier avec cet homme, hurla-t-il. Il a trahi ma confiance à tous égards – il vous a tournée contre Dieu, a permis à un coureur de dot de vous séduire et a conduit mon fils et héritier dans le nid de vipères de Wynford Eagle. »

Avec un soupir, Lady Margaret se leva pour l'inviter à se rasseoir dans son fauteuil.

« Calmez-vous ! ordonna-t-elle. Avez-vous oublié que sans Richard, je serais morte et que Benjamin ne serait jamais né ? Quel autre médecin aurait eu le bon sens de passer outre l'avis de la sage-femme et d'inciser le ventre d'une mère pour sauver sa vie et celle de son enfant ? Auriez-vous souhaité le trépas de vos ouvriers lors de la dysenterie, ou l'amputation de la jambe de Philip alors que des asticots ont pu la sauver ? Reprenez vos esprits, Henry, et admettez que Richard est l'une des rares personnes en qui vous puissiez avoir confiance. Il s'est toujours tenu à un niveau moral plus élevé que la plupart des hommes de votre connaissance, et votre fille a suivi son exemple. »

Ruth leva la tête de son ouvrage pour poser son doux regard sur Sir Henry.

« N'avez-vous jamais douté vous-même de l'existence de Dieu, mon oncle ? demanda-t-elle avec curiosité. Si tel est le cas, je ne puis qu'envier votre foi.

— Quelle question est-ce là de la part de quelqu'un qui connaît la Bible par cœur ? demanda-t-il tout en la dévisageant avec méfiance. Chercheriez-vous à détourner mon attention de Jayne ?

— Un peu seulement, car elle n'est pas la seule de la famille à éprouver des doutes. Votre frère, mon père, se débat avec sa foi chaque fois qu'on lui demande d'admettre que le pain et le vin de l'eucharistie représentent le corps et le sang du Christ.

— Aurait-il adopté le puritanisme ? »

Ruth secoua la tête.

« Il se dit sceptique, à l'image de Sir William et pour la même raison. Dieu ne peut pas être en même temps dans les deux camps d'une guerre civile. » Elle esquissa un sourire contrit. « M'en voudrez-vous si je vous ennuie encore un instant, mon oncle ?

— Si je vous réponds que oui, cela fera-t-il une différence ?

— Seulement pour vous, car vous aurez à vivre toute votre vie en vous demandant ce que je voulais vous dire. »

Sir Henry grogna.

« Parlez, alors !

— Vous avez tort de prendre Sir William pour un coureur de dot. Je connais cette espèce mieux que quiconque, et il n'est pas conforme à ce modèle. Ses visites ne sont pas fréquentes, il ne s'efforce jamais de vous flatter, pas plus que Lady Margaret et, alors qu'il est manifestement à l'aise en compagnie de Jayne, il n'exploite pas cette amitié pour en tirer quelque avantage ou gonfler son importance. En outre, son ascension dans les rangs parlementaires donne à penser qu'il travaille dur et cherche à réussir par ses propres efforts. Ce ne sont pas là des qualités habituelles aux hommes qui recherchent fortune et situation par le mariage.

— Dois-je comprendre que le colonel Harrier et Sir William ne sont qu'une seule et même personne ? » intervint Philip, visiblement perplexe. Il considéra que l'absence de réponse valait confirmation. « C'est bien le colonel Harrier qui est venu ici avec le général Cromwell l'autre jour ? » Nouveau silence. « Je dois avouer qu'il nous a fait très bon effet, à Benjamin et à moi, et il est manifestement très ami avec Andrew. S'intéresserait-il à vous, ma sœur ? »

Grands dieux !

« Bien sûr que non, répondit Jayne en riant. Les filles de la petite noblesse terrienne n'ont absolument aucun attrait. La paix revenue, il ira tenter sa chance à Londres où il trouvera une union appropriée. Quant à Papa, il se demandera comment il a pu songer un jour que ma dot insignifiante pouvait l'intéresser.

— Elle n'est pas si insignifiante que cela, grommela Sir Henry en faisant la grimace.

— En tout cas, elle n'est pas assez importante pour compenser mon refus de garder mes opinions pour moi-même, Papa.

Pouvez-vous vous résigner à ce que votre enfant de trente ans soit destinée au célibat jusqu'à la fin de ses jours ? Il restera si peu d'hommes quand cette guerre sera finie que les vieilles filles comme moi seront reléguées en fin de toutes les files d'attente. »

Il lui prit la main.

« Vous aurez toujours un toit ici », dit-il d'un ton bourru.

Dans les jours qui suivirent, la plupart des nouvelles qui arrivèrent à Swyre concernaient les Clubmen du Dorset. On parlait de rassemblements massifs à travers le comté, la plupart donnant lieu à des escarmouches avec la New Model Army. À en croire la rumeur, Sir Thomas Fairfax rejetait la prétendue neutralité des Clubmen et les avait taxés de royalistes à cause de la pugnacité dont ils faisaient preuve contre ses hommes.

Dans la soirée du 3 août, un cavalier vint informer Sir Henry que cinquante Clubmen étaient prisonniers à Sherborne, et qu'une grande assemblée était prévue le lendemain à Hambledon Hill, environ deux lieues au nord de Blandford. Ils avaient l'intention de réunir quatre mille hommes qui marcheraient sur Sherborne pour affronter Sir Thomas Fairfax et exiger la libération de leurs camarades. Sir Henry et les Clubmen de l'ouest du Dorset étaient invités à se joindre à eux.

Sir Henry accepta de faire circuler l'information auprès de ses voisins puis il envoya le cavalier à Lyme prévenir les Clubmen locaux. Au grand soulagement de Lady Margaret, il manifesta peu d'enthousiasme à l'idée d'accomplir lui-même ce voyage d'une cinquante de kilomètres, mais quand il apprit que d'autres y allaient et que Benjamin – las de son oisiveté – commença à le harceler pour qu'il l'autorise à les rejoindre, il changea d'avis. En fin de compte, annonça-t-il à Lady Margaret, il était fort attaché à la paix et ne pouvait tolérer l'incarcération de camarades qui partageaient ses idées.

Ils partirent à l'aube le lendemain, accompagnés du pasteur local et d'une vingtaine de fermiers des environs. Lady Margaret ne put maîtriser son appréhension en les regardant s'éloigner. « Il n'en sortira rien de bon », dit-elle à Jayne. Sir Henry avait beau croire à la nature pacifique des Clubmen, elle doutait que Sir Thomas Fairfax partage cette opinion quand il en aurait quatre mille en face de lui. S'opposer à quelques poignées de soldats affamés à la recherche de nourriture était une chose, brandir des gourdins devant la New Model Army en était une autre. Elle passerait la journée à prier pour qu'Andrew se tînt aussi éloigné de Sherborne que possible, car la tragédie serait à son comble s'il recevait l'ordre de se battre contre son père et son frère.

Le groupe fut de retour l'après-midi suivant, ayant passé la nuit dans les bois et les hommes étant trop fatigués ou blessés pour se déplacer autrement qu'au pas. Benjamin était passé en tête pour avertir Jayne que ses compétences seraient requises, et lorsque les autres arrivèrent, elle était prête à les accueillir. En définitive, les plaies d'orgueil étaient plus nombreuses que les blessures physiques, dont aucune n'était suffisamment grave pour nécessiter des points de suture. Dans la plupart des cas, des plats d'épée avaient laissé des marques sur les dos ; le pasteur Crewe et deux des fermiers présentaient néanmoins au postérieur des petites entailles dues à des pointes acérées et Sir Henry avait un genou enflé pour avoir dévalé le versant de Hambledon Hill.

Jayne réprima ses sourires tout en enduisant les contusions d'huile de camphre et en nouant des bandages glacés autour du genou de Sir Henry. Elle demanda au pasteur et aux deux fermiers d'autoriser le valet de son père à examiner leurs plaies au petit salon afin qu'il pût les lui décrire. Seul Benjamin, qui avait fréquenté des champs de bataille bien plus effroyables, ne se plaignit pas du traitement que leur avaient infligé les Ironsides de Cromwell. Sir Henry et ses amis évoquèrent au contraire un bain de sang violent et des soldats impitoyables.

Leur récit était si long, chaque homme contredisant l'autre, que Jayne pria son père de laisser Benjamin exposer les détails. Ayant obtenu cette autorisation, celui-ci se mit au garde-à-vous et fit son rapport avec l'élocution heurtée d'un officier ; mais sa version était si drôle que sa sœur dut serrer les dents pour s'empêcher de rire. Ayant plus de mal encore à se contrôler, Lady Margaret quitta le salon deux ou trois fois pour enfoncer l'ourlet de son tablier dans sa bouche.

La teneur du récit de Benjamin était la suivante : Sir Henry et ses hommes avaient rejoint Hambledon Hill à bride abattue. Avec l'aide d'un habitant, ils avaient suivi une piste jusqu'au sommet de l'éminence. Parce que c'était une colline fortifiée, le sommet en était plat et très vaste, dépassant vingt hectares, et offrait une vue dominante sur les environs. À leur arrivée, le groupe avait rejoint un rassemblement de quatre mille hommes et ils avaient pu entraver leurs chevaux dans l'herbe et les laisser brouter. Dans la foule, plusieurs individus avaient pris la parole à tour de rôle, mais le vent emportait leurs propos et comme nul n'entendait rien de ce qui était dit, les hommes avaient commencé à s'agiter.

Par malchance, un lieutenant et cinquante dragons, avant-garde du régiment du général Cromwell, avaient surgi à l'horizon au moment même où l'humeur belliqueuse des Clubmen touchait à son comble, et les plus excitables d'entre eux avaient tiré sur les arrivants. Sir Henry, et il n'avait pas été le seul, s'était alors demandé pourquoi certains étaient armés de mousquets, mais il était déjà trop tard. Le général Cromwell et mille cavaliers étaient massés au pied de la colline. En un rien de temps, les Ironsides étaient partis à l'assaut du versant et s'étaient mis à molester les Clubmen à coups de poing et du plat de leurs épées.

En fin de compte, cela avait été une honteuse déroute, quatre mille Clubmen prenant leurs jambes à leur cou, rampant et glissant au bas des pentes de Hambledon Hill. Sir Henry et ses hommes avaient trouvé abri dans un bois, mais comme leurs chevaux étaient restés entravés au sommet, ils ne pouvaient pas partir. Benjamin, le moins contusionné et le moins durement rossé, avait contourné le pied de la colline pour essayer de découvrir ce qui se passait et avait appris de la bouche d'autres Clubmen que trois cents de leurs camarades avaient été faits prisonniers. On disait qu'ils avaient été emmenés à l'église de Shroton où ils seraient enfermés pour être interrogés par le général Cromwell.

Ignorant si d'autres gardes avaient été postés au sommet et sur les routes, Sir Henry et ses compagnons avaient décidé de passer la nuit dans le bois. À l'aube, Benjamin avait gagné le haut de la colline par un sentier abrité pour vérifier si leurs montures étaient toujours là où ils les avaient laissées, et pour scruter les environs à la recherche de la New Model Army. Imaginez quelle avait été sa surprise lorsque, surgissant sur la partie plate du sommet, il avait découvert son frère et le colonel Harrier qui montaient la garde auprès de leurs chevaux entravés.

Dans l'impossibilité de se cacher, il s'était avancé pour leur parler et avait été soulagé d'être accueilli avec bonne humeur et non avec colère. Andrew avait été chargé de prendre les noms de ceux qui viendraient chercher leurs montures, et la plupart l'avaient fait dès la veille au soir. Parmi la vingtaine d'animaux restants, il avait reconnu ceux de Sir Henry et de Benjamin et avait identifié les emblèmes de certaines selles, notamment de voisins de Sir Henry. Comme le jour déclinait, il s'était inquiété pour la sécurité de son père et avait renvoyé sa compagnie au camp, restant au côté des chevaux en attendant qu'on vienne les chercher.

Ayant appris par les hommes d'Andrew qu'il était toujours à Hambledon Hill, le colonel Harrier l'avait rejoint peu après le coucher du soleil et était resté avec lui toute la nuit. Lorsque Benjamin lui avait confié qu'aucun membre de leur petite troupe n'avait fermé l'œil et qu'ils avaient tous des plaies et des bosses, il lui avait proposé de faire descendre les chevaux au licol au lieu d'exiger de leurs propriétaires qu'ils viennent les prendre.

« Ils offraient un spectacle proprement effrayant, commenta un des fermiers. Le bois était enveloppé de brume et il était difficile de voir que trois des chevaux seulement étaient montés. Nous nous attendions à être arrêtés et conduits à Shroton.

— Alors qu'en réalité, nous avons été traités avec courtoisie, compléta un autre. Le colonel Harrier nous a déclaré que le général Cromwell n'avait aucune envie de faire la guerre aux Clubmen et il nous a conseillé de regagner Swyre au plus vite. »

Sir Henry ne put retenir une grossièreté.

« Il nous a foutrement sermonnés pour avoir eu l'audace de nous en prendre à la New Model Army », grogna-t-il.

Le révérend Crewe, revenu du petit salon après que le valet eut nettoyé et pansé sa fesse droite, leva la main dans un geste d'apaisement.

« Voyons, Monsieur, on ne peut guère parler de sermon. Il a fait valoir, fort raisonnablement, que la paix serait plus rapidement signée si le roi était contraint à la reddition. Comme seule la New Model Army est en mesure d'obtenir celle-ci, nous, les Clubmen, ferions mieux de nous tenir à l'écart et de les laisser accomplir leur travail. »

Suivit un débat animé, chaque homme donnant sa propre interprétation des propos du colonel Harrier. Prétextant que Jayne devait examiner une entaille qu'il avait au bras, Benjamin l'entraîna dans le vestibule.

« Le colonel Harrier est resté pour être agréable à Andrew, lui expliqua-t-il en remontant sa manche. S'il ne l'avait pas fait, c'est notre frère qui aurait dû nous infliger un sermon, et vous pouvez imaginer comment Père l'aurait pris.

— Plutôt mal, admit Jayne, en inspectant une légère coupure déjà cicatrisée au milieu d'un océan de bleus, avant de donner à son frère une petite tape espiègle sur la poitrine. Vous n'en mourrez pas, lui dit-elle. Vous vous faisiez des égratignures bien plus graves quand vous étiez enfant. Qu'avez-vous d'autre à me dire ?

— Le colonel Harrier mérite la reconnaissance de Père. Selon Andrew, ordre avait été donné que les meneurs de l'insurrection soient identifiés et conduits à Shroton. Le général Cromwell veut que leurs noms soient portés sur une liste et que chacun d'eux soit interrogé, afin qu'il puisse savoir qui est mêlé à cette affaire. Tout autre commandant aurait arrêté Sir Henry et l'aurait traîné jusqu'à Shroton au bout d'une corde.

— L'avez-vous dit à Papa ?

— Je m'en suis bien gardé, répondit Benjamin. Il m'aurait arraché la tête. Mais j'ai pensé que vous seriez heureuse de le savoir, car le colonel Harrier l'a sans doute épargné pour vous autant que pour Andrew. »

Jayne feignit de trembler de peur.

« Eh bien, voilà une information que vous devez *absolument* garder pour vous, dit-elle d'un ton pince-sans-rire. Je n'ai pas plus grande envie que vous de me faire arracher la tête. »

23.

Au début du mois de décembre, alors que la domination de la New Model Army était telle que beaucoup pensaient la guerre à son terme, Sir Henry annonça sa décision d'inviter son frère, ses deux sœurs et leurs familles à Swyre pour Noël. Lady Margaret l'y encouragea, mais confia en privé à Jayne et Ruth que ses sœurs ne pourraient que le décevoir. Aucune n'avait répondu à ses lettres depuis le mois d'août où il leur avait écrit que la cause du roi avait été perdue à Naseby et les avait exhortées à nouer des relations avec les parlementaires. Les deux femmes vivant toujours à Oxford et leurs maris et fils soutenant encore résolument la cause royaliste, pareil conseil ne pouvait être apprécié et Lady Margaret doutait fort de leur venue.

Elle avait raison. Seuls les parents de Ruth acceptèrent la proposition, et le 18 décembre, Sir Henry, contrarié à l'idée que leur fête se tienne en aussi petit comité, suggéra à sa femme d'inviter son propre frère et sa famille.

« Il n'en est pas question, répondit Lady Margaret fermement. Mon frère est mortellement ennuyeux, ma belle-sœur est une bécasse et nul d'entre nous ne supporte leur présence. Je tiens pour un des rares bienfaits de cette guerre d'avoir reporté de trois ans leur visite estivale annuelle. Si Malcolm ne ressemblait pas autant à notre père physiquement, j'aurais tendance à croire que nous n'avons pas les mêmes parents. » Elle piqua son aiguille dans sa tapisserie avec une énergie superflue. « Avez-vous reçu des nouvelles d'Andrew ?

— Pas depuis que Cromwell a pris Basing House, et cela remonte à presque deux mois.

— Dans ce cas, invitons des amis et des inconnus qui risquent d'être seuls pour cette fête. Je puis vous en citer deux, et je suis certaine que Jayne aura d'autres noms à nous proposer. Ses patients sans personne pour veiller sur eux lui inspirent une immense compassion.

— Noël est une fête de famille, réservée aux proches », déclara Sir Henry avec mauvaise humeur, tout en rentrant la tête dans les épaules.

Lady Margaret se tourna vers Ruth.

« Est-ce écrit dans la Bible, ma nièce ?

— Il ne me semble pas, ma tante. Je ne garde en mémoire aucun verset où le Christ aurait rappelé à ses apôtres le jour de sa naissance, et je ne me souviens que d'une fête, les noces de Cana, où il a transformé de l'eau en vin. Si ce mariage ressemblait à ceux d'aujourd'hui, il aura rassemblé plus d'amis que de parents des deux côtés, et sans doute Jésus n'en aura-t-il pas connu la plupart. »

Sir Henry grogna.

« Donnez-moi vos deux noms, demanda-t-il à sa femme.

— Lady Stickland et le docteur Theale. Je serais curieuse de faire la connaissance de la première et suis toujours heureuse de voir le second, d'autant plus que Philip a maintenant retrouvé l'usage de sa jambe.

— Nommez les vôtres, fit Sir Henry en se tournant vers sa fille.

— La liste est longue, Papa, et certains auront besoin d'aide pour arriver jusqu'ici. À quelle mesure de générosité êtes-vous disposé ? »

Philip, que l'on avait beaucoup de mal à faire descendre de cheval depuis qu'il avait appris à diriger de la jambe gauche, se chargea de transmettre les invitations, tandis que Benjamin mobilisait autant de chariots qu'il en pouvait trouver pour transporter ceux qui étaient incapables de faire le trajet par leurs propres moyens. Sir Henry ordonna que l'on tue des dindons et des porcelets engraissés de ses enclos à cochons, et que l'on mette en perce des tonnelets de bière et de vin. Lady Margaret mit ses cuisinières au travail, leur faisant cuire du pain, des puddings de Noël et des *mince pies* ; elle chargea les servantes de baratter de la crème pour en faire du beurre et les valets d'aller chercher les meilleurs fromages au cellier ; Ruth et Jayne supervisèrent la préparation des lits.

Quand Philip revint en annonçant que plus de soixante-dix personnes, dont une quarantaine d'enfants, avaient confirmé leur présence le soir de Noël, Jayne pria son père de lui permettre de réquisitionner la grange aux dîmes pour servir de dortoir et d'utiliser des meules de paille de la grange de battage en guise de matelas. Manifestement surpris par la venue de tout ce monde, Sir Henry donna volontiers l'autorisation avant de commencer à se tracasser et à se demander comment il divertirait ces visiteurs. Ils auraient besoin de davantage de nourriture, de davantage de bière épicée et de vin. Et quels jeux pourrait-il leur proposer ? Qui assurerait l'accompagnement musical des danses ?

Benjamin suggéra malicieusement qu'ils prient pour que tous leurs invités soient des puritains, car ceux-ci étaient connus pour leur hostilité aux frivolités, mais Lady Margaret le réprimanda avant de rappeler à Sir Henry que la plupart de ses ouvriers agricoles jouaient d'un instrument de musique. Avait-il oublié leurs Noëls d'avant-guerre, où la maison résonnait du son des luths, des violons, des flûtes et des piétinements des enfants qui jouaient à colin-maillard, à saute-mouton, aux quatre coins et à cache-tampon ? Le conflit avait mis fin à ces amusements, mais il était impensable que leurs invités aient tout oublié de la manière de se divertir. Quant à la nourriture et à la boisson, elles relevaient de sa responsabilité et elle était certaine qu'il y en aurait en suffisance.

Les parents de Ruth, Joseph et Elizabeth, arrivèrent l'après-midi précédant la soirée de Noël avec des corbeilles de houx, de romarin et de lierre pour compléter les décorations du vestibule et du salon. La joie de Ruth à les revoir n'avait d'égale que celle de Sir Henry, et Jayne poussa des soupirs de soulagement en le voyant soudain ragaillardi. Il n'avait fallu que ces retrouvailles avec son frère pour lui rappeler les nombreux Noëls heureux qu'ils avaient passés ensemble dans cette demeure pendant leur enfance. Joseph connaissait tous les jeux possibles et imaginables, et il avait apporté son cor de chasse pour appeler les invités à manger et à danser.

La prudence resta cependant de mise de part et d'autre, le temps que les deux hommes constatent la convergence de leurs avis sur la guerre. Comme aucun ne croyait que le roi pût l'emporter, ils partageaient l'espoir d'une fin honorable du conflit et, s'étant mis d'accord sur ce point, ils se serrèrent la main. En les voyant, Jayne se demanda combien d'autres familles à travers le pays invoquaient la paix tant désirée pour surmonter leurs divisions. Quelle meilleure expression d'harmonie pouvait-il exister que le désir partagé que les deux camps déposent les armes ? Au cours du dîner, Joseph demanda à Sir Henry ce qu'il savait du colonel William Harrier.

« Le gouverneur Sydenham prétend que certains liens l'unissent à vous et à votre famille. Est-ce exact ?

— Plus ou moins, répondit Sir Henry. Pourquoi cette question ?

— Je serais heureux de faire sa connaissance. Il a pris la peine de nous informer du décès de Samuel et ses paroles m'ont ému. Si j'ai bien compris, Samuel l'avait prié de m'écrire dans l'éventualité de sa mort, demandant, en toute humilité, que nous ayons la bonté de lui pardonner et de le recommander au bon souvenir de sa femme et de son fils. » Il porta le regard sur Ruth, assise de l'autre côté de la table. « Nous faisons les deux, ma fille, car le colonel Harrier a écrit deux phrases qui restent gravées dans ma mémoire. “Samuel a rendu l'âme en pleine connaissance de ses nombreux défauts, mais il a accueilli la mort avec un grand courage. Son unique requête était que sa femme et son fils, qu'il n'a jamais cessé d'aimer, puissent se souvenir de lui pour cela, et non pour ses erreurs antérieures.” Le colonel vous a-t-il également écrit, ma chère ? »

Ruth secoua la tête.

« Non, Papa, mais il a tenu des propos comparables à tante Margaret et à Jayne quand il est venu ici avec le général Cromwell. » Elle porta sa serviette à ses yeux. « Samuel a dû soulager sa conscience dans les jours qui ont précédé sa mort, et mon cœur se réjouit de savoir que l'homme auquel il a choisi de se confesser ait eu la bonté de Sir William. »

Le trouble de son oncle fit pitié à Philip qui expliqua alors : « Le colonel Harrier et Sir William sont une seule et même personne.

— Il connaît bien Lady Stickland, avec le fils de qui vous avez fait des affaires, me semble-t-il, murmura Sir Henry.

— Une ou deux fois, admit Joseph. C'est un garçon timide, très différent de sa mère. Si j'ai bien compris, elle lui a confié la responsabilité du domaine dans l'espoir de lui donner plus d'assurance, mais il ne manifeste guère de tendance en ce sens.

— Pourquoi parlez-vous d'un garçon ? demanda Lady Margaret avec curiosité. Est-il donc si jeune ?

— À peine vingt-cinq ans, me semble-t-il. Lady Alice désespérait d'avoir des enfants jusqu'à sa naissance, mais je ne puis m'empêcher de penser qu'il l'a déçue. Bien qu'elle soit absente, il compte toujours sur elle pour prendre des décisions à sa place, exactement comme faisait son père.

— La connaissez-vous bien ?

— Assez. Je la rencontrais chaque fois que j'étais en rapport avec son mari, et j'appréciais toujours ses interventions. Elle avait un meilleur sens des affaires que lui. » Il pouffa. « Je n'ai pas été le moins du monde surpris quand Jayne m'a appris que c'est elle qui s'est portée au secours de Ruth au moment où Isaac a été atteint du croup. Une femme de moindre caractère aurait refusé de s'occuper de ce problème.

— Jayne vous a-t-elle également dit qu'elle est parlementaire ? » demanda Sir Henry.

Joseph posa ses jointes mains sur la table.

« Non, mais j'aurais pu deviner que telles étaient ses allégeances. Je n'ai jamais rencontré de femme aussi indépendante d'esprit. La première fois que je l'ai vue, elle était vêtue en homme et je l'aurais prise pour tel si son mari ne me l'avait présentée comme son épouse. »

Devant le silence général, Jayne prit la parole.

« Vous la reverrez demain, mon oncle, car Papa l'a invitée à prendre part à notre fête. » Elle jeta à Sir Henry un regard malicieux. « Mais peut-être regrettera-t-il sa décision si elle se présente en hauts-de-chausses. »

Elle aurait mieux fait de se taire, car Sir Henry se persuada que ce serait le cas et les scrupules de Jayne à l'idée de lui présenter Alice s'exacerbèrent durant la nuit. Ce qui lui avait fait l'effet d'une bonne idée quand sa mère l'avait présentée prit des proportions alarmantes avant que le jour se lève la veille de Noël. Sir Henry nourrissait déjà tant de préjugés contre Alice que leur rencontre n'avait aucune chance d'être cordiale et, imaginant d'effroyables querelles, elle s'introduisit dans la chambre de Philip à l'aube et le supplia de rejoindre Dorchester à cheval pour annuler l'invitation. Il refusa en riant, lui reprochant sa sottise. Il avait passé à peine une demi-heure en compagnie de Lady Stickland et il ne lui avait fallu que cinq minutes pour qu'il lui mange dans la main. Il en irait de même avec Sir Henry.

« Souciez-vous davantage de notre mère, lui conseilla-t-il. Elle risque d'être heurtée qu'une autre femme gagne l'affection de sa famille. »

L'anticipation d'un événement est toujours pire que la réalité, et Jayne se demanderait plus tard comment elle avait pu craindre que Sir Henry oublie ses bonnes manières. Elle constata qu'il était profondément ému par la fragilité d'Alice car il assuma immédiatement le rôle de protecteur, priant Molly de se tenir à l'écart et de lui permettre d'aider Lady Stickland à descendre de voiture. Elle était vêtue d'une robe de taffetas bleu foncé, à la fois pudique et élégante, et Molly avait coiffé ses cheveux en un nœud gracieux dans la nuque. Elle saisit la main de Sir Henry pour descendre et lui demanda de lui laisser quelques instants pour retrouver son équilibre.

« Prenez tout le temps que vous voulez, dit-il, invitant Lady Margaret à s'avancer. Puis-je vous présenter mon épouse, Lady Margaret ? Elle souhaite faire votre connaissance depuis fort longtemps.

— Et réciproquement, renchérit Alice, tendant sa main libre à Lady Margaret. Je ne puis qu'admirer une mère qui encourage l'ambition de sa fille d'être médecin. S'il y avait plus de femmes comme vous, Lady Margaret, il y en aurait davantage comme

Jayne. Vous devez être fort heureuse que ses compétences et son dévouement aient rendu son nom célèbre dans tout le Dorset. »

Les joues de Lady Margaret rosirent soudain de plaisir.

« En effet, mais tout le mérite revient à Jayne. C'est à ses propres efforts qu'elle doit sa réputation et non à quelque intervention de Sir Henry ou de moi. »

Alice lui rendit sa main.

« Vous êtes trop modeste, ma chère. Elle est ce qu'elle est grâce à ses parents. » Elle se tourna vers Sir Henry. « Je pense avoir retrouvé mon aplomb, Monsieur, mais puis-je continuer à m'appuyer sur vous pour rejoindre la maison ?

— Bien sûr, bien sûr ! s'exclama-t-il. Vous n'aurez qu'un mot à dire chaque fois que vous aurez besoin de mon bras. »

Comme ils se dirigeaient lentement vers la porte, suivis de Molly, Alice fit l'éloge des lignes élégantes de la demeure et de la beauté de son emplacement, tandis que la poitrine de Sir Henry se gonflait d'orgueil. Jayne se tenait avec Ruth et Philip derrière les domestiques rassemblés dans la cour mais, si Alice l'aperçut, elle n'en montra rien. Philip se pencha pour chuchoter à l'oreille de sa sœur.

« Elle ne m'avait pas paru aussi frêle quand je l'ai vue à Dorchester. Pensez-vous qu'elle simule ? »

Certainement, songea Jayne.

« Sans doute le voyage l'aura-t-il fatiguée. »

Il sourit.

« Elle n'aurait pu trouver meilleur moyen d'attendrir Papa. »

Jayne approuva de la tête tout en devinant que l'aversion d'Alice pour tout sentiment de pitié signifiait que ce simulacre avait probablement une autre raison.

Benjamin arriva peu après avec un chariot rempli de femmes et d'enfants des villages voisins. Parmi eux se trouvait Marianne Prewitt, dont l'hydropisie et le mari ivrogne avaient éveillé l'intérêt du prince Maurice. Ses deux filles potelées et ses quatre garçons turbulents coururent se jeter dans les bras de Jayne, imités par tous les autres enfants, et plusieurs minutes s'écoulèrent avant qu'elle ne remarque Lady Margaret, qui se tenait à l'écart. Elle s'avança vers elle, faisant sauter un bambin de deux ans dans ses bras.

« Voici Aaron, Mama, dit-elle en souriant. Il y a six mois, il était si malade que nous avons eu peur qu'il succombe et regardez-le maintenant. Avez-vous déjà vu pareille image de santé ? »

Du dos de l'index, Lady Margaret caressa la joue du petit garçon.

« On peut en dire autant de tous les enfants qui sont ici. Chacun d'eux suffirait à témoigner de vos bons soins, ma fille, et c'est avec joie et délice que je les accueille tous à Swyre. » Elle fit signe à Agnes de s'avancer. « J'ai besoin de Jayne à l'intérieur, dit-elle en prenant le bambin pour le remettre à la servante. Peux-tu montrer à ces dames et à leurs enfants leur couchage dans la grange ? Je te ferai prévenir dès que le repas sera prêt à être servi, mais en attendant, il paraît qu'Arthur et deux autres travailleurs agricoles ont préparé des jeux pour eux. »

Jayne suivit Agnes des yeux alors qu'elle guidait les femmes à travers la cour.

« Y a-t-il quelque difficulté, Mama ?

— Lady Alice a besoin de votre aide, répondit Lady Margaret à voix basse. Sa servante m'apprend qu'elle est blottie dans l'angle de sa chambre, incapable de bouger. Si j'ai bien compris, cela lui est déjà arrivé et chaque crise de paralysie dure environ deux heures. Y a-t-il quelque chose que vous puissiez faire pour elle sans attirer l'attention ? Lady Alice insiste beaucoup pour que nous n'ébruitions pas cet incident, craignant que des tracasseries excessives ne gâchent la fête. »

Jayne se contraignit à prendre l'expression la plus sérieuse qu'elle pouvait.

« Molly a-t-elle dit qu'Alice a l'impression que ses pieds sont collés au sol ?

— Exactement.

— Dans ce cas, il lui faut une fumigation d'huile de romarin, affirma-t-elle, esquissant le geste d'attraper un remède sur une étagère invisible. Pourriez-vous demander à Kitty d'apporter une bouilloire d'eau dans sa chambre pendant que je vais chercher ma sacoche ? »

Elle incita sa mère à se diriger vers la maison.

Lady Margaret s'arrêta sur le seuil.

« Dois-je avertir Sir Henry qu'elle n'assistera sans doute pas au dîner ?

— Cela ne sera pas nécessaire. Trente minutes de vapeur odorante suffiront pour qu'elle reprenne possession de ses moyens. C'est un remède qui, à ma connaissance, n'a jamais échoué. » Elle prit sa besace sur la desserte de l'entrée. « Ne vous inquiétez pas, Mama. Je suis certaine que la fatigue du voyage est la seule cause ce petit désagrément. »

Lady Margaret lui adressa un signe de tête préoccupé et se précipita à la cuisine, à la recherche de Kitty.

Jayne réprimanda Alice dès que Molly l'eut introduite dans la chambre et eut refermé la porte derrière elle.

« Votre pénitence pour m'avoir obligée à mentir à ma mère sera de rester au coin jusqu'à ce que ma servante apporte une bouilloire, dit-elle sévèrement. Il ne s'agirait pas que Kitty aille raconter que je vous ai guérie d'une paralysie temporaire sans vapeur, car c'est le seul remède auquel j'ai pu penser sur le moment. »

Alice étouffa un rire.

« Comment avez-vous su que ce n'était pas une vraie crise ?

— Parce que je vous ai vue il y a deux semaines seulement et qu'il est impossible que votre paralysie se soit aggravée à ce point. J'ai deviné que vous n'aviez fait qu'imiter les symptômes du mal plus avancé de votre père. » Elle posa le doigt sur sa bouche en entendant les pas de Kitty sur le palier. « Laisse-la entrer, Molly », murmura-t-elle en posant sa sacoche sur le lit pour en sortir un flacon d'huile de romarin. « Merci, Kitty, dit-elle quand sa servante entra. Tu as été plus rapide que je n'aurais pu l'espérer. Veux-tu bien remplir la cuvette que tu trouveras sur le support à broc ? »

Kitty obtempéra.

« Puis-je faire autre chose, mademoiselle Jayne ? demanda-t-elle en posant un regard inquiet sur Lady Alice.

— Non, je te remercie, Kitty, hormis éviter de parler de ce que tu as vu à quiconque, si ce n'est à Lady Margaret. »

La jeune femme fit la révérence.

« Vous pouvez avoir confiance en moi, mademoiselle Jayne. »

Jayne attendit que le bruit de ses pas se soit évanoui.

« Vous ne méritez pas son silence, tança-t-elle Alice. À présent, ma mère et elle se rongent d'inquiétude pour vous. Me direz-vous pourquoi ce stratagème était nécessaire ? »

Alice s'assit sur une chaise.

« Je voulais disposer d'une demi-heure en tête à tête avec vous, sans que votre mère imagine que nous partageons des secrets dans son dos. Votre frère m'a dit que l'idée de m'inviter vient d'elle, mais je la soupçonne plutôt d'avoir cherché à établir quelle influence j'exerce sur vous. »

Jayne hocha la tête, car il eût été vain de le nier.

« Elle est manifestement très chagrine que vous ne soyez pas mariée. Je regardais par la fenêtre au moment où elle vous a remis le message de Molly, et elle était au bord des larmes de vous voir ainsi embrassée par les enfants d'autres femmes. »

Jayne versa quelques gouttes d'huile de romarin dans la cuvette et agita la main dans la vapeur pour la disperser dans la pièce.

« Kitty risque d'avoir des soupçons si l'eau et la chambre ne sentent rien, expliqua-t-elle avant de se percher au bout du lit et de dévisager Alice avec amusement. Si vous vous liguez avec Mama et Papa pour me pousser à prendre un époux, vous serez assurée de gagner leur confiance et leur amitié.

— Et de perdre les vôtres ?

— Très vraisemblablement. Le sujet du mariage est cause de plus de querelles que tout autre dans cette famille. Je ne m'en formaliserais pas à ce point si mes frères subissaient les mêmes pressions, mais c'est loin d'être le cas. Mon père estime qu'un fils doit prendre son temps pour choisir une épouse, alors qu'une fille est censée accepter le premier bouffon qui lui fait sa demande.

— Je perdrais donc mon temps si je vous proposais de vous présenter à mon fils Francis ? demanda Alice en riant à nouveau. Il aurait grand besoin d'une femme intelligente dotée des compétences et du bon sens nécessaires pour administrer son domaine. »

Jayne jeta un regard surpris à Molly. L'offre était-elle sérieuse ?

« Vous n'êtes pas gentille de taquiner Mlle Jayne, Milady, objecta Molly d'un ton de reproche. Vous savez fort bien que Sir Francis est épris de la jeune Emmeline Cooper.

— Cela ne veut pas dire que j'approuve ce choix. Cette fille est encore plus muette que lui et ne fait jamais l'effort de converser avec moi. Je vous préférerais infiniment comme bru, Jayne.

— Je le prends pour un compliment, Alice, mais je doute que votre fils souhaite une épouse qui éprouve plus de plaisir à votre compagnie qu'à la sienne. » Elle réfléchit un moment. « N'avez-vous jamais envisagé que vous puissiez intimider Mlle Cooper ? Je vous ai trouvée proprement terrifiante la première fois que je vous ai rencontrée.

— Qu'est-ce qui vous a fait changer d'avis ?

— William. Il m'a parlé de vos visites à Hugh Green en prison, pendant que nous regardions les deux prêtres se faire traîner sur la colline du Gibet. J'ai laissé entendre que vous aviez dû être critiquée pour la bonté que vous manifestiez à des catholiques, et William a répondu que vous n'y attachiez aucune importance. Vous étiez parfaitement indifférente à ce que les autres pensaient, pourvu que vous soyez convaincue d'agir comme il le fallait. Je me rappelle avoir souhaité avoir ne fût-ce que la moitié de votre courage.

— Ne soyez pas modeste, mon enfant. Je me suis cachée derrière des hommes et des costumes toute ma vie, alors que vous affrontez le monde telle que vous êtes. Si j'avais eu une once de votre détermination, je n'aurais jamais permis à Gilbert Jackson de s'attribuer mes portraits.

— Votre fils en a-t-il parlé à Mlle Cooper ?

— Assurément pas ! Ses parents et elle ont été suffisamment scandalisés d'apprendre que je soutenais le Parlement sans que l'on s'emploie à brutaliser leur sensibilité davantage par des récits d'imposture masculine. » Un frémissement agita sa main gauche. « Mais choisissons un sujet moins contrariant, faute de quoi je vais me mettre à trembler de la tête aux pieds.

— De quoi souhaitez-vous parler ? demanda Jayne en souriant.

— De William. Dites-moi ce que vos parents savent de lui et ce qu'ils en pensent. Je serais consternée de commettre un impair si l'on me pose une question directe. »

Jayne eut du mal à conserver un sourire insouciant.

« Ma mère le prend pour une fripouille et mon père, pour un impie, coureur de dot, de sorte que le seul impair que vous risqueriez de commettre serait de suggérer qu'il voit en moi autre chose qu'un médecin. L'aide la plus utile que vous puissiez m'apporter serait d'évoquer une jeune femme telle que mademoiselle Cooper qui éveillerait son intérêt. »

Alice se tourna vers Molly : « Pareille personne existe-t-elle ?

— Je ne le pense pas, Milady. Je ne connais pas d'autre femme que vous dont il parle avec tendresse.

— Voilà qui ne fait pas l'affaire ! Je peux difficilement me présenter comme l'objet de l'amour de William. Il me faudra inventer quelque beauté ou chercher à persuader Sir Henry et Lady Margaret que William possède une fortune. Que préférez-vous, Jayne ? »

Cette dernière poussa un gémissement aussi sincère que ceux que pouvait produire son père lorsque Ruth citait des textes bibliques.

« Je *préférerais* que vous ne disiez rien du tout. Ne pouvez-vous feindre la surdité ?

— Cela ne servirait à rien, objecta Alice. William m'a fait savoir qu'Andrew l'a invité à passer le jour de la Noël à Swyre. Ils pensent arriver demain à midi et, si j'en crois ce que vous venez de me dire, il serait peut-être sage de nous livrer à quelques travaux d'approche en prévision de leur visite. Votre pauvre mère serait mortifiée si sa petite fête était gâchée par des querelles sur la respectabilité de l'invité de votre frère. »

Par bonheur, ayant déjà décidé que Jayne avait des devoirs à l'égard de ses patientes et de leurs enfants, Lady Margaret lui avait demandé de s'asseoir avec eux plutôt qu'à la table principale. En raison de l'âge d'Isaac, elle avait présenté la même requête à Ruth, et les deux cousines prirent ainsi place avec les femmes. Philip et Benjamin entrèrent dans la pénombre du salon, portant une énorme bûche sur leurs épaules. Ils étaient suivis d'un valet de pied chargé d'une unique bougie et du chef cuisinier qui apportait sur un plateau une tête de sanglier rôtie avec une pomme entre les mâchoires, et des fruits, des feuilles de laurier et des brins de romarin autour du cou.

Un violoniste joua les premières mesures obsédantes de « The Boar's Head Carol », tandis que les convives levaient leur verre et entonnaient les paroles. Quand ils arrivèrent à la fin – « *Reddens laudes Domino* » –, Philip et Benjamin jetèrent la bûche sur les braises incandescentes de l'âtre et des acclamations s'élevèrent dans toute la pièce lorsque flammes et étincelles ronflèrent et crépitèrent en s'élevant. Autour de Jayne et de Ruth, les enfants sautèrent de joie et applaudirent, avant de pousser des *oh* et des *ah* lorsque les serviteurs allumèrent les bougies et que le salon, avec ses charmantes décorations, prit vie.

Traditionnellement, le soir de Noël était réservé aux travailleurs agricoles et à leurs familles, les domestiques les rejoignant une fois les plats posés sur les tables, et la fête était bien plus joviale que celle, plus formelle, du jour de la Nativité. Sir Henry semblait de fort bonne humeur, à en juger par la fréquence avec laquelle son rire tonitruant résonnait dans la pièce. Jayne, qui l'observait discrètement du coin de l'œil, n'aurait su dire si c'était Alice à sa droite ou la mère de Ruth, Elizabeth, à sa gauche qui le divertissait autant. Les deux peut-être, car de grands sourires plissaient leurs trois visages. Lady Margaret avait pris place entre Alice et Joseph. De temps en temps, Jayne surprenait son regard, mais il était indéchiffrable. Si Alice inventait des histoires abracadabrantes à propos de William, sa mère ne manifestait aucune réaction.

À neuf heures, les enfants étant fatigués, Jayne et Ruth les accompagnèrent jusqu'à la grange avec leurs mères. Les ouvriers agricoles avaient tendu un rideau en toile de jute pour assurer quelque intimité aux femmes au moment où les pères les rejoindraient au matin. Jayne le laissa retomber pour leur montrer qu'elles seraient confortablement installées. Elle alluma une chandelle avec sa propre lanterne et l'approcha des mèches de celles qui étaient suspendues à des cordes accrochées aux chevrons, et cette douce lueur créa une atmosphère enchanteresse. Un des enfants réclama une histoire et, en riant, Jayne s'assit en tailleur sur sa paillasse, les invitant tous à en faire autant.

« Je vais vous raconter une légende que ma mère me narrait quand j'avais votre âge. C'est l'histoire d'un esclave qui s'appelait Androclès et d'un lion féroce qui s'était enfoncé une épine dans la patte. Elle nous apprend que la bonté à l'égard d'autrui est toujours récompensée. »

Ruth et elle connaissaient plus d'une dizaine de fables d'Ésope qu'elles récitèrent à tour de rôle. Ruth agissait ainsi par bonté, tandis que les motifs de Jayne étaient purement égoïstes. Elle préférait s'attarder dans la grange plutôt que d'avoir à répondre aux questions de sa mère, mais son stratagème fut réduit à néant quand, sentant un courant d'air sur sa joue, elle leva les yeux pour apercevoir Lady Margaret debout près du rideau. Deux petits enfants étaient déjà endormis à côté d'elle, pendant que, tout bas, Ruth et les mères chantaient des berceuses aux autres. Avec un soupir, Jayne chuchota à sa cousine qu'il était temps de partir, et elles réveillèrent Isaac ensemble.

Jayne releva la mèche de sa lanterne au moment où elles sortaient de la grange.

« Je suis navrée, Mama. Nous sommes-nous attardées plus longtemps que nous ne l'aurions dû ?

— Cela n'a pas d'importance. Lady Alice s'est retirée, mais Joseph et Elizabeth attendent dans le vestibule pour souhaiter la bonne nuit à Ruth et Isaac. » Elle tendit à sa nièce sa propre lanterne. « Passez devant, ma chère. Jayne et moi vous suivrons en prenant notre temps. » Elle attendit que Ruth ait mis une vingtaine de mètres entre elles puis, inopinément, elle se haussa sur la pointe des pieds pour déposer un baiser sur la joue de Jayne. « Je ne vous dis pas assez souvent combien je vous aime, ma fille. »

Surprise, Jayne leva la lanterne pour la regarder dans les yeux.

« C'est inutile, Mama. Vous le montrez par le soutien que vous m'accordez.

— J'aimerais que ce soit vrai. J'ai reçu ce soir une leçon sur la juste manière de m'y prendre. Vous avez en Lady Alice une avocate bien plus louable que moi, Jayne. »

Cette dernière ferma les yeux un instant, se demandant ce qu'Alice avait bien pu dire à sa mère.

« Permettez-moi d'en douter, Mama. Elle ne me connaît que comme médecin.

— Mais c'est ce que vous êtes, ma chérie, répondit Lady Margaret avec un sourire, et j'ai honte qu'il ait fallu qu'une étrangère me l'explique. »

24.

Le pasteur – guéri du goût des rassemblements à l'image de tous les autres Clubmen du Dorset – s'était manifestement adouci depuis son escarmouche avec les Ironsides du général Cromwell, car il se montra fort aimable lorsqu'il accueillit les nouveaux venus dans son église le jour de Noël, convaincu que, quelles que fussent leurs convictions, le service divin leur serait source de réconfort. Cela représentait une différence marquante avec le début de la guerre, où ses sermons s'étaient opposés agressivement au Parlement et à toute forme de religion qui n'acceptait pas les prêtres, les évêques et le roi à sa tête.

Ce jour-là, il parla de la paix, du pardon et de l'amour que la naissance du Christ avait annoncés, ne s'égarant vers la politique qu'une fois, lorsqu'il demanda à l'assemblée des fidèles de prier pour la fin de la division. Ses paroles ressemblaient beaucoup à celles qu'avait prononcées Hugh Green le jour de son exécution.

« Nous devons renoncer à l'hostilité et réapprendre à nous faire confiance réciproquement. Prions pour ceux auxquels un désaccord nous a opposés, aussi sincèrement que nous prions pour nos amis, et soyons sûrs que Dieu guidera l'esprit de ceux qui nous gouvernent. »

Il était facile de se rallier à pareils sentiments, et l'« amen » qui suivit la prière venait du fond du cœur. Malgré tout, Sir Henry ne put résister à l'envie de jeter quelques coups d'œil en direction d'Alice et de Joseph pour s'assurer de la sincérité de leurs réactions. Ils étaient assis sur des bancs de pierre à côté du chœur, tandis que Jayne se tenait avec les femmes et les enfants dans la nef, et elle ne put que relever le soulagement de son père lorsqu'il constata que ses invités se comportaient très convenablement. Il tenait beaucoup à ce qu'en public, les choses se fissent correctement, et Jayne se demanda, ainsi que bien des fois déjà, comment il avait pu tolérer l'anticonformisme de sa fille.

Peut-être lut-il dans ses pensées car il se tourna vers elle, et le sourire de franche affection qu'elle lui adressa reçut une réponse de même nature. En de tels instants, Jayne ne doutait pas qu'il ait toujours voulu pour elle ce qu'il y avait de mieux. Le seul problème était que leurs idées du mieux s'accordaient rarement.

Ces paisibles réflexions cédèrent à une exubérance bruyante lorsque quarante invités supplémentaires arrivèrent à cheval ou en voiture pour prendre part aux festivités. Richard Theale se trouvait parmi les premiers, et Jayne eut grand plaisir à le présenter à Alice, certaine qu'ils auraient bien des choses à se dire. Comme beaucoup d'invités étaient les patients de Jayne, sa compagnie était très demandée et elle perdit toute notion du temps jusqu'à ce qu'Agnes vienne l'avertir que Lady Margaret la réclamait en cuisine de toute urgence.

Jayne lui adressa un sourire en coin.

« Ne me dis pas que les cuisinières ont fait brûler le repas, Agnes ! Mama sera hors d'elle !

— Rien d'aussi grave, mademoiselle Jayne. Milady souhaite vous demander conseil, c'est tout. »

Jayne pria un fermier et sa femme, dont elle avait fait naître les jumeaux, de l'excuser.

« À quel sujet ?

— Si je le savais, j'aurais peut-être pu la conseiller moi-même, répondit Agnes en la conduisant à travers la foule massée dans le vestibule. Je ne peux pas vous accompagner plus loin, mademoiselle Jayne, ajouta-t-elle, en lui indiquant la porte de la cuisine d'un signe de tête. Sir Henry m'a chargée de veiller à ce que les chopes soient resservies plus promptement, et les tonnelets sont au salon.

— Sa chope, ou celles de tous les invités ?

— Parions seulement que Sir Henry chantera autre chose que des cantiques avant la nuit, mademoiselle Jayne », pouffa Agnes.

Jayne ne doutait pas qu'elle eût raison, ni que les chansons préférées de Sir Henry eussent de bonnes chances d'être nettement plus lestes que « The Wild Rover ». Sa favorite était « The Cuckoo's Nest », le récit grivois d'un dépucelage, qui incitait invariablement Lady Margaret à chasser toutes les femmes, tous les enfants et tous les serviteurs de la pièce. Ses efforts étaient vains, pourtant, car la voix de son époux était si sonore que personne dans la demeure ne pouvait ignorer les paroles. Isaac lui-même les avait apprises, et Jayne réprima un sourire en entrant dans la cuisine et en s'approchant de sa mère au souvenir de l'expression horrifiée de Ruth le jour où son fils avait gazouillé de sa douce petite voix de soprano : « *At the bottom of the belly lies the cuckoo's nest* » – « Le coucou a fait son nid tout en bas du ventre. »

« Vous avez l'air bien joyeuse, remarqua Lady Margaret.

— C'est une joie un peu méchante, Mama. Je repensais au jour où Isaac a chanté l'air préféré de Papa, celui qu'il fredonne pour vous taquiner quand il vous trouve particulièrement séduisante. Agnes m'a avertie qu'il est sur le point de l'entonner, de sorte que nous serions sans doute bien avisées de lui faire manger quelque chose.

— Le misérable ! s'écria Lady Margaret, furieuse, faisant venir une servante et la chargeant d'aller chercher le valet de Sir Henry. Dis-lui de couper d'eau la bière de son maître et de lui donner du pain et du fromage en quantité. Il ne faut en aucun cas que Sir Henry se mette à chanter, et *certainement* pas "Le nid du coucou". » Elle prit Jayne par la main. « Accompagnez-moi dehors. J'ai besoin de vos conseils et je préfère m'éloigner des oreilles indiscrètes. »

Elle entraîna Jayne vers la porte de derrière, puis s'arrêta pour l'examiner. Son regard était si étrange que sa fille se demanda si sa robe était mal ajustée.

« Serais-je débraillée, Mama ?

— Non, ma chérie. Je songeais simplement que cette nuance de bleu vous sied à merveille. » Elle leva le loquet et invita Jayne à passer le seuil. « Andrew et Sir William se disent parfaitement heureux de ronger des os ici, mais il me semble que nous devrions leur faire place à l'intérieur. Je suis sûre qu'en nous serrant un peu, nous devrions pouvoir installer deux convives de plus à la table principale. Qu'en pensez-vous, Jayne ? »

William et Andrew, ayant emprunté le chemin de la porte de derrière que Jayne prenait toujours, se tenaient à côté de leurs chevaux ; sa mère constata sa surprise en les voyant car elle n'avait pas pensé qu'ils arriveraient aussi subrepticement. Jayne se douta que William n'était pas étranger à cette discrétion, car Andrew n'aurait jamais imaginé qu'ils puissent ne pas être les bienvenus. Elle fut encore plus étonnée de les découvrir sans uniforme. Vêtu d'un manteau noir broché d'or couvrant ses hauts-de-chausses foncés et ses bottes, William avait tout d'un duc tandis qu'Andrew, dans sa veste et ses hauts-de-chausses brun-roux ajustés, ressemblait à s'y méprendre à son père, qui portait la même couleur. Avec un rire spontané, elle s'avança et leur tendit la main à tous deux.

« Bien sûr Mama, nous leur ferons place, bien que je craigne que leur mise ne nous couvre tous de honte. »

Les yeux de William s'éclairèrent d'un sourire tandis qu'il portait ses doigts à ses lèvres.

« Vous nous éclipsez tous, Lady Margaret et vous-même, Dame Swift. »

Andrew la serra contre lui.

« Il dit vrai, ma sœur. Je ne vous ai jamais vue aussi resplendissante. »

Si Jayne avait eu tendance à minauder, elle aurait émis une légère protestation, assortie d'une petite tape sur leurs poignets. Au lieu de quoi, elle demanda à un valet de s'occuper de leurs chevaux, tout en bénissant intérieurement Kitty d'avoir insisté pour qu'elle mette dans ses cheveux des rubans bleus assortis à sa robe.

Elle s'attarda un instant tandis que Lady Margaret conduisait Andrew et William à travers la foule, et accueillit avec reconnaissance Ruth qui s'approcha tranquillement d'elle pour la soutenir. Ensemble, elles virent Lady Margaret s'arrêter devant Lady Alice et Richard Theale pour permettre à William de leur présenter ses respects. Lady Margaret fit ensuite un geste en direction du pasteur, lequel répondit au salut de William en s'inclinant à son tour. Elle adressa alors un signe à Philip et Benjamin, qui accueillirent leur frère par de joyeuses bourrades, et William, par d'énergiques poignées de main.

« Lady Margaret va maintenant faire venir mon père, murmura Ruth. Il adressera des remerciements outranciers à Sir William pour sa lettre et exigera de lui présenter Mama. Il mentionnera également que nous avons un ami commun en la personne du gouverneur Sydenham. Tante Margaret emprunte un chemin merveilleusement sinueux pour contraindre Sir Henry à se montrer courtois.

— Je crains qu'il n'ait déjà consommé trop de bière pour laisser la raison supplanter l'émotion », observa Jayne, voyant le front de son père se plisser lorsqu'il reconnut William.

Il se tourna avec impatience vers son valet et lui donna sèchement un ordre. Ruth posa sur son bras une main réconfortante.

« Ayez confiance en Lady Alice, lui conseilla-t-elle en voyant le docteur Theale escorter la matriarche vers Sir Henry. Elle saura faire face à toute difficulté éventuelle. »

Jayne aurait souhaité partager l'assurance de Ruth lorsqu'elle vit le valet se précipiter vers elle.

« Votre père vous demande de le rejoindre sur-le-champ, mademoiselle Jayne. »

Elle étouffa un soupir.

« Merci, Steven. Est-il fâché ?

— Il le sera si vous n'arrivez pas avant le colonel Harrier, mademoiselle Jayne. Laissez-moi vous frayer un passage. »

Jayne s'approcha de Sir Henry en souriant.

« Vous m'avez demandée, Papa ?

— En effet. J'ai une question à vous poser et j'attends de vous une réponse sincère. Votre mère prétend que vous n'avez parlé à Sir William qu'en deux occasions à Lyme, une fois alors que vous soigniez le colonel Blake et une autre lorsque Sir William et le capitaine Metcalfe vous ont escortée jusque chez le docteur Theale. Est-ce exact ?

— Oui, Papa, bien que nous ayons fort peu causé en ces circonstances. Richard a assisté à la plus longue conversation que nous ayons eue, et si ma mémoire ne me fait pas défaut, nous avons évoqué le courage des femmes de Lyme. »

Richard hocha la tête.

« Je puis le confirmer, Sir Henry. »

Ce dernier fronça les sourcils.

« J'aurais imaginé qu'il aurait profité du siège de la ville pour faire plus ample connaissance avec vous. »

— J'ai passé plus de temps avec le colonel Blake, et nos conversations ont été rares et brèves, répondit Jayne. Le moment ne se prêtait guère qu'à combattre et panser des plaies. »

Le regard de Sir Henry se porta au-delà d'elle.

« Le voici. Écartez-vous, ma fille. » Il s'avança, la main tendue. « Je crois vous avoir mal jugé, Sir William. Je vous prie d'accepter toutes mes excuses pour ma grossièreté lors de notre dernière rencontre. »

William prit la main et salua d'une inclinaison de la tête.

« C'est inutile, Sir Henry. Si les rôles avaient été inversés et si c'était moi qui avais dû me passer de sommeil toute une nuit, je ne me serais pas laissé imposer un discours cromwellien aussi courtoisement que vous avez reçu le mien.

— Je l'aurais certainement mieux pris si je n'étais pas resté toute la nuit assis dans l'herbe mouillée, reconnut Sir Henry dans un éclat de rire. Pouvez-vous imaginer combien se faire tancer dans des hauts-de-chausses trempés manque de dignité ? » Il fit signe à son frère. « Sonnez le cor, Joseph. Il est temps de se mettre à table. »

Tout le monde jugea la fête très réussie. L'après-midi étant ensoleillé et frais, les enfants purent aller jouer dehors après le repas, pendant que les adultes continuaient à converser. Au crépuscule, les tables furent retirées et les adultes se rassemblèrent en rangées et en cercles pour exécuter des danses paysannes traditionnelles. Lady Margaret avait donné à l'orchestre l'instruction formelle de ne jamais s'interrompre assez longtemps entre les airs pour permettre à Sir Henry d'entonner ses propres chansons, mais il se conduisit mieux que sa femme et sa fille ne l'avaient craint, préférant entraîner Lady Margaret et Lady Alice dans une danse aussi souvent qu'elles le souhaitèrent.

Comme la plupart comportaient des figures en huit, des rondes et des chaînes, les couples changeaient constamment, mais avec une étrange fréquence, Jayne se trouva menée par William. En une occasion, elle l'accusa de tricher, car aucun homme ne lui servait de cavalier aussi régulièrement et il éclata de rire, répliquant qu'elle avait des frères fort serviables.

« Préféreriez-vous qu'ils ne me cèdent pas leur place ? demanda-t-il, crochetant son bras dans le sien pour la faire tourner.

— Non, répondit-elle, vous êtes le seul homme assez grand pour que je puisse danser sans avoir à me pencher. »

Puis il lui demanda si Alice l'avait avertie de sa venue.

« J'y ai plutôt vu une menace, répliqua-t-elle avec légèreté. Quelques instants plus tôt encore, elle me proposait son fils. »

Une lueur d'humour éclaira les yeux de William.

« À quelle fin ?

— Elle préférerait, prétend-elle, m'avoir pour bru à la place de la timide beauté qui a les faveurs de Sir Francis. »

À huit heures, elle prit congé de ses parents, car Ruth et elle devaient accompagner ses patients et leurs enfants jusqu'à la grange aux dîmes. Dans la salle, les invités étaient plus clairsemés depuis le départ de ceux qui ne restaient pas pour la nuit et, en poussant un soupir parce qu'il appréciait visiblement la compagnie de sa famille, Andrew s'avança, annonçant que William et lui devaient également se mettre en route, car il leur fallait rejoindre leur régiment avant le lendemain à midi. Sir Henry fronça les sourcils.

« Pourquoi chevaucher de nuit quand vous iriez plus vite de jour ?

— Nous l'avons déjà fait maintes fois, Père.

— Ne pouvons-nous pas les loger ici ? demanda Sir Henry à Lady Margaret. Ils auront quatre bonnes heures pour faire le trajet dès que le jour sera levé. »

— Ce ne sera pas nécessaire, Milady, s'interposa William. Il me semble que la distance que nous avons à parcourir est plus grande que Sir Henry ne le pense. L'armée hiverne au nord d'Exeter, et quatre heures ne seront pas suffisantes pour couvrir ces vingt-cinq lieues sans changement de monture. Nous ferions mieux de progresser tranquillement pendant la nuit et de n'éperonner qu'une fois le soleil levé. Nous ne courrons aucun danger. Le ciel est dégagé, la lune est presque pleine et nous avons l'habitude de chevaucher dans de telles conditions. »

Lady Margaret dissimula mal son soulagement.

« Si vous en êtes sûr, Sir William, car je vous avoue que je n'ai plus un lit de libre. Vous devez néanmoins être fort las si vous avez fait la route d'Exeter à ici ce matin.

— Rassurez-vous, Milady. Nous avons passé la nuit dernière dans ma maison de Dorchester. » Il s'inclina sur sa main. « Puis-je vous remercier très sincèrement de votre hospitalité et vous demander la permission d'accompagner votre fille, votre nièce et leurs nombreux protégés jusqu'à la grange ? L'écurie se trouve juste à côté si bien qu'avec votre bénédiction, Andrew et moi partirons immédiatement après avoir rendu ce service aux dames.

— Est-ce une façon de me demander si vous pouvez disposer de quelques minutes en tête à tête avec Jayne, Sir William ?

— En effet, Milady.

— Alors pourvu que Jayne y consente, je n'y vois pas d'objection. » Elle se tourna vers sa fille. « Acceptez-vous ? »

Quelle question, songea Jayne. Dire « oui » serait revenu à poser son cœur par terre afin de le laisser piétiner par les autres à leur guise ; un « non » aurait refermé une porte qu'elle désirait laisser ouverte. Elle préféra rire.

« À condition que Sir William accepte de porter Aaron sur ses épaules et de trotter pendant que ses oreilles servent de rênes, dit-elle. Les miennes sont toutes meurtries d'avoir joué au poney docile ce matin.

— Passez devant, chère dame, répondit William de bon gré. Je gage qu'un busard assurera à ce chenapan une chevauchée plus palpitante qu'un martinet. »

Il s'exécuta, caracolant au trot autour de la cour avant de passer au galop sur le chemin menant à la grange. Le petit garçon de deux ans, dont le père avait combattu dans les rangs royalistes et était mort, disait-on, de la fièvre de camps un mois avant sa naissance, semblait ravi de bénéficier d'une attention masculine. Il riait de joie de sauter aussi haut et versa des larmes de chagrin quand William le fit descendre de ses épaules pour le rendre à sa mère.

« J'ai bien peur d'avoir fait plus de mal que de bien, remarqua celui-ci d'un air contrit lorsque la mère fit la révérence pour le remercier.

— Pas du tout, Monsieur. Il se rappellera longtemps cette soirée. » Elle se tourna timidement vers Jayne, qui se tenait avec les femmes et les enfants. « Entrez-vous, Dame Swift, ou devons-nous vous dire bonne nuit ici ?

— Nous le ferons à l'intérieur, Meg, répondit Jayne en souriant. Il ne me faudra que quelques instants pour dire adieu à mon frère et à Sir William avant de vous rejoindre avec ma cousine pour raconter des histoires et chanter des berceuses aux enfants. »

Ruth n'avait pas besoin d'autre incitation pour franchir la porte à la tête du groupe et Jayne se demanda – ainsi qu'elle le faisait presque tous les jours – pourquoi une femme d'un naturel aussi doux, aussi loyal et perspicace n'avait su trouver meilleur mari que Samuel Morecott. De temps en temps au cours de la soirée, elle l'avait vu s'entretenir avec Andrew et le réconfort que chacun trouvait dans la compagnie de l'autre était visible. Ils avaient fini par bien se connaître grâce aux visites de ce dernier dans la demeure de Joseph après qu'il eut rejoint la garnison de Weymouth et Jayne se demanda s'il était vain d'espérer que cette amitié puisse déboucher sur autre chose. Rien dans l'Église anglicane n'interdisait les mariages entre cousins germains, de sorte que la seule opposition viendrait de Sir Henry qui s'attendait à ce que son fils épouse une demoiselle de haut rang et ait sa propre descendance, au lieu de se lier à la veuve et à l'enfant d'un arriviste puritain de condition inférieure.

Après avoir attendu que la porte de la grange se soit refermée derrière les femmes, Andrew étreignit sa sœur et annonça qu'il se rendrait seul aux écuries. Elle l'attrapa par la manche pour le retenir : « Ne voulez-vous pas prendre congé de Ruth et Isaac ? Je suis certaine qu'ils seraient très heureux de vous dire au revoir.

— Je sèmerai l'effroi parmi les femmes et les enfants si je les suis à l'intérieur, Jayne.

— Mais non, protesta-t-elle fermement, en le poussant vers la porte. Plusieurs familles dont les pères étaient venus se sont éclipsées il y a une demi-heure ; Arthur et deux des violonistes les ont accompagnées jusqu'à la grange pour allumer les lanternes et jouer de la musique douce pour les enfants. Ne les entendez-vous pas ? Faites au moins cette grâce à Ruth et Isaac, mon frère, si vous ne le faites pas pour vous. Ils ont une grande tendresse pour vous. »

William regarda Andrew disparaître à l'intérieur.

« Avez-vous raison d'attiser les espoirs de Ruth ? lui demanda-t-il.

— Elle est trop modeste pour espérer quoi que ce soit. Si j'attise des espoirs, ce sont les miens. » Elle sourit. « Je suis en train de devenir comme Alice. Je préfère choisir moi-même ma famille par alliance au lieu de laisser faire mon père et mes frères, incapables de distinguer un diamant d'un caillou ordinaire.

— Votre mère n'a-t-elle pas son mot à dire sur pareils sujets ? »

Jayne fit mine d'y réfléchir.

« Très certainement, mais elle semble réserver son influence à la période qui suit les présentations. Elle fait toujours preuve d'un indéfectible soutien quand ses enfants expriment leur aversion pour une union éventuelle.

— Dans ce cas, puis-je compter sur elle pour éconduire Walter Hoare s'il cherche à vous revoir une fois la guerre finie ? Andrew prétend qu'il s'est épris de vous. »

Puis-je compter… ?

« Andrew a une imagination très vive, remarqua-t-elle, mais j'éconduirai Sir Walter moi-même s'il a la sottise de revenir. Je suis remarquablement douée pour me rendre inacceptable aux prétendants. »

Un rire sec fit frémir l'air nocturne.

« C'est ce que m'a dit votre frère. D'après ses comptes, vous avez blessé les sentiments d'une bonne vingtaine d'hommes. »

Jayne souleva sa lanterne pour éclairer son visage.

« Andrew vous a raconté beaucoup trop de choses. Ne feriez-vous pas mieux de parler ensemble de la guerre que de moi ?

— Vous êtes un sujet de conversation plus plaisant que la guerre, Jayne. Je ne me lasse pas de satisfaire ma curiosité… d'autant plus que votre frère ne demande qu'à me répondre. Je suis sûr qu'Alice est tout aussi complaisante quand vous l'interrogez à mon sujet. »

Jayne laissa échapper un rire involontaire.

« Nous ne sommes pas dans la même situation. Vous adorez les commérages, alors que moi, je suis constamment obligée d'expliquer à mes parents qui vous êtes. Ils ne sont pas habitués à voir des hommes apparaître sous différents déguisements chaque fois qu'ils se présentent sur notre seuil. »

Il la dévisagea un moment.

« Puis-je vous demander pourquoi vous me faites cette bonté ? Je suis plus accoutumé à me défendre moi-même qu'à laisser autrui le faire à ma place. »

Jayne baissa brusquement sa lanterne, refermant le volet, de sorte que l'obscurité masquait leurs expressions.

« À l'exception d'Alice, William. Elle vous défend vaillamment. Je ne saurais imaginer ce qu'elle a dit à mon père, mais il paraît mieux disposé à votre égard aujourd'hui qu'il ne l'était hier. »

Elle sentit ses doigts lui effleurer la joue.

« Elle lui aura dit la vérité, à savoir que mes intentions envers vous n'ont jamais été que parfaitement honorables. Cela vous plaît-il ou vous contrarie-t-il ? »

Jayne entendit grincer la porte de la grange et, se retournant, vit la silhouette d'Andrew se dessiner contre la lumière qui venait de l'intérieur.

« Cela me plaît », murmura-t-elle tout en s'écartant et en rouvrant le volet de sa lanterne. Elle leva la lumière pour éclairer le visage de son frère. « Vous avez l'air heureux, remarqua-t-elle.

— J'ose dire que vous aussi, répliqua-t-il en riant, avant de s'avancer pour la serrer dans ses bras. Vous ne trouverez jamais meilleur homme que William, ma sœur. »

Une heure plus tard, Sir Henry et Lady Margaret attendaient dans le vestibule quand Jayne, Ruth et Isaac franchirent la porte d'entrée sur la pointe des pieds. Lady Margaret embrassa Ruth et Isaac et les envoya au lit avant d'inviter Jayne à rejoindre Sir Henry et elle-même au salon. Ruth se retourna au pied de l'escalier pour demander à sa cousine si elle souhaitait sa présence, mais celle-ci déclina la proposition.

« Je vous remercie de votre offre mais Isaac a besoin de sommeil et vous aussi. Faites de beaux rêves tous les deux. »

Sir Henry fit la moue en laissant entrer sa femme et sa fille au salon, avant de refermer la porte derrière elles.

« Pense-t-elle que vous avez besoin qu'on vous protège de vos propres parents ? demanda-t-il.

— Peut-être craint-elle que vous vous mettiez à chanter pour moi, Papa. Elle frémit encore d'horreur chaque fois qu'elle repense à l'interprétation irréprochable qu'Isaac a donnée du “Nid du coucou”. » Elle fredonna quelques mesures. « Rappelez-moi la suite. »

Lady Margaret agita l'index vers elle.

« Vous ne détournerez pas aussi facilement l'attention de votre père. Il a quelque chose à vous dire au sujet de Sir William et je vous saurais gré de l'écouter. »

Sir Henry garda les yeux fixés au sol un court moment, puis sortit une feuille de papier pliée de sa veste couleur de rouille.

« Je ne vois pas l'utilité de tenir un discours alors que Jayne peut lire ce message elle-même, dit-il. Voici. »

Il lui tendit la page.

24 décembre 1645

Très honoré Monsieur,

Ne souhaitant pas priver vos invités de votre présence en ce jour de Noël, je laisserai cette lettre afin que vous la lisiez après mon départ. Ma requête concerne votre fille et je préfère vous accorder tout le temps que vous jugerez nécessaire pour y réfléchir.

La guerre approche de son terme et l'on s'attend à la reddition du roi avant l'été. Il paraît qu'il nourrit encore l'espoir de lever des armées en Irlande et en Écosse, mais peu pensent qu'il réussira maintenant que l'Angleterre est presque gagnée à la cause du

Parlement. Je prie que l'opinion majoritaire soit véridique car j'aspire à la paix autant que vous-même, Sir Henry.

Le métier des armes m'a conduit à travers toute l'Europe et dernièrement d'un bout à l'autre de l'Angleterre, mais mon ambition a toujours été de m'établir dans le Dorset, le comté qui m'a vu naître. À cette fin, j'ai déposé une demande auprès de Sir John Bankes, le Lord juge en chef, afin qu'il m'accorde le droit de reprendre possession du domaine de mon père à proximité de Blandford. Il y a consenti en échange de ma promesse de rembourser les prêts hypothécaires que Sir Ralph a contractés sur ces terres. Je me suis désormais acquitté de ces dettes, et Winterbourne Houghton est à nouveau entre les mains de la famille Harrier.

La propriété est en mauvais état, mais la paix me permettra d'accorder toute mon attention à sa restauration. J'ai été généreusement récompensé des années que j'ai passées sous les armes en Europe et si je me sens tenu de rembourser les sommes que mon père devait aux commerçants du Dorset, je suis convaincu de pouvoir faire face à cette obligation tout en étant en mesure de rendre à Winterborne Houghton sa splendeur passée.

Par la suite, j'espère gagner ma vie par l'agriculture et le service de mon pays en tant qu'émissaire, métier pour lequel je possède quelque talent puisque je parle plusieurs langues couramment. Je ne serai jamais aussi riche que votre fille le mérite, Monsieur, mais les quelques conversations que j'ai eues avec elle me portent à douter que la richesse soit tout ce qu'elle recherche chez un mari. C'est une femme rare et extraordinaire, particulièrement pour son intelligence supérieure et sa volonté de faire elle-même son chemin dans la vie ; et si nos rencontres ont été peu fréquentes et brèves, mon respect et mon estime pour elle grandissent à chacune d'elles.

J'ignore si mes sentiments sont payés de retour et n'ai aucune intention de l'importuner si tel n'est pas le cas. Je vous prie néanmoins de bien vouloir plaider ma cause auprès d'elle. Je considérerais comme un privilège suprême d'être autorisé à demander sa main.

Votre très dévoué serviteur,

William Harrier

« Eh bien ? demanda Sir Henry. Que souhaitez-vous que je réponde ? Je suppose que cette lettre n'est pas une surprise pour vous. »

Jayne secoua la tête. « Ma surprise est plus grande que la vôtre, Papa. » Elle songea aux paroles qu'Andrew avait prononcées au moment de partir et se demanda s'il avait encouragé William à écrire cette missive et l'avait persuadé de la laisser à son départ. Elle se demanda également si Philip et Benjamin étaient informés de ce projet, car ils avaient été ridiculement prompts à céder la place à William lors des danses. Quant à Alice, elle avait tout fait pour présenter l'invité d'Andrew sous le meilleur jour. Elle replia le feuillet et le rendit à Sir Henry.

« Faites-moi d'abord savoir quelle réponse vous souhaiteriez que je donne, Papa.

— Votre mère insiste pour que la décision soit la vôtre.

— J'aimerais tout de même connaître votre opinion. »

Sir Henry émit un grognement amusé.

« Vous n'avez pourtant jamais souhaité la connaître par le passé. J'ai perdu le compte du nombre de riches jeunes gens que je n'ai mis sur votre chemin que pour qu'ils soient écartés comme indignes de toute considération. Aurais-je eu davantage de succès si j'en avais trouvé un qui fût contraint de gagner sa vie à l'image de Sir William ?

— C'est ce que j'ai fait moi-même, Papa, remarqua Jayne avec le sourire. Avez-vous oublié que vous ne m'avez autorisée à exercer le métier de médecin que si je renonçais à ma rente ? J'ai économisé près de cent livres et je prévoyais de les utiliser pour m'acheter une petite maison où je pourrais ouvrir un cabinet médical.

— Pourquoi souhaiteriez-vous faire pareille chose ? s'écria Sir Henry, scandalisé. N'êtes-vous pas heureuse ici ? »

Jayne répondit à la première question.

« Je l'aurais fait pour prouver que j'en suis capable, Papa. J'ai honte de voir combien de mes patientes assurent la subsistance de leurs familles par ce qu'elles gagnent, soit parce qu'elles ont épousé des bons à rien, soit parce que leur mari est mort. Je serais heureuse de prouver que je suis aussi capable qu'elles.

— Êtes-vous consciente, Jayne, intervint Lady Margaret, que les gains de Sir William ne peuvent être que les fruits du pillage ? Les armées du prince Rupert, du prince Maurice et de Lord Goring ont simplement suivi les pratiques en usage en Europe pour le paiement des troupes.

— Je sais, Mama, mais j'ai peine à me montrer excessivement sévère sur ce point alors que le Corrège qui se trouve au-dessus du manteau de la cheminée du salon a été volé dans un château de France. Je me rappelle vous avoir entendu dire que l'aîné de mes oncles d'Oxford était rentré chez lui avec plusieurs caisses de trésors aux premiers temps des guerres européennes, et qu'il en avait fait étalage devant mon grand-père pour faire la cour à tante Arabella. Ce tableau était un cadeau qu'il avait fait à Papa pour le remercier de son assistance dans cette entreprise. »

Sir Henry, encore mécontent que ses sœurs aient dédaigné son invitation, poussa un grognement de dérision. « "Faire étalage" est une expression pertinente, remarqua-t-il. Cet homme a affiché sans vergogne devant mon père sa richesse toute récente. Si Arabella n'avait pas été aussi éprise, je ne l'aurais pas soutenue.

— Ma foi, vous ne pouvez accuser Sir William de rien d'aussi vulgaire, murmura Lady Margaret. Il ne saurait faire savoir plus clairement que pour lui, l'entretien d'une épouse passe bien après la restauration de Winterborne Houghton et le remboursement de ses dettes. Êtes-vous également consciente de cela, mon enfant ?

— Oui, Mama, répondit Jayne solennellement. C'est un problème délicat, n'est-ce pas ? Devons-nous l'admirer de tenir à réparer les torts que son père a causés au nom de la famille, ou le condamner pour oser espérer trouver une épouse qui soutienne pareil projet ?

— Ai-je raison de penser que vous avez déjà pris votre décision ? demanda Sir Henry.

— En effet, Papa », répondit Jayne avec un nouveau sourire.

1646

Dans l'espoir d'éviter des représailles anglaises,
le roi se rend à une armée écossaise à Southwell, près de Newark
dans le Nottinghamshire le 5 mai.

Un mois plus tard, ses neveux,
le prince Rupert et le prince Maurice,
se rendent à Oxford et sont bannis d'Angleterre
sur ordre du Parlement.

25.

Dorchester, Dorset, 8 mai 1646

Les cloches avaient carillonné joyeusement pendant trois jours pour célébrer la reddition du roi, et les rues de Dorchester grouillaient à nouveau de gens heureux, pour la plupart éméchés. Le nombre de rixes suivait de près celui des chopes de bière, et Jayne se tenait volontiers à la fenêtre de la chambre de Lady Alice d'où elle regardait des ivrognes s'allonger des horions. Molly la rejoignait souvent et, ensemble, elles s'interrogeaient sur les mystérieuses raisons qui faisaient qu'une fois la guerre finie, les hommes continuaient à avoir envie de se battre.

Jayne déclara qu'elle pourrait comprendre que les royalistes vaincus en veuillent aux parlementaires triomphants, mais que les puritains de Dorchester se prennent aux cheveux entre eux était pour elle le comble de l'absurdité. À quel propos pouvaient-ils bien se quereller ? Molly lui reprocha sa naïveté. Puritains ou non, la nature des mâles était d'en découdre. Ce sexe égoïste ne lui inspirait que mépris.

En vérité, sa colère se dirigeait essentiellement contre Sir Francis, qui n'était pas venu et n'avait même pas pris la peine de répondre au message pressant qu'elle lui avait adressé deux jours auparavant, lui demandant de rendre visite à sa mère au plus vite. Jayne avait quitté Swyre moins d'une demi-heure après avoir reçu la lettre de Molly, pour découvrir, bouleversée, qu'Alice était à l'article de la mort. Leur dernière rencontre remontait à la troisième semaine d'avril et s'il était apparu avec évidence qu'elle ne pourrait bientôt plus marcher ni même se tenir debout en raison de problèmes d'équilibre, son esprit était encore alerte et son discours intelligible, malgré quelques difficultés d'articulation.

Un grave effondrement l'avait désormais privée de toute conscience. À en croire Molly, elle s'était alitée en apprenant la reddition du roi et ne s'était pas réveillée depuis, comme si sa seule raison de vivre avait été de voir le terme de la guerre. Jayne jugeait plus probable que cette nouvelle avait été à l'origine d'une attaque d'apoplexie, mais le résultat était le même. Plongée dans un profond coma, Alice ne réagissait ni au carillon des cloches, ni aux cris de joie qui montaient de la rue, ni aux douces caresses de ses mains que lui prodiguaient Molly et Jayne.

Pour s'assurer qu'il n'y avait rien qu'elle pût faire pour elle, Jayne avait écrit à Richard dans l'après-midi de la veille, lui décrivant les symptômes dont souffrait Alice. Elle avait reçu sa réponse le matin même.

Quelle affreuse tristesse, mais je suis certain que Lady Alice préférerait cette fin à une interminable aggravation de sa paralysie. Vous avez certainement raison de soupçonner une attaque et, si le coma est aussi profond que vous semblez le dire, il est peu probable qu'elle survive plus d'une semaine. Je ne saurais vous suggérer autre chose que ce que vous faites déjà : veiller à ce que sa bouche reste humide et sa respiration libre. Ce genre d'attaque est irréversible, et la seule tâche du médecin est d'aider le patient à rendre l'âme aussi facilement et confortablement que possible.

Je sais que sa mort sera un immense chagrin pour vous, ma chère enfant. C'était une femme exceptionnelle à qui vous devez maintes bonnes choses dans votre vie, ne serait-ce que votre futur époux.

Gardez-la dans votre mémoire pour ces bienfaits et non pour la tristesse de son départ.

Pour être bon, le conseil n'était pas nécessaire en cet instant, car Jayne n'éprouvait encore aucune tristesse. Chaque fois que Molly quittait la pièce, elle en profitait pour dire à Alice tout ce qu'elle avait dans le cœur et elle frémissait de plaisir quand, à sa voix ou à ses mots, les coins de la bouche de la malade se relevaient dans un sourire. Molly avoua qu'elle faisait de même quand Jayne n'était pas à son chevet, et elles éprouvaient une joie commune en songeant qu'Alice était capable de les entendre et de les comprendre.

L'esprit rationnel de Jayne l'incitait à en douter, ce qui ne l'empêchait pas d'être réconfortée par chaque tressaillement facial. Si les longues heures passées à son chevet lui avaient appris quelque chose, c'était que les veilles étaient plus bénéfiques aux soignants qu'aux patients, car pouvoir exprimer amour et admiration sans embarras offrait une vraie liberté. Le troisième jour, il lui sembla remarquer que c'était l'évocation de William qui paraissait provoquer ces sourires. Elle parlait souvent de lui en raison de l'amour commun qu'il leur inspirait et, moqueurs ou sincères, ses commentaires ne manquaient pas de susciter une réaction.

Après que Molly lui eut annoncé qu'Alice avait eu un malaise et l'eut exhortée à se précipiter dans le Sud-Ouest, Jayne avait écrit à William tout en ignorant si sa lettre lui parviendrait. La dernière fois qu'elle avait eu de ses nouvelles, il campait à proximité d'Oxford, mais le roi ayant fait reddition à une armée écossaise près de Nottingham, elle était convaincue qu'il avait été envoyé dans le Nord pour s'informer des conditions de cette capitulation ; les chances que sa missive lui soit remise étaient fort minces.

Quoi qu'il en fût, elle était peinée pour Alice que ni le fils qu'elle avait mis au monde, ni celui qu'elle avait élevé ne fussent à son chevet.

Une servante entra dans la chambre deux heures après midi pour annoncer qu'un cocher était à la porte et demandait Lady Alice. Elle lui avait fait savoir que Milady ne recevait pas de visiteurs, mais il avait refusé de partir, exigeant de parler à un membre de la maisonnée doté de plus d'autorité qu'elle. Avec un soupir d'exaspération, Molly l'avait accompagné au rez-de-chaussée pour revenir cinq minutes plus tard prier Jayne de s'occuper de lui. Il refusait de se présenter et de dire quel dessein l'avait conduit jusque-là et, chose encore plus mystérieuse, bien qu'il portât une livrée de cocher, il n'y avait pas l'ombre d'une voiture dans la rue.

« Quand il a réclamé une preuve de l'indisposition de Milady, je lui ai répondu que son médecin était auprès d'elle et il a demandé à vous parler, mademoiselle Jayne. Je suis sûre que vous aurez moins de mal que moi à le convaincre que vous dites la vérité. »

Jayne en doutait, car il ne s'attendait certainement pas à rencontrer une femme ; elle rejoignit cependant le vestibule. Un jeune homme séduisant, vêtu d'une élégante livrée consistant en une veste et un haut-de-chausses marron ornés d'un galon doré en forme de cimier se tenait sur le pas de la porte ouverte. Il se rembrunit en voyant une nouvelle femme approcher.

« On m'avait promis de faire venir le médecin de Lady Alice.

— Vous l'avez, répondit Jayne. Je m'appelle Dame Swift et je pratique la médecine depuis plusieurs années. Puis-je connaître votre nom et celui de votre employeur ? Je n'ai pas pour habitude de divulguer à des inconnus des informations sur mes patients. »

Il prit soudain l'air inquiet.

« Je ne suis pas autorisé à vous donner de nom, Madame. Mon employeur s'attendait à voir Lady Stickland. »

Jayne passa devant lui pour parcourir la rue du regard. Les gens se bousculaient toujours sur les pavés mais, comme Molly l'avait dit, on ne voyait pas le moindre véhicule.

« Où est-il ?

— J'ai dû laisser la voiture dans High East Street parce que la presse était trop dense pour que nous puissions aller plus loin, Madame. Un palefrenier retient les chevaux. Mon patron envoie à Lady Stickland ses respects et demande qu'elle le rejoigne. »

Jayne esquissa un léger sourire.

« Ses jambes lui refusent-elles donc tout service ?

— Il est âgé, Madame, et trop fragile pour se frayer un passage à travers une foule ivre. »

Jayne haussa les épaules.

« Dans ce cas, il n'y a rien à faire. Lady Stickland est tout à fait incapable de quitter son lit. » Elle posa la main sur la porte et entreprit de la refermer, lui faisant signe de reculer. « Je vous souhaite le bonsoir. »

Il ne bougea pas, faisant tourner sa casquette de cocher entre ses mains.

« Je pense que mon maître serait disposé à avoir une conversation avec vous, Madame. »

Jayne ne dissimula pas son peu d'enthousiasme à cette idée.

« Vous avez des idées fort singulières sur la manière dont les dames se comportent. Je ne suis pas plus accoutumée à accompagner les inconnus qui refusent de me livrer la moindre information à leur sujet qu'à divulguer des informations sur mes patients. » Elle fit une deuxième tentative pour fermer la porte. « Je vais devoir faire chercher les baillis si vous refusez de vous retirer. »

Le cocher prit une profonde inspiration, s'interrogeant manifestement sur la sagesse de ce qu'il s'apprêtait à dire, avant de laisser échapper précipitamment un flot de paroles.

« Je suis au service de Lady Maria Marston de Thatcham dans le Berkshire, Madame. Son père, qui vit avec elle, est le duc de Granville et il est venu pour apprendre de Lady Stickland quel genre d'homme est devenu son petit-fils et si Dame Swift, la femme qu'il a l'intention d'épouser, est digne du nom des Granville. Sa Grâce a plus de quatre-vingt-cinq ans, et le voyage l'a durement éprouvé ; sa santé m'inspirera les plus vives inquiétudes s'il lui faut subir sept heures de route pour regagner sa demeure sans avoir eu le temps de se remettre. Comme je suppose que vous êtes la Dame Swift dont il est question, vous me feriez une grande bonté en acceptant de m'accompagner jusqu'à sa voiture. »

Jayne était si contrariée qu'elle releva immédiatement l'absurdité évidente de ce récit.

« Aucun homme d'un âge aussi avancé ne parcourrait pareille distance sans savoir s'il serait reçu, protesta-t-elle.

— Sa Grâce m'a assuré que Lady Stickland l'attendait, Madame. Monseigneur a demandé qu'un lit soit préparé pour lui au rez-de-chaussée car il n'est pas en état de gravir un escalier, et on lui a laissé entendre qu'il pourrait rester jusqu'à la fin de la semaine pour reprendre des forces avant d'entreprendre le voyage de retour. »

Jayne le dévisagea, atterrée.

« Même si cela est vrai, c'est tout à fait impossible à présent, remarqua-t-elle. Lady Stickland n'est pas en état de recevoir qui que ce soit. Vous allez devoir trouver des chambres pour Sa Grâce dans une des auberges de Dorchester. »

Le visage du cocher se crispa d'inquiétude lorsqu'il se décida à révéler une autre information qu'il savait devoir garder cachée.

« Malheureusement, Madame, il a grand besoin de l'attention d'un médecin. Nous avons quitté Thatcham avant l'aube ce matin et ce voyage l'a affreusement affaibli. Sa fille a refusé de lui donner de la nourriture, de l'eau et même des couvertures quand elle a appris qu'il avait l'intention de parler à Lady Stickland. »

Jayne ne l'aurait pas cru si le souci que lui inspirait la santé de son maître n'avait pas été aussi visible. Prenant une décision soudaine, elle l'attira à l'intérieur et referma la porte derrière eux.

« Accordez-moi cinq minutes pour que je me prépare et nous irons ensemble jusqu'à la voiture, mais soyez assuré que vous aurez de bonnes raisons de regretter cette convocation si je constate que vous m'avez induite en erreur. »

Elle remonta l'escalier en toute hâte et exposa la situation à Molly. Alice lui avait-elle annoncé qu'elle attendait le duc de Granville ? Pas un duc, répondit Molly, seulement un visiteur, mais cela remontait à une quinzaine de jours et elle avait complètement oublié cette affaire quand Milady avait perdu connaissance. Mlle Jayne souhaitait-elle qu'elle fasse quelque chose ?

« Tenez-vous prête à donner instruction aux servantes de préparer un lit au salon et de demander à la cuisinière de confectionner un bouillon nourrissant et de la crème anglaise », lui répondit Jayne. Elle lui confirmerait ses ordres dans le quart d'heure à venir si la description que le serviteur avait donnée de son maître était exacte.

Alors qu'ils se dirigeaient vers High East Street, le cocher la supplia de faire comme si elle ignorait l'identité de son maître ;

Sa Grâce refuserait de lui parler s'il pensait qu'elle connaissait les raisons de sa venue. La question de son petit-fils le rongeait depuis qu'il était apparu avec évidence que le roi ne pouvait pas gagner cette guerre, et plus encore depuis qu'il avait appris ses fiançailles avec Dame Swift. Jayne fut tentée de dire que sa propre réticence n'était pas moindre que celle du duc, mais se félicita de n'en avoir rien fait quand elle eut constaté la fragilité du vieil homme.

Elle s'écarta tandis que le cocher ouvrait la portière de la voiture, puis se pencha à l'intérieur pour examiner les deux occupants. Le premier, un tout petit bonhomme vêtu d'une tenue de serviteur, était assis en tailleur dans un angle de la banquette ; l'autre personnage, beaucoup plus grand et élégamment vêtu, se tenait très droit, le regard fixé devant lui. Le serviteur l'avait avertie que le valet de Sa Grâce était du voyage, et Jayne n'eut aucun mal à les distinguer, bien qu'elle fût bouleversée de les découvrir aussi chenus l'un que l'autre. Elle esquissa une révérence de pure forme et s'adressa au duc :

« Votre cocher m'apprend que Lady Stickland vous attend, Monsieur, mais je suis au regret de devoir vous annoncer que cela fait trois jours qu'elle est alitée et dans l'incapacité de vous accueillir. Je suis venue à sa place pour vous offrir l'assistance et les explications que je pourrai. »

Le valet, assis en tailleur, la dévisagea avec hostilité.

« Êtes-vous une domestique ?

— Je suis Jayne Swift, fille de Sir Henry et de Lady Margaret Swift de Swyre, répondit-elle en secouant la tête. Je suis également le médecin et l'amie de Lady Stickland, et ne peux rester éloignée plus de trente minutes de son chevet. » Elle se tourna à nouveau vers le duc. « Puis-je vous demander qui vous êtes, Monsieur ? Votre cocher m'a priée de m'entretenir avec son employeur, mais il a refusé de me donner votre nom. »

Il se tourna vers elle, un éclair d'intelligence dans les yeux.

« Il ne peut pas parler à cause du froid, gémit le valet. Que faire ? Que faire ? »

Les armoiries qui ornaient la porte de la voiture avaient attiré un groupe d'enfants aux yeux écarquillés et Jayne fit signe au plus grand de s'avancer, sortant un penny de sa bourse de poche.

« Tu connais la maison de Lady Stickland, dans Church Street ? » Comme il acquiesçait, elle lui enfonça la pièce dans la paume. « Cours là-bas aussi vite que tu peux et dis à la servante qui t'ouvrira que les invités de Milady seront là avant que l'heure soit achevée. »

Elle demanda ensuite au cocher de les conduire à l'auberge du Cheval blanc qui était à deux cents mètres, et accepta l'aide du palefrenier pour gravir le marchepied et s'installer sur la banquette située en face du duc. Il avait les lèvres bleues et la peau de son visage était si fine et si pâle qu'elle en était presque transparente, mais ses yeux gris brillaient de curiosité.

« En tant que médecin, je vous conseille fermement de passer la nuit à Dorchester pour reprendre des forces, Monsieur. L'auberge dispose de lits et d'une bonne table, mais vous serez également le bienvenu dans la demeure de Lady Stickland. Je pense qu'elle souhaiterait que son invitation soit honorée. »

Le vieillard aurait manifestement voulu répondre car sa bouche se plissa dans une tentative pour former des mots, mais aucun son n'en sortit.

« Une gorgée d'eau vous soulagerait-elle, Monsieur ? demanda Jayne en relevant le rabat de sa sacoche pour en sortir une bouteille bouchée et une timbale d'argent. Je l'emporte pour étancher ma soif quand je vais voir des patients. »

Les mains du vieillard tremblaient si violemment qu'elle s'inclina pour approcher le gobelet plein de ses lèvres. Elle dut le remplir deux fois avant que la langue du duc retrouve la souplesse nécessaire à la parole.

« Merci, réussit-il enfin à articuler. De quoi souffre Lady Stickland ? »

Jayne ne vit aucune raison de lui cacher la vérité.

« Je pense qu'il s'agit d'apoplexie, Monsieur. Elle a eu une attaque il y a trois nuits et ne s'est pas réveillée depuis. Si j'avais su que vous étiez attendu, je vous aurais fait dire de ne pas venir. »

Une lueur d'humour éclaira son regard.

« Et où auriez-vous envoyé votre message, puisque vous ignorez qui je suis ?

— Alice est une épistolière prolifique et elle tient sa correspondance parfaitement en ordre, Monsieur. J'aurais trouvé la lettre que vous lui avez adressée pour accepter son invitation. »

Il regarda par la fenêtre lorsque le cocher s'engagea dans la cour de l'auberge du Cheval blanc et s'arrêta. La sécheresse persistante de sa bouche et de sa gorge rendait sa voix rauque, mais les mots lui venaient aisément.

« Vous auriez en réalité trouvé un courrier du duc de Granville, s'invitant lui-même, Dame Swift. Lady Stickland n'a pas eu son mot à dire dans cette affaire, car je lui ai annoncé que j'arriverais aujourd'hui. Sachant cela, me proposez-vous toujours un lit pour la nuit ? »

Jayne remplit un gobelet d'eau pour le valet et le regarda se laisser glisser au sol pour le lui prendre des mains.

« Apprendre votre nom et votre titre ne change rien à mon opinion : vous avez besoin de repos, Milord. Votre serviteur aussi. Il réclame autant de soins que vous-même. »

Le duc s'adressa au palefrenier qui avait sauté à bas du siège du cocher et se présenta à la vitre.

« Je suis entre les mains de cette dame, Harold, dit-il en désignant Jayne. Vous prendrez vos ordres d'elle. »

Doutant que le palefrenier fût en mesure de se procurer ce dont elle avait besoin aussi efficacement qu'elle-même, Jayne descendit de voiture pour prendre personnellement les dispositions nécessaires. Néanmoins, comme elle ne voulait pas donner à Sa Grâce l'impression qu'elle avait pour habitude d'entrer seule dans les tavernes, elle demanda à Harold de l'accompagner. Ils n'avaient fait que trois pas quand elle s'arrêta, sentant une main qui se cramponnait à ses jupes.

« Ne vous inquiétez pas, Madame, marmonna Harold, ce n'est que maître Adams. Il a l'esprit confus, mais il ne vous veut pas de mal. »

Elle tendit le bras derrière elle pour saisir la main du valet.

« Voulez-vous nous accompagner, maître Adams ? demanda-t-elle en souriant. Je suis certaine que la femme de l'aubergiste aura quelques friandises pour vous. »

Il serra ses doigts aussi fort qu'un enfant.

« Milady me verra-t-elle ? »

Harold eut l'obligeance de chuchoter une explication.

« Il veut parler de la fille de Sa Grâce, Madame. Il en a une peur terrible. »

Jayne assura à maître Adams qu'il n'avait rien à craindre, avant de le conduire avec Harold sur le côté du bâtiment, vers les cuisines, où elle fut accueillie chaleureusement par l'épouse de l'aubergiste dont elle avait soigné les enfants quand ils avaient été atteints de la rougeole. La pièce était pleine de servantes affairées, et la chaleur qui émanait des feux ainsi que les odeurs alléchantes qui parfumaient l'air firent sautiller de joie maître Adams.

« J'aurais besoin de votre chaise à porteurs, May, dit Jayne à la femme de l'aubergiste. Et aussi d'une assiette de nourriture et d'un peu de bière pour mon ami maître Adams. » Elle fit asseoir le petit homme sur un tabouret devant la table de la cuisine et s'agenouilla à côté de lui. « Ces gentilles personnes s'occuperont de vous jusqu'à ce que je puisse renvoyer la chaise à porteurs pour vous conduire à votre maître. Vous n'avez rien à craindre de Lady Maria, car elle est dans le Berkshire et vous, dans le Dorset. Comprenez-vous ? »

Il ouvrit un tiroir de la table.

« Où y a-t-il à manger ? »

May saisit une friandise dans une coupe et la glissa dans la bouche du valet, avant de hausser des sourcils interrogateurs.

« Faible d'esprit ? » demanda-t-elle silencieusement à Jayne.

Celle-ci acquiesça d'un hochement de tête et sortit une demi-couronne de sa bourse de poche.

« Voulez-vous bien veiller sur lui jusqu'au retour de la chaise, May ? Son maître se rend chez Lady Stickland dans Church Street et les porteurs n'en ont donc pas pour longtemps. » Elle se leva et posa l'argent sur la table. « Puis-je aussi vous emprunter quelques couvertures ? Son maître est encore plus âgé que lui et il est si transi qu'il peut à peine parler. Ils ont plus de sept heures de route derrière eux, aussi est-il possible que les porteurs doivent le soulever de la voiture, car je doute qu'il soit capable d'en descendre sans aide. »

May claqua la langue, soucieuse, puis envoya une servante chercher deux robustes porteurs, en chargea une autre d'aller quérir des couvertures et une troisième de prendre une chope de bière au bar. Pendant ce temps, elle versa dans une assiette creuse de copieuses louches d'un ragoût qui mijotait dans un chaudron fumant et la posa devant maître Adams.

« Six pence suffiront pour deux trajets en chaise à porteurs et pour la nourriture, Dame Swift. Si vous n'avez pas de pennies dans votre bourse, j'enverrai une servante faire de la monnaie de votre demi-couronne.

— C'est inutile, May. J'espérais que le reste couvrirait la somme nécessaire pour ranger et mettre à l'écurie la voiture de Sa Grâce et ses chevaux, ainsi que pour payer une chambre à son cocher et son palefrenier. »

May releva le titre en haussant un sourcil ironique.

« Ne peut-il pas s'en acquitter lui-même ? » demanda-t-elle en posant les yeux sur l'élégante livrée d'Harold.

Croyant visiblement que la question lui était adressée, ce dernier passa d'un pied sur l'autre, embarrassé.

« J'ai bien peur que non, Madame, car sa fille a refusé de lui donner de l'argent pour le voyage. Il ne serait pas aussi faible si nous avions pu nous offrir une chambre et des provisions en route, et rien de ce que nous lui avons dit n'a pu le persuader de faire demi-tour. »

La réaction de May à ces propos fut un mot bien senti à destination de la fille du duc, suivi d'instructions à l'adresse d'Harold sur le lieu où il pourrait mettre les chevaux et la voiture à l'abri après le départ de son maître. La chaise et les porteurs attendaient déjà à la porte de la cuisine et, prenant les couvertures, elle accompagna le groupe sur le devant de l'auberge. Nul n'aurait su dire ce qu'elle pensa du personnage assis rigidement, le regard fixé droit devant lui, ni, au demeurant, ce que Granville pensa d'elle, car il ne fit que secouer la tête quand elle lui demanda s'il était capable de descendre lui-même de voiture.

« Dans ce cas, acceptez que les porteurs vous soulèvent, Milord. Ils gagnent leur vie en portant des barriques de bière. Votre poids leur paraîtra léger en comparaison. »

En réalité, un homme suffit à l'extraire de la voiture et à le déposer dans la chaise à porteurs. Dès qu'il fut confortablement assis, May drapa ses épaules de deux couvertures, les bordant dans son dos, puis en posa une autre sur ses genoux et autour de ses pieds.

« Êtes-vous bien installé ? demanda-t-elle en fermant et en verrouillant la portière. Je demanderai aux porteurs de marcher lentement pour vous éviter les nausées. »

Il hocha la tête.

« Merci, maîtresse. Vous êtes fort aimable. Puis-je vous demander où se trouve maître Adams ?

— Il mange et boit dans ma cuisine, Milord. Il semble très content de se faire gâter par mes servantes, et Dame Swift lui a promis un trajet en chaise quand celle-ci reviendra de la demeure de Lady Stickland.

— Je crains que vous ne lui donniez des verges pour vous battre, maîtresse. Il n'est pas accoutumé aux bontés et refusera probablement de quitter votre cuisine le moment venu.

— Il ne me refusera rien, Monseigneur, pouffa May. Au besoin, je le porterai moi-même jusqu'à la chaise et lui glisserai des douceurs dans la bouche pendant que les porteurs le conduiront jusqu'à vous. »

Le duc la dévisagea avec amusement.

« N'auriez-vous pas pu me faire la même délicieuse proposition ? »

Elle agita vers lui un index espiègle.

« Il y a une différence entre porter un farfadet et un homme de votre stature, Monseigneur. Je suis certaine que vous dépassiez six pieds quand vous étiez plus jeune… et que vous étiez fort séduisant par-dessus le marché, si j'en crois votre beauté présente. »

May savait comme peu user de la flatterie pour inciter les payeurs réticents à sortir leur argent, mais cette fois, elle ne disait que la vérité. Malgré son grand âge, le duc était aussi grand que son cocher et dans la forme de ses yeux et de sa bouche, Jayne perçut une ressemblance avec les croquis qu'Alice avait réalisés de Ralph. Contre toute attente, elle constata qu'elle éprouvait quelque amitié pour lui. Elle avait imaginé découvrir en Granville un être amer et vindicatif, et non un homme qui tolérait avec bonté et courtoisie des valets séniles et des épouses d'aubergiste excessivement familières.

Bien que l'obligation de recevoir des invités vînt s'ajouter à l'inquiétude que lui inspirait Lady Alice, Molly mitrailla Jayne de questions dès qu'un nouveau lit eut été dressé au salon et que maître Adams eut rejoint son maître pour dormir. Souhaiteraient-ils manger davantage plus tard, après avoir déjà consommé plusieurs assiettées de crème anglaise et de bouillon ? La cuisinière devait-elle préparer à dîner ? Qui accueillerait les invités ? Mlle Jayne avait-elle l'intention de porter une robe plus convenable ? Et cette pauvre Milady ? Fallait-il l'abandonner sous prétexte qu'on recevait un duc ? Jayne lui prit la main et la serra.

« Il n'y a rien à changer, pas même ma robe, Molly. Sa Grâce devra nous accepter telles que nous sommes ou se chercher lit et divertissement au Cheval blanc. May m'a dit qu'elle a trois chambres libres, il n'en manquera donc pas. »

Un sourire en coin releva les lèvres de Molly.

« Vous auriez dû l'y laisser.

— Je n'ai pas eu le cœur à cela, soupira Jayne. Tu as bien vu à quel point il est fragile. Nous traiterons Sa Grâce ainsi que s'il était un homme comme un autre, lui accorderons l'hospitalité que nous pouvons et continuerons à consacrer toute notre attention à Lady Alice. En vérité, je pense que son valet nous donnera plus de fil à retordre que lui, car il a l'esprit si confus qu'il risque de se mettre à divaguer dans la maison. »

L'avenir lui donna raison puisque trois heures plus tard, le petit homme commença à rôder à la cuisine à la recherche de bière. Jayne dut quitter le chevet de Lady Alice, appelée par la cuisinière qui n'en pouvait plus de le voir fouiller dans tous ses placards. Pour rétablir la paix, elle donna à une servante un penny pour aller acheter une chope à la taverne la plus proche et une fois que maître Adams eut été assuré qu'il aurait à boire avant cinq minutes, il accepta de s'asseoir docilement à la table de la cuisine pendant que Jayne allait voir comment se portait son maître.

Elle le trouva au petit salon, debout derrière le fauteuil d'Alice, à regarder par la fenêtre les gens qui passaient dans la rue. Il prenait appui sur le haut dossier et Jayne se demanda comment il avait pu se rendre ici depuis le salon sans aide, alors qu'il avait été incapable ne fût-ce que de descendre de sa voiture. De toute évidence, il n'avait reçu aucune assistance de maître Adams, car il était vêtu d'une longue chemise ample, froissée d'avoir été portée au lit.

Elle le rejoignit, prête à le rattraper si sa soudaine apparition lui faisait perdre l'équilibre.

« Ne seriez-vous pas mieux assis, Milord ?

— Si, en effet, murmura-t-il, mais je n'ai pas le courage de faire le tour de ce fauteuil. Je m'en suis fort bien sorti jusque-là.

— Étonnamment bien, en effet, approuva-t-elle en glissant sa main droite sous son aisselle et la gauche sous son avant-bras. Quand vous aurez l'impression de pouvoir me laisser soutenir votre poids, lâchez le siège et je vous aiderai à passer devant.

— Vous êtes grande pour une femme.

— C'est exact, Monseigneur. Mon père y voit les effets d'une bonne nourriture et d'un solide appétit quand j'étais enfant. »

Sans avertissement, la main du duc abandonna le dossier.

« Vous parlez bien de Sir Henry Swift de Swyre ?

— Oui. » Elle le tira tout doucement vers elle. « Rien ne presse. Veillez à trouver votre équilibre avant de faire un pas de plus. » Il n'en fallut que trois pour qu'elle soit en mesure de le faire asseoir sur le siège rembourré. « Souhaitez-vous que j'appelle votre cocher et votre palefrenier pour vous habiller ? demanda-t-elle, s'agenouillant pour poser les pieds du vieil homme sur un tabouret. Ou préférez-vous rester tel que vous êtes, avec des couvertures pour vous tenir chaud ?

— Des couvertures suffiront pour le moment, acquiesça-t-il. Je prends plaisir à voir Dorchester célébrer sa victoire. Je ne me rappelle pas avoir jamais vu autant de puritains ivres. »

Jayne sourit.

« Vous n'êtes pas le seul, Milord.

— Partagez-vous leur liesse, Dame Swift ?

— Dans la mesure où elle signifie que la guerre est finie, oui, Monseigneur.

— Et vous n'êtes pas contrariée d'être obligée de vous occuper d'un royaliste ? Sachez que ma fille et mon gendre n'admettraient jamais un parlementaire sous leur toit.

— Par bonheur, Lady Alice voit les choses différemment, Monseigneur, répondit Jayne. Elle a pris conscience très tôt que sa vie deviendrait insupportablement ennuyeuse si elle ne conversait qu'avec ceux qui partagent ses opinions. » Elle se redressa et recula d'un pas. « Si vous voulez bien m'excuser, j'irai chercher les couvertures moi-même. Tout est sens dessus dessous depuis l'attaque d'Alice, et je préférerais m'assurer moi-même que vous avez assez chaud, plutôt que de confier cette tâche à une servante. »

En vérité, elle s'inquiétait de l'extrême froideur de ses pieds squelettiques et du manque de chair sur son bras et son épaule. Vêtu d'une simple chemise, il semblait encore moins robuste qu'il n'avait paru à l'auberge, lorsqu'il était entièrement vêtu. Elle regagna la cuisine et demanda à la cuisinière si le cocher et le palefrenier de Sa Grâce étaient dans la maison. Dirigée vers l'antichambre, elle les trouva en manches de chemise, en train de vider des assiettes de viande froide. Ils bondirent sur leurs pieds quand elle entra, enfilant leurs vestes et les reboutonnant.

« J'ai besoin de l'un de vous pour m'aider à habiller Sa Grâce, leur annonça-t-elle en refermant la porte, mais je voudrais d'abord que vous répondiez à quelques questions. Depuis combien de temps habite-t-il chez Lady Maria ?

— Quatre ans, répondit Harold après un instant d'hésitation. Son domaine du Somerset a été envahi par les parlementaires dans les premières semaines de la guerre, et Lady Maria a jugé plus sûr qu'il s'établisse chez elle.

— Passe-t-il son temps en compagnie de sa famille ou est-il confiné dans sa chambre ? »

Le cocher, qui avait dit s'appeler Peter, secoua la tête.

« Nous ne saurions vous le dire, Madame. Lady Maria a menacé de nous congédier si nous parlons de ce qui se passe chez elle.

— Comment le saura-t-elle ? demanda raisonnablement Jayne.

— Elle ne le saura pas, dit Harold. Il y a peu de communication entre les membres de la famille, Madame. Sir Anthony habite l'aile est, Lady Maria, l'aile ouest, et Sa Grâce ne quitte pas ses appartements à l'arrière de la maison, où il a maître Adams pour toute compagnie. »

Cela pouvait expliquer pourquoi le spectacle de la rue lui inspirait une aussi vive curiosité, songea Jayne. Sa vie devait avoir été grandement privée d'intérêt s'il était limité à une chambre à l'arrière, avec un valet sénile pour seul compagnon.

« Les membres de la famille prennent-ils leurs repas ensemble ? »

Harold haussa les épaules pour exprimer son ignorance.

« Nous ne sommes pas des gens de maison et nous vivons et prenons nos repas au-dessus des écuries, Madame. Mais il semblerait que Sa Grâce soit incapable de manger la nourriture que Milady commande pour lui, car elle est trop coriace pour les quelques dents qui lui restent.

— Et moi, j'ai entendu dire qu'elle le fait exprès, intervint Peter, estimant visiblement que la discrétion n'était plus nécessaire. Ce n'est pas une bonne personne, Dame Swift. Il n'est pas un de nous qui ne quitterait son service si nous étions assurés de trouver une place ailleurs. »

Jayne hocha la tête pensivement.

« Puis-je vous demander pourquoi elle vous a autorisés à le conduire ici aujourd'hui ? Elle aurait pu lui refuser l'usage de la voiture comme elle lui a refusé argent et couvertures.

— Le véhicule appartient à Sa Grâce, Madame, et les chevaux aussi. Il a déclaré qu'il conduirait lui-même si elle refusait de mettre un cocher et un palefrenier à sa disposition. Nous avions reçu instruction de faire demi-tour aussitôt qu'il s'endormirait… ce qu'il n'a pas fait. »

Jayne les remercia pour leurs réponses puis leur demanda lequel d'entre eux était le plus fort. Comme ils admettaient d'une même voix que c'était Peter, elle le mena au salon et lui demanda de sortir du sac du duc tous les articles de rechange, en même temps que les bottes, culotte, haut-de-chausses, veste et houppelande qu'il avait portés pour le voyage. Quant à elle, elle prit les couvertures du lit avant d'ouvrir la porte de communication avec le petit salon et de faire passer Peter devant elle.

« Nous sommes venus vous habiller, Milord, lui dit-elle. Peter, votre cocher, vous soulèvera pendant que je vous enfilerai une double couche de vêtements afin de vous réchauffer. »

Elle s'était attendue à le trouver maigre, mais n'avait pas imaginé carcasse aussi squelettique : tous les os se sentaient sous la peau. Elle dissimula pourtant son inquiétude sous des bavardages anodins, et, une fois qu'il fut couvert de deux couches de vêtements avec, de surcroît, une couverture sur les genoux et une autre autour des épaules, elle lui demanda s'il accepterait de rester seul pendant qu'elle allait chercher une servante pour allumer du feu dans l'âtre.

Il la dévisagea un instant, puis désigna d'un signe de tête deux tableaux accrochés à gauche de la porte menant au vestibule.

« Quel est l'artiste qui a réalisé ces œuvres ? »

Suivant son regard, Jayne constata avec surprise qu'il s'agissait des portraits d'elle-même et de Ralph promis par Alice. N'ayant pas mis les pieds dans le petit salon depuis son arrivée, elle ignorait que son amie les avait achevés et exposés aussi publiquement.

« Lady Stickland, Milord.

— Le portrait qu'elle a fait de vous est très ressemblant, Dame Swift, remarqua-t-il. Celui de mon fils aussi. Ont-ils été peints pour mon petit-fils ? »

Pareille idée n'avait jamais traversé l'esprit de Jayne.

« Je ne le crois pas, Monseigneur. Je pense qu'Alice cherchait seulement à prouver qu'elle était encore en mesure de tenir un pinceau. »

Il sembla perdre presque aussitôt tout intérêt pour les toiles et reporta son regard vers la fenêtre.

« Je n'ai pas besoin de compagnie, Dame Swift, dit-il. Les facéties de la rue suffisent à me divertir. »

Peter passa devant Jayne lorsqu'ils s'engagèrent dans le couloir et se tourna en esquissant une courbette pour la convaincre de s'arrêter.

« Milord a plus grand besoin de l'attention d'un médecin que je ne le croyais, Madame. Soyez assurée que j'ignorais à quel point il est fragile.

— Vous n'avez aucun reproche à vous faire, Peter. C'est vous qui lui en avez trouvé un.

— Malgré tout, Madame, aucune fille ne devrait faire preuve de pareille cruauté envers son père. »

Jayne ne pouvait que l'approuver, mais ne poursuivit pas sur le sujet. Elle ne voyait qu'une raison qui pût pousser une femme à négliger son père aussi cruellement, et elle ne pouvait être évoquée tout haut. Le fils de Ralph ayant été déshérité, la famille de Lady Maria pouvait s'attendre à mettre la main sur l'intégralité de la fortune des Granville, ce qui prêtait à la mort de Sa Grâce plus de valeur qu'à sa vie.

Peu disposée à abandonner Alice, elle demanda à Molly la permission de conduire Granville dans la chambre de sa maîtresse, expliquant qu'il avait, lui aussi, besoin de soins. Molly objecta que ce n'était pas à elle de prendre pareille décision, mais Jayne s'obstina. Elle était la plus fidèle amie d'Alice et si elle préférait passer les dernières heures seule avec sa maîtresse, il en serait ainsi. Molly secoua la tête. Cela divertirait Milady d'avoir un homme dans sa chambre, remarqua-t-elle.

Peter porta le duc à l'étage, toujours enveloppé dans ses couvertures, et Sa Grâce se déclara satisfaite d'être assise aussi confortablement à la fenêtre de Milady qu'au petit salon du rez-de-chaussée. Il étudia le visage d'Alice pendant de longs moments.

« Son sommeil paraît paisible. Croyez-vous qu'elle vous entende ? »

Jayne tourna les yeux vers le lit.

« Molly et moi le pensons, oui, Milord. Souhaitez-vous que nous nous absentions un quart d'heure afin que vous puissiez lui parler en privé ? Elle ne sera peut-être pas capable de vous répondre, mais ses sourires suggèrent qu'elle comprend certaines des paroles qui sont prononcées. »

Il secoua la tête.

« Je ne saurais que lui dire, Dame Swift, sinon lui exprimer mes regrets d'avoir été suffisamment impoli pour ne pas répondre à ses lettres. Elle m'a écrit plusieurs fois dans les premières années de la vie de mon petit-fils, et j'ai considéré chaque tentative de communication comme une intrusion indiscrète dans des affaires qui ne la concernaient pas. Je me suis froissé qu'une femme se juge en droit de me dire comment me comporter.

— Auriez-vous trouvé cela moins offensant si la critique avait émané de son mari ? demanda Jayne en souriant.

— Il n'aurait pas eu cette audace, répondit-il avec un rire rauque. Pas plus qu'aucun homme. Seule cette dame s'est crue autorisée à me sermonner sur mes manquements de grand-père. Mon petit-fils est-il vraiment tel qu'elle me l'a dépeint, Dame Swift ?

— Je l'ignore, Milord, car j'ignore ce qu'elle vous a écrit. Tout ce que je puis dire avec certitude est qu'elle-même est une amie sincère et honnête.

— En diriez-vous autant de mon petit-fils ?

— Oui, Milord, mais ma parole n'aura pas plus de poids pour vous que celle d'Alice. Il faudra que vous vous fassiez vous-même votre opinion sur le fils de Ralph et Estelle.

— Et comment le pourrai-je ? »

Molly s'enhardit à prendre la parole.

« En priant pour que la lettre de mademoiselle Jayne lui soit parvenue, Monseigneur. Je sens jusque dans mes os que Milady attend son arrivée. »

Cette prédiction avait à peine franchi ses lèvres qu'on frappa à la porte de la chambre. Deux servantes entrèrent, chargées d'une assiette creuse de ragoût de mouton bien tendre, d'une autre de blé sucré, accompagnées d'un plat de pain, de beurre et de fromage mou. La coïncidence n'en fit pas moins sursauter nerveusement le duc qui porta la main à son cœur sous le coup de l'émotion, et Jayne comprit qu'il redoutait de rencontrer William plus qu'il ne le désirait. Pour apaiser son inquiétude, elle lui dit qu'elle pensait que s'il avait reçu sa lettre, William serait déjà là.

Molly se retira pour manger au rez-de-chaussée, et Jayne encouragea Sa Grâce à l'interroger sur sa famille, une conversation sur Swyre ne risquant pas d'être cause de désaccord. Elle prit soin de ne relater que des anecdotes insignifiantes mais, malgré tout, la curiosité qu'inspiraient à Granville les allégeances divergentes de son père et de son frère aîné mit la question de la guerre sur le tapis. Il avait peine à croire que Sir Henry ne nourrît aucune animosité à l'égard d'Andrew, mais Jayne lui assura que c'était le cas.

« Il n'a aucun désir de voir la division du pays se reproduire à l'intérieur de sa demeure, Monseigneur. Si Andrew avait choisi par malveillance de soutenir le Parlement, Papa aurait pu considérer les choses sous un autre jour, mais il savait qu'il avait pris sa décision en toute conscience et après une longue réflexion. Le même partage se retrouvait chez nos serviteurs et nos ouvriers agricoles, dont une bonne moitié a préféré la cause du Parlement à celle du roi. Si Sir Henry s'était cru obligé de les renvoyer pour cette raison, il aurait perdu ses meilleurs travailleurs. »

Granville parut scandalisé.

« Je n'accepterais pas pareil manque de respect dans ma demeure. Comment peut-il faire confiance à des employés qui professent une allégeance différente de la sienne ?

— En les connaissant et en les appréciant depuis bien plus longtemps que la durée de la guerre, Monseigneur. Pensez-vous que les domestiques de votre fille partagent ses vues ? Peut-être ne l'expriment-ils pas tout haut, mais je parierais qu'ils sont plus nombreux qu'elle ne croit à préférer que le roi gouverne avec leur consentement que sans. »

Granville reposa sa cuiller, après avoir vidé son assiette de mouton fondant.

« Diriez-vous que tel a été l'objet de cette guerre ? »

Jayne se leva pour essorer une serviette dans une jatte d'eau froide et la poser sur le front de Lady Alice.

« Oui, Milord, répondit-elle en plongeant son doigt dans la jatte et en laissant couler un filet de liquide sur les lèvres d'Alice. Le don de la paix a toujours été entre les mains du roi. Il lui suffisait d'accepter les conditions du Parlement. »

La nourriture et la chaleur avaient redonné des couleurs au vieillard et ranimé son esprit.

« Il ne le fera jamais, affirma-t-il. Il a reçu l'onction divine et est convaincu de la vertu de ses actions. »

Jayne posa le doigt sur le poignet d'Alice et s'émerveilla une nouvelle fois de la régularité de son pouls.

« De même que Sir Thomas Fairfax et le général Cromwell sont convaincus de la vertu des leurs, répondit-elle. Le pays est rempli d'hommes vertueux en quête d'autorité. Comment pourrions-nous trouver une solution pacifique si les deux camps s'obstinent à croire que Dieu est de leur côté ?

— Le roi ne s'inclinera jamais devant la volonté du Parlement. Il a peut-être abandonné la guerre, mais il ne quittera pas son trône. Cela contrariera-t-il mon petit-fils, Dame Swift ?

— Je ne le pense pas, Milord, répondit Jayne en regagnant son siège. Comme la plupart des parlementaires, il a toujours eu pour dessein de remplacer le pouvoir absolu par le pouvoir partagé. »

Il la dévisagea longuement.

« Il est issu d'une noble lignée et vous êtes la fille d'un propriétaire terrien. Quels intérêts pouvez-vous bien avoir en commun ? »

La brutalité de la question et les accents désobligeants que Granville apportait aux mots donnaient à penser qu'il s'écartait de son attitude amicale, et Jayne s'étonna que la nourriture, la bonté et la compagnie fassent surgir sa vraie voix.

« Rien qui vous passionnerait, Milord. Nous parlons plus de notre travail que de toute autre chose.

— Et cela vous satisfait ?

— Considérablement plus que de me voir offrir une babiole et dire que j'ai de jolis yeux, Monseigneur. J'apprécie la curiosité de votre petit-fils. Tous les autres prétendants que j'ai eus se seraient dérobés devant une discussion sur l'efficacité des asticots contre la gangrène. »

Il ferma brièvement les paupières.

« Vous n'êtes pas telle que je m'attendais à vous trouver, Dame Swift.

— Puis-je vous demander qui vous a parlé de moi ?

— Ma fille a appris vos fiançailles par Lady Cooper, dont la propre fille, Emmeline, connaît Sir Francis Stickland. » Il pointa le menton vers Alice. « Le fils de cette dame. Ils ont tous été extrêmement diserts à propos des intentions de mon petit-fils à votre égard et de son projet de faire de vous la maîtresse de Winterborne Houghton. Ont-ils raison sur le second point comme sur le premier ? »

Jayne hocha la tête.

« Dans ce cas, vous avez été abusée, Dame Swift. Vous ne pourrez jamais vivre à Winterborne Houghton. Cette propriété m'appartient, et je suis seul à pouvoir décider de son avenir. » Sa main esquissa une chiquenaude dédaigneuse. « Mon petit-fils le sait pertinemment. »

Jayne se demanda un instant s'il ne serait pas préférable de changer de sujet, mais s'y refusa, décidée à défendre William.

« Avec tout le respect qui vous est dû, Milord, cette propriété n'a jamais été vôtre. Vous l'avez donnée à votre fils au moment de son mariage, et la loi interdit que l'on reprenne un présent. William a obtenu gain de cause en justice, établissant son droit d'hériter du domaine en tant que fils unique de Sir Ralph, à condition de rembourser les hypothèques en souffrance. C'est à présent chose faite, et les actes de droit lui accordant la seule et pleine propriété ont été validés par le tribunal.

— Les droits que Sa Majesté m'a octroyés prévalent.

— Pas en vertu de la loi, Monseigneur. Le tribunal qui a confisqué le domaine lors du suicide de votre fils est seul compétent en la matière. Le roi a outrepassé son autorité en approuvant votre requête, comme Lady Alice et son mari l'ont fait valoir dans l'objection juridique qu'ils ont déposée au nom de William. Étant mineur, il ne pouvait entreprendre lui-même cette démarche, mais il a été en mesure de la renouveler à son retour d'Europe. »

La colère faisait flamboyer les yeux du duc, mais Jayne ignorait si c'était la mention du suicide ou celle du plaidoyer d'Alice et de son mari en faveur de William qui le contrariait le plus.

« Ma fille estime que c'est à Lady Stickland qu'il faut reprocher la future alliance de votre famille avec la mienne. A-t-elle raison ? »

Jayne baissa les yeux sur ses mains pour dissimuler sa propre indignation.

« Si vous voulez bien m'expliquer en quoi ce serait un motif de reproche, je tâcherai de vous répondre, Monseigneur.

— Lady Maria est très liée à Lord et Lady Hamway, dont le fils Edward a eu à se rendre à Swyre pour des affaires officielles. Le portrait qu'il trace de vous et de vos parents est tout sauf flatteur, et ma fille est persuadée qu'eux et vous avez usé de votre influence auprès de Lady Stickland pour prendre mon petit-fils au piège d'une union inappropriée. » Il s'interrompit avant de demander : « Qu'avez-vous à répondre ? »

Jayne releva la tête.

« Rien, Monseigneur, car je n'ai nulle envie de gaspiller ma salive. »

Il dessina un nouveau geste méprisant de la main.

« Votre réaction est stupide. En l'absence de dénégation, vous me forcez à accepter la véracité des propos de Lady Maria. »

Jayne réfléchit un moment.

« Dans ce cas, permettez-moi de défendre Alice, puisqu'elle n'est pas en mesure de le faire elle-même. » Elle s'inclina pour regarder le duc droit dans les yeux. « L'idée qu'elle puisse être sensible à l'influence d'autrui est aussi risible qu'insultante. Son intelligence est supérieure à celle de la plupart des hommes et dépasse de loin celle dont peuvent se prévaloir des commères malveillantes et étriquées à l'image de votre fille et de Lady Hamway. Au lieu que mes parents aient cherché à l'influencer, c'est elle qui a intercédé pour votre petit-fils auprès d'eux. Si elle ne l'avait pas fait, mon père aurait rejeté immédiatement la proposition de William, car à ses yeux, un homme renié et déshérité par sa famille ne pouvait être qu'un coureur de dot de la pire espèce. »

Granville demeura impassible.

« Et quel argument a-t-elle présenté pour convaincre votre père du contraire ? La promesse d'un anoblissement par mariage ?

— Alice n'est pas malhonnête à ce point, Milord, protesta Jayne avec un petit rire. Vous êtes le seul à croire au mérite de votre titre. William ne s'y intéresse pas, et Alice ne trahirait jamais sa confiance en s'en servant comme d'un leurre pour convaincre un parent réticent. Vous commettez une grave erreur en jugeant les femmes à l'image de votre fille, et les familles à l'aune de la vôtre. »

Il esquissa un geste d'excuse de pure forme.

« Loin de moi l'intention de vous offenser, Dame Swift. L'unique objectif de ma venue était de découvrir la vérité.

— Il n'en est pas moins vrai que vous *m'avez* offensée, dit-elle en se levant. Peu m'importe que vous décidiez de croire Lady Maria et Sir Edward Hamway, mais je ne vous permettrai jamais de calomnier Alice. Que la décence et l'honnêteté de William aient été forgées par une femme d'une puissante liberté de pensée et non par la lignée faible et dégénérée dont il est issu demeure pour moi une source d'inspiration. »

26.

Sir Francis arriva de bonne heure le lendemain matin. Il était aussi timide et hésitant que l'avait dépeint Joseph, mais l'inquiétude que lui inspirait l'état de sa mère était indéniable. Il regrettait, déclara-t-il, de se présenter aussi tard, mais il avait été absent de chez lui pendant trois jours, étant parti rendre visite à des amis. Après avoir consacré une demi-heure à se tordre les mains et à sangloter, il accepta pourtant le conseil de Jayne et reconnut qu'il serait plus utile en tenant compagnie au duc de Granville.

Jayne l'escorta donc jusqu'au petit salon où elle fit les présentations, et si Sir Francis s'étonna que le duc ne pose pas une seule fois les yeux sur elle, il n'en montra rien. Elle avait été incapable d'arracher un mot à Sa Grâce depuis leur querelle de la veille au soir. Par bonheur, Peter était plus que disposé à jouer le rôle de valet et Granville était parfaitement présentable et confortablement installé au petit salon au moment où Sir Francis apparut. Jayne prit congé des deux hommes avec une révérence, leur annonçant qu'elle leur ferait porter des rafraîchissements, puis referma la porte derrière elle avec un soupir de soulagement. Habituée aux bruyantes sollicitations de baisers de réconciliation de Sir Henry après un désaccord, elle trouvait épuisant le silence tendu et inconfortable que privilégiait Sa Grâce.

Quand elle regagna la chambre, elle trouva Molly effondrée au chevet d'Alice. Elle désespérait, ne sachant comment faire face à la charge supplémentaire d'un nouvel invité dans la maison. La cuisinière lui avait annoncé qu'elle avait besoin d'argent pour acheter des provisions, mais la cassette n'avait pas été remplie depuis l'attaque de Milady. Comment faire ? Milady méritait mieux que de voir ses dernières heures perturbées par des hommes insensibles. Jayne chercha à la rassurer : sa sacoche contenait encore deux couronnes qu'elle tenait à la disposition de la cuisinière.

Elle n'en était pas moins au bord des larmes, elle aussi. Elle n'avait pas dormi plus de quelques heures au cours des trois dernières nuits et la fatigue exacerbait son chagrin et son angoisse. Que deviendraient les serviteurs d'Alice à sa mort ? Sir Francis se chargerait-il de ses gens de maison si Winterborne Stickland avait déjà suffisamment de domestiques ? Et le duc ? Et maître Adams ? Qui s'occuperait d'eux ?

Vers midi, elle s'assit à un secrétaire situé dans l'angle de la chambre d'Alice et entreprit de rédiger une lettre pour son père.

Mon très cher Papa, j'ai terriblement besoin de votre aide...

La porte s'ouvrit si silencieusement que Jayne ne prit conscience d'une nouvelle présence que lorsque Molly se leva brusquement de son tabouret, qui bascula et se renversa derrière elle.

« Oh, Dieu soit loué, Dieu soit loué ! sanglota-t-elle en tendant les mains. Vous êtes là ! »

Étonnée, Jayne leva les yeux de sa lettre et fut à deux doigts de fondre en larmes, elle aussi. Il ne pouvait y avoir image plus réconfortante que celle de William, même couvert de poussière et empestant la sueur de cheval. Elle se leva et ses mains vinrent rejoindre les siennes et celles de Molly.

« J'avais peur que vous n'ayez pas reçu ma lettre.

— Elle m'a été remise hier, à proximité de Nottingham. » Il tourna les yeux vers le lit. « Arriverais-je trop tard ?

— Non. Nous pensons, Molly et moi, qu'elle vous attendait. Nous allons vous laisser afin que vous puissiez passer quelques instants seul avec elle. »

Il lui lâcha les mains.

« Non, protesta-t-il. Vous êtes son amie la plus proche et votre présence est aussi indispensable que la mienne. » Il s'agenouilla à côté du lit et déposa un baiser sur le front d'Alice. « C'est William, Milady. J'ai chevauché toute la nuit pour venir vous voir. »

Il nicha dans sa paume la joue de la vieille femme, dont les paupières palpitèrent.

« Aucun garçon n'a jamais eu plus tendre mère, aucun adolescent, meilleur maître, aucun homme, protectrice plus loyale. Si l'amour pouvait être peint, il aurait votre visage, Milady. Je vous dois plus que je ne saurais le dire. »

Jayne n'aurait su préciser combien de temps les yeux d'Alice restèrent ouverts ni jurer qu'ils se déplacèrent réellement pour se poser tour à tour sur William, elle et Molly, mais le léger soupir de satisfaction qui s'échappa de ses lèvres et le doux sourire qu'elles esquissèrent étaient irréfutables. Elle aurait cru qu'elle vivait encore si William, qui avait assisté à tant de trépas, ne lui avait fermé les paupières avec délicatesse et n'avait incliné la tête par respect pour une âme envolée.

Molly voulait que l'on ferme les volets pour annoncer la présence d'un mort dans la demeure, mais William lui demanda de les laisser ouverts.

« Alice aimait la lumière, et il faut que Francis puisse la voir quand il viendra lui dire adieu. »

Jayne, qui s'était agenouillée pour rendre un dernier hommage à cette femme remarquable, se releva et s'approcha de lui, serrant l'arête de son nez entre son pouce et son index pour retenir ses larmes.

« Il est au petit salon.

— Je sais, fit William en posant une main réconfortante sur son épaule. Je suis entré par la cuisine où j'ai trouvé la cuisinière qui se préoccupait du nombre d'invités à nourrir. »

Molly prit une brosse qu'elle passa doucement dans les cheveux gris d'Alice.

« Sir Francis est arrivé ce matin, dit-elle à travers ses larmes, mais les autres sont là depuis hier. Ils nous coûtent les yeux de la tête en nourriture.

— Y aurait-il parmi eux un curieux petit homme en chemise de nuit, qui m'a affirmé être le valet de Sa Grâce le duc de Granville et s'obstine à fouiller dans tous les placards de la cuisinière ?

— J'en ai bien peur, acquiesça Jayne. Son maître est en compagnie de Francis. » Elle lui rendit compte des événements de la veille, achevant son récit par le silence chagrin du duc après la remontrance qu'elle lui avait faite. « Il ne m'a plus adressé la parole depuis, mais en toute conscience, je ne puis les abandonner, maître Adams et lui. Ni l'un ni l'autre ne mangent à leur faim et ils ne sont pas en état d'entreprendre le voyage de retour jusqu'au Berkshire. »

William jeta un coup d'œil vers le secrétaire et vers la lettre qu'elle écrivait.

« Que projetiez-vous d'en faire ?

— Demander à Papa et Mama de les accueillir, dit-elle avec un soupir. Granville se montrera grossier avec eux, mais je n'ai pas trouvé d'autre solution. »

Il prit ses mains dans les siennes.

« Vos parents n'ont aucune obligation de faire quoi que ce soit pour lui, et vous non plus. Je demanderai à Sir Francis de mettre des chambres à leur disposition à Winterborne Stickland.

— Il a été affreusement négligé, William. Il a besoin de plus de soins qu'un célibataire ne saurait lui en prodiguer.

— La maisonnée de Francis s'occupera de lui comme il convient. » Il s'interrompit pendant que Molly mettait un peu de couleur aux joues d'Alice en les poudrant de rouge. « Aurais-tu la bonté d'aller chercher Sir Francis, Molly ? Il ne faut pas le tenir éloigné de sa mère plus longtemps que nécessaire. »

Molly se tamponna les yeux avec l'ourlet de son tabler.

« Les autres domestiques voudront lui dire adieu, eux aussi, William. Puis-je les faire monter lorsque Sir Francis aura fini ?

— Bien sûr », approuva-t-il en lui ouvrant la porte. Il attendit que Molly soit au pied de l'escalier pour se retourner vers Jayne. « Je ne souhaite pas rencontrer le duc, et partirai donc dès que j'aurai obtenu de Francis la promesse qu'il l'hébergera. Lorsqu'ils ne seront plus ici, faites-moi porter un message à ma maison de Durngate Street et je reviendrai. Cela vous convient-il ?

Elle secoua la tête.

« Ne me compliquez pas les choses, Jayne, reprit-il sèchement. Je ne lui dois rien. Quels que soient ses ennuis, il ne doit s'en prendre qu'à lui-même.

— Je ne conteste pas cela, répondit-elle, mais vous m'avez demandé si votre décision me convenait, et ce n'est pas le cas. Pour ma part, j'aimerais profiter de l'occasion pour satisfaire ma curiosité. »

Ne souhaitant pas rester en compagnie de William et Francis, elle se dirigeait vers la cuisine lorsqu'elle se fit intercepter à la porte par Peter, qui la pria de venir s'occuper de Sa Grâce.

« Maître Adams lui a fait savoir que son petit-fils est ici, Madame, et il est fort impatient de le voir. Vous saurez mieux que moi comment organiser pareille rencontre. »

Réprimant de nouveaux soupirs, Jayne le suivit au petit salon où maître Adams, toujours en chemise de nuit, fouillait les tiroirs du bureau d'Alice. Elle s'approcha de lui et le retint doucement par les poignets.

« Il n'est pas convenable d'inspecter les possessions d'un défunt, Monsieur… ni de rester en vêtement de nuit dans la maison d'un mort. Vous le savez, car cela fait longtemps que vous êtes le fidèle valet de Sa Grâce. » Elle l'attira vers Peter. « Souffrez que Peter vous aide à enfiler une tenue plus appropriée à cette triste circonstance. » Elle attendit qu'ils soient dans le vestibule pour faire la révérence au duc. « Vous avez souhaité me voir, Milord ?

— Vous avez plus de patience que ma fille. Maria l'aurait giflé et l'aurait agoni d'injures.

— Et ce traitement le guérit-il de sa confusion ? »

Il secoua la tête.

« Elle lui inspire une telle terreur qu'il se tapit dans un coin dès qu'elle entre et me supplie quotidiennement de lui permettre de quitter la demeure. » Il désigna une chaise en face de lui. « Asseyez-vous, Dame Swift, et permettez-moi de vous présenter mes condoléances. Vous devez être fort affligée du décès de Lady Stickland. »

Elle prit place sur le siège et répondit franchement.

« Moins que si la mort s'était fait longuement attendre, Milord. Milady a commencé à souffrir de paralysie agitante il y a douze mois et redoutait d'être condamnée à rester alitée, incapable de parler ou de s'alimenter. Subir une attaque et mourir paisiblement dans son sommeil est une fin plus douce, me semble-t-il.

— Mon petit-fils était-il à son côté ? »

Jayne hocha la tête.

« Est-il encore ici ? »

Jayne acquiesça à nouveau.

« Pouvez-vous me l'amener ? »

Jayne prit le parti de lui faire une réponse diplomatique.

« Croyez-vous avisé de demander une rencontre en cet instant, Milord ? Alice a été sa mère en tout sauf de nom depuis le jour de sa naissance, et sa mort est aussi douloureuse pour lui que pour Sir Francis. Il serait préférable de lui laisser le temps de pleurer avant de réclamer sa présence. »

Sa Grâce sortit un mouchoir de sa manche et l'approcha de ses yeux.

« Vous me jugez mesquin et égoïste, à juste titre. Je me suis mal conduit à votre égard hier soir et ne puis justifier ma grossièreté que par la franchise inattendue que j'ai trouvée en vous. Une femme malhonnête aurait dit ce que je souhaitais entendre, or vous ne l'avez pas fait. Me pardonnerez-vous, ma chère ? »

La compassion de Jayne n'était pas suffisamment dénuée de scepticisme pour qu'elle n'eût pas conscience de se faire manipuler.

« Je vous pardonne volontiers, Milord, mais je serais étonnée que mon père en fasse autant. Sir Henry n'a pas ménagé sa peine pour faire emprisonner Sir Edward Hamway après l'avoir accusé d'agression violente et de tentative de vol, et il ne sera pas heureux d'apprendre qu'un homme aussi immoral que lui répand à présent des mensonges sur son compte. »

Surpris, Granville chiffonna son mouchoir dans son poing.

« Dites-vous vrai ? »

Une ombre franchit le seuil avant que Jayne ait eu le temps de répondre.

« Vous ne devriez pas mettre en doute la parole de ma future épouse, Monseigneur, intervint William en se montrant. George Goring lui-même, le général le moins recommandable de l'armée du roi, a fini par se lasser des tromperies de Hamway et l'a renvoyé chez lui en disgrâce. » Il entra dans la pièce et inclina la tête. « Votre serviteur, Milord. Je suis le colonel William Harrier. »

L'émotion du duc fut plus grande qu'elle ne l'aurait dû, car il savait déjà que William était dans la maison. Le souffle court, il posa sur lui des yeux exorbités, et Jayne s'inquiéta en constatant que sa respiration était superficielle et précipitée. L'angoisse l'expliquait probablement, mais elle craignit que son cœur ne supporte pas pareil bouleversement. Elle s'approcha de lui.

« Asseyez-vous bien droit et efforcez-vous de prendre des inspirations plus longues et plus lentes, Monseigneur, dit-elle en lui saisissant la main. Ce sera plus facile si vous inspirez par le nez et expirez par la bouche. Nous allons le faire ensemble. Inhalez quand je vous presse la main, et exhalez quand je la relâche. »

Au bout d'une ou deux minutes, il fut suffisamment calmé pour relever les yeux vers le visage de William.

« Vous ressemblez à mon père, remarqua-t-il. Il est mort quand j'avais vingt ans et j'en garde un souvenir très précis. » Un tremblement agita ses lèvres. « J'ai été fort négligent dans mes devoirs à votre égard, William. Me pardonnerez-vous ?

— Il n'y a rien à pardonner, Monseigneur. J'ai appris davantage en faisant mon chemin seul dans la vie que je ne l'aurais pu si j'avais dû accepter les contraintes d'être votre petit-fils. »

Le vieil homme lâcha la main de Jayne et se tamponna à nouveau les yeux avec son mouchoir.

« Savez-vous que j'ai déposé une requête auprès du roi pour qu'il m'autorise à transmettre le duché à mon autre petit-fils, par l'intermédiaire de ma fille ?

— Oui, je l'ai appris, et vous ai toujours souhaité d'obtenir satisfaction.

— La plupart des hommes seraient furieux de se voir privés d'un titre légitime.

— Seulement ceux qui éprouvent le besoin d'en posséder un.

— C'est le plus cher vœu de votre cousin et de sa mère. » Le duc dévisagea William au-dessus de son mouchoir qui rôdait autour de ses yeux. « Je dois pourtant avouer que vous avez plus l'allure d'un Granville que votre cousin. Ma fille encourage son arrogance et sa paresse, et son unique contribution à la cause du roi a été d'abandonner mon domaine du Somerset sans qu'un seul coup de feu ait été tiré. Il a passé le restant de la guerre à Oxford à ne rien faire, et est aujourd'hui fiancé à une bécasse encore plus superficielle que lui. »

William haussa les épaules.

« Que voulez-vous que je vous dise, Monseigneur, sinon qu'il me paraît éminemment propre à être votre héritier ? »

Jayne vit des plaques rouges envahir le cou et les joues du vieil homme ébranlé et devina qu'il n'allait pas tarder à avoir de nouvelles difficultés à respirer.

« L'angoisse vous fait du mal, Milord, et je vous saurais gré de trouver un sujet de discussion moins perturbant. » Elle se pencha pour lui sourire. « Je vous recommande l'humour. Vous avez manifesté hier à l'auberge un sens de la drôlerie si remarquable que May a bien failli tomber amoureuse de vous, et comme William vous ressemble sur ce point – sachez que c'est un grand taquin, lui aussi –, je suis certaine que vous apprendrez mieux à vous connaître réciproquement par le rire que par l'affrontement. »

Il leva un doigt noueux pour lui caresser la joue.

« Vous mérite-t-il vraiment, mon enfant ? »

Les yeux de Jayne pétillèrent d'amusement devant cette seconde tentative flagrante de manipulation.

« Ce n'est pas à moi d'en juger, Monseigneur. Vous devrez le découvrir par vous-même. »

La nouvelle de la mort d'Alice se répandit rapidement et des visiteurs se présentèrent à la porte d'entrée pour lui rendre hommage. Inquiet à l'idée de devoir recevoir des puritains, Sir Francis pria Jayne de rester à son côté, ce qu'elle fit volontiers afin de laisser William passer un peu de temps en tête à tête avec son grand-père. Une heure et demie s'écoula cependant avant qu'ils aient reçu tout le monde, et elle s'inquiéta que ce ne fût excessivement long pour deux hommes qui professaient des vues opposées sur tout.

S'attendant à trouver Granville outragé et William parti quand elle entra au petit salon avec Sir Francis, elle sourit de soulagement en les découvrant assis côte à côte, jambes étendues devant eux. Ensemble, leurs têtes inclinées à un angle identique, ils rirent de l'entendre dire qu'elle était heureuse d'en avoir fini avec les politesses puritaines, et elle se demanda s'ils étaient conscients des similitudes qui les rapprochaient.

« C'est une religion bien austère, en vérité », fit remarquer William en se levant pour lui offrir sa chaise.

Sa Grâce pouffa.

« Tellement austère que William me dit que Lady Alice dissimulait des pièces de Shakespeare dans sa bible pour rendre plus supportables les interminables heures de prière. »

Sir Francis s'approcha de la cheminée et, la mine sombre, il posa la pointe de sa botte sur le bord surélevé de l'âtre.

« Ils s'attendent à ce qu'elle soit inhumée dans un des cimetières de Dorchester. Un ancien m'a dit qu'il avait déjà choisi les lectures bibliques, et je suis convaincu que nous entendrons plus de mises en garde contre le jugement de Dieu que de promesses d'une vie meilleure dans l'au-delà. Est-ce ce qu'elle souhaitait ?

— Non, assura Jayne, refusant la chaise car elle préférait rester debout. Quand elle a su que ses jours étaient comptés en raison de la paralysie agitante, elle m'a dit que son cœur n'avait jamais abandonné l'Église d'Angleterre. Elle souhaitait que vous la rameniez chez elle, à Winterborne Stickland, afin d'être inhumée au côté de votre père dans votre cimetière familial, par un prêtre anglican qui dirait des prières anglicanes. Pouvez-vous faire cela pour elle, Monseigneur ? Vous trouverez ses instructions dans le tiroir supérieur de son bureau. »

Sir Francis quitta immédiatement son air morose.

« Très volontiers. Je craignais de devoir la laisser ici. »

Jayne secoua la tête.

« Elle aimait trop rire pour s'imaginer reposer à son aise au milieu de gens d'humeur plus solennelle. Elle disait que les puritains ne sont heureux que lorsqu'ils résistent à l'attirance de Satan. » Elle s'interrompit un instant, se demandant si William approuverait le mensonge qu'elle s'apprêtait à proférer. « Elle m'a fait une autre requête, Sir Francis, qu'elle n'a cependant pas couchée par écrit. Elle a demandé que William et moi offrions à chacun de ses domestiques un emploi à Winterborne Houghton. Comme vous êtes son héritier, le choix de les embaucher devrait vous revenir, mais dans la mesure où William et moi les connaissons bien, Alice pensait qu'ils préféreraient travailler pour nous. Cette solution vous agrée-t-elle ?

— Certainement, acquiesça-t-il avec un soulagement manifeste. J'ai suffisamment de servantes et William n'en a pas. S'il est prêt à s'en charger, cela m'évitera d'avoir à assumer cette responsabilité. Qu'en pensez-vous, William ? »

Ce dernier adressa un sourire indulgent à Jayne, manifestement conscient que cette prière était pure invention.

« Je ne demande pas mieux, car j'ai eu la même idée, mais je ne suis pas certain qu'Alice ait songé à l'état pitoyable des quartiers des domestiques de Winterborne Houghton avant de faire cette suggestion. »

Jayne avait une réponse toute prête.

« Elle ne pensait pas mourir aussi vite. Elle a évoqué maintes fois ses espoirs d'assister à notre mariage et de voir la demeure restaurée. » Elle se retourna vers Sir Francis. « Vous nous feriez une immense bonté en autorisant les servantes à demeurer ici jusqu'au lendemain de notre mariage à l'automne, Monseigneur. Je veillerai à ce qu'elles entretiennent ce bien correctement et aient suffisamment d'argent pour se nourrir. »

William répondit sans laisser à Sir Francis le temps de le faire.

« Cela ne sera pas nécessaire, Jayne. Je leur ai parlé pendant que vous étiez dehors avec Sir Francis et elles ont accepté de venir s'installer à Winterborne Houghton après les obsèques d'Alice. » Il lui prit les mains. « Sa Grâce souhaiterait accepter votre invitation à séjourner quelques jours à Swyre et j'ai donc l'intention de vous y accompagner tous les deux et de demander à Sir Henry de bien vouloir avancer la date de nos noces. » Il porta ses doigts à ses lèvres. « Il faut compter trois semaines pour la publication des bans, mais il n'est pas plus joli temps pour se marier que la première semaine de juin. »

Deux heures s'écoulèrent avant que Jayne fût en mesure de lui parler en privé, et à ce moment-là, la rapidité des événements l'avait mise à bout de nerfs. Avec l'aide de William, Sir Francis s'était assuré les services d'une entreprise de pompes funèbres qui avait pu fournir un cercueil et un chariot découvert pour transporter la dépouille d'Alice et ses domestiques jusqu'à Winterborne Stickland, où ils resteraient jusqu'à l'inhumation. Et quand l'heure du départ fut venue, le cocher n'eut guère de mal à se frayer un passage à travers la foule considérablement moins dense que les jours précédents. Les cloches des églises s'étaient tues à minuit et la population de Dorchester y avait vu le signal du retour à la sobriété et au travail ; la paix elle-même, semblait-il, ne pouvait être célébrée indéfiniment.

Seuls Granville et maître Adams restèrent dans la demeure d'Alice, et Peter attendait avec la voiture de Sa Grâce une trentaine de mètres plus haut dans la rue pour laisser passer le convoi funèbre. William lui fit signe d'avancer.

« Vous n'avez pas oublié vos instructions ? s'écria-t-il tout en écartant Jayne lorsque les chevaux arrivèrent à leur hauteur.

— Bien sûr que non, Monsieur. Nous suivrons la route de Bridport et attendrons à la taverne du King's Head que vous nous rejoigniez. »

William prit Jayne par le bras et la fit pivoter vers lui.

« Je n'ignore pas que l'un de nous doit prendre les devants pour avertir vos parents de l'arrivée d'invités inattendus et comme mon cheval est à l'écurie ici, à Dorchester, il serait plus raisonnable que ce soit moi qui m'en charge. Y êtes-vous favorable ? »

Elle lui jeta un regard désapprobateur.

« Pensez-vous que je le sois ?

— Non, répondit-il avec un rire étouffé, et c'est pourquoi j'ai demandé au cocher de m'attendre au King's Head. Je me doutais bien que vous voudriez à tout prix enfourcher votre jument dès que vous l'auriez retrouvée au lieu de voyager pudiquement dans la voiture.

— Je tiens surtout à avoir une conversation avec vous avant que nous arrivions à Swyre, William. Imaginez-vous comment Mama réagira en apprenant qu'elle a trois semaines pour préparer un repas de noces alors que vous lui avez assuré il y a moins d'un mois que celles-ci étaient inenvisageables avant l'automne ?

— Je pensais qu'elle serait plus contrariée de se voir imposer la présence du duc et de maître Adams.

— Nous aurons de la chance de nous en sortir vivants quand elle apprendra que toute sa minutieuse organisation pour l'automne est réduite à néant. Qu'est-ce qui vous a pris de présenter pareille idée ? »

Cette fois, son rire fut assez sonore pour être entendu par les autres.

« Cela m'a paru bien inspiré, répondit-il. Je ne saurais imaginer perspective plus attrayante que de vous épouser dans trois semaines. Je le ferais aujourd'hui même si la loi nous y autorisait. »

Jayne vit une matrone les fusiller du regard.

« Nous devrions pleurer Alice au lieu de prendre notre mariage à la légère, le tança-t-elle. Et je vous suggère de trouver une réponse moins désinvolte à faire à Mama, ou elle se convaincra que nous sommes pressés de nous marier parce que je porte votre enfant. »

Cette perspective dégrisa immédiatement William.

« Cela n'irait pas du tout, admit-il. Votre père me chasserait à coups de fouet. La vérité satisfera-t-elle Lady Margaret ?

— Je l'ignore. Quelle est cette vérité ?

— Votre penchant à me mêler à vos entreprises charitables, Jayne. Je ne puis dire que je partage tous vos apitoiements – à l'endroit de Samuel Morecott, par exemple – mais je suis entièrement prêt à les satisfaire si cela peut vous rendre heureuse. » Une étincelle d'humour brilla à nouveau dans ses yeux. « Faire de vous la maîtresse de Winterborne Houghton et vous permettre d'y loger qui vous voulez m'a paru une solution parfaite à mon acquisition soudaine – et *tout à fait* inattendue – d'un grand-père ayant besoin de soins. À bon droit, Lady Margaret devrait avoir pitié de moi au lieu de me réprimander, car Andrew m'a appris que vous l'avez accablée de chiens errants durant votre enfance. »

Un sourire frémit au coin des lèvres de Jayne.

« Elle aura encore plus pitié de moi, l'avertit-elle. Alice lui a appris à Noël que la moitié des fenêtres de Winterborne Houghton étaient cassées et que l'intérieur suintait d'humidité. Molly et ses servantes pourront peut-être supporter de telles conditions, mais pas votre grand-père. Il y mourra plus vite qu'entre les mains de votre tante dans le Berkshire.

— Suggérez-vous que nous le raccompagnions chez elle ? »

Elle soupira.

« Quelle autre solution voyez-vous ? Il ne peut tout de même pas rester à Swyre jusqu'à ce que Winterborne soit prêt. Ce ne serait pas correct à l'égard de Mama. »

William se gratta l'oreille pensivement.

« Je crains bien de ne pas voir comment il pourrait en être autrement. Je lui ai donné ma parole de ne pas le reconduire dans le Berkshire, pas plus que maître Adams. La malheureuse insistance avec laquelle vous avez souligné sa fragilité a tourmenté ma conscience. »

Jayne lui jeta un regard exaspéré.

« Vous ne pouvez pas en rejeter la responsabilité sur Mama. Si vous avez eu une crise subite de remords, c'est à vous de trouver une solution.

— J'ai cru l'avoir fait, gémit William. Vous avez conquis le cœur de Sa Grâce, Jayne, et il est déterminé à vivre avec vous à Winterborne Houghton. Tout comme maître Adams qui vous prend pour un ange. » Il rit et enferma sa main entre les deux siennes avant qu'elle n'ait eu le temps de lui donner une tape. « Je ne vous taquinerai plus, promit-il, bien que je trouve un peu blessant le peu de confiance que vous avez en moi. La maison est déjà aux deux tiers terminée. Une douzaine d'hommes sont au travail depuis cinq mois sous la supervision de Francis, qui m'assure que le toit et les fenêtres sont désormais étanches, toutes les tuiles et toutes les vitres remplacées. L'humidité a été combattue avec succès, les salons et les chambres à coucher du premier étage sont en bon état, et deux antichambres de la cuisine ont été réservées pour vous servir d'hôpital. En outre, Molly s'engage à s'occuper de Sa Grâce et de maître Adams avec les autres servantes jusqu'à ce que vous puissiez les rejoindre dans trois semaines. Cela vous convient-il ? »

Elle entrelaça ses doigts aux siens, s'étonnant qu'au milieu de tous ses soucis, il se soit rappelé sa promesse de lui créer un hôpital.

« Vous n'avez pas mentionné le mobilier.

— Francis a donné ordre à des transporteurs de vider la maison d'Alice demain et de tout apporter à Winterborne Houghton. Autrement dit, il y aura des lits, des tables et des chaises dans la plupart des pièces. Il veut que nous considérions cela comme le cadeau de mariage d'Alice. » Il posa un doigt sur les lèvres de Jayne. « J'espère que cela suffira pour le moment. »

Ses yeux s'adoucirent quand elle embrassa sa paume.

« Vous êtes vraiment le plus exaspérant des hommes », murmura-t-elle.

1646-1649

À la suite de deux nouvelles années de guerre
provoquées par un traité entre le souverain et l'Écosse,
le roi Charles est jugé, condamné et exécuté
pour trahison le 30 janvier 1649.

27.

Winterborne Houghton, Dorset, 30 janvier 1649

Assise à côté de Ruth sur la terrasse de Winterborne Houghton d'où elle regardait Isaac, devenu un cavalier accompli, faire travailler son poney dans la pelouse qui s'étendait au-delà, Jayne songea que la vie avait la singulière habitude de tourner en rond. Presque quatre années s'étaient écoulées depuis que Sir Edward Hamway avait prétendu voler le bétail de son père, mais ce jour était encore parfaitement présent dans son esprit. La principale différence était que Ruth et elle ne pouvaient plus profiter du spectacle de la mer, mais les facéties de Granville et de maître Adams étaient presque aussi divertissantes. Maître Adams, qu'Isaac adorait parce qu'ils éprouvaient le même plaisir enfantin à tout, cabriolait sur les dalles, imitant les voltes et les allures du poney, tandis que Granville, soutenu par des cannes, faisait son exercice quotidien, arpentant la terrasse pour gagner en force et en équilibre.

D'autres souvenirs affluèrent lorsque Jayne porta le regard, au-delà d'Isaac, sur le parc qui s'étendait au loin, car bien des événements s'étaient produits au cours des deux ans et demi qui la séparaient du jour où William l'avait conduite à Winterborne Houghton. Leur souvenir faisait toujours naître un sourire sur ses lèvres car c'était le lendemain matin de leur mariage, et William avait été inhabituellement mal à l'aise quand il lui avait demandé de rejoindre la maison à pied depuis la route. Ils avaient longé une allée défoncée qu'aucune voiture n'aurait pu emprunter, puis traversé un terrain couvert d'arbrisseaux, de ronces et d'ajoncs. Le domaine était si mal entretenu que Jayne avait commencé à s'inquiéter sérieusement de l'état de la bâtisse, et sa stupéfaction n'avait été que plus grande quand, les arbres s'étant éclaircis, elle s'était trouvée devant la plus belle demeure qu'elle eût jamais vue.

Construite en pierre et en brique sous le règne d'Elizabeth et s'élevant élégamment au-dessus d'une terrasse dallée, elle dessinait un « E » allongé, avec trois gracieuses ailes à pignons, l'une au centre, les autres aux deux extrémités. Chacune était ornée de charmantes fenêtres à meneaux, qui paraissaient pourtant petites en comparaison des immenses ouvertures creusées du sol au plafond dans les murs séparant les branches du E. La surprise lui avait coupé le souffle, faisant pousser un soupir de soulagement à William qui l'avait soulevée de terre et l'avait fait tournoyer dans ses bras en lui demandant si sa nouvelle maison lui plaisait. Tout ce qu'elle avait pu répondre était que son père serait mortifié s'il apprenait qu'il y avait dans le Dorset plus jolie demeure que Swyre.

Si tels étaient les sentiments de Sir Henry, il les dissimulait fort bien lors de ses visites régulières à Winterborne Houghton en compagnie de Lady Margaret. La guerre se prolongeant parce que le roi s'obstinait à refuser les conditions du Parlement et avait promis aux Écossais d'imposer le presbytérianisme en Angleterre si une armée écossaise lui rendait son trône, les parents de Jayne étaient venus fréquemment lui tenir compagnie durant les absences de William. Lady Margaret l'aidait à administrer la maisonnée tandis que Sir Henry s'employait à divertir Granville.

Par bonheur, le Dorset n'avait été le théâtre d'aucun combat depuis que Lady Bankes avait cédé le château de Corfe au Parlement en août 1646, mais on disait que les escarmouches avaient été féroces le long des frontières écossaises et dans les quelques régions d'Angleterre qui conservaient leur dévouement au roi. La poursuite du conflit avait réduit à néant l'espoir de William de renoncer à son commandement, et au lieu de lui permettre de vivre en gentilhomme campagnard, Sir Thomas Fairfax l'avait élevé au rang de lieutenant général.

Paradoxalement, celui qui s'était le plus enorgueilli de son avancement était Granville. Peu importait qui élevait un enfant, aimait-il à dire, le sang parlait toujours. Jayne avait souvent eu envie de lui répondre que son autre petit-fils partageait le même sang mais en vérité, c'était un sujet qu'il était préférable d'éviter. Lady Maria et son fils leur avaient rendu une visite imprévue à Winterbourne Houghton moins de trois semaines après l'arrivée de Jayne dans la demeure, et leur comportement avait été aussi discourtois que déplaisant.

Si, sur le moment, Jayne avait été bouleversée par la haine que lui vouait Lady Maria, elle se rappelait désormais cette sotte avec amusement. La plus vive colère de sa visiteuse lui avait été inspirée par le superbe mobilier que William avait fait venir des étages supérieurs de sa maison de Dorchester. Les tableaux et les tapisseries de France, de Hollande et d'Italie côtoyaient des horloges dorées, des armoires décorées, des fauteuils généreusement capitonnés et des tables finement ouvrées, rassemblés dans le salon en attendant que Jayne décide de leur disposition. Pour des raisons qu'elle était seule à connaître, Lady Maria s'était persuadée que ces objets avaient jadis appartenu à son père et avait persiflé Granville, lui reprochant la stupidité qui l'avait poussé à offrir ses possessions à un homme qui ne les méritait pas.

Alors que son fils s'était contenté de contempler avec un sourire de mépris les meubles et les tableaux plus modestes d'Alice, Lady Maria avait arpenté théâtralement la pièce, sifflant des insultes. Winterborne Houghton n'avait aucun intérêt. Cette maison, vulgaire et tapageuse du temps où Ralph y avait vécu, ne pouvait qu'être pire encore sous l'administration de Dame Swift. Elle avait rangé William dans la catégorie des voleurs et des escrocs de la plus vile espèce, son père n'était qu'un vieillard gâteux incapable de prendre des décisions, tandis que Jayne était une séductrice de basse extraction qui n'avait reculé devant aucun artifice pour les séduire tous les deux.

Maître Adams, terrifié, s'était cramponné à la main de Jayne et recroquevillé derrière ses jupes, ce qui n'avait fait qu'attiser encore la colère de Lady Maria. Y avait-il un seul homme que Dame Swift ne fût prête à circonvenir pour servir ses ambitions d'être duchesse ? Il était déjà assez inconvenant qu'elle ait gagné par ses perfidies l'affection du cocher et du palefrenier de Milady ; devait-elle donc s'attacher également celle du valet sénile de Sa Grâce ? Jayne, l'ignorant, avait demandé à Granville s'il exigeait qu'elle reste. Comme il secouait la tête en signe de dénégation, elle avait conduit maître Adams hors de la pièce. Peu après, Lady Maria et son fils étaient partis pour ne jamais revenir, et l'unique commentaire du duc à ce sujet avait été que si Jayne était sage, elle devrait tenir la manifestation de jalousie de sa fille pour une forme de flatterie. Pour sa part, elle y voyait plutôt la colère inspirée par la perte de contrôle sur son père, mais elle ne confia jamais cette opinion qu'à William.

Comme ses devoirs le retenaient près de la frontière écossaise, les visites de ce dernier étaient rares et espacées, mais son épouse ne lui tenait pas grief de ses absences, car elles étaient toujours suivies de retrouvailles aussi inoubliables qu'inattendues. C'étaient ses plus doux souvenirs, car il arrivait invariablement seul, le plus souvent de nuit, et les autres ne découvraient sa présence que quand il déambulait dans la cuisine pour taquiner les servantes et goûter ce que la cuisinière préparait pour le petit déjeuner.

Le plus grand plaisir de William était de consacrer du temps à son fils. Né le 9 mai 1647, jour anniversaire de la mort d'Alice, il avait été baptisé Elias Henry Granville Harrier, et aucun enfant n'aurait pu avoir père plus aimant, bien que malheureusement intermittent, que William. Il regrettait ses absences plus vivement à chacun de ses retours car en grandissant, le petit garçon manifestait une plus grande timidité envers l'inconnu en uniforme qui arrivait sans prévenir et repartait quelques jours plus tard. La présence masculine la plus constante dans la vie d'Elias était Granville et si Jayne trouvait touchante la patience de Sa Grâce à l'égard des exigences de l'enfant, elle se méfiait de ses motifs, devinant qu'il savait qu'il lui serait bien plus facile d'influencer le fils que le père.

En cet instant précis, elle observait Granville qui effectuait avec détermination sa marche quotidienne, Elias se pavanant à son côté, et elle regretta qu'Alice eût rendu l'âme sans avoir su qu'elle avait aidé William à devenir un homme capable d'inspirer de l'admiration à son grand-père. Jayne n'était jamais certaine que l'estime fût réciproque, mais il était toujours courtois à son égard, s'en remettant à lui chaque fois qu'il estimait que la situation l'exigeait. Sur le conseil de Jayne, Granville évitait d'évoquer le duché, ayant fini par admettre ses arguments. Elle lui avait en effet fait valoir que William hériterait du titre qu'il le veuille ou non, et qu'un grand-père sensé devait le laisser prendre sa décision lui-même, le moment venu. Ce raisonnement convenait à Granville. Convaincu que son petit-fils profiterait un jour ou l'autre de son rang pour exercer de l'influence, il estimait qu'il évoluait depuis trop longtemps au cœur des opérations militaires et des intrigues politiques pour se contenter de la vie paisible d'un gentilhomme campagnard.

Avec une soudaine exubérance, Elias courut serrer les jambes de sa mère entre ses bras et poser la joue sur ses genoux ; Jayne s'inclina pour l'embrasser, regrettant que William ne fût pas là pour partager ce moment. Granville avait peut-être raison de dire qu'il finirait par se lasser de la vie à la campagne, mais pour le moment, son seul désir était d'abandonner la carrière de soldat et de jouir d'une existence paisible auprès de sa femme et de son fils. Dans chacune de ses lettres, il évoquait son envie d'être chez lui, d'élever Elias comme Alice l'avait élevé et d'assister Jayne dans son travail de médecin.

Sur les conseils de Richard, cette dernière avait reporté d'un an son projet d'hôpital pour s'assurer une grossesse sans risque. Elle n'en avait pas moins refusé d'être traitée en infirme et avait employé ce temps à superviser les derniers travaux de la maison avant de faire élaguer les arbres et les buissons le long de l'allée, et nettoyer le parc des ajoncs et des arbrisseaux qui l'avaient envahi. La plupart des ouvriers ayant été embauchés à Dorchester, William avait mis à leur disposition, pour la durée des travaux, des cottages dans l'enceinte du domaine, mais peu avant la naissance d'Elias, ils avaient supplié Jayne de le prier de pérenniser leur situation et d'autoriser leurs familles à les rejoindre.

Comme il s'était rendu dans le Sud un mois plus tard pour faire la connaissance de son fils nouveau-né, Jayne lui avait transmis la requête des travailleurs, lui rappelant qu'ils avaient besoin de bras pour cultiver le domaine. Elle lui avait dit n'avoir trouvé de défaut chez aucun. Ils avaient besogné dur et abattu sans rechigner les tâches qu'elle leur avait confiées, et tous avaient reconnu préférer la liberté de Winterborne Houghton aux sévères contraintes religieuses de la ville puritaine de Dorchester. En outre, plusieurs prétendaient avoir des épouses compétentes en matière de soins et d'accouchements. William avait grommelé qu'elle serait prête à lui recommander un gnome unijambiste pourvu qu'il ait une épouse douée pour les bandages, mais Sa Grâce avait pouffé et lui avait rappelé qu'à cheval donné, on ne regarde pas les dents.

Par la suite, simplement grâce aux soins dispensés par Jayne à ses propres gens et à leurs familles, la nouvelle de l'existence de l'hôpital s'était répandue dans tous les domaines voisins. La plus farouche adoratrice de Jayne était Emmeline, devenue une fréquente visiteuse deux mois après son mariage avec Sir Francis en août 1647. Elle était aussi timide que lui et tout à fait aussi muette que l'avait dit Alice, mais ses intarissables panégyriques des compétences de Jayne dans ses lettres à ses amies avaient fait connaître l'hôpital jusqu'à Blandford et au-delà. En outre, un certain nombre des patients que Jayne avait soignés dans l'ouest du comté continuaient à faire appel à ses services, soit en se rendant jusqu'à Winterborne Houghton, soit en la suppliant par courrier de venir les voir, un service devenu plus facile lorsque Ruth et Isaac étaient venus habiter avec eux.

Ils lui avaient rendu visite au printemps 1648 et avaient été si heureux de leur séjour à Winterborne Houghton qu'ils s'y étaient installés à demeure. La sérénité de Ruth et son goût pour la tapisserie l'avaient rendue chère au cœur de Granville, alors que la bonne volonté avec laquelle Isaac jouait avec Elias permettait au bambin de prendre modèle sur un jeune garçon et non seulement sur un vieillard. Cet arrangement donnait à Jayne la liberté de travailler dans son hôpital et d'aller voir ses patients chez eux, sachant son fils entre de bonnes mains ; quant à Ruth, elle prenait plaisir à se rendre utile, avouant que la vie dans la demeure de ses parents était fort limitée et solitaire par rapport à l'animation débordante de Winterborne Houghton.

Jayne ne doutait pas qu'Andrew trouvait le moyen de lui écrire sans que Joseph et Elizabeth interceptent ses lettres, et ses visites occasionnelles chaque fois qu'il obtenait une permission pour passer quelque temps dans le Dorset ajoutaient au plaisir de Ruth. Jayne faisait au demeurant tout son possible pour soutenir leur attachement mutuel grandissant. Dans une de ses missives régulières à Richard, elle lui avait demandé conseil sur la parade à opposer aux objections que son père ne manquerait pas de soulever à la perspective d'un mariage entre cousins germains, et Richard lui avait suggéré de convaincre Sir Henry à l'aide d'arguments financiers. Les risques de fausse couche ou de malformation étaient minimes, et il n'était pas meilleur moyen de consolider la richesse d'une famille que d'unir la progéniture de deux frères.

L'unique regret de Jayne touchant son installation à Winterborne Houghton était son éloignement de la demeure de Richard à Bridport. Si elle était restée à Swyre, elle aurait pu parcourir à cheval la route de Bridport en une demi-heure et aller s'entretenir avec lui. Au lieu de quoi, elle avait dû se contenter de lui adresser des lettres jusqu'à ce que ses nombreuses descriptions de cas et de remèdes, et ses rapports sur la notoriété croissante de son hôpital administré par des femmes auprès de toutes les catégories de public – hommes compris –, le persuadent de faire le voyage lui-même.

Il était arrivé durant la dernière semaine d'août 1648, et son unique concession à son grand âge avait été de louer une voiture au lieu de venir à cheval. Jayne se rappelait la joie qu'elle avait éprouvée à le voir, car il n'avait guère changé en dépit des années. De fait, son esprit restait si alerte qu'à la différence de Granville, il lui avait fallu moins d'un jour pour remarquer que l'enjouement apparent de Jayne dissimulait une profonde inquiétude. Il l'avait incitée à se confier à lui et elle l'aurait fait si elle n'avait invité Francis et Emmeline à déjeuner. Elle fut donc obligée de jouer les hôtesses et de donner des réponses insouciantes à leurs nombreuses questions au sujet de William.

Les dernières nouvelles qu'elle avait reçues de lui remontaient à trois semaines, moment où il avait reçu l'ordre de rejoindre le régiment de Cromwell en compagnie du sien pour affronter une armée de vingt mille Écossais. Il avait fait allusion à cet événement sur un ton des plus burlesques – *Ne vous inquiétez pas pour nous, chère épouse. Il paraît que leur commandant, le duc de Hamilton, est aussi joli que le prince Maurice et tout aussi incompétent comme commandant* –, mais une lettre postérieure d'Andrew avait tracé un tableau fort différent. *Notre force ne représente que le tiers de celle des Écossais et nous devons parcourir une quarantaine de lieues pour les affronter au combat. Cette fois, j'ai peur que nous ne soyons défaits. Priez pour nous, ma chère sœur, et réconfortez Ruth si le pire devait advenir.*

Jayne, réticente à communiquer son angoisse, avait gardé pour elle le contenu de cette missive mais ses funestes pressentiments s'étaient aggravés de jour en jour. Elle s'était accrochée à l'idée que l'absence de nouvelles était préférable à de mauvaises nouvelles. Aussi son cœur avait-il tressailli de crainte quand son déjeuner avait été interrompu par une voix devant la porte de la salle à manger. Se retournant, elle avait aperçu son frère Philip, et s'était levée pour le recevoir en poussant un profond soupir.

« Quel piètre accueil pour un frère épuisé qui a couvert douze lieues en une heure et demie pour vous apporter des nouvelles de votre mari, avait-il remarqué en souriant, entrant dans la pièce en boitant après s'être incliné devant ses invités. Votre Grâce, Messieurs, Mesdames, pardonnez mon intrusion, mais notre frère Andrew est arrivé à Swyre il y a deux heures depuis Ashbourne dans le Derbyshire et il m'a prié de porter un message à Jayne en toute hâte. » Il lui avait pris les mains. « Andrew veut que vous sachiez qu'il s'est trompé, ma sœur. Vingt mille Écossais n'ont pu tenir tête à huit mille Anglais. Le duc de Hamilton a été écrasé à Preston Moor, dans le Lancashire, et a pris la fuite avec les restes de sa pitoyable armée en direction du Derbyshire, où il a été fait prisonnier voici cinq jours. »

Jayne avait mis un moment à reprendre ses esprits.

« Et William ?

— Il a reçu ordre d'escorter Hamilton à Londres où celui-ci devra répondre d'accusations de trahison pour avoir provoqué une deuxième guerre civile. » Philip lui lâcha les mains pour fouiller dans sa poche. « Il a eu le temps de vous faire un billet avant son départ et promet d'écrire à nouveau dès qu'il en aura la possibilité. »

Il lui avait tendu un morceau de papier sale, plié mais non scellé. Elle l'avait ouvert et avait lu les lignes qui y étaient tracées.

« Que dit-il ? » avait demandé Sa Grâce.

Les yeux de Jayne s'étaient emplis de larmes de joie.

La guerre est finie et j'ai accompli mon devoir. Auriez-vous de la place dans votre demeure pour un soldat fourbu qui aspire à une vie pacifique ? Elle avait redressé la tête. « A-t-il raison ? Pouvons-nous espérer la paix ? »

La réponse de Richard avait été presciente : « Seulement si le roi s'incline devant la volonté du Parlement. Peut-être les combats sont-ils terminés, mais les querelles se poursuivront. Il n'y a pas de solution aisée au problème qu'il représente. »

Il ne s'était pas trompé, car le Parlement s'était divisé en deux camps. Les plus timides étaient favorables à une poursuite des négociations destinées à maintenir le roi sur son trône, alors que ceux qui étaient las de son obstination opiniâtre souhaitaient le faire juger pour trahison parce qu'il avait poussé les Écossais à combattre l'Angleterre. Cette seconde faction était conduite par Oliver Cromwell et, avec toutes ces incertitudes sur le sort du monarque, le retour auquel William aspirait tant avait été reporté une fois de plus. Vers la fin du mois de novembre, il avait écrit que des retards de solde et le refus persistant du Parlement de mettre le souverain en accusation rendaient les troupes séditieuses. Dans les rangs, des voix s'élevaient, demandant pourquoi on les avait menés au combat si leur victoire n'était pas récompensée. Les régiments cantonnés dans Londres et aux alentours étaient particulièrement agités et il craignait qu'avant peu, ils ne marchent sur le Parlement. Sur ces entrefaites, Sir Thomas Fairfax avait imposé la loi martiale à Londres.

Je ne saurais dire comment ni quand cela s'achèvera, Jayne. Nos soldats supportent fort mal l'injustice dont ils sont victimes, car ils n'ont obtenu ni solde ni reconnaissance de la part du Parlement depuis qu'ils ont écrasé Hamilton, et ils déclarent tout haut que six années de guerre incessante n'ont fait que remplacer une forme de tyrannie par une autre. Soyez assurée que mon plus cher désir serait d'être à Winterborne Houghton, mais je suis dans l'obligation de rester avec ceux qui se sont battus si vaillamment sous mon commandement.

La Noël et la nouvelle année étaient venues et passées, suivies d'une lettre de William datée de la première semaine de janvier, où il annonçait que le Parlement avait enfin adopté une ordonnance prévoyant la mise en place d'une Haute Cour de Justice chargée de juger le roi pour trahison. Le procès était censé s'ouvrir le 20 janvier 1649.

Les tensions dans l'armée sont très fortes. Certains se rangent du côté de Fairfax, qui est hostile au procès, de crainte que le roi ne soit présenté comme un martyr ; d'autres, de celui de Cromwell, qui estime que c'est un mal nécessaire pour que le pays puisse retrouver la paix. Chacun me demande de lui prêter mon concours, et je suis profondément déchiré entre les deux. Me soutiendrez-vous quel que soit mon choix, Jayne ? Je crains de me retrouver aussi facilement du mauvais côté de l'histoire que du bon.

Jayne avait répondu qu'elle le défendrait quoi qu'il décide, mais sa lettre demeura sans réponse. Francis, venu à Winterborne Houghton le 25 janvier, avait annoncé que le père d'Emmeline avait appris par une connaissance londonienne que le procès du roi s'était ouvert le 20. En raison du secret qui l'entourait, cette personne n'avait pu dire comment il se déroulait, mais Francis avait averti Jayne et Granville que des troubles étaient prévisibles. On s'attendait à des émeutes quelle qu'en fût l'issue, et Sir Thomas Fairfax s'apprêtait à imposer la loi martiale à tout le pays.

Jayne se demanda alors si c'était la perspective d'une loi martiale qui lui faisait imaginer un cliquètement de brides et un bruit de sabots au petit galop. Mais non. Ce qui n'avait été d'abord qu'un martèlement lointain se renforça dans l'air immobile et Ruth et elle virent une colonne de cavaliers surgir derrière les arbres qui bordaient la première partie de l'allée. Ceux qui étaient en tête se mirent au trot pour prendre le virage conduisant à la porte d'entrée, et bien que la distance empêchât de distinguer leurs traits, Jayne était certaine que ni William ni Andrew ne se trouvaient parmi eux.

Granville cessa de faire les cent pas pour s'appuyer lourdement sur ses cannes.

« Nous allons passer sous contrôle militaire, affirma-t-il.

— Voulez-vous qu'Isaac file à cheval jusqu'aux écuries prévenir Peter et Harold ? demanda Ruth. S'ils avertissent les travailleurs, nous aurons une bonne vingtaine d'hommes pour nous prêter main-forte. »

Réprimant à grand-peine un nouveau pressentiment funeste, Jayne prit Elias sur ses genoux.

« Nous nous en sortirons mieux seuls, répondit-elle aussi calmement que possible. Le code de la New Model Army interdit à ses soldats d'imposer leur présence aux femmes sans protecteurs. Nous attendrons ici et présenterons une image aussi inoffensive que possible. »

Elle les encouragea tous à poursuivre leurs activités et entendit se lever le loquet de la porte donnant sur la terrasse. Du coin de l'œil, elle vit Molly inviter un officier à la franchir et un sourire de soulagement éclaira son visage quand elle reconnut John Metcalfe. Il se dirigea vers elle et s'inclina sur sa main.

« Vous avez l'air en bonne santé, Lady Harrier, et ce petit garçon doit être Elias. Il ressemble beaucoup à son père. » Il se tourna vers Ruth, puis vers Granville. « Madame. Milord. Je suis le commandant John Metcalfe de Lyme Regis et je sers sous le commandement du général Sir William Harrier. »

Granville s'approcha en prenant appui sur ses cannes.

« Qu'est-ce qui vous amène ici, et comment connaissez-vous mon rang ? »

John eut l'air mal à l'aise.

« Je suis porteur d'un message pour Lady Harrier, que je préférerais lui remettre en privé, Monseigneur. Sir William m'a averti qu'il ne conviendrait peut-être pas à toutes les oreilles. »

Jayne posa Elias par terre et l'invita à rejoindre maître Adams à toutes jambes.

« Si ce sont l'allégeance royaliste de Sa Grâce ou le sexe de Mme Morecott qui vous embarrassent, John, laissez-moi vous rassurer. Rien de ce que vous pourrez dire ne saurait les offusquer. Devons-nous croire que le procès a pris fin ?

— Oui, Milady. Il y a trois jours.

— Le jugement ?

— Coupable, Milady, répondit John en jetant un regard inquiet vers Granville. L'arrêt de mort a été signé par cinquante-sept hommes, parmi lesquels le général Cromwell. Votre mari et votre frère restent avec lui à Londres jusqu'après l'exécution, mais moi-même et les soldats qui m'accompagnent – tous originaires du Dorset, du Devon ou du Somerset – avons obtenu l'autorisation de rentrer chez nous. Sir William est intervenu en notre faveur lorsque nous avons fait part de notre réticence à être témoins de la mort du roi.

— Dans combien de temps doit-il être exécuté ? »

Le regard de John la dépassa une fois de plus pour se poser sur Granville.

« Connaissant l'allégeance de Sa Grâce, je préférerais ne pas répondre, Milady.

— Vous répondrez pourtant, intervint Granville fermement. Parlez. »

John esquissa un geste d'excuse.

« Aujourd'hui, Monseigneur... le 30 janvier... et le moment – deux heures après midi – est imminent. »

Le hoquet horrifié qu'émit le duc donna à penser que Jayne avait eu tort de croire qu'il ne serait pas offusqué. Elle bondit sur ses pieds et le guida jusqu'à la place du banc où elle avait été assise.

« Respirez profondément, Milord. Vous pouviez vous y attendre tout de même.

— Mais pas sans avertissement, et je n'imaginais pas que mon petit-fils déciderait d'y assister, marmonna-t-il, acceptant qu'elle l'aide à s'asseoir. Quelle sorte d'homme faut-il être pour soutenir la cause d'assassins ? »

John se raidit et se mit au garde-à-vous.

« Avec tout le respect que je vous dois, Monseigneur, vous n'êtes pas en position de juger. Comme beaucoup de gens, vous êtes resté confortablement chez vous pendant que des hommes mouraient au combat. Si Lady Harrier, qui a vu de près le massacre, condamne son mari parce qu'il cherche à y mettre fin, je lui prêterai l'oreille, mais pas à vous, qui en avez été préservé. »

Granville le dévisagea longuement.

« Mon petit-fils ne se permet jamais pareille discourtoisie, commandant Metcalfe.

— Je vous présente mes excuses, Monseigneur, mais Sir William mérite vos louanges et non vos calomnies. C'est un homme de principe qui s'est battu longuement et durement au côté du peuple, et les tentatives incessantes du roi pour dresser ses sujets les uns contre les autres – qu'ils soient Anglais, Gallois, Irlandais ou Écossais – l'irritent fort. Les conditions proposées à Sa Majesté au cours des sept années écoulées ont été équitables et justes. Pourtant, elle les a toutes rejetées, préférant voir son pays se détruire plutôt que de renoncer à la moindre parcelle de pouvoir.

— Si vos sentiments sont aussi vifs, pourquoi n'êtes-vous pas resté pour assister à l'exécution ?

— Parce que je suis un puritain, Monseigneur, à l'image des hommes qui voyagent avec moi. Nous suivons la voie de la vertu et craignons que Dieu ne nous châtie sévèrement si nous contribuons à la mise à mort d'un souverain légitime. » Il se tourna vers Jayne. « Votre mari est le plus loyal des amis, Milady. Il a négocié la libération de tous les soldats de son régiment que leur conscience tourmentait, et malgré ses scrupules personnels, il se refuse à abandonner le général Cromwell en cette heure difficile. Votre frère, en tant qu'aide de camp du général, suit son exemple. Je ne sais ce que l'on dira plus tard de cette affaire, mais sachez que ceux qui vous sont les plus chers se sont conduits honorablement. »

Jayne prit ses deux mains dans les siennes.

« Merci, John. Vos paroles sont extrêmement réconfortantes. Maintenant, rentrez vite auprès d'Ann et transmettez-lui mes plus chaleureux sentiments. » Elle le confia à Molly. « Que Dieu vous protège et protège ceux qui vous accompagnent. »

Il s'inclina.

« Qu'il vous protège aussi, vous et les vôtres, Milady. »

Jayne attendit que Molly l'ait raccompagné à l'intérieur de la maison.

« Si j'avais moins d'affection pour lui et pour sa femme, je les aurais accusés, lui et ses camarades, de lâcheté, murmura-t-elle. Comme Ponce Pilate, ils se lavent les mains de toute responsabilité dans la seule action susceptible de nous apporter la paix.

— Ils n'en tireront aucun bénéfice, acquiesça Ruth. Ponce Pilate est aussi honni que ceux qui ont réclamé la mort de Jésus.

— Le nom des Harrier et celui des Swift le seront tout autant, marmonna sombrement Granville. Le mari et le frère de Jayne ont fait un bien mauvais choix en décidant de soutenir des assassins. »

28.

Jayne attendit que tout le monde soit couché pour descendre furtivement à la cuisine où elle alluma des bougies et attisa le feu. L'âtre était si profond et si large que, malgré ses dimensions imposantes, cette pièce était toujours la plus chaude de la maison, et elle s'assit à la longue table de chêne pour rédiger ses notes de l'hôpital. Mais elle avait beau essayer de fixer son attention sur ce qu'elle écrivait, elle ne cessait de s'interrompre, guettant le bruit de la porte d'entrée.

S'il le fallait, elle resterait assise là toutes les nuits jusqu'au retour de William, car elle se refusait à ce qu'il entre seul dans une maison obscure, sans personne pour l'accueillir. La réaction blessée et furieuse de Granville serait reprise par d'autres, et tous les royalistes crieraient à l'assassinat et au martyre aussi aisément que lui. C'est pourquoi Jayne était fermement décidée à ce que William sache, dès l'instant où il poserait le pied dans sa demeure, que la promesse de son épouse de prendre sa défense n'avait pas été vaine.

La bougie graduée indiquait que minuit approchait quand un courant d'air soudain fit vaciller la flamme. Elle entendit le frottement de bottes sur les dalles, le cliquetis d'éperons que l'on débouclait et que l'on jetait au sol et le bruit métallique d'un ceinturon posé sur une chaise. Elle se leva au moment où William apparut au bout du couloir et se tourna vers la lumière.

« Ces sourires me sont-ils destinés ? » demanda-t-il en s'avançant vers elle à pas de loup.

Elle lui tendit les mains.

« Toujours. Vous habitez ma tête plus qu'un homme ne le devrait. Je songeais à la première fois où je vous ai vu, dans la cuisine d'Alice, avec vos vêtements austères et votre chapeau pointu, et je songeais que jamais Papa ne m'aurait autorisée à repartir de Swyre si je lui avais avoué m'être prise d'affection pour un valet de pied puritain de Dorchester. »

Il tendit le bras par-dessus la table pour lui caresser les doigts.

« Quant à moi, je redoutais tant de vous revoir que j'ai supplié Alice de ne pas donner suite à ce début d'amitié entre vous.

— Que redoutiez-vous ? »

Il l'invita à s'asseoir et tira une chaise pour lui-même.

« Une femme qui défiait les conventions encore plus courageusement qu'elle. Il me semblait plus raisonnable de vous tenir à l'écart de ma vue et de mon esprit.

— Le remède a-t-il été efficace ? »

Il s'efforça de prendre un ton badin, mais Jayne prit conscience que son humeur était trop sombre pour la désinvolture.

« Il aurait pu l'être si le prince Maurice ne m'avait donné motif à être jaloux. »

Elle sourit pour le remercier de ses efforts, mais aussi pour dissimuler l'inquiétude que lui inspirait son apparence. Ils étaient assis l'un en face de l'autre, comme autrefois devant le bureau de sa maison de Dorchester, et elle fut frappée par sa pâleur et par son épuisement manifeste. Sa lividité était accentuée par la noirceur de sa barbe de quelques jours autour de sa mâchoire et par les ombres profondes sous ses yeux, mais elle savait que cette lassitude ne pouvait être due aux fatigues du voyage, car il parcourait une distance deux fois plus longue lorsqu'il lui rendait visite depuis le Nord.

« La cuisinière a préparé du ragoût de mouton pour demain, lui annonça-t-elle, et bien que mes talents soient considérablement inférieurs aux siens, je devrais pouvoir vous le réchauffer. Il y a aussi un tonnelet de bière, percé depuis peu, dont je puis sans peine vous tirer une chope. Accepteriez-vous que je fasse cela pour vous ? »

Il secoua la tête.

« Je n'ai pas d'appétit, ni pour manger, ni pour boire, Jayne.

— Tout de même, en qualité de médecin personnel, j'insiste pour que vous fassiez cet effort », reprit-elle d'un ton sans réplique, tout en se levant et en se dirigeant vers le cellier où elle trouva le ragoût dans son chaudron. Elle le suspendit à un crochet au-dessus du feu et tourna le dos à William pour attiser les braises.

« Ai-je raison de penser que le roi est mort courageusement et que vous vous interrogez à présent sur le bien-fondé de votre soutien à Cromwell ? »

Son soupir venait du fond du cœur.

« Il a prononcé ses dernières paroles d'une voix ferme et s'est agenouillé pour accepter son sort sans trembler. Un immense gémissement s'est élevé de la foule quand la hache s'est abattue, et je me suis surpris à gémir avec elle. Les choses n'auraient pas dû s'achever ainsi, Jayne. Fairfax avait raison de dire que cela ferait de lui un martyr. »

Elle remplit une chope au tonnelet et la posa devant lui sur la table avant de se rasseoir. Son retour tant espéré serait d'une affreuse tristesse si elle ne parvenait pas à le sortir de sa mélancolie.

« Vous feriez mieux de ne pas répéter ce mot en présence de Ruth, dit-elle d'un ton léger. La vingtième fois que Granville l'a prononcé, elle a perdu patience et a rétorqué qu'un homme qui s'accrochait aussi obstinément au pouvoir terrestre que le roi ne pouvait en aucun cas être considéré comme un martyr. Elle était tellement empourprée que ma rougeur est passée inaperçue. »

Il fallut à William un moment pour assimiler ces propos.

« Je n'ai jamais eu l'intention de vous obliger à subir le désenchantement du duc, Jayne. J'avais demandé à John de vous parler en privé et de me laisser présenter à Granville les explications nécessaires.

— Nous étions ensemble sur la terrasse au moment où John est arrivé, et il n'a pu faire autrement que de parler devant Granville. » Elle posa son menton dans ses mains et lui adressa un sourire espiègle. « Vous n'avez rien à vous faire pardonner, Monsieur mon époux. J'ai été ravie de me faire votre avocate, tout comme Ruth, mais je ne me rappelle pas que Granville ait exprimé de désenchantement. Si je me trompe, Molly me corrigera demain car la voix de votre grand-père est aussi sonore que celle de Sir Henry, et il n'y a pas une injure parmi toutes celles qu'il a proférées qu'elle n'ait pas entendue. »

Elle fut récompensée par une étincelle d'humour au coin de ses yeux.

« Ont-elles été effroyables ?

— Absolument abominables, répondit-elle en riant. Je n'ai jamais rencontré d'homme aussi entêté à se montrer déraisonnable. Notre querelle a duré une bonne heure et j'ai fini par l'avertir que je ne lui adresserais plus jamais la parole s'il parlait une fois encore de martyre ou d'assassinat. »

William tendit la main vers la chope et avala une gorgée de bière.

« Cela a-t-il suffi à le faire taire ? »

Elle se pencha pour essuyer la mousse qui ornait ses lèvres.

« Bien sûr que non, fit-elle en léchant son doigt ; en revanche, il n'a pas été inutile que notre superbe fils lui donne une tape sur la main parce qu'il m'accablait de cris et que maître Adams le traite de méchant vieillard. Ajoutez à cela que Ruth lui a demandé s'il croyait le roi entièrement innocent de la guerre, et qu'Isaac a cité des versets de l'Exode affirmant que chaque homme doit payer ce que ses juges décident. » Ses yeux pétillèrent. « Mais c'est l'intervention de Molly qui a eu le plus grand effet.

— Qu'a-t-elle fait ?

— Elle a convoqué les domestiques sur la terrasse et a déclaré que si Sa Grâce souhaitait conserver de bonnes relations avec eux, elle devait cesser d'insulter leur maître et leur maîtresse. Ils étaient fort outragés de l'entendre traiter Miss Jayne d'"arriviste fille d'un simple propriétaire terrien" et de "femme ignorante", et Sir William, de "lâche assassin" et de "lèche-botte de Cromwell", car ils étaient d'avis qu'on ne pouvait trouver dans tout le Dorset aucune personne aussi courageuse ou indépendante d'esprit que Sir William et Lady Harrier. »

William avala une nouvelle copieuse gorgée de bière et Jayne eut le plaisir de voir un peu de couleur revenir sur ses joues.

« Vous me taquinez.

— Pas le moins du monde. Molly a demandé à Peter et Harold de rassembler tous nos ouvriers agricoles, et quand ils se sont alignés à côté des gens de maison, Granville a découvert qu'il faisait face à une force nettement supérieure. Je ne dis pas qu'il s'est résigné à l'idée de l'exécution, ni qu'il le fera un jour, mais il a mieux compris pourquoi vous avez soutenu Cromwell une fois que les hommes ont fait d'Harold leur porte-parole. »

Des plis se dessinèrent autour de ses yeux tandis qu'il buvait une autre gorgée de bière.

« Qu'a-t-il dit ?

— Que les travailleurs agricoles vous devaient tout, car vous leur aviez donné une position, et qu'ils ne devaient rien au roi, dont la guerre avait pris la vie de leurs pères, frères et amis. Selon eux, la tête de notre souverain était un modeste prix à payer pour mettre fin à la division, et tous ont prié qu'il y ait suffisamment d'hommes courageux pour ne pas se laisser abuser. Ils avaient appris par Molly que leur propre maître était du nombre, et ils souhaitaient que Sa Grâce sache qu'ils étaient fiers d'être à votre service.

— Voilà qui ne ressemble guère à Harold. Êtes-vous certaine de ne pas le faire parler pour vous ?

— À peine, et uniquement pour retrancher les "hum" et les "euh". Je puis vous citer sa dernière phrase mot pour mot. » Jayne s'efforça d'imiter le grasseyement propre au Berkshire d'Harold. « J'pouvons vous dire, Milod, qu'vot' tit-fils, il a montré ben plus d'courage que la satanée bande de rustres qu'ont tout retourné not' allée si tant qu'ils étaient pressés d'informer mam'zelle Jayne qu'ils filaient. » Elle éclata à nouveau de rire. « Maître Adams, Isaac et Elias ont trouvé que c'était un discours tellement excellent qu'ils ont applaudi à tout rompre avant de gambader autour de Granville jusqu'à ce qu'il les rejoigne pour chanter les louanges de la loyauté indéfectible de vos travailleurs. »

William n'en crut pas un mot.

« Les ouvriers agricoles me connaissent à peine.

— Vous vous trompez. Vous êtes leur sujet de commérage préféré depuis qu'ils ont découvert tous les récits que les servantes d'Alice prennent plaisir à raconter à votre propos. N'oubliez pas que Molly a vécu avec vous depuis votre enfance, et qu'elle en sait donc sur vous plus que quiconque. Il n'y a personne à Winterborne Houghton, Granville compris, qui ne vous connaisse à présent aussi bien que vous vous connaissez vous-même. »

Il poussa un gémissement qui dissimulait mal son plaisir.

« Ces récits sont-ils gentils ou méchants ?

— Invariablement gentils... sauf celui du jour où vous avez mouillé vos hauts-de-chausses parce que vous étiez épris de la fille d'un voisin et avez refusé de la quitter pour une occupation aussi ordinaire qu'utiliser un pot de chambre. Ils ont adoré cette histoire. »

Un petit rire prit naissance dans sa gorge.

« J'avais sept ans et elle en avait douze.

— En effet, et Molly prend toujours soin de le rappeler. Il ne s'agirait pas que vos gens croient à un événement récent. »

Le regard de William se posa sur le feu, derrière elle.

« Je ne vous mérite pas, Jayne.

— Certainement pas, en effet, admit-elle. Mais vous m'avez tout de même.

— Non, franchement, je ne vous mérite pas. » Il bondit sur ses pieds. « Rien de ce que j'ai pu faire ne mérite que je sois brûlé vif dans ma propre cuisine. »

Jayne se retourna pour découvrir que le ragoût débordait des côtés du chaudron.

« Oh, juste Ciel ! s'écria-t-elle, se relevant brusquement et étouffant de sa jupe l'épais nuage de graisse et de sauce brûlées qui s'élevait des braises. Que faire ? »

William contourna la table et s'empara d'un tisonnier incurvé pour détacher le chaudron de son crochet et le poser sur les dalles avant de piétiner les braises grésillantes.

« Vous êtes certainement la plus mauvaise cuisinière du Dorset, murmura-t-il en la prenant par la taille pour l'attirer contre lui.

— Je sais, convint-elle, posant la tête sur son épaule. Heureusement que Molly vous a assuré une aussi bonne formation de valet de pied. »

Il posa un baiser dans ses cheveux.

« Je commence à penser que vous me préfériez en valet.

— C'est bien naturel. Je descends d'Ève et nous partageons le même goût pour les fruits défendus. » Elle désigna de la tête la viande carbonisée qui entourait le bord du chaudron. « Vous êtes conscient que nous allons devoir manger cela. C'est parfaitement calciné, mais la cuisinière me poursuivra à travers toute la cuisine avec un rouleau à pâtisserie si nous le gaspillons. »

Son bras se resserra autour d'elle.

« Avez-vous peur d'elle ?

— Affreusement. J'ai commis l'erreur de suggérer que son bouillon pourrait être amélioré par un peu de sel, et j'aurais senti tout le poids de son rouleau à pâtisserie sur mon séant si Molly ne s'était interposée. Vous auriez dû m'avertir qu'elle ne supportait pas les critiques. »

Un rire lui ébouriffa les boucles.

« J'avais oublié. Cela fait plus de vingt ans qu'Alice ou moi n'avons plus eu l'audace d'essayer.

— Dans ce cas, vous serez certainement heureux de faire pénitence en avalant ces restes noircis.

— Est-ce votre manière de m'encourager à manger, que je le veuille ou non ?

— Si tel était le cas, je ne l'avouerais pas, répliqua-t-elle en se retournant pour lui planter un baiser sur la bouche. Mama me dit qu'une épouse doit garder un peu de mystère si elle veut conserver l'intérêt de son mari.

— Et que vous dit votre père ? »

Elle leva les mains pour prendre son visage entre ses paumes.

« Que seuls les busards les plus courageux et les plus admirables peuvent espérer attraper un martinet. »

Remerciements

Merci tout particulièrement à Roger Holehouse pour ses connaissances sur le siège de Lyme, à Tim Goodwin pour son excellent ouvrage historique, *Dorset in the Civil War*, ainsi qu'à l'équipe éditoriale et aux maquettistes d'Allen & Unwin en Australie et au Royaume-Uni, dont l'aide et le soutien dans la réalisation de cet ouvrage ont été inestimables – Annette Barlow, Ali Lavau, Christa Munns et Clara Finlay à Sydney ainsi que Sarah Hodgson et Kate Ballard à Londres.

Composition réalisée
par Rosa Beaumont

#lisez! engagé
www.lisez.com
Pour plus d'information :
Imprimé sur du papier issu de forêts gérées durablement.

Achevé d'imprimer en mai 2025
par Normandie Roto Impression s.a.s.
61250 Lonrai (Orne)
N° d'édition : 68563/01 – N° d'impression : 2502018

Imprimé en France